Les Ombrelles de Versailles

Du même auteur
aux Éditions J'ai lu

Au temps où la Joconde parlait, *J'ai lu* 3443
L'Empereur, *J'ai lu* 4186
Les dîners de Calpurnia, *J'ai lu* 4539
La Fontainière du Roy, *J'ai lu* 5204

Jean Diwo

Les Ombrelles de Versailles

© Flammarion, 1999

Pour Martin et Charles

Chapitre I

Pavane pour la Reine

Il faisait déjà chaud en cette matinée de mai. Louis XIV avait revêtu des habits légers sans rubans ni surabondantes fioritures pour visiter son nouveau rêve, Marly, dont peintres, tapissiers et jardiniers fignolaient avec amour les derniers travaux.

Deux hommes l'attendaient devant la grille de fer forgé et doré derrière laquelle on distinguait dans la verdure la bâtisse toute neuve, et, plus loin, les pavillons destinés aux invités.

Descendu de voiture, le Roi répondit d'abord au salut de Le Nôtre et l'embrassa comme il le faisait chaque fois qu'il retrouvait son complice de l'aventure du grand jardin.

— Nous en avons fait des choses, monsieur Le Nôtre ! Nous avons éprouvé ensemble le prodigieux plaisir de forcer la nature. Un dernier effort et Marly sera une grande réussite !

Il eut un mot agréable pour l'autre personnage, Jules Hardouin-Mansart qui avait imaginé avec lui cette construction curieuse, inspirée de la *Rotonda* de Palladio, qui ne ressemblait ni au grand Versailles, ni à la Ménagerie, ni au Trianon de porcelaine.

— Messieurs, allons d'abord voir où en sont les travaux d'aménagement intérieur, dit le Roi. Après, nous nous occuperons des jardins et des jeux d'eau. Mais... je n'aperçois pas M. de Francine.

— Francine est souffrant, Sire. Il nous a prié de vous demander de l'excuser et de vous faire savoir que les travaux entrepris à Marly se poursuivent, que les bassins sont en eau selon votre plaisir et que l'on travaille à assécher les terres dont l'humidité risque, si l'on n'y prend garde, d'être un inconvénient pour les constructions.

— Bien. Transmettez-lui mes vœux de rétablissement et voyons où en est mon Marly.

Ils pénétrèrent dans le salon central octogone où les tapissiers occupés à installer les tentures posèrent aussitôt leurs marteaux et s'inclinèrent devant le Roi qui leur répondit par un large salut de son chapeau. L'équipe travaillait depuis longtemps pour Versailles et Louis connaissait de vue la plupart de ses artisans. Il avait toujours montré de la considération à ceux qui, comme il disait, « lui offraient leur talent » et veillait à ce qu'ils vivent bien.

Tournant sur lui-même, le Roi découvrit dans chacun des grands axes les quatre vestibules qui desservaient quatre appartements de trois pièces donnant sur les jardins. Le premier était le sien, déjà tendu de damas rouge ; le second, tout bleu, celui de la Reine[1] ; le troisième, revêtu de damas aurore, était réservé à Madame, belle-sœur du Roi, et le quatrième, drapé de vert, à Monsieur.

Louis XIV était content du choix de Le Brun pour les tentures dont les couleurs brillaient sous le soleil. Il était content des médaillons tout simples qui ornaient les ouvertures. Il était surtout content de lui-même car

---

1. Marie-Thérèse ne l'occupera jamais car elle devait mourir avant le premier séjour du Roi à Marly. Le Dauphin l'habitera un temps avant de le céder à Mme de Maintenon afin d'éviter à son père de monter un étage plusieurs fois par jour.

Marly, plus encore que Versailles, était le fruit de sa création. Il aimait dire que Marly était destiné à ses amis, alors que Versailles avait été construit pour sa Cour et son gouvernement.

Le Roi s'attarda ensuite dans les premières allées que Le Nôtre avait ouvertes à travers les bois qui entouraient le château et demanda quel était le bruit sourd qui semblait venir du côté de Louveciennes.

— Sire, dit Mansart, c'est la machine de Marly. Je sais que MM. De Ville et Sualem devaient ces jours-ci procéder aux premiers essais.

— Je veux voir cela, dit le Roi. Venez avec moi, monsieur Le Nôtre.

Celui-ci se dirigeait vers sa voiture, Louis le rappela :

— Non, montez avec moi !

C'était là une marque d'estime, une entorse à la règle car, sauf rarissimes exceptions, personne, en dehors des membres de la famille, ne prenait place dans la voiture du Roi.

Laissant Mansart un peu penaud mais philosophe – il savait qu'il ne partagerait jamais l'amitié qui unissait le Roi et Le Nôtre –, la voiture royale fila vers la Seine.

Comme s'il découvrait pour la première fois le monstre qui devait alimenter ses fontaines, le Roi ne put maîtriser sa stupéfaction :

— Dieu, quelle affaire ! s'exclama-t-il. Il paraît que cette machine infernale a déjà coûté plus de trois millions de livres. J'espère qu'elle fonctionnera comme feu M. de Colbert me l'a assuré et comme me le répète M. de Louvois ! Mais ce bruit ne va-t-il pas gêner la quiétude de Marly ?

— Non, Sire. J'ai prévu des rideaux de grands arbres qui protégeront votre repos.

Le Roi se fit redire une nouvelle fois que la machine comportait soixante-quatre pompes au niveau de la Seine, soixante-dix-neuf pompes au puisard intermédiaire et autant à l'étage supérieur. Il hocha la tête et Le Nôtre comprit que, pour la première fois peut-être, le Roi se posait la question de l'utilité d'une dépense engagée pour la réalisation de ses rêves. Lui-même doutait mais il tranquillisa le Roi en lui affirmant que le défi serait gagné avant quelques mois !

À ce moment, un craquement terrifiant domina les autres bruits avant que ne s'instaure le silence.

— Que s'est-il passé ? demanda le Roi, étonné.

L'était-il vraiment ? Le promoteur De Ville et l'inventeur Sualem vinrent bientôt le renseigner. Les deux manivelles de la plus grande des roues à aube s'étaient brisées, un incident sans gravité. Peu rassuré pourtant sur l'avenir de la pompe géante, le Roi, pensif, remonta silencieusement dans son carrosse en oubliant Le Nôtre parti constater les dégâts.

*

Clémence se remettait doucement de son aventure barbaresque[1]. Plus facilement que son mari, encore traumatisé, qui ne parvenait pas à reprendre une vie professionnelle normale auprès de son oncle Toussaint Rose, secrétaire du cabinet du Roi et président de la Chambre des comptes. Cette faiblesse l'agaçait. Elle n'avait pas tardé à se refaire une santé dans la joyeuse maison de Versailles où, souvent, un Italien de passage grattait la mandoline. Son petit garçon, Nicolas, était heureux d'avoir sa mère tout à lui. Il faisait la joie de la famille Francine retrouvée qui rendait à Clémence sa joie de vivre mais lui faisait oublier, elle en était consciente, un peu trop facilement son mari.

Jean de La Fontaine, l'ami fidèle, le poète illustre qui lui avait donné le surnom d'Ondine alors qu'elle n'était encore qu'une gamine effrontée, ne manquait jamais une occasion d'aller embrasser sa filleule lorsqu'il se rendait à Versailles. Ce jour-là, il la trouva moins gaie que d'habitude. Allongée dans l'herbe sous le grand cerisier de la cour, il lui sembla qu'elle se forçait pour lui sourire.

1. Voir *La Fontainière du Roy*.

— Qu'a donc aujourd'hui ma nymphe au cœur tendre ? dit-il. Les Barbaresques hanteraient-ils encore tes pensées ?

— Je me moque bien des Barbaresques. Finalement, ces bandits ont au moins mis quelque imprévu dans une vie ennuyeuse.

— Peut-être devrais-tu retrouver ton mari qui, m'a-t-on dit, se remet mal de l'aventure et doit se morfondre dans votre hôtel du Marais ?

— Oui, je vais le faire, mais l'idée de reprendre la vie avec Omer me rend déjà mélancolique. Et puis, il y a autre chose...

— Je m'en doute. De quoi s'agit-il ? Tu es amoureuse ?

— Pas du tout. Je suis grosse à nouveau. Un enfant conçu sur le bateau pirate, vous vous rendez compte, mon oncle [1] ?

— Et alors ? Si tu as lu mes contes, et je sais que tu les as lus, tu n'ignores pas que l'homme et la femme sont inimitables dans l'art de trouver des lieux imprévus pour s'aimer. Dans *Le Calendrier*, il y a même un corsaire, une femme et une chaloupe ! Mais je sais que les Barbaresques n'ont rien à voir dans ton état. Alors oublie-les et fais-nous tranquillement un deuxième bébé !

— Vous avez raison mais ce n'est pas l'enfant qui m'ennuie. C'est le père !

— Eh bien, pour le troisième, change de père !

Ils éclatèrent de rire. Jean de La Fontaine s'assit près de Clémence et dit :

— Moi aussi, j'ai quelque chose à t'apprendre.

— Bon ou mauvais ?

— Bon, je pense. Tu peux deviner.

— Mme de Maintenon vous a fait dire que le roi appréciait beaucoup vos fables et adorait vos contes ?

— C'est presque cela. Tu brûles...

— Il autorise votre entrée à l'Académie française ?

---

1. Elle appelait ainsi La Fontaine, vieil ami de la famille.

— Non, mais j'ai tout de même été élu hier au fauteuil de Colbert !

— De Colbert, votre bête noire, le bourreau de Fouquet dont la disgrâce a entraîné la vôtre ? Avouez qu'on a le droit d'être étonné[1] !

— Vingt-deux ans après, je n'ai pas oublié Fouquet. Le Roi le sait mais il a tout de même accepté mon entrée à l'Académie, en suspendant toutefois son agrément à l'élection préalable de Boileau. J'ai été élu sans difficulté par la Compagnie, notre ami le sera dans quelques mois.

— Mon beau-père Rose a-t-il plaidé en votre faveur ? Il m'avait promis...

— Je le crois. Le secrétaire du cabinet royal m'a été favorable. Je compte il est vrai beaucoup d'amis de jeunesse à l'Académie. Racine, bien sûr, et Furetière, Charles Perrault, Racan... La mort de Colbert m'a été bénéfique. Il ne m'aimait guère mais son clan m'a soutenu. Le danger venait du groupe heureusement peu nombreux des ecclésiastiques, où Bossuet persiste à voir dans l'auteur des *Contes* un corrupteur de l'âme humaine ! Mais grâces soient rendues aux seize qui ont voté pour moi : me voilà académicien au côté de l'aigle de Meaux !

— Lorsque Boileau sera élu, la joie sera complète pour vos amis. J'organiserai alors chez moi une grande fête, pourquoi pas un bal ? afin de fêter l'événement. Mais il faut d'abord que je réveille mon pauvre époux. J'espère que la nouvelle qu'il va être à nouveau père va le sortir de son accablement.

C'était décidément le jour des visites. Marguerite de Duras fit peu après une apparition brusquée chez les Francine.

— Ah ! notre académicien est là ! J'ai appris tout à l'heure l'heureuse nouvelle. Félicitations. Mais un événement, triste celui-là, vient de survenir : la reine Marie-Thérèse est morte !

---

1. La Fontaine avait salué la mort de Colbert par une méchante épigramme.

— La Reine ? On la disait fatiguée ces temps mais loin d'être mourante.

— Elle était rentrée épuisée d'un voyage en Bourgogne et en Alsace au cours duquel son royal époux l'a contrainte à visiter les fortifications. Stoïque, elle l'a suivi partout mais est revenue avec un abcès à l'aisselle. Selon la Palatine, elle est morte par l'œuvre des médecins qui l'ont tuée aussi sûrement que s'ils lui avaient passé une épée à travers le corps !

— Après Henriette d'Angleterre, la Reine... dit Clémence. On meurt jeune à la Cour. J'ai raison de ne pas m'y présenter souvent. Vous voyez, la mort de la Reine me fait de la peine. Je la connaissais peu mais, lorsque le hasard nous faisait nous rencontrer, elle ne manquait jamais de me sourire, toujours avec un peu de tristesse.

— Moi, je la connaissais bien, répondit la duchesse. C'était une femme meurtrie qui cachait ses infortunes sous des dehors enfantins qui agaçaient le Roi. Il supportait également mal qu'elle n'ait pas réussi à parler correctement le français. Qu'elle appelât les chevaux des « eschevois » faisait sourire mais il faut avouer qu'on était mal à l'aise lorsqu'elle disait « poutes » pour désigner ses rivales dans le cœur du Roi, quand elle en connaissait l'existence, ce qui n'était pas toujours le cas.

— Le Roi éprouve-t-il du chagrin ? demanda La Fontaine.

— Disons qu'il est plus attendri qu'affligé. Il a dit, selon Mme de Caylus, en saluant la dépouille de sa femme : « Voilà le premier chagrin qu'elle m'ait donné. » De la part du Roi, c'est tout de même une marque d'affection. Je pense, Clémence, que vous devriez passer au château. Tout le monde vous croit auprès de votre mari mais je ne suis peut-être pas le seule à savoir que vous êtes à deux pas de la cour de Marbre.

— Je viendrai demain matin, naturellement, mais j'appréhende de retrouver toutes les duchesses du commérage et les marquises jacassantes qui vont me demander de raconter ma séquestration.

— Je crois même savoir que le Roi souhaite entendre votre récit mais la mort de la Reine vous donne du répit.

— Oh ! Cela ne m'ennuiera pas de relater mon aventure à Sa Majesté qui doit d'ailleurs déjà en connaître les péripéties par mon beau-père et les rapports de Duquesne. Tiens, voilà un homme que je souhaiterais rencontrer pour le remercier. S'il n'était pas venu bombarder Alger au bon moment, je ne serais pas ici à bavarder avec vous.

La soirée était douce. François de Francine, le fontainier royal, vint, malgré la fièvre qui le fatiguait, se joindre au groupe avec sa femme. On fit cueillir au petit Nicolas, en le hissant à bout de bras, les premières cerises rougissantes, et Mme de Duras quitta à regret cette maison qu'elle aimait pour regagner son hôtel parisien. La Fontaine, lui, resta souper, et s'attarda jusqu'à ce que Mme de Francine lui dise qu'il était trop tard pour reprendre la route et que sa chambre était prête.

Allez savoir pourquoi, depuis l'événement qui avait failli lui coûter la vie, c'était la première fois que Clémence se sentait libérée. En accompagnant le fabuliste jusqu'à sa chambre, elle s'arrêta pour voir si le petit Nicolas dormait :

— Regardez comme il est beau, dit-elle. Mais que deviendra-t-il plus tard ? Je ne veux pas qu'il soit soldat, ni presse-papiers royal, ni...

— Alors, ma chère, il faut en faire un poète qui ne gagnera pas très bien sa vie en rimant sur la grandeur du Roi... Mais non, le mieux est que son père lui achète une charge qui lui permettra de faire ce qu'il lui plaira, de la botanique ou de la musique.

— Heureusement, il nous reste du temps pour y penser !

Elle rit et fut elle-même étonnée de sa gaieté :

— Vous voyez, mon oncle, votre Ondine a retrouvé son goût de vivre. Demain, après avoir prié pour la Reine morte, je rentrerai à Paris et m'occuperai de ce mari qui m'ennuie mais me fait tant de chagrin. Et je mettrai au monde mon enfant de la flibuste. J'espère que ce sera une fille que je pourrai initier aux divins secrets de l'eau !

*

Sitôt honorée par l'Église, pleurée discrètement par la famille, plus sincèrement peut-être par ses domestiques envers lesquels elle était bonne, Marie-Thérèse d'Autriche, infante d'Espagne, reine de France et de Navarre, fut transportée en grande pompe à Saint-Denis où sa dépouille attendit un mois que Bossuet ait eu le temps de parfaire l'une de ses plus belles oraisons.

Comme pour la Reine mère et pour Henriette d'Angleterre, la Cour ne se mit pas longtemps en berne. Le Roi porta seulement un temps le grand manteau de deuil et l'on raconta que le Dauphin avait failli s'étouffer de rire en s'affublant du sien. La phrase la plus souvent répétée dans les conversations de la Cour était : « Il faut le remarier. » Cela ne choquait personne. C'était même, qui l'eût cru, l'avis de Mme de Montespan.

Tous les bruits qui circulaient sur le remariage du Roi amusaient Clémence et ses amies, Mme de Duras et la marquise de Sévigné, qui se retrouvaient souvent sous les ombrages du parc.

— La pauvre Marie-Thérèse, disait Mme de Duras, n'aura finalement connu de Versailles que les plâtras.

En effet, après un moment d'accalmie, les travaux avaient repris un peu partout. Mansart commençait la nouvelle Orangerie, on installait les statues de la « Grande Commande » enfin achevées, dix-sept figures de marbre blanc qui nécessitaient une refonte du Parterre d'eau. À l'intérieur du Palais, Le Brun n'avait pas encore fait enlever les échafaudages qui lui permettaient de peindre les fresques du plafond de la Grande Galerie. Enfin, événement attendu : le *Milon de Crotone* de Pierre Puget, sculpteur marseillais célèbre en Italie, devait être installé à l'entrée du Tapis vert.

La statue, représentant l'athlète grec qui avait voulu fendre un arbre avec ses mains et était demeuré prisonnier du tronc, avait déjà toute une histoire. L'œuvre avait été commandée par Colbert en 1671 mais les sculpteurs parisiens, peu soucieux d'introduire un concurrent parmi eux, s'ingéniaient à retarder l'installation de l'œuvre C'est grâce à Le Nôtre et au marquis de Seignelay, le propre fils de Colbert, qui avait admiré par hasard la statue lors d'un passage à Marseille, que, finalement, on l'avait embarquée pour Le Havre et déballée à Versailles sous le contrôle du fils de Puget, dans un climat d'hostilité qu'on ne prenait pas la peine de dissimuler.

Où placer l'athlète de marbre ? Il était facile de trouver au fond du parc des endroits détournés où on l'aurait oublié. Heureusement pour le sculpteur marseillais, la Reine avait vu son œuvre et l'avait trouvée touchante. Elle avait pressé le Roi qui avait décidé de placer la statue au plus noble endroit de son jardin, à l'entrée de l'allée royale. La statue était demeurée trois mois sur un bâti provisoire et Marie-Thérèse était morte avant qu'on ne hisse le colosse sur son piédestal de marbre.

Après avoir écouté Mme de Sévigné, qui était amie du marquis de Seignelay, raconter l'histoire du *Milon de Crotone*, les dames reprirent le cours de leur interminable conversation sur la pauvre Marie-Thérèse.

— La Reine est bien la seule à ne pas s'être plainte des incommodités causées par les travaux, dit Clémence, qui ajouta : Elle trouvait dans sa foi et les pratiques de la piété le remède à tous ses maux, les plus bénins comme les plus graves. Le Roi avait épousé une sainte !

— C'est l'avis de tout le monde et cela rend plus difficile un remariage, dit Mme de Sévigné. Il est tout de même extraordinaire que la disparition d'une personne aussi effacée, et qui sera vite oubliée, provoque un bouleversement à la tête du royaume. Louis, veuf à quarante-cinq ans, est grand-père. S'il suit l'avis de son entourage, il risque d'avoir des enfants de sa seconde épouse et, la jalousie envers Monseigneur[1] aidant, des troubles pourraient survenir. Or le Roi ne veut en aucun cas voir revenir les désordres de la Fronde.

— Il reste Mme de Maintenon, dit Clémence. L'idée paraît folle mais vous verrez qu'elle entrera bientôt dans la logique des choses. C'est la solution qui troublera le moins Sa Majesté et vous savez comme moi qu'elle ne se contraint jamais. Si, en plus, l'intérêt du royaume y trouve son compte.

— Nous serons sûrement bientôt fixées, dit Mme de Duras. Mon avis est que le Roi n'attendra pas longtemps pour prendre sa décision. Peut-être l'oraison de Bossuet... Tiens, en voilà un qui ne mettrait sûrement pas d'obstacle au choix de celle qui, sous ses directives discrètes, a ramené à Dieu le volage souverain. Il fera tout pour qu'elle maintienne celui-ci dans le droit chemin de la morale et de la religion.

On en resta là et Clémence regagna bientôt l'hôtel de la rue Beautreillis où son mari semblait se complaire dans cette mélancolie dont elle cherchait en vain la raison. Était-il victime du choc causé par leur aventure ou boudait-il parce qu'elle avait décidé de se rétablir dans la maison familiale de Versailles ?

Elle s'attendait à des retrouvailles difficiles, peut-être à une scène, encore que l'exaspération des sentiments ne fût pas le genre d'Omer. Rien de cela ne se produisit. Le mari accueillit sa femme à bras ouverts et fut heureux de revoir son fils qui, lui, regrettait déjà le jardin des Francine.

— Avez-vous fini d'être chagrin, de vous terrer comme un chien battu ? dit Clémence. Vous avez été courageux durant l'épreuve, soyez au moins vaillant après sa fin heureuse. J'ai vu votre oncle qui, fâché, vous presse de revenir à Versailles.

— Logerez-vous avec moi au château ?

1. Le Dauphin.

— Oui, d'autant que le Roi nous a accordé un appartement plus grand et plus confortable dans l'aile des ministres. Savez-vous au moins, mon ami, que la Reine est morte ?

— Je ne l'ai appris que ce matin.

— Il serait temps de vous reprendre et de vous tenir au moins au courant des nouvelles. Votre présence à Versailles est indispensable. Faites préparer vos bagages, nous partirons dès demain. Et puisque vous me semblez réveillé, j'ai une autre nouvelle à vous apprendre : vous allez être père pour la seconde fois !

C'était trop : le pauvre Marc Omer Rose faillit s'évanouir et s'écroula dans un fauteuil en pleurant.

Clémence sécha ses larmes avec son mouchoir, le regarda en hochant la tête et ne put s'empêcher de se demander si elle aurait longtemps la constance de demeurer fidèle à un tel mari.

*

Mme de Maintenon vécut les jours pénibles qui suivirent la mort de la Reine avec la dignité que l'on était en droit d'attendre d'une femme soumise à son Dieu comme à son roi. Sa peine d'ailleurs n'était pas feinte. La Reine l'aimait malgré tout : ne lui avait-elle pas rendu son mari après la disgrâce de Mme de Montespan ? Et cette mort subite ne pouvait que lui être défavorable dans la mesure où elle remettait en cause une situation d'amie-maîtresse bien assise et acceptée par tous. Elle se fit donc discrète et laissa le Roi partir avec sa famille et une partie de la Cour à Saint-Cloud puis à Fontainebleau.

Lorsqu'elle rejoignit Fontainebleau une semaine plus tard, en grand deuil et affligée comme elle pensait convenable, elle constata, surprise, que le Roi avait retrouvé tout son entrain. La duchesse de Duras raconta un peu plus tard à Clémence que le Roi s'était amusé de ces vêtements de deuil qui détonnaient avec les falbalas colorés qui ornaient les robes des dames et les justaucorps bariolés des courtisans. Bossuet pouvait bien fourbir dans son évêché de Meaux les envolées de son oraison, Marie-Thérèse avait déjà, tout le monde s'en rendait compte, disparu des pensées du Roi et de sa Cour.

— Je ne suis pas près d'oublier ces journées gênantes de Fontainebleau où Louis se montrait d'une grande gaieté, dit Mme de Duras. Figurez-vous qu'un soir, c'était quatre ou cinq jours après le décès de la Reine, il y eut appartement[1] et le Roi demanda à la Dauphine de danser. Comme elle s'excusait en avançant la mort récente de sa belle-mère, le Roi se fâcha et lui dit sèchement : « Ma fille, je vous en donne l'ordre. » Les yeux embués, la Dauphine dansa.

— Est-ce une attitude royale ou celle d'un mufle ? demanda Clémence.

— À vous de choisir, mon amie.

— A-t-on souvent parlé de remariage à Fontainebleau ?

— Sans arrêt. Et souvent devant Mme de Maintenon. Chacun supputait les chances de princesses allemandes, d'autres parlaient d'une princesse de Toscane ou de l'infante du Portugal. Il était impossible que le Roi ne fût pas au courant de ces bavardages mais je crois que, loin de s'en offusquer, il les trouvait plaisants.

— Et Mme de Maintenon ?

— Oh ! elle demeurait de marbre et faisait contre mauvaise fortune bon cœur. Elle ne m'a pas fait de confidences mais on la sent inquiète. Mettez-vous à sa place : si le Roi épouse une jeune femme, sans doute jolie, son rôle risque de devenir rapidement insignifiant, surtout si, unie à lui par des liens sacrés, elle parvient à contenter ses appétits sensuels.

— Et Mme de Sévigné, toujours au courant de tout, que sait-elle ?

1. Depuis 1682, cette expression codée avait la faveur des familiers de Versailles, ou de Fontainebleau lorsque le Roi s'y trouvait. « Ce soir, il y a appartement » signifiait que le Roi ouvrait à toute la Cour ses appartements pour y souper, pour jouer ou pour écouter de la musique.

— Rien. Comme tout le monde, elle pense que le Roi finira pas épouser l'infante du Portugal qui est, paraît-il, une personne fort séduisante. Elle m'a dit avoir questionné Mme de Montchevreuil qui est l'amie la plus proche de Mme de Maintenon ; mais ou elle ne sait rien, ou elle n'a rien voulu dire, seulement que Françoise d'Aubigné, qui continue à voir le Roi comme à l'accoutumée, semble mal à l'aise et prétend ne pouvoir dormir. Il va, ma chère, falloir attendre encore le nom de la future reine de France !

*

Le premier de septembre 1683, Jacques Bénigne Bossuet, évêque de Meaux, monta en chaire dans la basilique de Saint-Denis pour prononcer l'un de ses chefs-d'œuvre, l'oraison funèbre de Marie-Thérèse d'Autriche, reine de France. Louis était demeuré à Fontainebleau, jugeant peut-être que le Roi n'avait pas à revenir, fût-ce à propos des adieux de l'Église, sur l'événement qui l'avait fait veuf. Monseigneur le dauphin, Monsieur, Madame et une grande partie de la Cour, où l'on reconnaissait Mme de Maintenon et Mme de Montespan, étaient venus écouter l'éloge d'une épouse et d'une chrétienne exemplaire et recevoir une sévère leçon de piété et d'humilité.

Tout au long de son oraison, le prélat s'adressa à Monseigneur, le prenant à témoin des « torrents de larmes que la Reine versait devant Dieu » et de l'impuissance devant la mort du Roi lui-même « succombant à la douleur avec toute sa force et tout son courage ».

Ce fut beau, triste et interminable. Après une heure de péroraison, seigneurs et dames voilées de dentelle noire retrouvèrent avec soulagement leurs carrosses alignés devant le parvis. Il n'était que onze heures. En forçant un peu l'allure on arriverait assez tôt à Versailles pour assister au retour de la chasse [1].

1. Après la messe, le Conseil et le dîner, pris toujours seul dans sa chambre, les courtisans demeurant serrés à la porte, le

20

Clémence n'avait pas jugé indispensable de se joindre à la procession courtisane. Son oncle Toussaint Rose avait été retenu à Versailles par le Roi et c'est Omer qui avait représenté la famille à Saint-Denis. En rentrant, il retrouva sa femme qui installait leur nouvel appartement dans l'aile des ministres, dernier bâtiment construit par Mansart.

Le couple partageait avec le président Rose un grand salon et deux belles chambres avec leurs cabinets. Le logis sentait le neuf, les tentures rouge et or qu'affectionnait le Roi tapissaient le salon bien pourvu par le mobilier royal. Clémence se promit tout de même de compléter son installation en faisant venir deux commodes de Boulle qui se trouvaient dans l'hôtel de la rue Beautreillis. Il lui restait à trouver une nourrice pour le petit Nicolas qu'elle comptait envoyer vivre chez ses parents. C'était en effet l'usage et la règle : il n'y avait pas d'enfants à Versailles, surtout en bas âge. Les nouveau-nés devaient être placés en nourrice, qu'ils soient enfants des plus hauts dignitaires ou des officiers subalternes logés au Palais ou dans les dépendances. Les grandes familles envoyaient souvent leur progéniture très loin dans leurs terres, les plus modestes avaient recours à des nourrices logeant dans les environs, à Villepreux, à Saint-Cyr ou à Pontchartrain. La maison des Francine, où Madeleine était heureuse de jouer les grand-mères, représentait la solution idéale et bien des dames de la Cour enviaient Clémence de pouvoir garder son fils à deux pas du château[1].

La vie de la famille Rose reprit donc à Versailles sur le rythme un peu austère de l'hôtel parisien. Le prési-

Roi se délassait chaque jour, soit en chassant le cerf en forêt de Marly, soit à la chasse au tir, soit par une promenade avec les dames.

1. Les enfants royaux étaient la seule exception. Ils étaient élevés au Palais, confiés aux personnes chargées de leur éducation mais on ne les apercevait jamais. Un jardin caché était réservé à leurs jeux.

dent était présent aux veillées lorsque la famille ne devait pas assister à une fête de la Cour et Clémence en était contente car elle s'entendait bien avec le vieil homme qui avait toujours des histoires à raconter sur la famille royale, les séances du Conseil, l'Académie ou le ridicule de certains courtisans. Lui-même aimait beaucoup Clémence, sa simplicité et sa joie de vivre. Il répétait que son entrée dans la famille morose de vieux garçons qu'il formait avec son neveu avait changé sa vie. Cela se voyait à la transformation de l'habillement qu'elle avait imposée aux deux robins vêtus maintenant avec recherche comme tous les dignitaires qu'ils rencontraient auprès du Roi. Celui-ci s'en amusait et ne manquait jamais une occasion de se moquer du président qui, disait-il, « s'habillait maintenant comme un jeune chevalier ». Il ajoutait : « Je bénis votre nièce Clémence grâce à qui mon cher secrétaire ne fait plus grincer sa plume devant moi en costume rabat-joie ! »

Le Roi, Clémence attendait l'occasion de le rencontrer. Elle aurait pu, comme beaucoup, s'arranger pour se faufiler dans la suite des courtisans à la sortie de la messe et essayer de croiser son regard. Il l'aurait reconnue et se serait arrêté. Il lui aurait dit quelques mots banals et gentils avant d'être happé par quelque marquise évaporée. Puisqu'elle savait qu'il souhaitait la voir pour entendre son récit, elle préférait attendre qu'il la convoque. Peut-être en présence de Mme de Maintenon sûrement curieuse, elle aussi, de savoir comment étaient faits ces horribles Barbaresques qui écumaient les mers. Cette éventualité la comblait. Plus encore que le Roi, elle avait envie de rencontrer la marquise devenue le personnage-mystère de la tragi-comédie qui captivait la Cour. Clémence possédait-elle un don de prescience lorsqu'il s'agissait du Roi ? Encore une fois les choses se passèrent comme elle l'avait imaginé. Le lendemain matin, un page vint lui remettre un mot de Mme de Maintenon qui lui disait que le Roi la verrait le lendemain après la séance du Conseil.

Elle n'avait pas revu la marquise en particulier depuis que celle-ci l'avait convoquée pour arranger son mariage. Clémence s'attendait à trouver une femme tourmentée par tout ce qui s'inventait et se tramait autour de sa personne. C'est au contraire souriante, avenante et pleine de grâce que lui apparut Françoise d'Aubigné. Elle portait bien sa robe de soie brochée bleue, c'était sa couleur préférée, et Clémence fut surprise par son visage resté étonnamment jeune. Alors que ses anciennes rivales, Mme de Montespan et la pauvre La Vallière, accusaient sévèrement leur âge, elle était loin de paraître ses quarante-huit ans. Elle embrassa Clémence libérée de sa révérence et la fit asseoir à côté d'elle sur le canapé :

— Comme je suis contente de vous voir remise de vos épreuves ! Nous avons connu votre mésaventure en même temps que sa fin heureuse mais le Roi et moi étions inquiets des suites qu'elle avait pu avoir sur votre santé et vos esprits. Et ceux de votre mari naturellement.

Comme Clémence commençait le récit, qu'elle connaissait par cœur pour l'avoir souvent répété, Mme de Maintenon l'arrêta :

— Attendez que le Roi soit là ! Vous devriez tout recommencer. Mais parlez-moi de vous. Êtes-vous heureuse ? M. Omer Rose est-il un mari attentionné ? N'exige-t-il pas trop de sa jolie jeune femme ?

Clémence la rassura en se demandant ce que la marquise voulait dire. Mais le Roi entrait par la porte du vestibule qui donnait à deux pas sur ses appartements. Il salua l'ondine de ses bassins d'un large sourire, lui demanda des nouvelles de son père et ajouta :

— Savez-vous pourquoi, en dehors du talent de toute la dynastie, j'éprouve de l'amitié pour M. de Francine ?

Comme il ne pouvait y avoir de réponse, il continua :

— Le sieur Cortaud m'a donné il y a déjà longtemps le journal tenu par son oncle, le docteur Héroard, qui est resté avec une fidélité exemplaire durant plus de vingt ans attaché à mon père, le roi Louis XIII. En date

du mois de mai 1605, le bon médecin écrit à peu près :
« Monseigneur est mené au logis du sieur Francini qui
lui fait une petite fontaine. » Un peu plus tard, il
raconte que souvent, avant de s'endormir, le Dauphin,
alors âgé de quatre ans, lui disait qu'il allait aux fontaines tourner le robinet et imitait le bruit de l'eau qui
fusait : "fss, fss". Mon père n'a jamais oublié Thomas
Francini, votre grand-père, qui avait si bien su distraire
son enfance...

— Votre Majesté est très bonne de me raconter ces
événements dont mon père ne m'a jamais parlé. J'en
suis tout émue.

— Sans doute ne les connaît-il pas. Il faut que je
fasse rechercher dans mes archives le journal d'Héroard [1]. Mais je ne vous ai pas mandée pour vous raconter la jeunesse de mon père. C'est vous qui avez des
choses à me dire.

Clémence fut brillante. Elle essayait de conter
comme l'aurait fait Boileau, alternant le tragique et le
comique, jouant certaines scènes comme une comé-
dienne de Racine, les autres à la manière d'une servante
de Molière. Elle mit en valeur le courage de son mari,
l'un des rares à rester digne au moment de la capture
de leur navire.

— Je ne m'imaginais pas ainsi M. Omer Rose. C'est
bien et je le féliciterai puisqu'il semble remis de ses
émotions. Vous, vous paraissez avoir magnifiquement
supporté l'épreuve. N'est-ce pas, madame de Maintenon ?

— Votre Majesté ne saurait-elle pas encore ce dont
les femmes sont capables ? répondit celle-ci en souriant.

— Pas toutes, mesdames, et heureusement, car les
hommes feraient triste figure si les femmes étaient toutes de votre trempe.

1. Le journal d'Héroard a été tenu du 27 septembre 1601,
date de la naissance de Louis XIII, jusqu'au 29 janvier 1628.
Ces six volumes manuscrits sont conservés à la Bibliothèque
de France.

L'idée d'être placée par le Roi au même rang de qualité d'âme que Mme de Maintenon plut à Clémence qui sourit modestement.

Louis posa des questions. Il voulut tout savoir sur les forbans, leur parler, leurs vêtements, leur chef, leur navire qui filait plus vite que les frégates les plus rapides de la marine royale. Il conclut en disant qu'il allait donner des ordres pour débarrasser l'océan de tous les écumeurs des mers.

Puis le Roi remercia Clémence et lui demanda de se montrer plus souvent :

— Maintenant que vous êtes logée au château, je veux vous voir rejoindre les femmes d'esprit, elles ne sont pas si nombreuses, qui me font l'honneur et le plaisir de fréquenter régulièrement la Cour. La marquise vous en sera reconnaissante, elle aussi.

Il eut vers celle-ci un regard où Clémence crut voir une vraie complicité et se retira.

— Le Roi a de l'affection pour vous, Clémence, dit Mme de Maintenon. Ne le décevez pas.

Avant de regagner l'aile des ministres, l'Ondine eut envie de faire un tour dans le parc à peu près désert à cette heure. Elle dépassa le bassin d'Apollon et prit l'allée royale jusqu'au Canal où elle regarda un moment les navires sagement amarrés le long des quais. Seule, plus loin, une gondole dans laquelle elle crut reconnaître la Dauphine s'engageait dans le bassin transversal qui menait à Trianon. Elle s'assit sur un banc de marbre et réfléchit. Pouvait-elle après son entrevue se faire raisonnablement une idée sur ce qui allait se passer à la tête de la Couronne ? Elle se posa deux questions : Mme de Maintenon donnait-elle l'impression d'une femme sur le point d'être délaissée ? La réponse était non. De son côté, le Roi avait-il l'air de vouloir se séparer d'une personne à qui il accordait publiquement sa confiance ? « Non et non ! » dit-elle tout haut, ce qui étonna un marin italien qui passait. « Je vais parier un écu avec Marguerite de Duras que le Roi n'épousera pas l'infante du Portugal. »

L'affaire était trop brûlante pour qu'un seul jour passât sans que la Cour s'en fît l'écho. Quand on ne savait rien, on inventait ou on retraçait avec des détails nouveaux l'étrange parcours de Mme de Maintenon.

Née dans la prison de Nantes où son père purgeait une peine pour dettes, Françoise, petite-fille du poète protestant Agrippa d'Aubigné, fut élevée par sa tante davantage comme une servante que comme une jeune bourgeoise. Durant huit ans, elle avait mené une vie de petite paysanne, gardé les moutons et les dindons sans revoir ses parents. Lorsque ceux-ci la reprirent avec eux, elle était convertie au catholicisme, et son père, espérant faire fortune dans les îles, avait alors emmené sa famille aux Antilles.

Sur le séjour des Aubigné dans l'île quasi déserte de Marie-Galante, puis en Martinique, un véritable roman auquel chacun apportait son chapitre s'échafaudait à la Cour. Dans toutes ces histoires un peu décousues, Mme de Sévigné, toujours soucieuse d'exactitude, mettait un peu d'ordre au cours de ses conversations avec ses interlocutrices préférées, Clémence et Mme de Duras.

— Avec l'aide de Mme de Montchevreuil, confidente de la marquise, j'ai reconstitué la fin de l'histoire. Constant, le père mauvais sujet, a laissé sa famille à la Martinique et est rentré en France où il est mort en 1647. La même année, Mme d'Aubigné, à bout de ressources dans la petite île de Saint-Christophe, réussit à rapatrier ses trois enfants pour les abandonner, hélas ! à la charité publique. C'est ainsi qu'à seize ans, ballottée entre deux religions, deux continents, une tante et une marraine bigote, Françoise s'est vu confier aux ursulines de Niort puis de la rue Saint-Jacques à Paris. Comment une correspondance galante a-t-elle pu s'établir entre l'oiseau des îles enfermé dans la cage de son couvent et le poète burlesque Scarron, alors au fait de sa célébrité ? La question demeure sans réponse.

— Et elle l'a épousé ! s'exclama Clémence.

— Oui. Il avait quarante-deux ans, était laid et infirme. Elle, orpheline, avait seize ans. Fraîche comme une fleur nouvelle, on la surnommait « la Belle Indienne ». L'événement a fait alors le bonheur des gazettes. Chacun y est allé de son mot. Tallemant des Réaux a prétendu que la mariée lui avait dit : « J'ai mieux aimé l'épouser qu'un couvent. » « Je ne lui ferai pas de sottises, aurait pour sa part affirmé Scarron, mais je lui en apprendrai ! »

— Et notre peut-être future reine s'est arrangée de cette situation scabreuse ? demanda Clémence, qui avait du mal à imaginer dans l'image polissonne de la Belle Indienne l'austère amie de Louis XIV.

— Elle a été parfaite. Ses yeux noirs brillants, passionnés ont su séduire les beaux esprits qu'elle rassemblait autour de son mari. Le petit hôtel du Marais où ils habitaient devint grâce à elle le rendez-vous à la mode, le salon le plus couru de Paris, fréquenté aussi bien par les poètes Ménage, Saint-Amant, Pellisson que par les seigneurs libertins Grammont d'Albret, Villarceaux ou la belle Ninon de Lenclos. Cette union, qui apparut à la plupart contre nature, donna au moins naissance à un mariage d'estime et d'affection. Elle n'apporta pas de dot dans l'escarcelle trouée de Scarron mais la fraîcheur et le dévouement d'une vraie maîtresse de maison. Le poète difforme donna en retour à la sauvageonne des îles l'habitude d'un monde intelligent, lui ouvrit l'esprit et lui fit connaître des amis qui devaient plus tard lui être bien utiles.

— J'espère qu'elle trouvera le temps d'écrire ses mémoires ! dit Mme de Duras.

— Cela m'étonnerait, ce n'est pas le genre de la marquise de se raconter. D'autres se chargeront de lui donner la parole, en inventant au besoin [1]... Mais je n'ai pas

1. Mme de Maintenon n'a pas écrit ses mémoires, et beaucoup de témoignages, relations de confidences, histoires de sa vie publiés après sa mort sont apocryphes. Reste une correspondance qui permet de dissiper un peu l'équivoque de sa jeunesse.

fini mon histoire, authentique, elle. L'union dura huit ans et tout laisse à supposer qu'elle fut sans nuages, mais, à la mort du poète en 1660, la belle Françoise se retrouva sans ressources après la vente de ses meubles pour payer les dettes du ménage. Elle était pauvre mais non démunie comme elle l'avait été autrefois. Veuve d'un poète célèbre, elle connaissait assez de monde pour trouver de l'aide. De grandes dames lui assurèrent un gîte au couvent de la Charité, près de la place Royale. Un an plus tard, c'est la Reine mère qui faisait accorder à la veuve du poète une pension de deux mille livres, de quoi se loger convenablement et revoir les vieilles connaissances de Scarron, le riche maréchal d'Albret, le marquis de Villarceaux et sa chère amie Ninon de Lenclos qui la trouvait « un peu gauche pour l'amour ».

« Mena-t-elle alors une vie quelque peu débauchée ? On l'affirme et de nombreux témoignages confirment que notre marquise aurait eu des liaisons avec Villarceaux et le maréchal. Le reste, vous le connaissez : elle a fait la connaissance de Mme de Montespan, la cousine d'Albret, qui, un peu plus tard, lui confiera la garde du bâtard qu'elle venait d'avoir avec le Roi. Quatre autres enfants suivront qu'elle éduquera dans le secret d'un hôtel de Vaugirard. Elle accompagnera plusieurs fois Mme de Montespan et le Roi dans des déplacements puis, lorsque les bâtards seront légitimés, en 1673, elle s'installera à la Cour.

« Vous savez comme moi que c'est l'année suivante qu'elle est devenue la maîtresse du Roi. L'ascension de la Belle Indienne commençait. L'affaire des poisons écartant de sa route la Montespan, elle allait vite devenir dans le ciel de Versailles la planète fidèle du Soleil. Jusqu'à quel point ? L'avenir nous le dira !

Chapitre II

Le mariage du Roi

Les intentions du Roi demeuraient inconnues. Chacun épiait les faits et gestes de ceux qui pouvaient savoir quelque chose mais ils étaient peu nombreux et étaient habitués à tenir leur langue. Ce n'étaient pas Marguerite et Henri de Montchevreuil, plus proches amis de la marquise, ni Mme de Brinon, une intime, ou l'abbé Gobelin son confesseur qui allaient faire des confidences. Du côté du Roi, on pensait que seuls M. de Louvois, le père de La Chaise et Bontemps, son premier valet de chambre, étaient susceptibles d'être au courant.

Il fallut une bonne semaine aux commères de la Cour pour relever quelques indices mais il eût été osé d'en tirer des conclusions : Mme de Maintenon avait semblé plusieurs fois retenir ses larmes, elle avait eu des vapeurs et un valet dont le frère appartenait à Mme de Duras aurait surpris une scène qui signifiait peut-être quelque chose. Au sortir du Conseil, le Roi avait retenu M. de Louvois et l'avait entraîné dans un lieu d'où l'on ne pouvait entendre ce qu'ils se disaient. Le valet vit seulement le Roi se pencher vers son ministre et lui parler. Cela n'avait rien d'exceptionnel mais le valet ajoutait que Louvois était devenu rouge et qu'il s'était quasiment jeté aux pieds du Roi, semblant l'implorer. Sa voix haussée d'un ton par l'émotion permit à l'indiscret de saisir les mots de « marquise » et d'« atteinte à la gloire ». C'était peu et Marguerite de Duras n'en parla, avec beaucoup de réserve, qu'à son amie Clémence.

Rien ne pouvait laisser supposer que le Roi avait pris sa décision. Ses relations avec Mme de Maintenon demeuraient celles qu'on connaissait déjà du temps de la Reine. Il se rendait chez elle chaque matin avant d'aller à la messe, le soir après la chasse et avant son souper, quelquefois après lorsqu'il n'y avait pas appartement. Quant à la marquise, elle semblait remise de ses malaises et son visage avait repris l'air sérieux mais aimable qu'on connaissait à la gouvernante-maîtresse du Roi.

C'est un peu plus tard que l'on s'aperçut qu'une révolution s'était accomplie, le soir où la marquise de Maintenon resta assise dans un fauteuil devant les princesses et qu'elle prit place à la messe dans la tribune de la Reine.

Ces faits troublants, les trois amies les examinèrent comme à la loupe. Ils signifiaient évidemment que celle que personne n'appelait plus depuis longtemps « la veuve Scarron » avait franchi un pas important dans son irrésistible ascension. On apprit officiellement dans le même temps qu'il n'avait jamais été dans les intentions du roi de se remarier avec l'infante du Portugal, ni avec une princesse allemande. La situation de Mme de Maintenon s'affermissait à la Cour où elle n'était ni reine ni épouse reconnue, même si elle trônait et qu'au vu et au su de tout le monde le Roi partageait sa couche.

Le Soleil avait-il épousé son irremplaçable et tendre satellite ? Jamais un secret n'avait été aussi bien gardé. Il devait le rester durant de longues années, pour ses sujets, pour sa famille, pour l'Europe qui s'interrogeait sur la situation du maître du monde, pour la Cour elle-même, ce qui était surprenant car aucun secret n'avait échappé jusque-là à la curiosité de l'entourage royal.

L'apparence, il est vrai, brouillait les cartes. Depuis la mort de la Reine, le Roi n'avait en rien changé ses habitudes. Ne continuait-il pas à rendre une visite de courtoisie chaque jour à Mme Montespan ?

Quelqu'un savait sûrement. C'était Toussaint Rose, le secrétaire du cabinet, la plume du Roi, l'oncle par alliance de Clémence. Comme Bontemps, il n'ignorait rien de la vie publique et personnelle du Roi dont il rédigeait les édits et le courrier, imitant parfaitement son écriture et signant au besoin à sa place sans que quiconque s'en aperçoive. Mais, comme Bontemps, il demeurait muet quand les circonstances l'exigeaient. Un jour, n'y tenant plus, Clémence s'était enhardie à lui demander si le Roi avait épousé secrètement Mme de Maintenon. Il avait souri et répondu :

— Ma chère enfant, cela a-t-il tellement d'importance ? Je n'en sais rien mais si je le savais je ne vous dirais rien.

L'Ondine restait donc sur sa faim, Mme de Duras changeait d'avis toutes les semaines, et la marquise de Sévigné se disait persuadée que le Roi avait bel et bien épousé la Maintenon, que cela s'était passé une nuit dans un cabinet du château et que c'était l'archevêque de Paris qui avait officié. Elle prétendait que sa certitude s'appuyait sur des sources sûres qu'elle ne pouvait dévoiler [1].

La Cour finit par se lasser et l'on parla de moins en moins souvent du mariage du Roi, inadmissible pour les uns, bienvenu pour les autres. Mariée ou pas,

---

1. Les historiens hésitèrent près de trois siècles avant de fixer la date du mariage à la nuit du samedi 9 au dimanche 10 octobre 1683. C'est bien l'archevêque de Paris, Harlay de Champvallon, qui unit le petit-fils d'Henri IV à Françoise d'Aubigné, veuve Scarron. Étaient présents au mariage Louvois, le père de La Chaise, le marquis et la marquise de Montchevreuil et Bontemps, premier maître d'hôtel de Sa Majesté.

Mme de Maintenon demeurait seule auprès du Roi. On comprit vite que son pouvoir, officialisé ou non, allait vite dépasser celui de la Reine défunte.

*

Les affaires de l'État se traitaient dans le cabinet du Roi, au Conseil des finances ou à celui de la guerre mais la Cour en restait absente. Ainsi évitait-on entre gens de bonne compagnie de parler des protestants et des mesures contraignantes prises à leur encontre depuis 1679. Pourtant, la plupart des courtisans recevaient de leur fief des nouvelles indiquant que la situation des huguenots devenait dans de nombreuses régions de plus en plus insupportable. Et personne, du seigneur au pousseur de brouette de Marly, n'y trouvait à redire. C'était l'affaire du Roi de réaliser l'unité catholique du pays et nul ne se souciait du sort de ces gens qui refusaient de se convertir malgré les exhortations des curés, la persuasion des dragons et la rigueur des fonctionnaires envoyés dans les régions où les hérétiques étaient les plus actifs. L'opération, que l'Église encourageait et que la grande majorité des Français approuvaient, était dans la règle : il convenait de détruire une religion dérangeante et d'obtenir l'abjuration de tous les protestants.

Le trio des « amies versaillaises » était pourtant partagé. Mme de Sévigné, habituellement réservée, se disait enchantée du travail des dragons et l'écrivait à sa fille.

Qu'avait fait le Roi et que continuait-il de faire ? Louis était impatient de réaliser cette unité de religion qui allait de pair avec l'unité de la nation et qui ne pouvait que favoriser la bienveillance divine due à un souverain menant une vie rangée et observant avec rigueur les pratiques extérieures. Il écoutait Bossuet qui répétait : « Le Roi doit employer son autorité pour détruire dans son État les fausses religions. » Ainsi, depuis vingt ans, les édits succédaient aux édits, on en comptait en 1683 plus de trois cents, chacun réduisant un peu plus, dans tous les domaines, les libertés accordées en 1598 par Henri IV aux protestants. Un an avant sa révocation, l'édit de Nantes était déjà vidé de son sens. On avait abattu plus de quatre cents temples, les huguenots n'étaient plus admis dans les charges de police et de finances, ils étaient obligés à pensionner leurs enfants convertis et à demander à leur lit de mort un prêtre chargé de les exhorter. Ceux qui refusaient ces règles étaient passibles du bannissement et de la confiscation de leurs biens.

Louis voulait des conversions ? On le persuadait qu'un mouvement quasi spontané portait en quantité les réformés vers le catholicisme et que c'était son devoir de sauver les âmes de ses jeunes sujets qui pouvaient se convertir dès l'âge de sept ans. Quant aux moyens employés pour y parvenir par les prosélytes, toujours plus violents et désireux de plaire à Louvois, on faisait en sorte que le Roi les ignore ou l'on en minimisait l'horreur. Louis, s'il était résolu à obtenir la conversion des protestants, ne songeait pas à l'obtenir par la terreur. C'est pourtant ce que faisaient Louvois et ses agents. Lorsque le Roi apprit ce qu'il s'était passé dans le Poitou pour arracher trente mille conversions, il ordonna à Louvois de modérer le zèle de l'intendant Marcillac, et celui-ci, qui espérait être félicité, reçut l'injonction de calmer l'ardeur des militaires et des commissaires : « Sa Majesté m'a commandé de vous faire savoir qu'elle veut absolument que vous fassiez cesser toutes les violences des cavaliers, même si ces violences produisent des conversions. » Dans le même temps, hélas ! le duc de Noailles, gouverneur du Languedoc, massacrait des populations qui, exaspérées, avaient tiré sur des soldats. Nîmes livrée aux dragons avait été convertie en trois jours, Montauban en un seul. Après ces exploits, Noailles écrivit au Roi que « tout s'était passé dans une grande sagesse et discipline et qu'il ne resterait bientôt pas un huguenot dans sa province ».

Clémence, d'un naturel doux et bienveillant, tout en reconnaissant qu'il était normal de ramener les obstinés à la mère Église, ne suivait pas la marquise de Sévigné dans son apologie des mesures extrêmes. « C'est par la persuasion et non par la force qu'il faut convertir ces malheureux », disait-elle. Mme de Duras était aussi de cet avis peu partagé à la Cour. Mme de Maintenon, disait-on, n'avait pas cherché à conseiller au Roi la douceur, ni l'archevêque Harlay de Champvallon, ni le père de La Chaise que la marquise de Montespan appelait ouvertement « La Chaise de commodité » à cause de sa servilité. La tendance de l'opinion, il est vrai, n'incitait pas le Roi à s'occuper de ces « vétilles ». Alors les deux amies firent comme tout le monde, oublièrent les huguenots et s'intéressèrent à la fête que le Roi allait donner pour l'inauguration de la machine de Marly.

*

François de Francine avait été long à se remettre d'une fâcheuse saignée ordonnée par son médecin. Le chirurgien qui l'avait pratiquée à titre préventif avait raté son coup de lancette et la lame avait carrément sectionné une veine, ce qui avait entraîné un œdème de tout le bras. Sa guérison arrivait à temps car l'intendant des eaux et fontaines de France avait fort à faire avec la fameuse machine de Marly qui commençait à haleter sur la Seine. Son rendement s'annonçait considérable mais, déjà, on se demandait si elle suffirait à alimenter tous les bassins, les cascades et les jeux d'eau qui, selon le désir du Roi, se multipliaient dans les jardins.

Succédant à Colbert qui n'avait jamais cessé d'œuvrer pour que Sa Majesté ne passe jamais au cours d'une promenade devant une fontaine tarie, Louvois devait relancer la course à l'eau. L'intendant François de Francine, Denys le vieux fontainier et l'ingénieur le Jongleur, qui, durant vingt ans, entre Clagny et Rambouillet, avaient asservi le moindre filet d'eau, vidé la plus petite flaque, pompé le plus petit étang, se lançaient donc à nouveau sur le sentier de la soif, la soif inextinguible des fontaines versaillaises.

François avait repris sa vieille canne et arpentait le parc en réfléchissant. Clémence, que sa grossesse ne gênait pas encore, l'accompagnait le plus souvent et, leur complicité de jadis retrouvée, entre Latone et l'Encelade, ils égrenaient des souvenirs. Parfois, histoire de voir si elle savait encore manœuvrer la clé-lyre[1], Clémence, joyeuse, envoyait vers le ciel des myriades de gouttelettes argentées.

Au bout du Grand Canal, le père et la fille retrouvaient le banc de marbre en arc de cercle où ils s'asseyaient souvent. Et François, comme jadis, reprenait le discours de l'eau, le discours de Versailles, le discours de sa vie :

— Riquet[2], que Louvois a aussi alerté, dit-il un jour où ils regardaient la flottille du roi Louis faire des ronds sur le Canal, ne doute de rien. Il est vrai qu'il a réussi une œuvre fantastique, le creusement du canal du Midi avec ses six cents lieues de longueur et ses soixante-deux écluses, mais son projet pour alimenter Versailles en eau est irréaliste.

— Mais, mon père, vous n'avez toujours mené à bien que des choses impossibles ! Combien de fois vous ai-je entendu dire que les désirs du Roi étaient insensés ? Pourtant, Le Nôtre et vous avez toujours réussi à les satisfaire. Et que propose ce M. Riquet ?

— Il veut conduire jusqu'à Versailles les eaux de la Loire !

— Et c'est impossible ?

— Peut-être pas, mais cela coûterait tellement cher que Louvois a renoncé. Nous avons tous d'ailleurs émis des doutes sur le succès de l'opération.

1. Robinet à deux poignées en forme de lyre qui servait à manœuvrer les vannes des différents jeux d'eau. Ces clés demeurent encore en service pour de nombreux bassins de Versailles.
2. Célèbre ingénieur, constructeur du canal du Midi. Voir *La Fontainière du Roy*.

— Alors ?

— On va exploiter les étangs inférieurs, ceux de Saclay, du Trou salé, de Villiers-le-Bacle dont les eaux iront jusqu'aux étangs Gobert, d'abord en siphon souterrain puis par un aqueduc qui franchira la Bièvre à une grande hauteur[1]. Mais il faudra aller plus loin, jusqu'à Trappes, Saint-Quentin, La Tour, Coignières, Hollande, les Essarts. J'ai proposé d'unir entre eux ces étangs qui vont trouver leur place dans une autre tentative de captation de rivière.

— Laquelle ? Je crois deviner que M. l'intendant général des Eaux est séduit par cette prochaine aventure. De quelle rivière s'agit-il ?

— De l'Eure.

— C'est loin, l'Eure ?

— Ignorante. L'Eure passe à Maintenon, cadeau-marquisat du Roi à la dame que tu connais bien. De Maintenon aux étangs il n'y a pas dix lieues mais la cote de Maintenon est de quinze toises plus basse que celle de la rivière. C'est là où le problème commence.

— Alors l'idée n'est pas bonne. Vous n'allez tout de même pas construire une nouvelle machine de Marly pour monter l'eau de l'Eure !

— Le seul moyen est d'aller capter l'eau en amont où les conditions sont favorables. Mais c'est loin, des travaux énormes devront être entrepris et la dépense sera élevée. Tu vois que j'ai du pain sur la planche !

— J'en suis heureuse. Dès que vous commencez à parler d'eau et de fontaines, votre regard s'éclaire et vous rajeunissez.

*

Un autre événement se préparait, qui mettait la famille Francine en émoi. Jean-Nicolas, le fils de Pierre, neveu de François, avait fait la conquête d'une char-

---

1. Les étangs Gobert existent encore près de la gare des Chantiers. Les arcades de Buc également.

mante jeune fille. Cela aurait été banal si Catherine, c'était son nom, n'avait pas été la fille du grand Lully, le surintendant de la Musique royale !

Ce soir-là, la famille Lully était l'invitée des Francine. On devait, au cours du souper, régler les derniers détails du contrat. Ce n'était pas chose aisée car les deux partis avaient du bien, des rentes, des donations. Jean-Nicolas devenait titulaire de la charge de maître d'hôtel de Sa Majesté que lui abandonnait son père. C'étaient des revenus, des émoluments qu'il fallait enregistrer. Enfin, il convenait de prendre en compte les privilèges de « l'establissement des carrossiers et calleschiers à la suite de la Cour et des conseils de Sa Majesté » que détenaient les Francine. Il restait encore à fixer la rente, le douaire, qu'assurerait le marié à sa veuve s'il venait à mourir. Bref, les notaires avaient de quoi se délecter, noircir beaucoup de papier et gagner gros avec ce mariage d'artistes qui devait réunir des familles très particulières dont les revenus, s'ils étaient importants, étaient aussi disparates.

Depuis l'arrivée en France de Thomas, l'ancêtre toscan appelé par Henri IV pour aménager les fontaines de Saint-Germain, les Francine avaient élevé leur condition et leur fortune en étant tous hydrauliciens, ce qui ne les empêchait pas de remplir des fonctions inattendues fort différentes qui étonnaient souvent les gens de la Cour. Ainsi François, le génie de la famille, le magicien des grandes eaux de Versailles, avait-il, en dehors de ses fonctions d'intendant des fontaines, été désigné par le Roi pour prendre la conduite et police de régiments au repos avant d'obtenir la charge de conseiller et maître d'hôtel ordinaire, de se faire recevoir avocat puis de devenir « lieutenant criminel de robe courte en la ville, prévôté et vicomté de Paris[1] ». Durant des années, le père de Clémence avait ainsi instruit des affaires criminelles et couru sus aux chenapans tout en

1. Un titre que l'on pourrait assimiler à celui de préfet de police aujourd'hui.

travaillant avec son ami Le Nôtre à l'aménagement et à l'alimentation des élégants bassins versaillais.

Mettre fleuves, rivières, sources et étangs au service du bon plaisir du Roi lui suffisait aujourd'hui. C'était donc un fontainier comblé, anobli, riche qui recevait Jean-Baptiste Lully, directeur de l'Académie royale, surintendant de la Musique du Roi, comme lui fortuné et comme lui d'origine italienne.

Les deux hommes pourtant ne s'estimaient guère. François de Francine, comme La Fontaine, Boileau et Racine, ne lui avait pas pardonné d'avoir, par ses agissements, causé la disgrâce de Molière, son vieux complice des débuts du règne. Mais c'était une vieille histoire que l'amour des deux jeunes gens devait faire oublier.

Madeleine de Francine, qui portait le même prénom que Mme Lully, avait décidé que, puisqu'on allait se retrouver entre Italiens, on mangerait italien. Deux gondoliers qui logeaient au fond du parc avec les autres marins du Roi avaient été embauchés avec leurs femmes. Une voiture les avait amenés car ils étaient chargés d'un sac de farine de blé dur, celle qui convient pour faire la pasta à la manière de Venise, d'une énorme marmite et d'ingrédients pour la sauce. Ils avaient aussi apporté les mandolines. Le vieux Versailles, pour un soir, était italien.

Madeleine avait fait préparer de nombreuses entrées, bien françaises, pour accompagner la pasta. Sa cuisinière et la servante de cuisine avaient travaillé deux journées pour que soient réussis le potage de cailles aux champignons, le pâté de levraut en pâte brisée, le brochet à la sauce, les œufs farcis à l'oseille, la compote de pigeons, les corbeilles de pommes et de poires et la confiture de verjus que la maîtresse de maison avait tenu à confectionner elle-même selon une recette vieille comme sa famille.

Les invités ne risquaient donc pas de souffrir de la faim. Comme on pouvait s'y attendre chez des Italiens attachés à la France, le souper fut très gai. François avait servi pour l'accompagner le meilleur vin de sa cave, un Richebourg de Bourgogne auquel les fines bouches de la Cour commençaient à s'intéresser.

Il était déjà tard et les convives étaient un peu gris lorsque les gondoliers se mirent à chanter. Heureusement, les derniers points litigieux du contrat avaient été réglés, entre hommes, avant de passer à table. Personne ne se doutait qu'en épousant la fille de Lully un Francine, Jean-Nicolas, s'ouvrait la route d'une étonnante carrière.

Clémence connaissait depuis longtemps Catherine, la fiancée de son cousin. Plus âgée, elle l'avait prise plusieurs fois sous son aile lors de fêtes ou de concerts. Son père pouvait bien diriger ses violons et être applaudi, la jeune fille se sentait perdue dans la foule des courtisans.

— Nous sommes un peu sœurs, lui avait dit Clémence. Nos pères servent le Roi dans ses deux passions : la musique et les fontaines.

La comtesse de Rose de Pérelle [1] était donc contente de voir entrer dans la famille celle qui, comme elle, n'était pas de noble mais géniale famille. « Vous verrez, lui avait-elle dit le soir du souper de Versailles, mon cousin Jean-Nicolas n'est pas seulement le charmeur qui a fait votre conquête. C'est un garçon fin et cultivé dont on n'a pas fini de parler. »

*

Le 18 avril 1684, le château, ses cours, ses corridors et ses galeries bruissaient comme d'un murmure de ruche. Des belles robes et des justaucorps s'y croisaient dans un crissement de soie, les valets s'affairaient, les conversations étaient animées. C'était le signe qu'un événement important se préparait.

Par bonheur, il faisait beau, la famille de Francine était regroupée dans un angle de la cour de Marbre, les

1. Voir *La Fontainière du Roy*.

Lully dans un autre. Tout le monde n'attendait qu'une phrase, « le Roi arrive », pour se ranger dans la Galerie basse. Car le Roi, comme il avait voulu être le parrain du premier enfant de Clémence, tenait à être témoin de l'union de deux familles qu'il souhaitait honorer. Combien de marquis auraient voulu bénéficier d'un tel honneur pour leurs enfants ! D'autant que le Dauphin et sa « crestienne espouze » Marie-Anne de Bavière s'y associaient et s'apprêtaient à contresigner l'acte du mariage.

En entrant dans la chapelle du château[1], les futurs mariés et leur famille les trouvèrent installés devant l'autel, en compagnie de Michel Le Tellier, chancelier de France, et son fils, le marquis de Louvois, Louis de Bailleul, président à mortier au parlement de Paris, le président Toussaint Rose, secrétaire personnel du Roi et oncle par alliance de Clémence. Du côté des proches des futurs époux il y avait les parents des mariés : Pierre de Francine, conseiller, maître d'hôtel de Sa Majesté, Marie-Louise, son épouse ; François de Francine, chevalier, seigneur de Grandmaison, grand prévôt de l'Île-de-France et intendant général des Eaux et Fontaines, Jean-Baptiste Lully et Madeleine Lambert, son épouse, la comtesse de Pérelle et son mari Omer Rose.

La cérémonie fut brève mais solennelle. Durant la bénédiction, Lully, pour une fois, ne dirigea pas les musiciens du Roi. C'est Delalande qui joua deux de ses motets.

— Une nouvelle page de l'histoire des Francine est tournée ! dit Clémence à l'oreille de son père.

— Peut-être mais c'est toi, ma fille chérie, qui en as écrit le plus beau chapitre. Seuls mes jets d'eau sont montés aussi haut.

— Jean-Nicolas me ressemble. Il va poursuivre l'irrésistible ascension de la famille. Moi, je ne regrette qu'une chose : avoir perdu en route ce nom qui m'est tellement cher !

1. Chapelle intérieure. Celle de Mansart, que l'on connaît, n'était pas encore construite.

— Pourquoi ? Cela n'est pas important un nom sans grande noblesse.

— Vous vous trompez. La noblesse des Francine vaut tous les marquisats de la terre car c'est celle du génie. Le vôtre surtout, mon père !

La cérémonie terminée et le registre paraphé, le Roi, Louvois et Toussaint Rose regagnèrent la cabinet royal pour le Conseil.

— Sa Majesté ne le montre pas mais il a des soucis, dit Omer Rose à sa femme. En apparence, rien n'est changé des habitudes de la Cour. Le Roi apparaît souriant aux dames, il assiste aux concerts et ne change rien au rituel qui, du petit lever au coucher, rythme ses journées. Au contraire, il semble plus que jamais préoccupé d'éblouir. Pourtant, la nature lui inflige bien des outrages...

— Sa Majesté a des ennuis de santé ? demanda Clémence.

— C'est un secret d'État : le Roi souffre le martyre d'une opération qu'il a dû subir à la bouche. Sous le prétexte de lui arracher une dent, le chirurgien a provoqué un abcès que M. D'Aquin a jugé si grave qu'il a ordonné d'enlever la plupart des dents de la mâchoire supérieure. Une véritable boucherie qui a entraîné l'ablation d'un morceau du palais. La plaie a été traitée par un « bouton de feu », un supplice que le bourreau n'inflige pas aux hérétiques condamnés. Le Roi a subi dix-sept fois cette épouvantable intervention en montrant un stoïcisme digne des Anciens. Ses souffrances ne paraissent aucunement altérer son caractère. Pourtant, ceux qui passent plusieurs heures par jour avec lui, comme le président, constatent que ses réactions deviennent plus brutales, en particulier dans la politique avec l'étranger[1]. Par exemple...

Il ne continua pas car les carrosses attendaient pour conduire la noce à Paris dans le somptueux hôtel que

---

1. La guérison ne fut jamais complète. Jusqu'à sa mort, Louis XIV fut affligé d'une pénible infirmité : s'il relâchait son attention en buvant, le liquide était expulsé par le nez.

Lully s'était fait construire rue Sainte-Anne. Boileau, s'il avait été là, n'aurait pas manqué de rappeler que pour payer cet hôtel, en 1671, il avait emprunté onze mille livres à Molière alors encore son ami[1].

*

Le regard du Roi se durcit à l'entrée de son cabinet. La représentation et le faste cédaient le pas au « travail », comme il appelait la partie de la journée qu'il consacrait au gouvernement des affaires de l'État. Le chancelier, le marquis de Seignelay, fils de Colbert et ministre de la Marine, le contrôleur des finances Le Pelletier et le marquis de Croissy, frère de Colbert et conseiller aux affaires étrangères, l'attendaient. Le président Toussaint Rose tenait la « liasse[2] ». Dans le secret des tentures rouges et or, le Roi donna la parole à Louvois.

Le soir, Clémence et son mari furent heureux de retrouver le calme dans leur appartement de Versailles. L'oncle Toussaint Rose, toujours curieux, les attendait pour leur faire raconter la réception chez les Lully à laquelle il n'avait pu assister.

— Mon état nous a permis d'échapper au bal ! dit Clémence. Heureusement, car cet aller-retour dans la chaleur pour permettre à Lully de montrer son hôtel m'a épuisée.

— Au fait, la naissance de l'enfant est pour quand ? demanda le président.

— Le mois prochain. Et je vais bientôt me retirer chez mes parents pour attendre paisiblement l'accouchement. Les escaliers de Versailles me tuent ! Mais, Omer, que vouliez-vous ajouter ce matin lorsque nous

---

1. L'hôtel de Lully existe toujours au coin de la rue Sainte-Anne et de la rue des Petits-Champs. La façade (classée) est décorée d'instruments de musique.
2. Dossier des affaires que le Roi devait traiter avec ses ministres et conseillers.

avons été interrompus ? Le Roi, disiez-vous, avait des soucis, même s'il les cachait bien.

— On ne règne pas sur le monde sans avoir de soucis, dit le président.

— Je voulais parler de l'Angleterre.

— C'est en effet l'Angleterre, qui a été au centre des débats du Conseil.

— Je croyais que tout allait bien depuis que Jacques II régnait ? Expliquez-moi ce qu'il se passe.

— Si vous voulez, ma chère petite, mais ce n'est pas très drôle. Eh bien, ce matin, la « liasse » était grosse. En volume et en soucis. Depuis quelques semaines, la question anglaise est en effet devenue préoccupante.

— Les Anglais ne sont-ils pas nos alliés ?

— L'avènement de Jacques II devrait en effet servir la France. Soutenu financièrement par Louis XIV [1], le roi d'Angleterre, d'Irlande et d'Écosse garde son obédience à l'Église romaine et il n'a pas intérêt à nous jouer un mauvais tour. Mais sa situation est instable et le Roi sait que les traités signés à Ratisbonne avec l'Empire et l'Espagne, qui instaurent une trêve de vingt années, ne valent que ce que valent les compromis. L'équilibre européen reste précaire et le Roi veut continuer à fortifier les frontières du nord, même si cette mesure défensive peut paraître une menace à l'étranger.

Clémence avait écouté distraitement ces explications, la main posée sur son ventre où elle sentait le bébé bouger. Elle s'avoua que finalement le sort de l'Angleterre ne l'intéressait pas du tout, et elle alla se coucher.

*

Une autre affaire préoccupait le Roi et le Conseil. Celle des protestants, qui continuait d'attiser les passions et de troubler l'ordre dans le sud du royaume. Ce

1. Le Roi lui avait fait un don, non sollicité mais bienvenu, de cinq cent mille livres.

désordre était en fait l'œuvre de Louvois et des inten dants qui – au titre de l'astreinte au cantonnement – surchargeaient à plaisir les demeures protestantes de militaires encouragés à commettre les pires excès. C'étaient les dragonnades qui reprenaient avec une violence accrue.

Le Roi, sous l'influence de Louvois et de l'archevêque de Paris Harlay de Champvallon, désireux de faire oublier ses commerces scandaleux avec les femmes, parmi lesquelles on citait les abbesses de Pontoise et des Andelys, était tenté de frapper un grand coup dans la fourmilière huguenote. Pourquoi pas en révoquant l'édit de Nantes devenu sans objet après le nombre considérable de conversions qu'on lui annonçait de toutes parts ? Il avait donc décidé de mettre la question en délibération dans son Conseil. C'est de cela beaucoup plus que de l'Angleterre dont on avait débattu après le mariage de Jean-Nicolas de Francine avec la fille de Lully.

« Les avis avaient été partagés. Les uns voulaient que l'on suivît toujours les mêmes maximes. Les consciences, disaient-ils, ne se gouvernent pas le bâton haut. Les autres criaient qu'il ne fallait pas craindre une poignée de gens qui, se voyant méprisés et sans chefs, perdraient bientôt courage et, lorsque le maître parlerait, suivraient tout de bon comme des moutons[1]. »

C'est le 18 octobre 1685, au cours d'un séjour de la Cour à Fontainebleau, que le Roi signa le décret qui révoquait l'édit de Nantes. C'était dans son esprit une décision logique, conforme au dogme religieux qu'il incarnait. Il attendait de cet acte la paix des âmes dans la réunification religieuse de l'État.

Les conséquences ne furent pas, hélas ! celles qu'il espérait. Des foyers de résistance s'allumèrent un peu partout, entraînant une répression de plus en plus féroce. La soldatesque eut licence de torturer à sa guise et les galères s'emplirent de condamnés suspectés

1. Mémoires de l'abbé de Choisy.

d'avoir célébré leur culte en secret. Malgré l'interdiction de sortir du pays, trois cent mille protestants réussirent à gagner l'étranger. Le royaume fut ainsi débarrassé de protestataires encombrants mais en même temps privé de citoyens indispensables à son existence. L'Empire, la Suisse, la Hollande et l'Angleterre accueillirent à bras ouverts les fugitifs dont beaucoup appartenaient à l'élite de la nation. La révocation, loin d'attirer les faveurs du Tout-Puissant sur la France, ruinait une partie du commerce, arrêtait de nombreuses industries, faisait fuir d'immenses sommes à l'étranger et altérait jusqu'en Amérique l'image de la France.

Rien de ce qui sera considéré, plus tard, comme une faute capitale, une catastrophe de l'Histoire, ne troublait cependant la vie de la Cour. Pis, à Versailles comme à l'Académie, dans les cercles d'intelligence comme dans les milieux populaires, on applaudissait un geste jugé le plus digne et le plus grand du règne.

Clémence ne s'était jamais intéressée au sort des huguenots et ce n'était pas au moment où elle attendait son enfant qu'elle allait s'émouvoir de la révocation d'un édit dont elle ignorait jusque-là l'existence. À cause de son âge – elle allait atteindre la trentaine –, les médecins lui avaient ordonné le repos. Allongée, elle recevait ses amis dans la maison familiale retrouvée. Ce jour-là, Racine, après avoir rencontré Mme de Maintenon qui voulait l'entretenir d'une pièce commandée pour les jeunes pensionnaires de Saint-Cyr, était venu l'embrasser. Clémence n'avait jamais oublié la brouille qui l'avait séparé de Molière mais elle aimait bien Racine, avec son génie et ses défauts. Ils parlèrent des amis, évoquèrent des souvenirs du *Mouton blanc*[1], puis Clémence l'interrogea sur cette fameuse révocation dont son mari l'avait entretenue pour la première fois le matin même.

— Omer, et il est bien le seul ici, juge inopportun l'acte de révocation, dit-elle. Il affirme qu'il va enveni-

1. Voir *La Fontainière du Roy*.

mer dangereusement nos relations avec l'étranger. Le Roi, dit-il, a travaillé au triomphe de son grand ennemi Guillaume d'Orange devenu le chef du protestantisme en Europe. Je n'aime pas la violence mais, cette considération morale mise à part, pensez-vous que la révocation soit une mauvaise chose pour le royaume ?

— Ma chère, je pense comme beaucoup que, sur dix-neuf millions de Français, dix-huit trouvent admirable la décision du Roi qui a suscité autour du trône un enthousiasme oublié depuis des années. Je m'associe pour ma part à ce torrent de louanges. Sans aller jusqu'à parler de miracle à l'exemple de l'abbé de Rancé, je crois que le Roi a bien agi dans l'intérêt du pays et de son peuple.

Quelques jours plus tard, c'est son parrain, celui qui lui avait donné le surnom d'Ondine, qui lui tint dans sa ruelle un langage semblable. Le malheur des protestants n'empêchait pas le bon La Fontaine de dormir. Pour se justifier, il affirma que Fontenelle trouvait plein d'intérêt à la révocation et que La Bruyère se mêlait au concert des louanges.

— À propos de La Bruyère, dit-elle pour changer une conversation qui commençait à l'attrister, j'aimerais bien faire sa connaissance. Dès que j'aurai mis mon enfant au monde, je souhaiterais que vous me l'ameniez.

— Tu as raison, mon Ondine, de vouloir connaître cet homme original qui semble dans la vie ne faire que ce qui lui plaît. Il mérite à coup sûr de faire partie des beaux esprits dont tu as toujours aimé t'entourer.

— Est-il vrai qu'il est trésorier du bureau des finances de la ville de Caen ?

— Oui, depuis plus de dix ans, il a jouissance des droits, privilèges et prérogatives attachés à cette charge qu'il a achetée grâce à son père qui était contrôleur des rentes de la ville de Paris. Elle lui assure une vie convenable et exempte de soucis.

— Exempte de soucis, une charge qui oblige à manier des sommes considérables ?

— Oui, car il s'est aperçu que le bureau des finances fonctionnait très bien sans qu'il s'en occupe. Alors il n'y met jamais les pieds[1]. Pour l'instant, La Bruyère appartient aux Condé, comme précepteur du jeune duc de Bourbon. Sur la recommandation de Bossuet, il vient de s'installer à Chantilly pour enseigner l'histoire, la géographie et les institutions de la France.

— Cette place de gentilhomme enseignant l'a sans doute obligé à abandonner son office de trésorier ? demanda Clémence.

— Pas du tout, il garde l'un et l'autre, et t'expliquera lorsque tu le connaîtras que sa vraie profession est celle d'un honnête homme, homme de lettres et poli. Mais, dis-moi, est-il vrai que l'ami Le Nôtre quitte la maison voisine ?

— Oui, il la vend et cela nous désespère. Les Le Nôtre faisaient partie de la famille. Le Roi lui offre un appartement au Grand Commun. Mais il conserve naturellement sa maison des Tuileries. Vous voyez, mon oncle, la vie qui passe efface peu à peu ses traces derrière elle. Je me sens vieillir. Remarquez que Le Nôtre, plus âgé que mon père, se porte beaucoup mieux que lui et dessine en ce moment avec passion les jardins du nouveau Trianon.

— Il faut venir te voir pour tout apprendre. On construit un second palais près du premier ?

— Non, pour l'instant, on démolit le Trianon de porcelaine qui laissera sa place au Trianon de marbre dont Mansart a dressé les plans. Le père, lui, pense déjà à ses jets d'eau !

*

Les protestants fuyaient la France que ses ennemis menaçaient, les finances du royaume n'étaient pas brillantes mais Versailles continuait de s'agrandir, de s'em-

---

1. Dans les archives, son nom ne figure en effet sur aucune des listes de présence de la Trésorerie de Caen. Ni aux séances ordinaires, ni aux séances extraordinaires.

bellir, d'étonner le monde. Il était sûr maintenant que le débit de la gigantesque machine de Marly, que le peuple venait admirer en famille et dont le formidable grondement résonnait deux lieues à la ronde, serait insuffisant. Aussi pressait-on la construction des aqueducs qui devaient amener l'eau de l'Eure. Non loin, les majestueuses arcades de Maintenon commençaient à dominer le paysage. Vauban demandait encore deux années pour achever l'ouvrage mais Louvois pensait qu'en augmentant le nombre des ouvriers et en répandant l'argent, le projet auquel le Roi attachait tant d'importance pourrait être réalisé dès 1688.

À côté des travaux de l'Eure, les plus grandes constructions de Versailles paraissaient presque dérisoires. Plusieurs régiments furent appelés en renfort pour essayer de gagner la guerre de l'eau avant que l'orage qui grondait ne les appelât à abandonner pelles et pioches pour des mousquets. Louvois s'agitait, pressait maçons et terrassiers et ne quittait presque plus Maintenon. Plusieurs fois par mois, le Roi lui-même venait contempler son chantier, passer en revue vingt-deux bataillons disposés en ligne et récompenser les soldats. Plus de quinze millions de livres étaient déjà englouties mais le nombre prévu des mille six cents arcades était loin d'être atteint : la rivière tranquille trompait l'impatience du Roi-Soleil et gardait son eau pour irriguer les prairies normandes.

Ce n'était pas là le moindre souci du Roi. Depuis des semaines, le plus puissant prince de la terre souffrait comme le dernier de ses sujets d'un mal que les médecins ne savaient pas guérir. Une petite tumeur « devers le périnée » était apparue le 15 janvier 1686. Fagon et D'Aquin, les premiers médecins du Roi, avaient été d'accord pour attribuer l'affection au froissement de quelque glande meurtrie dans les longues chevauchées de la chasse. Et de soigner le Roi par des cataplasmes de fèves, d'orge et de lin puis par un emplâtre résolutif de céruse et de ciguë. C'était le prélude de la plus fâcheuse et la plus pernicieuse de toutes les incommodités : un abcès mal placé et, plus avant, une fistule, mal dont était mort le cardinal de Richelieu et contre lequel la médecine était impuissante.

Le Roi était-il donc condamné ? Les rares personnes au courant de la gravité du mal, les médecins, Mme de Maintenon, Louvois, Bontemps, le président Rose, n'arrivaient pas à accepter cette issue fatale et, chaque jour, ils passaient de longs moments à parler aux médecins. Le Roi, lui, luttait avec courage, essayait malgré la douleur de cacher son infirmité et, s'il n'allait plus chasser, il se promenait encore dans ses jardins, discutait avec Le Nôtre des travaux du Trianon et de Marly, assistait au Conseil. Les médecins, constatant que la fistule communiquait avec l'intestin, avouèrent que la chirurgie restait la seule solution envisageable. Jamais cette opération, connue de la médecine grecque selon Pline l'Ancien, n'avait été pratiquée en France. Il fallait donc que le chirurgien Charles Félix l'invente, crée des instruments appropriés, et, naturellement, que le Roi accepte l'intervention dont on ne lui cachait pas les dangers. Finalement, il s'y décida à cause de l'immense confiance qu'il avait en Félix, lequel l'avait soigné d'un bras démis dans une chute de cheval.

Le chirurgien avait soigneusement préparé l'opération, s'exerçant sur les malades qui souffraient du même mal dans les hôpitaux de Paris. Il en sauvait quelques-uns, hâtait peut-être la mort des autres mais affinait les gestes qu'il aurait à accomplir sur son royal patient.

L'intervention avait été fixée en grand secret au 18 novembre, à sept heures du matin, dans une chambre de l'appartement royal. Seuls y assistèrent les médecins, Mme de Maintenon et Louvois. Le Roi ne laissa rien paraître de ses craintes ni de ses émotions. Il se fit montrer les instruments alignés sur le marbre d'une table, en particulier un bistouri courbe mis au point par Félix. Puis, bravement, il s'abandonna aux mains de son chirurgien.

« Après avoir repéré le trajet de la fistule, Félix l'ouvrit avec assez de facilité et ayant introduit des ciseaux dans le fondement de la plaie, il coupa l'intestin au-dessus de l'ouverture ainsi que toutes les brides qui se trouvaient dans l'intestin. Le tout une heure durant, sans anesthésie et supporté sans pousser un cri[1] ! »

Et le miracle eut lieu : le Roi se remit vite de ce que l'on appela la « grande opération ». L'exemple royal créa une mode et plus de trente courtisans parurent fâchés qu'on ne les opérât pas d'un mal dont ils s'imaginaient être atteints !

D'autres événements, moins graves, émaillaient la vie de la Cour. Ainsi, Mme de Duras, au cours d'une visite à Clémence, raconta-t-elle la mésaventure qui venait d'arriver au duc de Richelieu :

— Figurez-vous, mon amie, que le duc, voulant plaire au Roi qui se rendait à Chambord pour se reposer et projetait de faire étape chez lui, a commandé une statue au sculpteur Gobert. L'œuvre devait représenter Sa Majesté chevauchant un cheval cabré qui bondissait au-dessus d'une grotte de son jardin. Afin d'étonner la Cour et de provoquer l'intérêt du Roi, le cheval – c'était une première dans la longue histoire des statues équestres de princes – ne devait avoir que deux points d'appui au lieu de trois : ses sabots postérieurs. Gobert réussit le prodige, et la statue, réalisée en stuc doré avant d'être fondue en bronze, fut installée sur la grotte. Magnifique, le roi de plâtre, calé sur ses étriers, attendait son modèle vivant. Malheureusement pour le petit-fils du cardinal de Richelieu, Louis XIV modifia son itinéraire au dernier moment et ne s'arrêta pas à

1. Les détails de la maladie et de l'opération nous sont connus par le *Journal de la santé du Roi* de D'Aquin, premier médecin de Louis XIV. Louis XIV anoblit son chirurgien et le gratifia de cent cinquante mille livres et de la terre des Moulineaux. Malheureusement, l'émotion fut trop forte, et Félix ne se remit pas d'un tremblement des mains qui l'empêcha ensuite d'exercer son art.

Rueil. La désillusion fut d'autant plus grande que le duc, impécunieux, ne réussit pas à rassembler la somme nécessaire à la fonte de son cheval dont le plâtre déjà s'écaille, paraît-il, au bout du parc. On dit que l'œuvre de Gobert ne passera pas l'hiver.

— Les sculptures de Versailles, poursuivit la duchesse de Duras, tiennent décidément autant de place dans le royaume que toute la Cour réunie ! Figurez-vous qu'une vague de pudibonderie submerge les consciences qui gravitent autour du Soleil. Qui a déclenché ce raz-de-marée vertueux ? On pense naturellement à la pieuse Mme de Maintenon, mais je ne suis pas sûre que ce soit elle la responsable. En tout cas, le roi a ratifié la décision de placer des feuilles de vigne aux endroits les plus suggestifs des statues ! Mais que vous racontent donc votre mari et son oncle ? Ils doivent être au courant puisque tous les édits passent par les mains de Toussaint Rose !

— Que voulez-vous, il n'y a que les femmes qui savent reconnaître les petites saveurs de la vie ! Et qui va être chargé de ce travail délicat ?

— Fontenelle et Bertin, sculpteurs médiocres, je crois, qui vont draper et cacher les œuvres de leurs confrères célèbres.

— Que tout cela est drôle et ridicule ! s'exclama Clémence. Ainsi on va émasculer Apollon ?

— Non ! on n'enlève rien, on cache [1].

*

À Marly, les travaux, commencés depuis cinq ans, n'étaient pas terminés mais la présence d'ouvriers et de jardiniers n'avait jamais gêné le Roi qui y effectuait ses premiers séjours. Comme il l'avait décidé, il ne s'agis-

---

1. Il est noté au 13 mars de l'année dans les comptes de la maison du Roi que Bertin a reçu deux cent trente-quatre livres « pour draperies et feuilles de vigne par luy faites aux figures du jardin de Versailles ».

sait pas de transporter la Cour dans un nouveau décor mais de se retirer quelques jours dans le calme et la verdure en compagnie de grands officiers de la Couronne, de la famille, de son médecin et de quelques dames de haut rang. Saint-Simon, en ironisant, comme souvent lorsqu'il s'agit du Roi, écrira plus tard dans ses *Mémoires* que... « le roi lassé du beau et de la foule, se persuada qu'il voulait quelquefois du petit et de la solitude ». C'était vrai lors des premiers voyages et des premières fêtes intimes qui ne rassemblaient que quelques dizaines de proches. Le temps passant, le nombre des élus s'accroîtra tout en restant assez restreint pour que l'invitation à Marly demeure une faveur rare sans cesse sollicitée parfois presque mendiée. Clémence fut très surprise lorsqu'elle entendit pour la première fois sur le passage du Roi des personnages de haut rang implorer : « Sire, Marly ? »

Elle s'en était ouverte à Mme de Sévigné qui avait éclaté de rire :

— Ma chère, c'est comme cela dès qu'un voyage à Marly est annoncé. Les dames entrent en transe et poussent les maris à quémander un billet de logement pour Marly. Lorsqu'ils ne réussissent pas, et c'est presque toujours le cas, les pauvres peuvent s'attendre aux représailles et au mépris de leurs épouses. Il y a paraît-il déjà des ménages qui n'ont pas survécu aux premières fêtes de Marly !

— Dommage que Molière ne soit plus là, dit Clémence. Il aurait intitulé sa pièce *Sire, Marly ?*. Elle aurait amusé le Roi et fait rire jaune bien des courtisans. Et vous-même, marquise, avez-vous déjà été invitée ? ajouta-t-elle avec un peu de perfidie.

— Hélas, non ! Mais j'espère bien faire une fois partie des dames que le Roi inscrit le soir, après souper, sur la liste des bienheureux qui auront l'honneur de l'accompagner le lendemain à Marly. Vous-même, chère amie, vous ne manquerez pas de vous dire un jour qu'une telle y est allée et que vous la valez bien.

— Oh ! moi, je n'ai aucune chance !

— Ne dites pas cela. La hiérarchie officielle de la Cour ne joue aucun rôle, ou très peu, dans le choix du Roi. Les princes du sang eux-mêmes ne vont pas de droit à Marly et doivent être nommés. Alors, pourquoi pas vous ? Ce ne serait pas la première fois que le Roi vous prierait de tenir une place à laquelle votre rang ne vous destinait pas. Il admire votre père, il vous apprécie... Croyez-moi, vous irez peut-être à Marly avant moi !

*

Clémence espérait une fille, son souhait fut exaucé. Elle mit au monde Marguerite Marie, c'était le prénom de Mme de Duras qui avait demandé à être sa marraine. La mère était solide, la petite fille brune comme un raisin noir de Montalcino et la famille heureuse. Omer Rose avait retrouvé, sinon l'allégresse, du moins l'humeur égale et retenue qui sied à un secrétaire du Roi et à un père honorable. Sitôt Clémence rétablie, Marguerite alla avec sa nourrice rejoindre son frère Nicolas dans la grande pièce du haut de la maison familiale, réservée depuis toujours aux plus jeunes des Francine.

François, le grand-père, était tout de suite tombé amoureux de l'enfant : « Il suffit de la regarder pour savoir qu'une nouvelle fontainière est née, dit-il à Clémence. Et elle montre qu'elle a du sang italien ! Je ne serai plus là pour l'initier au mystère des jeux d'eau mais promets-moi de lui apprendre à manœuvrer la clé-lyre. » Un autre vieux monsieur s'intéressait à l'enfant et reconnaissait sur son visage dodu les signes d'une future grande beauté. C'était le président Toussaint Rose, qui concrétisa son enthousiasme en annonçant qu'il allait tout de suite, par un legs, doter généreusement sa petite-nièce.

Libérée, Clémence décida de se montrer à la Cour. Elle avait besoin de voir des gens, de retrouver, pas seulement pour s'en moquer, cette étrange assemblée d'oiseaux empanachés et colorés qui passaient leurs jours à voleter, à sautiller dans les allées en se posant de temps à autre dans une antichambre, une cour ou un escalier. Elle savait qu'elle se lasserait vite de ce monde curieux où régnaient également le vice et l'extrême politesse, mais elle s'avouait que la Cour était attirante, qu'il y flottait une sorte de fièvre contagieuse et qu'il était difficile d'y renoncer lorsqu'on y avait goûté. La Cour était une drogue. Clémence savait heureusement en user avec modération. Il faut dire qu'elle n'y entretenait de relations qu'avec les gens capables de soutenir une conversation intelligente. Elle pouvait faire confiance dans ce domaine à ses amies Marguerite de Duras et Mme de Sévigné qui, elles-mêmes, savaient choisir leur monde.

— Venez donc demain chez moi, avait dit un jour Marguerite. Un ami doit amener pour me le présenter un jeune homme qu'on commence à s'arracher dans les salons. Les dames l'adorent parce qu'il les charme de ses entretiens spirituels et de ses vers galants. Les hommes, eux, se moquent volontiers des poèmes qu'il publie dans *Le Mercure* et jugent plutôt ridicule son entêtement à se croire un génie dramatique. Il faut dire que jusqu'à maintenant ses pièces n'ont connu que des échecs. C'est, paraît-il, à la représentation de sa tragédie *Aspar* qu'on a pour la première fois utilisé le sifflet ! Il n'en est pas moins un hôte séduisant.

— Et comment se nomme cet oiseau rare ?

— Bernard de Fontenelle. C'est un neveu de Thomas Corneille. Il faudra le faire parler de la séance mouvementée de l'Académie française où Charles Perrault a déclenché le tumulte en lisant son poème *Le Siècle de Louis le Grand*. Il s'y attachait à montrer la supériorité des auteurs modernes sur les anciens. Vos amis Boileau et Racine s'insurgent contre cette idée. Fontenelle, lui, défend ardemment les modernes. La dispute est vive dans le monde des lettres.

— Comment faites-vous, Marguerite, pour être au courant de toutes ces choses ? La Fontaine aurait pu m'en parler ! Mais peut-être me prend-il pour une godiche que ce genre de polémiques ne saurait intéresser !

— Je crois surtout qu'il n'attache guère d'importance à la question de savoir si les auteurs d'aujourd'hui sont supérieurs à Homère, Platon et Démosthène.

— Bien. Je viendrai écouter votre beau parleur mais j'espère qu'on trouvera d'autres sujets d'intérêt que cette querelle entre ceux qui connaissent trop bien le latin et ceux qui n'en savent pas assez. Finalement je trouve qu'on écrit aujourd'hui de fort belles choses en français !

Prévenue, Clémence se méfiait de cet habitué des salons de salon mais elle dut convenir que Fontenelle était un homme agréable. Certes, il faisait tout, et même un peu trop, pour plaire, mais il y réussissait malgré un physique quelconque. Petit, le visage rond, un peu empâté pour un homme de trente ans, il paraissait d'abord négligé dans sa mise, jusqu'à ce qu'on s'aperçoive que c'était une fantaisie d'élégance et que sa chemise était taillée dans une fine batiste. Il lui restait des yeux étincelants de malice et des mains fines, soignées, qu'il utilisait avec adresse pour accompagner son discours. Il s'exprimait avec des coquetteries un peu désuètes, et Clémence, qui le surveillait avec l'attention d'un entomologiste, faillit lui dire que cette afféterie n'allait pas avec ses théories modernistes. Elle n'en fit rien, jugeant inutile de vexer cet homme aimable qui, d'ailleurs, changeait de ton.

— Parce que j'ai dit que rien n'arrête tant le progrès des choses, rien ne borne tant les esprits que l'admiration des anciens, on me prend pour un thuriféraire des modernes. Je ne suis qu'un partisan prudent du progrès. Voyez-vous, mesdames, toute la question de la prééminence entre les anciens et les modernes se réduit à savoir si les arbres qui étaient autrefois dans nos campagnes étaient plus grands qu'aujourd'hui !

— Mais, monsieur de Fontenelle, vous n'êtes pas seulement un hôte agréable, dit Mme de Sévigné. Votre œuvre ne s'arrête pas aux lettres galantes, aux poèmes et aux rondeaux. Vous êtes un philosophe. Vos *Entretiens sur la pluralité des mondes* captivent beaucoup de gens auxquels je me flatte d'appartenir. Comme je voudrais être la mystérieuse marquise à laquelle vous racontez dans un parc, au cours de magnifiques soirées, la Terre qui tourne sur elle-même et autour du Soleil, la Lune, monde sans doute habité, Vénus, Mercure, Jupiter et Saturne. Ah ! vous m'en avez appris des choses auxquelles je ne comprenais rien !

— Si les dames veulent bien apporter seulement l'application qu'elles ont mise à lire *La Princesse de Clèves* aux questions curieuses de la science, les idées sur la physique leur apparaîtront évidentes par elles-mêmes ! Voyez-vous, madame, Descartes, le plus grand homme de ce siècle sans doute, a changé l'histoire de la pensée. Ne pas tenir compte de sa méthode et de sa philosophie serait une grave erreur. Ce sont toutes les dernières découvertes que je veux rendre accessibles à ma marquise et à tous ceux qui veulent bien me lire.

L'auditoire était sous le charme. Fontenelle parla longtemps, répondit avec bonne grâce à d'innombrables questions et il était déjà tard lorsque Clémence retrouva son appartement de Versailles où l'attendaient son mari et l'oncle Toussaint Rose. Naturellement, elle raconta sa rencontre et constata avec surprise que tous les deux connaissaient et appréciaient l'œuvre de Fontenelle.

— C'est l'homme de demain, dit le président. Fontenelle ouvre la voie au progrès des pensées et des hommes. Je souhaite le faire élire à l'Académie française, encore que sa place soit plutôt à l'Académie des sciences !

— Ses livres sont dans la bibliothèque, remarqua Omer. Prenez donc, ma chère, le temps de les lire, vous en tirerez profit.

Il avait dit cela d'un ton un peu condescendant qui mortifia Clémence.

— Cessez donc, répondit-elle, de me prendre pour une cruche. Si vous m'aviez donné ce conseil plus tôt, j'aurais eu l'air plus intelligent cet après-midi !

On en resta là mais, en une rencontre, Bernard Le Bovier de Fontenelle avait gagné une fervente admiratrice qui se promit de lire très vite les *Entretiens* et d'inclure, si cela était possible, cet homme subtil et passionnant dans le carnet de ses « amis intelligents », comme elle aimait à appeler les gens brillants qui voulaient bien partager un peu de son temps.

*

Cette visite passionnante lui donna envie de revoir son vieil ami Jean de La Fontaine pour lui parler de ces jeunes gens, nouveaux venus dans la littérature, qui commençaient à faire de l'ombre aux anciens protégés de Fouquet, aujourd'hui couverts de gloire et devenus pour la plupart pensionnés du Roi. Elle voulait aussi mieux connaître cette femme charmante et pleine d'esprit qui avait été l'une des beautés de son siècle et hébergeait le fabuliste depuis une dizaine d'années.

Mme de La Sablière était séparée d'un mari volage qui excellait à séduire les dames, en prose et en vers, et s'était assuré grâce à ses modestes talents le surnom de « Grand Madrigalier » et une réputation de coureur de jupons. Libre, elle vivait dans son hôtel de la rue Neuve-des-Petits-Champs l'existence d'une femme riche et cultivée qui, à l'exemple de Mme de Sablé ou de Mlle de Scudéry, exerçait une influence discrète mais certaine sur la littérature et les arts de son époque.

Marguerite Hessein de La Sablière, orpheline de sa mère à neuf ans, avait dès sa jeunesse évolué dans les plus hautes sphères de Paris et de la Cour. À l'hôtel de Clermont, chez ses cousins le comte et la comtesse de Saint-Aignan, elle avait pu apprendre les bonnes manières du langage et de l'élégance. Sa tante, Anne de La Raillière, et son oncle, le savant Antoine Menjot, capable de débattre avec Pascal de mathématiques ou de théologie, lui avaient donné les meilleurs précepteurs. Très douée, elle possédait à l'âge où les jeunes filles jouent à colin-maillard une culture scientifique et littéraire qui la distinguait des dames de son temps.

C'était la seconde fois que Clémence rendait visite à son ami à l'hôtel de la rue Neuve-des-Petits-Champs. La première fois, Mme de La Sablière était absente. Cette fois, c'est elle qui la reçut avec sa chaleur et sa simplicité de grande dame :

— Quel bonheur, madame, de vous accueillir chez moi. M. de La Fontaine m'a souvent parlé de vous. Pour l'heure, il échange des idées, originales et souvent meurtrières, avec mon vieil oncle Menjot et François Bernier, « le joli philosophe », comme l'appelle Saint-Évremond. Il est surtout le grand voyageur que vous devez connaître. Je reçois en effet quelques amis aujourd'hui et vous allez vous joindre à nous. Vous verrez, on parle chez moi un langage qui n'est pas celui auquel vous êtes habituée à Versailles. Je crois que vous y prendrez plaisir.

Clémence remercia et ajouta, de crainte qu'on ne la prenne pour une mijaurée de courbettes :

— J'ai heureusement trouvé à la Cour, où le hasard m'a plongée, quelques amis dont la conversation est plaisante.

Dans le grand salon qui donnait de l'autre côté de la rue sur l'hôtel de Lully, les trois compères, dont l'âge tournait autour de soixante-dix ans, s'amusaient comme des bacheliers. Les deux femmes surprirent, en entrant, La Fontaine qui lançait de sa voix un peu nasillarde :

— À l'imitation de notre regretté Gassendi, je prouve dans ma fable *Le Gland et la Citrouille* que Dieu a bien calculé son œuvre puisqu'il a placé les petits glands sur les chênes et les grosses citrouilles par terre, afin, en cas de vent, de ne point assommer les paysans.

Sur ces derniers mots il aperçut Clémence et s'écria :

— Ah, voici ma filleule, Mme de Pérelle. Aucun romancier n'aurait oser inventer sa vie. Elle seule peut la raconter. mais il faut d'abord en retenir qu'elle est la fille de mon fidèle ami François de Francine, le génial fontainier de Versailles. C'est moi qui l'ai baptisée « Ondine », comme Mme de Sévigné vous a donné, chère amie, le doux surnom de la « tourterelle Sablière ». Tiens, « Ondine et la tourterelle », ce serait un joli titre de fable !

— Mais, monsieur le distrait, vous m'avez aussi donné le nom d'Iris dans le *Discours* que vous m'avez dédié ! Je vais finir par ne plus savoir comment je me nomme !

— Oui, Iris, parce que Socrate, dans un dialogue de Platon, a fait de cette déesse la fille du dieu Thaumas, « Étonnement », qui poussa les premiers penseurs aux spéculations philosophiques. Je pense qu'Iris symbolise très bien la fusion des âmes entre le poète et la divine tourterelle.

— Vous voyez, madame, c'est sur ce ton que l'on discute chez moi. Mais demandons à ces messieurs de se taire un moment. J'aimerais beaucoup que vous nous racontiez, non pas votre vie, mais l'épisode des Barbaresques dont on n'a pas fini de parler, en ville comme à la Cour.

Clémence ne se fit pas prier. Son récit, elle l'avait en mémoire comme un comédien son texte. Elle dit simplement :

— M. Bernier, qui a visité la Palestine, l'Égypte, l'Arabie et l'Inde, va trouver bien fade mon aventure. Je demande son indulgence.

L'auditoire le plus choisi dont puisse rêver un narrateur écouta religieusement et applaudit. Mme de La Sablière fit promettre à Clémence de revenir et La Fontaine l'embrassa en essuyant une larme.

— Je me fatigue vite, lui dit-il, c'est pourquoi je ne me rends plus guère à Versailles. Mais toi, mon Ondine, viens me réchauffer de temps en temps de ton sourire. La prochaine fois, j'espère que nous serons seuls, avec ma bienfaitrice. Je voudrais que nous parlions des vieux amis, de ton père, de Molière, de Racine. Et du *Mouton blanc*...

*

Le Roi était complètement guéri de sa fistule. À part des dents en mauvais état qui le faisaient souvent souffrir, il affichait, à cinquante ans, une santé de fer qui lui permettait d'envisager avec sérénité un affrontement devenu inéluctable depuis que les ennemis du royaume s'étaient groupés au sein de la ligue d'Augsbourg. La coalition était impressionnante. En dehors de l'Empire, de la Hollande, de son vieil ennemi Guillaume d'Orange et de l'Espagne, la coalition s'était renforcée de l'aide des princes allemands naguère alliés de la France et, surtout, de l'Angleterre qui venait de chasser son roi catholique Jacques II. Personne ne le disait mais il était évident que la révocation de l'édit de Nantes était pour beaucoup dans ces ralliements. Pourtant Louis XIV, alors au plus haut de sa puissance, se sentait de taille à vaincre le reste du monde.

Tandis que l'armée et la Royale se préparaient sous la rude autorité de Louvois et de Seignelay, le Roi, fidèle à ses habitudes, entendait conserver à la Cour et à Versailles leur panache et leur prestige. Mieux, le Trianon de marbre et le château de Marly, sans être tout à fait achevés, commençaient à pouvoir se prêter à des visites et à des réunions intimes qui excitaient l'envie et la curiosité de l'Europe. Le Roi montrait avec une fière insolence qu'en dépit de coalitions qui auraient dû l'inquiéter la France n'avait rien perdu de sa grandeur.

Clémence et son mari avaient ainsi été conviés à l'inauguration de la salle de théâtre de Trianon. C'était un privilège car la Cour, ce jour-là, était réduite à la famille et aux proches du Roi.

Clémence fit beaucoup d'envieuses en prenant place dans une felouque napolitaine qui, avec le reste de la flottille, allait promener les invités sur le Canal avant d'aborder près de Trianon dont les colonnes de marbre vert et blanc se jaspaient de rouge aux feux du soleil couchant.

Le maréchal de Duras, aimable bourru qui ne manquait jamais une occasion de faire sa cour à Clémence, avait pris place à côté d'elle tandis que son épouse faisait la conversation avec l'une de ses amies d'enfance, dame d'atour de la Dauphine.

— Je préfère les chevaux à l'eau croupissante du Canal, dit le duc. Et leurs hennissements à cette musique de Lully qui rabâche toujours les mêmes notes ! Mais vous êtes comme ma femme, vous aimez ces mièvreries.

Clémence sourit :

— Alors, monsieur le maréchal, si Lully vous insupporte, parlez-moi de vos régiments. Depuis la mort de mon pauvre mari, personne ne m'entretient de chevaux de bataille, de canons et de sièges. La guerre va-t-elle vraiment reprendre ?

— Sans aucun doute. Après dix années de paix armée et de conflits latents, notre roi va incessamment se trouver impliqué dans le deuxième grand conflit de son règne. Mais soyez tranquille, comtesse, la France est plus forte que jamais !

— Vous êtes content de repartir en guerre ?

— Un peu. La vie en campagne a ses charmes. Et puis il faut bien que j'étrenne au combat mon bâton de maréchal. Jusqu'à présent il ne m'a servi qu'à passer des cavaliers désœuvrés en revue ! Vous savez, je pense souvent au comte de Pérelle. Il aurait fait une grande carrière de soldat sans ce maudit boulet !

— Merci. Vous connaissez mon histoire et vous savez que je ne l'oublie pas non plus. Je suis sûre, moi, que s'il avait vécu, il aurait fait pour toute ma vie un merveilleux mari. Mais quittons ces propos tristes. Nous allons découvrir le nouveau théâtre et je crains, cher ami, que vous n'y entendiez encore de la musique !

— En votre compagnie, je suis prêt à tout !

Ils riaient lorsque Mme de Duras les rejoignit :

— Eh bien, je vois que vous ne vous ennuyez pas, dit-elle en s'approchant, geste qui fit brusquement pencher la felouque à tribord.

— Ma chère, je vous en supplie ! s'exclama le maréchal. Ne bougez pas comme cela. Il m'est indifférent d'être emporté par un boulet mais je refuse de mourir noyé au son des flonflons de M. Lully.

Ce n'est pas le surintendant, retenu à la chambre par une fièvre pernicieuse, et ses violons qui accueillirent les invités dans la salle toute neuve de Trianon mais une musique scandée, vivante et raffinée que jouait, seul en scène, un jeune homme qu'on appelait Marin Marais et dont on parlait beaucoup à la Cour. Les initiés rappelaient qu'il était le fils d'un modeste cordonnier, formé à la musique au sein de la vieille institution des maîtrises. Le premier à remarquer ses dons avait été son professeur, Sainte-Colombe, le meilleur joueur de viole de gambe de l'époque et l'on racontait que le jeune Marais était allé longtemps écouter en secret jouer son maître, lequel se réfugiait dans un cabanon qu'il s'était fait construire au fond de son jardin pour être sûr qu'on ne lui volerait pas ses motifs.

Curieusement, la basse à sept cordes qui avait pratiquement disparu en Italie, sa patrie d'origine, devenait, grâce à Sainte-Colombe, à son élève et sans doute à l'intérêt que lui portait le Roi, fort à la mode en France. Alors qu'en Angleterre on la tolérait dans l'orchestre et qu'en Allemagne elle remplaçait simplement le violoncelle, on la jouait et on l'écoutait avec passion à la cour de France.

Le maréchal lui-même dressait l'oreille et paraissait goûter cette musique virile qui demandait à son interprète de grands efforts et s'adoucissait parfois dans de délicates touches d'archet. C'est peut-être ce soir-là que Marin Marais mérita le titre de « joueur de viole du Roi », que Louis XIV devait lui octroyer peu après. Le Roi en effet avait pris place discrètement dans la tribune avec Mme de Maintenon et c'est lui qui avait donné le signal des applaudissements.

Tout le monde se retrouva bientôt dans l'antichambre de jeux où était servi une généreuse collation. Dans aucun des groupes qui se formèrent il ne fut question de guerre. On parla un peu de Marin Marais qui ne plaisait pas seulement aux dames par sa musique, un peu de ce Trianon où il manquait encore trop de choses pour qu'on s'extasiât et beaucoup de Marly où le Roi, disaient les mieux informés, devait bientôt aller dîner pour la première fois. La Cour ne fréquentait pas les chantiers, et le château de Marly, œuvre personnelle du Roi qui en avait dressé les plans avec Mansart, imaginé les peintures à fresque qui devaient décorer les douze pavillons des Seigneurs, demeurait un mystère. On savait seulement que Marly ne ressemblait à aucun autre château connu et qu'il était entouré d'un jardin d'eau.

Clémence dégustait un sorbet en compagnie de Marguerite de Duras quand cette dernière, apercevant une personne un peu forte qui, à chaque pas, plantait hardiment la pointe de son ombrelle dans le sable, dit à son amie :

— Ma chère, laissez votre sucrerie. Je vais vous présenter Liselotte, la femme la plus étonnante de la Cour. Je ne crois pas que vous la connaissiez autrement que par tout ce qu'on raconte d'elle et de la liberté de ses propos.

— Je n'ai en effet jamais été présentée à la femme de Monsieur. Mais vous connaissez ma situation à la Cour : je ne fréquente pas la famille royale !

— Elle pas beaucoup plus, pour d'autres raisons. Son franc-parler et son aversion pour Mme de Maintenon ont écarté du Roi la princesse Palatine pour laquelle il avait de l'affection. Maintenant il lui bat froid.

— N'écrit-elle pas aussi un peu trop ? Ses lettres, m'a-t-on dit, sont meurtrières pour l'épouse du Roi.

— Le dernier surnom qu'elle a donné à la marquise est « la Rompopel », qui, explique-t-elle, évoque dans son pays la méchanceté et la déchéance physique. Est-ce mieux que « la guenipe » ou « la vieille ordure » ? Mais venez, la voilà qui s'approche.

— J'ai entendu parler de vous, dit Madame en relevant Clémence de sa révérence. Votre histoire me plaît parce qu'elle n'est pas banale ; je crois que vous êtes, comme moi, contre les conformismes.

— Je l'étais, mais le caractère change avec l'âge.

— Pas pour moi. Comment par exemple accepter sans broncher, moi, fille de feu le Grand Électeur du Palatinat, de voir mon pays saccagé par les troupes de Louvois ? Un scandale dont on ne parle pas ! Mais laissons là ces horreurs. Il faudra, chère Marguerite, amener un jour cette intéressante personne à Saint-Germain.

— Ce sera un bonheur et un honneur, madame, dit Clémence. Je sais qu'il y a dans le parc de merveilleuses grottes et des fontaines. C'est mon grand-père qui les a construites.

— Alors, venez les admirer.

Elle salua d'un geste de la tête et repartit d'un pas énergique.

— Où va-t-elle ? demanda Clémence.

— Oh ! Dans le parc. C'est la seule chose qu'elle aime à Versailles où elle ne vient d'ailleurs que rarement. Elle adore se promener seule.

— Qu'en est-il de cette guerre dont elle parle avec horreur ?

— Sa fureur est compréhensible. Le maréchal m'a dit que le Palatinat était en train d'être transformé en un champ de ruines. Et Liselotte n'apprécie pas du tout qu'on lui dise que le Dauphin se bat pour lui reconquérir ses biens et ses terres. Car le Dauphin, vous le saviez, je pense, a été promu par son père commandant en chef des armées du Rhin.

— Est-il capable de remplir cette fonction ?

— Non, mais les généraux et maréchaux qui l'entourent connaissent leur métier. Vous allez voir bientôt le Dauphin prendre des villes les unes après les autres !

Mme de Duras ne croyait pas si bien dire. Le 1er novembre, la Cour se trouvait à Fontainebleau réunie dans la chapelle pour assister à la messe de la Toussaint. Le père Gaillard, un jésuite, allait entamer la dernière partie de son sermon quand un bruit de bottes retentit à l'entrée de la nef. C'était un courrier et le message devait être important pour qu'on le laisse interrompre l'homélie. Le Roi fit ouvrir le pli qu'il lut d'un trait. Son visage s'éclaira et il s'écria : « Monseigneur a pris Philippsburg ! » La nouvelle se répandit aussitôt jusqu'au fond de l'église. Ainsi commença, dans un immense brouhaha, le conflit qui devait prendre dans l'histoire le nom de « guerre de dix ans ».

C'est le lendemain de cette mémorable journée que la nouvelle parvint à Fontainebleau : Jean-Baptiste Lully venait d'expirer dans son hôtel parisien. Avec Molière, son compagnon des débuts, Lully était l'homme dont l'œuvre avait orchestré la vie du Roi. Sa musique avait régné sur toutes les fêtes, tous les concerts. Il était vrai que si Versailles avait été Le Nôtre, Francine, Le Vau et Mansart, sa renommée mondiale devait autant à Lully dont les violons avaient habité du premier au dernier jour les bosquets, les cours et les salons du domaine royal.

Lully laissait derrière lui plus d'ouvrages lyriques, d'œuvres religieuses et d'opéras que ne pouvaient en jouer ses successeurs et élèves. La grande question était l'Opéra que l'illustre compositeur dirigeait depuis plus de quinze ans. Tout naturellement, ses deux fils Louis et Jean-Louis héritèrent de la direction de l'Académie royale de musique. Pour seulement quelques mois car, devant leur incompétence, un brevet, octroyé sur les instances du Dauphin, conféra pour trois années cette direction à... Jean-Nicolas de Francine. Le gendre de Lully dépossédait ses beaux-frères. Il lui restait à prouver qu'il était capable d'assumer une aussi lourde et prestigieuse responsabilité.

La nomination de son neveu laissa François et sa famille perplexes.

— J'aime bien Jean-Nicolas, dit Clémence mais il n'est pas musicien. Peut-on diriger l'Opéra sans connaître la musique ?

— Il n'est peut-être pas musicien mais il est bon courtisan ! dit François. Je ne sais pas comment il s'y est pris mais il est au mieux avec la famille royale, en particulier avec le Dauphin. Enfin, je suis heureux de voir un Francine réussir autrement que comme fontainier.

La famille fut peu après invitée par Jean-Nicolas à aller voir l'opéra *La Mort d'Achille* qu'on représentait pour la première fois. Au premier rang se trouvaient Monseigneur et Mme la Dauphine. Ils durent être contents du spectacle puisque Clémence apprit peu après que Monseigneur avait fait donner cinq cents pistoles à Jean-Nicolas Francine « qui prenait bien soin de l'opéra depuis la mort de Lully [1] ».

1. *Journal* de Dangeau.

Chapitre III

La mort du père

C'est avec une grande tristesse qu'on apprit la mort d'Abraham Duquesne. Fondateur de la marine de Richelieu, amiral de Louis XIV, vainqueur dix fois dans le détroit de Sicile, organisateur avec Vauban des fortifications du royaume, son plus haut fait demeurant sa victoire à Agosta qui devait aboutir au triomphe de Palerme.

Les dames de la Cour, qui n'allaient pas à la guerre, aimaient s'entretenir de gloire et de panache. Les faits d'armes de Duquesne, héros authentique, furent longuement commentés à Versailles où l'on n'avait pas oublié un geste qui lui avait valu des années auparavant une unanime admiration. L'amiral rentrait alors en France pour rendre compte au roi de la bataille décisive qui écartait la Hollande des eaux de la Méditerranée lorsqu'on l'informa qu'un navire français s'était emparé d'une frégate ennemie et que son capitaine, un certain Mathoven, demandait à lui parler. C'était pour l'informer que son navire rapportait aux Provinces-Unies le cœur de l'amiral hollandais de Ruyter, de Ruyter son ennemi de toujours, qui avait trouvé la mort au combat. Duquesne tint à rendre hommage au seul marin qui avait été capable de lui tenir tête. Il alla saluer le corps de son adversaire respecté et donna l'ordre d'accorder un sauf-conduit à la frégate.

Duquesne avait été récompensé de ses victoires par le marquisat du Bouchet, près d'Étampes, après que Louis XIV lui eut dit que son exploit méritait mieux mais qu'il ne lui était pas possible d'accorder une distinction plus haute à un officier qui entendait demeurer protestant. Il avait répété qu'il ne pouvait renier sa religion et il continua d'assurer son commandement dans les expéditions contre les Barbaresques. Un peu plus tard, la révocation de l'édit de Nantes l'avait plongé dans le désespoir et il avait songé comme tant d'autres à s'exiler. Le Roi retint pourtant le vainqueur de Palerme en l'exemptant, faveur unique, des clauses de Fontainebleau.

Clémence regretta l'amiral qu'elle n'avait jamais rencontré mais qui lui avait sauvé la vie en bombardant Alger et en se rendant maître du navire sur lequel elle était prisonnière. La mort du héros national lui rappela des souvenirs douloureux qu'elle croyait oubliés. Elle aurait aimé que son mari, qui avait vécu son calvaire, partageât son émotion mais, à sa grande surprise, il lui répondit brutalement que la mort de ce vieil homme qui n'avait fait que son métier en les sauvant le laissait indifférent. Elle l'accusa ce jour-là de goujaterie et lui dit que s'il devait se montrer une nouvelle fois aussi odieux, elle le quitterait. Pour toute réponse, il s'isola et se mit à pleurer. Clémence se rappela alors d'autres réactions inexplicables d'Omer auxquelles elle n'avait pas attaché d'importance. Aujourd'hui, elle était bien obligée de se rendre compte que son mari replongeait dans la névrose qui avait suivi le malheureux voyage à Rome.

Désemparée, inquiète, elle songea à se réfugier dans la maison familiale où elle retrouverait ses enfants. Mais Clémence était une femme responsable. Elle se dit qu'on n'abandonnait pas un malade. Il lui fallait pourtant s'épancher auprès de quelqu'un de raisonnable, elle frappa à la porte de la chambre de l'oncle Toussaint Rose.

— Qu'y a-t-il, ma petite ? demanda le président qui posa le livre qu'il était en train de lire. Vous me semblez bouleversée. C'est Omer ?

— Oui, mon oncle. Il faut m'aider. Il faut surtout l'aider, lui. J'ai peur qu'il ne devienne fou...

Il l'invita à s'asseoir près de lui sur le canapé et lui versa une tasse du chocolat qu'il buvait chaque soir avant de se coucher.

— Racontez-moi tout, Clémence. Parlez, cela vous fera du bien. Après je vous dirai ce que je pense.

Elle parla, longtemps, du caractère d'Omer, des pirates, du retour si douloureux, de l'angoisse et de l'infinie tristesse qui accablait son mari.

— Je le croyais guéri. La naissance de Marguerite semblait l'avoir délivré du mal qui le rongeait. Mais non. Il redevient taciturne et répond par des pleurs et des cris aux propos apaisants que je lui tiens.

Le secrétaire privé du Roi l'avait écoutée en hochant la tête. Il soupira :

— J'ai moi-même constaté avec désespoir cette lamentable rechute. Je n'ose plus confier à mon neveu un travail sérieux. Le pire, il le sait car j'ai été obligé de le lui dire, c'est que le Roi, qui a vu longtemps en lui mon successeur, m'a demandé qui il pourrait engager pour me remplacer si j'étais contraint d'abandonner ma charge auprès de lui. Il se rend compte qu'Omer serait, dans son état, incapable de me suppléer.

— C'est terrible, ce que vous me dites, mon oncle. Tous ses espoirs s'effondrent...

— Les miens aussi, mais on ne peut rien faire contre l'inévitable que d'attendre et de réfléchir. Et les années qui s'accumulent... Le Roi n'attache pas d'importance à l'âge pourvu qu'on assume sa tâche. Jusqu'ici tout va bien mais je sais qu'il arrivera un temps où je devrai abandonner le service de Sa Majesté. Je n'y survivrai pas, j'en suis sûr. Enfin, et c'est tout de même un baume au désespoir, vous savez que quoi qu'il arrive votre avenir et celui des enfants est assuré. Je suis riche, donc vous l'êtes aussi. Pour le moment, soyez patiente et courageuse, continuez d'aider Omer de votre mieux. Les choses quelquefois s'arrangent lorsque l'on ne s'y attend plus.

Clémence sortit un peu rassérénée de chez le président. Omer avait dû absorber une forte dose de la dilution d'opium que lui avait administrée Fagon : il dormait. Elle arrangea son drap, se coucha dans le lit qu'elle avait fait installer dans le cabinet et eut du mal à trouver le sommeil.

*

À part l'épisode dramatique de son aventure en mer, la vie de Clémence, fille du génie des eaux, fontainière du Roi, amie de La Fontaine et de Molière, comtesse de Pérelle, nièce du président de la Chambre des comptes, n'avait été qu'une suite de réussites, interrompue seulement par le boulet qui avait tué son mari le capitaine de Pérelle en même temps que Turenne. Cette blessure cicatrisée, Clémence, heureuse, avait vécu sur un nuage. Et voilà que le cerveau de son second mari, en bafouillant, remettait son bonheur en question.

Cela ne devait pas être pour elle, hélas, en cette fin de 1688 le seul motif d'inquiétude. Quelques jours plus tard, Grefaud, le valet de la famille, vint prévenir Clémence que son père la demandait.

— Est-il malade ? questionna-t-elle.

— Je crois qu'il est seulement fatigué.

Tremblante, redoutant le pire, elle courut jusqu'à la maison où sa mère l'attendait dans l'antichambre.

— Je voulais te parler avant que tu montes voir ton père, dit-elle.

— Qu'a-t-il ? Est-ce grave ? Avez-vous prévenu un médecin ?

— Ne t'affole pas. Ton père n'est pas en danger immédiat. Ce qui m'inquiète, c'est qu'il est épuisé. Il ne se lève presque plus, marche avec difficulté et, lui si bavard, reste le plus souvent muet. C'est comme s'il n'avait plus envie de vivre.

Et Madeleine de Fontenu, compagne fidèle, témoin attentif des quarante années prodigieuses qui avaient vu se construire Versailles, le parc et ses innombrables fontaines, prit sa tête entre les mains et se mit à sangloter. Émue, Clémence faillit l'imiter mais elle se maîtrisa, consola sa mère et dit qu'elle montait voir le père.

François était pâle, sa tête blanchie posée sur l'oreiller, mais il ne paraissait pas souffrir. À la vue de Clémence, son visage s'éclaira d'un sourire :

— J'espère que je ne t'ai pas inquiétée en te faisant chercher mais j'ai quelque chose à te demander.

— Demandez, mon père chéri, et votre souhait sera exaucé, dit-elle en l'embrassant.

— Eh bien, voilà ! J'ai envie de revoir le parc et quelques-unes de mes fontaines. Il y a plusieurs mois que je n'y ai pas mis les pieds et j'ai pensé que tu pourrais m'y conduire dans ta voiture. On pourrait aller s'asseoir sur notre banc du Canal et bavarder de tout et de rien comme nous l'avons fait si souvent. Et puis, tu me parleras de la Cour, des dernières lubies de Sa Majesté. De Trianon, où je n'ai pas vu mes fontaines en action.

— Nous ferons tout cela, mon cher père. Ce sera aussi pour moi une promenade de plaisir ! Je passerai te prendre demain matin et nous reviendrons pour dîner à la maison. Je vais demander à maman de nous préparer sa fameuse poularde panée qu'elle appelle je ne sais pourquoi poularde à la Villeroi puisque la recette lui vient de sa mère. Alors, à demain. Pour nous deux ce sera jour de fête !

L'automne était clément. Si l'air était frais, le soleil brillait lorsque Clémence vint chercher son père vers neuf heures et demie. Le fontainier était prêt depuis un moment, rasé et serré dans son justaucorps de velours vert.

— Bravo, père ! Comme vous êtes élégant !

— Pour toi, ma chérie. Et pour les gens que nous pourrions rencontrer. Imagine que nous tombions sur le Roi !

— Ce ne serait pas la première fois, répondit-elle en riant. Souviens-toi de la Ménagerie lorsque tu m'as demandé d'ouvrir la clé-lyre à l'approche de Sa Majesté...

— Oui, et ce jour-là tu as tout fait pour qu'il te remarque !

— Doux souvenirs, doux souvenirs... Allez, montons en voiture et filons vers Latone, le char d'Apollon et l'Encelade. Tes bassins et tes cascades t'attendent et, si les vannes sont fermées, je les ouvrirai pour toi !

— Alors, donne-moi le bras. Non, pas le droit, c'est celui de ma canne.

Elle s'aperçut combien ses jambes avaient du mal à soutenir son père. Il serrait les dents pour ne pas montrer que chaque pas lui coûtait et le cocher dut presque le porter pour monter dans le carrosse.

Lorsqu'ils furent installés, il sourit :

— Tu vois, ma fille, ton père n'est pas brillant. J'ai de plus en plus de mal à traîner ma carcasse. Mais l'air du parc et la bruine des jets d'eau va me rendre des forces.

— Que disent les médecins ?

— Des choses incompréhensibles. Ils m'administrent des remèdes qui doivent renforcer mes muscles. Je veille à ce qu'ils ne me tuent pas. Je n'ai pas oublié ma dernière saignée ! Quand ils parlent de recommencer, je les insulte tellement qu'ils renoncent.

— Mais il existe maintenant beaucoup de médicaments...

— J'ai en effet essayé la décoction de passiflore, le baume du Pérou, le baume de copahu et la racine d'ipécacuana. Pour l'instant je prends un mélange de perles, de corail et d'or que m'a fait porter le Roi. C'est le dernier remède découvert par son médecin Vallot et il m'a fait dire que, s'il le soulageait, il devait m'être également profitable. Tu vois, savoir le Roi inquiet de ma santé me fait du bien !

On arrivait au château que la voiture contourna afin de pénétrer dans le parc par la porte des Suisses.

— Si nous avons le temps, dit Clémence, nous pourrons nous faire ouvrir la grille de Fordrin, celle qu'emprunte le Roi pour se rendre au potager. Il y a une éternité que je n'ai pas été rendre visite à La Quintinie.

— Bonne idée. Je reverrais avec plaisir ce vieil ami et son extraordinaire jardin.

— Si le temps nous manque, nous reviendrons un autre jour. Je voudrais que tu voies le nouveau Trianon. En trois mois les arbres ont poussé, les rosiers ont fleuri, les bassins ont été mis en eau.

— Sans moi, hélas ! Tu vois, ma fille, je n'arrive pas à me faire à l'idée que le parc puisse continuer de s'embellir hors de ma présence !

— Le Nôtre ne vous tient-il pas au courant ?

— Si, lorsqu'il vient me voir. Mais, tu sais, depuis qu'il n'est plus notre voisin, les rencontres sont rares. Il aurait dû garder la maison. Je crois d'ailleurs qu'il ne se plaît pas dans l'appartement que le Roi lui a donné au Grand Commun. Alors il est le plus souvent à Paris. Paris... Tiens j'aimerais aussi y retourner une fois. Tu m'emmènerais ?

— Je vous emmènerai où vous voudrez, mon père. Mais nous voici à la pièce d'eau des Suisses.

À vingt mètres le parc ouvrait ses allées, ses bosquets et ses boulingrins aux couleurs de l'automne.

François se pencha à la portière et dit :

— Versailles est beau en toute saison mais c'est en automne qu'il dévoile le mieux ses richesses, qu'il ruisselle de cet or chaleureux qu'offre le soleil en guise d'au revoir... C'est la saison que préfère le Roi. Il a toujours voulu, avant que le gel ne s'empare des bassins, faire avec moi le tour de ses fontaines. Je marchais à son côté et il me disait : « Voyez-vous, monsieur de Francine, il faudra pour le printemps prévoir une lance supplémentaire au bassin d'Apollon. » Ou bien : « Ne touchez plus aux eaux, vos effets sont réussis, mais dites à Le Nôtre de revoir le rideau d'arbres derrière l'Encelade... »

François s'était tu, les yeux embués fixés sur le sommet des jets qui, au loin, cernaient le Théâtre. Clémence s'aperçut de l'émotion qui gagnait son père et fit signe au cocher de partir vers le Canal. À cette heure encore matinale, aucun vaisseau, aucune felouque, aucune gondole ne troublait le calme des eaux vertes que le fontainier avait eu tant de mal à contenir dans cette croix géante creusée par le Roi au milieu de son jardin.

Le carrosse en fit lentement le tour. Non loin du croisement des deux branches, François demanda qu'on arrête les chevaux un instant :

— C'est, dit-il, près de ces arbres, qui ont bien grandi, que j'ai, un jour où il pleuvait, imaginé qu'on pouvait avoir raison des fuites qui vidaient le Canal en garnissant de glaise le fond et les bordures. Il y avait là Le Vau, Le Nôtre, le fontainier Denys et un ingénieur qu'on avait fait venir de Hollande. Tous tremblaient à l'idée qu'il faudrait annoncer au Roi que son canal engloutissait toutes les réserves d'eau et qu'après avoir essayé toutes sortes de maçonneries il ne restait qu'à le reboucher. Personne ne croyait à mon idée. Et pourtant, c'est grâce à la glaise que le Roi a pu réaliser son rêve[1].

Clémence connaissait l'histoire par cœur mais elle écouta François avec une tendre attention car elle constatait que son père oubliait ses misères et retrouvait un peu de bonheur à vivre en évoquant ses souvenirs.

— Maintenant, dit le vieux fontainier, je veux que nous nous asseyions sur notre banc d'où l'on aperçoit le château et l'Orangerie de Mansart.

Longtemps, ils demeurèrent immobiles et muets, comme s'ils avaient peur de rompre l'enchantement. François, enfin, parla doucement :

— Tu vois, c'est tout ce bonheur, partagé avec toi, vécu dans les pas du Roi, volé aux aigrettes et aux ber-

---

1. Aujourd'hui encore, c'est la couche de terre glaise dont sont enduits le fond et les parois qui assure l'étanchéité du Grand Canal de Versailles.

ceaux des jeux d'eau, que je vais regretter en quittant cette terre.

Clémence attendait ces mots. Elle savait que le père ne reverrait probablement jamais plus ses jardins, qu'il en était conscient et que c'était devant elle, qui avait toujours partagé sa passion, qu'il voulait dire adieu à sa longue vie de fontainier.

— Quitter cette terre ? s'insurgea-t-elle Tu es fatigué, c'est vrai, mais comme le sont les gens de ton âge. Un peu de patience et tu retrouveras bientôt la force de marcher !

— Je me disais cela il y a encore quelques semaines mais je n'y crois plus. Vois-tu, c'est assez terrible de mourir ! J'ai encore tellement d'idées à réaliser, tellement de projets conçus avec et pour le Roi que je me prends en faute de déserter la vie.

— Vous pouvez voir les choses ainsi et vous rendre malheureux au point d'abréger vos jours. Vous pouvez aussi vous dire que nul n'échappe à la mort, qu'on peut l'attendre sans la désirer, que vous avez eu une existence pleine, réussie, agréable et consacrer le temps qui vous reste à vivre sereinement, parmi les vôtres.

— Tu as raison mais ce sont là des mots, rien que des mots, d'autant plus faciles à prononcer qu'on n'est pas concerné.

— Vous croyez, mon père, que je ne suis pas concernée par la fin de votre vie ? Et la foi ? Vous éprouveriez peut-être du réconfort à vous rapprocher de Dieu !

— Oui, mais ma foi ne doit pas être assez solide pour m'aider comme elle aide certains. Mme de Maintenon m'a fait dire qu'elle allait m'envoyer son confesseur. Mais cela ne me convient pas de voir tous ces gens compter mes jours et s'occuper de mon salut ! Ta mère, un peu, et toi, beaucoup, peuvent seuls m'aider.

— Vous pouvez compter sur moi, sur ma reconnaissance, sur mon amour, dit Clémence, les larmes aux yeux.

Il y eut encore un silence et François, apaisé, reprit :

— Maintenant, parle-moi de toi. Je quitterai le monde plus sereinement si je te sais heureuse. Comment va ton ménage ? Je n'ai jamais pensé que vous étiez bien assortis mais les mariages parfaits n'existent pas.

— Pas même le vôtre ?

— Si, je suis injuste. J'ai épousé une sainte. Mais toi ?

— Je ne suis pas une sainte, répondit-elle en riant pour détendre l'atmosphère.

— Je te parle de cela parce qu'on m'a dit qu'Omer Toussaint était sorti comme fou de votre terrible aventure. Et qu'il n'était pas facile à vivre.

— Tout cela est exagéré. Il est vrai qu'il a mal supporté l'événement mais de là à en faire un dément !

— On m'a dit aussi, j'ai des oreilles au Palais, qu'il ne travaillait plus pour le Roi avec son oncle.

— Pour l'instant, c'est exact, parce qu'il est malade, mais il reprendra sa place dès qu'il ira mieux.

— Crois-tu vraiment qu'il succéderait au président si celui-ci devait abandonner sa charge ?

— Cela était prévu mais je ne sais rien des intentions du Roi.

Elle n'en dit pas plus pour ne pas contrarier son père mais s'inquiéta de ce que le bruit de la disgrâce d'Omer se fût si vite répandu.

— Avons-nous le temps d'aller saluer ce bon La Quintinie ? demanda François qui paraissait rasséréné.

— Mais oui. Nous allons, en rentrant, nous arrêter au potager.

*

Il n'y avait pas dix ans que Jean-Baptiste de La Quintinie avait pris possession du terrain proche de la pièce d'eau des Suisses dans le but de transformer, selon le vœu du Roi, ce cloaque de mauvaise terre en luxuriant potager. Et le miracle s'était accompli. À force de drainer les mauvaises eaux, d'apporter d'innombrables tombereaux de bonne terre et de fumier, le Roi et la Cour pouvaient maintenant se nourrir des fruits et des légumes que produisait le nouveau potager[1].

La Quintinie et Francine étaient entrés ensemble au service du Roi. Ils avaient vécu depuis le début l'aventure du château ; leurs familles, logées toutes deux à Versailles, s'étaient régulièrement fréquentées. Seule la maladie les avait depuis quelques mois séparés. La Quintinie, de sept ans son cadet, avait longtemps rendu visite à son ami cloué dans son fauteuil mais il était maintenant lui-même affligé d'une tumeur qui l'obligeait à se ménager.

La rencontre des deux amis fut émouvante. Ils s'assirent au soleil sur le banc de la terrasse d'où l'on pouvait surveiller ou admirer l'ensemble du jardin. De là, Jean-Baptiste, du bout de sa canne, fit les honneurs de son domaine, vaste carré coupé d'allées en diagonale, un pur dessin à la française :

— Le long des terrasses et contre les murs, vous reconnaissez les cultures fruitières en espalier et, comme dans les jardins du pourtour, les arbres en buisson. Regardez tout de même, c'est nouveau, les palissades en biais le long de la pièce d'eau : c'est une trouvaille récente qui permet toutes les expositions possibles. Toi, Clémence, qui peux te déplacer, va donc voir les planches où poussent les melons, salades et petits pois. Choisis deux melons pour votre dîner, je sais que ta mère les aime.

— Et cet enclos au nord-ouest, protégé par les terrasses, que contient-il ? demanda François.

— Cette place bien abritée qui t'intrigue est ma dernière invention. J'avais promis au Roi qu'il pourrait manger des figues mûres durant six mois de l'année. Eh bien, c'est chose faite ! Une première production est obtenue en serres chaudes de mars à fin juin, une seconde sur couches et sous châssis durant le mois de

1. Voir *La Fontainière du Roy* sur l'histoire du potager de Versailles.

juillet, et enfin une troisième, naturelle, en plein air du début à fin août. Ce défi nécessite l'usage de sept cents caisses et c'est dans ce bâtiment que vous apercevez qu'on les abrite durant l'hiver. On l'appelle la Figuerie. Le Roi en est fier et veut la montrer au monde entier !

Clémence embrassa le vieux jardinier et lui promit de revenir bientôt le voir. Quant à François, il semblait heureux, tout revigoré par sa promenade.

— J'ai un peu faim, dit-il à Clémence, nous allons rentrer.

Et il ajouta, oubliant ses propres souffrances :

— Tu as vu, ce pauvre La Quintinie est bien mal en point !

Le dîner, ce n'était pas arrivé depuis longtemps, s'annonçait gaiement. Calé dans son fauteuil, François de Francine, serein, buvait à petites gorgées un verre de vin de Bourgogne. Tandis qu'on attendait la fameuse poularde panée de Madeleine, Grefaud, le valet, vint prévenir que M. Jean-Nicolas faisait ranger sa voiture dans la cour.

Le directeur de l'Académie royale de musique fut accueilli avec joie, en particulier par Clémence, heureuse de retrouver son cousin :

— Alors, demanda-t-elle en l'embrassant, quel effet cela te fait-il d'être devenu l'un des personnages les plus enviés de son temps ?

— Qu'il est vraiment très difficile de le rester et qu'il m'arrive d'envier le sort de mes frères dont les charges sont moins pesantes[1]. Je dois réussir là où les Lully, mes deux beaux-frères, ont échoué et me battre chaque jour pour mériter le brevet qui me confère la direction de l'Opéra durant trois années. Remplacer les fils de Lully est facile. Ce qui l'est moins, c'est de succéder au père qui a eu le génie de créer un modèle d'académie unique en Europe. Elle est son enfant et a du mal à lui survivre. Les œuvres de Lully, heureusement, conti-

_____

1. L'un des deux autres fils de Pierre de Francine était militaire, en passe d'avoir un régiment, l'autre était marin.

nuent leur carrière mais je dois assurer plusieurs créations chaque année.

— Tu ne vas tout de même pas te plaindre !

— Non. Avec le soutien de la famille royale dont j'ai la chance de bénéficier, j'espère bien que le nom de Francine demeurera longtemps associé à l'Académie.

— Tu dois être beaucoup jalousé, à la Cour et dans le milieu de la musique ? demanda François.

— Bien sûr. On raille facilement le « fontainier qui dirige la musique du Roi sans être musicien ». Mais je méprise ces attaques.

— Tu as raison. D'ailleurs, dans la famille, à commencer par ton grand-père, ton père et moi, tous ceux qui furent hydrauliciens pour le roi et ses proches exercèrent aussi des fonctions fort différentes. En tout cas, sache que nous sommes fiers de te voir réussir.

Grefaud et la fille de cuisine apportèrent enfin la poularde et François mangea sa part de bon appétit. On bavarda un moment, on évoqua des souvenirs après avoir dégusté les melons du Roi, puis Jean-Nicolas dit qu'il était obligé de partir car il devait voir le Dauphin après la chasse du Roi. Clémence elle aussi devait rejoindre son appartement où l'attendait son mari à la triste figure. Après ce moment d'animation qui avait redonné vie à la maison, François et sa femme se retrouvèrent seuls.

— Cette promenade semble vous avoir fait du bien. Racontez-moi donc où Clémence vous a emmené, demanda Madeleine.

— Vous voulez dire « où j'ai emmené Clémence » ! Je peux tout de même encore m'y reconnaître dans le dédale des allées, des fontaines et des cascades que j'ai créées ! J'ai vu qu'il y avait encore du travail à accomplir pour exaucer tous les désirs du Roi...

Madeleine n'insista pas et, souriante, écouta le fontainier lui énumérer la longue liste de ses chefs-d'œuvre. Clémence lui avait confié en rentrant combien son père lui semblait affecté. Comme si elle ignorait que le vieux compagnon de sa vie souffrait de devoir un jour prochain quitter les siens et, plus encore peut-être, le grand jardin de Versailles !

*

La fin de l'année 1688 n'était décidément pas favorable à Clémence. Son père déclinait de jour en jour, son cher La Quintinie était condamné et son mari retombait dans cet état de neurasthénie qui le rendait infiniment malheureux et pesait comme un fardeau sur les frêles épaules de sa femme. Il restait heureusement près de Clémence le président Rose, toujours gaillard, à qui elle pouvait se confier, son amie la duchesse de Duras, attentive dans les moments de détresse, et la Cour, qui, malgré ses travers, demeurait, pour peu qu'on ne s'y hasardât pas démuni de cervelle, un univers animé et distrayant.

Un jour où elle s'ennuyait après une discussion pénible avec son mari, Clémence se rappela la promesse de La Fontaine et Boileau de lui faire rencontrer La Bruyère, cet étrange trésorier général devenu précepteur chez Condé et, depuis quelque temps, béguin des salons parisiens. Sans attendre, elle se fit conduire chez Boileau qu'elle était sûre de trouver à cette heure dans son pavillon d'Auteuil acheté grâce aux libéralités du Roi. C'était aussi l'occasion de se promener dans les allées du village, de passer devant la maison de sa jeunesse où elle avait vécu des heures passionnées avec le vrai amour de sa vie, le capitaine de Pérelle. La maison de l'allée des Tilleuls avait changé plusieurs fois de propriétaire depuis qu'elle s'en était séparée mais la blancheur de ses murs blancs tranchait toujours sur le vert des thuyas qui, eux, avaient poussé et montaient maintenant jusqu'aux fenêtres. Elle arrêta sa voiture, le temps de s'offrir un instant de nostalgie, et demanda au cocher de l'attendre chez M. Boileau-Despréaux. Elle s'y rendrait à pied par ce chemin jadis tant de fois parcouru. Souvent, c'était pour aller chercher la chaleur de l'amitié lorsque son mari, parti rejoindre son régiment, l'avait laissée seule. Boileau alors était à l'aube de son succès. Aujourd'hui, académicien écouté, souvent jalousé par ses confrères mais respecté, il vivait son succès avec la modestie du sage, ajoutant un chapitre à ses *Satires* lorsqu'une visite à Versailles ou une rencontre inspirait sa verve.

Clémence aimait Boileau qui avait été un assidu du groupe du *Mouton blanc*, cette auberge d'Auteuil où s'attablaient dans la gaieté les meilleurs esprits de l'époque. Elle l'aimait parce qu'il avait toujours été un ami sincère et plus encore parce qu'il avait, l'un des premiers, reconnu le talent de La Fontaine et lui avait trouvé un libraire, parce qu'il avait milité aux côtés de Molière dans l'affaire du *Tartufe*, parce qu'il avait rassuré Racine après l'échec de *Phèdre* et qu'il avait offert sa pension au vieux Corneille que l'administration royale oubliait depuis sept ans. C'est dire le plaisir qu'elle éprouva à se jeter dans ses bras en cette matinée triste de novembre.

— Clémence, quel bon vent vous amène dans le village ? Je n'ose croire que c'est le plaisir de me voir.

— Mais si. J'étais très triste ce matin dans l'appartement sinistre que le Roi nous a donné dans l'aile des ministres. Mon mari broyait du noir comme à son habitude et je me suis demandé qui pouvait m'égayer de son bon sourire. Tout de suite votre nom m'est venu à l'esprit et j'ai sauté dans mon carrosse.

— J'allais justement passer à table. Voulez-vous, mon Ondine, partager mon frugal repas ? Ce ne sera pas aussi bon qu'au *Mouton blanc* – vous savez, je n'ai cessé de fréquenter ce haut lieu – mais mon cuisinier n'est pas mauvais.

Il tira le cordon de la sonnette et demanda à son valet sitôt accouru :

— Gouju, qu'avons-nous ce midi pour le dîner ?

— Maître, Adrien a préparé un potage d'écrevisses et un lapin en gibelotte.

— Cela convient-il à la fontainière du Roi ?

— Oh, oui ! Si vous saviez comme je suis lassée de la nourriture du Grand Commun ! La cuisine offerte aux ministres et aux courtisans est sans saveur. De plus, les plats arrivent toujours froids. Quand j'ai vraiment faim, je vais manger chez ma mère !

— Très bien. Avant de passer à table, j'aimerais vous montrer mon jardin. J'en suis fier comme le roi des parterres de Le Nôtre. Tiens, voici justement le responsable de ce miracle. C'est Antoine Riquié qui a fait d'un jardinet sans âme cette thébaïde. Sur ses conseils, à l'occasion, j'ai arrondi mes terres, il les a soignées, enrichies d'humus et les a plantées. Antoine, montre donc à Mme de Pérelle ce jardin qui n'est pas ratissé comme les allées de Versailles mais qui respire le petit laisser-aller qui sied à la vie d'un poète. Tenez, Antoine a planté, tout petits, ces marronniers aujourd'hui orgueilleux. C'étaient les premiers importés des Indes.

Fier, le jardinier fit les honneurs du potager, de la charmille, du puits fleuri et même du jeu de quilles.

— C'est le jeu le plus intelligent du monde, dit Boileau en riant. Songez, ma petite Ondine, que Molière, Racine, le président Lamoignon et bien d'autres ont lancé leurs boules sur ce terrain en jurant comme des charretiers lorsqu'elles n'atteignaient pas leur but. Les seigneurs ne dédaignent pas non plus mon ermitage et mes billes de bois. L'autre semaine, Pontchartrain, le duc de Bourbon et le prince François Louis de Conti sont venus rendre visite au vieux sauvage ! C'est drôle. Il paraît que je suis entouré de jaloux mais je ne me connais que des amis ! Tout cela pour rendre à Antoine le mérite qui lui revient. Bien piètre remerciement, je lui ai dédié une épître. Tenez. L'encre en est encore humide, je l'ai écrite ce matin. Il va rougir, l'artiste.

Boileau sortit une feuille de sa poche et lut :

« Laborieux valet du plus commode maître
Qui pour te rendre heureux ici-bas pouvait naître,
Antoine, gouverneur de mon jardin d'Auteuil
Qui dirigea chez moi l'if et le chèvrefeuille,

Et, sur mes espaliers, ingénieux génie,
Sait si bien exercer l'art de La Quintinie
Tu fais d'un sable aride un jardin si fertile
Et rend tout mon jardin à tes lois si docile. »

— Voilà à quoi mon maître, académicien glorieux, passe son temps ! dit Antoine Riquié avec l'impertinence qui sied au serviteur d'un honnête homme.

Boileau sourit et dit :

— Il est maintenant l'heure de se mettre à table.

Il y avait longtemps que Clémence n'était pas entrée dans la maison de son ami. Peut-être ne se souvenait-elle pas ou Boileau en avait-il modifié le décor, elle lui parut étrange avec son négligé provocant. Aux murs tapissés d'une vieille bergame étaient suspendus en désordre les portraits des aïeux satiriques du maître de maison. Œuvres d'imagination, elles représentaient Timon le misanthrope, Ménippe, Lucilius, Horace, et naturellement Perse et Juvénal. Clémence reconnut au-dessus de la cheminée le portrait, plus ressemblant celui-là, de Christine de Suède.

— L'intérieur du vieux célibataire endurci vous surprend, belle enfant ? J'y vis avec mes amis des siècles passés. Il m'arrive de converser avec mon cher Juvénal. Mais je radote : c'est pour parler que vous êtes venue et non pour m'écouter.

Clémence parla et cela la soulagea. De son père dont les jours étaient comptés, de son mari qui ne succéderait pas au président Rose... Elle parla aussi longuement de Jean-Baptiste de La Quintinie qu'on avait enterré la semaine précédente dans le cimetière d'où l'on pouvait apercevoir son potager.

— Je l'ai vu avec mon père peu de temps avant son décès. Il parlait de son jardin comme s'il allait continuer de voir sans fin pousser les figuiers du roi. J'aimais La Quintinie. Il m'a appris le soleil qui fait mûrir les poires, l'ombre qui convient aux jeunes pousses de radis et de salade, il m'a enseigné la taille des arbres qu'il comparait à la sculpture. Je n'ai pas fini de le pleurer...

— Tout cela est bien triste, dit Boileau. Mais n'y a-t-il pas dans votre vie quelques côtés heureux ? C'est à eux qu'il faut vous raccrocher. Lorsque tout est sombre, il faut chercher le moindre ver luisant et en faire un lustre de cristal. Vos enfants, par exemple, vont-ils bien ?

— Oui, grands dieux ! Ils me sauvent.

— Alors, pensez à eux, puis goûtez en paix à ce lapin qui fleure bon la sauge et le laurier. Mais j'y pense, que lisez-vous ? La lecture est le remède universel contre les maladies de l'âme.

— La bibliothèque du président Rose est heureusement riche. Je viens de finir les *Entretiens sur la pluralité des mondes* de Fontenelle. Mme de Duras m'a fait connaître cet étrange personnage que j'aimerais revoir maintenant après avoir lu son livre. J'ai des questions à lui poser. Et puis, vous m'aviez promis de me conduire un jour près de M. de La Bruyère.

Il sourit :

— Voilà encore une belle dame prête à boire les paroles du prince charmant des salons. Je vous en blâme d'autant moins que, je vous l'assure, M. de Fontenelle vaut mieux que sa réputation de poète galant. Nous rendrons visite un autre jour à La Bruyère mais si vous voulez passer me prendre ce prochain mercredi, nous irons goûter le cacao de Madeleine de Scudéry. Fontenelle sera, naturellement, le héros de la compagnie.

— Mlle de Scudéry ? Depuis que La Fontaine m'a fait lire *Clélie* à vingt ans, j'ai envie de connaître Sapho, cette légende vivante. Croyez-vous, comme certains, qu'elle est la grande romancière du siècle ?

— On peut le penser. Sans oublier pourtant Mme de La Fayette. Elle a opéré une véritable révolution dans l'art du roman dont elle a éliminé les guerres, les naufrages, les duels et les enlèvements. Vous vous rendez compte : deux cents pages pour *La Princesse de Clèves* et dix mille pour *Clélie* !

*

Mlle de Scudéry avait-elle été prévenue ? La vieille dame accueillit Clémence en lui montrant à mots couverts qu'elle connaissait son histoire et était heureuse de la recevoir. La fontainière ne fut d'ailleurs pas dépaysée. Dans les fauteuils disposés devant la cheminée étaient installés son cher La Fontaine et la duchesse de Duras ainsi que deux autres dames qu'elle avait entrevues à la Cour mais qu'elle ne connaissait pas. Elle les trouva laides et ne fut pas fâchée de pouvoir se dire qu'elle était la plus belle de l'assemblée. Plus loin, sur un canapé, Furetière, visiblement mal en point, avait les jambes allongées. Ses yeux pétillants de malice faisaient heureusement oublier que son corps ne résisterait pas longtemps[1]. Pour l'heure, il évoquait en riant avec La Fontaine son éviction de l'Académie française pour avoir publié son propre dictionnaire avant celui qu'enfantaient douloureusement ses confrères de la docte assemblée.

Boileau ne goûtait pas beaucoup l'humour débridé, parfois vulgaire de Furetière dont il admirait par ailleurs l'étonnante érudition. « Il m'agace mais je dois avouer que son *Tarif ou évaluation des partis sortables pour faire facilement les mariages* m'a fait rire », glissa-t-il à l'oreille de Clémence qui, intimidée, se tenait bien sage dans son fauteuil.

Fontenelle, peut-être pour montrer l'importance qu'il avait prise dans le monde parisien, arriva en retard, ce qui lui valut une pique de Furetière, mais la grâce avec laquelle il sollicita l'absolution de la maîtresse de maison fit sourire. Il reconnut Clémence, qui en fut flattée.

Quand il eut salué tout le monde, Mlle de Scudéry engagea le dialogue en révélant qu'elle venait d'achever ses *Nouvelles conversations morales* écrites à la demande de Mme de Maintenon pour les jeunes filles de Saint-Cyr, ce qui laissa tout le monde indifférent.

1. Furetière devait en effet mourir peu après en cette année 1688.

Boileau lut sa satire sur les embarras de Paris que Fontenelle applaudit et Jean de La Fontaine annonça qu'il venait de rédiger son épitaphe en précisant avec un sourire que c'était une œuvre qu'il n'était pas pressé de publier. Naturellement, la compagnie en exigea la primeur et le poète s'exécuta de bonne grâce d'une voix qu'il voulut enjouée :

> *« Jean s'en alla comme il était venu,*
> *Mangea le fonds avec le revenu,*
> *Tint les trésors choses peu nécessaires,*
> *Quant à son temps, bien le sut dispenser :*
> *Deux parts en fit dont il soulait* [1] *passer*
> *L'une à dormir et l'autre à ne rien faire. »*

— C'est vrai, ajouta le fabuliste, j'ai toujours eu horreur qu'on me presse.

Fontenelle n'avait encore rien dit. Tout le monde se tut lorsqu'il sortit un papier de sa poche :

— Un bruit circule à Paris et à Versailles que le Cydias de La Bruyère ne serait autre que moi-même. Eh bien, j'admire tellement *Les Caractères* que je revendique ce portrait. C'est ne pas être l'une des figures de ce succès de librairie qui eût été désobligeant. Certains n'ont peut-être pas lu la troisième édition qui vient de paraître, alors je vais vous lire le passage qui semble-t-il me concerne. Ce sera à vous de dire si ce Cydias me ressemble.

« Ascagne est statuaire, Hégion fondeur, Aechine foulon et Cydias bel esprit, c'est sa profession. Il a une enseigne, des ouvrages de commande et des compagnons qui travaillent sous lui... Prose, vers, que voulez-vous ? Il réussit également en l'un et l'autre. Il a un ami qui n'a d'autre fonction sur la terre que de le promettre longtemps à un certain monde, et de le présenter enfin comme un homme rare et d'une exquise conversation ; et là, comme le musicien chante et que le joueur de luth

---

1. Soulait, du latin *solere* : *avait l'habitude de*.

touche à son luth devant les personnes à qui il a été promis, Cydias, après avoir toussé, relevé sa manchette, étendu la main et ouvert les doigts, débite gravement ses pensées quintessenciées et ses raisonnements sophistiqués... Cydias s'égale à Lucien et à Sénèque, se met au-dessus de Platon, de Virgile et de Théocrite. Uni de goût et d'intérêt avec les contempteurs d'Homère, il attend paisiblement que les hommes détrompés lui préfèrent les poètes modernes : il se met en ce cas à la tête de ces derniers... C'est en un mot un composé du pédant et du précieux, fait pour être admiré de la bourgeoisie et de la province, en qui, néanmoins, on n'aperçoit rien de grand que l'opinion qu'il a de lui-même. »

Lorsque Fontenelle-Cydias en eut terminé avec cette volée de bois vert, il s'essuya du mouchoir tiré de sa manchette et sembla goûter le silence qui suivit. L'assemblé restait muette devant cet homme étrange qui semblait prendre plaisir à être battu. La Scudéry en d'autres temps eût trouvé le mot qu'il fallait mais son esprit était devenu lent, Furetière cherchait le sien et Boileau paraissait s'amuser. Contre toute attente, c'est Clémence qui rompit le silence, avant même que Fontenelle ait repris la parole pour expliquer le pourquoi d'une intervention plutôt humiliante :

— Il me semble, dit-elle, que M. de La Bruyère a omis une partie de vos talents dans son portrait de Cydias. Il n'a pas parlé de l'élégance avec laquelle vous vous jouez des planètes. Lorsque j'ai eu le plaisir de vous rencontrer chez Mme de Duras, je n'avais pas lu vos *Entretiens sur la pluralité des mondes*, mais leur découverte m'a conquise ! L'astronomie que vous mettez à la portée des femmes ignorantes, comme moi, n'a que faire des effets de manche et des ruses ambitieuses que prête M. La Bruyère à Cydias. Je ne sais pas si vous avez raison de vous reconnaître en celui-ci mais continuez, je vous en prie, à nous faire comprendre l'univers.

Dès qu'elle se tut, Clémence se demanda comment et pourquoi elle avait eu soudain l'audace de s'exprimer devant une assistance aussi relevée. Comme on l'applaudissait, elle se dit qu'elle n'avait pas dû dire de sottises. Fontenelle lui-même s'était levé et était venu lui baiser les doigts :

— Comment vous remercier, madame, d'avoir ainsi volé à mon secours ? Soyez sûre que je n'oublierai pas la délicatesse de vos paroles.

Et pour faire oublier La Bruyère, il exposa les idées brillantes, neuves et impertinentes qu'il comptait développer dans ses prochains ouvrages sur les causes occasionnelles et les oracles. Boileau et Furetière se mirent de la partie, Mme de Duras se força un peu pour donner un avis qui était de peu d'importance mais ce fut Fontenelle, décidément éblouissant, qui eut le mot de la fin en affirmant que si la raison régnait sur la terre il ne s'y passerait rien.

Clémence, contente de sa journée, raccompagna Boileau jusqu'à Auteuil et rentra tard à Versailles. Son mari, prostré, ne l'écouta pas mais elle ravit le président Rose en lui racontant son après-midi et sa rencontre avec Fontenelle. Avant de se retirer dans sa chambre, il s'assura que son neveu ne pouvait l'entendre et dit :

— Je ne veux pas accroître vos soucis, ma chère petite, mais, je vous le redis, mon neveu m'inquiète. Le fait d'être écarté de ma succession aggrave chaque jour son déséquilibre.

— Que craignez-vous, mon oncle ? demanda Clémence. Il ne va pourtant pas se supprimer !

— Je ne sais pas mais son état me fait peur. Je vous en prie, veillez sur lui.

Clémence aurait voulu ce soir-là ne penser en s'endormant qu'à son après-midi, si agréable, mais c'est l'image horrible de son mari pendu dans le grenier qui lui apparut dans son premier rêve.

*

Par la grâce du Roi, Clémence avait hérité du comte de Pérelle le privilège de se rendre, quand elle le souhaitait, aux réceptions de la Cour. Elle n'en abusait pas car elle n'aimait guère se mêler aux princes et aux duchesses qui daubaient sottement sa noblesse fontainière. Pourtant, ce mercredi-là, elle eut envie de se rendre au château. « Il y avait appartement » et elle était sûre de retrouver dans l'enfilade des salons, entre la Grande Galerie et la tribune de la chapelle, quelques-unes de ses chères amies.

Clémence rencontra son monde dans le salon d'Apollon que le respect dû au trône royal n'interdisait pas aux invités les soirs d'appartement. Il serait, plus tard dans la soirée, transformé en salle de musique mais, pour l'instant, Mme de Sévigné y régnait sur une table où étaient installés Mme de Duras, son mari le maréchal et Marie-Madeleine de La Mésangère, très belle dans une robe de damas bleu aux manches « amadis » serrées et boutonnées jusqu'au poignet. Elle avait dû passer beaucoup de temps à se faire coiffer d'une « fontange[1] » haute de vingt pouces, pensa Clémence qui, elle, portait, une robe « à l'effrontée » qui convenait à sa légende : flottante sur les épaules et sans ceinture, seulement rehaussée par une croix garnie de diamants, cadeau du président Rose pour son anniversaire.

La marquise de La Mésangère, fille de Mme de La Sablière, qui lui avait été présentée par La Fontaine, lui avait tout de suite plu. Elle n'avait pas le charme et l'intelligence de sa mère, la grande amie du fabuliste qui avait trouvé dans sa maison un asile paisible, mais elle était de la génération de Clémence qui la trouvait sympathique. N'était-ce pas à elle que Fontenelle avait dédié ses *Entretiens sur la pluralité des mondes* ?

Lorsque Clémence prit place à la table, le maréchal tenait les dames en haleine en leur racontant comment

1. Coiffure en hauteur demeurée près de trente ans à la mode. Elle était formée de boucles et de nombreux accessoires. La légende veut que la duchesse de Fontanges suivant une partie de chasse ait eu la coiffure dérangée par un coup de vent. Elle aurait alors rattaché ses cheveux avec sa jarretière en plaçant le nœud en avant.

la place des Victoires où depuis peu chacun pouvait admirer une imposante statue du Roi, était devenue un exemple pour le royaume. À Dijon, à Arles, à Rennes et dans d'autres villes, les places s'ornaient d'une statue royale.

— À Paris, dit M. de Duras, le Roi est à pied et la Renommée lui pose une couronne de laurier sur la tête. C'est ma foi un beau jet de bronze que mon ami le maréchal de La Feuillade a fait élever. Mais avez-vous entendu parler de sa consécration ? Celle-ci a donné lieu à une cérémonie peu ordinaire à laquelle nous étions conviés. Ma chère femme a eu bien tort de ne pas vouloir y assister. Elle aurait admiré La Feuillade à cheval tournant autour de la statue à la tête de son régiment de gardes. Cela aurait à peine frisé le ridicule si le maréchal n'avait voulu faire ensuite toutes les prosternations auxquelles les païens se livraient jadis devant les statues de leurs empereurs. Le prévôt des marchands et les échevins semblaient étonnés de se trouver là. Bref, ce fut une bien étrange cérémonie.

— L'histoire est cocasse mais elle n'est pas finie, dit Mme de Sévigné. On m'a raconté que La Feuillade a maintenant dessein d'acheter un caveau dans l'église des Petits-Pères et qu'il prétend le pousser par-dessous jusqu'au milieu de la place des Victoires afin de se faire enterrer précisément sous la statue du Roi. Il a aussi, dit-on, la vision de fonder des lampes perpétuelles qui éclaireraient nuit et jour la statue[1].

À ce moment le Roi apparut, en vrai, détendu mais toujours majestueux, se promenant familièrement parmi ses invités. À la table de la marquise, il défendit

1. Mémoires de Choisy. En septembre 1792, la statue fut renversée et détruite. Napoléon la remplacera par une pyramide de bois puis par une imposante statue de Desaix, mort à Marengo et curieusement représenté entièrement nu. Pudibonde, la Restauration l'enverra à la fonte (elle entrera dans la composition de la statue d'Henri IV au Pont-Neuf) et sera remplacée par la statue actuelle, œuvre de Bosio.

d'un geste qu'on se levât, salua galamment les dames puis se tourna vers Clémence :

— Combien de fois, madame, faudra-t-il vous répéter que votre roi aime à vous voir souvent ? Votre présence au château est aussi rare qu'elle est souhaitée. Je suis fort aise de vous voir ce soir parmi nous mais, de grâce, venez plus souvent.

Clémence promit et le Roi continua :

— Comment se porte M. de Francine ? Les remèdes que je lui ai fait recommander lui font-ils du bien ?

— Sire, mon père est mal et je pense qu'il ne finira pas l'année. Je lui dirai que Sa Majesté a pris de ses nouvelles et cela lui fera plaisir. Il ne parle que des fontaines qu'il ne peut pas achever.

— Votre père me manquera, madame. Mais ce soir il faut se distraire. Je vois qu'on installe la collation dans le salon de Vénus. Il est temps de vous y rendre.

Ils passèrent le salon de Mercure, dite chambre du lit, où la famille avait coutume de jouer sans s'interdire d'aller disputer une partie de lansquenet ou de bassette dans une autre salle. Le Roi, après s'être donné un quart d'heure à ses invités, avait, lui, rejoint le salon de Diane où trônait le billard, divertissement favori de Sa Majesté. M. de Chamillart l'attendait. Bonhomme, appliqué, discret et délicat, souvent moqué pour sa modestie, le maître des requêtes possédait la qualité infaillible pour entrer dans le cercle intime du Roi : il était le meilleur joueur de billard de la Cour[1] ! Scrupuleux plus que courtisan, Chamillart ne se laissait pas battre volontairement, et le Roi, contre toute attente, lui en savait gré : on ne trichait pas avec Louis XIV, même pour lui faire plaisir.

Après avoir goûté à quelques gourmandises, les dames, toujours conduites par Mme de Sévigné, trouvè-

1. Le billard, au Grand Siècle, avait de grandes analogies avec le billard américain : il fallait faire entrer des boules d'ivoire dans des poches situées dans les coins. On y jouait avec de longues cannes recourbées.

rent un coin tranquille pour converser dans l'un des salons attenant à la Petite Galerie. Sous le plafond peint par Mignard, la duchesse de Duras, plus au courant que ses amies du déroulement de la guerre grâce aux confidences du maréchal, parlait de l'armée de Guillaume d'Orange débarquée en Angleterre peu après la victoire du Dauphin à Philippsburg et de la situation désespérée du malheureux Jacques II.

— Il paraît que le petit homme noir, qui a tout de même conquis l'Angleterre avec ses quinze mille hommes appartenant à une demi-douzaine de nations et représentant un échantillon complet de l'Europe protestante, a déclaré devant des ambassadeurs étrangers : « La lutte ne fait que commencer. Je périrai ou j'irai brûler Versailles ! »

— Devons-nous trembler ? demanda Clémence en riant.

— Non, je ne crois pas, dit Mme de La Mésangère. Le Roi, M. Louvois et le cabinet s'occupent de ces histoires militaires. Et la Cour se passionne pour une tout autre affaire : Mme de Maintenon a décidé Racine d'écrire une tragédie pieuse que joueront les demoiselles de Saint-Cyr. Elle s'appellera *Esther*. La question est de savoir si la marquise permettra que les jeunes actrices portent des costumes bibliques.

On parla d'autres insignifiances qui occupaient la Cour toujours brillante et toujours isolée dans son cercle enchanteur, de la construction de l'aile nord du château qui touchait à sa fin, des inconvénients d'être logé au Palais et de Lauzun qui, disait-on, était chargé de mettre le roi d'Angleterre et sa famille en sûreté si cela s'avérait nécessaire.

Vers neuf heures, alors que les tables de jeu se garnissaient dans la Grande Galerie, Clémence, lassée, prit congé et regagna son appartement.

Omer dormait, terrassé par la drogue dont il usait de plus en plus pour vaincre ses insupportables insomnies. Elle le regarda un moment, émue par la détresse que le sommeil n'effaçait pas, et pensa à ces années passées avec cet homme qui l'aimait et qui était bon. Elle-même l'avait-elle vraiment aimé ? Elle s'était posé cent fois la question sans pouvoir y répondre. Ce dont elle était sûre aujourd'hui c'est qu'elle éprouvait une immense pitié pour le mari qu'elle n'avait pas choisi mais qui l'avait dévotement protégée tant qu'il était en bonne santé et lui avait apporté la richesse en même temps que deux beaux enfants. Et puis, il y avait le président qu'elle vénérait et qu'elle avait épousé en même temps qu'Omer. Oui, elle devait beaucoup à son mari et se dit qu'elle ferait tout pour essayer de le tirer du malheur. Apaisée par cet examen de conscience, elle se coucha et ne fut réveillée que le matin de bonne heure par Grefaud qui tambourinait à la porte.

En ouvrant au vieux valet des Francine, elle comprit à son air affligé qu'il se passait quelque chose de grave :

— C'est le père ? demanda-t-elle en tremblant.

— Oui. Il se meurt et on a appelé le prêtre pour les derniers sacrements. Il paraît somnoler et n'ouvre un œil que pour demander votre présence. Venez vite !

— J'enfile un manteau et nous partons mais à cette heure je n'ai ni cocher ni voiture.

— Je suis venu dans le carrosse de la maison. Il est à l'entrée devant la grille.

En chemin elle questionna le valet.

— Qu'est-il arrivé, Grefaud. Souffre-t-il ? C'est bien d'avoir demandé un prêtre mais avez-vous prévenu un médecin ? Je vais tout à l'heure faire demander à Fagon s'il peut venir.

— Le médecin qui tue le Roi par ses saignées et ses lavements ?

— Qu'est-ce que tu racontes...

— C'est ce qui se dit dans le peuple. Moi, je n'aurais pas confiance. C'est Poulard, le médecin du quartier, qui devait arriver lorsque je suis parti vous chercher.

Clémence soupira, ferma les yeux et pria. Pas pour demander au Seigneur la guérison de son père, elle savait qu'il allait mourir, mais pour qu'il soit encore en vie lorsqu'elle arriverait.

Au moment où elle entrait dans la maison, le curé partait, son devoir accompli, et le médecin prenait le pouls du malade.

— Madame, dit-il en entraînant Clémence dans un coin de la chambre, votre père s'éteint doucement. Il m'a dit dans un souffle qu'il ne souffrait pas et vous a demandée plusieurs fois. Soyez forte. Comme Mme de Francine qui montre un courage admirable.

— Cela ne m'étonne pas, je connais ma mère.

Elle revint vers le lit et s'agenouilla pour s'approcher le plus près possible du père. Il avait beaucoup maigri ces derniers temps et son visage cireux portait déjà les stigmates de la mort.

François tressaillit en apercevant Clémence :

— Ah, tu es là ! C'est bien. J'ai déjà dit adieu à ta mère et je suis soulagé de pouvoir te dire, à toi aussi, combien je t'ai aimée et combien tu m'as causé de joie. Grâce à toi ma vie a été plus heureuse.

— Grâce aussi, père, à toutes les eaux que tu as fait jaillir pour le contentement du Roi. Le Roi que j'ai vu hier, il y avait appartement, et qui m'a chargé de te dire son affection et son admiration.

— C'est vrai ? Le Roi t'a parlé de moi en ces termes ?

— Oui, père. Devant dix personnes. Et j'étais fière !

François de Francine serra les lèvres, c'était peut-être l'esquisse d'un sourire, et ferma les yeux. Il prononça encore quelques mots que Clémence eut de la peine à comprendre. Ils concernaient le curé : « Il a voulu me confesser, me demander de reconnaître mes péchés. Tu sais ce que je lui ai répondu : "Mon père, je n'ai rien à me reprocher. Mes jets d'eau ont toujours fusé à temps au passage du Roi." »

Ce furent les derniers mots du magicien des fontaines.

*

Finalement, le roi d'Angleterre, après avoir résisté courageusement à Guillaume d'Orange, avait été arrêté par la populace alors qu'il s'enfuyait. Ramené à Londres, il réussit à s'évader grâce à des complaisances et ne songea qu'à mettre en sécurité sa femme Marie et son fils. Lauzun et un Italien nommé Riva aidèrent ceux-ci à gagner la France en attendant qu'il puisse les imiter. Louis XIV, le Roi-Soleil, venait de subir avec la déroute de Jacques II le premier échec grave de son règne.

Sa Majesté se rendit pourtant à Chatou pour accueillir la reine d'Angleterre qui bénéficia des mêmes honneurs que si elle avait été la reine de France. Le Roi était touché par le malheur de cette brune Marie de Modène. Peut-être lui rappelait-elle le charme des nièces de Mazarin qui avaient enchanté sa jeunesse. C'était aussi une façon de montrer que le roi de France ne se résignait pas à la prise du pouvoir par Guillaume d'Orange.

Jacques II put rejoindre sa famille quelques jours plus tard. Lui aussi fut traité de bonne manière et établi au château de Saint-Germain avec une bourse qui le mettait à l'abri des difficultés matérielles. Ainsi l'Angleterre catholique n'était-elle pas complètement éteinte : elle se consumait à deux pas de Versailles. Ses princes exilés allaient partager la vie de la Cour.

Chapitre IV

Le duel

À la Cour, on ne parlait que d'*Esther*. Tout le monde avait vu ou allait voir les vierges de Saint-Cyr jouer cette espèce de poème moral et historique d'où l'amour devait être banni, selon les directives de Mme de Maintenon. Racine avait respecté les clauses du marché mais profité de l'occasion pour saupoudrer son œuvre d'allusions qui ravissaient les spectateurs. Les seigneurs de Louis XIV reconnaissaient Mme de Montespan dans « l'altière Vasthi » chassée du trône et du lit par Assuérus et Mme de Maintenon dans Esther qui lui succédait. Il leur était aussi facile de mettre un nom du jour sur le cruel Aman. Ce ne pouvait être que Louvois qu'on disait à demi disgracié mais qui conservait tous ses pouvoirs.

Assister à une représentation d'*Esther*, c'était faire sa cour au Roi qui, paternel, n'hésitait pas aux moments d'affluence à contenir de sa canne la file des spectateurs dont il contrôlait lui-même les invitations, agrémentant parfois sa fonction bénévole d'un sourire ou d'une amabilité. C'était aussi, naturellement, une chance d'entrer en grâce auprès de la favorite.

Comme il s'agissait d'une pièce édifiante, Clémence, en dépit de son deuil, accompagna un jour les Duras à

Saint-Cyr. Elle eut droit à quelques mots de consolation du Roi avant de prendre place dans le grand dortoir transformé en salle de spectacle. Le décor était un simple rideau et la présence en un lieu aussi austère de la Cour soyeuse, colorée et parfumée produisait une impression curieuse.

— Ne pensez-vous pas, demanda Clémence à son amie, que cette intrusion du miroir aux vanités dans ce temple de l'éducation chrétienne va troubler les jeunes élèves ?

— Mme de Maintenon a pris ses précautions. Personne n'aura de motif à critiquer la pièce.

— Ce ne sont pas les vers de Racine qui peuvent troubler les mignonnes mais nous avec nos perruques, nos falbalas et nos futilités ridicules. Saint-Cyr déjà décrié par la cabale des dévots va subir l'assaut des jansénistes.

— Vous avez sans doute raison, mais Mme de Maintenon a les moyens de défendre son institution.

— Taisez-vous donc ! dit le maréchal. La pièce commence.

Et le spectacle se déroula de fort charmante manière. Les beaux vers, dits par des êtres purs qui sans doute n'en comprenaient pas tout à fait le sens, distillaient un charme infini. Les larmes coulèrent, on se pâma d'aise devant les jeunes actrices toutes âgées de moins de quinze ans. À elles seules étaient permises les robes persanes, les voiles bibliques et les cheveux flottants. On applaudit beaucoup Mlle de La Maisonfort, qui avait tenu le rôle de la « chère Élise », et Mlle de Lastic, à peine trop belle pour jouer celui d'Assuérus.

Pendant ce temps, la guerre se poursuivait à l'est tandis que l'étranger traitait le Roi de « bourreau du Palatinat ». Comme autrefois Turenne, partisan de la terre brûlée, le « cruel Aman » avait décidé de transformer à titre préventif la Rhénanie en désert afin de priver les troupes impériales d'une base de ravitaillement pour attaquer la France.

Le Roi ne pouvait ignorer la stratégie sauvage de Louvois mais la raison d'État pour lui prévalait sur toute autre considération. Il laissa raser Mannheim et Heidelberg, sans pitié pour les malheureux habitants des campagnes dévastées, contraints d'errer à la recherche d'un asile. Comme si ces exactions ne suffisaient pas, Louvois entreprit au printemps de continuer les destructions en ajoutant Trèves à son sauvage palmarès. Le maréchal de Duras, qui, avec Tessé et Monclar, ne cachait pas son horreur de ces actes féroces, raconta la suite à Clémence un jour où le Roi dînait avec ses invités à Trianon.

— Ma chère, Louvois, qui, je crois, ne fait pas partie de vos amis, vient apparemment de déplaire au Roi.

— Est-ce bien nouveau ?

— Peut-être pas, mais M. de Louvois demeure investi de pouvoirs considérables. Il avait encore par exemple celui de décider seul de faire raser Trèves, se proposant comme il l'a fait souvent de mettre le Roi devant le fait accompli. Sa Majesté, prévenue, a convoqué Louvois dans l'appartement de Mme de Maintenon où il se tient chaque soir et, après avoir eu confirmation du projet de la bouche de son ministre, s'est abandonné à la plus grande colère de son règne.

— J'aurais bien voulu être là, dit Clémence.

— J'y étais, c'est moi qui avais prévenu le Roi.

— Le Roi n'a tout de même pas bastonné son ministre ?

— Non, mais au plus fort de sa colère il s'est emparé des pincettes de la cheminée et s'est jeté sur Louvois qui a fait le plongeon. Épouvantée, Mme de Maintenon s'est précipitée entre eux et s'est mise à vouloir désarmer le Roi qui dit encore sa rage à Louvois puis finit par se calmer. Il conclut en disant sur un ton qui ne souffrait point la réplique : « Dépêchez à l'instant un contrordre et veillez à prendre un bon courrier parce que, s'il n'arrivait pas à temps, vous en répondriez sur votre tête[1]. » Voilà comment Trèves fut sauvée.

1. Scène relatée par Saint-Simon.

— En somme, sans l'intervention de Mme de Maintenon, Louvois aurait pu être assommé par le Roi ! C'est
tout de même fantastique. Imaginez qu'il l'ait tué !

— On aurait appris dans les pleurs que M. de Louvois était mort accidentellement. Ce n'est ni Mme de
Maintenon ni moi qui aurions dit le contraire. Mais la
disparition de Louvois eût causé bien du souci au Roi.
On ne remplace pas facilement un homme qui gou-
verne une armée réglée de trois cent quatre-vingt mille
hommes dont soixante-quinze mille étrangers et vingt
mille officiers[1]. Sa vie appartient au Roi qui sait l'importance d'un ministre capable aussi bien de surveiller
la construction de Marly et du Trianon que de doter
l'infanterie du fusil à baïonnette[2]. Tout le monde à la
Cour cherche des marques d'une disgrâce de Louvois
mais le Roi a trop besoin de lui pour le renvoyer.

*

Clémence s'intéressait peu aux affrontements et con-
troverses qui enflammaient les religieux et les politiques du moment. Comment, il est vrai, s'y retrouver
dans la diversité des formes du jansénisme, les aspira-
tions de Port Royal, l'offensive des jésuites et l'agace-
ment du Roi à qui déplaisait cette agitation théologique
qu'il ne comprenait pas ?

On parlait pourtant beaucoup d'un prélat élégant et
brillant, l'abbé Fénelon, qui venait d'être nommé gouverneur du duc de Bourgogne. Ainsi surgissait parfois
à la Cour un personnage ignoré des courtisans et qui
prenait, sans qu'une haute naissance l'y ait prédisposé,
une place importante. Cela avait été le cas pour Clémence. C'était aujourd'hui celui de Fénelon, prêtre
noble et pauvre qui avait croisé par hasard dans sa pro-

1. Avec les milices, les marins au nombre de soixante-dix
mille et cent mille garde-côtes, près de six cent mille hommes
étaient en 1689 sous les armes du Roi.
2. Les fournisseurs d'armes du royaume en fabriqueront six
cent mille en quinze ans.

vince l'un des hommes les plus en faveur : le duc de Beauvillier, fils du duc de Saint-Aignan, l'un des plus anciens amis du Roi.

Le duc de Beauvillier, qui n'aimait pas la guerre, l'avait faite en Hollande. Il avait surtout été choisi pour accompagner le Dauphin dans sa première campagne en Allemagne, ce qui lui avait valu le Cordon bleu [1].

— Et comment Fénelon est-il parvenu jusqu'aux salons de Versailles ? demanda un jour Clémence.

— Oh, son élévation s'est faite le plus simplement du monde, lui répondit Mme de La Mésangère. Il avait écrit, à la demande du duc de Beauvillier, embarrassé par l'instruction de ses neuf filles, un livre intitulé *De l'éducation des filles*. Le duc avait trouvé ces conseils si efficaces que, lorsqu'il fut nommé précepteur du duc de Bourgogne, il appela l'abbé pour le seconder et devenir gouverneur du petit-fils de Louis XIV. La tâche n'était pas aisée car le jeune prince était d'une nature complexe, dure et hautaine. Fénelon pourtant sembla vite l'avoir apprivoisé [2].

Le président Rose avait parlé à Clémence de ce nouveau venu qui, tantôt mystique, tantôt sentimental, mais toujours raffiné et tolérant, avait conquis Mme de Maintenon, Bossuet et tout un cercle de courtisans bien-pensants. Il lui avait aussi signalé une curieuse femme, Mme Guyon, qui, après une longue errance religieuse et un internement chez les visitandines de Paris, régnait spirituellement, comme une sorte d'animatrice de secte, sur ce groupe des fidèles de Fénelon auquel appartenaient aussi les duchesses de Beauvillier et de Chevreuse, toutes deux filles de Colbert. Mme Guyon exerça très vite son autorité sur ces dévots proches de Mme de Maintenon, sensibles à sa spiritualité, « oraison du cœur et non de la tête », qu'elle appelait le « moyen court ». Mystique, un peu folle mais convaincante, elle aurait duré à la Cour le temps d'une

---

1. Croix de l'ordre du Saint-Esprit suspendue à un ruban bleu. Une récompense dont Louis XIV sut faire un instrument du pouvoir.
2. C'est pour lui qu'il écrira *Les Aventures de Télémaque*.

mode si elle n'avait entrepris de convertir à sa spiritualité les demoiselles de Saint-Cyr. Mme de Maintenon, qui veillait sur ses pupilles comme une mère poule, ne tarda pas à s'inquiéter de l'influence que la dame avait sur elles et de l'effervescence qu'elle suscitait dans la maison. La Guyon reçut bientôt l'ordre de ne plus paraître à Saint-Cyr et fut placée sous la surveillance religieuse critique de Bossuet. C'est alors qu'éclata la grande querelle qui devait opposer Fénelon à Bossuet jusqu'à la mort de ce dernier en 1704.

*

Oubliant quand elle le pouvait son mari et sa mélancolie, Clémence avait repris ses habitudes à la Cour au milieu de son cercle de dames qui se qualifiaient elles-mêmes d'« Ombrelles » pour se différencier des « perruches ». Mme de Sévigné, lorsqu'elle était à Paris, et la duchesse de Duras régnaient sur le groupe où Clémence faisait le trait d'union avec deux jeunesses, la marquise de La Mésangère qui s'était facilement intégrée et une nouvelle venue, la comtesse de Caylus, qui, malgré son jeune âge, avait déjà toute une histoire. « Sa vie est un roman, je vous le raconterai à l'occasion », avait dit Marguerite de Duras à Clémence le jour où la comtesse était venue pour la première fois se joindre à la conversation des « Ombrelles ».

L'occasion s'était présentée lors d'un « appartement » un peu ennuyeux où le Roi, fatigué, n'avait pas paru et où les deux amies s'étaient retrouvées une coupe de vin de Champagne à la main dans le salon de l'Abondance où étaient dressés trois somptueux buffets.

— Notre jeune comtesse est-elle là ? demanda Clémence.

— Nous la retrouverons tout à l'heure à la fin des jeux, la belle excelle au lansquenet[1]. Tous les hommes

---

1. Jeu de cartes fort à la mode à Versailles. Il avait été introduit en France par les « lansquenets », fantassins allemands employés comme mercenaires au XVIe siècle.

se disputent les places à sa table car, si elle est très belle, elle est aussi spirituelle. En attendant asseyons-nous, je vais essayer de vous peindre son portrait. Mme de Sévigné l'aurait mieux réussi mais je vais faire de mon mieux.

— Ne jouez pas les modestes. Je ne connais que Jean de La Fontaine qui conte mieux que vous les nouvelles du monde.

— Et Mme de Sévigné. Et Fontenelle. Et bien d'autres... Bref, Marthe Marguerite de Villette, aujourd'hui Mme de Caylus, est la fille du marquis, lieutenant général de mer, et arrière-petite-fille d'Agrippa d'Aubigné.

— Comme Mme de Maintenon ?

— Non, Mme de Maintenon est la petite-fille du poète et donc la tante à la mode de Bretagne de Mme de Caylus !

— Cela explique sans doute sa place à la Cour ?

— Sûrement. La belle serait à cette heure en train de grelotter dans sa maison forte du Poitou si Mme Scarron ne l'avait enlevée à sept ans de chez sa mère.

— Enlevée, dites-vous ? C'est à peine croyable !

— Pas croyable mais vrai. Mme de Maintenon, profitant de l'absence de Mme de Villette, a emmené à Saint-Germain, avec la secrète pensée de la convertir et de l'éduquer, cette nièce jolie comme un cœur mais effrontée et indocile[1].

— Et qu'a fait Mme de Maintenon de cette enfant difficile ?

— Dès treize ans, elle l'a introduite à la Cour. Il paraît que la jeune fille avait trouvé la messe du Roi si belle qu'elle avait consenti à se convertir à condition qu'elle l'entendrait tous les jours et qu'on la garantirait du fouet[2].

1. Dans une lettre du 23 décembre 1880, Mme de Maintenon donne des nouvelles de Marthe à sa mère : « Je l'amenai avec moi. Elle pleura un moment quand elle se vit seule dans mon carrosse ; ensuite elle se mit à chanter... »
2. Souvenirs de Mme de Caylus.

— À treize ans ?

— Elle en paraissait seize et la tante Françoise a dû juger qu'il était préférable de la marier. C'est ainsi que Marthe est devenue à l'âge où l'on joue encore à la poupée l'épouse de Jean Anet de Turbières de Grimoard et de je ne sais quoi encore, comte de Caylus. Il avait été menin[1] de Monseigneur avant de trouver son bonheur dans l'alcool et sur les champs de bataille. Peu courtisan, peu encombrant, c'était le mari idéal pour notre jeune beauté pressée de briller à la Cour mais, vous vous en êtes rendu compte l'autre jour, fine et intelligente...

— Au point de vouloir devenir notre amie. Mais pourrons-nous parler librement en sa présence ?

— Je pense que oui. Nous nous rendrons compte très vite si elle mérite le titre d'« Ombrelle ». Dans ce cas il sera intéressant d'avoir une oreille ouverte auprès du trône. Car elle amuse le Roi qui peut-être regrette de ne pas l'avoir eue à sa portée au temps où les tendrons se succédaient dans son lit.

Clémence toussota et détourna son regard. Marguerite de Duras se rendit compte que ses dernières paroles étaient de trop. Elle s'apprêtait à changer de conversation lorsque Clémence éclata de rire :

— Entre nous, Marguerite, je ne vois pas pourquoi nous serions gênées par des souvenirs qui ne sont en rien désagréables.

— Parlez pour vous, mon amie. Quand le Roi s'est ému de votre grâce fontainière, j'étais trop âgée pour l'intéresser. Dois-je aujourd'hui regretter d'avoir accepté de jouer les intermédiaires ?

— Mais non. Vous savez bien que vous ne pouviez faire autrement. Je n'oublierai jamais que sans votre bonté l'Ondine n'aurait jamais connu les salons de Versailles[2].

---

1. En France, jeune gentilhomme attaché à la personne du Dauphin.
2. Voir *La Fontainière du Roy*.

Comme le jeu s'éternisait dans le salon de Mercure et que les violons du Roi attendaient toujours, l'archet en main, l'ordre d'entamer leur première sarabande, Marguerite et Clémence décidèrent de regagner leurs appartements.

— Jetons un œil en passant sur la petite Caylus, dit Mme de Duras.

Elles l'aperçurent à une table, abattant ses cartes sur le tapis avec une grâce nonchalante et ramassant une coquette somme au nez et à la barbe de M. de Villeroi et de Mme la Duchesse. Elles lui firent un signe amical auquel répondit le plus joli sourire de la Cour.

— Il y a longtemps que je n'avais pas rencontré ici un visage aussi séduisant, dit Mme de Duras. Si l'esprit vaut la fraîcheur de son teint, notre jeune amie n'a pas fini de mettre la Cour à l'envers.

Les deux amies se quittèrent dans la cour de Marbre et Clémence monta sans hâte les deux étages de l'aile des ministres.

La « plume du Roi », emmitouflée dans sa robe de chambre râpée qu'il n'aurait pour rien au monde remplacée, posa le volume qu'il était en train de lire et accueillit Clémence avec sa bonhomie habituelle :

— Ma chère nièce, je vous attendais en compagnie de Saint-Évremond dont mon libraire vient de recevoir un ouvrage. Comme tous les précédents, c'est un régal. Tenez, il se décrit lui-même : « Philosophe également éloigné du superstitieux et de l'impie ; un voluptueux qui n'a pas moins d'aversion pour la débauche que d'inclination pour les plaisirs. » Quel dommage qu'un si grand écrivain soit proscrit et vive depuis plus de vingt ans en Angleterre à cause d'une lettre imprudente trouvée par la police au moment de l'arrestation de Fouquet ! Ma petite, il faut que vous lisiez Saint-Évremond. Son esprit indépendant n'est pas, je crois, très éloigné du vôtre.

— Je n'y manquerai pas, mon oncle. Comment va monsieur mon mari ? Il est couché ?

— Naturellement. Il est toujours couché ! Autant vous illuminez mes dernières années, autant mon malheureux neveu les attriste. Je sais que ce n'est pas facile mais je vous le demande une nouvelle fois : essayez de le sortir de sa torpeur.

— Mon oncle, je lui ai proposé encore ce soir de m'accompagner mais il a refusé et s'est mis à pleurer.

— Vous savez, Clémence, je me fais naturellement du souci pour lui mais aussi pour vous. Votre vie n'est pas drôle et j'en suis peiné !

Clémence dormit mal et eut des rêves étranges où étaient mêlés le proscrit de Londres, le grabataire de l'aile des ministres et le visage ensoleillé de la comtesse de Caylus. Lorsqu'elle se réveilla, elle dit qu'elle partait voir les enfants et alla se réfugier auprès de sa mère qui supportait avec courage l'absence du compagnon de sa vie, le chevalier François de Francine dont les eaux continuaient de chanter dans les bosquets de l'ami Le Nôtre.

Le Nôtre vivait maintenant le plus souvent dans sa maison du jardin des Tuileries au milieu de ses collections de sculptures et de peintures. Il n'occupait le logement du Grand Commun, cadeau du Roi, que les jours où sa présence à Versailles était nécessaire. Le grand parc achevé, c'était Marly qui retenait toute l'attention de Sa Majesté, et, là encore, il ne restait plus grand-chose à créer pour atteindre la perfection.

À chacun de ses séjours, Le Nôtre ne manquait pas de faire un détour par la maison Francine afin de réconforter la veuve de son vieux complice. Il arriva justement peu après Clémence et bénit cet heureux concours de circonstances :

— Tu es là, mon Ondine ! Quelle joie. Il y a des mois que nous ne nous sommes pas rencontrés et tu me manquais. Alors, comment va ta vie ? Ton mari, je le sais, te cause bien des soucis mais, tu sais, rien ne va jamais tout à fait bien dans l'existence. Il faut pourtant toujours espérer. Il y a heureusement de bons moments. Rappelle-toi notre escapade en Italie, la

visite au pape et, chut, ton beau Suédois ! L'as-tu revu ?
On m'a dit qu'il devait bientôt venir à Paris.

— Non, je ne l'ai jamais revu, mais s'il m'annonce un
jour sa visite, je ne lui fermerai pas la porte, murmura
Clémence, qui se sentit soudain envahie par une bouf-
fée de chaleur.

— Ne rougis pas, ma belle. M. Tessin n'est pas un
homme dont on fait un mari mais s'il peut t'offrir une
nouvelle occasion de bonheur, ne la laisse pas
échapper !

*

Cet après-midi-là, Omer Rose semblait mieux. Il avait
parlé plus que de coutume au cours du dîner et avait
même souri lorsque Clémence avait raconté la dernière
gaffe du maréchal de Châteauneuf. Peut-être était-ce le
jour d'essayer de le sortir de sa chambre ? Clémence se
hasarda à lui demander s'il voulait l'accompagner au
concert offert par le Roi à Trianon. À sa grande surprise, il accepta :

— Pourquoi pas ? Il fait beau et le grand air me fera
du bien. L'ennui est qu'il va falloir que je m'habille.
Mon justaucorps me va-t-il encore ?

— Mais oui. Grégoire va le sortir du coffre et vous
aider à redevenir un courtisan élégant.

Quelques heures plus tard, ils gagnèrent à pied l'em-
barcadère du Grand Canal d'où partaient les bateaux
pour Trianon. Clémence, profitant des bonnes disposi-
tions de son mari, essaya de paraître enjouée mais, à
son grand désappointement, Omer se renfrognait à
chaque pas, répondant à peine au salut des gens qu'ils
rencontraient. Son visage reprit un peu de vie lorsqu'ils
furent installés sur les coussins de velours cramoisi de
la frégate napolitaine que le charpentier Pangallo était
venu l'an passé construire à Versailles :

— La mélancolie, dit-il, est une ennemie tenace mais
j'espère que je tiendrai durant le concert et que je serai
un mari convenable.

Il s'approcha de l'oreille de Clémence et dit, assez haut car, sur la rive, les violons jouaient des airs de Lully, des mots qui manquèrent la faire éclater en sanglots :

— Je sais, ma chérie, que je gâche votre vie et cette pensée ajoute encore au mal qui me ronge. Je crois que je ne pourrai plus le supporter longtemps et, si ce n'était la menace terrible du crime de lèse-majesté divine...

— Taisez-vous, je vous en supplie ! cria presque Clémence, horrifiée.

— Vous voyez, mon amie, je ne sais que vous faire souffrir. Qu'est-ce qu'il m'a pris de vous dire cela ? Oubliez, s'il vous plaît, ces mots que je regrette.

Heureusement, la frégate accostait. Dans l'allée qui menait à Trianon ils se trouvèrent mêlés à la foule des invités. Omer, par un effort de volonté dont Clémence mesurait le sacrifice, réussissait à sourire et à relever la tête. Elle aurait voulu l'aider à porter son fardeau, elle ne pouvait hélas que lui serrer le bras pour lui montrer qu'elle était auprès de lui. Elle savait qu'il était seul, seul au milieu de tous ces gens qui riaient, se saluaient, faisaient bouffer leurs jupes ou se redressaient pour qu'on voie mieux leur ruban bleu.

Il y avait donc musique et comédie dans la petite salle de théâtre installée dans l'aile nord-est du palais de Trianon. Le Roi l'avait fait aménager entre l'antichambre de jeux et le petit salon de musique et l'on y accédait par le portail droit de la cour d'entrée[1].

Après l'habituelle bousculade de la porte, Omer et Clémence se retrouvèrent dans la salle où la tribune royale était encore vide. Ils longèrent le pourtour pour gagner l'une des rangées latérales où quelques sièges étaient libres et prirent place près de l'abbé Claude Boyer, infatigable médiocre des lettres mais membre de l'Académie française et dont Boileau ne manquait jamais une occasion de se moquer. Il salua Omer Rose avec une ostenta-

1. Le Roi la supprimera en 1703 afin d'agrandir l'appartement des dames.

tion ridicule et fit mille gracieusetés à Clémence à laquelle Racine l'avait naguère présenté. La fontainière, qui craignait que d'autres raseurs ne viennent prendre les deux places qui restaient libres à côté d'eux, poussa un soupir de soulagement en voyant que c'était son cousin Jean-Nicolas et son épouse qui venaient les occuper.

— Pour une fois que l'Opéra n'est pas de la fête, je peux ce soir être spectateur, dit le directeur de l'Académie royale de musique. Et c'est un bonheur de te retrouver, petite cousine, toujours aussi jolie. Omer va mieux puisqu'il est parmi nous et j'en suis bien content.

Omer, qui semblait somnoler, se réveilla brusquement et marmonna quelques mots qui se voulaient aimables. Clémence regarda son cousin qui hocha la tête et esquissa un geste de compassion. Il y eut à ce moment un peu de confusion dans la salle : Mme la Dauphine arrivait avec plusieurs dames dont la comtesse de Caylus. Il était temps car Marin Marais et ses enfants commençaient à jouer de la viole, un moment attendu par ceux qui aimaient la musique autrement que pour faire leur cour.

Le Roi avait pris place dans la tribune avec une très petite compagnie où l'on reconnaissait la reine d'Angleterre. Monseigneur le dauphin entendait lui-même musique et comédie dans la salle du bas. Lorsqu'il l'aperçut, Jean-Nicolas se leva pour aller le saluer et Clémence remarqua combien ils semblaient intimes. La Comédie-Italienne succéda au ballet de Delalande et les satires de Mezzetin et de son frère firent rire aux dépens des exempts et des commissaires[1].

Durant tout le spectacle, Omer Rose était demeuré comme absent. Il parut ne reprendre conscience que

---

1. Célèbres comédiens italiens fixés depuis longtemps en France. Sur le modèle de la commedia dell'arte, la licence de leur satire leur valait depuis 1681 des démêlés avec la police. Mezzetin avait enlevé sa belle-sœur Spinetta au duc de Bavière, son amant ! À la Cour, ils demeuraient les protégés de Monseigneur et de la duchesse de Bourgogne.

lorsque la salle se leva dans un grand bruit de chaises. La collation avait été apportée dans des corbeilles sous le péristyle et chacun gagnait le buffet d'un pas volontairement mesuré afin de ne pas faire remarquer une gloutonnerie de mauvais aloi.

— Mon ami, voulez-vous grignoter quelque friandise ou rentrer tout de suite ? demanda Clémence à son mari.

— Mais, non, allez manger une pâtisserie en compagnie de vos amies. J'aperçois là-bas Mme de Duras. Je vais vous attendre sur un banc loin de cette multitude qui me fatigue.

Clémence, en se retournant, effleura alors de son ombrelle le justaucorps ouvert d'une sorte de géant sans élégance ni grâce qui bousculait tout le monde pour gagner plus vite le buffet. Par malheur, le bout de l'ombrelle s'engagea dans une boutonnière, causant un minuscule accroc. Clémence ouvrait la bouche pour s'excuser quand l'homme, visiblement pris de boisson, se précipita sur elle d'un ton menaçant :

— Voilà ce qu'il advient lorsqu'on admet à la Cour des femmes de petite vie. Quels sont vos titres, péronnelle des jardins, pour vous mêler à la société choisie des invités du Roi ? Vous mériteriez que je vous fouette devant tout le monde du plat de mon épée.

La sortie du malotru commençait à faire scandale. Quelques seigneurs s'interposèrent pour engager la brute à suspendre ses grossièretés et à s'excuser quand Omer, écartant tout le monde, saisit l'homme par sa cravate et, mû par une force que personne, pas même Clémence, n'aurait pu soupçonner, le secoua avec violence avant de le lâcher, titubant.

— Je ne sais pas qui vous êtes mais vous vous comportez comme un goujat ! cria Omer, hors de lui.

Clémence, pétrifiée, regardait son mari. Comment cet être malade, pitoyable et désespéré avait-il pu en l'espace de quelques secondes se transformer en l'homme fort et courageux qui s'attaquait, pour la défendre, à un soudard aviné ?

Jugeant l'incident clos, elle s'apprêtait à l'entraîner quand l'homme revint à la charge pour l'invectiver à nouveau. Il se produisit alors une chose stupéfiante. Beau, déterminé, les traits à peine crispés, Omer Rose sortit les gants qui dépassaient de sa poche. Tranquillement, il les roula ensemble, s'approcha et, lorsqu'il fut à portée, en souffleta le butor.

— Ceci, monsieur, est pour vous faire ravaler l'outrage fait à ma femme.

C'était beau, un peu ridicule mais assez noble pour que l'entourage qui s'était maintenant massé autour des deux adversaires applaudisse. Sans plus attendre, Clémence prit son mari par le bras et l'entraîna vers le Canal où ils s'embarquèrent à bord d'une chaloupe. Omer se laissait faire sans dire un mot, l'énergie qui l'avait soutenu durant l'altercation l'avait soudain abandonné et Clémence comprit que sa réaction virile et généreuse n'était qu'une parenthèse dans l'état d'abattement qui les désespérait. Elle dit pourtant :

— Mon ami, merci. Vous avez été magnifique mais l'homme était à moitié ivre et vous risquiez votre vie à répondre à ses injures et surtout à le souffleter.

Omer réussit à sourire et dit simplement :

— Oh ! Ma vie, je la sacrifierais volontiers à votre honneur. Elle tient si peu à moi !

— Ne dites pas de sottises et rentrons vite raconter votre exploit à l'oncle Toussaint.

Le président n'apprécia pas autant que Clémence le coup d'éclat de son neveu :

— Un scandale à la Cour, et lors d'une fête donnée par le Roi de surcroît, ne peut être une bonne chose. Et c'est vous, mon garçon, qui n'avez pas la force de soulever une paupière, qui vous lancez subitement dans une rixe ridicule ?

Omer ne parut pas surpris de cette réaction. Il eut la tentation de ne pas répondre et de se réfugier dans son monde désolé mais il trouva la force de se justifier :

— Mais, mon oncle, cet homme avait gravement insulté Clémence, c'est-à-dire notre famille. Devais-je le supporter et faillir à l'honneur ? Ne méritait-il pas d'être giflé ?

— Dieu veuille que cette gifle n'ait pas été de trop ! Enfin, ce qui est fait est fait et je ne vois pas trop comment, même si je ne t'approuve pas, je pourrais te reprocher ton courage. Dois-je même ajouter que je suis fier de toi ? Je me demande simplement ce que le Roi va me dire demain avant le Conseil. Car je suis sûr que toute la Cour est déjà au courant. Les langues vont aller bon train dans les couloirs !

— Merci, mon oncle, de ne pas accabler Omer. Il a été magnifique et les courtisans qui ont assisté à la scène l'ont tous applaudi.

— Oui, les gens de la Cour aiment les disputes et prennent volontiers parti. Ils espèrent qu'elles iront plus loin ! Maintenant allons souper et oublions l'incident.

Le lendemain matin, Toussaint Rose était parti pour le Conseil, Clémence avait pris le carrosse pour aller voir sa mère souffrante depuis quelques jours et Omer n'était pas frais lorsqu'il se réveilla. Une journée qui commençait était toujours un calvaire. Une question, toujours la même, l'obsédait : quand la « maladie du sang noir[1] » allait-elle déclencher dans ses entrailles l'affreuse douleur qui une fois encore le terrasserait ? Il savait qu'il allait guetter cet instant et que l'attente serait aussi douloureuse que le mal. D'ailleurs n'étaient-ils pas indissociables ?

Des coups frappés à la porte le firent sursauter. Grégoire, le valet, entra pour lui dire que deux hommes désiraient lui parler. Il se leva, ôta son bonnet de nuit et endossa sa robe de chambre :

— Fais entrer ces gens dans le cabinet de mon oncle, je vais venir voir ce qu'ils veulent.

Déjà las à peine levé, Omer rectifia sa coiffure d'un geste lent, comme si ce simple mouvement lui coûtait, et gagna le cabinet où ses visiteurs l'attendaient. Il

1. On dirait aujourd'hui la dépression.

reconnut à sa tenue un lieutenant des gardes qu'il avait sûrement croisé au château car ses traits assez vulgaires ne lui étaient pas inconnus. L'autre était une espèce de spadassin mal attifé qui gardait la main sur la garde de son épée comme s'il craignait d'être attaqué.

— Monsieur, dit le lieutenant, si vous êtes le secrétaire du Roi Omer Rose, nous vous déclarons, en qualité de témoins du vicomte de Brangerville, que celui-ci, gravement offensé par vous dans les jardins de Versailles, vous appelle en duel pour laver cet affront. Voici son cartel [1] : il vous propose une rencontre à midi derrière la porte des matelots, hors des grilles du parc royal. Veuillez nous donner le nom de vos témoins afin que nous réglions sans attendre les modalités du combat.

Omer avait écouté sans broncher. Il était soudain réveillé et, s'il tardait à répondre, c'est qu'il réfléchissait. Il lui répugnait d'entrer dans le jeu absurde de l'honneur outragé et il essaya de tenir à ses interlocuteurs un langage de juriste :

— Messieurs, ignorez-vous que le Roi a condamné le duel à plusieurs reprises comme crime de lèse-majesté ? Par son édit de 1679, il a renforcé la juridiction du tribunal des maréchaux. Le crime du duel est désormais imprescriptible et, s'il y a eu combat avec mort ou blessé, les principaux acteurs sont passibles de la peine capitale et leurs biens confisqués.

— Arrêtez, monsieur, vos balivernes et dites-moi franchement si vous refusez de vous battre. Je ne vous cache pas que, dans ce cas, le vicomte de Brangerville compte user d'un autre moyen pour vous faire payer votre affront.

— En m'assassinant sans doute ?

— Bref, monsieur, me donnez-vous le nom de vos témoins ?

Omer Rose ne répondit pas. Il se tourna, s'accouda à la fenêtre, la main droite soutenant son front. Finale-

1. Document écrit par lequel on provoquait quelqu'un en duel.

ment il se redressa, transformé comme la veille lorsqu'il avait défendu Clémence, et dit, calmement mais en martelant ses mots :

— Dites au très brave vicomte de Brangerville et à ses coupe-jarrets que je me trouverai à midi au lieu qu'il a fixé, seul, sans témoins. Et pourquoi une épée puisque je ne saurais me servir de la mienne en face de bretteurs de métier. Maintenant, messieurs, au revoir, j'ai mes affaires à mettre en ordre.

Les témoins partis, Omer s'assit devant la table de travail du président et prit une feuille de papier, la même que celles qui servaient à la rédaction des actes royaux. Il esquissa un sourire en pensant que les édits du Roi interdisant les duels avaient été rédigés par son oncle à la place qu'il occupait. Puis, calmement, il trempa sa plume dans l'encrier et écrivit de la royale écriture que lui avait enseignée Toussaint Rose :

À ma chère femme,

J'étais de ces gens qui ne peuvent faire ni grand bien ni grand mal. Aujourd'hui, le désespoir qui me ronge depuis la malheureuse aventure maritime dont je ne me suis jamais remis fait avec évidence pencher la balance vers le mal. Je ne puis servir ni mon roi, ni mon oncle à qui je dois tout et que je discrédite. Mon état fait peser sur la famille une déconsidération honteuse qui m'est chaque jour plus difficile à supporter. À dire vrai, je ne la supporte plus du tout.

Quant à vous, ma chère femme, je me hais de vous faire souffrir depuis tant de temps. Vous ne me le montrez pas, par bonté, mais je sais que je gâche votre vie. Vous n'avez pas épousé le malheureux que je suis devenu. Je vous aime toujours autant mais ne puis plus vous le montrer. Que signifie encore une vie partagée dans ces conditions déplorables ? Rien. C'est pourquoi je songe depuis de longues semaines à l'abandonner. Pour ne plus souffrir et pour vous donner une chance de retrouver le bonheur auquel vous avez raison d'aspirer. C'est en pensant aux moments heureux de notre trop brève vie commune que je m'en irai.

Comme un suicide n'est pas envisageable, je cherchais un moyen de disparaître qui ne flétrisse pas l'honneur de la famille. Le hasard vient me l'offrir. Comme le président le craignait, sans le dire expressément, le voyou qui vous a agressée hier et que j'ai dû souffleter me provoque en duel. Ses témoins m'ont clairement fait comprendre que si je refusais un combat interdit par le Roi, il trouverait un autre moyen de me tuer. Vous voyez, ma chère femme, n'importe comment, je suis condamné. Alors, plutôt que de me faire assassiner un soir par les spadassins du vicomte de Brangerville, c'est le nom de ce monsieur, je vais aller tout à l'heure, l'épée à la main, me faire embrocher par ce militaire rompu au métier des armes. Ce sera un assassinat. Mes dernières pensées seront pour vous, ma Clémence aimée, et pour nos enfants. J'écris aussi à mon oncle vénéré pour le remercier de toutes ses bontés et lui demander de me pardonner. Soyez bien persuadée, mon amie, de mon indéfectible tendresse.

Omer Rose, soulagé d'avoir dit adieu dignement à la seule femme de sa vie, relut sa lettre, la signa et la cacheta. Il prit ensuite une autre feuille et écrivit : « À mon oncle Toussaint Rose, président de la Chambre des comptes et secrétaire particulier du Roi. » Il lui dit sa honte de ne plus être jugé digne de servir le Roi et de le décevoir, lui qui avait été toujours si bon et à qui il devait tout. Il lui expliqua les raisons de sa détermination, demanda pardon et termina : « Je ne vous implore pas de veiller sur Clémence car je sais combien vous l'aimez. Cela m'aide à vous dire adieu. »

*

Bien avant midi, Omer se fit raser, revêtit ses plus beaux habits, les mêmes que la veille pour le concert de Trianon, accrocha son épée à la ceinture après l'avoir fait nettoyer car elle n'était pas sortie depuis longtemps du placard, et décida de se rendre à pied à son dernier rendez-vous. Il faisait beau et il voulait encore une fois traverser le parc, revoir les bosquets de Le Nôtre et surtout les bassins où Clémence s'était créé une légende.

Au-delà de la grille des matelots, qu'il passa avec un petit serrement de cœur, il y avait un petit bois et une clairière où s'étaient réglées dans le sang bien des affaires d'honneur. La dernière en date avait opposé les comtes de Brionne et de Hautefort pour la raison que le premier refusait d'épouser la sœur du second qu'il avait engrossée. Mais ce n'était pas à cette affaire, qui avait fait grand bruit, qu'Omer pensait en débouchant dans la clairière. Il ne voyait à l'orée qu'un groupe de trois hommes qui semblaient en conciliabule. Le lieutenant des gardes vint à sa rencontre :

— Monsieur, si vous êtes seul, il ne peut y avoir de duel. Vos témoins ne sont pas présents ?

— Je vous avais prévenu que je viendrais seul. Si M. de Brangerville veut un motif de régler l'affaire sur-le-champ, je suis prêt à le souffleter de nouveau.

Le témoin alla rendre compte à l'appelant qui s'agita dans une grande colère et, éructant, fonça sur Omer :

— Monsieur, si vous refusez de vous battre selon les règles de l'honneur, défendez-vous comme vous l'entendrez.

Il dégaina et fixa son adversaire de la pointe de son épée.

Pâle, Omer se raidit et cria :

— Alors, monsieur, ce sera un assassinat. Allez-y, vengez-vous, tuez-moi ! Un homme d'honneur ne saurait se battre contre un individu de votre espèce.

D'un dernier geste qu'il eut le courage de revêtir de noblesse, il sortit l'épée de son fourreau, ferrailla une seconde et la jeta à dix pas. Omer Marc Rose ne souffrit pas quand l'arme du vicomte lui traversa le cœur.

Tout était allé très vite. Les trois hommes se regardèrent et le lieutenant dit :

— Je regrette d'avoir accepté de vous seconder. Vous n'auriez pas dû commettre ce meurtre. Mais maintenant qu'il est consommé, il faut quitter les lieux au plus vite. Si la police nous identifie, je ne donne pas cher de notre liberté.

Un peu plus tard, des matelots italiens qui poussaient dans le parc une gondole fraîchement vernie pour la mettre à l'eau dans le Canal, s'étaient arrêtés un moment à la grille pour se reposer. L'un d'entre eux, qui cherchait des mûres, s'était avancé vers la clairière et aperçut le corps qui baignait dans son sang. Il cria pour appeler ses camarades. Le « padrone » accouru se pencha pour tâter le pouls :

— L'homme est mort il y a peu de temps, le corps est encore chaud, dit-il en se signant. Il faut vite aller prévenir le garde en faction près du débarcadère.

Un quart d'heure plus tard, commissaires, exempts et inspecteurs avaient envahi la clairière. Ils remarquèrent une parcelle d'herbe piétinée, furetèrent dans les sentiers, et décrétèrent finalement en relevant quelques traces de pas que les auteurs du meurtre s'étaient enfuis du côté de Châteauneuf, ce qui était bien s'avancer. Il était difficile d'autre part de conclure à un assassinat pur et simple ou à un duel. L'épée retrouvée loin du corps posait aussi un problème que le commissaire Delamare[1], qui venait d'arriver, ne parvenait pas à résoudre.

S'ils avaient eu entre les mains la lettre que venait de découvrir Clémence en rentrant peu après midi à l'appartement, les policiers n'auraient pas eu à hésiter. Étonnée de ne pas voir Omer, toujours ponctuel pour

---

1. Nicolas Delamare fut longtemps sous les ordres de La Reynie, le commissaire de police le plus célèbre du Grand Siècle.

le dîner, elle se rendit au cabinet du président où son mari se réfugiait parfois pour lire. Tout de suite elle aperçut les deux lettres cachetées posées en évidence sur le bureau. Elle comprit que c'étaient des messages d'adieu. Omer s'était-il donné la mort ? Elle ne pouvait y croire. Sa main tremblait qui tenait la lettre imprévue. Avant de se décider à l'ouvrir, elle appela le valet :

— Sais-tu, mon bon Grégoire, où se trouve le maître ?

— M. Omer a écrit durant un long moment dans le cabinet puis il est parti vers onze heures. J'ai été étonné qu'il me demande ses plus beaux habits et son épée.

— Comment était-il ? Avait-il l'air fatigué comme cela lui arrive souvent ?

— Non. Il semblait calme. Je lui ai demandé s'il allait au travail, il m'a répondu : « Non, je vais simplement marcher dans le parc. » Il a ajouté qu'il laissait deux lettres sur le bureau, l'une pour vous, l'autre pour son oncle. Et il ne m'a pas dit au revoir comme d'habitude, pas comme quelqu'un qui va rentrer dîner une heure plus tard.

— Merci, Grégoire.

Le vieux valet sortit après avoir hoché la tête. Décidément il se passait des choses bizarres ce matin !

Clémence s'assit et se décida enfin à faire sauter le cachet de cire rouge. Dès les premières lignes, elle comprit qu'elle ne reverrait pas son mari vivant. La suite la plongea dans la stupéfaction. Jamais elle n'avait cru que son mari se donnerait la mort. Jamais elle n'avait imaginé qu'il abandonnerait la vie en provoquant son propre assassinat. Or c'était bien ce qui avait dû se produire si...

Pourtant elle se prit à espérer. Rien n'était certain. Et si l'exécution programmée, pas plus que le duel, n'avait eu lieu ? Omer serait encore vivant, peut-être blessé, roué de coups mais vivant. Elle agita fébrilement le cordon d'appel et le valet accourut.

— Vite, Grégoire, cours au château et demande le président. S'il est encore au Conseil, fais-lui dire qu'un événement grave vient de survenir et qu'il doit rentrer le plus rapidement possible à l'appartement.

— C'est au sujet de M. Omer ? Je vois bien que Madame est inquiète, dit-il en enlevant son tablier.

— Oui, Grégoire. Va vite !

Moins d'une demi-heure plus tard, Toussaint Rose arrivait, essoufflé. Livide, il s'effondra dans son fauteuil et demanda un verre d'eau. Clémence le laissa se remettre et s'apprêtait à le tenir au courant quand il aperçut la lettre qui lui était destinée. Il la prit entre ses doigts un peu déformés d'avoir trop tenu la plume et dit sans l'ouvrir :

— Je sais ce qu'elle contient, Delamare a déjà fait son rapport au Roi.

— Omer est-il blessé ? demanda-t-elle, craintive, en se raccrochant à ce dernier espoir.

La réponse tomba, désespérée et terrible.

— Pire ! Il est mort du côté de la porte des matelots.

— Il s'est battu en duel, n'est-ce pas ? murmura-t-elle en sanglotant.

— D'après Delamare, cela ressemble autant à un assassinat qu'à un duel. Mais où est la différence ?

— Mon oncle, Omer a laissé deux lettres, celle que vous tenez et celle-là qui m'était destinée. Lisez-la. Il donne le nom de son meurtrier, c'est un nommé Brangerville, l'individu qui m'a manqué de respect et qu'Omer a giflé.

— Lorsque vous m'avez fait le récit de l'offense et de la réaction d'Omer, j'ai tout de suite pensé que l'incident aurait une suite tragique. Il n'y a pas d'honneur à défendre lorsque l'agresseur est une canaille avinée.

Les larmes coulaient toujours sur le visage défait de Clémence mais elle ne tremblait plus et parlait presque normalement.

— Lisez les lettres, mon oncle, et vous verrez qu'Omer, épuisé moralement et physiquement par le mal qui le rongeait, voulait quitter cette vie. Comme il n'était pas possible qu'il se supprime, il a saisi l'occasion d'en finir dans l'honneur en provoquant celui qui le tuerait pour se venger.

— Vous avez probablement raison, mon enfant. C'est la thèse que, je l'espère, retiendra le Roi.

— Et ce Brangerville ?

— J'écris tout de suite à Delamare et le meurtrier ne tardera pas à être arrêté et conduit à la Bastille. Je souhaite que le tribunal des maréchaux de France, chargé par le Roi de réprimer le crime du duel, se montre impitoyable.

— Je crains tout de même la réaction de Sa Majesté. Est-ce que le fait de s'être rendu à l'assignation de Brangerville, même pour ne pas se battre et se laisser assassiner, ne constitue pas une violation de la loi ?

— Il faut faire confiance au Roi qui, vous le savez, vous porte amitié. Je vais naturellement lui parler. Peut-être que, de votre côté, vous pourriez demander à voir Mme de Maintenon. Elle vous a mariés et, quoi qu'on dise d'elle, c'est une femme de cœur.

— Vous avez raison, mon oncle. Je verrai Mme de Maintenon dès que possible. En attendant, puis-je demander qu'on rapporte le corps à notre domicile ? Je pense que vous souhaitez la même chose ?

— Naturellement. Et puis, il faudra penser aux obsèques. Quelle tristesse ! Moi, je suis vieux et cuirassé contre les coups du sort mais vous, Clémence, il va falloir vous montrer forte. Pour les enfants d'abord...

— Et aussi pour vous, mon oncle. Si vous acceptez toutefois que je continue de vivre chez vous.

— Pouviez-vous en douter ? Sans votre présence, la vie me deviendrait insupportable. Et, vous savez que vous serez mon héritière. Cela représente beaucoup de biens et d'argent !

Clémence remercia et eut un sursaut. Omer n'était mort que depuis quelques heures et on parlait comme s'il était déjà oublié ! Elle faillit dire au président qu'elle n'était pas intéressée et que ce n'était pas le moment de s'occuper d'argent mais elle n'en fit rien. Le président, pour fuir son chagrin, essayait simplement de parler d'autre chose que du drame et il voulait la rassurer. Elle fut prise soudain d'un élan de tendresse et embrassa le vieux monsieur, ce qu'elle n'avait jamais fait jusqu'alors.

*

Les lazaristes qui desservaient la nouvelle église Notre-Dame construite par Jules Hardouin-Mansart consacrèrent au neveu du président Rose des obsèques solennelles. De nombreux seigneurs, obligés du secrétaire particulier du Roi, les amis de cour de Clémence, la famille Francine et beaucoup d'inconnus assistèrent à la messe. Au grand étonnement de la comtesse de Pérelle de Rose et de son oncle, Monseigneur le dauphin vint représenter la famille royale. En le voyant arriver, en petite compagnie, Toussaint Rose glissa à l'oreille de Clémence :

— La présence du Dauphin me rassure. Elle signifie que le Roi ne retient pas l'existence d'un duel, que mon pauvre neveu ne sera pas jugé *post mortem* pour y avoir participé et que ses biens ne seront pas saisis.

Le chœur des prêtres de la Mission entonnaient le motet exécuté traditionnellement à Notre-Dame, paroisse royale, au moment de l'Élévation et Clémence n'eut pas à répondre à son oncle. Ce n'est qu'après l'inhumation, au vieux cimetière de Versailles, qu'elle prit conscience des misères dont elle aurait été accablée s'il avait fallu ajouter au chagrin la honte d'une procédure judiciaire !

La fin tragique d'Omer poussait Clémence à croire qu'elle avait aimé son mari. Elle oubliait les moments douloureux qu'elle avait dû partager durant de longs mois avec un malade pitoyable. Elle ne se souvenait que de sa bonté, de ses prévenances, de son intelligence que le mal n'avait pas réussi à atteindre. Lui, dont on prenait la souffrance pour de la lâcheté devant la vie, avait, pour finir, fait preuve d'un admirable courage. Il l'avait aimée comme peu d'hommes aiment une femme.

« C'est, pensait-elle, beaucoup pour moi, pour ne pas encombrer ma vie plus longtemps qu'il s'est présenté, sans défense, devant son bourreau. » Et elle songeait, malheureuse, à la carrière prestigieuse qui l'attendait s'il avait pu, comme c'était écrit, succéder à son oncle !

L'oncle vivait son malheur en stoïcien. Au lendemain de la mort d'Omer, il avait déclaré qu'il ne changerait rien à l'ordonnance de son existence. On ne travaille pas impunément aussi longtemps dans l'intimité d'un roi si fier, si courageux devant ses propres maux et devant ses deuils, sans se forger à son exemple un caractère inflexible. Le président n'avait ainsi pas manqué un seul jour la présentation de la « liasse » au Roi. Il avait rédigé les édits, imité comme d'habitude la signature de Louis pour répondre aux suppliques de courtisans, assisté chaque semaine aux séances de l'Académie française et terminé la journée en lisant Boileau et Juvénal dans le texte après avoir soupé avec Clémence en poursuivant une conversation ininterrompue depuis qu'elle avait épousé Omer. Avec elle, il ne parlait plus que très rarement du disparu. Ce n'était pas l'oubli, c'était la volonté de vivre dans le présent, de ne pas abandonner par faiblesse le temps aux souvenirs. Tacitement, Clémence suivait l'oncle dans son attitude volontaire qui lui semblait parfois empreinte d'égoïsme. Mais Omer n'avait-il pas disparu pour qu'elle puisse vivre après lui ?

*

La maréchale de Duras demeurait dans le chagrin l'amie fidèle qui avait soutenu Clémence depuis son premier veuvage et lui avait appris la Cour avec son étiquette assez ridicule, ses plaisirs organisés, ses seigneurs souvent braves à la guerre et risibles dans leur dévotion au Roi, ses familiers nommés « logeants » parce que le Soleil leur offrait un toit à Versailles au contraire des « galopins » qui devaient regagner Paris après avoir passé une journée au château. Marguerite, qui préférait son hôtel parisien à l'appartement du château, demeurait à Versailles depuis le drame afin de rester proche de son amie. Elle montait la chercher au deuxième étage de l'aile du midi pour l'emmener en promenade ou restait pour bavarder lorsque le temps était mauvais.

Clémence n'avait pas repris sa place au sein du sérail des « Ombrelles ».

— Je n'ai pas envie d'écouter les commérages des jeunes Caylus et La Mésangère, avait-elle dit à Mme de Duras. Je crois même que je trouverais trop pontifiante notre chère Mme de Sévigné. Vous, ce n'est pas pareil. Vous êtes l'amie dont j'ai besoin et je ne vous serai jamais assez reconnaissante de me supporter !

Marguerite de Duras riait :

— Vous êtes injuste envers nos amies mais il est normal que vous ne souhaitiez pas voir le monde en ce moment. Alors, profitons de notre affectueuse complicité ! Et pourquoi ne pas quitter Versailles un moment ? Venez habiter chez moi. Finalement vous ne connaissez pas grand-chose de Paris, et le Roi, dont tout le monde croit qu'il ne s'intéresse qu'à Versailles et à Marly, y fait construire des bâtiments admirables.

Ainsi, Clémence prévint le président Rose qu'elle allait l'abandonner une semaine pour répondre à l'invitation de Mme de Duras.

— Vous allez me manquer, ma nièce, mais vous avez raison de vouloir changer d'air. Je comprends que celui de Versailles vous soit devenu irrespirable. Si je pouvais partir un temps pour ma seigneurie de Coye, je m'y réfugierais sans hésiter. Malheureusement, le Roi a besoin de moi. À propos de Coye, vous savez que Sa Majesté a toujours l'intention de l'élever en marquisat. Et un jour, Coye sera à vous...

— Le plus tard possible, mon oncle. Je me moque du marquisat et ne tiens qu'à une chose : que vous soyez là le soir pour me parler et m'apprendre toutes ces choses dont je suis ignorante.

Clémence s'installa donc dans l'hôtel du faubourg Saint-Germain où elle avait été jadis dame d'honneur, et Marguerite s'ingénia à lui faire oublier les heures difficiles.

— Demain, dit-elle un jour, nous irons en voisines voir l'hôtel des Invalides. Le dôme de l'église n'est pas terminé mais le bâtiment lui-même apparaît déjà admirable. C'est une vieille histoire. Bien avant que Mansart n'y mette son grain de génie, l'hôtel royal des Invalides hébergeait les vieux soldats, qui peuvent y être soignés et finir leurs jours dans des conditions décentes.

— Nous pourrons visiter ? demanda Clémence

— Naturellement. Le gouverneur de l'institution est Lemaçon d'Ormoy, un ami de mon mari.

Trop heureux de montrer son domaine à deux dames aussi agréables, le gouverneur ne leur fit grâce d'aucun détail sur son histoire ni sur les travaux en cours. Il fut confus de ne pouvoir donner, à l'unité près, le nombre des pavés de la cour que des ouvriers étaient en train de poser, montra l'église des soldats terminée et le dôme imposant de l'église royale encore prisonnière de ses échafaudages.

— Le Roi vient-il souvent ? s'enquit Clémence pour dire quelque chose.

— Il est venu en personne pour l'arrivée des invalides. C'était, la date est gravée dans ma mémoire, le 16 octobre 1674. Depuis quatre ans, les premiers invalides, en attendant que l'hôtel royal soit en mesure de les accueillir, étaient logés dans une grande maison de la rue du Cherche-Midi, au carrefour de la Croix-Rouge. C'est moi qui ai étudié les candidatures de vétérans et estropiés. J'ai aussi établi le premier règlement de l'hôtel, destiné à faire respecter l'ordre, la religion et la propreté.

— Il y a eu une belle cérémonie ?

— Émouvante surtout, très émouvante. Ils sortaient par rangs de trois de leur résidence provisoire. Ceux qui pouvaient marcher aidaient les estropiés, les aveugles étaient conduits par leurs camarades et le tambour battait en tête et en queue de cortège. Il faisait beau, la foule enthousiaste acclamait les vieux soldats qui ne savaient pas qu'à la porte d'honneur le Roi était là, entre M. de Louvois et votre serviteur, pour les recevoir.

Les « estropiez et caducs » défilèrent et une députation fut chargée d'exprimer au Roi les remerciements des nouveaux arrivés. C'est un vieux sergent mutilé qui prit la parole au nom de ses camarades de combat. Puis le Roi fut salué lorsqu'il remonta dans son carrosse par des vivats prolongés. Je les entends encore. Sa Majesté est revenue en 1682 accompagné par la reine Marie-Thérèse. Il doit bientôt nous faire une autre visite mais rien n'atteindra l'émotion de cette journée où le Roi était venu attendre ses soldats malheureux ! Je l'ai entendu dire à Louvois : « C'est la plus grande pensée de mon règne. »

Chapitre V

Marly, Sire ?

Les hommes de guerre aiment le printemps prometteur de victoires fleuries et de lauriers. Celui de 1689 réveilla Stuart empressé de reconquérir son trône, souleva la Rhénanie contre son occupant français et échauffa les Hollandais de Guillaume d'Orange. Comme la première fusée d'une fête de nuit à Versailles, un boulet perdu en Rhénanie embrasa soudain la mer et les campagnes. Louis XIV se voyait amené à affronter l'Europe.

Jacques II quitta Saint-Germain avec la bénédiction du Roi et des Irlandais, désireux de s'affranchir du joug de Londres, et gagna l'Irlande pour y former un gouvernement catholique. En lui disant adieu, Louis lui avait dit : « Tout ce que je peux vous souhaiter de mieux est de ne jamais vous revoir. »

C'était sans compter avec le nouveau roi Guillaume III, les troupes d'un nommé John Churchill qui avait trahi Jacques II et soutenait aux Pays-Bas l'armée des protestants commandée par le prince Waldeck. Lorsque l'été arriva, la France fut stupéfiée d'apprendre que ses affaires tournaient mal. Le 12 juillet, en dépouillant la « liasse » que lui présentait le président Rose,

Louis XIV trouva la confirmation d'une nouvelle attristante transmise la veille par un messager : le maréchal d'Humières, grand maître de l'artillerie, colonel-lieutenant des bombardiers et des fusiliers du Roi, venait d'être battu à Valcourt par l'armée hétéroclite de Waldeck essentiellement composée de protestants, la plupart français émigrés. Le lendemain matin, c'est Marguerite de Duras, en larmes, qui vint réveiller Clémence pour lui dire qu'une estafette lui avait apporté un message laconique et effrayant de son mari le maréchal : « Manquant d'effectifs, j'ai été contraint d'abandonner Mayence. Je suis désespéré pour le Roi. Votre affectionné Jacques Henri. »

Cette fois, c'est Clémence qui consola Mme de Duras :

— Remettez-vous, ma chérie. Une bataille perdue n'est pas un désastre. La suprématie militaire de la France n'est pas en cause et le maréchal va vite rétablir la situation.

— Vous avez sûrement raison mais je plains mon pauvre mari. Il est l'un des plus anciens amis du Roi et il pense qu'à ce titre il est dans l'obligation morale de le servir mieux que les autres. Pour lui c'est une humiliation qu'il va difficilement supporter !

— Attendez l'annonce de prochaines victoires. La revanche ne saurait tarder et le Roi la célèbrera par une grande fête !

Même s'il ne doutait pas de ces jours meilleurs, Louis était préoccupé. Le danger était là qu'il fallait bien admettre : l'armée la plus puissante du monde, contrainte de se garder au nord comme à l'est, sur terre et sur mer, manquait de soldats et ceux qui combattaient attendaient souvent le paiement de leur solde. L'énergie farouche déployée par Louvois pour trouver des recrues s'avérait insuffisante, faute d'argent[1].

1. Louvois s'était une nouvelle fois livré à des excès en enlevant dans les foires des jeunes paysans pour les enrôler et le Roi en avait été irrité.

Il fallait donc économiser. Ces dernières années, les grands travaux de l'Eure, les bâtiments de Trianon et de Marly, les nouveaux jardins avaient coûté trop cher et il convenait de revenir à un plus sage ordonnancement des dépenses. Certes, il ne s'agissait pas de fermer Versailles, vitrine irremplaçable de la grandeur et du génie français, mais de tailler dans ces fameuses « Dépenses de la maison du Roi » dont les registres s'alourdissaient chaque mois.

Mme de Duras et son amie jugèrent qu'il était préférable de vivre ces heures graves près du Soleil, à Versailles, plutôt que dans le faubourg Saint-Germain où les nouvelles arrivaient en retard et déformées. Elles revinrent donc à la Cour, la duchesse pour suivre de plus près les événements militaires, Clémence pour retrouver sa mère, les enfants, et aussi le président dont l'affection lui manquait.

Le soir où elle poussa la porte de l'appartement de l'aile des ministres, le secrétaire particulier du Roi était en conversation avec un homme aimable, ami du Roi dont il était l'exact contemporain, le marquis de Dangeau, qu'elle avait rencontré plusieurs fois. Homme de culture, élu à l'Académie après une carrière militaire honorable, il s'était mis dans la tête d'écrire le journal du règne. Au courant de presque tout, ce courtisan modèle, partenaire du Roi au jeu de billard, venait parfois chercher les détails qui lui faisaient défaut auprès du président Rose. Ce jour-là, pouvaient-ils parler d'autre chose que de la question qui était sur toutes les lèvres, les économies ?

Économies était un mot si peu courant dans le vocabulaire royal du temps qu'il étonnait plus qu'il ne faisait craindre. Dangeau et Rose, eux, ne s'y trompaient pas : il fallait trouver de l'argent pour payer les renforts dont l'armée avait un besoin urgent.

— Vous le savez mieux que moi, disait Dangeau, Sa Majesté veut montrer l'exemple. Déjà, il retranche beaucoup de chevaux de la Grande et de la Petite Écurie. Cela ira à cent mille écus par an !

— Cela sera bien insuffisant, répondait l'oncle. Mais la difficulté est double car il est indispensable non seulement de diminuer les dépenses, mais encore de faire en sorte que cela ne se sache pas car l'Europe croirait la France à bout de souffle et incapable de se défendre.

— Le Roi heureusement semble avoir repris la main et s'emploie à chercher où il peut abattre la hache. Il a constaté que, malgré la surveillance de Bontemps[1], les dépenses de la table ne cessaient d'augmenter. Il a donc pris des résolutions au Conseil royal des finances : « Il faut retrancher, a-t-il déclaré, les tables que je tiens pour un nombre infini de personnes. J'entends ne plus assurer que ma propre table à laquelle prendront place le Dauphin, le duc du Maine, le comte de Toulouse ainsi que les dames invitées par mes soins. »

— Cette mesure est énergique mais elle ne sera guère efficace, dit Toussaint Rose, méditatif. Et puis je vois mal les princes du sang obligés de prendre tant bien que mal leurs repas dans leurs pavillons alors que les enfants légitimés mais qui demeurent pour beaucoup des bâtards partageront la table de Sa Majesté...

— C'est comme la décision du Roi d'envoyer sa vaisselle et son mobilier en argent à la Monnaie pour la faire fondre !

— Oui. Le Roi a signé hier, 14 décembre 1689, une « Déclaration portant règlement sur les ouvrages et vaisselles d'or et d'argent ». Lui-même va se séparer de sa collection, y compris les pièces les plus précieuses qui valent d'ailleurs beaucoup plus par le travail des artistes qui les ont exécutées que par le poids du métal.

— Sa Majesté était sans doute obligée, pour l'exemple, d'accomplir un tel geste, dit Clémence qui s'était jointe aux deux amis, mais je trouve qu'il est dommage de détruire ces objets d'une inestimable beauté. Le mobilier d'argent de Versailles est célèbre dans le

1. Le premier valet de chambre, homme de confiance du Roi, était aussi l'intendant de Versailles et de Marly.

monde. N'existe-t-il pas d'autre moyen de payer la solde des militaires que de vider la galerie des Glaces et les grands appartements, à peine terminés, de leurs tables, guéridons, fauteuils, candélabres, chandeliers et torchères ?

— Ma petite, dit l'oncle Rose, les sacrifices n'épargneront personne, il est juste qu'ils commencent par le Roi. Celui-ci a appelé Du Metz, le responsable du garde-meubles, qui était désespéré : « Sire, a-t-il dit, quel malheur que M. Colbert ne soit plus là. S'il était encore en vie, il n'aurait jamais permis que Votre Majesté fasse fondre tous ces beaux ouvrages ! – Et qu'aurait-il pu faire ? a demandé le Roi. – Il aurait trouvé mille moyens pour épargner ce chagrin à Votre Majesté. – Cela peut être, dit le Roi, mais on n'en trouve pas présentement. »

Les semaines qui suivirent montrèrent qu'on en avait trouvé d'autres, à commencer par l'abandon des travaux du captage des eaux de l'Eure qui devait laisser aux siècles futurs dans le paysage des environs de Maintenon les restes grandioses d'un aqueduc ruineux.

C'était là le côté visible du sacrifice national. Les mesures fiscales qui allaient frapper les riches bourgeois, les nobles fortunés, la magistrature étaient d'une autre brutalité. Tous les grands officiers comptables allaient être taxés lourdement, les offices multipliés mais vendus à prix d'or[1], cet or qui manquait au royaume et dont le Roi récupérerait une partie grâce à une opération qu'on appellera plus tard une dévaluation et dont Dangeau décrira les étonnantes modalités dans ses mémoires :

« Le roi fait changer toute la monnaie du royaume. Il laisse toujours sa figure d'un côté et sur les louis d'or il fait mettre la marque qui était celle des louis d'argent

_____

1. C'est Pontchartrain, remplaçant le contrôleur général Le Pelletier, qui multiplia les charges vénales, allant jusqu'à créer celle d'un contrôleur des perruques. « Chaque fois que Votre Majesté crée un office, il se trouve toujours un sot pour l'acheter », disait-il au Roi.

et aux louis d'argent il fait mettre la marque qui était aux louis d'or. Quand cette monnaie sera faite, l'écu vaudra 3 livres et 6 sols et le louis d'or 12 livres 8 sols. Comme présentement le louis d'or ne vaut que 11 livres 12 sols, le roi gagnera 18 sols sur chaque pistole et 4 sols sur chaque écu d'argent. »

*

Clémence se remettait de son deuil. Elle était bien obligée d'admettre que c'était la mort de son père qui était la plus douloureuse et que le souvenir de son mari s'estompait facilement dans sa mémoire. La disparition de son premier mari, le capitaine comte de Pérelle, l'avait bien davantage touchée. Le page qui l'avait conquise lors d'une fête dans les jardins de Versailles resterait, elle le savait, le grand et peut-être le seul amour de sa vie. Elle conservait comme une relique son portrait peint sur une petite plaque d'ivoire et il lui arrivait, les soirs chagrins, de l'embrasser et de lui parler. « Il n'y a pas deux amours pareilles », lui avait dit jadis à Rome Nicodème Tessin. Cette phrase du beau Suédois lui revenait souvent en mémoire et elle se disait que c'était bien le seul homme quelle retrouverait avec plaisir si la destinée le voulait.

La question du duel s'étant réglée facilement, elle n'avait pas eu besoin de solliciter une entrevue avec Mme de Maintenon mais elle savait que celle-ci ne manquerait pas un jour de lui rappeler le drame, ne serait-ce que pour évoquer la grande mansuétude du Roi à son égard. L'occasion se produisit lors d'un événement heureux. Elle se promenait avec la jeune comtesse de Caylus autour du Bosquet des rocailles, où l'on avait quelquefois dansé, lorsque le Roi apparut en compagnie d'un personnage richement vêtu à qui il faisait visiblement visiter son domaine. Il s'arrêta, salua les deux amies, présenta son invité, l'ambassadeur de Siam, qui se tortilla en de curieuses révérences, et dit seulement :

— Madame de Pérelle, je vous inscris sur la liste de Marly. Mercredi. N'oubliez pas !

Elle voulut remercier mais Sa Majesté était déjà repartie en désignant avec sa canne l'eau qui ruisselait en cascades sur les rocailles et les coquillages rapportés de Madagascar.

— Eh bien, ma chère, bravo ! Marly sans le demander ni se prosterner, c'est extraordinaire ! Vous allez faire bien des envieuses, à commencer par moi, mais c'est l'un des plaisirs de la Cour. J'espère que le programme des réjouissances sera bien choisi.

— Vous n'avez jamais été invitée ?

— Si. J'ai fait partie des deux premiers voyages à Marly. J'y suis retournée au début de l'année, mais depuis, le Roi m'oublie un peu. Vous voyez, il ne m'a pas conviée cette fois.

— Dommage, j'aurais bien aimé découvrir Marly en votre compagnie. J'ai un peu peur de me sentir perdue. Je connais si peu la famille royale...

— Gagne-t-elle tellement à être connue ? Avouez tout de même qu'elle est curieuse !

— Je n'en sais que ce que l'on raconte et je me méfie des bruits malveillants.

— Bien sûr mais quand je vois l'existence de la Dauphine que le Roi a d'abord accueillie avec gentillesse et qu'il ne veut plus voir tant elle l'exaspère, dit-il, par sa mauvaise volonté à tenir son rang. Fragile, malade, Marie-Anne de Bavière n'a même pas la ressource de s'appuyer sur son mari, l'héritier du trône, que les leçons de Bossuet semblent avoir plus abruti qu'instruit. L'aîné de ce couple princier, le duc de Bourgogne, est né « terrible » et un peu contrefait, son cadet Philippe, duc d'Anjou, non plus que le petit duc de Berry ne porteront ombrage à l'aîné, ils ont été éduqués pour cela. Les deux filles du Roi semblent mieux loties. Frondeuses, insolentes, elles amusent leur père.

— Quel tableau !

— Eh oui ! J'aime beaucoup le Roi mais cela ne m'empêche pas de regarder, de constater. Imbu de son essence quasi divine, marié secrètement à l'ancienne gouvernante de ses bâtards, il est le chef de la famille la plus biscornue du royaume. Chez les Orléans, c'est peut-être pire. Monsieur, petit homme ventru monté sur des échasses[1], continue de mener son existence frivole et scandaleuse. Reste sa femme, Madame Palatine, brouillée avec lui, qui dit et écrit à la terre entière ce qu'elle pense de la tribu royale.

— Vous ne craignez pas vous-même de vous livrer ainsi ?

— D'abord, je ne me livre pas à n'importe qui, ensuite, si on rapportait de tels propos au Roi ou à Mme de Maintenon, ils ne les croiraient pas car je sais aussi paraître ce que je ne suis pas ! Et puis, il y a tant de gens qui parlent plus librement que moi !

Le lendemain, Clémence se rendit auprès de son amie Mme de Duras pour lui annoncer que le Roi l'avait invitée à Marly et, surtout, pour lui demander comment se déroulaient les journées dans le vallon secret où Sa Majesté recevait famille et amis en toute simplicité.

— Simplicité... n'exagérons pas ! J'ai vu, les fois où j'y suis allée, que si l'étiquette était un peu relâchée, la hiérarchie de la Cour était respectée, surtout dans la famille royale. Ce qui est vrai, c'est que le Roi ne se comporte pas à Marly comme à Versailles. Il y trouve ce qu'il cherchait : la nature, le calme, les gens qu'il lui plaît de rencontrer. Louis ne se montre pas distant, écoute qui veut lui parler et se révèle amical avec tout le monde. C'est Mme de Sévigné qui dit : « Ce qui me plaît souverainement à Marly, c'est de vivre des heures entières avec le Roi, d'être dans ses plaisirs et lui dans les nôtres. » Je trouve que c'est assez bien vu.

— Bref, Marly, c'est le Roi tel qu'en lui-même.

— Si vous voulez. Encore plus qu'ailleurs il entend imposer son bon vouloir, mais c'est avec le sourire. Le choix des invitations à Marly reste entouré de mystère.

1. Le portrait est de Saint-Simon.

Ainsi il s'obstine à en interdire l'accès à certains courtisans, à d'autres d'y loger la nuit, c'est le cas du duc de Villeroy et du marquis d'Antin, le fils de Mme de Montespan.

— Y reçoit-il des étrangers ?

— Rarement. En dehors de la famille d'Angleterre, je ne vois pas quel étranger il a invité. Les ambassadeurs n'y sont jamais admis, même l'espace d'une journée.

*

Ce mercredi de septembre, Clémence fut donc « de Marly ». Le temps était encore beau et le jardin, nonchalamment calé avec ses plans d'eau et ses fontaines entre les grands arbres qui commençaient à se vêtir d'or, était plus accueillant que le parc de Versailles, solennel et hautain.

Tout de même un peu intimidée, Clémence arriva pour le dîner qui devait être servi comme à l'accoutumée dans l'un des appartements du rez-de-chaussée. Les invités se retrouvaient et devisaient gaiement dans le grand salon octogone d'inspiration palladienne. Les menuisiers finissaient d'installer la scène pour le spectacle de l'après-midi. Le bruit des marteaux rendait par instants la conversation difficile mais, comme disait Lauzun, c'était un bruit qui, plus que le son du canon, faisait depuis toujours conduite au Roi. En l'occurrence, il donnait une ambiance bon enfant à cette réunion curieuse qui tenait de la fête de famille et de la réunion d'amis huppés.

Clémence se sentait un peu perdue au milieu de ces gens qui ne la connaissaient pas ou faisaient mine de ne pas la connaître. Elle chercha dans les groupes qui se formaient et se défaisaient au gré du hasard quelque visage familier et fut soulagée en remarquant Jean Racine. Le poète venait de quitter Mme de Maintenon, laquelle allait en souriant de groupe en groupe, comme pour marquer qu'en l'absence du Roi c'était elle qui recevait.

Racine embrassa Clémence :

— Le sourire de notre Ondine ! Je n'aurais jamais espéré le trouver dans cette nichée royale.

— C'est la première fois que je suis invitée, dit-elle, et je suis la première étonnée de me trouver là.

Il rit et s'exclama :

— Figurez-vous, belle fontainière, que c'est aussi pour moi un premier Marly ! C'est mon ami Félix, le premier chirurgien du Roi, qui en a demandé permission pour moi à Sa Majesté.

— Moi c'est le Roi, rencontré il y a quelques jours dans son jardin de Versailles, qui ne m'a dit qu'une seule phrase : « Madame – elle imita la voix un peu chantante du Roi –, je vous inscris sur la liste du prochain Marly. Mercredi. N'oubliez pas. »

— Une petite phrase que tant de courtisans voudraient entendre ! Mais j'ai appris que vous aviez eu beaucoup de malheur. Votre mari, le neveu du président...

— ... est mort tragiquement. C'était un grand malade qui ne voulait plus vivre. Paix à son âme.

Racine, surpris par la vivacité de la réponse, n'insista pas et parla de la beauté des lieux.

— On m'avait annoncé une merveille et c'est une merveille. Certes, notre ami La Bruyère n'a pas tort de dénoncer la vanité des grands « qui se piquent d'ouvrir une allée dans une forêt, de soutenir des terres par de longues murailles, de dorer les plafonds, de faire venir dix pouces d'eau... » mais puisque cela existe, autant en profiter. Et puis, qui dit que dans longtemps ce ne sont pas ces folles entreprises qui resteront alors qu'on aura oublié nos pièces et nos vers !

— Il y a théâtre tout à l'heure. Est-ce l'une de vos pièces que nous applaudirons ?

— Non, aujourd'hui, c'est Molière qu'on joue : *Le Bourgeois gentilhomme*, la pièce préférée du Roi.

— Qui va interpréter M. Jourdain ?

— Baron. Un grand comédien et un bon auteur aussi. Son *Homme à la bonne fortune* a obtenu un succès considérable l'an dernier.

— Je me rappelle l'avoir vu jouer dans la troupe de Molière. Il était alors tout jeune, dit Clémence. N'est-ce pas lui qui a ramené le grand homme mourant chez lui ?

— Oui. Molière serait fier de son élève. Mais je vois quelqu'un vous faire des signes...

C'était Jean-Nicolas de Francine, qui vint saluer respectueusement le grand Racine et embrasser Clémence.

— C'est mon cousin, dit-elle. Le courant des cascades familiales l'a entraîné jusqu'à la direction de l'Opéra. C'est Monseigneur qui t'a invité ? ajouta-t-elle à l'adresse de Jean-Nicolas.

— Non. Je suis ici en service. Les musiciens de l'Opéra vont jouer tout à l'heure les intermèdes de Lully au cours du *Bourgeois*. Mais toi, ma cousine, que fais-tu dans le saint des saints des plaisirs royaux ?

— Ce que font tous les autres invités de Sa Majesté : se distraire. Essayer aussi d'oublier la dernière partie de ma vie qui n'a pas été facile. Mais voici le Roi qui arrive en compagnie de Monsieur.

— Ils ont été à la chasse ce matin, dit une voix surgie de la foule.

C'était Mme de Caylus, belle et souriante dans une robe verte décolletée jusqu'au creux des seins. Surprise, Clémence l'embrassa :

— Alors, vous avez tout de même été invitée ? J'en suis très heureuse car, à part M. Racine, je n'ai personne à qui parler.

— Eh bien, me voilà ! Le Roi m'a fait prévenir à la dernière minute que je figurais sur la liste.

À ce moment il y eut grand branle-bas dans la pièce où les ouvriers avaient posé leurs outils : on annonçait que la viande du Roi était servie.

— Je vous suis, dit Clémence. C'est la première fois que je vais manger avec le Roi, enfin, dans la même pièce.

— Venez, et ne vous inquiétez pas. Cela se passe dans le salon qui sépare l'appartement du Roi de celui de Mme de Maintenon. Il y a trois tables rondes. Le Roi en tient une où s'installent tous les fils de France et les princesses du sang, à l'exception du duc d'Orléans et du duc de Berry qui se mettent toujours à la table de Monseigneur. Les dames du voyage non titrées, c'est-à-dire nous, ont l'honneur de manger à la troisième table avec liberté de se mettre où bon leur semble.

— Et Mme de Maintenon ?

— Elle n'aime pas beaucoup Marly et se met à l'une des tables selon son humeur, quand elle ne se fait pas servir chez elle avec quelques-unes de ses familières.

Clémence se retrouva placée entre son amie et, c'était une chance, La Reynie, le grand policier du royaume qui avait fait de sa charge de lieutenant de police un véritable ministère. Le Roi l'appréciait et le conviait souvent à Marly où il pouvait lui parler discrètement. L'homme était fin, de grande vertu et son intégrité était unanimement reconnue. Il se dit charmé de faire la connaissance de Clémence, fit l'éloge du président Rose et, avec beaucoup de tact, confia à sa voisine combien il avait été soulagé par le dénouement du drame qui avait entraîné la mort d'Omer Rose.

— L'affaire était délicate. Le Roi venait de rappeler ses édits contre le duel et les peines qu'encourraient les coupables. Heureusement, Sa Majesté a bien voulu admettre les circonstances particulières du délit.

— Sans doute y êtes-vous pour quelque chose, monsieur le conseiller d'État, comme mon oncle. Permettez-moi de profiter du hasard qui nous fait nous rencontrer pour vous remercier.

— Ne me remerciez pas. Seul le Roi pouvait décider. Quant à votre oncle, il m'a dit que la bienséance lui interdisait d'intervenir et qu'il ne dirait pas un mot de l'affaire au Roi, ce qu'il a fait.

Elle le questionna aussi sur son père :

— Vous savez que François de Francine a été lieutenant de police pour la ville de Paris dans les années 1670. Peut-être l'avez-vous connu ?

— Naturellement. Nous avons travaillé ensemble durant quelques années. Et je me suis toujours demandé comment on peut être à la fois officier de police et créateur de génie des grandes eaux de Versailles ! C'était un grand homme et le Roi ne s'y est pas trompé qui lui a donné durant toute sa vie des preuves de sa reconnaissance et de son admiration.

Finalement, le dîner qu'appréhendait Clémence fut plutôt gai et intéressant. Mme de Caylus lui désigna les personnes de l'entourage du Roi qu'elle ne connaissait pas, agrémentant sa revue de têtes de saillies et de descriptions piquantes, insistant sur les picoteries entre princesses et soulignant l'incomparable grâce de Mlle de Blois, la fille légitimée du Roi et de Mlle de La Vallière.

— Devenue princesse de Conti, elle est restée l'âme et l'animatrice de toutes les fêtes. Elle tient le clavecin, chante à ravir, anime les mascarades et excelle même dans le burlesque. Nous la verrons sans doute à l'œuvre ce soir ou demain.

Le dîner s'achevait lorsque Madame Palatine, la belle-sœur du Roi, fit son entrée en tenue de chasse. Malgré son embonpoint, la duchesse d'Orléans raffolait de galopades, d'hallalis, de curées et répétait partout que, s'il n'y avait les chasses de la Plaine et du Trou d'enfer, elle ne mettrait jamais les pieds à Marly.

— Cette femme me fascine, dit Clémence. Il faut absolument que je profite de mon séjour pour la rencontrer.

— Rien de plus facile. Elle sera enchantée de connaître la fontainière du Roi.

— Oh ! Elle sait tout de mon histoire ! Mme de Duras m'a présentée à elle à Versailles et je suis invitée à venir la voir à Saint-Cloud mais je n'y suis pas encore allée.

— Ici, c'est mieux. Nous irons la voir cet après-midi. Ah ! regardez cette personne au teint délicat qui vient faire sa révérence à Monseigneur [1]. C'est Élisabeth Jac-

1. Le Dauphin, Louis de France.

quet de La Guerre, qu'il a prise sous sa protection. Elle a composé un petit opéra qui a été joué dans les appartements du Dauphin.

— Une femme compositeur, c'est rare !

— C'est même unique. Fille d'une dynastie de musiciens et de facteurs d'instruments, elle a épousé Marin de La Guerre, lui aussi issu d'une famille de clavecinistes célèbres. Elle avait à peine quinze ans lorsque Mme de Montespan, qui l'avait entendue jouer, l'a amenée à la Cour où ses dons de jeune prodige ont enchanté le Roi. *Le Mercure de France* l'appelle « la merveille de notre siècle ». J'espère que nous apprécierons ce soir son talent.

— Voilà encore une personne que j'aimerais connaître. Il y a décidément beaucoup de gens remarquables à Marly !

— Le choix du Roi, ma chère !

Le temps s'était couvert durant le dîner. On entendait au-dehors les sautes de vent qui courbaient les hautes branches à l'orée des bois et la perspective d'une promenade emmenée par le Roi devenait de plus en plus incertaine. Comme il le faisait souvent dans ce cas, le Roi se leva pour se rendre chez Mme de Maintenon. Seuls le Dauphin, la princesse de Conti, Mme la Duchesse et Mme de Châtillon le suivirent.

— Rien ou à peu près rien n'est défendu à Marly, dit Mme de Caylus. Nous pourrions nous aussi entrer à la suite du Roi car ici l'entrée est assez étendue, nous servir de tisane, de café ou de thé préparés à l'intention de qui en a envie mais je n'aime pas m'imposer à ces réunions où généralement on lave son linge sale en famille. Les princesses se détestent cordialement et, selon que le Roi s'amuse ou non à les voir se disputer, les reparties deviennent cruelles et on se sent mal à l'aise de les entendre.

— Et si nous allions rendre visite à Madame Palatine ?

— Bonne idée, elle doit être chez elle en train de troquer ses habits boueux contre une tenue plus décente.

Madame habitait avec son époux l'un des quatre appartements du bas, les autres étant ceux du Roi, du Dauphin et de la Dauphine et de Mme de Maintenon. La dame d'atour dit aux visiteuses que sa maîtresse changeait de toilette et qu'elles veuillent bien l'attendre dans son cabinet. La pièce était vaste, tendue de damas aurore et meublée assez simplement, comme toutes les autres à Marly. Le bureau y tenait une grande place. Il était couvert de papiers, de lettres ouvertes, de feuilles pleines d'une écriture élégante mais serrée. Beaucoup étaient écrites en allemand, d'autres en français.

— Madame, comme vous le savez, passe les trois quarts de son temps à correspondre avec l'Europe entière [1]. Mais, puisque nous sommes seules, soyons indiscrètes, voyons à qui cette lettre inachevée est destinée.

Elles s'avancèrent et lurent, effarées, les dernières phrases qu'elles se fussent attendues à trouver sous la plume de Madame.

À Sophie de Hanovre,

Commencée à Fontainebleau, le 9 octobre.

Vous êtes bien heureuse d'aller chier quand vous voulez. Nous n'en sommes pas de même ici où je suis obligée de garder mon étron pour le soir ; il n'y a pas de frottoir aux maisons du côté de la forêt. J'ai le malheur d'en habiter une et par conséquent le chagrin d'aller chier dehors, ce qui me fâche, parce que j'aime à chier à mon aise et je ne chie pas à mon aise quand mon cul ne porte sur rien. Item, tout le monde nous voit chier ; il y passe des hommes, des femmes, des filles, des garçons, des abbés et des suisses. Vous voyez par là que nul

---

1. La duchesse d'Orléans, surnommée Liselotte, aurait écrit quelque soixante mille lettres, à ses amis et à sa parentèle allemande et européenne.

plaisir n'est sans peine, et que si on ne chiait point je serais à Fontainebleau comme le poisson dans l'eau... Je ne sache pas de plus vilaine chose que de chier. Voyez passer une jolie personne bien mignonne, bien propre ; vous vous récriez : « Ah, que cela serait joli si cela ne chiait pas ! »

Je le pardonne à des crocheteurs, à des soldats, à des porteurs de chaise et à des gens de ce calibre-là. Mais les empereurs chient, les impératrices chient, les rois chient, les reines chient, le pape chie, les cardinaux chient...

Le développement rabelaisien continuait sur le même ton mais elles abandonnèrent la lettre et se reculèrent car Madame revenait, toute propre, peignée, poudrée.

— Quel bonheur de vous voir, madame de Caylus. Et vous, petite fontainière que j'ai rencontrée l'autre jour à Versailles. Ma galopade de ce matin m'a un peu éprouvée mais j'espère qu'elle va remettre à la raison ma rate qui fait rage toutes les nuits. Comment vous portez-vous ? Ah, accordez-moi une seconde, il faut que je frotte un peu de « pommade divine » sur mon pied qui me fait mal[1].

Elle ressortit et Marthe Marguerite de Caylus souffla à Clémence :

— Je ne vous avais pas prévenue, Madame parle tout le temps de sa santé et des remèdes qu'elle ingurgite. Il est sûr que si vous lui dites que vous éprouvez une douleur au coude, vous sortirez de ce salon avec un pot de pommade.

Liselotte revint peu après et pria ses visiteuses de s'asseoir :

— Je suis enchantée de voir de nouvelles têtes. Et si mignonnes. Si vous saviez comme la famille royale

1. La « pommade divine » est souvent mentionnée dans la correspondance de la Palatine.

m'ennuie ! Seul le Roi, s'il n'était pas sous l'influence de la guenon, serait agréable à fréquenter. Hélas ! depuis qu'il a appris les noms d'oiseaux que je donne à la Maintenon il m'a retiré l'estime et l'amitié qu'il me portait. Comme le duc d'Orléans se préoccupe plus de ses mignons que de ma personne, je passe mon temps à galoper, à éreinter les chevaux de mon mari sous mon importante personne et à écrire. Ah ! Sans mes lettres, je ne sais pas ce que je ferais de ma vie... Je crois aussi qu'elles manqueraient à mes correspondants si je cessais de les entretenir de la couleur du temps. Grâce à moi, l'Europe est tenue au courant des transformations de Versailles, des nouveaux bosquets imaginés par M. Le Nôtre et des bassins de votre père.

— À qui donc, madame, pouvez-vous écrire à longueur d'année ?

— À mes amis et à mes parents français ou prussiens, je me livre avec franchise et sans retenue. Tenez, je suis en train de finir une lettre destinée à ma cousine Sophie de Hanovre. Je ne vous la fais pas lire car vous seriez horrifiées. Je n'y parle pourtant que de la chose la plus naturelle du monde : de la défécation et des difficultés que l'on a à se soulager à Fontainebleau.

Clémence et Mme de Caylus échangèrent un sourire amusé mais déjà la belle-sœur du Roi continuait :

— Je ne comprends pas pourquoi tant de gens doués d'esprit et d'intelligence tremblent à l'idée d'écrire trois lignes. C'est pourtant une jolie invention que l'écriture, de pouvoir faire entendre sa pensée, éloigné de mille lieues de ses amis.

— Pourquoi ne pas réunir vos lettres en un ou plusieurs livres ? demanda Clémence.

— Mon vieil ami Polier de Bottens[1] me posait hier la même question. Je vous réponds comme à lui que

1. Étienne Polier de Bottens, descendant d'une famille huguenote du Rouergue, avait servi l'Électeur palatin, père de Madame. Il avait été écuyer et intendant de la maison de Liselotte avant de la suivre en France. Ils ont échangé un nombre considérable de lettres qui témoignent des rapports amicaux

je serais bien effrayée si je voyais mes lettres impri-
mées.

— Peut-être le seront-elles un jour par vos descendants ou ceux de vos correspondants.

— Vous croyez que je suis si intéressante ? Parlez-
moi un peu de vous. Vous savez que je me passionne
pour les choses de la nature, celle qui demeure sauvage
comme celle qu'apprivoise le Roi depuis trente ans. Je
ne me lasse pas, à Versailles, de regarder les jeux d'eau
de votre père. Je regrette de ne pas l'avoir connu. Dites-
moi comment était le père de la fontainière ?

Il ne fallait pas prier beaucoup Clémence pour lui
faire raconter l'histoire de l'eau de Versailles, à la fois
la plus rare et la plus généreuse. Elle expliqua combien
chaque nouveau bassin désiré par le Roi avait posé de
problèmes, comment son père avait sauvé le Grand
Canal dont l'eau si précieuse se perdait par son fond, et
la joie du maître du monde lorsqu'il demandait à son
fontainier la permission de manœuvrer la clé-lyre qui
commandait les fontaines.

Enfin, l'heure passant, Mme de Caylus dit qu'il était
temps d'aller se refaire une beauté pour assister au concert. Après avoir promis à la belle-sœur du Roi qu'elles
viendraient la voir à Saint-Cloud ou au Palais-Royal, les
deux amies gagnèrent le pavillon « côté des offices » où
elles étaient logées en compagnie d'autres dames, dont
Mme de Marcilly et Mme de Tonnerre. Clémence
découvrit avec étonnement l'appartement qui lui était
réservé. Comme tous ceux des autres pavillons, il était
constitué de trois pièces sans cuisine.

— Sauf pour dormir et s'habiller, personne ne s'en-
ferme chez soi. Vous voyez, le mobilier est simple, iden-
tique pour tous les appartements. Mais je m'aperçois
que vous n'avez pas amené votre femme de chambre.
Cela n'a pas d'importance, la mienne vous aidera à vous

d'une rare qualité qui existaient entre la duchesse d'Orléans et
son conseiller-confident.

habiller. La robe de chambre[1] est d'ailleurs admise dans le grand salon.

— Oh ! merci, je ne savais pas. Mais j'ai l'habitude de m'habiller seule.

*

Lorsqu'elles revinrent au château, tout était prêt pour le spectacle. La scène était montée, simplement encadrée de draperies et tendue d'une toile peinte. Point de machinerie compliquée. À Marly, le théâtre, comme le reste, était une distraction intime que le Roi offrait à quelques amis. Une cinquantaine de chaises étaient disposées un peu en arrière des fauteuils de Sa Majesté et de Mme de Maintenon. Les musiciens, peu nombreux, attendaient à droite de la scène d'annoncer sur les notes de Lully l'ouverture du spectacle. Pour l'instant, ils accordaient discrètement leurs violons dont l'or foncé tranchait sur le bleu de la tenture.

Les invités s'installaient comme ils le voulaient, laissant tacitement les deux premiers rangs à la famille royale, aux ducs et aux duchesses.

Clémence et son amie trouvèrent deux places vers le milieu de la salle et Mme de Caylus se pencha vers Clémence :

— Vous allez voir, le théâtre, à Marly, prend une sensibilité particulière. Plus que dans une grande salle, malgré la simplification de la mise en scène, il fait partie de la symbolique du pouvoir royal. Il est tout français et classique. On y joue presque seulement des reprises. Le Roi, par exemple, ne se lasse pas du *Bourgeois gentilhomme*, la pièce de Molière qu'il préfère. Il en connaît toutes les répliques et pourrait, je crois, remplacer Baron au pied levé !

Clémence n'avait pas revu la pièce depuis le jour lointain où Molière l'avait invitée avec son mari, le comte de Pérelle, à assister à l'une des premières représenta-

_____
1. Toilette de ville.

tions. Elle ressentit un petit coup au cœur lorsque Baron, dans les habits de Molière, entama la pièce, « Hé bien, Messieurs ? Qu'est-ce ? Me ferez-vous voir votre petite drôlerie ? » ; elle essuya une larme et pensa qu'elle la devait bien au vieil ami des Francine, adulé de son vivant, méprisé à sa mort et redevenu l'auteur préféré du Roi.

Après la dernière réplique, lorsque la note finale de Lully se fut évanouie dans les applaudissements, Mme de Caylus prit Clémence par le bras :

— Il serait temps, ma chère, que vous alliez faire votre compliment au Roi et que vous le remerciiez de vous avoir invitée. Vous n'êtes tout de même pas intimidée ?

— Non, mais je ne me suis jamais adressée à Sa Majesté. C'est toujours lui qui est venu vers moi.

— Hé bien, il vous faut aujourd'hui aller lui parler sous peine de passer pour une impolie ! Allez, venez, il cause maintenant avec l'ennuyeux M. de Lorges et sera ravi de l'abandonner pour vous dire des choses aimables. Et profitez-en pour adresser quelque flatterie à Mme de Maintenon.

— Je ne cherche pas à la rencontrer car j'ai peur qu'elle ne veuille me remarier. Et je n'y tiens pas du tout ! J'ai payé chèrement ma liberté, je veux en profiter !

Marthe Marguerite éclata de rire :

— Vous êtes injuste. Le mari qu'elle vous a trouvé a eu, c'est vrai, une fin pénible, mais il avait un oncle qui vous fait l'une des veuves les plus riches de la Cour. Comme vous êtes plutôt attrayante, vous pouvez vous attendre à être courtisée. Ce n'est pas comme moi. Mme de Maintenon m'a aussi mariée, alors que j'étais encore une enfant, à un reître qui n'a pas de charme, qui est fort peu courtisan mais, c'est à son avantage, n'est pas encombrant. Ce qui ne l'a pas empêché il y a deux mois de m'engrosser.

— Comment, vous ne m'aviez pas dit...

— Je ne clame pas sur les toits que je suis enceinte mais c'est la vérité. Cela ne m'est d'ailleurs pas désagréable. J'ai fort envie d'éduquer un garçon intelligent. Ou, pourquoi pas, une fille qui ressemblerait à la si mignonne fontainière qui naguère a enflammé la Cour !

— Vous êtes trop indulgente, mais qu'elle ait une jeunesse aussi heureuse que moi, qu'elle ait des amis aussi intelligents et fidèles que les miens, c'est tout le malheur que je lui souhaite ! Maintenant, allons vers le Roi qui, c'est vrai, m'intimide autant qu'au premier jour.

Mme de Caylus avait bien imaginé la scène. Aussitôt qu'il vit Clémence s'approcher, le Roi prit congé d'un geste du maréchal et la releva courtoisement de sa révérence.

— Madame, c'est un plaisir pour moi de vous recevoir chez moi, à Marly. Je sais que vous n'aimez pas beaucoup la Cour, vous et vos amies les « Ombrelles ». C'est comme cela, je crois, que vous vous appelez entre vous ? Mais à Marly tout est différent.

Confondue, Clémence rougit et ne trouva rien à répondre. Le Roi rit franchement et la tira de son embarras.

— Ombrelle... Le mot est joli. Je crois aussi qu'il n'est pas mal employé en la circonstance. Alors, continuez à le mériter et ne devenez pas une « perruche ». Pour l'heure, êtes-vous contente ? Êtes-vous bien installée ?

— Sire, en m'invitant vous avez réalisé un rêve impossible. Je vous en suis infiniment reconnaissante.

— Je dis souvent que Marly est fait pour mes amis. N'êtes-vous pas, madame la fontainière, une amie ?

— Comment, Majesté, oserais-je me prétendre être l'amie du grand roi que vous êtes ? Je ne veux être que votre fidèle servante.

— Bien, je vous verrai ce soir à ma musique et j'espère que demain le temps sera plus clément et que je pourrai vous faire visiter les jardins et tous ces jeux d'eau dont votre père a dressé les plans mais qu'hélas ! il n'a pu voir fonctionner. Vous savez que je ne passe jamais devant les bassins de Neptune ou de l'Encelade sans penser à François de Francine ?

— Je suis sûre qu'il vous entend, Sire, et son bonheur doit être extrême.

— Si, dans quelques siècles, il demeure quelque chose de notre œuvre, je souhaite vraiment que les noms de Le Nôtre et de Francine y restent associés. Maintenant, madame, le devoir m'oblige à prendre congé de vous. Le travail m'attend dans mon cabinet.

Clémence revint vers Mme de Caylus :

— Alors, l'ogre ne vous a pas mangée ?

— Non, le Roi a été d'une grande gentillesse. Mais savez-vous qu'il est au courant du nom que nous nous donnons, les « Ombrelles » ?

Marthe Marguerite, qui vivait depuis son enfance à la Cour et qui ne s'étonnait de rien, se montra tout de même surprise.

— Je me demande comment le Roi a pu apprendre notre petit secret. En est-il mécontent ?

— Non, seulement amusé. Il m'a dit de continuer à mériter ce nom et de ne jamais devenir une « perruche ».

— Je puis vous jurer que je n'ai jamais prononcé ces deux mots dans l'entourage du Roi. Ce n'est pas non plus Marguerite de Duras qui est la discrétion même. En réfléchissant, je pense que c'est plutôt Mme de Sévigné qui a fait allusion à notre groupe d'amies dans une lettre. Et vous savez que les lettres sont souvent lues avant d'arriver à leur destinataire.

— Vous avez raison. À la Cour il faut se méfier quand on parle et se défier lorsqu'on écrit. Mais, puisque vous me l'avez conseillé, je vais rendre visite à Mme de Maintenon.

La dame des pensées du Roi était heureusement seule dans son appartement quand Clémence fut introduite. D'abord elle ne vit personne. Un « Approchez donc, ma petite » venu d'un coin de la pièce lui indiqua que Mme de Maintenon était allongée sur un curieux canapé qui l'enveloppait quasi entièrement.

— Vous me trouvez dans ma niche, madame de Pérelle, et j'y suis si confortablement installée que vous me pardonnerez de ne pas me lever. Venez donc sans façon vous asseoir près de moi.

— C'est moi, madame, qui suis confuse de troubler votre repos mais je tenais à vous dire combien j'ai été sensible à l'invitation du Roi. Je croyais jusqu'à aujourd'hui que je n'avais pas plus de chances d'être un jour de Marly que de marcher sur la Lune.

— Tant mieux si cela vous fait plaisir. Moi je ne me plais guère dans ces bois et ces pièces d'eau qui me gèlent rien qu'en y pensant. Enfin, ma niche, que j'ai fait copier sur celle qui me protège à Versailles des vents coulis, m'aide à oublier la campagne et la turbulence de tous les invités [1]. Mais parlez-moi de vous. La fin cruelle d'Omer Rose m'a fait beaucoup de peine. Pour lui, bien sûr, et pour vous qui devez vous sentir bien seule...

« Et voilà ! Elle va essayer de me remarier ! » pensa Clémence qui se récria :

— Oh, non ! madame, je ne suis pas seule. J'ai ma mère, mes enfants, et M. Toussaint Rose qui m'a demandé de continuer de partager son appartement du château. Je crois aussi que je l'aide à supporter son chagrin. La maladie puis la mort tragique de son neveu l'ont touché mais c'est un homme courageux qui jamais ne laisse percer un moment d'abattement. La seule chose qui, je crois, le plongerait dans le désespoir, serait qu'il ne puisse plus présenter la liasse au Roi les matins du Conseil.

— Oui, le Roi l'aime et l'apprécie. Quant à vous, distrayez-vous à la Cour où vous avez de bonnes amies. Et puisque vous trouvez de l'agrément à Marly, venez-y souvent. Je veillerai à ce que le Roi n'oublie pas de vous porter sur sa liste.

---

1. D'après l'inventaire de 1708, il y avait dans l'appartement de Mme de Maintenon une niche de bois de chêne longue de cinq pieds dix pouces garnie en dedans de damas rouge et de damas or et vert.

— Puis-je, madame, vous demander un conseil ? Je suis nouvelle ici et ne sais comment m'habiller pour la soirée.

— Oh ! Personne ne fait grande toilette à Marly. Certaines princesses abusent même de la liberté accordée par le Roi. La robe que vous portez fera l'affaire. Si vous en avez une autre, mettez-la, elle sera très bien.

— Mme de Caylus m'a dit qu'il y avait grand concert...

— Non, le Roi a tout changé. Il y aura une loterie où toutes les dames gagneront. La Cour tiendra boutiques. Monsieur et la princesse de Conti pour l'Automne, le duc du Maine et moi pour l'Hiver, Mme de Thianges et le duc de Bouillon pour l'Été, la duchesse de Bourbon et le duc de Chevreuse pour le Printemps. Il y aura tout de même après un peu de musique : Monseigneur a invité un violoniste italien dont le talent de compositeur et de virtuose est paraît-il immense. Il s'appelle Corelli. C'est, je crois, votre cousin le directeur de l'Opéra qui le lui a présenté.

— Quelle merveilleuse fête en perspective. Je m'en réjouis à l'avance.

— Tant mieux. Mais le soleil a l'air de faire une apparition. Allez donc vous promener dans les jardins. Vous verrez, ils sont très différents des bosquets de Versailles.

En sortant de chez Mme de Maintenon, Clémence tomba justement sur Jean-Nicolas :

— Eh, ma cousine ! Où vas-tu de ce pas décidé ? D'abord, comment trouves-tu Marly ?

— Je n'ai encore rien vu et me propose de faire un tour dans le parc. Alors, ce soir, tu nous présentes un nouveau musicien italien ?

— Comment sais-tu cela ? C'est une surprise de Monseigneur.

— La surprise risque fort d'être éventée car Mme de Maintenon vient de me l'annoncer.

— Même sans surprise, ne manque pas Corelli. Il n'a que trente-cinq ans mais c'est déjà une légende dans son pays.

— Dans « notre » pays ! Aurais-tu oublié que notre famille est toscane ?

— Ma femme Madeleine me le rappelle assez souvent ! Elle n'est pas pour rien la fille de Lully ! Arcangelo Corelli, lui, est de la Romagne.

— Il s'appelle Arcangelo ? demanda Clémence, soudain intéressée.

— Oui, ce nom te fait rêver ? Méfie-toi, c'est un séducteur et les femmes succombent souvent aux notes qu'il sort de son violon.

— Qui te dit, mon cousin, que je n'ai pas envie de me laisser séduire ? L'Ondine a retrouvé sa liberté et est encore présentable, non ?

— J'ai ton âge, je suis même, je crois, un peu plus jeune et je parais bien plus vieux. L'Opéra me cause trop de soucis !

— Mais tu ne le lâcherais pour rien au monde. Je te comprends.

— Non, c'est le métier le plus difficile mais aussi le plus beau. Alors, si tu veux que je te présente à Arcangelo, fais-moi signe après le concert. Et bonne chance !

— Tu es complètement fou. Je ne vais tout de même pas me précipiter dans les bras du premier musicien venu sous prétexte qu'il joue bien !

Elle laissa là son cousin et partit à la découverte des jardins, bien différents en effet de ceux où elle avait été élevée. La grande cascade dont lui avait parlé son père lorsqu'il en dressait les plans dominait le pavillon royal et le parterre d'eau. De chaque côté, les pavillons d'invités qu'elle avait mal vus tout à l'heure dans la brume étaient reliés entre eux par des arceaux de treillage et bordés de petits bosquets, de fleurs et d'allées rustiques qui conduisaient à la verdure des bois cernant les constructions. À Versailles où régnaient le marbre et la pierre tout était noble, grandiose, monumental. À Marly les tonnelles remplaçaient les grands théâtres d'arbres, les bassins et cascades ignoraient Neptune et Amphitrite, la plaisance effaçait le faste.

Clémence goûta longtemps le charme du château-jardin qui semblait assoupi. Nul justaucorps bleu ne traversait les allées, aucune traîne de soie ne balayait les gazons. « J'ai l'impression, pensa Clémence, que le Roi, en cet instant, est le seul ici qui travaille... »

Elle chercha un moment Mme de Caylus mais ne la trouva ni dans le pavillon royal ni dans le jardin de fleurs qui l'entourait. Elle décida de gagner sa chambre et de se reposer en attendant la soirée qui verrait surgir dans le grand salon octogone la crème de la Cour, avide de jeux, de sucreries et de causette.

Clémence retrouva la pièce garnie de sièges, une cinquantaine, pensa-t-elle, disposés devant une petite estrade.

— Il y a concert avant le souper, lui dit Mme de Caylus retrouvée à l'entrée. Nous allons, paraît-il, entendre un extraordinaire violoniste italien découvert par Monseigneur.

— Je sais, dit Clémence. Il s'appelle Arcangelo Corelli et il est semble-t-il fort séduisant.

— Comment savez-vous tout cela, vous qui ne connaissez personne ici ?

— Je connais mon cousin qui est directeur de l'Académie royale de musique. C'est lui qui l'a présenté au Dauphin. Vous aimez le violon ?

— Oui, c'est mon instrument préféré.

Clémence sourit intérieurement. Personne à la Cour, sauf peut-être le maréchal de Duras, n'aurait avoué que la musique l'ennuyait. Surtout chez le Roi dont on était l'invité.

Chacun attendait devant sa chaise que le Roi fût installé dans son fauteuil aux côtés de Monsieur, de Mme de Maintenon et de Madame, que la famille, princesses, ducs et duchesses confondus se fussent assis à leur tour pour prendre possession de son siège ou de son tabouret. Quand le bruit de chaises remuées eut cessé, Monseigneur prit la parole :

— Sa Majesté a bien voulu inviter ce soir, pour notre plaisir, le plus grand violoniste actuel, Signor Corelli, qui quitte rarement sa patrie mais se trouve heureusement aujourd'hui dans le royaume. Il vient de diriger à Rome pour les invités de la reine Christine de Suède un orchestre de cent cinquante instruments à archet. Aujourd'hui il va jouer seul, pour vous, l'une des sonates de sa composition. J'ai le plaisir de vous présenter Arcangelo Corelli da Fusignano, detto « il Bolognese ».

— Le Dauphin aime beaucoup la musique mais il se croit un bon violoniste alors qu'en fait il joue assez mal, glissa Mme de Caylus à Clémence.

Celle-ci ne répondit pas. Elle n'avait d'yeux que pour la portière de velours vert qu'on allait tirer afin de laisser pénétrer Corelli sur l'estrade. Les quelques mots que lui avait dits son cousin Jean-Nicolas sur le virtuose italien avaient réveillé en elle des pensées qu'elle croyait oubliées. Ainsi, elle avait maintenant la certitude que si l'amour entrait à nouveau dans sa vie, ce ne serait pas de la façon conventionnelle de la Cour. Elle ne se laisserait pas imposer un maréchal usé, un duc cacochyme ou un surintendant ennuyeux. Sauf pour son second mari, le pauvre Omer, elle avait vécu l'amour comme une heureuse surprise, un fruit mûr aperçu entre les branchages sur l'arbre de la vie, qu'il fallait cueillir et croquer à pleines dents. « Dans le fond, je suis une aventurière », pensait-elle en riant intérieurement lorsque le musicien de la reine Christine apparut vêtu d'une veste de soie bleu foncé à peine ornée de dentelle blanche, sans le justaucorps qui l'aurait engoncé et gêné pour jouer de son instrument.

L'homme n'était pas tel qu'elle l'avait imaginé, d'allure apprêtée comme le sont souvent les musiciens et les comédiens. Il était grand et montrait dans sa démarche comme dans ses gestes une certaine maladresse qui lui donnait de la grâce. Sa figure n'avait rien de régulier mais exprimait un appétit de la vie qui plut tout de suite à Clémence. Arcangelo Corelli était évidemment content d'être là, de saluer le roi de France avec une élégance sans ostentation et impatient de jouer pour lui.

Avec un accent et dans un français approximatif qui firent sourire Clémence, il annonça qu'il allait interpréter une passacaille de sa composition qu'il choisissait d'ordinaire pour ouvrir son concert.

D'un geste qui était déjà une danse, il plaça son violon en haut de sa poitrine et l'archet s'envola avec une fougue qui, en s'accentuant, le transfigurait. On avait l'impression que ses traits se déformaient, que ses prunelles se révulsaient et l'auditeur ne pouvait que se laisser emporter dans ce monde dont seuls les grands virtuoses possèdent la clé. Il interpréta ensuite une sonate pour violon seul et d'autres œuvres chaque fois applaudies passionnément.

Clémence, subjuguée, ne quittait pas l'artiste des yeux, oubliant sa voisine qui, entre deux morceaux, essayait de lui dire qu'elle trouvait Corelli merveilleux. À la fin, alors que le violoniste sortait en s'essuyant le front avec le mouchoir blanc qui pendait du col de sa veste, elle dit simplement à Mme de Caylus :

— Pardonnez-moi de vous laisser, il faut absolument que je voie de plus près cet archange.

Clémence se glissa entre le replet duc de Beauvillier, gouverneur du duc de Bourgogne, et Permangle, un vaillant maréchal de camp qui s'illustrait dans le régiment de Condé, et gagna le plus discrètement possible le petit salon réservé aux artistes venus animer les Marly du Roi.

Elle y retrouva Jean-Nicolas de Francine félicitant Corelli qui se reposait dans un fauteuil, son violon posé sur les genoux.

— Ah ! s'écria-t-il en voyant arriver Clémence. Voici ma cousine, la comtesse de Pérelle, qui rêve de faire votre connaissance.

Corelli se leva, salua et dit quelques mots polis que Clémence trouva manquer de chaleur. « Il doit être lassé d'être complimenté par toutes les dames de Rome, pensa-t-elle. Il va falloir que je déploie tous mes charmes si je veux l'apprivoiser. »

Elle n'avait jamais été coquette mais savait que pour intéresser un homme il convenait de fuir les platitudes et de l'intriguer par ce qui la différenciait des autres femmes. Son cousin l'aida en la présentant comme la fille de celui qui avait créé les fontaines de Versailles et de Marly.

— Toute jeune, elle a joué avec les eaux comme les autres petites filles jouent à colin-maillard. Ses amis les poètes l'ont alors surnommée « Ondine » ou la « fontainière du Roi », le Roi qui l'a toujours protégée...

Tout était dit. Il lui sembla que, déjà, Arcangelo Corelli la regardait d'un autre œil.

— Il est vrai, dit-elle, que j'ai eu jusqu'ici une vie animée. Je vous la raconterai un jour si nous nous revoyons. À condition que vous me révéliez à votre tour comment on peut jouer si merveilleusement du violon.

Le propos était banal mais, souligné par les yeux de Clémence, il touchait à la grâce. Jean-Nicolas lui lança un regard complice et elle lut sa pensée : « Voilà l'Ondine qui s'est mis dans la tête de séduire le prince des virtuoses. » Cela la fit sourire. Si c'était vrai, avait-elle une chance de réussir ?

Corelli souriait, ne répondait pas. Il essuyait avec une surprenante délicatesse son violon dont il caressait les formes avec une sorte de volupté.

— Vous me regardez soigner mon instrument, madame ? finit-il par dire. Vous savez, tous les vrais violonistes sont comme moi mais j'y mets peut-être encore plus d'amour car mon violon possède un timbre et une sonorité exceptionnels. C'est Stradivarius, le génial luthier de Crémone, qui me l'a construit spécialement alors que j'étais loin d'avoir acquis ma maîtrise d'aujourd'hui.

Clémence se rappela qu'elle était une « Ombrelle ». Rien, bien sûr, ne pouvait être plus agréable à un virtuose que de lui parler et de le faire parler de son violon.

— Me permettez-vous, monsieur, de prendre votre violon entre les mains ? Je n'avais jamais remarqué combien cet instrument ressemble à une femme par ses formes, par la finesse de sa peau si lisse et si brillante.

Corelli hésita puis lui tendit son violon :

— Cela ne se fait pas, seul le luthier qui le répare et l'artiste qui le joue touchent le violon. Prenez-le par le manche mais ne touchez pas le vernis de la caisse avec les doigts car le vernis, un secret de Stradivarius, a sa part dans la sonorité du violon. Il ne doit pas subir la moindre pression d'un doigt humide.

Clémence se dit qu'elle n'avait pas les doigts humides mais, à la fois étonnée et admirative de ces attentions, elle prit le violon, le regarda et le rendit bien vite à son propriétaire qui l'enveloppa, comme une momie, dans un large foulard de soie avant de le ranger dans son étui.

— Vous savez, monsieur Corelli, que vous me fascinez ! dit-elle. Vous traitez votre instrument comme un bijou rare.

— La comparaison ne me plaît pas tout à fait. On prend soin d'un bijou parce qu'il représente une certaine somme d'argent. Le violon, lui, n'a pas plus de prix que mon nez ou mon bras. Il fait partie de moi, tout simplement.

À ce moment, Jean-Nicolas vint prévenir Arcangelo Corelli que Sa Majesté et Mme de Maintenon désiraient le voir pour le féliciter.

— Je vous laisse, dit Clémence. Peut-être vous verrai-je tout à l'heure à la collation qui sera servie avant la loterie ?

— Je l'espère, répondit Corelli. Je vous ai rasé avec mes histoires de violons et j'aimerais bien que vous me parliez d'« Ondine ».

— Alors ? demanda Marthe Marguerite qui, évidemment curieuse, attendait Clémence dans le grand salon déjà vidé de ses sièges et où la Cour discutait par petits groupes des mérites de Corelli.

— Passionnant ! dit Clémence. Cet Arcangelo est un dieu. Vous ne pouvez savoir comme il est captivant lorsqu'il parle de son violon !

— C'est aussi un homme qui ne manque pas de charme. Il est beau ; si en plus il est intelligent !...

— Il l'est, et je me demande si je ne suis pas en train d'en devenir amoureuse !

— Eh bien ! Vous allez vite en besogne ! Mais vous avez raison : il faut saisir au vol les oiseaux de passage.

— L'ennui, c'est qu'il n'a sûrement rien à faire d'une modeste fontainière qui n'a plus vingt ans !

— Il sait déjà ?

— Oui, mon cousin m'a présentée et ce titre de noblesse barbotière a semblé éveiller sa curiosité. Mais je ne me fais pas d'illusions. Comment séduire un homme qui, à chaque concert, est assailli par une foule de grandes dames qui se roulent à ses pieds ?

*

Durant la loterie où, selon l'usage, chaque dame choisissait une boutique pour y manger quelques douceurs et tirer un numéro dans une corbeille, Clémence perdit de vue son beau virtuose accaparé par les jeunes princesses qui le pressaient de questions saugrenues et riaient aux éclats à chacune de ses réponses. Clémence gagna une écharpe de soie et une jolie bague, son amie Mme de Caylus une broche et une ceinture dorée. Ce n'est qu'à l'heure du souper-collation où chacun se servait aux buffets installés dans le salon, une institution que Clémence détestait car on tachait à chaque fois sa robe, que l'Ondine aperçut Arcangelo enfin libéré de ses admiratrices. Il se reposait sur un canapé dans l'antichambre qui menait à l'appartement de Monsieur, l'étui de son violon posé sur les genoux.

Clémence se demanda s'il n'était pas inconvenant de le relancer. Elle se répondit que non et alla le retrouver.

— Alors, monsieur Corelli, comment trouvez-vous les distractions que Sa Majesté offre à ses courtisans les plus appréciés ?

— Sympathiques mais fatigants pour quelqu'un qui vient de se donner tout entier à son art. Je suis pourtant heureux que la France apprécie ma musique. Je reviendrai avec plaisir dans votre pays.

— Vous gardez constamment votre violon avec vous ? demanda-t-elle. Pourquoi ne l'avez-vous pas confié à quelque domestique qui l'aurait mis en lieu sûr ? Craignez-vous les voleurs dans la maison du Roi ?

— Pas du tout, mais c'est un principe : je ne me sépare jamais de mon violon. Vous avouerai-je que je dors avec lui ?

Clémence sourit :

— Je trouve cela étonnant mais très beau. Il faut aller au bout de ses passions et je comprends que l'on puisse être amoureux d'un violon. Mais les perruches de la Cour se font entendre jusqu'ici. Il fait bon dehors, ne voulez-vous pas marcher un peu dans le parc ? On vient d'allumer les flambeaux et les bougies autour du Palais.

Ils admirèrent d'abord la grande cascade qui dominait le pavillon royal et les miroirs d'eau scintillants entre les maisons des invités.

— Ici l'eau est aussi abondante qu'elle est rare à Versailles. La Seine n'est pas loin. C'est mon père qui a conçu cet enchantement aquatique. Hélas, il est mort avant de pouvoir ouvrir lui-même les vannes de ses bassins et de ses cascatelles.

— J'aime la musique de ces gouttelettes qui retombent sur les nappes de cristal. Je m'en inspirerai peut-être un jour pour composer une sonate. Je l'appellerai « Ondine »...

— C'est vrai ? Votre violon m'émeut, même quand il ne joue pas.

Corelli s'arrêta, la regarda et dit de sa voix un peu grave :

— Asseyons-nous sur ce banc et gardons le silence.

Sagement elle s'installa près de lui tandis qu'il ouvrait son étui et commençait à dévêtir le violon de ses soies. Lorsqu'il eut terminé, il la regarda encore dans les yeux et lui confia comme un secret :

— Cette sonate, je la sens si bien que je vais dans l'instant l'improviser pour vous. Je ne comprends pas bien ce désir que je n'ai encore jamais éprouvé. D'habitude je compose chez moi dans le silence, mais sans doute ce jour n'est pas un jour comme les autres...

— Pour moi non plus ce n'est pas un jour comme les autres, murmura-t-elle.

Il ne répondit pas, se leva et commença à jouer, accompagné par le doux ruissellement des eaux dans les bassins du parc.

Clémence, les yeux humides, écoutait et regardait cet homme étrange qu'elle ne connaissait pas et qui, pour elle, inventait une musique qui l'émouvait jusqu'au tréfonds de l'âme. Contrairement au concert de l'après-midi, il demeurait calme, souriant, comme inspiré par la nature tranquille du vallon. Il était vraiment l'archange flottant dans la musique du ciel.

Il aurait pu jouer des heures mais il s'arrêta parce que des promeneurs, attirés par les trilles et les arpèges sortis des buissons, commençaient à converger vers le banc de marbre.

— Vous pleurez ? demanda-t-il. Ma musique était pourtant très gaie.

— On peut pleurer de gaieté comme rire de tristesse. Moi c'est de bonheur que je pleure. Et d'étonnement. Je ne sais pas ce qui m'arrive. Vous venez, monsieur...

— Appelez-moi Arcangelo !

— ... Vous venez de me faire un cadeau inoubliable et je ne trouve pas autre chose à vous dire que merci. C'est bien peu...

— Peut-être que plus tard vous trouverez d'autres mots.

Il prit sa main qu'elle ne retira pas et la caressa doucement.

— Elle est douce, dit-il. Et si elle en a encore envie, je lui permets de toucher mon violon. Son velouté ne ternira pas le vernis de M. Stradivarius, il le fera chanter un peu mieux ! Mais peut-être est-il temps de redescendre sur terre. Vos amis doivent vous chercher.

— Oh ! Si on cherche quelqu'un en ce moment ce n'est sûrement pas moi, pierre insignifiante dans cet écrin de grands noms et de nobles familles. C'est plutôt vous qui êtes l'homme du jour, que Madame Palatine, par exemple, voudrait bien connaître.

— Madame Palatine ?

— C'est la femme du duc d'Orléans, frère du Roi. Une dame étonnante dont le franc-parler exaspère beaucoup de monde à la Cour. Mais intelligente, brillante, généreuse et drôle. S'il y a quelqu'un qu'il vous faut rencontrer ce soir, c'est bien elle. Venez, et si elle n'est pas rentrée se coucher, car elle n'aime pas beaucoup Marly et ses rites, je vous présenterai.

La Palatine dormait. Clémence et Arcangelo se mêlèrent au « Marly », panachage élitiste dû au bon plaisir du Roi. Comme elle s'y attendait, le virtuose fut aussitôt happé par un groupe de dames et la fontainière se réfugia sur le canapé de l'antichambre de Monsieur. Elle avait besoin de réfléchir après cette journée particulière durant laquelle elle avait découvert le monde intime de la Couronne et rencontré un homme extraordinaire.

Clémence se parlait souvent à elle-même. Tout haut lorsqu'elle était seule, en pensée quand d'autres personnes pouvaient la gêner. Elle garda cette fois le silence car des gens passaient qui l'auraient prise pour une folle s'ils l'avaient entendue :

— Ce n'est pas parce que tu as vieilli qu'il faut te conduire comme une sotte. Voyons, cet homme t'a envoûtée par l'élégance de sa personne et de son talent. Ses paroles te charment, sa musique t'enivre. Tu le lui as fait comprendre et tu te poses la question de savoir si tu dois continuer à rechercher les occasions de lui faire des avances. Ton caractère, par peur de le perdre, te pousse à ne pas le lâcher. La sagesse, et chez toi la sagesse prend presque toujours le dessus, te commande d'attendre pour savoir s'il a envie de te revoir ou non. Ta décision, d'ailleurs, n'a pas d'importance car Arcangelo n'est pas homme à se laisser embobeliner par une inconnue qui s'introduit soudain dans sa vie. Donc, ma petite Clémence, tu vas te faire toute petite durant ces deux jours qui te restent à passer à Marly et tu attendras sagement la réaction de M. Corelli. S'il ne donne pas signe de vie, il te restera un beau souvenir, et s'il vient vers toi, eh bien, que l'aventure commence !

Elle rit, cette fois tout haut, mais il n'y avait personne dans les parages, et revint dans le salon qui s'était presque vidé des invités : on jouait chez Monsieur. Clémence alla un instant regarder les écus changer de main au lansquenet. Elle s'intéressa surtout à une table de dames où jouait Mme de Caylus. Deux duchesses qu'elle ne connaissait pas se montraient sans pudeur dans leurs espérances, dans leur crainte, dans leur joie. Cette folie l'ennuya et, après avoir jeté un dernier coup d'œil dans les dégagements du pavillon royal, où elle n'aperçut pas l'Italien, elle décida d'aller dormir.

*

Clémence apprit le lendemain par son cocher que Corelli avait quitté Marly le matin de bonne heure dans le carrosse de son cousin Jean-Nicolas. Elle était furieuse que celui-ci soit parti sans la prévenir et s'apprêtait, triste et mélancolique, à tirer un trait sur cette histoire d'amour, la dernière que la vie sans doute aurait pu lui offrir, quand un valet vint lui apporter un billet du directeur de l'Opéra.

En hâte elle fit sauter le cachet de cire et ferma les yeux avant de lire la réponse à toutes les questions qu'elle se posait :

« Pardonne-moi, chère et belle cousine, d'avoir quitté Marly sans te dire au revoir mais mon ami Arcangelo tient absolument, avant de regagner Rome, à rencontrer un archetier de Rouen, un certain Teinturier qui fabrique paraît-il les meilleurs archets d'Europe. Ce Teinturier doit être chez moi à midi. Nous y serons donc et j'espère que Corelli pourra rapporter en Italie quelques-uns de ces curieux objets sans lesquels le violon ne serait qu'une sorte de mandoline.

« Cela dit, Arcangelo m'a beaucoup parlé de toi. Il m'a posé des questions à ton sujet et j'ai fini par lui dire que ta vie est tellement fabuleuse que toi seule peux la raconter. Bref, tu l'intrigues, il goûte ta conversation et a très envie de te revoir durant les quelques jours qu'il doit encore passer en France. Je ne saurais dire, bourreau des cœurs, si c'est de l'amour mais tu sembles lui plaire. Préviens-moi dès que tu seras rentrée à Versailles. Un conseil : ne va pas trop vite en besogne. Laisse notre virtuose donner maintenant les premiers coups d'archet ! Bonne chance !

« Avec tout l'attachement de ton cousin. »

Clémence relut trois fois la lettre et la rangea soigneusement dans le portefeuille de maroquin bleu que lui avait offert jadis le comte de Pérelle. « C'est curieux, se dit-elle, je devrais sauter de joie mais je n'éprouve qu'un doux et discret plaisir dont la surprise est absente. Pour un peu je me dirais que la logique voulait que le violoniste s'éprît de moi. Oh ! cela est d'une suffisance qui me fait honte ! En fait, je crois que la sérénité de l'âge calme les feux de l'amour et que l'on n'aime pas à trente ans comme on aime à seize. »

Celui qui aurait pris la réaction de Clémence pour une sage indifférence se serait trompé. Durant tout le temps où elle s'habilla, elle ne pensa qu'à une chose : écourter son séjour à Marly et rentrer le plus vite possible. Le pouvait-elle sans risquer de déplaire ? Elle faillit demander conseil à Marthe Marguerite mais Mme de Caylus était fine mouche et devinerait tout de suite les raisons de cette fuite. Maintenant que le jeu paraissait s'orienter favorablement, il ne fallait plus rien en dire. Corelli parti, son amie croirait que son entreprise de séduction avait échoué, ce qui était prévisible. Quant à avancer son départ, il ne pouvait raisonnablement en être question. Lorsque, insigne honneur, on avait été choisi, Marly devenait un service. L'abandonner eût été considéré comme une désertion, un manque de respect envers le Roi.

162

Par chance, le temps se mit franchement au beau et le « Marly » devint une agréable partie de campagne. Louis put faire ce qui lui plaisait le plus : promener ses invités, les dames en particulier, dans son domaine.

La promenade à Marly était toute liberté. Ceux qui étaient du voyage pouvaient s'ils le voulaient accompagner le Roi dans les jardins, l'y laisser s'ils le désiraient, lui parler sans manières. Autre exception au protocole : à Marly, le Roi disait tout haut dès la sortie du château : « Le chapeau messieurs ! » Et tout le monde autour de lui, courtisans, officiers, ministres et gardes du corps, se couvrait et restait couvert durant toute la promenade, même par temps de grande chaleur[1].

Clémence et Mme de Caylus s'amusèrent de ce manège et passèrent en revue tous les privilèges qui n'avaient cours qu'à Marly. Il y en avait beaucoup ! Lorsque les invités, une quarantaine, eurent quitté le pavillon et que les hommes se furent couverts, le Roi annonça une surprise. Peut-être pour marquer la différence avec Versailles, le marbre était rare à Marly. Pourtant, Sa Majesté n'avait pu résister au désir d'installer de chaque côté de l'Abreuvoir, au bout des jardins, deux imposants groupes de chevaux, Chevaux de Mercure et de la Renommée qui fermaient sur fond de frondaisons le gigantesque Théâtre du domaine de Marly[2].

Le Roi pouvait être fier, les chevaux sculptés dans un marbre de Carrare virginal étaient magnifiques et il parut content des manifestations admiratives de ses invités. Clémence jugea le moment opportun d'aller rendre grâces au Roi qui l'accueillit avec bonté :

— Alors, madame de Pérelle, quelles sont vos impressions de votre premier séjour à Marly ? Je les

1. À Versailles et dans toutes les maisons royales, nul ne restait couvert devant le Roi qui, seul, portait chapeau.
2. Des copies des chevaux de Marly sont actuellement exposées à l'entrée de la place de la Concorde. Les originaux sont en lieu sûr à l'abri de la pollution.

attends car je sais que vous trouverez d'autres mots que ceux dont les flatteurs m'accablent généralement.

— Sire, Marly est un enchantement, mais permettez-moi de vous dire d'abord combien je trouve admirables ces deux statues. On a l'impression que le parc a été conçu pour que ces grands chevaux de marbre y caracolent. Les choix de Votre Majesté sont ceux d'un grand artiste.

Lorsqu'elle eut achevé son compliment, Clémence se dit qu'elle n'avait rien trouvé à dire de mieux que les thuriféraires habituels. Le Roi pourtant l'estima bien tourné :

— Madame, vous savez trouver les mots qui conviennent et c'est une qualité peu courante. Quant aux statues, le mérite en revient à Nicolas Coustou, un grand sculpteur que j'aurais aimé faire travailler à Versailles s'il n'avait été trop jeune. Mais deux chevaux de marbre, si admirables soient-ils, ne font pas Marly. Quels souvenirs en rapporterez-vous demain ?

— Trois journées qui sont passées trop vite. J'ai apprécié, Majesté, votre souci constant de plaire à vos invités. J'ai aimé revoir la pièce de mon ami Molière et le virtuose italien m'a envoûtée par son talent. Il se laisse emporter par sa passion pendant qu'il joue et soumet entièrement ses auditeurs à son art.

Le Roi sourit :

— Je vois, madame, que M. Corelli vous a impressionnée. Que serait la musique sans les Italiens ? J'espère que vous reviendrez à Marly. C'est un lieu magique que j'ai créé afin que mes amis y oublient leurs soucis. Les vôtres ont été grands et il me plaît d'avoir pu vous aider à retrouver la vie plus agréable.

Le Roi parti, Clémence réfléchit aux propos qu'il venait de lui tenir. Son sourire un peu moqueur, son allusion à l'oubli de son drame la laissaient perplexe. Savait-il qu'elle avait passé deux heures en compagnie d'Arcangelo et que celui-ci avait joué pour elle dans le parc ? En dehors des hommes de La Reynie, les Suisses étaient partout, même si on ne les voyait pas, et il n'était pas déraisonnable de penser que le Roi avait été mis au courant. Clémence aurait préféré que sa rencontre demeurât discrète mais elle se dit qu'après tout une veuve n'était pas condamnée à se priver de la compagnie d'hommes agréables.

Chapitre VI

Le virtuose

Clémence fut heureuse de retrouver l'oncle Rose. Le secrétaire personnel du Roi voulut naturellement tout savoir sur le voyage auquel sa nièce avait été conviée. Lui-même n'aimait pas l'atmosphère de Marly où le Roi se voulait un autre, où le cérémonial était bouleversé et où l'humidité réveillait ses rhumatismes. Il s'y rendait seulement lorsque le Roi l'avait inscrit sur la liste parce qu'il avait besoin de lui pour travailler. Cela ne l'empêchait pas d'être curieux de la manière dont Clémence avait vécu l'expérience.

— Alors, Marly, chère Clémence ? Enivrée, amusée ou accablée ?

— Un peu tout cela, mon oncle. Vivre auprès de la famille royale sans avoir la moindre conversation à échanger avec elle est inconfortable. C'est finalement du Roi que j'étais le plus proche ! Heureusement, il y avait Mme de Caylus et mon cousin Jean-Nicolas qui avait amené un merveilleux violoniste. Ce prodige s'appelle Arcangelo Corelli. Je n'ai jamais rien entendu d'aussi beau !

Elle fit un tel panégyrique du virtuose que le président Rose s'écria en riant :

— Dites donc, ma nièce, ne seriez-vous pas tombée amoureuse ?

Clémence rougit comme une petite fille :

— Je suis toujours trop enthousiaste, c'est mon côté italien. Il faut que je fasse attention car le Roi m'a fait, d'une manière plus nuancée, la même remarque. Il est vrai que la musique jouée par ce Corelli m'a émue, mais de là à tomber à ses pieds...

— Ce n'est pas la première fois que cela arriverait. Mais rassurez-vous, mon enfant, je ne vais pas jouer les parangons de vertu. Vous êtes libre de faire ce que vous voulez de votre vie. Mais dans la discrétion. Les commères de la Cour sont redoutables !

— Oh ! Je me moque bien d'elles !

— Pas trop, ma nièce, pas trop !

— Rassurez-vous, mon oncle. Je commence à savoir mesurer à mon aune ces dames de la Cour ! Pas plus tard que demain, j'irai me promener à Versailles pour juger des petites jalousies que mon invitation n'a pas dû manquer de susciter.

— Attention, Clémence, de ne pas prendre plaisir à ces petites vanités que vous reprochez aux autres. Jouissez de l'envie que vous suscitez mais ne le montrez pas.

C'est l'esprit plein de pensées contradictoires qu'elle alla se coucher. Décidée à chasser le virtuose de ses préoccupations, elle ne songeait qu'à lui. Devait-elle dès le lendemain matin se précipiter à Paris et débarquer chez son cousin ? Devait-elle au contraire demeurer sagement au château en risquant que Corelli regagne l'Italie sans l'avoir revue ? Elle décida finalement qu'elle irait demander l'hospitalité à Mme de Duras qui, après Marly, avait regagné son hôtel du faubourg Saint-Germain. Elle aurait alors le loisir de prévenir son cousin qui, à son tour, pourrait la faire venir chez lui au bon moment. N'importe comment, tout valait mieux que l'inaction. Elle demanda avant de s'endormir que l'on prépare son carrosse pour huit heures.

Jean-Nicolas habitait l'hôtel de Pologne, rue Saint-Louis, dont le sieur Doublet lui louait deux étages[1]. La cour était belle et l'escalier orné d'une rampe de fer forgé que le directeur de l'Opéra avait enrichie de motifs musicaux. Clémence, que son cousin avait invitée au souper qu'il offrait en l'honneur d'Arcangelo Corelli, releva sa jupe la plus précieuse, à trois rangs de falbalas de dentelle, pour grimper les marches de pierre qui menaient au second étage. Elle la portait avec un corps de robe ajusté mais non baleiné comme c'était la mode. L'Ondine ne voulait pas être gênée et disait que ses formes n'avaient pas besoin d'échafaudage. Arrivée à la porte qu'un laquais gardait entrouverte, elle respira deux ou trois fois pour reprendre haleine et se lança hardiment dans l'inconnu. Elle constata que cela lui procurait un agréable frisson qui se transforma en vrai bonheur lorsqu'elle aperçut Corelli qui bavardait au fond du salon avec son cousin, Marin Marais le virtuose de la viole et Delalande qui venait d'être nommé surintendant de la Musique de la Chambre. Elle attendit un moment avant de s'approcher, le temps de regarder celui qu'elle n'avait, somme toute, fait qu'apercevoir dans la folie de Marly et la pénombre du parc. Par instants, lorsqu'il parlait, Clémence retrouvait sur son visage des traits du musicien passionné qui l'avait tant remuée au concert de Marly. Le plus souvent il était serein, attentif, et c'est un autre charme qui émanait de cet homme qui, elle était bien obligée de l'admettre, la fascinait.

C'est lui qui la vit le premier. Avant qu'elle ait pu faire un mouvement il était près d'elle et lui baisait les mains.

— Enfin, vous ! l'Ondine, la femme qui a les doigts plus doux que le vernis de Stradivarius, celle qui m'inspire une sonate en pleine nuit dans les jardins du roi Louis XIV... À propos, j'en ai fait une vraie musique hier de votre sonate.

1. Aujourd'hui rue de Turenne.

— Vous voulez dire avec des notes écrites ?

Il éclata de rire :

— Oui, avec des notes ! puisqu'on n'a pas encore trouvé d'autre moyen pour conserver les mélodies et permettre à d'autres de les interpréter.

— Moquez-vous. Mais je ne veux pas que d'autres jouent notre sonate !

— Non, Clémence, personne ne la jouera. Mais vous savez que vous avez dit cela d'une façon qui vaut une déclaration d'amour. Vous étonnerez-vous que j'en sois heureux ?

— Pour l'instant, je veux seulement être placée à côté de vous au souper. Je vais le dire à mon cousin.

— Inutile. Jean-Nicolas a déjà tout arrangé.

— Mais c'est un coup monté !

— Par moi ou par vous, belle Ondine ?

— Disons que les torts sont partagés.

La maîtresse de maison les interrompit :

— Jean-Nicolas m'a dit que vous aviez fait connaissance à Marly et je vois que vous vous retrouvez avec plaisir. Ma chère Clémence, vous avez plus de chance que moi. Vous avez entendu jouer Arcangelo et moi non. Je ne suis pas Mme de Maintenon mais peut-être qu'après souper le maître nous interprétera une de ses compositions. Marin Marais m'a promis de jouer aussi.

— Comment refuser à la femme de mon ami Jean-Nicolas qui est aussi la fille du grand Lully ! Je jouerai pour vous deux, mesdames, qui êtes les plus belles de cette assemblée.

Le souper fut gai mais Clémence et Arcangelo, s'ils étaient voisins de table et pouvaient volontairement ou non se frôler, n'avaient pas la possibilité de parler de la seule chose qui les intéressait : eux. En dépit des tentatives de l'Ondine, la conversation restait générale. Chacun avait une question à poser au virtuose et il n'était pas possible d'empêcher trois grands musiciens réunis de parler de musique. C'est lui qui glissa à l'oreille de Clémence, alors que le repas touchait à sa fin :

— Il faut absolument que nous nous voyions après la musique. Surtout ne partez pas.

Clémence n'en avait nulle envie. Elle acquiesça d'un regard et demanda :

— Et qu'allez-vous nous jouer ?

— Ce sera une surprise.

— La sonate *L'Ondine*, peut-être ?

— Sûrement pas. J'en ai oublié toutes les notes.

Clémence comprit qu'elle allait tout à l'heure entendre la musique qu'elle avait inspirée dans le jaillissement des eaux de Marly. Elle en fut fière en pensant que tout le monde allait applaudir, sans le savoir, la plus belle déclaration d'amour dont une femme puisse rêver.

Elle ne reconnut pas tout à fait l'improvisation du banc de marbre. Corelli en avait travaillé les motifs et fait ressortir la modulation des jeux d'eau. La spontanéité avait disparu au profit d'une musique élaborée que préféreraient sans doute les mélomanes.

Arcangelo et Marin Marais jouèrent ensemble quelques vieux motets de Lully pour honorer l'hôtesse et l'on se sépara la tête pleine de sons et d'harmonie. Bientôt il ne resta plus que Clémence, Arcangelo et les maîtres de maison qui s'éclipsèrent très vite, laissant leurs deux derniers invités avec un valet chargé de leur apporter des rafraîchissements.

— Mon cousin et sa femme servent-ils vos intérêts ou les miens ? demanda en souriant Clémence.

— Les deux, je l'espère. Je n'ai pas caché à mon ami Jean-Nicolas que je souhaitais vous revoir et je crois savoir que de votre côté vous n'étiez pas opposée à cette rencontre musicale. À propos, vous avez aimé la sonate ?

— Oui, elle est magnifique mais rien ne m'empêchera de préférer votre improvisation. Elle avait plus d'âme et il manquera toujours à sa musique le fond cristallin des cascades de Marly.

— Vous avez raison, belle Clémence. Il n'y a qu'un moyen de revivre ce moment inoubliable. C'est de le renouveler dans d'autres jardins avec d'autres fontaines... Voulez-vous que nous essayions ? Il y a en Italie des parcs sublimes et ce n'est pas à vous que j'apprendrai que les meilleurs fontainiers sont italiens. Voulez-vous venir avec moi ? Je reprends dans trois jours le chemin de Rome, en passant par Crémone où je vais voir mon luthier. Ne serait-ce que pour faire la connaissance de cet homme exceptionnel, faites le voyage avec moi. Non, je plaisante, venez pour moi parce que je suis sûr que nous pouvons vivre ensemble une belle histoire. Je vous supplie d'abandonner votre existence futile et sans intérêt à la cour de Versailles pour trouver avec moi, je n'ose pas dire l'amour, les grands mots font peur, mais une vie riche et passionnée dans un pays qui est le vôtre. N'avez-vous pas envie de connaître la Toscane, berceau des Franchini ?

Clémence pâlit et resta muette de saisissement. Elle était, certes, éprise de son beau virtuose dont la musique la faisait chavirer. Elle avait imaginé différentes issues à l'aventure qu'elle avait cherchée sans trop se soucier des difficultés qu'elle entraînerait. Toutes se ramenaient à quelques nuits d'amour sans lendemain, finalement tristes et douloureuses. Jamais elle n'avait envisagé qu'Arcangelo lui proposerait quasiment de l'enlever pour vivre ailleurs une vie nouvelle.

— Arcangelo, vous êtes fou, finit-elle par murmurer. Comment pouvez-vous penser que je puisse abandonner une existence que j'ai mis tant de temps à construire, laisser mes deux enfants et un vieil oncle que je chéris sur un simple coup de tête ?

— S'il s'agit d'un coup de tête, oubliez ma proposition. Mais si vous éprouvez pour moi le sentiment tendre que j'ai cru deviner, payez-vous un beau voyage d'amour. Il durera le temps que vous voudrez et je ferai tout, au moment que vous choisirez, pour que vous puissiez retrouver votre famille et entendre sans doute un sermon de Mme de Maintenon. Ne manquons pas, Clémence, le moment de bonheur que nous offre le sort !

Il lui prit les mains et l'attira contre lui. Sa chaleur rendit des forces à l'Ondine qui retrouva vite ses esprits. Après un baiser italien qui avait, pensa-t-elle, un peu le goût de ceux de Nicodème Tessin, elle s'écarta et dit de sa voix claire et assurée :

— Vous avez, je crois, une chambre dans la maison. Voulez-vous m'héberger ? Je ne me sens pas le courage de rentrer ce soir chez mon amie Mme de Duras.

Il ne lui était pas désagréable de reprendre l'initiative et c'est elle, cette fois, qui surprit Corelli. Elle ajouta :

— Pour le voyage, je vous réponds comme le Roi lorsqu'il ne veut pas prendre une décision avant d'avoir réfléchi : « Je verrai ! »

*

De retour à Versailles le lendemain matin, Clémence s'enferma dans sa chambre, se pelotonna sous la couverture et glissa sa tête sous le coussin, comme elle l'avait toujours fait, depuis sa jeunesse, lorsqu'elle devait réfléchir.

La nuit avait tenu ce qu'elle promettait. Arcangelo ne savait pas caresser que son violon et Clémence avait retrouvé, sinon l'ivresse suprême que seul le comte de Pérelle avait su lui révéler, du moins le goût de l'amour perdu. Elle savait qu'à trente ans passés c'était une chance qui ne se renouvellerait peut-être pas. Arcangelo avait raison lorsqu'il la suppliait de ne pas laisser passer les heures de bonheur qui s'offraient. Et puis, il fallait qu'il l'aime vraiment pour lui proposer de l'accompagner dans sa vie de pèlerin de la musique, partout reçu par les princes comme un prince, familier du pape et de la reine Christine de Suède... Le personnage était unique, l'amant n'avait pas son pareil à la Cour où les hommes les plus recherchés n'étaient que moucherons ridicules à côté de cette cigale sublime qui faisait craqueter le violon de Stradivarius pour lui inventer une musique belle à en pleurer. Il était vrai que la vie que lui proposait Corelli serait une expérience merveilleuse, tellement loin de l'ordinaire d'une cour étriquée. Mais aurait-elle le courage de la tenter ?

Elle chercha parmi les gens qu'elle aimait ceux qui seraient susceptibles de la conseiller. Elle pensa à La Fontaine, son ami le plus ancien et le plus cher, mais le bonhomme avait bien vieilli ces derniers temps. Comprendrait-il son embarras ? Boileau, le vieux célibataire raffiné qui devenait homme de cour sur ses vieux jours, ne pourrait non plus l'aider dans son choix. Une femme ? Mme de Duras, qui l'aimait et l'avait tellement soutenue, était trop rigide dans ses principes et ne pourrait que lui déconseiller sincèrement un acte qu'elle considérerait comme une pure folie.

Il restait l'oncle Toussaint Rose, dont la sagesse était unanimement appréciée. Le secrétaire particulier du Roi avait pour Clémence une affection quasi filiale et elle avait confiance en son jugement. Et puis, personne n'était mieux placé pour tenter de gagner le Roi à sa cause ou tout au moins lui demander sa bienveillance. Car, naturellement, l'obstacle au voyage, avant d'être d'ordre moral ou familial, était royal. Partir sans avoir obtenu la permission de Sa Majesté entraînerait à coup sûr l'interdiction de reparaître à la Cour durant des années. Peut-être même serait-elle contrainte à quitter Versailles et Paris. Aimait-elle assez Arcangelo pour oser enfreindre le code non écrit mais souverain qui régissait la mouvance du Roi ? Oui, sa seule chance était l'oncle Rose et elle attendit impatiemment le soir pour lui ouvrir son cœur.

Ce fut facile car le président, l'air un peu goguenard, engagea la conversation dans le bon sens :

— Alors, Clémence ? Comment s'est passé le souper chez les musiciens ? Votre cousin a-t-il été l'hôte agréable d'un invité de choix ?

— Oui, mon oncle, mais comment savez-vous que Jean-Nicolas recevait M. Corelli ? questionna-t-elle, surprise.

— Le directeur de l'Opéra est un personnage officiel, M. Corelli, comme vous l'appelez, est le plus grand violoniste du monde. Sa visite fait honneur à la France et ne peut laisser indifférents les services de M. de La Reynie. Votre présence à ce souper n'a pas non plus manqué de les intriguer et ils en ont rendu compte.

— Mais c'est affreux. Tout le monde doit déjà savoir à Versailles que je ne suis pas rentrée dormir chez Mme de Duras !

— Non, ma nièce volage, parce que le rapport s'est perdu, pur hasard, et que le Roi lui-même n'en a pas pris connaissance.

— Vous l'avez fait disparaître ?

— Ne dites pas des choses pareilles. Mettons qu'il s'est égaré dans l'un de mes tiroirs...

— Merci, mon oncle. Je voulais justement vous entretenir de ce souper et vous demander conseil.

— Que s'est-il passé qui vous tracasse ? Arcangelo – comment résister à un tel nom ? – a répondu à l'amour que vous lui portez ? Vous avez succombé à son charme latin ? Eh bien, tant mieux si vous avez pris quelque plaisir à ces jeux pour moi oubliés. Mais ne le criez pas sur les toits. Si ce n'est à la guerre, et encore... on a rarement bénéfice à se faire remarquer parmi les gens de cour qui sont ce que vous savez. Quand repart votre bel Italien ?

Clémence n'hésita pas :

— Dans quelques jours et il veut m'emmener avec lui !

— Vous emmener ? Mais c'est de la démence ! Et pour combien de temps, s'il vous plaît ?

— Le temps qu'il me plaira de rester avec lui, d'aller voir le pays de mes ancêtres, qui est le sien, de découvrir le monde fascinant du violon et de vivre une grande histoire d'amour qui pour moi sera la dernière. C'est un conseil que je suis venue vous demander. Je ne ferai rien contre votre volonté.

— Malgré toutes les faiblesses que je suis tenté d'avoir à votre égard, je n'ai pas à réfléchir pour vous dire que ce départ qui s'apparente à une fuite ou à un enlèvement relèverait de l'inconscience. Vous vous exposeriez, vous le savez, à la colère du Roi qui ne vous pardonnerait jamais. Peut-être même, à ma mort, ferait-il annuler mon testament qui vous lègue ma fortune. Non, votre caprice est celui d'une petite fille écervelée, de l'Ondine effrontée qui jouait dans les jardins du Roi. Sûrement pas celui d'une femme de votre âge et de votre rang.

— C'est, mon oncle, le caprice d'une femme éprise qui se moque de risquer la pauvreté et encore plus l'opprobre d'une classe qui n'a jamais été la sienne.

— Ta ta ta... Ce sont des mots. Vous me demandez mon conseil, je vous le donne : ne fuyez pas la Cour, ne bravez pas l'ordre royal que vous avez accepté de respecter en y entrant.

— C'est pourquoi je ne partirai jamais sans l'accord du Roi qui m'a toujours protégée. Sincèrement, mon oncle, est-il insensé de demander la faveur de retourner un temps dans le pays où ont vécu ses ancêtres, où ils ont appris ce métier de fontainier qu'ils sont venus exercer dans le royaume pour y faire ruisseler la gloire de leur génie ?

Le vieil homme sourit :

— Vous êtes très belle, Clémence, lorsque vous vous faites l'avocat du talent familial. Mais votre cause est à la fois plus simple et plus compliquée. Il s'agit en fait d'obtenir du Roi la permission de partir aimer un étranger hors de France, en abandonnant la Cour et votre famille.

— Peut-être peut-on me confier une mission...

— À une femme, cela m'étonnerait. Pensez aussi que celle où vous avez accompagné mon pauvre neveu s'est bien mal terminée. Je me demande vraiment ce qui vous pousse à retourner en Italie !

— L'amour, mon oncle ! Et j'ose l'outrecuidance de vous demander de m'aider à obtenir cette faveur du Roi. Peut-être se laissera-t-il attendrir par le désir de sa fontainière qu'il a connue jeunette et naïve dans les jardins où son père, le grand Francini, faisait jaillir d'orgueilleux jets d'eau.

— Et combien de temps ce voyage durerait-il ?

Clémence sentit que l'intransigeance de son oncle faiblissait et entrevit une lueur d'espoir.

— Ce qu'il plaira à vous et à mon Roi !

— Et si vous ne reveniez pas ? Avez-vous songé un instant à votre vieil égoïste d'oncle dont vous êtes devenue le soleil ? Si vous partiez, je vivrais chaque jour dans l'angoisse de ne plus vous revoir. Cela me serait insupportable !

Clémence se sentit coupable tout à coup de demander de l'aider à partir à celui qui souffrirait le plus de son absence. Elle prit sa longue main en l'embrassa avec tendresse :

— Ayez confiance en moi, mon oncle ! C'est pour vous retrouver, pour revoir ma mère et mes enfants que j'écourterai mon voyage. J'ai vécu, peut-être l'avez vous su, une histoire semblable à celle-ci lorsque j'ai accompagné Le Nôtre en Italie. C'était avec l'architecte suédois Nicodème Tessin qui voulait me garder près de lui. Je suis rentrée lorsque Le Nôtre l'a décidé ! En larmes mais finalement heureuse de tourner la page d'un roman qui ne pouvait se terminer que de cette manière.

— Je n'ai jamais rien demandé au Roi. Ses bienfaits, je ne les ai pas sollicités et cela me gêne d'intervenir pour vous permettre de faire une folie.

— Je ne veux pas vous contraindre...

— Pire, vous m'obligez en faisant jouer la corde sensible de l'affection que je vous porte. Pouvez-vous me jurer que vous serez de retour dans trois mois si le Roi vous laisse partir ?

— Je vous le jure, mon oncle.

— Bon. Je me ferai votre messager auprès de Sa Majesté. mais je ne sais pas comment il va prendre la chose. S'il dit non, l'affaire sera réglée. S'il répond : « Je verrai », l'attente risque fort de rendre votre projet irréalisable. Et s'il veut vous montrer une nouvelle fois sa bienveillance, il vous demandera de venir vous-même solliciter sa permission. Vous sentez-vous assez audacieuse pour implorer le Roi ?

— Je tremblerai de tous mes membres mais je le ferai !

*

Le lendemain, Clémence attendit en vain des nouvelles de Corelli et sentit l'angoisse la gagner. Elle ne pouvait s'empêcher de penser que l'offre du violoniste était vague, qu'il pouvait changer d'avis et retourner sans elle en Italie alors que son oncle essaierait de convaincre le Roi. En fin d'après-midi, n'y tenant plus, elle dépêcha son cocher chez le cousin Jean-Nicolas afin de lui remettre une lettre le priant de questionner Arcangelo. La réponse, laconique, lui parvint fort tard par la même voie : « Viens dîner demain. Arcangelo t'attend. »

Elle aurait dû exulter mais elle était à peine rassurée. Et l'oncle qui n'était pas rentré ! Que faisait-il encore à cette heure dans le cabinet du Roi ? Peut-être lui avait-il présenté sa requête et Sa Majesté, fort en colère, lui démontrait combien elle était inconvenante.

— Allons, je divague ! s'exclama-t-elle, à l'étonnement de Vilpin, le valet, venu s'enquérir de l'heure du souper. Lorsque le président sera de retour, naturellement ! lui lança-t-elle durement, elle qui parlait toujours aux domestiques avec une grande politesse.

Toussaint Rose arriva d'ailleurs peu après. Il était las et s'assit près de Clémence sur le canapé :

— Ma chère Clémence, il m'a été impossible de parler aujourd'hui au Roi à votre propos. La Dauphine est morte tout à l'heure à Marly et le Palais est en émoi. Je ne me vois pas à un moment pareil entretenir Sa Majesté de votre passion... musicale.

Clémence, étrangement, se trouva comme soulagée :

— On ne peut rien contre le destin, dit-elle en embrassant le vieux monsieur.

— L'ennui est que M. Corelli devra attendre. Je ne pourrai pas non plus parler au Roi demain ni les jours suivants où la Cour sera en deuil.

— Je crois bien, mon oncle, que vous n'aurez jamais à vous charger de cette mission qui vous pesait tant. Ma décision était trop emprise de regrets. Je me croyais forte mais j'étais hésitante. Le sort a décidé pour moi et, en mourant aujourd'hui, la pauvre princesse de Bavière m'a peut-être empêchée de commettre une bêtise. Je vais prévenir demain Arcangelo que je ne pars pas avec lui. Demeurer auprès de vous sera ma consolation !

— Vous savez, Clémence, que j'aurais tout fait pour vous aider à partir si cela avait été possible. Mais puisque cela ne l'est pas, je vous avoue que je suis heureux que vous restiez !

— Ainsi finit l'histoire ! dit Clémence le lendemain à sa chère Marguerite de Duras à qui elle venait de raconter par le menu comment elle avait failli se faire enlever par le prince charmant des violonistes.

— Ma chère, il est dit que vous m'étonnerez toujours ! C'est agréable d'avoir une amie comme vous qui fait rêver les femmes dans mon genre à qui il n'arrive jamais rien. Au fait, vous reverrez votre artiste tant qu'il restera en France ?

— Non, il faut savoir finir sur un beau souvenir les histoires qui ne peuvent durer. D'ailleurs M. Corelli repart demain pour préparer à Rome un concert que le pape lui a demandé d'organiser. J'espère que la musique des fontaines de Marly sera au programme. Tout de même, à quoi tient la destinée ! Dire que si la Dauphine était morte quelques jours plus tard, je ferais peut-être mes bagages... Mais au fait, comment est morte la pauvre Marie-Christine ? On ne doit parler que de cela à la Cour où l'on aime tant à commenter les derniers instants des défunts.

— Ceux de la Dauphine ont été tristes et banals. Comme sa vie qui aurait pu être brillante et qui s'est finalement résumée en une suite de grossesses, de fausses couches, de mélancolie et de maladies. En fait, elle n'a jamais su s'accoutumer à la parade perpétuelle de la cour de France. Elle n'a jamais compris les badinages, les malignités, les railleries qui en émaillaient tous les instants. Elle détestait le jeu, les déplacements, la chasse, la danse... Tout ce qu'aimaient au contraire son beau-père et son mari.

— Je ne l'ai approchée qu'une fois à Marly. Elle paraissait en effet épuisée et ne se montra pratiquement pas.

— C'était la même chose à Versailles où elle passait sa vie enfermée dans un petit cabinet de son appartement, sans vue et sans air. Seule sa femme de chambre, la Bessola, bavaroise comme elle, avait le droit de partager sa langueur.

— On disait pourtant que le Roi l'aimait bien, qu'il était affable et courtois pour la mère de ses trois petits-fils qui assuraient la dynastie[1] ?

— Oui, mais le peu d'entrain de sa belle-fille avait fini par l'agacer. De son côté, le Dauphin, jeune prince friand des plaisirs de la Cour, s'était lassé de ses « vapeurs » et vivait le plus souvent chez sa demi-sœur, l'étincelante princesse de Conti, veuve depuis 85[2].

— La pauvre était, disait-on, la proie de toutes sortes de guérisseurs ?

— Oui, mais ce sont les médecins de la Faculté qui ont vainement essayé de la sauver de sa dernière maladie qu'elle attribuait, faussement, à une blessure faite lors de son dernier accouchement. Fagon dit que la Dauphine est morte d'une crise d'hydropisie... Mais dites donc, ma chère Clémence, je trouve que vous vous intéressez beaucoup aux potins de cette Cour que vous vouliez quitter !

— Ils m'auraient manqué ! En tout cas, depuis un quart d'heure, ils m'ont bien distraite de ma déception sentimentale.

— C'est qu'elle n'est pas bien grande. Fiez-vous aux « Ombrelles » pour vous la faire oublier. Au fait, avez-vous entendu parler de Mlle de Choin ?

---

1. Louis, duc de Bourgogne (1682-1712), le duc d'Anjou, futur Philippe V d'Espagne (1683-1746), le duc de Berry (1686-1714).
2. Fille du Roi et de la duchesse de La Vallière, elle avait épousé Louis-Armand de Conti.

— Vaguement...

— Alors restons du côté de chez le Dauphin puisque cette personne le concerne. Sans grands attraits physiques[1] mais douée d'infiniment d'esprit, de gaieté, de simplicité, de bonté, elle a séduit Monseigneur. Il passe son temps en sa compagnie lorsqu'il n'est pas à la chasse au loup.

— Mais d'où vient cette femme ?

— Je peux vous répondre car hier notre amie la comtesse de Caylus nous en a parlé d'abondance. Quinzième fille du baron de Choin, bailli de Bourg-en-Bresse, sans fortune, elle a été introduite à la Cour par sa tante, la comtesse de Rostaing, qui l'a placée comme dame d'honneur de la princesse de Conti. C'est donc chez sa sœur que le Dauphin l'a rencontrée. Homme fin et cultivé, il a oublié comme tout le monde la disgrâce physique de la dame pour apprécier les charmes de sa brillante conversation, charmes que lui dispensait peu sa morose et bizarre épouse...

— Que Monseigneur ne doit pas pleurer beaucoup, j'imagine !

— Si. À l'exemple du Roi, on pleure beaucoup dans la famille. Puis on oublie. D'ailleurs le Dauphin ne détestait pas sa femme. C'est elle qui, malade ou non, s'est éloignée peu à peu de la famille royale.

Le lendemain, Clémence essuya quelques larmes en songeant qu'Arcangelo avait déjà quitté Paris. Puis elle laissa à son oncle, déjà parti travailler avec le Roi, un mot pour lui dire qu'elle allait rejoindre quelques jours sa mère et ses enfants. Elle déposa le message sur le bureau puis le reprit peu après et y ajouta : « Je vous aime et vous respecte infiniment, mon oncle. » C'était assez pour faire fondre le vieux monsieur lorsqu'il rentrerait.

---

1. « Ce n'a jamais été qu'une grosse camarde brune », dira Saint-Simon. Et la Palatine écrira : « Ses grosses timbales charment Monseigneur. »

Chapitre VII

La bosse de Luxembourg

En ce milieu de l'année 1690, Versailles avait pris son visage de guerre sans changer pour autant les habitudes de la Cour. Promenades sur l'eau, jeux, soupers à Trianon et évasions à Marly se poursuivaient comme à l'accoutumée. Seuls le ton et la nature des conversations jetaient une ombre sur l'été qui flamboyait dans les jardins, irisait les fontaines et plaquait d'or les vitres des fenêtres.

D'une pièce d'eau à l'autre, de bosquet en bosquet, on ne parlait que de l'offensive projetée par les Alliés contre l'ensemble des frontières avec pour objectif la prise de Paris. Comme si Guillaume et sa planète hétéroclite avait une chance contre le Roi-Soleil et sa formidable armée ! Prendre Paris. Et Versailles naturellement. On en riait en avançant des chiffres énormes, en énumérant les régiments prêts au combat, en rapportant les exploits passés des maréchaux. Les femmes elles-mêmes parlaient stratégie et se demandaient si le Roi allait en personne participer aux combats et prendre quelques villes au perfide Guillaume.

Dans cette excitation des jabots et des vertugadins, la mort de Le Brun passa presque inaperçue. L'homme qui, sans négliger sa passion de peindre, avait meublé Versailles, Trianon et Marly, dessiné la plupart des fontaines du jardin de Le Nôtre, décoré les appartements du château, fait de la Grande Galerie l'écrin géant du beau et de l'intelligence, donné la grâce aux grandes fêtes du règne et créé la Manufacture royale des Gobelins avait, il est vrai, ces dernières années, vu son auréole pâlir.

Louvois lui préférait Mignard, et ses ennemis – il y en avait que son omnipotence irritait – en avaient profité pour ébranler sa position de premier peintre du Roi, maître par ailleurs d'une immense équipe d'artistes et d'artisans. Il souffrit alors des attaques portées contre lui : on l'accusa d'avoir fait pour trois millions de reçus alors qu'on ne pouvait trouver l'emploi que d'un million sept cent mille francs. Il avait heureusement gardé l'audience et l'amitié du Roi qui n'oubliait pas celui à qui Versailles devait tant. Le Brun continua de recevoir jusqu'à sa mort les douze mille livres de sa rémunération annuelle.

Avec Le Nôtre et les écrivains survivants de l'aventure de Vaux-le-Vicomte, le Roi et Clémence furent peut-être les seuls à verser quelques larmes sur le plus grand peintre français de son temps. Elle parla longuement de lui avec Mme de Sévigné lors d'un « appartement ». Clémence raconta combien son père et Le Nôtre admiraient sa liberté d'esprit, sa faculté d'invention et son souci du détail. La marquise rappela que Le Brun avait, comme elle, toujours gardé son estime à Fouquet et dit qu'elle se rappelait avoir vu un jour des ambassadeurs étrangers admirer la beauté des serrures des portes et des fenêtres des grands appartements dont le génie à tout faire de Versailles avait dessiné lui-même la ciselure et le mécanisme.

*

L'armée de la France, c'était Louvois. Il l'avait reconstituée, avait assuré sa cohésion et imposé aux officiers de tout milieu une stricte discipline. Ministre tout-puissant, il s'était donné les moyens financiers d'augmenter considérablement les effectifs, faisant passer ceux-ci de cinquante-cinq mille en 1662 à quatre cent mille en 1690.

C'était cette armée que Louis XIV allait opposer à l'Alliance, gigantesque mais hétéroclite confédération d'États rivaux et de religions ennemies, unis par la seule haine qu'ils portaient à la France. Son chef, Guillaume d'Orange, avait déjà convoqué les représentants des États de l'Alliance, c'est-à-dire ceux de la ligue d'Augsbourg.

Tandis qu'on palabrait à La Haye, l'armée française s'était mise en marche un mois plus tôt que les autres années et Louis XIV en personne, accompagné de la plupart des princes, mettait le siège devant Mons. Une simple formalité qui n'aurait pas laissé de trace dans l'Histoire si cette facile victoire n'avait causé la perte de Louvois dont le crédit, Mme de Maintenon y veillait, était déjà bien entamé.

Le Roi souhaitait, comme il l'avait fait naguère, emmener les femmes assister à son triomphe. Louvois, soucieux tant de la dépense que de l'embarras du voyage, fit en sorte que les dames demeurassent à Versailles pendant que le Roi prenait Mons. C'était une offense à Mme de Maintenon déjà très mal disposée à son égard. Une nouvelle maladresse du surintendant risquait de précipiter les événements.

La Cour, qui guettait depuis longtemps les signes d'une disgrâce, s'enivra toute une semaine de cette goutte qui faisait déborder le vase.

L'histoire était cocasse. C'était la veille de la prise de Mons. Le Roi, se promenant autour du camp, estima qu'une garde ordinaire de cavalerie était mal placée. Il donna l'ordre de changer sa position. Repassant dans l'après-dîner, il constata que la garde avait repris sa place antérieure. Surpris et choqué, il demanda au capitaine qui avait pris l'initiative de la remettre où elle était. « C'est M. de Louvois, répondit l'officier. – Mais, reprit le Roi, ne lui avez-vous pas dit que c'était moi qui vous avais placé ? – Je le lui ai dit, Sire », avait répondu le capitaine. Le Roi, piqué, s'était retourné vers sa suite : « N'est-ce pas là le métier de Louvois ? Il se croit un grand homme de guerre et savoir tout ! » Et il replaça le capitaine avec sa garde là où il les avait mis précédemment.

Après cette insolence, les jours de Louvois étaient-ils vraiment comptés ? On supputait ses chances et ses risques à la promenade. Même Clémence que le sort du successeur de Colbert ne tracassait pas jusqu'alors s'intéressait ce matin-là aux propos de Mme de Caylus fort au courant de l'affaire.

— Le Roi est blessé, disait-elle, et il ne pardonnera jamais la présomption de Louvois qui l'a poussé à bout en au moins vingt occasions. Il l'a dit à l'abbé de Pomponne. Et Choisy raconte que le Roi n'accueille plus son ministre qu'avec un front ridé.

— Que pense Louvois de cette défaveur désormais publique ?

— Il doit se dire qu'il n'a rien à craindre au moment où commence la plus grande des guerres.

— Il paraît, dit une dame que Clémence ne connaissait pas, qu'il a confié à son ami Beringhen : « Je ne sais pas si le Roi se contentera de m'ôter mes charges ou s'il me mettra en prison. Tout m'est assez indifférent si je ne suis plus le maître. »

Mons avait été prise le 21 mars 1691, on était le vendredi 16 juillet, la Cour sortait du dîner du Roi. Tout le monde put voir Louvois, un portefeuille sous le bras, se rendre chez Mme de Maintenon pour travailler avec le Roi. Il faisait très beau mais un peu chaud, les courtisans cherchaient l'ombre dans les bosquets en attendant que le Roi, après sa séance de travail, parte se promener à pied dans les jardins où ils auraient la liberté de le suivre.

Ce n'était pas l'intention de Clémence qui bavardait avec Marguerite de Duras, laquelle, par des mots qui semblaient fortuits, cherchait à ramener une nouvelle fois la conversation sur Arcangelo Corelli. Clémence, qui souhaitait oublier et y réussissait presque, s'agaçait de ce manège qu'elle n'avait pas mis longtemps à comprendre : la duchesse s'ennuyait entre un mari bourru, un logement peu confortable au château et un hôtel somptueux mais lugubre à Paris, et vivait comme par procuration l'existence de Clémence. Combien de fois lui avait-elle dit qu'elle ne comprenait pas pourquoi il ne lui arrivait jamais rien alors que sa vie, à elle, n'avait été qu'une suite d'aventures. Clémence lui répondait en riant que c'était parce qu'elle n'était pas fille des fontaines mais duchesse. Ce jour-là, Clémence répondait à côté des questions qui l'irritaient quand la comtesse de Caylus fit irruption dans le bosquet de la Girandole où les deux amies s'étaient réfugiées.

— Louvois vient de mourir ! leur annonça-t-elle, essoufflée.

— Que racontez-vous ! Nous l'avons aperçu tout à l'heure qui se rendait chez Mme de Maintenon pour rejoindre le Roi.

— C'est chez elle qu'il s'est senti mal et le Roi l'a forcé à rentrer pour se reposer. Il est retourné chez lui, à pied, au logement de la surintendance et la suite m'a été confiée par Mme de Châteauneuf qui lui était très attachée : le mal a paraît-il subitement augmenté, on lui a fait un lavement et il est mort aussitôt en le rendant. Ses derniers mots furent pour demander son fils Barbezieux qu'il n'eut pas le temps de voir bien qu'il accourût de sa chambre.

— Je n'ai pas connu M. de Louvois, dit Clémence, mais ce qu'on m'en a dit ne me l'a pas rendu sympathique. Enfin, paix à son âme !

— Dire qu'il ne verra pas cette guerre qu'il a si longtemps préparée ! N'est-ce pas étrange ?

— L'essentiel, c'est que l'armée soit prête ! coupa Mme de Duras. La guerre, ce sont les maréchaux qui la feront !

— Votre mari a une armée ? demanda perfidement Mme de Caylus qui savait très bien que le maréchal attendait fébrilement sur ce point une décision du Roi.

— Cela ne saurait tarder ! répondit Mme de Duras. Surtout après la mort de Louvois qui n'aimait pas le maréchal.

Toutes les fois qu'un personnage important mourait, la Cour se complaisait durant des jours à colporter sur les circonstances de sa mort des bruits le plus souvent sans fondement. Il en fut ainsi pour Louvois dont le décès subit prêtait à toutes les suppositions. On ne savait qui avait lancé la rumeur mais le mot d'empoisonnement une fois prononcé fut sur toutes les lèvres. Le surintendant ne manquait pas d'ennemis mais, ce n'était pas un secret, ses jours au gouvernement étaient comptés. Pourquoi alors avoir attendu le moment où il allait perdre son pouvoir pour le supprimer ? Louvois aurait pu aussi ne pas surmonter sa disgrâce. À moins qu'un agent du prince d'Orange n'ait été chargé de la besogne pour affaiblir l'armée du royaume à la veille des grandes batailles qui se préparaient. Bref, la Cour tenait là un inépuisable sujet de clabauderies.

Ce jour-là, les « Ombrelles », qui laissaient à d'autres ces balivernes et parlaient du dernier ouvrage de M. Boileau, furent interrompues par M. de Chamley qui paraissait très agité. C'était un fort gros homme, blond et court, qui avait longtemps servi de maréchal des logis des armées. Fort estimé des généraux et surtout de M. de Turenne qui ne pouvait se passer de lui, conseiller de Louvois qui lui faisait partager les secrets militaires, il était doux, bon, affable et désintéressé. Il connaissait de longue date Mme de Sévigné et c'est à elle qu'il s'adressa :

— Un bruit circule : M. Louvois serait bien mort empoisonné ! Il paraît qu'à l'ouverture de son corps on a trouvé du poison ! Il avait bu de l'eau avant de s'en aller travailler chez le Roi et l'on a arrêté un frotteur du logis qui se trouvait peu avant dans l'appartement. Mme de Louvois, que j'ai jointe, ainsi que son fils Barbezieux, refusent d'accréditer cette thèse. Que pensez-vous de cela ?

Mme de Sévigné et ses amies ne pensaient rien.

— La raison me pousse au doute, dit la marquise. Ce bruit qui circulait déjà avant l'ouverture du corps me paraît dénué de fondement. Si c'était vrai, le Roi et la famille de M. de Louvois se seraient émus. Attendons, mon cher Chamley. Nous saurons un jour la vérité[1].

On sut plus tard une autre vérité. Celle de Dionis, le chirurgien de Louvois, qui écrivit un mémoire infirmant nettement la thèse de l'empoisonnement. Il expliqua comment, appelé d'urgence, il avait tenté de sauver le surintendant par des saignées et la pose de ventouses avec scarification. Malgré ces soins, Louvois mourut en moins d'un quart d'heure. Il avait cinquante ans. Dionis raconta encore que c'est lui qui, à la demande de l'épouse du ministre, avait procédé à l'ouverture du corps en présence de D'Aquin, Fagon et Séron, le médecin du défunt. Il ne fit aucune allusion au poison et expliqua la mort par « l'interception de la circulation du sang ». Dans la relation portée au Roi, il précisa que « le cœur était gros, flétri, mollasse et semblable à du linge mouillé, n'ayant pas une goutte de sang dans les ventricules[2] ».

*

La Cour, comme l'armée, comme l'Europe, comme le commun des mortels, se posa la même question : Louvois allait-il manquer cruellement au gouvernement du Roi ? L'affaire était d'importance et chacun y allait de son couplet. Mme de Sévigné écrivait à sa fille : « Voilà donc M. de Louvois mort, ce grand ministre, cet homme considérable qui tenait une si grande place, et

1. Saint-Simon a retenu et développé cette thèse dans ses *Mémoires*. Il y ajoute l'histoire d'un médecin de Louvois qui mourut plus tard en désespéré, se déclarant coupable de la mort du surintendant.
2. Les historiens semblent admettre aujourd'hui qu'une embolie due à l'excès de travail est la cause du décès de Louvois.

dont le "moi", comme dit M. Nicole, était si étendu, qui était le centre de tant de choses... » À Versailles, le jugement du vieux marquis de Sourches, qui aimait mesurer toutes choses en des sentences mémorables, reflétait le sentiment commun : « C'était un homme dont le génie était capable de tout, qui avait un ordre admirable dans l'esprit et qui entrait dans le détail des moindres choses avec une application infatigable[1]. »

Et le Roi ? On guettait naturellement sa réaction. En bon politique, il n'allait pas montrer sur la place publique un souci ou un désarroi. De lui on n'eut qu'une phrase. À un officier venu lui porter les condoléances de Jacques II et de sa femme, il répondit :

— Dites-leur de ma part que j'ai perdu un bon ministre mais que mes affaires et les leurs n'en iront pas moins bien.

Cette déclaration donna évidemment lieu dans les salons et les jardins à maintes interprétations alors que, Mme de Duras le souligna, il n'était pas dans les habitudes du Roi de se livrer à des attendrissements publics et qu'une autre réponse n'aurait pu que l'affaiblir aux yeux de l'ennemi.

Beaucoup plus dur fut un autre propos tenu quelques jours plus tard. À Marly, le Roi soupait avec les dames. Le comte de Marsan était derrière Madame et parlait des grandes choses que Sa Majesté avait faites au siège de Mons. « Il est vrai, dit le Roi, que cette année me fut heureuse. Je fus défait de trois hommes que je ne pouvais plus souffrir : M. de Louvois, Seignelay et La Feuillade[2]. »

*

La conscience en paix après le départ d'Arcangelo Corelli, Clémence avait retrouvé une vie calme entre la maison familiale de Versailles où ses enfants grandis-

1. Louvois écrivait ou dictait cinquante à soixante-dix lettres par jour.
2. Rapporté par l'abbé de Choisy.

saient auprès de leur grand-mère et l'appartement du président Toussaint Rose où elle habitait le plus souvent. Le vieil homme ne trouvait que contentement en compagnie de sa nièce qui lui assurait des soirées paisibles et agréables après les épuisantes heures passées à travailler avec le Roi. Elle profitait de son côté de l'affection d'un être exceptionnel qui l'aimait et lui faisait partager son expérience et son immense érudition.

Ce soir-là, ils soupaient en parlant comme à l'accoutumée des nouvelles qui avaient marqué la journée.

— Que disent les dames de la cour ? demanda-t-il.

— Oh ! Rien que vous ne sachiez et beaucoup de sottises. Sur la mort de Louvois, par exemple...

— La ridicule histoire d'empoisonnement a diverti le Roi qui a eu ce mot : « Paix à son âme mais c'est lui qui a empoisonné le monde ! » Sa Majesté a voulu pourtant donner au fils de Louvois la principale charge de son père, le ministère de la Guerre. C'est à mon avis un choix contestable. Le marquis de Barbezieux n'a que vingt-trois ans ! C'est un esprit brillant mais débauché.

— Alors, pourquoi le Roi l'a-t-il choisi ?

— Sa Majesté a connu Barbezieux au berceau. Et puis, elle est toujours soucieuse de respecter les droits de la naissance. Je crois que le Roi pense conférer le génie avec la patente !

Ils rirent et le président continua :

— Par ailleurs, Monseigneur entre au Conseil, et là, je crois que c'est une bonne chose. Le Dauphin est un homme de goût, cultivé, intelligent et déjà initié aux grandes affaires[1]... Mais dites donc, Clémence, notre papotage est ce soir bien sérieux. Parlez-moi donc de choses plus frivoles.

— Vous intéresserai-je en vous disant que Mme de Caylus se coiffe depuis quelques jours en rejetant ses cheveux sur le sommet de la tête, frisés sur un échafaudage de fils de fer ?

_____

1. Il tiendra au Conseil un rôle capital jusqu'à sa mort.

— Quelle horreur ! Le Roi a bien raison de lutter contre ces édifices qui changent les proportions du corps humain et obligent les grandes femmes à se baisser pour passer les portes. Mais je crois qu'il prêche dans le désert.

— Mme de Sévigné dit que ses remontrances à propos des fontanges proéminentes lui donnent plus de peine que ses conquêtes !

Le président sourit et regarda Clémence par-dessus la vaisselle et la verrerie qui les séparaient :

— Je suis heureux en votre compagnie et ne vous remercie pas assez souvent d'illuminer de votre jeunesse la fin d'une existence qui serait désolante sans vous. Je me dis quelquefois que le destin nous a réunis pour former un couple inattendu mais très uni. Mon âge et le vôtre mis à part, je lui trouve quelque ressemblance avec les affinités affectives et intellectuelles qui accordent le Roi et Mme de Maintenon. Mais je dis des bêtises. Rassurez-moi : dites seulement que vous n'êtes pas malheureuse de partager un peu du temps qui me reste à vivre.

— Mon oncle, il vous reste encore longtemps à vivre et je ne suis plus jeune. D'abord, si j'avais été malheureuse, je serais partie en Italie avec M. Corelli.

— Je n'ose croire que c'est à cause de moi que vous avez renoncé à votre voyage mais cela ne fait rien, buvons un verre de ce fameux « Hermitage » que M. le duc de Luxembourg apprécie, peut-être un peu trop, pour fêter votre fidélité à cet appartement qui est le vôtre.

Il leva son verre et elle l'imita, émue comme une gamine.

— Quand je pense, dit-il, qu'avant votre entrée dans la famille je ne buvais pas de vin ! Vous êtes une bénédiction, petite Ondine.

Un peu grise, Clémence, dans un élan de tendresse, se leva pour aller embrasser le vieil oncle de son mari qui était devenu le sien. Ils parlèrent encore un moment de tout et de rien. De Boileau-Despréaux qui rimait toujours dans le souvenir de Juvénal, de Racine qui n'écrivait plus de pièces que pour les pupilles de Mme de Maintenon, de Jean de La Fontaine...

— Vous rappelez-vous, Clémence, vos amis, et vous-même, pensiez que je m'opposais à l'entrée de La Fontaine à l'Académie à cause de ses contes un peu lestes ? Je ne les avais pas lus et c'est moi qui l'ai fait élire alors que le Roi ne lui était pas favorable ! Il vit toujours, je crois, chez Mme de La Sablière ?

— Oui, une femme admirable qui l'a sauvé en lui offrant le gîte et le couvert. Je ne m'autorise pas à me dire de ses amis mais je la connais un peu. Tenez, vous l'intriguez et je crois qu'elle aurait plaisir à rencontrer celui qui tient depuis trente ans la plume du Roi.

— Je la verrais volontiers mais je crois savoir qu'elle ne sort plus beaucoup et je me vois mal commencer à mon âge à fréquenter les salons parisiens.

Il consulta sa montre, un cadeau du Roi, et dit :

— Il est temps que j'aille dormir si je veux demain avoir l'œil juste pour présenter la liasse.

Elle l'imita car elle était fatiguée et lui dit comme une confidence : « Je vous aime, mon oncle. »

*

Le président, il était vrai, n'avait jamais eu autant de travail. Il suivait en cela son maître qui, privé de ses grands ministres, secondé par des nouveaux venus qui malgré leurs grands noms paraissaient bien falots à côté des commis exceptionnels qui avaient jusque-là inspiré le gouvernement, devait assumer seul la conduite de l'État. Certes, il gouvernait depuis 1661, mais de haut. Il avait été durant trente ans le phare éclairant de sa majesté la politique de la France qui, dans les détails, était fort bien menée par ceux qu'il avait choisis. Mais voilà qu'à cinquante-trois ans il se voyait contraint de supporter quasiment seul le fardeau de l'État. Il ne planait plus au-dessus des Français, il lui fallait désormais assumer les misères quotidiennes, les basses besognes, tout savoir, répondre de tout. Cette tâche immense, il l'accomplissait avec aisance et sérénité. Il restait le dieu impassible sur qui les soucis, les mauvaises nouvelles et même la maladie n'avaient pas de prise. Aucun roi de France n'avait avant lui, à part Louis XI mort à soixante ans, dépassé la cinquantaine, mais puisque la destinée le laissait en vie, il poursuivrait son inlassable travail, quitte à limiter les interminables veillées, les soupers tardifs et même les longues promenades à pied que des crises de goutte rendaient pénibles.

Louis ne renonçait pas pour autant à la chasse qu'il considérait indispensable à sa santé, ni à visiter les beautés de son parc, à admirer les fontaines, à voir jouer les eaux avec les dieux de marbre, à se rendre d'un bosquet à l'autre en devisant avec ceux qui lui faisaient cortège. Pour pouvoir jouir de ces plaisirs du grand air entre deux séances de travail, le Roi avait dû se résigner à user d'un fauteuil placé sur une plate-forme roulante poussée par des Suisses. Le véhicule était muni de deux grandes roues à l'arrière et d'une petite à l'avant que le Roi pouvait manœuvrer à l'aide d'une sorte de gouvernail. La voiture, conçue et fabriquée par les carrossiers des Grandes Écuries, était naturellement rembourrée, garnie de cuir, peinte et décorée. Le Roi avait été un moment le seul à se servir de son trône roulant. Jusqu'à ce que quelques vieilles duchesses blanchies sous l'étiquette s'aperçoivent qu'elles avaient elles aussi du mal à marcher. Le Roi avait alors ordonné la construction d'autres voitures. Un nouveau service royal était né à Versailles : celui des chariots. Leur usage n'en était pas moins réglementé. Il n'était pas question que le Roi fasse sa promenade entouré de voitures et de Suisses. Sauf exceptions très rares, pour la reine d'Angleterre par exemple, le Roi utilisait seul une « roulette », comme on appelait le nouveau moyen de locomotion. Sa Majesté restait couverte et les accompagnateurs gardaient respectueusement leur chapeau à la main...

Pour l'heure, des ouvriers dégageaient un espace à côté du réservoir afin d'y élever une vaste remise et un logement pour le Suisse chargé de garder les fauteuils roulants[1]. Leur nombre avait singulièrement augmenté : on en comptait maintenant dix-neuf pour le service de la Cour, deux grandes à une seule place pour le Roi et deux très grandes à deux banquettes.

Cette nouveauté avait quelque peu modifié le rite des promenades. Les Suisses étaient robustes et le Roi allait souvent plus vite que les courtisans qui devaient presser le pas. On transpirait sous les perruques mais personne n'aurait voulu manquer d'accompagner le Roi qui manœuvrait sa « roulette » avec l'attention tranquille qu'il portait à toutes choses.

*

À Versailles, le rythme des journées demeurait immuable mais il planait sur la Cour un parfum de poudre depuis la prise facile de Mons par le Roi et la curieuse bataille de Leuse qui avait suivi, alors que Sa Majesté rentrait à Versailles. Il avait laissé l'armée au commandement du maréchal de Luxembourg, élève du Grand Condé dont il avait gardé le caractère ardent et l'exécution prompte. Son physique ingrat, marqué par une bosse « médiocre par devant mais très grosse et très pointue par derrière », ne l'empêchait pas de s'empêtrer dans des intrigues de femmes qui faisaient sourire la Cour. Mais, à la tête d'une armée, il était le héros admiré de ses troupes et craint par ses ennemis. On se demanda longtemps comment, dans un combat de

1. Les comptes de la maison du Roi portent mention en 1691 d'une somme de 900 livres versées au charpentier Jean Mallet « à compte de la charpenterie qu'il fait au magasin pour mettre les chaises de promenade ». Le couvreur Estienne Yvon touche, lui, 949 livres 10 sols et le jardinier Janson 61 livres pour la fourniture d'un treillage destiné à fermer la cour du magasin.

cavalerie hardiment enlevé, le maréchal avait pu, avec vingt-huit escadrons de la gendarmerie et de la maison du Roi, mettre en déroute soixante-quinze escadrons de l'armée de Guillaume d'Orange.

Le Roi, que sa goutte laissait peu en repos, bouleversa une nouvelle fois les habitudes en décidant d'aller diriger en personne le siège de Namur, la plus forte place des Pays-Bas par sa situation au confluent de la Sambre et de la Meuse. La citadelle, bâtie sur les rochers, était abusivement réputée imprenable. L'enjeu convenait à Sa Majesté désireuse de s'offrir un délassement guerrier.

Sa Majesté quitta Versailles avec sa suite habituelle de campagne, ses carrosses, ses fourgons, les princes et Mme de Maintenon qui disait que le Roi n'avait pas à s'exposer dans ce genre d'expédition.

Comme lors de tous les sièges de son règne, le Roi faisait confiance à Vauban qui, sachant mieux que personne comment on construisait des ouvrages, savait aussi comment les attaquer. Il avait trouvé des hauteurs en deçà et au-delà de la Meuse où il avait placé ses batteries. Il avait conduit sa principale tranchée dans un terrain resserré et poussé le travail jusqu'à un ruisseau. Après s'être rendu maître d'une petite contre-garde en deçà de la contrescarpe il lui avait fallu moins de seize heures pour emporter tout le chemin couvert renforcé de palissades et combler un fossé large de dix toises et profond de huit pieds. Cet arrangement avait permis aux gardes royaux de se loger à l'abri dans une demi-lune, au-devant de la courtine, entre un bastion situé à la gauche des assiégeants et un autre bastion à leur droite. La manœuvre était savante : en quelques jours, la place si terrible de Namur avait vu tous ses dehors emportés sans qu'il en ait coûté au Roi plus de trente hommes. Les canons et les bombes de Vauban avaient été plus meurtriers : mille deux cents hommes avaient été tués durant le siège. Il restait à prendre les châteaux, ce dont les grenadiers du régiment des gardes françaises et ceux des gardes suisses se chargèrent sous les ordres du Roi fort satisfait de cet heureux événement.

Il fallait conserver le souvenir de ce fait d'armes. Racine, historiographe officiel, était là pour regarder et narrer les faits et gestes du Roi dans la bataille :

« Il a emporté en cinq semaines une place que les plus grands capitaines de l'Europe avaient jugée imprenable, triomphant ainsi non seulement de la force des remparts, de la difficulté des pays et de la résistance des hommes, mais encore des injures de l'air et de l'opiniâtreté, pour ainsi dire, des éléments. »

Boileau, historiographe intermittent, souffrait d'un enrouement et n'avait pas pris part à l'expédition mais son ami Jean Racine le tenait au courant par des lettres détaillées[1]. C'est de sa maison d'Auteuil qu'il écrivit une ode lyrique qui n'ajoute pas grand-chose à sa gloire :

> « Vents, faites silence :
> Je vais parler de Louis...
> Quel bruit, quel feu l'environne ?
> C'est Jupiter en personne,
> Ou c'est le vainqueur de Mons ! »

Namur et les forts occupés, Louis pouvait retourner à Versailles, retrouver son parc et les affaires. Il laissait en place Luxembourg qui veillait à empêcher le roi Guillaume, plus revanchard que jamais, de passer la Méhaigne à la tête de quatre-vingt mille hommes et de ravir au roi de France le fruit de ses victoires.

Le soleil de juillet permit aux troupes de se reposer mais, aux premiers jours d'août, les éclaireurs de Guillaume commencèrent à chatouiller les gardes françaises avancées. Luxembourg, chat aux aguets, attendait, le dos rond, son vieil ennemi. Il s'était rapproché de lui à Enghien, une localité située à six lieues de Mons, tout

---

1. Elles figurent dans les *Œuvres complètes* de Boileau (correspondance) publiées par La Cité des livres sous la direction de Jacques Bainville.

près de Steinkerque où une vaste plaine offrait un espace de choix pour s'étriper.

À la veille d'une bataille qui s'annonçait terrible, le maréchal de Luxembourg fut, circonstance funeste, touché par une douleur que son médecin n'arrivait pas à soulager mais le vieux soldat se força à croire qu'elle s'effacerait au premier coup de canon. Il ignorait que le sort lui réservait une autre mauvaise surprise qui, celle-là, risquait de lui être fatale. Un espion français avait été découvert auprès du roi Guillaume et on l'avait forcé, avant de le faire mourir, à écrire un faux rapport au maréchal de Luxembourg le prévenant que le 3 août, l'armée des alliés ferait grand fourrage devant la droite française. On était le 2. Le chef de l'armée française en déduisit logiquement que la journée du lendemain serait calme, qu'il pouvait se soigner et se reposer.

Au camp, ce jour de répit permettait à Racine de mettre ses souvenirs en ordre et de décrire pour son ami Boileau demeuré dans sa retraite d'Auteuil quelques péripéties du siège :

« Il faut vous dire un trait de M. de Vauban, que je suis assuré qu'il vous plaira. L'attaque finale se fit dans un ordre merveilleux si bien que les ennemis ne soutinrent point et n'attendirent pas même nos gens. Ils s'enfuirent après qu'ils eurent fait une seule décharge et ne tirèrent plus que de leurs ouvrages à cornes[1]. On en tua bien quatre ou cinq cents, entre autres un capitaine espagnol, fils d'un grand d'Espagne qu'on nomme le comte de Lémos. Celui qui le tua était un des grenadiers à cheval nommé Sans-Raison. Voilà un vrai nom de grenadier. L'Espagnol lui demanda quartier et lui promit cent pistoles, lui montrant même sa bourse où il y en avait trente-cinq. Le grenadier qui venait de voir tuer le lieutenant de sa compagnie, un fort brave homme, ne voulut point faire quartier et tua son Espagnol. Les ennemis envoyèrent demander le corps qui leur fut rendu et le grenadier Sans-Raison rendit aussi

1. Terme de fortification.

les trente-cinq pistoles qu'il avait prises au mort en disant : "Tenez, voilà son argent dont je ne veux point. Les grenadiers ne mettent la main sur les ennemis que pour les tuer."

« Je ne vous dis rien de la quantité des gens qui reçurent des coups de mousquet ou des contusions tout auprès du Roi : tout le monde le sait et je crois que tout le monde en frémit. Monsieur le Duc était lieutenant-général ce jour et il y fit à la Condé, c'est tout dire. Monsieur le Prince, dès qu'il vit que l'action allait commencer, ne put s'empêcher de courir à la tranchée et de se mettre à la tête de tout. Je ne puis finir sans vous dire un mot de M. de Luxembourg. Il est toujours vis-à-vis des ennemis, la Méhaigne entre deux, qu'on ne croit pas qu'ils osent passer. On lui amena avant-hier un officier espagnol qu'un de nos partis avait pris et qui s'était fort bien battu. M. de Luxembourg, lui trouvant de l'esprit, lui dit : "Vous autres Espagnols, je sais que vous faites la guerre en honnêtes gens et je veux la faire avec vous de même." Ensuite il le fit dîner avec lui puis il lui fit voir toute son armée. Après quoi il le congédia, en lui disant : "Je vous rends votre liberté ; allez trouver M. le prince d'Orange et dites-lui ce que vous avez vu."

« Cela c'était déjà le passé. À l'aube du 3 août, des guetteurs vinrent prévenir M. de Luxembourg que des masses considérables d'ennemis étaient en mouvement. Souffrant, il se trouvait pour la première fois attaqué par surprise ! D'un coup, il se sentit beaucoup mieux. Il donna l'ordre de réveiller les princes qui étaient demeurés à Namur, s'habilla en hâte et demanda une plume et du papier pour dresser le plan de défense qu'il comptait bien transformer en attaque.

« N'ayant pas le temps de déployer son armée, il commanda aux brigades[1] de se placer en ligne le plus rapidement possible. Comme l'espace était réduit, il massa

---

1. Unités temporaires en exercice le temps d'une campagne. Elles comprenaient alors cinquante-cinq compagnies de cavalerie et quatre-vingt-cinq compagnies d'infanterie.

l'infanterie sur cinq rangs, la cavalerie étant partagée entre les ailes et l'arrière de l'infanterie.

« Durant ce temps, l'ennemi qui avait débouché entre Rebecq et Enghien s'empêtrait sur un terrain plus difficile que prévu et perdait l'avantage de la surprise. Les chances redevenaient égales contre l'armée du prince d'Orange où voisinaient des Espagnols, des Hollandais, des Anglais, des Allemands. Tout de suite, on s'aperçut que l'ennemi portait son effort sur l'aile droite française. Le champ se prêtant mal aux mouvements de cavalerie, une bataille d'infanterie se dessinait et la maison du Roi reçut de Luxembourg la mission d'exécuter la première charge.

« Les princes du sang en tête, l'élite de l'armée s'élança, à peine vêtue, les épées en avant. La bataille, acharnée, dura de huit heures et demie à midi. Le terrain trop accidenté ne permettait pas une action d'ensemble et c'est une suite d'attaques fractionnées qui peu à peu avait raison de l'infanterie adverse partout enfoncée, renversée, obligée à s'enfuir.

« La cravate qu'ils n'avaient pas eu le temps de nouer flottant au vent, les princes s'étaient montrés d'une bravoure exemplaire. Le duc de Bourbon, le prince de Conti, le duc de Vendôme et le duc de Chartres [1], à peine sorti de l'adolescence, avaient grandement contribué à la victoire alors que Boufflers, marchant au canon avec ses dragons, balayait la cavalerie ennemie qui se replia sous Bruxelles. La bataille de Steinkerque était terminée. Guillaume d'Orange avait perdu dix mille hommes, mille trois cents prisonniers, neuf drapeaux et dix canons. »

Heureux et fiers, les princes, cravate toujours défaite comme un signe de reconnaissance [2], pouvaient rentrer à Versailles où la Cour leur préparait un accueil triomphal. Tout au long du chemin la foule était massée.

---

1. Le futur Régent.
2. Les femmes portèrent un temps des cravates de dentelle négligemment dénouées. On les appela des « steinkerques ».

« Les acclamations et la joie allaient jusqu'à la démence. Toutes les femmes essayaient d'attirer leur regard », écrira Voltaire.

*

Versailles savoura la victoire de Steinkerque. Il n'était question que de fêter les princes qui s'étaient si bien conduits à la guerre. Triomphe de la jeunesse, leur succès enchantait une Cour vieillissante qui revivait l'enthousiasme suscité jadis par la traversée du Rhin. Personne cependant ne songeait à fêter la paix. Steinkerque avait redonné courage au pays, démontré que Louvois n'était pas irremplaçable, mais n'avait rien résolu. Guillaume d'Orange n'avait finalement pas subi de grosses pertes et, si son orgueil était blessé, l'armée des Alliés campait toujours à quelques lieues de Namur.

En attendant une nouvelle et inévitable confrontation, la Cour vivait comme à l'accoutumée les affaires courantes du royaume. Le mariage de Mlle de Blois, deuxième fille du Roi et de Mme de Montespan avec le duc de Chartres, fils de Monsieur et de Madame, neveu du Roi, avait suscité bien des discussions. Ce mariage était l'œuvre du Roi et de Mme de Maintenon, soucieux d'établir les bâtards aux situations les plus hautes[1]. Monsieur avait été hostile à cette union mais s'était laissé circonvenir après d'obscures tractations alors que Madame, qui abhorrait mésalliance et bâtardise, s'y était jusqu'au bout opposée. Mais on ne lutte pas contre la volonté de Louis XIV et la Cour qui avait suivi l'affaire au jour le jour gardait le souvenir d'une gifle magistrale donnée en public par la redoutable Madame Palatine à son fils qui avait malgré elle cédé aux instances du Roi.

1. Le Roi avait marié deux de ses filles à des princes du sang : la princesse de Conti, seule fille du Roi et de Mme de La Vallière, était veuve sans enfant, l'autre, fille aînée de Mme de Montespan, avait épousé Louis de Bourbon, M. le Duc (on appelait ainsi le fils aîné du prince de Condé).

Alors qu'on préparait la noce, il y eut au Palais, le dimanche gras, un bal mémorable ouvert par un branle et où le duc de Bourgogne[1], qui venait d'avoir dix ans, dansa pour la première fois. Le lundi gras, jour du mariage, la noce et les époux, somptueusement parés, se rendirent un peu avant midi dans le cabinet du Roi puis à la chapelle où, entre le prie-Dieu du Roi et l'autel, on avait préparé deux carreaux pour les mariés.

Le rang de Clémence ne lui permettait pas d'être invitée à ce royal mariage mais elle était, comme de nombreux courtisans, venue assister à la sortie de la messe. Le cortège ruisselait d'or et d'argent. Mme de Maintenon, moins simplement vêtue qu'à l'ordinaire, était très élégante. Et très belle, pensa Clémence :

— Qui lui donnerait soixante-deux ans ! glissa-t-elle à l'oreille de la marquise de Fontaine, une dame gentille qui partageait quelquefois ses promenades mais n'avait pas été jugée assez fine pour être admise dans le groupe des « Ombrelles ».

La Palatine, mère du marié, avait l'air des mauvais jours. Il n'y avait qu'à voir son visage fermé pour penser qu'il ne faudrait pas grand-chose pour qu'elle laisse éclater sa colère. Mme de Montespan, la mère de la mariée, paraissait, elle, vieille et défaite.

— On a presque pitié d'elle, dit Clémence. Est-ce par punition que le Roi exige qu'elle reste à la Cour où elle doit assister chaque jour au triomphe de Mme Scarron ?

— Chut ! Le Roi n'aimerait pas vous entendre nommer ainsi la Reine. Car comment nommer autrement Mme de Maintenon ? Quant à la marquise de Montespan, j'ai appris qu'elle allait quitter la Cour après le mariage et se retirer au couvent de Saint-Joseph[2]. Ce sera tout de même plus convenable.

1. L'un des fils du Dauphin, petit-fils du Roi.
2. Mme de Montespan, après un séjour de plusieurs mois au couvent, se retira en province. Elle mourut en 1707 à Bourbon-l'Archambault dans la plus grande piété.

Clémence acquiesça :

— Sans doute, mais je vais essayer de m'avancer pour apercevoir la noce se mettre à table.

Par les baies encore ouvertes, la fontainière put voir en effet les princes et les princesses du sang se placer à droite et à gauche du Roi, de Mme de Maintenon, de Monsieur et de Madame, toujours aussi morose, suivant leur rang, à la table en fer à cheval installée dans les appartements du Dauphin.

« Cela me rappelle mes seize ans, quand je me cachais dans les fourrés de Versailles pour apercevoir la Cour en liesse lors de la fameuse fête de 1664 », pensa-t-elle en riant.

Mme de Fontaine lui suggéra d'attendre :

— L'après-dîner sera plus ouvert, dit-elle. Il y aura grande musique et grand jeu et nous pourrons alors nous mêler à la noce !

Clémence refusa de poursuivre le jeu.

— Non, je rentre dîner chez moi. Je n'ai plus l'âge de grimper aux arbres.

Étonnée, la marquise la regarda s'en aller. « Que parle-t-elle donc de monter aux arbres [1] ? »

L'hiver finissant apporta à la nation, avec les premiers bourgeons, une escouade de maréchaux. D'un coup le Roi en nomma sept : le comte de Choiseul, le duc de Villeroi, le marquis de Joyeuse, l'amiral Tourville, le duc de Noailles, le marquis de Boufflers et Catinat. N'était-ce pas le signe que la guerre allait reprendre ? On n'eut pas à en disputer longtemps : le 18 mai, le Roi décida de partir avec les dames rejoindre l'armée qui se formait. Il était fatigué, perclus de rhumatismes et souffrait de la gorge, mais, malgré les supplications de Mme de Maintenon, il ne renonça pas.

Il prit la route avec son cortège habituel, passa dix jours avec les dames au Quesnoy et les envoya à Namur tandis qu'il partait se mettre à la tête de l'armée de

1. Voir *La Fontainière du Roy*.

M. de Boufflers qui étrennait son bâton. Sous l'auguste commandement, elle prit sans difficulté le camp de Gembloux, mettant le prince d'Orange en danger.

Il n'y avait pas demi-lieue de ce point à M. de Luxembourg et on allait en sûreté de l'une à l'autre des deux armées. Guillaume, qui campait à l'abbaye de Pure, n'en pouvait sortir sans avoir Boufflers ou Luxembourg sur le dos. Pris au piège, il fut obligé de s'y retrancher sans pouvoir recevoir de subsistances. Plus grave, son armée était inférieure de moitié à celle du Roi et il ne se cachait pas pour dire que seul un miracle pourrait le sauver.

Le miracle se produisit. Le 8 juin, le Roi, à la stupéfaction générale, décida de ne pas profiter de l'occasion unique qui lui était offerte de tailler en pièces la faible armée de son vieil ennemi. Il appela M. de Luxembourg, lui annonça qu'il s'en retournait à Versailles et qu'il envoyait Monseigneur à la tête de l'armée Boufflers rejoindre en Allemagne le maréchal de Lorges.

M. de Luxembourg, au désespoir de voir lui échapper une si facile victoire, se jeta aux pieds du Roi et l'implora de reprendre sa décision. Rien n'y fit. Le maréchal de Villeroi, M. le Duc, M. le Prince et tous les officiers ne pouvaient croire au départ du Roi et au démantèlement de l'armée à la veille d'une victoire qui s'annonçait digne de César ou d'Alexandre. Pourtant, le Roi et Monseigneur partirent le lendemain pour Namur d'où le Dauphin s'en alla en Allemagne. Accompagné des dames, Sa Majesté reprit le chemin de Versailles.

Le bruit de cette retraite fit l'effet d'une vague qui déferla du camp de Gembloux aux allées de Le Nôtre en passant par le camp de l'ennemi qui ne pouvait croire à cette fortune. Officiers et soldats en parlaient haut et fort avec une licence surprenante, le maréchal de Luxembourg se laissant même aller à des colères publiques contre le Roi.

Bien avant que Sa Majesté n'arrivât à Versailles, la Cour ne parlait que de l'affaire de Gembloux. On entendait de courtisans connus pour leur servilité des propos désobligeants, et les dames, en profitant du soleil d'été qui illuminait le parc, avaient des conversations généralement réservées aux hommes. On parlait de tactique sous les ombrelles, de contremarches, d'espions qui auraient trompé le Roi, sans apporter de réponse naturellement à la seule question que tout le monde se posait : pourquoi Sa Majesté avait-elle abandonné l'armée au moment où elle était en situation de vaincre à peu de frais l'abominable prince d'Orange qui lui causait tant de soucis ? La duchesse de Duras, la seule susceptible d'émettre un avis sérieux, refusait de participer à la polémique. Elle dit pourtant à Clémence, un jour où elles étaient seules au bord du Grand Canal, qu'à son avis la raison qui avait poussé le Roi à prendre une décision si contraire à son tempérament était plus simple qu'on ne le pensait :

— Mme de Maintenon a tout fait pour empêcher le voyage du Roi. Elle n'y est pas parvenue mais a continué, durant le séjour à Namur, de le supplier de rentrer. Ses lettres, lorsqu'il l'avait laissée pour rejoindre le camp, ont fini par fléchir le Roi qui n'était pas en bonne santé. Elle craignait ses absences et pensait qu'une victoire heureuse en ouverture de la campagne le retiendrait longtemps à l'armée pour en cueillir lui-même les lauriers. Voilà, je crois, comment les choses se sont passées. L'amour, ma chère, a été plus fort que les raisons d'État, de guerre et de gloire.

*

Parmi tous ces bruits, Sa Majesté arriva le 25 juin à Versailles. Le Roi ne laissa percer aucune émotion devant le vacarme causé par son retour. Il haussait les épaules quand on lui rapportait les propos de Luxembourg ou du prince de Conti, qui n'avaient rien perdu de leur esprit frondeur.

« Un commandant en chef fuyant le danger et refusant la victoire pour aller retrouver sa vieille maîtresse (on ne parlait jamais de mariage) ; un lâche doublé d'un amant ridicule : tel était en 1693 le portrait qu'on faisait du Grand Roi [1]. »

Cela c'était Versailles. En Flandre, l'armée de Luxembourg demeurée sur place eut brusquement autre chose à faire qu'à épiloguer sur l'attitude du Roi. Le 14 juillet, le maréchal, qui campait à l'abbaye d'Heylesem, fut prévenu qu'un corps de cavalerie ennemi de six mille hommes faisait mouvement pour se poster en vue d'incommoder ses convois. Il commanda aussitôt quarante escadrons et, dans la nuit, marcha à leur tête avec les princes pour aller à la rencontre des cavaliers du prince d'Orange. Il les trouva au petit matin sur une hauteur et confia à trois détachements le soin de les attaquer. Petite affaire mais fâcheuses conséquences : l'ennemi fut bien mis en fuite mais Sanguinet, le chef de l'un des détachements, fut tué, le duc de Montfort qui était avec lui très dangereusement blessé de six coups de sabre qui le balafrèrent pour la vie.

Action plus importante, le maréchal de Villeroi alla prendre Huy et Lecki, à trois lieues de Liège, puis l'ordre arriva à l'armée de se mettre en mouvement le lendemain de grand matin, à cause de la chaleur. Aux premières lueurs de l'aube, l'ennemi qui occupait toutes les hauteurs commença à canonner et l'on convint que l'affaire serait difficile. Il fallait attaquer un à un les villages où l'ennemi s'était retranché. Le prince de Conti et le maréchal de Villeroi attaquèrent Bas-Landen, Montchevreuil porta son infanterie sur Neerwinden et fut tué dès l'engagement. Les détachements français repoussés, l'opération se soldait par un échec. Alors, Luxembourg, après un conseil tenu avec les généraux, fit marcher droit sur Neerwinden, modeste village qui devait donner son nom à la bataille, le prince de Conti avec les gardes françaises et suisses derrière la cavalerie. Le combat fut long et l'un des plus meurtriers du règne. M. le duc de Chartres chargea trois fois à la tête des escadrons de la maison du Roi. M. le Duc,

1. Philippe Erlanger, *Louis XIV.*

le premier à entrer dans Neerwinden, fut toujours entre le feu des ennemis et celui du Roi. Le prince de Conti, enfin, se rendit maître de tout le village après avoir reçu une contusion et un coup de sabre sur la tête que son chapeau, heureusement, amortit.

L'ennemi était en déroute mais le combat avait duré douze heures sous un ardent soleil. Le maréchal bossu s'était battu comme un simple grenadier au côté de la bouillante jeunesse au sang royal, les gardes de la maison du Roi avaient fait ce que leurs généraux avaient demandé : vaincre ou mourir pour l'honneur de la France. La victoire pouvait se dire complète.

Il y avait tant de morts sur le champ de bataille que les vainqueurs durent vite l'abandonner par crainte d'une infection. Auparavant, Luxembourg avait pris le temps d'envoyer au roi la dépêche annonçant le succès de ses armes. C'était un chef-d'œuvre de concision qui, sous une forme respectueuse, respirait le non-dit :

« Vos ennemis ont fait des merveilles, vos troupes encore mieux. Les princes de votre sang se sont surpassés. Pour moi, Sire, je n'ai d'autre mérite que d'avoir exécuté vos ordres. Vous m'aviez dit d'attaquer une ville et de livrer une bataille. J'ai pris l'une et j'ai gagné l'autre. »

À Versailles, la gloire de Neerwinden éclipsait le triomphe de Steinkerque. La mode des cravates cédait le pas aux récits des vainqueurs qui revenaient de l'enfer. On avançait des chiffres : douze mille morts du côté des Alliés, huit mille chez les Français. Les mauvaises langues disaient qu'il fallait chanter plus de *De profondis* que de *Te Deum*. L'honneur chevaleresque faisait pourtant excuser les excès de la guerre. Ainsi racontait-on à la Cour que le maréchal de Luxembourg rendait des visites assidues au comte de Salm blessé et pris à Neerwinden et que le prisonnier lui avait dit en le remerciant : « Quelle nation êtes-vous ! Il n'y a point d'ennemi plus à craindre dans une bataille ni d'amis plus généreux après la victoire. »

Racine, qui se bornait à chanter la gloire royale, n'était pas à Neerwinden mais les récits des exploits des jeunes princes et des vieux guerriers, s'ils n'étaient pas l'objet de la prose noble de l'historiographe, n'enchantaient pas moins la Cour, surtout les dames qui pleuraient dans les bosquets en entendant raconter :

« Philippe, le duc de Chartres, se montra digne petit-fils de Henri IV. Il chargeait pour la troisième fois à la tête d'un escadron et, repoussé, se trouva dans un terrain creux, environné de tous côtés d'hommes et de chevaux tués ou blessés. Un escadron ennemi s'avança et lui cria de se rendre. On le saisit et il se défendit seul, blessa l'officier qui le tenait prisonnier et on le dégagea enfin. »

Pour un voyage de noces, c'était très réussi mais la mariée était loin, à Versailles, où Madame Palatine exultait des mérites de son fils.

On disait aussi que le prince de Condé et le prince de Conti, son émule, avaient fait preuve d'une extraordinaire bravoure, obligés de tuer des ennemis de leurs mains pour leur gloire et pour leur vie, ce qui n'était pas banal pour des officiers généraux. La Cour applaudissait ces exploits et le peuple chantait :

> « Toute la France repose
> Sur la bosse de Luxembourg. »

Le 4 août, Clémence, cela lui arrivait une ou deux fois l'an, était de Marly. Le Roi et ses invités se rendaient à la messe où devait être chanté un *Te Deum* lorsqu'un convoi de chariots poussiéreux s'arrêta dans un grand bruit devant le château. Le Roi demanda de quoi il s'agissait et on lui répondit que c'étaient les drapeaux pris à l'ennemi qu'on venait lui présenter. Il ordonna de les étaler dans le grand salon et dit qu'on les admirerait après l'office.

L'événement produisit le plus heureux effet sur l'assistance, plus nombreuse qu'à l'accoutumée, et qui commençait à s'ennuyer car un orage avait perturbé le temps et les allées du parc étaient détrempées. Dès la sortie de la chapelle, on se précipita, Clémence près de Mme de Caylus. Le Roi fut même un peu bousculé par ses invités impatients et s'amusa de cet enthousiasme patriotique.

— Que cela est impressionnant ! dit Clémence, en découvrant l'imposant tableau que formait sur le parquet vidé de ses meubles le pavoisement des couleurs ennemies, à l'image de la variété des nations alliées.

Le Roi, qui avait eu un accès de fièvre et endurait depuis quelques jours une crise de goutte, parut revigoré devant ce spectacle. Il lut une feuille que lui tendait Bontemps et annonça d'une voix forte :

— Mes amis, vous avez devant vous cinquante-cinq étendards et vingt-cinq drapeaux pris à l'ennemi. Ce trophée, il ne faut pas l'oublier, représente beaucoup de sang versé. Il fait honneur aux combattants de Steinkerque et de Neerwinden !

À la fin de la journée, les drapeaux furent roulés avec soin et rangés pour faire place aux réjouissances du jour, une loterie et un bal. Dès le lendemain, les chariots partirent pour Notre-Dame. Les murs de la cathédrale de Paris furent immédiatement couverts par les drapeaux de Neerwinden, et le prince de Conti, rentré à Versailles avec les généraux, surnomma le maréchal de Luxembourg « le tapissier de Notre-Dame », ce qui, dit-on, ne plut guère à Sa Majesté que cette popularité agaçait.

— Il se trame de curieuses choses à Meudon, avait dit Mme de Caylus à Clémence. Mais je ne sais pas grand-chose, simplement que la fameuse Mlle Choin serait mêlée à une sorte de complot contre le Roi ! Le président Rose doit en savoir long sur cette affaire.

— Je vais questionner mon oncle mais cela m'étonnerait qu'il me fasse des confidences.

La « plume du Roi », discret par profession et par tempérament, demeurait généralement muet sur tout ce qu'il était amené à connaître de la famille royale mais, ce soir-là – sans doute était-il dans un bon jour et Clémence particulièrement attentionnée –, il répondit à ses questions sans se faire prier :

— Rien ne demeure secret bien longtemps autour de Sa Majesté et je pense que toute la Cour en parlera d'ici peu mais, pour l'instant, je vous demande de ne pas l'ébruiter : une sorte de cabale semble naître autour de Luxembourg et du prince de Conti. Le maréchal rêve d'être connétable et Premier ministre, le prince est frondeur de nature et les deux font tout pour s'attacher Monseigneur dans l'espoir d'obtenir de lui ce qu'ils n'ont pas réussi à gagner de son père. Le clan s'est à peine caché, après Neerwinden, d'escompter la mort du Roi malade. On ne doit donc pas s'étonner si celui-ci les a reçus froidement, comme s'ils n'avaient rien fait de toute la campagne, lorsqu'ils sont venus le saluer l'autre semaine à Marly.

— Mais que peut faire ce clan contre le Roi ?

— Pas grand-chose mais ils mettent le feu à la famille. Ils ont réussi à introduire chez la princesse de Conti un certain Clermont, enseigne des gendarmes de la garde, un homme bien fait, avec la mission de s'attacher la Choin. Durant la campagne, ils ont échangé un abondant courrier. Aujourd'hui, le Roi a ces lettres qui mettent en cause les comploteurs et montrent leur désir de gouverner Monseigneur qu'ils désignent sous le sobriquet de « notre gros ami ». Ils parlent du Roi « présentement et après lui »... Des phrases que Sa Majesté n'oubliera pas !

— Que va-t-il faire maintenant ? demanda Clémence.

— Je ne le sais pas. Actuellement, Monseigneur est en Allemagne et il doit attendre son retour pour lui ordonner de mettre de l'ordre dans sa maison.

— Et Mlle de Choin ?

— Je n'en sais pas plus que vous.

Un mois plus tard, la discrétion n'était plus de mise. De chuchotements en confidences, la fortune étonnante de la Choin faisait l'objet de toutes les conversations.

Cette modeste personne avait conquis le cœur de Monseigneur ! Depuis que celui-ci habitait le château de Meudon, qui avait été la somptueuse résidence de Louvois jusqu'à sa mort, Mlle de Choin y avait son appartement. Ses défauts physiques oubliés, elle était pour lui la compagne discrète et attentive qui savait lui ménager une liberté et une intimité pleines de charme.

— L'une d'entre vous a-t-elle fait la connaissance de cette surprenante personne dont le Roi paraît-il goûte l'esprit et que la prude Mme de Maintenon accepte de rencontrer ? demanda Clémence à ses amies les « Ombrelles » un jour où elles étaient réunies chez Mme de Caylus.

— Je l'ai vue un jour, dit la duchesse de Duras, lors d'une réception à Meudon. Elle se montrait effacée mais on sentait qu'elle était la maîtresse de la maison. C'est une femme agréable qui, en d'autres circonstances, aurait pu faire partie de notre chapelle.

— J'aimerais bien la connaître, dit Clémence qui s'intéressait aux femmes ayant comme elle forcé, presque par hasard, les barrières de la Cour.

— Je vous emmènerai un jour à Meudon, continua Mme de Duras. Le Dauphin a ses « Meudon » comme le Roi a ses « Marly » En dehors du singulier cas de Mlle de Choin, le château offre des richesses insoupçonnées. Monseigneur y a fait transporter toutes ses collections de Versailles, ses meubles de Boulle, ses tableaux, ses quatre cent cinquante-cinq agates.

— On dit qu'il imite son père.

— C'est vrai. Il admire le Roi qui lui donne des conseils et lui prête ses artistes, Mansart et Le Nôtre en particulier.

— À propos de Le Nôtre, dit Clémence – vous savez qu'il a été le meilleur ami de mon père et qu'il m'a connue au berceau –, je peux vous apporter une nouvelle. Il vient de faire don à Sa Majesté des plus belles pièces de sa collection : trois magnifiques tableaux de Poussin, dix-huit autres œuvres peintes du Dominiquin, de Breughel de Velours, de Claude Lorrain, des groupes de bronze et de marbre[1].

— Il est donc riche ? demanda Marguerite de Caylus.

— Oui, le Roi a toujours été généreux avec ses artistes et Le Nôtre a travaillé pour les plus grandes familles françaises et étrangères. Ce don est un remerciement au Roi qui vient de le faire chevalier de l'ordre royal de Saint-Michel avec le privilège de porter la croix avec un ruban de bleu céleste[2].

— Quel âge a-t-il maintenant ? demanda Mme de Duras.

— Quatre-vingts ans, je pense. C'est lui qui a demandé cette année au Roi la permission de se démettre de ses charges. Le Roi n'a accepté qu'à la condition qu'il le verrait souvent.

— Nous parlions de Monseigneur qui imitait le Roi, se souvint Mme de Caylus que la Choin intéressait plus que le vieux Le Nôtre. En somme, il l'imite même jusque dans son intimité en donnant à Mlle de Choin le rôle que la marquise de Maintenon joue auprès de son père.

— Il ne l'a tout de même pas épousée !

— Qui sait ? A-t-on annoncé que le Roi avait épousé Mme Scarron ? Les deux dames en tout cas semblent fort bien s'entendre.

*

Ainsi allait la Cour en cette année 1693. Le souvenir glorieux de Neerwinden s'effaçait. On mesurait l'état de santé du Roi au fait qu'il utilisait ou non le chariot pour se promener dans ses chers bosquets où les eaux jaillis-

1. La plupart des tableaux de cette donation à Louis XIV sont exposés au musée du Louvre.
2. D'autres artistes et écrivains avaient reçu cette décoration mais la portaient avec un ruban noir. Louis XIV a toujours su doser méticuleusement les marques de distinction qu'il octroyait.

saient sitôt qu'il arrivait. On jasait sur l'attitude frondeuse de Conti et de Luxembourg. On se retrouvait les jours d'appartement bien que Sa Majesté y apparaisse de plus en plus rarement.

La Cour continuait de briller, de faire l'admiration de l'étranger mais elle vieillissait. Mme de Sévigné, qui écrivait qu'elle « s'avançait dans l'âge comme une écrevisse », avait depuis longtemps abandonné son hôtel Carnavalet et vivait le plus souvent à Grignan. « Le feu d'artifice est fini, avait-elle dit à ses amies la dernière fois qu'elle avait paru à Versailles. Maintenant la Cour somnole ! »

Clémence, elle aussi, somnolait, entre son oncle qui avait de plus en plus de mal à gravir les escaliers de l'aile des ministres, sa mère qui souffrait de devoir marcher avec une canne et tous ces gens qu'elle avait connus dans leur superbe et qui maintenant traînaient la jambe pour suivre le Roi juché sur sa carriole d'infirme.

Elle, se sentait jeune, se disait qu'elle était encore capable de retrousser ses jupes et de courir dans les allées cheveux au vent et chanson aux lèvres. Mais la réalité était là : la vie qui lui était imposée l'enfermait dans des habitudes bêtasses qui lui cachaient l'univers. Bref, comme cela arrive entre deux péripéties à ceux qui sont habitués à dévorer la vie à pleines dents, Clémence s'ennuyait.

Une aventure amoureuse ? À son âge, la bonne quarantaine, c'était encore imaginable mais elle savait que seul le hasard pouvait la lui apporter. Ce qu'elle refusait, c'était se remarier. Clémence savait qu'avec sa beauté mûrissante et la fortune que lui laisserait son oncle, elle pouvait être exigeante et se retrouver marquise quand elle le souhaiterait. Mais le titre de comtesse, qu'elle ne devait qu'à l'amour, lui convenait parfaitement, comme la perspective d'être un jour libre et riche, ce qui, pour une femme intelligente comme elle, serait le comble de la réussite.

Heureusement, il y avait les enfants qui vivaient toujours dans la maison familiale des Francine où la veuve du grand fontainier, femme vertueuse et instruite, leur avait inculqué les premiers rudiments du savoir. Berceuses, comptines, chansons et contes les avaient initiés au langage et à la lecture. Un abbé de l'Oratoire avait ensuite éveillé par ses leçons le garçon, Nicolas, au latin et à la discipline religieuse, l'instruction de la fille, Marguerite Marie, restant confiée à sa grand-mère.

En l'absence du père, Clémence veillait jalousement sur l'éducation de ses enfants. Dans un an, Nicolas aurait douze ans et entrerait chez les frères des Écoles chrétiennes, l'une des nouvelles familles religieuses qui venaient d'être fondées par Jean-Baptiste de la Salle. Marguerite, qui n'avait que neuf ans, devrait attendre pour être admise chez les Dames de Saint-Maur ou, mieux, si Mme de Maintenon le permettait, à la fondation de Saint-Cyr fréquentée uniquement par les jeunes filles bien nées.

Clémence avait un autre sujet d'inquiétude. Jean de La Fontaine, le vieil ami de la famille, le parrain attentif, le poète qui écrivait des fables rien que pour elle lorsqu'elle était petite, avait été gravement malade. Il se remettait à peine quand mourut sa bienfaitrice, Mme de La Sablière, qui l'hébergeait depuis vingt ans dans son appartement de la rue des Petits-Champs. Le poète n'avait pas été long à trouver un autre gîte mais il était malheureux. Un matin, Clémence reçut un mot du fabuliste qui lui demandait de venir le voir car, en dehors du bonheur que sa visite lui procurerait, il avait des choses importantes à lui dire.

Dès le lendemain, Clémence frappait à la porte de l'hôtel d'Hervart, rue Plâtrière, près de Saint-Eustache, où le poète logeait maintenant.

— Mon Ondine ! s'écria La Fontaine qui lisait allongé sur un canapé. Tu es accourue si vite que j'en suis ému. Viens que je t'embrasse.

— Vous m'avez inquiétée, mon parrain. Que se passe-t-il ?

— Oh ! Rien de dramatique, mais ma maladie et la mort de Mme de La Sablière m'ont beaucoup affecté. Hier, j'ai pensé qu'une présence chaleureuse et jeune me ferait du bien. Alors, j'ai appelé la fontainière à mon chevet afin qu'elle me rafraîchisse le front et les esprits. Tiens, passe-moi la serviette mouillée qui est dans l'assiette.

— Vous avez bien fait ! Vous savez que je vous ai toujours considéré comme mon deuxième père et que je pense souvent à vous. Dites-moi d'abord comment vous allez. Votre santé ?

— Elle s'améliore de jour en jour grâce au médecin de mes amis d'Hervart qui m'ont recueilli et à un événement que je te raconterai.

— Pour un malade, je vous trouve plutôt bonne mine ! Recommencez-vous à écrire ?

— Non, pas encore, mais je réfléchis à ce que je pourrais écrire. Contre les émules de Descartes, par exemple, qui m'agacent avec cette prétention ridicule d'être penseurs de la « fable du monde ». Selon Descartes, une idée empruntée aux Anciens, d'ailleurs, les animaux n'ont pas d'âme ! Cette assiette où trempait la serviette n'est pas verte. Il n'y aurait pas de couleur au monde, elle ne serait que différents effets de la lumière sur les surfaces. Adieu les lis et les roses. Il n'y aurait ni peau blanche ni cheveux noirs. Notre passion n'aurait pour fondement qu'un corps sans couleur. Et après cela je ferais des vers pour la principale beauté des femmes !...

Clémence rit de l'indignation de son vieil ami :

— Calmez-vous, mon parrain. Vous allez vous donner la fièvre.

— Non, mon courroux est au contraire bon signe. Je renais, que diable, et je vais écrire à notre ami M. Despréaux que je suis d'accord avec lui lorsqu'il dit que la philosophie de Descartes a coupé la gorge à la poésie !

— Me voilà rassurée. Mais ce n'est pas pour me tenir un discours anti-cartésien que vous m'avez demandé de venir...

— Bien sûr, c'est parce que je t'aime et que j'avais envie de te voir. Et c'est aussi pour te parler d'une chose plus grave qui a bouleversé ma vie.

— J'ai hâte de savoir.

— C'est une vieille histoire. Elle remonte à l'an passé. Iris, tu sais que j'ai donné ce nom à Mme de La Sablière dans les vers que je lui ai consacrés, venait de se convertir. Grâce à elle j'ai été en rapport avec un clergé lettré et non rigoriste, j'ai écouté le père Rapin qui avait joué un grand rôle dans la conversion de ma chère protectrice. Et puis, il y a un an, je suis tombé gravement malade et j'ai reçu la visite d'un abbé de la paroisse, jeune et sévère. Il s'appelait Pouget et était le fils d'un ami de jeunesse. C'est lui qui m'a offert l'apaisement de l'Église et ses remèdes contre l'angoisse de la mort. Tu vois, l'auteur des *Contes*, l'incroyant, s'est converti en bon chrétien prêt à la pénitence, aux sacrements, à l'obéissance à un directeur de conscience ! Et cela me guérit. La semaine prochaine, je marcherai jusqu'à l'Académie !

Étonnée par cette confession inattendue, Clémence resta muette un instant puis dit doucement :

— Je vous comprends, parrain. Mais aviez-vous besoin de vous convertir, comme vous dites ? Vous avez toujours été catholique et n'avez fait de tort à personne. Vous n'avez rien à craindre du Bon Dieu. Vos contes sont ironiques et parlent des choses de la chair d'une manière simplement comique. Le président Toussaint Rose lui-même...

— Tu parles comme M. Fénelon, mais l'abbé Pouget n'entend que Bossuet. J'ai beau m'évertuer à dire à l'abbé que si mon ouvrage est peut-être irrévérencieux, il n'est point pernicieux, l'Église veut me faire renier mes contes ! Enfin, pour l'instant, je me porte mieux et attends sereinement la suite et fin d'une vie fertile.

Clémence rentra à Versailles toute déconcertée. Elle était née et avait vécu jusque-là en bonne chrétienne, elle n'était pas étrangère au sentiment religieux et à la prière, elle se sentait en accord avec elle-même et avec son Dieu et ne se posait pas de question. « Comme l'âge change les hommes », pensa-t-elle en ouvrant la porte de l'appartement où son oncle octogénaire lisait tranquillement.

— Où vous a menée aujourd'hui votre promenade, mon enfant ? demanda le secrétaire du Roi.

— À Paris chez mon vieil ami La Fontaine qui devient dévot sur ses vieux jours. Il a été très malade et dit que sa conversion l'a guéri.

— Pourquoi pas ? Si le Roi me laissait le temps de penser à mon salut, peut-être que je m'inquiéterais.

— Un homme de devoir comme vous, si bon et si sage, n'a rien à craindre. Et puis, vous n'avez pas écrit de contes !

Toussaint Rose éclata de rire :

— Quelle chance j'ai de vous avoir près de moi ! Sa Majesté aurait eu raison de ma santé depuis longtemps si vous n'aviez été là pour bercer mes vieux jours. C'est Pascal, je crois, qui a écrit : « Condition de l'homme : inconstance, ennui, inquiétude. » Eh bien, je ne crois pas être inconstant, je n'ai pas le temps de m'ennuyer et l'inquiétude ne gâche pas mes nuits. Je mourrai en paix lorsque Dieu le voudra et paraîtrai devant lui sans crainte de me voir reprocher de trop méchants péchés.

— Je m'étonne toujours, mon oncle, de vous écouter parler si librement. Lorsque je vous ai connu, vivant auprès de notre pauvre Omer, vous me paraissiez austère et rigoriste. Aujourd'hui...

— Aujourd'hui, mon enfant, je me sens plus proche de l'épicurisme que du mysticisme de Bossuet. Tenez, lorsque vous êtes arrivée, je lisais le discours de Saint-Évremond sur la morale d'Épicure. Un régal. Écoutez :

« On ne croirait pas qu'Épicure ait passé tant de temps avec Léontium et avec Temista, à ne faire que philosopher ; mais s'il a aimé la jouissance en voluptueux, il s'est ménagé en homme sage. Indulgent aux mouvements de la nature, contraire aux efforts, ne prenant pas toujours la chasteté pour une vertu, comptant toujours la luxure pour un vice, il voulait que la sobriété fût une économie de l'appétit, et que le repas qu'on faisait ne pût jamais nuire à celui qu'on devait faire. Il dégageait les voluptés de l'ingratitude qui les précède, et du dégoût qui les suit. »

Il la regarda en souriant et ajouta :

— Tenez, je vais dormir, emportez ce livre, il vous préparera une bonne nuit. Et, comme moi, vous regretterez que sa disgrâce ait éloigné M. de Saint-Évremond qui n'avait à se reprocher que quelques traits de légèreté contre un ministre dont il avait un sujet de se plaindre et qui d'ailleurs était mort avant la publication du pamphlet. Ses amis, entre autres M. de Lionne, Lauzun, le comte de Grammont et sa chère Mlle de Lenclos, ont tout fait pour le faire revenir dans sa patrie. Quand, l'an passé, Sa Majesté s'adoucit enfin et l'autorisa à rentrer, il répondit en philosophe qu'il était trop vieux pour se transplanter et qu'il aimait mieux rester en Angleterre avec des gens accoutumés à sa loupe et à ses cheveux blancs, que de reparaître dans une cour où il craignait de n'être reconnu de personne.

Clémence dévora le livre qui faisait souvent référence à la dédicataire, Mlle Ninon de Lenclos, et cela lui donna l'envie de réaliser un projet qui la tenaillait depuis longtemps : connaître cette femme étonnante qui montrait à soixante-treize ans qu'il est possible de ne pas vieillir et dont la société, par le choix distingué des personnes qu'elle recevait, demeurait célèbre jusqu'au-delà des frontières.

Comment rencontrer Mlle de Lenclos ? Mme de Sévigné lui avait souvent parlé d'elle, disant qu'elle préférait sa maison à toutes les autres mais elle n'était pas à Paris. Mme de Duras ne l'avait jamais fréquentée. Mme de La Sablière l'avait toujours connue mais elle venait de mourir. Restait sa fille, la jolie Mme de La Mésangère qui devait sûrement connaître ce chef-d'œuvre de la nature qui avait inspiré tant d'amour et qui demeurait l'hôtesse la plus recherchée de Paris.

« Ombrelle » intermittente, la marquise ne manquait jamais un « appartement ». C'est là, dans le salon du dauphin, qu'elle la trouva qui bavardait avec Mme de Coulanges.

— Ma chère, dit Clémence, il faut que vous fassiez quelque chose pour moi. Il y a une lacune dans ma vie : je ne connais pas Mlle de Lenclos. Je sais que votre mère l'a beaucoup fréquentée, mais vous ? La voyez-vous toujours ?

— Oui, je vais parfois lui rendre visite rue des Tournelles mais vous avez ici quelqu'un qui la connaît mieux que moi : c'est Mme de Coulanges qui, j'en suis sûre, vous permettra de l'accompagner.

— Avec plaisir je vous conduirai près de Ninon. Vous avez raison de vouloir rencontrer cette dame, je dis bien dame. La nature, qui lui a prodigué tous les dons qu'elle partage si inégalement entre les femmes, lui réserve celui si rare de plaire à tout le monde à un âge où l'esprit ne peut souvent suppléer à la perte de la beauté. Elle a gardé les deux !

— Merci, madame. J'ai tellement entendu parler de Mlle de Lenclos, en particulier par Jean de La Fontaine et autrefois par Molière, que j'ai hâte d'accéder à sa ruelle. Appelle-t-on toujours ses amis les « oiseaux des Tournelles ?

— Vous réveillez là, ma chère, de vieux souvenirs. C'était à cinq heures du soir qu'on se réunissait chez elle en hiver dans son appartement orné des portraits de ses meilleurs amis. L'été, elle habitait un autre appartement qui donnait sur le boulevard. Dans son salon était peinte à fresque toute l'histoire de Psyché. Aujourd'hui, elle reçoit dans sa chambre...

— Mais les oiseaux ? demanda Clémence.

— C'était au temps où le comte de Charleval, l'un des hommes qui ont le plus compté dans sa vie, était encore jeune. Dans un âge avancé, son esprit a conservé tous les charmes de la jeunesse et son cœur toute la bonté et la tendresse désirables dans les véritables amis. C'est exactement le portrait qu'on pourrait faire de Ninon aujourd'hui. C'est Charleval qui désignait sous le nom d'« oiseaux des Tournelles » les amis de Ninon. Il me revient à l'esprit une chanson qu'il avait composée et qui donne une idée charmeuse de la société de son amie :

> « Je ne suis plus oiseau des champs
> Mais de ces oiseaux des Tournelles,
> Qui parlent d'amour en tous temps
> Et qui plaignent les tourterelles
> De ne se baiser qu'au printemps. »

— Plus je vous écoute parler, plus j'ai envie d'aller rendre visite à cette dame qui fut, dit-on, au temps de sa jeunesse, une amie très proche de Mme de Maintenon.

— Chut ! Disons de Mme Scarron. Oui, leur chemin fut un temps le même. Il y eut entre elles M. de Villarceaux mais cette rivalité ne nuisit pas au commerce de tendre amitié qui les liait.

— Qu'en reste-t-il aujourd'hui ? demanda Clémence, subjuguée par les confidences de Mme de Coulanges.

— Elles ne se voient plus mais ne se sont jamais fâchées.

— Vous êtes passionnante !

— C'est la vie de Ninon de Lenclos qui l'est.

— Ma curiosité n'a pas de bornes, la marquise de La Mésangère vous le dira : le Roi a-t-il connu Ninon de Lenclos ?

— Non. Mais il a exprimé il y a peu de temps le plaisir de voir et d'entendre une personne qui, malgré son âge, jouit de la même vivacité d'esprit, de ce goût si parfait et si délicat qui a toujours contribué à sa grande réputation, plus que ses charmes et ses faiblesses. On m'a dit que, pour favoriser ces rencontres, Mme de Maintenon a fait offrir à son amie de jeunesse un logement à Versailles. Ninon refuse d'en parler, comme de sa réponse négative qu'elle aurait motivée par son souci de liberté, disant qu'il était trop tard pour aller apprendre l'art de dissimuler et de se contraindre.

— Comment avez-vous appris tout cela ? demanda Mme de La Mésangère.

— Entre Paris et Versailles ! répondit en riant Mme de Coulanges.

*

Clémence traversait une mauvaise période. Cela lui était déjà arrivé de mal se supporter, d'avoir l'impression de vivre une vie médiocre, de traîner ses souvenirs comme un fardeau et de courir derrière un avenir insaisissable. En d'autres temps elle se serait confiée à La Fontaine, mais le malheureux avait ses chagrins et sa rentrée dans la communion de l'Église à assumer.

Une lueur pourtant éclairait sa morosité depuis que Mme de Coulanges lui avait parlé avec tant de flamme de Ninon de Lenclos. Elle avait perçu dans cette conversation comme les prémices d'un rêve qui pouvait, avec un peu de chance et beaucoup de persévérance, raviver la volonté qui lui avait jusque-là permis d'avancer dans la vie. L'idée était simple mais, elle le savait, difficile à concrétiser : pourquoi ne tiendrait-elle pas salon chaque semaine dans l'hôtel parisien du président, quasiment inoccupé depuis qu'ils étaient logés au château ?

Madeleine de Scudéry, qui venait d'atteindre quatre-vingt-cinq ans, ne recevait plus. Mme de La Sablière était morte. Il restait Mlle de Lenclos dont la ruelle était plus mondaine et conviviale que littéraire. Encore que l'illustre Arthénice [1] demeurât irremplaçable, seule Mme de Lambert pouvait prétendre reprendre brillamment le rôle joué jadis avec panache par la marquise de Rambouillet. Elle tenait académie chez elle et régentait

---

1. Surnom donné à Catherine de Rambouillet par Malherbe (l'anagramme de son prénom). La « Chambre bleue » fut jusqu'en 1646 le centre intellectuel de la vie parisienne.

la vie littéraire. Son royaume n'était pas à prendre mais peut-être y avait-il un jour, autre que le mardi[1], pour accueillir quelques écrivains et artistes pressés de faire connaître leurs dernières œuvres ? C'est la question que Clémence se proposait de poser à ses amies les « Ombrelles », à Boileau, toujours de bon conseil, et pourquoi pas à Fontenelle qu'elle avait revu assez souvent à la Cour et qui serait peut-être tenté un jour de poursuivre chez elle la défense des « Modernes » dont il demeurait le plus brillant porte-parole.

Clémence parla naturellement d'abord de son projet à l'oncle Toussaint qui l'écouta avec l'attention qu'il observait au Conseil lorsque le Roi parlait. Lorsqu'elle eut terminé, le président sourit :

— Vous m'étonnerez toujours, petite fontainière. Et vous ne pouvez pas imaginer combien je suis ravi d'être encore étonné à mon âge ! Si j'ai bien compris, vous souhaitez créer un lieu de conversation qui se situerait, intellectuellement, entre la ruelle de Mlle de Lenclos et le salon de Mme de Lambert. Encore qu'il soit bien difficile d'imaginer une frontière dans les choses de la pensée, je crois que vous êtes capable, avec l'opiniâtreté et l'esprit que je vous connais, de mener à bien votre entreprise. Mais attention. On n'ouvre pas un salon de littérature comme une boutique de cordonnier. Je pense qu'il ne faut pas annoncer cette création mais laisser se former les habitudes comme si elles étaient le fruit d'un hasard. En fait, la fontainière du jardin de l'esprit français devra, selon moi, arranger de premières rencontres qui paraîtront fortuites et seront agrémentées de menus plaisirs. Il faudra, ma petite, prendre les hommes de lettres par leurs petits comme par leurs grands côtés. Pourquoi croyez-vous que le Roi offre tant de friandises à ses courtisans lors de ses réceptions ? Pourquoi distribue-t-il tant de récompen-

1. Le mardi était le jour où Mme de Lambert recevait ses hôtes les plus distingués à l'hôtel de Nevers, rue de Richelieu, dont elle avait loué une partie.

ses, de rubans et de médailles ? Pour être sûr de conserver sa Cour autour de sa personne. Vous ferez donc comme Sa Majesté et n'oublierez pas de gâter vos poètes qui ne se nourrissent pas seulement de rimes !

— Ainsi, mon oncle, vous m'encouragez à tenter l'aventure ? Vous ne me trouvez ni précieuse ni ridicule ?

— Certes non ! Mais il reste à savoir si vous saurez jouer le rôle d'arbitre qu'impose la conversation d'un groupe de personnes qui n'ont d'autre désir que de faire valoir leur verbe, leur science, leur talent et de se montrer supérieurs aux autres !

« Vous allez, je crois, rendre visite à Mlle de Lenclos, arrangez-vous donc pour assister également à une réunion chez Mme de Lambert. Et, surtout, ne dites rien de votre projet qui doit mûrir dans le calme de votre esprit. Enfin, lisez tout ce qui paraît, tenez-vous au courant des disputes qui partagent le monde littéraire et voyez à la Cour, où il n'y a pas que des imbéciles, les nobles qui seront peut-être flattés un jour d'être reçus à l'hôtel de la comtesse de Pérelle-Rose. Car la noblesse cultivée doit se mêler aux gens de lettres dans la société raffinée que vous souhaitez rassembler.

— Quelle admirable leçon, mon oncle ! Je vais réfléchir à tout ce que vous venez de me dire. Mais savez-vous ce qui me pousse à tenter l'impossible ?

— Je crois l'avoir deviné. Aux routes bien empierrées, droites et monotones, vous préférez les chemins cahotants aux tournants incertains. Je vous dis attention, il y a danger, mais combien je vous envie. Les difficultés, les risques, les doutes, je ne les ai connus, moi, que par procuration. L'ombre du Roi est parfois aveuglante !

Chapitre VIII

Chez Ninon de Lenclos

Clémence passa une fin d'après-midi de rêve chez Ninon de Lenclos. Elle avait autour d'elle quelques jeunes gens de bonne famille, venus souvent, sur l'insistance de leur mère, se frotter à la société la plus célèbre de Paris. Ceux qui les avaient précédés dans le salon de la rue des Tournelles étaient parfois devenus les amants de Ninon mais, aujourd'hui, il n'existait plus entre elle et ses hôtes que le charme de l'amitié et de la conversation.

Les autres participants à cette messe du cœur et de l'esprit portaient des grands noms. Lauzun, l'un de ses plus vieux amis, était installé dans le fauteuil rouge qui semblait lui être réservé et racontait avec verve l'une de ses aventures, si abondantes dans sa vie qu'il en trouvait toujours de nouvelles pour ravir son auditoire. Clémence regardait avec curiosité celui dont les innombrables conquêtes féminines étaient entrées dans l'Histoire, celui qui avait obtenu les dernières faveurs de Mme de Montespan et de Mme de Monaco, qui avait sauvé la famille de Jacques II et emporté jadis dans son manteau le duc du Maine, royal bébé, pour le conduire chez Mme Scarron.

Ninon écoutait, attentive, et égrenait parfois quelques souvenirs avant de revenir aux affaires du moment.

Clémence ne manquait aucune de ses paroles. Elle avait du mal à imaginer que cette femme, vieillie dans sa beauté, avait eu pour amant, vingt ans après son père, le fils de son amie Mme de Sévigné. Elle se demandait comment sa vie, tumultueuse dans ses mœurs mais finalement sage dans son organisation, s'était déroulée sans provoquer de scandales, de drames, de duels et comment tous ces hommes, comblés ou éconduits, étaient restés ses amis fidèles et affectueux.

Il y avait aussi chez Ninon un très vieux monsieur ratatiné dans son fauteuil mais dont l'œil brillait. Il était visiblement heureux d'être encore là, près de celle qui avait dû autrefois l'entourer d'une volupté douce et tranquille. C'était le comte de Charleval, le parrain des « oiseaux des Tournelles ». Son visage exprimait la délicatesse et la gaieté. Il ne savait pas que c'était sa dernière sortie dans le monde et qu'il mourrait deux jours plus tard à l'âge respectable de quatre-vingts ans.

La réunion touchait à sa fin, Ninon de Lenclos s'apprêtait à prendre congé de ses hôtes quand M. de Coulanges arriva, un peu essoufflé :

— Vos amis sont encore là, chère Ninon. C'est une chance car j'ai une information toute fraîche : La Bruyère vient enfin d'être élu à l'Académie française !

L'auteur des *Caractères* n'était pas un fidèle de la rue des Tournelles mais son autorité était telle que la nouvelle intéressait tout le monde. On commença à discuter sur les barrages qui depuis si longtemps l'empêchaient d'être élu. « C'est son mépris pour *Le Mercure galant* et son attachement au parti des Anciens qui en ont été la cause », disaient certains. D'autres affirmaient que c'étaient les bonnes relations qu'il entretenait avec Bossuet et Boileau qui l'avaient contraint à piétiner durant deux ans devant la porte de l'illustre compagnie. Tout le monde se mit d'accord pour convenir que son élection était bien légitime en considération de son talent et du succès que remportaient ses ouvrages.

— Il est reçu mais il sera mal accepté. Il y a trop de gens qui croient se reconnaître dans les personnages qu'il fustige, conclut Coulanges qui demanda ensuite à Ninon comment elle se portait.

— Mon cher, répondit-elle, je dois maintenant réagir en philosophe. Il faut, à mon âge, se contenter du jour où l'on vit, le lendemain à oublier le jour qui l'a précédé, et à tenir à un corps usé comme à un corps agréable ! Autrefois, mon ami M. de La Rochefoucauld me disait que « la vieillesse est l'enfer des femmes ». Il exagérait mais, tout de même...

Quelques semaines plus tard, Clémence découvrit l'autre volet de l'autorité féminine des lettres parisiennes : Mme de Lambert. Par l'entremise de Mme de Duras, Bachaumont, un poète que La Fontaine jugeait infime mais qui avait atteint la célébrité en publiant avec son ami Chapelle le récit enjoué et brillant d'un voyage en Languedoc et en Provence, l'introduisit chez Mme de Lambert, endroit où n'entrait pas le premier venu.

Surprenante fortune, la simple relation d'un voyage en province avait été un grand succès de librairie. Après la mort de Chapelle, François de Bachaumont recueillait seul les mérites durables d'une œuvre sans cesse rééditée. Celui que Ninon appelait « le bon fainéant du Marais » n'honorait plus que rarement la ruelle de la vieille dame et réservait à Mme de Lambert ses sonnets, madrigaux et épigrammes.

Dans la voiture qui menait Clémence et Bachaumont à l'hôtel de Nevers, ce dernier parla avec esprit de la nouvelle papesse des lettres.

— Figurez-vous, madame, que je suis le beau-père de cette femme exceptionnelle[1] que j'ai eu le bonheur de

1. Bachaumont avait épousé en secondes noces la mère de Mme de Lambert.

former au goût des lettres. Malheureusement veuve depuis quelques années du gouverneur du duché de Luxembourg, elle se consacre à l'éducation de ses deux enfants et aux péripéties de la vie littéraire. Elle rassemble chez elle le mardi et le mercredi tout ce que Paris compte de têtes pensantes. Elle compte sur moi pour mettre un peu de gaieté, lorsque cela devient nécessaire, dans ce cercle où il est de bon ton de parler de l'écriture, de la morale, de la condition des femmes ou de l'éducation des enfants. Ne vous étonnez donc pas si entre deux discours sur la querelle des Anciens et des Modernes je place mon couplet sur la sagesse épicurienne. Je n'ai pas été pour rien l'élève de Gassendi qui, hélas ! n'a pas réussi à me transmettre son goût pour les études à long terme. En bref, je me contente de ma réputation d'« homme aimable ». Je suis satisfait quand on me présente comme un bel esprit égaré dans les milieux mondains et littéraires.

— La description que vous me donnez de vous semble tout à fait celle d'un « oiseau des Tournelles » ?

— J'en ai été un, longtemps, et conserve pour Ninon toute mon affection. Je vais moins souvent chez elle à cause de ma belle-fille qui n'aime pas que ses abeilles butinent dans le jardin des autres. Mais Ninon est sûrement la femme la plus intelligente que j'ai rencontrée. Sans doute aussi la plus instruite. À douze ans elle connaissait très bien Montaigne. Philippe d'Orléans aime à dire qu'il n'y a point de plus honnête homme que Mlle de Lenclos !

— Qui sera aujourd'hui chez Mme de Lambert ? demanda Clémence.

— Je n'en sais rien et la maîtresse de maison ne doit pas le savoir plus que moi. C'est un jeu : qui sera ce mardi à l'hôtel de Nevers ? Chacun vient à sa guise, ce qui ne veut pas dire que tout le monde est admis chez la marquise. L'inconnu qui s'aviserait de s'inviter comprendrait vite que sa présence n'est pas souhaitée et prendrait aussitôt congé. Sans règle apparente, Mme de

Lambert sait doser les différentes variables de son cercle : âge, profession, sexe, célébrité, talent, famille...

— Est-ce à dire que sans votre aimable caution je n'aurais rien à faire chez madame votre belle-fille ? Vous m'inquiétez. Ne vais-je pas être ridicule ?

— Au contraire, vous allez vivement intéresser les membres de notre assemblée qui, entre nous, sont las de rencontrer toujours les mêmes têtes.

— Mais je n'écris pas et ne suis pas célèbre.

— Vous êtes connue, madame. L'histoire de votre vie est un chef-d'œuvre qu'aucun homme de lettres n'aurait su imaginer. Vous allez voir qu'il suffit que vous paraissiez pour que l'intérêt se porte sur votre personne. Et puis, vous êtes belle, ce qui, sans vouloir être méchant, n'est pas le cas de toutes les dames qui fréquentent le salon de Mme de Lambert.

— Vous êtes un flatteur. J'ai peut-être eu autrefois un physique agréable, mais... si vous connaissiez mon âge !

— Il m'importe peu pour constater que vous êtes une personne séduisante. Mais vous vouliez savoir qui sera là aujourd'hui ? Je peux tout de même vous dire le nom des habitués. Il m'étonnerait par exemple que vous ne rencontriez point M. de Fontenelle.

— Oh, très bien ! Je le connais.

— Et M. Houdar de La Motte, un jeune homme plein de talent qui s'est retiré deux mois à la Trappe parce que sa première pièce, *Les Originaux*, qu'il avait donnée aux Italiens, a été un échec. Tenez, voilà une bonne action à tenter : consoler ce jeune homme qui est fort plaisant de son état et qui ferait un moine déplorable. M. Boileau sera peut-être là aussi.

— Quelle joie ce serait ! Boileau est l'un des plus vieux et plus chers amis de ma famille.

— Vous voyez, vous connaissez tout le monde ! Ah, peut-être pas Campra, un musicien, ni Tourville dont on ne sait jamais s'il faut l'appeler amiral ou maréchal [1]. Il y aura peut-être aussi Nicodème Tessin...

1. Vice-amiral, lieutenant général des armées navales, le comte de Tourville venait d'être fait maréchal.

Clémence blêmit.

— L'architecte suédois ? balbutia-t-elle.

— Mais oui. Vous le connaissez lui aussi ?

Elle réussit à répondre : « Un peu. » Mais on arrivait. En galant homme, Bachaumont se précipita pour aider Clémence à descendre et lui fit les honneurs du grand escalier qui menait au saint des saints du beau langage. La tête lui tournait. Ainsi, après tant d'années, elle allait se retrouver face à son séduisant compagnon de l'escapade romaine. Comment était-il vingt après ? Vieilli bien sûr. Comme elle... Elle trébucha sur un tapis et Bachaumont, surpris, lui demanda si elle voulait respirer des sels. Mais non, la vaillante fontainière se reprit et dit que tout allait bien. Sur le palier du premier étage, Mme de Lambert recevait ses premiers invités et se tourna vers elle :

— Madame, il y a longtemps que je voulais vous connaître et je bénis ce cher Bachaumont de vous mener vers moi. Aujourd'hui, nous ne serons pas nombreux. Tant mieux, la conversation sera plus aisée. Vous savez, on dit beaucoup de sottises sur les réunions de l'hôtel de Nevers. Elles viennent naturellement de ceux qui n'y sont pas invités ou quelquefois de personnages qui ont été égratignés au cours d'une discussion un peu animée et à qui on a rapporté des mots peu flatteurs. Moi, cela me plaît qu'on me traite de « précieuse ridicule ». Si Molière était encore de ce monde, il serait parmi nous cet après-midi.

Clémence ne trouvait pas Mme de Lambert précieuse mais un peu bavarde. Elle joua la modeste, un rôle qu'elle tenait à la perfection et qu'elle savait abandonner lorsque l'occasion lui était offerte de montrer qu'elle n'était pas sotte. En général, cela lui réussissait. Elle remercia son hôtesse avec chaleur et ajouta :

— Je crains fort de n'être pas à la hauteur de vos prestigieux invités. Aussi, je me tairai et ne ferai qu'écouter.

La marquise se serait sans doute longuement récriée mais Houdar de La Motte arrivait, l'œil terne et vêtu de sombre.

— Ah, non, monsieur, vous n'allez pas jouer chez moi le chevalier à la triste figure ! Si votre pièce n'a pas reçu l'accueil que vous souhaitiez, écrivez-en une autre. Votre talent et votre âge vous autorisent tous les espoirs. Si vous le permettez, nous ne parlerons pas de vos *Originaux*. Vous trouverez bien dans la part d'esprit qui n'a pas péri avec votre œuvre le moyen de critiquer les pièces des autres ! Tenez, laissez-moi plutôt vous présenter la comtesse de Pérelle qui est la nièce du président Rose, la plume de Sa Majesté. Si elle vous énumérait les événements tragiques qui ont marqué sa vie, vous accorderiez moins d'importance à quelques sifflets.

La leçon fut entendue et M. Houdar de La Motte esquissa un sourire pour saluer Clémence.

On commençait à s'installer dans le grand salon lorsque M. de Fontenelle fit son entrée. Clémence ne l'avait pas revu depuis le jour où, chez Mlle de Scudéry, elle l'avait écouté, bouche bée, enchanter son auditoire en mimant la course des planètes dans le ciel et en annonçant son prochain ouvrage sur les causes occasionnelles et les oracles. Elle trouva que le succès l'avait transformé. Plus discret, mieux habillé, en somme policé, il était devenu, après avoir été un jeune homme à la mode, un académicien sérieux, respecté, malgré un caractère original qui choquait certains mais faisait aussi son charme.

Fontenelle salua la maîtresse de maison et, tout de suite, s'arrêta devant Clémence.

— Pourquoi ne vous ai-je jamais revue, madame, depuis le jour où vous avez pris ma défense contre La Bruyère ?

Un mot qui, venant de Fontenelle, lui assurait la considération de l'assemblée. Elle sourit et répondit doucement :

— Peut-être, monsieur, parce que vous ne m'en avez pas exprimé le désir.

— Touché ! Je vous demande humblement pardon.

— C'est que je ne suis pas une assidue des salons. Mais je sens que je vais changer... Tenez, je me souviens d'une de vos phrases que l'assemblée avait trouvée plaisante. C'était, je crois : « Si la raison régnait sur la terre il ne s'y passerait rien. »

Bachaumont s'esclaffa :

— C'est vrai qu'elle est plaisante, mais notre ami en a fait un usage tellement immodéré qu'il ne peut plus prononcer le mot « si... » sans que dix bouches continuent : « ... la raison régnait sur la terre... *et caetera*... »

Tout le monde rit, même l'intéressé qui répondit :

— Quand on a résisté aux moqueries talentueuses de M. de La Bruyère on ne peut que sourire des propos aigres-doux de Bachaumont.

Mme de Lambert fit les gros yeux et Houdar glissa à Clémence :

— Ne vous inquiétez pas. Les chamailleries entre ces deux-là font partie du rituel. Ils sont les meilleurs amis du monde.

La fontainière regarda avec un peu plus d'attention son voisin. Lorsqu'il quittait son masque d'auteur maudit, le jeune Houdar ne manquait pas d'agrément. Bien fait, il avait un visage régulier et fin que ponctuait un nez légèrement busqué. Ses cheveux bruns, longs et lissés avaient la santé de leurs vingt ans. N'eût été son habit à l'austérité décourageante, il présentait tous les signes d'une élégante distinction qui devait plaire aux jeunes filles. « Et pourquoi pas aux mères ? » se dit Clémence.

Enfin, celui qui devait arriver arriva en la personne de Nicodème Tessin. Clémence, très calme contrairement à sa crainte, le regarda entrer avec l'étonnement d'une poule qui découvre un canard mêlé à ses poussins. Elle pensa qu'elle n'aurait pas reconnu son « beau Suédois » dans le nouvel arrivant si Mme de Lambert n'avait annoncé pompeusement, sans doute parce que son hôte était étranger :

— Nous avons aujourd'hui le plaisir d'accueillir M. Tessin, architecte des bâtiments du roi de Suède. Il admire tellement Versailles qu'il voudrait le transporter, château et parc, dans son pays. Il le fait d'ailleurs en envoyant chez lui des copies des tableaux, des plans, et même des artistes français.

Le mince et blond Nordique qui faisait tourner la tête des belles Romaines et que Clémence avait séduit jadis lors d'un dîner à l'ambassade de France[1] était devenu un monsieur joufflu, déjà bedonnant, à la chevelure avare.

Clémence faillit pouffer lorsque Mme de Lambert le lui présenta :

— Connaissez-vous la comtesse de Pérelle ?

Nicodème Tessin, qui ne l'avait pas remarquée jusque-là, ouvrit de grands yeux et fit craquer son habit aux entournures en s'inclinant :

— Clémence ! s'écria-t-il. Vous retrouver... Enfin... Ah, Rome !... Le Tibre...

Il était rubicond, les mots lui venaient aux lèvres désordonnés et Clémence répondit à l'interrogation muette de Mme de Lambert :

— Mais oui, nous nous sommes rencontrés autrefois à Rome.

Perfide, elle ajouta :

— Nous étions alors jeunes et sveltes. Je me souviens, M. Tessin me faisait visiter la ville en courant...

Comme Constance était demeurée étonnamment mince, il fut obligé de prendre pour lui la remarque et grimaça :

— Vous, chère comtesse, vous n'avez pas changé.

La réponse était plate et Clémence ne la releva pas.

Penaud, l'architecte suivit la marquise qui l'entraînait vers Fontenelle. Celui-ci avait suivi la scène et dit de sa voix un peu traînante :

— Il est toujours plaisant, n'est-ce pas, de retrouver quelqu'un qu'on a perdu de vue depuis longtemps. Sur-

1. Vingt ans auparavant, Clémence avait accompagné Le Nôtre dans un voyage en Italie. Voir *La Fontainière du Roy*.

tout si c'est une femme aussi belle et agréable que la comtesse de Pérelle.

Lorsque tout le monde fut installé, Mme de Lambert ouvrit la conversation selon l'habitude de sa maison :

— Vous savez que le libraire Marleau vient de rééditer, pour notre bonheur, les *Dialogues des morts* de notre ami Fontenelle. Je souhaiterais que l'auteur nous parle de son œuvre qui n'a pas vieilli.

Fontenelle se leva, salua comme un bon comédien qui connaît son texte et sait comment gagner son public :

— Comme je le fais en guise de préface dans mon livre, je veux aujourd'hui m'adresser d'abord à Lucien de Samosate, l'illustre sophiste qui eut l'idée de faire dialoguer selon une inspiration pleine d'un souriant esprit satirique des personnages historiques, des dieux, des philosophes... Je ne fais qu'imiter son idée géniale de parler aux vivants par le truchement des morts. Ainsi, chez moi, Auguste et l'Arétin discutent de la gloire, Sapho et Laure de l'amour. Phryné, qui fut tant aimée, démontre à Alexandre qu'elle a fait beaucoup plus de conquêtes que lui. Quant à Socrate et Montaigne, ils devisent, comme nous le faisons si souvent ici, des vertus des Anciens et des Modernes...

— Et vous voilà revenu à votre marotte, coupa Bachaumont qui attendait son moment. Gardez donc votre ennuyeuse querelle pour vos confrères de l'Académie. Ils ne savent jamais comment employer leur temps !

— Essayez donc d'y entrer, à cette Académie dont vous vous moquez ! Je voterai pour vous parce que, jadis, vous avez donné un nom qui restera dans l'Histoire à la révolte des barons et des robins contre Mazarin : la Fronde. Mais malgré ma voix vous ne serez pas élu !

Mme de Lambert mit fin en riant à l'escarmouche et Fontenelle, qui jubilait, continua son discours à la fois badin et sérieux. Bachaumont fut le premier à l'applaudir.

Clémence assista, ravie, aux passes d'armes et aux exercices critiques des beaux esprits du siècle qui assuraient la renommée du salon de Mme de Lambert. Elle était ennuyée de repartir sans avoir prononcé une parole mais comment entrer dans cette société mondaine et précieuse sans crainte d'être ridicule ? Nicodème Tessin avait raconté comment, depuis des années, il avait rassemblé une collection impressionnante de documents relatifs à Versailles. Cela allait de la vaisselle de Louis XIV aux dessins des plafonds et aux plans de la place Vendôme. Clémence faillit le reprendre sur un détail concernant les fontaines mais elle s'abstint : elle ne voulait plus entendre parler de cet homme qui avait le désagrément de mal vieillir et gâchait son beau rêve romain.

C'était maintenant au tour de Houdar de La Motte de prendre la parole. Il intéressait Clémence qu'il avait prise pour confidente durant le moment consacré aux rafraîchissements. Elle aurait voulu faire quelque chose pour ce garçon sympathique et désemparé, mais que pouvait-elle lui apporter ?

M. de La Motte commença par un discours assommant sur ses œuvres poétiques consacrées à la religion, ses cantates, ses psaumes, ses hymnes. Fontenelle, dont il se disait le disciple, bâillait, et sa protectrice, Mme de Lambert, ne cachait pas son ennui. Clémence pensa qu'il fallait qu'une personne charitable intervienne pour que le malheureux ne s'enfonce pas plus profond dans son prêchi-prêcha indigeste. Elle profita du dernier vers d'une prière pour se lancer et lui dire qu'elle attendait maintenant autre chose de son talent :

— Nous savons, monsieur, que vous vous êtes retiré durant plusieurs semaines à la Trappe. Je crois qu'il serait intéressant d'entendre de votre bouche le récit de ce séjour et son influence sur le comportement d'un jeune poète plein de talent mais quelque peu tourmenté.

Un murmure d'approbation souligna ces derniers mots et La Motte répondit que ce souhait ne faisait qu'exaucer son propre désir. Il décrivit en poète l'abbaye perdue dans la forêt de Mortagne, remonta à sa création par le comte du Perche en l'an 1100 et à sa réforme par l'abbé de Rancé. Il raconta l'austérité extrême instaurée par le terrible père qui, loin de rebuter les religieux, les attirait. De six en 1662, leur nombre était passé à plus d'une centaine.

La Motte parla avec un tel enthousiasme du monastère devenu lieu de méditation et de retraite, que Bachaumont, toujours lui, demanda pourquoi il n'y était pas resté.

— J'y retournerai peut-être un jour, répondit le jeune homme, qui ajouta pourtant : Les devoirs de la vie monastique, tels que les entend l'abbé Rancé, sont tout de même excessifs. Je crois préférer faire comme Bossuet qui y vient parfois quelques jours, ou comme le roi d'Angleterre Jacques II qui a rendu visite au monastère avec quelques-uns de ses gentilshommes durant mon séjour.

La discussion était engagée. Chacun mit son grain de sel dans la cuisine de la Trappe où œufs, poissons, viandes et pain blanc étaient interdits. Fontenelle, toujours friand d'un paradoxe, dit que la Trappe lui conviendrait assez dans la mesure où toute conversation y est proscrite, ainsi que l'orgueil, l'amour-propre et la vanité des valeurs mondaines.

On sourit et Mme de Lambert eut selon l'habitude le dernier mot de la réunion :

— Avouez, mes amis, que la règle de l'hôtel de Nevers est moins contraignante ! Quant à vous, mon petit La Motte, abandonnez le mysticisme qui ne vous réussit pas. Un grand avenir vous est promis si vous choisissez de plaire plutôt que d'étonner. Je remercie vivement Mme de Pérelle qui a fait vivre notre séance par son intervention et regrette de ne pas voir M. de Fontenelle parmi nous la semaine prochaine puisqu'il sera à la Trappe !

On se sépara dans de grandes embrassades comme il sied entre gens de qualité et Clémence regagna heureuse l'appartement de Versailles.

Même dans le vieux village de Versailles devenu ville importante qui bénéficiait de la présence du Roi et de ses administrations, l'hiver de 1693 s'annonçait terrible, pire que ceux des années précédentes qui, pourtant, avaient été rudes pour les pauvres gens privés souvent de nourriture. Dès le mois de novembre, les pièces d'eau étaient prises et les ouvriers chargés des fontaines s'acharnaient à dégeler et à protéger les conduites enterrées sous les allées et les bosquets du parc.

La température baissait chaque jour davantage et plongeait le pays dans la peur. On trouvait encore à peu près partout du blé pour faire le pain mais on savait que, bientôt, la pénurie s'installerait : la récolte avait été mauvaise et les conditions climatiques laissaient peu d'espoir pour la prochaine moisson.

La Cour, elle, ne manquait de rien. Le Grand Commun était approvisionné mais les plats arrivaient gelés au château. On avait installé une cuisine près des grands appartements afin de réchauffer au moins les mets destinés à la table royale. À la mi-décembre on mangeait froid chez Toussaint Rose comme chez les ministres et autres dignitaires du royaume. Le président maugréait mais il savait, mieux que personne, qu'on ne pouvait pas grand-chose contre la fâcherie du ciel.

— Au Conseil, racontait-il à Clémence, on ne parle que du gel et de la disette qu'il va entraîner. Le Roi, qui depuis le début de son règne s'attache, j'en suis témoin, au sort des plus démunis, veut tout savoir sur les dépêches des intendants, les suppliques qui arrivent au Palais, les relations de ses agents secrets en province. Il consulte Vauban qui a inventé une méthode de recensement qui lui permet de « savoir précisément le nombre de ses sujets, l'état au vrai de leur richesse et pauvreté, de quoi ils vivent et quels en sont le commerce et les emplois ; s'ils sont bien ou mal, à quoi les pays sont propres, ce qu'il y a de bon ou de mauvais, quelle en est la qualité ou la fertilité ; ce que le royaume nourrit d'habitants de son cru et ce qu'il pourrait en nourrir s'il était dans le meilleur état où on puisse le mettre [1] »...

— Ces belles précisions peuvent-elles apporter une amélioration au sort des Français ? demanda Clémence.

— Elles donnent surtout le sentiment que l'on essaie de faire quelque chose. Enfin, elles permettent tout de même, pour un temps, de répartir les vivres entre les régions qui ne sont pas touchées et celles qui souffrent.

— Je voulais voir comment princesses et duchesses vivaient la crise et j'ai été faire un tour ce matin au château. La Cour, engoncée dans la laine et la fourrure, se gèle dans les couloirs et n'a que ce mot aux lèvres : le froid ! Les courtisans qui ont des terres reçoivent des rapports alarmants de leurs intendants et les femmes se plaignent de trouver leurs pommades et leurs parfums gelés le matin.

— S'il n'y avait que ce désagrément de coquettes, cela ne serait pas grave, mais tout indique que nous allons connaître une terrible famine. Ainsi, nous avons appris ce matin qu'à Sainte-Catherine-de-Fraisse, en Auvergne, la grêle n'ayant rien laissé, la dîme qui rapportait d'ordinaire soixante-dix setiers n'en a fourni qu'un et quart. Ce n'est qu'un exemple : presque toutes les régions sont touchées. Pour ne parler que de nous, je ne sais pas si ma vieille carcasse supportera longtemps encore de vivre dans une glacière. On a essayé de chauffer la salle du Conseil, et tous les ministres, le Roi en tête, ont dû fuir à cause de la fumée !

— C'est pourquoi, mon oncle, je vous propose d'aller nous réfugier, tant qu'il fera froid, dans la « maison des Francine ». Ma mère arrive à chauffer quelques pièces grâce à une réserve de bois et elle sera heureuse de vous recevoir. Et puis, comme cela, vous pourrez voir les enfants.

— Mon Dieu, j'accepte de grand cœur ! Ah ! Manger une soupe brûlante préparée par Mme de Francine non loin d'un bon feu ! Nous serons mieux que le Roi qui a trouvé l'autre jour des glaçons dans sa carafe d'eau !

1. Extrait de *La Population française aux* XVIIe *et* XVIIIe *siècles*, de Jacques Dupâquier.

Le sort, décidément, n'épargnait pas la France du Roi-Soleil. Elle devait supporter en même temps les deux grands fléaux des nations : la famine et la guerre. Car si le pays avait faim, et maintenant, depuis janvier, il avait faim, la guerre n'avait pas cessé et dévorait une bonne part de ses ressources amoindries.

La bataille avait seulement changé d'aspect. Ils étaient loin les sièges spectaculaires que le Roi commandait en personne, plume au chapeau et destrier caparaçonné d'or, applaudi par les dames arrivées la veille de Versailles dans leurs carrosses ! Finis les parades et les défilés devant les murailles d'assiégés qui attendaient courtoisement le moment de capituler ! Les deux camps, toujours les mêmes, s'épuisaient à chercher une décision que n'obtenaient ni les défaites ni les victoires. Les maréchaux français gagnaient la majorité des batailles mais les officiers du prince d'Orange et de l'Empereur réussissaient à en rendre l'exploitation impossible et à sauver leurs armées. Alors, on recommençait ailleurs en multipliant les morts, les dévastations, en ruinant l'Europe.

Chez Mme de Lambert, Clémence avait entendu Tourville parler des batailles navales qui changeaient d'aspect et de la « guerre au commerce » où les coureurs d'océans cherchaient moins la gloire que le moyen de protéger les navires qui ravitaillaient le pays affamé. Curieusement sa fâcheuse aventure en Méditerranée avait donné à Clémence une inclination pour la mer. Elle avait lu dans la bibliothèque de l'oncle tous les récits traitant de la marine et, comme Mme de Duras lui parlait un jour de son cousin qui commandait sous l'ordre du maréchal-amiral Tourville, elle lui avait exprimé son désir de le rencontrer. Entre deux accrochages avec les Anglais, le comte d'Hocquincourt, capitaine de vaisseau de la Royale, était justement à Paris et Clémence fut heureuse de se rendre à l'invitation de son amie qui avait organisé un souper en l'honneur du marin.

« Il fera chaud chez moi », avait dit la duchesse. En effet, Clémence y trouva un grand feu qui, ajouté aux dizaines de chandelles allumées sur tous les meubles, produisait une douce chaleur. « Le vrai privilège ! » dit Marguerite de Duras en accueillant Clémence qu'elle n'avait pas vue depuis qu'elle avait fui les galeries glaciales de Versailles pour son hôtel parisien.

— Nous ne sommes pas nombreux, ajouta-t-elle. Le maréchal vous recevra avec moi. Il se morfond parce qu'il n'a pas de commandement mais c'est un peu de sa faute car il n'a pas admis en son temps les ravages du Palatinat et il l'a dit bien haut. D'ailleurs, à son âge, je préfère l'avoir près de moi plutôt que de l'imaginer en Saxe sous une tente battue par le vent. Nous aurons aussi, c'est une chance, la marquise de Sévigné qui ne veut pas voyager par ce froid et a renoncé à rejoindre Grignan. J'ai prié aussi à souper un couple que je connais mal, mais Samuel Bernard m'a paru, les rares fois où je l'ai rencontré, un homme exceptionnel. C'est le banquier de la Cour et il a rendu quelques services au maréchal. Son père, un protestant, fut un artiste peintre de talent. Lui, maître mercier de draps d'or, argent et soie, est devenu marchand-banquier. Il a épousé une femme du milieu bancaire protestant, Madeleine, et ils ont tous deux abjuré en 1685 sur pressante sollicitation de la Maison royale. Les finances de Sa Majesté, c'est lui plus que Pontchartrain qui ne fait rien sans lui et le protège. Il est dans le financement des guerres et dans les traités. Vous pourrez parler de lui à votre oncle qui, en sa qualité de président de la Chambre des comptes, le connaît très bien.

— Vous êtes une merveilleuse « Ombrelle », ma chère ! Il n'y a que vous qui puissiez réunir des gens si intéressants et si différents. Mais votre cousin ? Vous ne m'en parlez pas ? C'est pourtant pour lui que vous donnez ce souper.

— Je l'attends naturellement. Attention, c'est un bel homme ! Et je vous connais, chère fontainière !

— Quelle réputation me faites-vous ! Veuve deux fois, je n'ai pas eu tellement d'amants ! Alors, il a quel âge, votre cousin ?

— Le vôtre !

Elles pouffèrent et Clémence eut soudain très envie de parler de vaisseaux, de frégates et de corvettes avec le beau cousin dont on annonçait justement l'arrivée.

Le comte d'Hocquincourt, petit-neveu du maréchal de la Fronde, avait il est vrai tout pour plaire. Grand, le visage régulier bruni par le soleil et les embruns, élégant dans sa mise comme dans sa tournure, on le devinait rompu aux exercices physiques. Il savait jouer d'un sourire attachant qui passait sans transition du grave à l'ironie et semblait l'aider à s'exprimer sans prononcer le moindre mot.

— Seriez-vous muet, monsieur le marin ? demanda Clémence. Vous écoutez mais vous ne parlez pas. Comment faites-vous pour donner des ordres au gabier de misaine ?

Il éclata de rire :

— Mme de Duras m'avait dit que vous vous passionniez pour la marine mais je vois que vous savez aussi appeler par leur nom ces êtres bizarres qui vivent dans la voilure. Rassurez-vous, je parle et je me réjouis, homme de la mer, à l'idée de rencontrer une ondine, puisque, m'a dit ma cousine, c'est aussi comme cela qu'on vous appelle.

Il lui épargna heureusement le couplet de la « fontainière » et celui des Barbaresques qu'il connaissait évidemment par les confidences de leur hôtesse.

La conversation fut interrompue par l'arrivée de la marquise de Sévigné qui, par son âge, son passé et son talent, était sans conteste le personnage le plus important de la soirée. En outre, comme elle ne sortait pas durant ses séjours de plus en plus rares à Paris, comme elle n'allait plus à la Cour qu'elle n'avait d'ailleurs jamais aimé fréquenter bien qu'elle y eût beaucoup de relations, sa présence chez son amie Mme de Duras constituait un petit événement et chacun se précipita pour lui faire son compliment.

Elle sembla heureuse de retrouver Clémence et la félicita de rajeunir en prenant de l'âge, ce qui n'était pas son cas. Elle ajouta que, pourtant, elle ne se « rouillait » pas à la campagne où il lui restait le plaisir d'écrire à ses amis et de goûter le bonheur des saisons.

— Je ne regrette à Grignan que les plaisirs de la conversation. Mais j'ai tellement parlé et tellement écouté dans ma vie, j'ai eu de si parfaits interlocuteurs que je n'ai qu'à puiser dans mes souvenirs pour imaginer que Ménage, Chapelain, La Fontaine, M. de La Rochefoucauld, Mme de La Fayette et mes chères « Ombrelles » sont installés avec moi, l'hiver devant le feu, à la belle saison sous les ormes du parc. Pascal et Nicole font mes délices. Mais ce soir mes amis sont bien là et je ne vais pas bouder mon plaisir !

Clémence non plus ne bouda pas son plaisir. Assise à table entre le marin et le banquier, elle, qui avait tellement soif de connaissances, apprit en quelques heures que l'argent et la mer recelaient de mystérieux pouvoirs.

Samuel Bernard dit qu'il n'aimait pas parler d'argent avec tout le monde mais qu'il trouvait du plaisir à en décrire les parcours inattendus et la mécanique à des gens intelligents qui ne connaissaient rien à la finance, et qui comprenaient que les mouvements d'argent pouvaient parfois frôler la poésie.

C'était dit avec une telle conviction et des mots si simples que Clémence écoutait, conquise, le banquier raconter son activité dans la guerre de la ligue d'Augsbourg qui, depuis 1688, l'avait entraîné dans la politique financière.

— Je n'ai pas abandonné pour autant la banque et le commerce. Pour l'instant je m'occupe de la réorganisation de la Compagnie des Indes et, surtout, avec la disette qui s'installe, de l'importation de blé. C'est une affaire difficile et ce n'est pas M. d'Hocquincourt, qui protège nos navires de ravitaillement sur les océans, qui me contredira.

Le marin ne demandait qu'à briller à son tour devant Clémence. Il le fit avec discrétion, ce qui faisait paraître plus extraordinaires les faits qu'il présentait comme de simples aléas :

— Je voulais être marin et, lorsque j'eus quinze ans, je n'avais d'autre alternative que d'entrer dans l'ordre de Malte. C'était la seule façon aristocratique de naviguer alors que la flotte française connaissait de basses eaux. Deux ans durant j'ai fait mes « caravanes »...

— Dans le désert ? questionna Clémence ingénument.

— Non, répondit-il en riant. Les « caravanes », c'était le nom donné à une sorte d'école de navigation créée par l'ordre de Malte à bord des « galères de la Religion » qui protégeaient les bâtiments chrétiens contre la course barbaresque. Vous savez, madame, combien ces gens sont redoutables. À propos, je suis navré de n'avoir pas navigué dans les parages lorsque vous fûtes attaquée, j'aurais eu plaisir à vous délivrer !

— Ce sera pour une prochaine fois car je compte bien remettre les pieds sur un bateau. Mais continuez. Après vos galères ?

— Malte était une pépinière d'officiers de vaisseau de la Royale. L'apprentissage était sévère et dangereux mais je me suis retrouvé lieutenant de vaisseau dans la jeune marine de Colbert. J'ai dû m'attaquer aux établissements hollandais d'Afrique puis d'Amérique. J'ai réussi, avec le flibustier Ducasse, un fameux marin, à mettre en fuite une petite flotte anglaise devant la Guadeloupe. J'ai ensuite été nommé gouverneur de Saint-Domingue et ai attaqué la Jamaïque tenue par les Anglais. Enfin, me voilà capitaine de vaisseau et bien content d'être près de vous ce soir.

— Vous m'emmènerez un jour à votre bord ?

— Non, les femmes sont interdites sur les bâtiments de guerre mais, si vous le souhaitez, je vous conduirai chez moi, à Nemours, où coule une jolie rivière, le Loing. Une promenade en barque, loin des pirates barbaresques, vous tenterait-elle ? C'est le berceau de ma famille, et mon frère, qui y vit, vous accueillerait avec joie.

Clémence aurait été déçue si M. d'Hocquincourt ne lui avait pas fait quelques avances mais elle ne s'attendait pas à une proposition aussi prompte. Elle n'en fut pas offusquée mais pensa : « Me voilà prévenue, le capitaine ne louvoie pas ! »

— Pourquoi pas ? dit-elle. Mais il nous faudra attendre car votre jolie rivière doit être gelée !

— Vous me troublez, je ne pensais plus qu'il faisait si froid.

Il se pencha vers elle et murmura :

— M'autorisez-vous à prendre une autre initiative non tributaire du froid ?

— Essayez toujours, dit-elle.

Le repas était simple mais excellent. Le maréchal de Duras était un gourmet et, même en campagne, sa table était renommée. Il avait certainement mis son grain de sel lorsqu'il s'était agi, entre Mme de Duras et de son écuyer de cuisine [1], de choisir le menu : potage de perdrix au bouillon brun, tourte de blanc de chapon, longe de veau. Le vin venait d'où il est le meilleur, des vignes de la Romanée que venait d'acheter en Bourgogne un ami cher du maréchal de Duras, le prince de Conti.

Dès le second service, les verres ayant été abondamment remplis et rapidement vidés, personne ne songea plus au froid, encore moins à la disette, et la conversation devint générale. Une voix harmonieuse la domina très vite, celle de Mme de Sévigné qui en mettait les accents un peu voilés au service de l'esprit le plus précieux [2].

1. Le personnel de cuisine d'une maison comme celle des Duras devait se composer d'un maître d'hôtel (responsable des cuisines et du personnel), de l'écuyer de cuisine (le chef aujourd'hui), d'un rôtisseur (chargé de l'achat des viandes et volailles) et de deux aides ou garçons de cuisine.

2. Le mot « précieux » et surtout « précieuses » n'était pas à l'époque péjoratif. Mme de Sévigné n'était aucunement maniérée. Son amie Mme de La Fayette et elle méprisaient ce qu'elles appelaient le « tortillonnage d'esprit ».

Quand elle parlait d'hier, tout le monde se taisait :

— Je me souviens de la réponse que me fit mon cousin Bussy-Rabutin le jour où je lui demandais de rectifier certaines de mes lettres qu'il devait insérer dans un petit ouvrage destiné au Roi. Il me fit porter aussitôt le mot suivant : « Je n'ai pas touché à vos lettres, madame : Le Brun ne toucherait pas à un ouvrage du Titien. » C'était fort aimable mais il avait tort ! S'il est vrai que je ne sais pas « raccommoder » mes phrases, lui pouvait améliorer ces lettres écrites à course de plume... Enfin, peut-être que ma façon de faire a plus d'effet qu'une autre plus ajustée. Mais si nous demandions à notre hôte ce qu'il pense de cette guerre qui n'en finit pas ?

Le maréchal ne se fit pas prier. S'il ne faisait plus la guerre, il aimait à en parler :

— Ma chère, le monde est décidément fou. Je peux le dire car je m'en suis ouvert l'autre jour au Roi : l'Europe ressemble à une dépouille dont les différents pays s'entêtent à arracher les derniers morceaux.

— Mais on se bat aussi sur les mers, objecta Clémence qui pensait à son voisin le marin.

— C'est vrai, aujourd'hui la mer devient le principal théâtre de la guerre. Cela se comprend : les Anglais prétendent que leur suprématie est vitale pour leur île. Ils ont récemment tenté un débarquement à Brest mais ils étaient attendus et ont subi de lourdes pertes. Permettons donc à notre marine de défendre nos côtes. Mais sacrebleu, que va-t-on faire à Saint-Domingue, à Terre-Neuve ou à la Jamaïque ? Peut-être fait-il trop froid chez nous, alors on va ensanglanter l'autre bout de la planète et y perdre nos forces et notre argent ! Attendons le printemps : nous retrouverons, d'un côté ou l'autre du Rhin, notre ennemi farouche Guillaume III. Sa Majesté m'a dit ne pas aimer la guerre mais être obligé de la faire, comme entraîné malgré lui dans un gouffre sans fond.

L'heure s'avançant, on dut se séparer, quitter la chaude ambiance du salon de la duchesse de Duras.

Dans la cour, les chevaux grelottaient entre leurs brancards. Les cochers quittèrent l'abri de l'office où les restes du potage les avaient un peu réchauffés. Ils grimpèrent sur leur siège et firent claquer leur fouet dans la bise aigre de la nuit. Le maréchal, parti dormir dès le départ du dernier invité, Mme de Duras et Clémence se retrouvèrent seules et se rapprochèrent du feu. Les confidences de l'après-souper sont irremplaçables pour deux amies. C'est pour s'y complaire, et pas seulement à cause du froid, que la maréchale avait offert à Clémence de passer la nuit chez elle.

— Ma réunion était-elle réussie ? demanda la maîtresse de maison, comme si elle ne connaissait pas d'avance la réponse qu'allait lui faire son amie.

— Magnifique. Quand on pense à l'ennui des soupers mornes et guindés de Marly, on est étonné qu'il existe encore des maisons où l'on sait recevoir, où les invités ont quelque chose à dire et savent écouter. Ma chère, tout le monde était enchanté. La marquise elle-même m'a dit : « Il ne faudrait pas beaucoup de soupers comme celui-ci pour me faire quitter Grignan et revenir à Paris ! »

— Elle ne le fera pas parce qu'elle veut demeurer près de sa fille et qu'elle est fatiguée. Je l'ai trouvée bien vieillie. Physiquement, car pour la tête, son esprit brille comme il y a trente ans. Alors que pensez-vous de mon cousin ? Il n'est pas mal le marin de la famille, non ?

— Il est séduisant et, ma foi, si je devais encore une fois accepter les hommages d'un homme, votre capitaine ne me déplairait pas.

— Il m'a bien semblé le remarquer durant le souper. J'espère tout de même qu'il s'est montré correct ?

— Comment pouvez-vous en douter ? Il m'a tout de même proposé une promenade à la rame sur le Loing.

— Chez lui, enfin chez son frère, car un marin n'a pas de chez-lui.

— C'est ce qu'il m'a dit. Je lui ai fait remarquer que si la Seine était gelée, le Loing devait l'être aussi. Mais ne vous méprenez pas. Il ne se passera rien entre votre cousin et moi. Je suis trop vieille pour faire une femme de marin et passer mon temps à attendre son retour !

Le feu allait s'éteindre et Mme de Duras sonna pour que le valet remette une bûche. On ne parla plus de M. d'Hocquincourt mais du banquier Samuel Bernard.

— Cet homme est fascinant, dit Clémence. Il vous raconte comment il intervient dans les guerres, dans les traités et comment il organise le ravitaillement du pays. Tout cela calmement, sans forfanterie, comme s'il s'agissait d'une occupation banale. On se demande après l'avoir entendu à quoi servent les ministres !

— Et je suis sûre qu'il ne nous dit pas tout et que sa compétence s'étend à d'autres domaines plus ou moins secrets.

— Il doit être très riche ?

— Oui, et sa fortune, dit-on, ne cesse d'augmenter, bien qu'il soit très généreux et reçoive comme un prince !

Les deux amies continuèrent de deviser jusqu'à ce que le feu meure doucement dans l'âtre. Ensemble, se donnant le bras comme deux sœurs, Marguerite de Duras et Clémence montèrent se coucher.

— Je crois que vous êtes ma seule vraie amie, dit la duchesse à la fontainière en l'embrassant sur le pas de sa porte.

— Puis-je vous retourner le compliment ? Je me demande souvent comment notre amitié a pu naître et durer. Nous n'étions pas faites pour nous rencontrer. Le hasard sans doute ?

— Je ne crois pas au hasard. Le jour où le roi m'a proposé de vous prendre comme demoiselle d'honneur, j'ai su que vous n'étiez pas une jeune fille comme les autres et que vous apporteriez quelque chose de nouveau dans ma vie assez insipide d'épouse de militaire, de mère de famille et de femme désespérément vertueuse.

— Et je ne vous ai pas déçue ?

— Non, jamais.

Monseigneur rentré d'Allemagne, on reparla dans les salons de la Choin, de son mariage secret, de Clermont, de Conti. Mlle Choin avait été renvoyée de la Cour, Clermont cassé et exilé en Dauphiné, et la princesse de Conti, qui avait été mêlée à l'affaire, confondue par son père. Cruellement, il l'avait obligée à lire à haute voix les horreurs que Clermont et la Choin disaient d'elle dans leurs lettres.

Le président Rose confirma à Clémence l'exactitude de ces bruits et ajouta :

— La princesse de Conti et Monseigneur ont tout de même ménagé quelque peu la femme secrète du Dauphin. C'est dans un des carrosses de la première que Mlle Choin a été envoyée à l'abbaye de Port-Royal, à Paris, et elle reçoit une pension du second.

— Tout est bien qui finit bien mais vous ne trouvez pas, mon oncle, que la famille royale est plutôt bizarre ?

— Si, mais cela n'est rien en comparaison des répercussions que la tragi-comédie de Meudon risque d'avoir sur le déroulement de la guerre. Conti et Luxembourg, nos meilleurs généraux, vont sans doute être disgraciés. Ce sera une lourde perte pour l'armée de la France !

M. de Luxembourg, le stratège bossu au chapelet de victoires, ne fut pas destitué et salua le pays d'un large coup de chapeau en faisant échouer, après une marche de quarante lieues en quatre jours, le plan du prince d'Orange sur les ports du Nord. L'exploit était un adieu : M. de Luxembourg, qui avait tant de fois frôlé la mort sur les champs de bataille, mourut peu après d'un mauvais rhume, dans son lit.

Le printemps enfin arriva qui réchauffa les vieux os de la Cour. Les duchesses ressortirent leurs robes légères et les messieurs rangèrent leurs pelisses pour se montrer à l'aise dans les couloirs de Versailles redevenus fréquentables. Le parc se remettait doucement des attaques de l'hiver et les fontaines du Roi revivaient. Bref, le temps des bavardages, des confidences et des indiscrétions était revenu.

La « dame aux grosses timbales » oubliée, on ne parlait que de l'impôt nouveau levé officiellement par le contrôleur général Louis de Pontchartrain mais dont tout le monde disait qu'il traduisait la volonté royale. Clémence, elle, savait que son oncle avait conseillé le Roi et que Samuel Bernard, qui venait d'être nommé au Conseil des finances, était l'instigateur de cette taxe qui, c'était incroyable, rendait les Français égaux devant un impôt.

Pour la première fois, les nobles allaient devoir contribuer à l'effort de guerre et mettre la main à leur cassette pour payer l'impôt de la capitation, redevance par tête, comme son nom l'indique.

— C'est le monde à l'envers ! clamait la marquise de Ruelle. Pontchartrain nous a vendu des charges à des prix abusifs et veut nous en reprendre les bénéfices par le biais d'un impôt inique !

Quelques seigneurs se montraient grands en disant qu'il était normal que la noblesse participe au renflouement du trésor vidé par les dépenses de la guerre d'Augsbourg, mais ils étaient l'exception. La noblesse voulait bien faire la guerre, parfois même y laisser sa vie, mais elle ne voulait pas la payer !

La capitation, il est vrai, avait de quoi surprendre une classe qui depuis toujours vivait de privilèges. L'impôt nouveau n'était basé ni sur le capital ni sur le revenu mais sur le rang occupé par chaque individu dans la société, qu'il soit prince du sang, duc, roturier, bourgeois ou ouvrier mécanique[1]. On apprit ainsi qu'il y aurait vingt-deux classes de contribuables qui regrouperaient cinq cent soixante-neuf rangs correspondant aux dignités, aux grades, aux fonctions professionnelles.

1. On nommait ainsi les ouvriers qui travaillaient de leurs mains.

— Qui va occuper la première classe ? demanda Clémence au président.

— La famille royale, à commencer par Monseigneur qui paiera avec les ministres et les financiers les plus riches deux mille livres. Au deuxième rang viendront les ducs, le premier président, le président de la Chambre des comptes, c'est-à-dire moi, et quelques autres dignitaires qui seront redevables de mille livres. La huitième classe comprendra les maréchaux de camp, et les conseillers au Parlement taxés à deux cents francs. La quinzième paiera quarante livres et la dernière comptant les simples soldats et les petits domestiques ne sera redevable que d'une livre.

— Et combien vaudra une fontainière devenue comtesse ?

— Ma chère enfant, je pense que vous vous en tirerez avec une cinquantaine de livres.

Autant que de devoir payer, ce qui choquait les courtisans c'était le peu de cas que la nouvelle mesure fiscale faisait de leur rang nobiliaire. Le Roi avait laissé mettre dans le même sac de la septième classe les marquis, comtes, vicomtes et barons qui y côtoyaient les contrôleurs des tailles et les receveurs des postes. Quant aux gentilshommes n'ayant ni fief ni château, leur sort était triste : en dix-neuvième classe, ils passaient après des cabaretiers et des gardes-chasses ! Les bruits les plus fous circulaient, par exemple que des laquais de Paris allaient à l'Hôtel de Ville prier qu'on les imposât à la capitation[1].

*

Clémence s'était prise de passion pour la lecture. L'idée d'ouvrir un jour son salon aux écrivains et aux gens d'esprit ne l'avait pas abandonnée et elle suivait le conseil de son oncle : « Lisez, lisez car pour faire parler

1. Ridicule, dira Voltaire : « Les maîtres payèrent toujours pour leurs valets. »

les gens de leur œuvre, il faut les connaître et connaître aussi ceux qui les ont précédés. » Boileau ne lui avait pas dit autre chose, ajoutant : « Et n'oubliez pas les Anciens, même s'ils sont moins à la mode aujourd'hui qu'hier. Lisez Juvénal. Ses ouvrages pleins d'affreuses vérités étincellent de sublimes beautés ! Lisez les épigrammes de Martial que Clément Marot a traduits ! »

Elle avait lu, elle continuait de lire et cela lui avait donné une idée qui devenait une évidente nécessité : il lui fallait apprendre le latin !

Clémence s'était confiée à son oncle, un excellent latiniste, qui ne pouvait que se réjouir de la décision de sa nièce :

— Rien ne pourrait me faire davantage plaisir que d'échanger avec vous, le soir, quelques propos en latin. C'est un exercice que je n'ai guère l'occasion de pratiquer : le Roi ne connaît pas le latin et déteste la moindre citation dans une conversation. Il est dommage que le temps me soit tellement compté car je crois que j'aurais pu faire un bon maître. Mais je vous trouverai quelqu'un qui vous donnera des leçons.

— Merci, mon oncle. Vous me disiez que le Roi ne connaît pas le latin ? C'est étonnant. Il a dû pourtant avoir les meilleurs précepteurs !

— Oui. Le cardinal Mazarin lui-même, secondé par le maréchal de Villeroy, père de celui que nous connaissons. Mazarin ne voulait pas faire de son pupille un pédant. Il l'a donc plutôt initié au gouvernement de la guerre et de la diplomatie ainsi qu'aux arts plutôt qu'aux connaissances philosophiques et aux langues anciennes. Et puis, le Roi n'avait pas neuf ans quand éclata la Fronde, une rébellion peu propice au calme de l'étude ! En ce qui vous concerne, je pense que l'abbé Jean Gallois, un savant universel pour lequel j'ai infiniment de respect, est encore en vie. Peut-être pourrai-je le décider à vous instruire. Il a bien été jadis le maître de latin d'un élève célèbre qui n'avait plus dix ans.

— De qui, mon oncle ? demanda Clémence, émoustillée.

— De Colbert, ma chère petite ! Comme vous, le ministre d'État souffrait de ne pas connaître le latin et Gallois lui a donné un temps des leçons. L'étude se faisait surtout en carrosse lors de ses voyages entre Paris et Versailles. Je me souviens que Colbert arrivait au Conseil avec un livre de Pline sous le bras !

— A-t-il été un bon élève ?

— Je n'en sais rien... Il est tout de même curieux de constater que les deux hommes qui, dans leur siècle, ont le plus protégé les lettres ne savaient pas le latin !

Cette perspective studieuse enchantait Clémence qui annonça la nouvelle à Mme de Duras lors d'une promenade autour du Grand Canal, un jour où le soleil inondait les bosquets et faisait étinceler les dorures d'une gondole qui avançait en crabe sous la rame d'un barcaiuoli enrubanné.

— Du latin ! s'exclama Marguerite. Quelle idée !

Puis, regardant Clémence amusée qui souriait, elle poursuivit :

— Vous m'étonnerez toujours, c'est pour cela que je vous aime. Mais, en réfléchissant un peu, vous avez raison ! Et je vais vous jalouser de savoir découvrir de nouveaux horizons qui vous permettent de sortir de la monotonie d'une vie plate comme la surface du canal.

— Eh bien, apprenons le latin ensemble ! Cela sera amusant.

— L'ennui, voyez-vous, ma chère, c'est qu'on m'en a appris les rudiments quand j'étais jeune, que j'ai tout oublié et que je n'ai pas le courage de recommencer. Ce que je vous envie, c'est la chance d'avoir toujours à portée un enthousiasme qui vous enflamme et vous revigore. Mais je suis contente que vous soyez comme cela car je vis vos emballements. Par procuration...

Clémence changea de conversation pour effacer le nuage de mélancolie qui s'attardait sur le regard de son amie. Elle lui parla de son cousin qui n'avait pas donné signe de vie depuis le soir du souper.

— Comment se porte le marin ? demanda-t-elle.

— À vrai dire, je n'en sais rien. À moi non plus il n'a pas donné de nouvelles. Peut-être est-il reparti pour des mers lointaines. Mais vous savez, je crois que les gens qui vivent entre vagues et nuages pendant des mois sont des êtres bizarres. S'il est resté à Paris, ce que je crois, il va, le jour où il se sera décidé, vous écrire une lettre maladroite et touchante qui vous engagera peut-être à aller ramer sur le Loing.

Marguerite de Duras avait-elle prévenu son cousin ? Lui avait-elle dit qu'elle avait demandé de ses nouvelles ? Une semaine plus tard, une lettre lui parvenait à Versailles. Elle était touchante mais pas maladroite :

Madame,
Le retour du beau temps me donne l'audace de vous écrire. Je suis allé l'autre jour à Nemours et la campagne au printemps est délicieuse. J'ai pris le canot et j'ai ramé sous une voie de jeunes verdures en pensant à vous, à notre conversation, à l'effronterie que j'ai commise en osant vous inviter à Nemours alors que je ne vous connaissais que d'une heure. Me pardonnerez-vous ? Peut-être y viendrez-vous un jour, mais je vous propose en attendant cette éventualité une rencontre plus convenable. Je viendrai à Versailles le mardi de la semaine prochaine voir ma cousine et nous pourrions, si vous le vouliez, nous promener dans le parc. Vous pourriez me montrer les fontaines que vous connaissez si bien. Mme de Duras me recevra à dîner. Je crois que vous êtes assez amies pour qu'elle vous prie d'être là si vos occupations vous y autorisent.
Je vous supplie, madame, de ne pas douter de mes fidèles et respectueux sentiments.
Frédéric Armand d'Hocquincourt.

« Eh bien, se dit Clémence après avoir lu, le marin s'est bien tiré de sa page d'écriture ! Un peu ampoulé peut-être, le style a des qualités. En tout cas, je n'ai encore jamais reçu une lettre aussi bien tournée. Allons, capitaine, je vous emmènerai voir les eaux du roi Louis ! »

Clémence et Toussaint Rose avaient avec les beaux jours réintégré le logement de l'aile des ministres. Le président avait abandonné avec regret la cuisine de Mme de Francine mais retrouvé ses chers livres, son bureau patiné par des années de bons services et, chance inouïe à Versailles où les « logeants » étaient souvent entassés dans deux pièces sans cuisine, un nouveau cabinet, vaste et ensoleillé, rendu vacant après le décès de sa voisine, Mme de Miramion, l'aumônière du Roi, qu'il s'était fait attribuer par le marquis de Villacerf, surintendant des Bâtiments du Roi.

— Ce sera votre cabinet, avait dit le vieil homme à Clémence. Sans souhaiter la mort de cette bonne Miramion, il y a longtemps que je guettais cette pièce que vous meublerez à votre guise et où vous pourrez recevoir plus dignement vos amis.

Clémence se trouvait très bien dans l'appartement qu'elle partageait depuis son mariage avec Omer Rose et n'avait jamais exprimé le désir de le voir agrandir. À la Cour, l'importance et le confort du logement sous le toit du Roi valait autant qu'un titre. Sa noblesse étant un peu courte, il ne lui déplaisait pas que les dames qui la regardaient de haut lorsqu'elle les croisait sachent qu'elle était mieux logée qu'elles.

Un printemps précoce, deux enfants doués et bien portants, une mère qui surmontait les misères de l'âge, un oncle adorable qui la faisait riche et la perspective de revoir le capitaine, Clémence n'avait que des raisons de trouver la vie agréable. Sa grande amie, Mme de Duras, y tenait sa place. Elles se retrouvaient souvent au départ de la promenade du Roi qui utilisait de plus en plus fréquemment son chariot. Dès qu'elles s'étaient montrées, elles s'éclipsaient discrètement de la suite essoufflée et allaient se promener, seules, dans les bosquets. C'est là, un matin de mai, que Marguerite apprit à son amie que Mme de La Fayette était morte la veille dans la maison où elle avait vécu et reçu tant de gens admirables, rue Férou, dans la paroisse Saint-Sulpice.

— Je n'ai rencontré cette grande dame que deux fois et regrette de ne pas l'avoir mieux connue, dit Clémence. Je salue l'auteur de *La Princesse de Clèves* et pense à notre amie Mme de Sévigné qui doit être dans la peine.

— Oui, elles étaient liées autant que nous le sommes mais elles ont eu la chance de pouvoir partager la passion de l'écriture. Au fait, Clémence, pourquoi n'écrivez-vous pas ? Votre vie, par exemple, qui fut si fertile.

— Parce que je ne sais pas, sans doute. Peut-être un jour... Quand j'aurai appris le latin !

— Mme de La Fayette aurait aimé qu'on parle d'elle ainsi que nous le faisons. Le lieu peut-être lui aurait déplu : elle n'aimait que Paris !

*

À la fin du dîner chez la duchesse de Duras, celle-ci prétexta une visite urgente à un parent malade pour laisser partir seuls Clémence et son cousin. L'entrée du jardin par le côté de la pièce d'eau des Suisses n'était pas loin et ils arrivèrent vite devant la grille dorée de Fordin. Clémence s'arrêta :

— J'ai grande envie de revoir le potager du Roi qui fut l'un de mes domaines secrets lorsque j'étais jeune. C'est là qu'a été fêté mon mariage avec le comte de Pérelle. Mon père avait pour la circonstance inventé un jeu d'eau dans le bassin. Ah ! les souvenirs qu'on croit oubliés et qui reviennent à la vue d'une simple grille !

— J'aime quand vous me parlez de vous, de votre vie dont je ne connais que ce qu'on en a dit à la Cour et dans les salons.

— Cela m'étonne toujours qu'elle intéresse autant de gens ! Mais entrons par la porte du Roi. C'est par là que Sa Majesté arrive du château lorsqu'il vient demander aux jardiniers quand il pourra manger les premières asperges.

— C'est curieux. On ne connaît pas le Roi sous cet aspect...

— Moi je le connais surtout dans ses jardins. Ah ! je vois que l'hiver n'a pas épargné les fruitiers. La plupart sont gelés et on en replante de nouveaux le long des espaliers. Vous vous rendez compte ! Si les cultures du Roi, protégées comme elles le sont, ont été détruites, qu'est-ce que cela doit être dans les campagnes ! Je pense à tous ces pauvres gens... Mais venez, je vais vous faire visiter ce qui demeure après le gel du fameux potager du Roi-Soleil.

— Vous semblez ici chez vous.

— Je le suis. Comme dans le parc. Le Roi dit que je me reconnais mieux que lui dans le labyrinthe des bosquets et des fontaines. Il exagère ! Mais venez donc ! On dirait que vous avez peur de crotter vos souliers ! Il est dommage que mon vieil ami La Quintinie ne soit plus là pour nous montrer ses richesses mais je connais François Le Normand qui lui a succédé. Il n'a ni le génie ni la noblesse de celui qui a créé le potager dans un bourbier inculte mais c'est un brave homme assez savant.

— Moi, homme de la mer, vous me passionnez pour ce morceau de terre, royale il est vrai. Continuez, dame des jardins.

Ils s'engagèrent dans la grande allée et Clémence raconta :

— Il a fallu des années pour apporter de la bonne terre et du fumier à l'endroit où le Roi voulait installer son potager, ni trop près ni trop loin du château, là où il entrait dans le plan de l'architecture du domaine. Sa Majesté a suivi presque au jour le jour l'édification de ce jardin extraordinaire qui lui permettait de trouver des figues à son couvert neuf mois par an. Comme Le Nôtre et un peu mon père, le Roi traitait La Quintinie en ami. Je les ai vus assis sur un banc de pierre manger une poire que le jardinier épluchait avec le couteau sorti de sa poche. Ah ! il fallait entendre La Quintinie parler des poires et de la taille de ses arbres fruitiers ! Vous voyez, il y a dix ans, nous aurions eu une chance de rencontrer le Roi au détour d'une allée mais il ne vient plus souvent voir fleurir ses pêchers.

— Le Roi ? Je ne l'ai jamais approché ! Mon Dieu, qu'aurions-nous fait ?

— Rien. C'est lui qui m'aurait saluée, m'aurait demandé de mes nouvelles et m'aurait grondée parce qu'il me voyait trop rarement à Versailles. Après que je lui aurais fait une gentille révérence, il vous aurait demandé quels étaient vos titres et vos occupations. Il vous aurait parlé de frégates et de brigantins avec l'expérience d'un amiral et vous aurait demandé comment vous trouviez son potager.

— Finalement, vous connaissez mieux le Roi que ma cousine Marguerite de Duras.

Clémence le regarda de l'air un peu effronté qui lui allait si bien et répondit :

— Disons que je ne le connais pas de la même façon.

Puis, le voyant surpris, elle ajouta :

— Je ne suis pas duchesse !

Ce fut tout pour ce jour-là. Ils se quittèrent au déclin du jour après une amicale conversation sur le banc de marbre du Grand Canal qu'affectionnait Clémence, le banc où elle avait si souvent retrouvé son père et qui redevenait témoin de sa vie.

— À quoi pensez-vous ? demanda d'Hocquincourt qui avait remarqué son air songeur.

— Au chevalier François de Francine, petite noblesse toscane et grande aristocratie fontainière. Les eaux de Versailles et de Marly, c'est lui. Il les a conduites là où il n'y en avait pas et les a transformées en jets, en cascades, en fontaines pour animer les allées et les bosquets de Le Nôtre. C'était mon père. Un jour je vous raconterai comment il a sauvé le Grand Canal sur lequel nous regardons naviguer la flottille de poche de Sa Majesté. Il perdait son eau, si rare à Versailles, et l'on songeait à le reboucher !

— Un jour, c'est quand ? demanda-t-il. Je souhaite vous revoir vite ! Je suis à la merci d'un rappel à la mer qui m'obligerait à quitter aussitôt Paris. M'ordonnera-t-on de rejoindre le bord de l'amiral, ou celui d'un caboteur en mer du Nord ? Je l'ignore.

— Où préféreriez-vous aller ?

— J'aimerais retourner dans la mer des Antilles pour y pêcher dans les eaux bleues d'un lagon le collier de corail qui vous ira si bien.

— Et quand me le rapporterez-vous ?

— Dans six mois, dans un an, peut-être jamais. Voulez-vous en attendant m'accompagner un bref moment sur le cours paresseux du Loing ?

— Après-demain, s'il fait beau ! répondit-elle sans plus réfléchir.

— C'est vrai ? Joie divine ! Bonté du ciel ! Faveur des étoiles ! Vous voulez bien vivre près de moi durant quelques heures, peut-être quelques jours ! Je n'ose pas y croire.

Elle arrêta le flot des bénédictions en riant :

— C'est bien de remercier le Bon Dieu et ses saints mais je vous fais remarquer que le ciel n'a rien à voir dans l'évidence que je vous plais et que vous me plaisez. Remercions plutôt cette bonne Marguerite qui nous a permis de nous rencontrer.

— Je vais louer une voiture pour rejoindre Nemours. Je refuse de vous faire voyager dans un carrosse de voiture[1].

— Mais non, c'est moi qui vous emmènerai. J'ai le bonheur de posséder une berline et un cocher. Les chevaux Ombrelle et Perruche seront ravis d'aller manger de l'herbe fraîche de la campagne.

— C'est merveilleux, mais vos chevaux portent de drôles de noms.

— C'est vrai, je vous en dirai la raison pendant que vous ramerez.

1. Le carrosse de voiture était un véhicule public qui assurait à heures fixes un service de ville à ville.

— Il nous faut sceller cet accord entre l'eau et la terre. En d'autres termes, Clémence chérie, j'ai une folle envie de vous embrasser.

Il n'attendit pas la réponse et l'enlaça. Clémence se dit qu'il n'existait pas de lieu plus propice à un premier baiser que le banc de marbre du Grand Canal.

Il y eut d'autres caresses dans la berline qui les menait à Nemours. Ils trouvèrent tout de même le temps de parler. Le capitaine avait tant d'histoires à raconter sur ses voyages, sa bataille à la Jamaïque et son proconsulat à Saint-Domingue ! Mais, s'il ne lui déplaisait pas de se mettre en valeur auprès de Clémence, il aimait encore davantage à la faire parler d'elle.

— Il y a deux choses rares dans notre rencontre, dit-elle. La première c'est que le destin nous ait rapprochés, vous l'homme des îles lointaines, et moi, la dame attachée à son Versailles comme un bernard-l'ermite à sa coquille.

— Et la seconde ? Est-ce notre attirance l'un pour l'autre ?

— Non, cela arrive assez couramment, vous ne l'avez pas remarqué ? Ce qui me paraît surprenant c'est que nous sommes tous les deux des êtres à part. Je ne ressemble à aucune des femmes qui virevoltent dans l'ombre du Soleil, vous n'êtes pas, de votre côté, un homme qui se complaît dans la banalité. Nous avons tous les deux, à notre âge qui est à peu près le même, vécu une existence singulière faite de hasards, d'aventures et de dangers.

— C'est pour cela que nous nous sommes reconnus au souper de la duchesse ! Voilà le mystère de notre rencontre résolu. Il ne nous reste plus qu'à en faire une passion.

— Une passion de quelques heures, de quelques jours ? Pourquoi pas ? Celles qui m'ont marquée, vous voyez que je ne cherche pas à jouer les prudes, n'ont guère duré plus longtemps. Je me dis parfois que j'aurais pu être la femme d'un seul homme mais que le destin n'a pas choisi pour moi cette éventualité.

— Vous regrettez ?

— Non, pas du tout. Je pense qu'au jour de la mort, quand on s'est conduit honnêtement et qu'on ne craint pas le jugement de Dieu, il doit être plutôt agréable de se dire qu'on a vécu pleinement et dans la diversité les jours qui vous étaient dévolus sur la Terre. Partagez-vous ce sentiment ?

— Si vous voulez tout savoir, belle que je regrette de n'avoir pas connue au temps où on l'appelait Ondine, je ne suis pas janséniste !

Ils arrivaient devant le château de Hocquincourt qui était plutôt une gentilhommière, posé sur une hauteur à une centaine de mètres de la rivière, lorsque l'orage qui menaçait depuis Fontainebleau éclata. Un serviteur accourut porteur d'une large houppelande dont Clémence se couvrit afin d'éviter d'être mouillée. Le marin, qui en avait vu d'autres, se précipita sous la pluie jusqu'au perron où il arriva juste à temps pour recevoir son invitée.

— Madame, vous êtes ici chez vous. Mon frère avait des affaires à régler à Orléans et il a quitté ce matin le château qu'il nous abandonne pour quelques jours.

— Le hasard fait bien les choses, je vois.

— Vous ne me croirez jamais mais je ne savais pas que mon frère Rémy devait s'absenter. J'aurais vraiment aimé qu'il vous connaisse et espère qu'il rentrera bientôt et que je pourrai vous le présenter.

— Mais si, je vous crois ! D'ailleurs cela a-t-il de l'importance ? Comment est-il, ce frère invisible ?

— Tenez, c'est lui sur ce tableau.

— Comme il vous ressemble, c'est extraordinaire !

— Nous sommes jumeaux. Et si mon frère n'avait pas peur de l'eau, je l'enverrais rejoindre l'escadre à ma place pour rester avec vous. Je suis sûr que personne ne s'en apercevrait.

— Vous remplacerait-il auprès de moi lorsque vous serez parti retrouver vos Indiens ?

Ils éclatèrent de rire et tombèrent dans les bras l'un de l'autre.

— Venez, dit-il lorsqu'elle se fut dégagée, je vais vous montrer votre chambre, puis, comme le temps n'est guère propice à une promenade en barque, je vous ferai voir notre maison bâtie à l'époque du roi Louis XIII. Elle n'est pas grande mais plus agréable à habiter que Versailles qui, si ce que l'on dit est vrai, est sale et plein de courants d'air.

— On exagère un peu mais il est vrai qu'habiter sous le toit du Roi n'est pas toujours un agrément.

Ils visitèrent le réz-de-chaussée occupé par la cuisine et des pièces de réception. À l'étage, le capitaine-comte d'Hocquincourt s'arrêta devant une lourde porte sculptée et l'ouvrit avant d'inviter d'un large geste Clémence à entrer :

— Madame de Pérelle, voici votre chambre. Monsieur l'a habitée avant vous, un jour où son château avait un peu brûlé. Il faut vous dire que nous sommes sur un duché qui appartient à la famille d'Orléans. Érigé en duché-pairie pour Charles III de Navarre, il revint à la Couronne et Louis XIV en a fait don à son frère. La nuit que Philippe d'Orléans a passée ici a laissé quelques souvenirs car il n'était pas seul. Accompagné de quelques favoris et du premier d'entre eux, le chevalier de Lorraine, il a bu plus que de raison et s'est abandonné au vice italien sans se soucier de la présence des domestiques. Vous voyez, comtesse, notre château est chargé d'histoire.

— Une histoire que nous allons nous employer à oublier, j'espère. Mais il faudra que l'on fasse du feu car, sauf votre respect, monsieur d'Hocquincourt, il fait aussi froid dans cette pièce qu'à Versailles.

— Mais oui, l'orage a rafraîchi le temps. Je vais faire allumer tout de suite cette cheminée.

Justement le valet apportait le bagage de Clémence.

— Justin, dit Hocquincourt, allumez toutes affaires cessantes le feu dans cette cheminée. Un feu d'enfer !

Clémence regardait, amusée, mais elle éclata franchement de rire lorsque Justin glissa discrètement, mais suffisamment fort pour qu'elle entende, à l'oreille du capitaine :

— Mais, monsieur le comte, elle fume !

— Allumez, je vous dis ! s'exclama Hocquincourt, furieux. Mme de Pérelle ne va tout de même pas dormir dans une glacière !

Obéissant, Justin mit le feu à la bourrée qui garnissait la cheminée. Fataliste, il ajouta au brasier quelques bûches et dit presque tout de suite :

— Je l'avais bien dit à monsieur le comte, elle fume.

En quelques secondes une épaisse fumée avait envahi la chambre et il fallut déguerpir. Clémence riait et toussait en même temps, le capitaine, les yeux rouges, pleurait.

Heureusement, l'orage passé, le soleil était vite revenu et Justin put ouvrir les fenêtres du cabinet-bibliothèque où ils s'installèrent.

— Je voulais vous réserver une entrée d'impératrice dans la famille, c'est plutôt raté ! dit le capitaine, penaud. La campagne a ses avantages mais aussi des inconvénients qu'oublient les gens de la mer.

— Pas ceux de la terre qui, comme moi, habitent Versailles. Je vous assure que le parc du Roi, quand il pleut, n'est pas plus accueillant que votre Gâtinais. Allons, ne faites pas cette tête-là ! L'impératrice se contentera d'une modeste couche dans l'entrepont et vivra des moyens du bord !

— Vous êtes merveilleuse. Je ne pensais pas qu'une femme existait qui puisse accepter avec le sourire ce genre d'infortune. Je comprendrais très bien que vous souhaitiez retourner tout de suite à Versailles.

— Vous ne connaissez pas les femmes, beau marin ! Elles ne savent peut-être pas tenir tête à la tempête en plein océan mais elles sont capables, dans leur grande majorité, de rire des aléas de la vie ! Non, je ne rentre pas à Versailles, je reste mais ne dormirai pas dans le lit que le frère du Roi a souillé. Le vôtre fera l'affaire si vous m'y accordez une place. Mais j'ai soudain faim et j'espère que les fourneaux de votre cuisine sont en état.

M. de Hocquincourt la regarda, interdit. Comme il ne répondait pas, elle s'approcha, plaça ses mains sur ses épaules et lui dit doucement :

— Alors, vous me la montrez, cette chambre ? Je sais que je suis venue pour faire une promenade à la rame mais, en confidence, c'est pour vous que je suis là. N'attendez pas plus longtemps et faites-moi faire un beau voyage dans ces paradis qui vous fascinent.

Ému, il demanda :

— Vous ne m'en voulez pas ?

— Mais non ! Cessez de faire d'un incident banal une catastrophe. Et souriez !

— Merci. J'ai beaucoup de chance de vous avoir rencontrée !

— Les hommes disent tous cela. Cherchez quelque chose de plus poétique.

— Préférez-vous : c'est un autre homme qui va repartir naviguer pour le Roi, son sac de marin plein de jardins merveilleux, de douces paroles et de souvenirs pour toute une vie ?

— C'est mieux, mais pourquoi toujours parler de départ ? Vivons plutôt le moment présent.

Ils remontèrent enlacés à l'étage, passèrent en riant devant la lourde porte de chêne et en poussèrent une autre, légère comme la voilure d'une felouque napolitaine. D'habitude, les chambres des châteaux sont tristes. Clémence la trouva gaie à travers un rayon de soleil qui filtrait entre les meneaux de la fenêtre. Le lit couvert de brocart brillait tel un champ de blé la veille de la moisson. L'Ondine et le marin s'y enfoncèrent comme dans les fonds où fleurit le corail. Longtemps. Jusqu'à l'heure où Justin frappa pour dire que le souper était prêt.

Le bonheur dura deux jours. Et le capitaine dit qu'il lui était impossible de différer son retour car il lui fallait recevoir sa nouvelle affectation. Il devait, grâce à l'intervention du maréchal de Duras, rencontrer Louis de Ponchartrain qui cumulait, comme Colbert avant lui, les charges de contrôleur général des finances et de secrétaire d'État à la Marine.

Le retour vers Paris fut chagrin. Ni l'un ni l'autre n'avaient envie de parler et ce qu'ils se disaient, lorsque le silence devenait trop pesant, était d'une banalité à pleurer. Clémence était abattue et son compagnon semblait perdu dans ses pensées. Elle remarquait pourtant dans ses yeux une sorte de fièvre, d'excitation, qui lui faisait penser qu'il avait pris le large en quittant Nemours et qu'elle n'était déjà plus pour lui que le délicat souvenir évoqué la veille entre deux étreintes.

— Vous m'oublierez vite, monsieur de Hocquincourt, dit-elle enfin. C'est la mer que vous chérissez et je sens combien vous avez hâte d'en retrouver l'odeur et l'écume. Je savais, dès le début de notre promenade sur terre, que je ne serais qu'une parenthèse dans votre vie. Comme vous dans la mienne. Mais moi je ne vous oublierai pas. Les hommes qui sont entrés dans ma vie, il n'y en a tout de même pas eu tellement, ne l'ont jamais quittée.

— Comment pouvez-vous dire que je vous oublierai ? Si notre aventure est une parenthèse, elle n'a été qu'ouverte et je me refuse à la refermer. C'est vrai, je pars, je suis déjà parti, mais la vie réserve des surprises et rien ne dit que nous ne nous retrouverons pas un jour. Le marin ne peut se passer de la mer mais il rentre au port.

Clémence sourit.

— Je vais prier après vous avoir imaginé perdu dans d'affreuses tempêtes. Au fait, peut-on écrire lorsqu'on est au bout du monde sur un bateau de la marine royale ?

— Oui, il est quelquefois possible de donner une lettre à un courrier qui rentre en France. Je vous promets que la première sera pour vous, La deuxième et la troisième aussi.

Ils se turent à nouveau. La forêt de Fontainebleau était belle avec ses feuilles nouvelles que faisait papilloter le soleil du printemps. Près de Barbizon, la voiture fut arrêtée par un charroi de troncs d'arbres qui avait versé. Ils descendirent pendant qu'on déblayait la route et s'engagèrent dans un sentier qui s'enfonçait dans les taillis. Le marin prit l'Ondine par la taille et l'attira vers lui :

— Encore un baiser ? fit-il.

— Oui, chère passion de deux jours ! Ce sera le dernier. Je préfère vous dire adieu ici, dans le sous-bois, dans cette odeur de forêt que je respirerai chaque fois que je penserai à vous. En percevez-vous les fragrances ? Alors faites comme moi pour me retrouver dans la brume de votre cœur.

— Comme vous dites de jolies choses ! J'ai l'impression d'être un barbare à côté de vous.

— C'est la chance d'avoir pu fréquenter de grands esprits, c'est aussi celle d'être née dans les jardins, au milieu des bassins et des cascades ! Et puis, la Cour a ses bons côtés. On y apprend sans doute mieux que dans les coursives la politesse des sentiments.

Le reste du voyage fut peuplé de silences. Ils avaient l'impression de s'être tout dit et ne voulaient pas rompre le charme de cette journée qui, finalement, n'était pas triste.

La nuit tombait quand Clémence déposa M. de Hocquincourt devant l'entrée de l'hôtel de Duras. Elle ne vit qu'une ombre monter les marches du perron et ne sut pas s'il s'était retourné avant d'entrer dans son autre vie.

— Vite, à Versailles ! dit Clémence au cocher.

« C'est étrange, pensa-t-elle, je ressens comme un soulagement de me retrouver seule. Je dois vraiment être une femme à part pour ne pas pleurer lorsque mon amant me quitte afin d'aller jouer du violon à Rome ou canonner les vaisseaux anglais ! »

Le président, qui lisait Plutarque, fut heureux de voir revenir sa nièce :

— Vous arrivez juste pour le souper, dit-il en l'embrassant. Si ce n'est un secret, allez-vous me raconter ce que vous avez fait durant ces deux journées ?

— Oui, mon oncle. Presque tout.

La plume du Roi éclata de rire quand elle lui fit le récit de l'arrivée ratée au château de Hocquincourt. Il jubila lorsque Clémence lui dit que les marins, s'ils vivent des aventures prodigieuses, manquent du sentiment romanesque qui fait les bons amants et que le capitaine de la Royale lui avait avoué qu'il se sentait un rustre à côté d'elle.

— Bref, M. de Hocquincourt n'a pas tenu ses promesses ?

— Si, l'escapade a été agréable. Ce coup de chaleur au sortir d'un hiver épouvantable ne m'a pas déplu.

— Tant mieux, mon enfant. Je vivrai plus vieux si vous êtes heureuse.

— Et vous, mon oncle, que se passe-t-il chez le Roi ? demanda Clémence en mangeant avec appétit le ragoût d'agneau de Picousi, le cuisinier, qui se piquait de philosophie parce qu'il servait depuis trente ans un membre de l'Académie.

Clémence, qui l'appelait cérémonieusement « Monsieur Picousi », le félicita et il lui répondit par la phrase qu'il aimait à répéter et dont le président lui-même n'avait jamais pu s'expliquer le sens :

— Merci, madame la comtesse. Il faut savoir se faire une médecine de la folie d'autrui.

— Chez le Roi, reprit Toussaint Rose après cette digression, on ne parle que de la guerre et des fâcheuses initiatives du maréchal de Villeroi à qui Sa Majesté a donné, sans doute inconsidérément, le commandement de l'armée de Luxembourg.

— C'est un vieil ami de Sa Majesté, je crois ?

— Oui, depuis un demi-siècle. Et le Roi, guidé par l'attachement plus que par le jugement a, je le crains, confié des responsabilités considérables à un homme certes fidèle, honnête et loyal mais peu apte à commander en chef. L'amitié vient de nous coûter Namur !

— Dont la prise avait été naguère l'œuvre du Roi lui-même. Je me rappelle que Boileau avait écrit une *Ode sur la prise de Namur.* Comment Sa Majesté prend-elle la chose ?

— D'autant plus mal que le duc du Maine a une grande responsabilité dans l'affaire. Au moment où la victoire lui était offerte, il a pris peur, a hésité, a balbutié et a demandé son confesseur. Les gazettes hollandaises se gaussent de l'impair du protégé de Mme de Maintenon à qui le Roi se proposait de donner dans un bref délai le commandement suprême. Évincés, Chartres et Conti ne sont pas mécontents de savoir que leur rival est la risée des soldats.

— La Cour est au courant ?

— Oui, c'est pourquoi je peux vous confier ces détails sur un événement qui touche le Roi de près. Vous les auriez appris demain en vous promenant dans le parc.

Chapitre IX

La mort du poète

Clémence oubliait le capitaine de Hocquincourt perdu au fin fond des mers des Caraïbes ou dans les glaces du Nord. Un jour, cependant, elle demanda à Mme de Duras si elle avait des nouvelles de son cousin mais le beau marin s'était évanoui dans le brouillard au retour de Nemours et n'avait plus donné signe de vie.

— Je vous l'avais dit : les marins sont des gens particuliers. Ils viennent, ils partent, ils reviennent quelquefois. Ils sont attachants mais ne se laissent pas attacher.

— Oh ! Je n'ai jamais pensé qu'une liaison fût possible entre nous mais j'aurais aimé garder de notre courte aventure un souvenir, un sourire de connivence qui se rirait des océans et des années. Il devait m'écrire...

— Patientez, le temps ne s'écoule pas en mer comme sur la terre. J'ai demandé à Pontchartrain où il l'avait envoyé. Il m'a répondu : « Au bureau de l'intendance qui est en face du mien. » Autant dire que notre capitaine est un grain de sel perdu dans l'océan.

La duchesse parla de son mari, le maréchal, qui, faute d'ennemis à combattre, allait chaque matin dresser et entraîner les chevaux de la Petite Écurie, en particulier ceux du Roi qui continuait de chasser. On parla des enfants ; ceux de Mme de Duras étaient dans le Languedoc où deux précepteurs les instruisaient.

— Et vous, chère Clémence, où en êtes-vous avec l'éducation des vôtres ? Avez-vous rencontré Mme de Maintenon pour la jeune fille ? Et Nicolas, quand entre-t-il à l'école des frères ?

— Mme de Maintenon m'a fait dire qu'elle me recevrait demain après la messe du Roi. Quant au garçon, il va partir dans quelques semaines. Le plus dur sera pour ma mère qui ne les a pas quittés depuis leur naissance et qui a assuré jusqu'ici leur éducation. J'ai peur qu'à son âge elle ne vive difficilement cette séparation mais il faut avant tout penser aux enfants !

Le lendemain, Clémence assista donc à la messe du Roi. Entre le Credo et le Pater, elle observa Sa Majesté qui méditait comme elle le faisait chaque jour depuis trente-cinq ans sur les mystères douloureux de la vie du Christ. Elle trouva le roi fatigué et vieilli. Mais quand Louis XIV sortit de la chapelle au côté de Mme de Maintenon, il avait retrouvé sa superbe et saluait avec sa politesse habituelle ceux qui revendiquaient cet honneur. Clémence s'était placée dans la file des courtisans et le Roi parut content de l'apercevoir :

— Madame de Pérelle, il semblerait que je n'aie qu'une chose à vous dire lorsque je vous rencontre : « Pourquoi ne venez-vous pas plus souvent à la Cour ? » Aujourd'hui, je ne vous reprocherai rien car je sais que vous avez été visiter mon potager et cela me fait infiniment plaisir de savoir que vous vous intéressez toujours à l'œuvre de M. de La Quintinie. Les dégâts causés par le gel sont-ils aussi considérables qu'on me le dit ?

— Ils sont graves, Sire, et M. Le Normand s'emploie à remplacer les fruitiers détruits.

— Ah ! Il faudra que j'aille voir cela. Mais j'attendrai que le jardin ait retrouvé sa bonne mine. Les figuiers, au moins, sont-ils saufs ?

— Oui, Sire. Ils ont toujours été tenus à l'abri des gelées. M. Le Normand m'a même dit que lors des plus grands froids il couchait dans la figuerie, le seul endroit de Versailles où l'on ne grelottait pas.

— Cela est amusant. Mais je dois me rendre au Conseil où le président Rose m'attend avec la liasse. J'ai eu plaisir à vous revoir. Je vous laisse auprès de Mme de Maintenon avec laquelle vous devez, je crois, vous entretenir.

— Venez, madame de Pérelle, dit l'épouse du Roi. Nous serons mieux dans mon cabinet pour parler.

Elles traversèrent la Grande Galerie où l'on s'inclinait à chaque pas devant celle qu'on avait méprisée lorsqu'elle n'était que la veuve Scarron, avec un regard pour Clémence dont la présence à cette heure étonnait. Enfin elles arrivèrent à l'appartement de Mme de Maintenon qui fit asseoir Clémence et s'excusa de prendre place dans sa « niche », « le seul endroit, dit-elle, où je suis à l'abri des courants d'air ! ».

— Alors, continua-t-elle, vous songez, m'a-t-on dit, à placer votre jeune fille dans la maison royale de Saint-Cyr ?

— Oui, madame, c'est mon plus grand désir. Nulle part ailleurs la formation religieuse et morale de Marguerite Marie ne sera mieux dirigée. Je ne parle pas de l'instruction dispensée par les dames professes ! Si le Roi consent à admettre ma fille, je suis sûre qu'au ciel son grand-père le fontainier François de Francine sera heureux et grandement honoré. La noblesse de ma fille est ce qu'elle est, c'est-à-dire bien modeste, pourtant son grand-oncle, le président Rose, m'a laissé les plus grands espoirs.

— Ma chère petite, vos titres de noblesse n'ont rien à voir dans l'affaire. La venue chez nous de Marguerite est non seulement acceptée mais souhaitée. J'écris dès aujourd'hui à Saint-Cyr et vous pourrez y conduire la jeune fille dès la semaine prochaine.

Clémence se confondit en remerciements et Mme de Maintenon lui posa maintes questions sur sa vie, sur son oncle qui, malgré ses quatre-vingt-trois ans, continuait de servir le Roi, comme à cinquante, sur la santé de Mme de Sévigné et même sur les « Ombrelles » dont l'existence avait fort diverti le Roi.

— Il ne s'agit que d'un amusement de dames, rien de plus, dit Clémence qui, pas plus que ses amies, ne souhaitait voir leur clan devenir un sujet de conversation à la Cour. D'ailleurs, ajouta-t-elle, le froid de l'hiver a fait s'envoler les « Ombrelles » et, Mme de Sévigné ayant déserté Versailles et Paris, elles ont perdu leur meilleure complice.

*

L'inattendu se produisit, un matin où Clémence avait entrepris de ranger la bibliothèque du président. Revêtue d'un grand tablier, les cheveux protégés par un fichu noué sous le menton, elle chassait la poussière accumulée sur la tranche d'un vieux Tacite lorsque Grégoire, le fidèle valet de Toussaint Rose, vint la prévenir qu'un marin demandait à lui parler. Un marin ? Ce ne pouvait être qu'un envoyé de Hocquincourt. La duchesse aurait-elle raison ? Est-ce mon capitaine qui refait surface ? s'interrogea-t-elle en ôtant son tablier et en arrangeant ses cheveux.

Le visiteur, tenue fripée, barbe de huit jours et visiblement fatigué, portait à la main droite un gros pansement retenu par une écharpe. Avec un fort accent berrichon que Clémence eut du mal à comprendre, il demanda s'il avait bien affaire à la comtesse de Pérelle.

— Oui, monsieur, je suis celle que vous cherchez.

— Alors, madame la comtesse, je suis maître d'équipage sous les ordres du vice-chef d'escadre comte de Hocquincourt qui m'a chargé de vous remettre en main propre le pli que voici.

C'était une enveloppe de toile assez sale, qui avait visiblement été mouillée, que Clémence posa avec précaution sur le bureau.

— Merci, monsieur le maître d'équipage. Vous arrivez de loin ? demanda-t-elle. Des îles Caraïbes peut-être ?

Il la regarda, étonné :

— Non, pas du tout. J'ai été blessé dans la mer de Hollande et viens de Dunkerque. J'ai eu la permission de venir me faire soigner à Paris puis de me reposer dans ma famille près d'Argenton-sur-Creuse. J'espère qu'on sauvera ma main et que je pourrai bientôt rembarquer sur un corsaire !

— Sur un corsaire ? Vous voulez dire que M. de Hocquincourt se bat sur un bateau corsaire ?

— Naturellement ! Sous les ordres du glorieux Jean Bart dont il est le lieutenant et l'ami ; Jean Bart qui fait régner la terreur en mer depuis des années ! Il vient de gagner la bataille du Texel [1]. J'y étais, c'est là qu'un boulet a emporté un morceau de ma main. C'était magnifique ! D'ailleurs, M. de Hocquincourt vous raconte ce combat mémorable. Il en a terminé le récit devant moi avant de me le confier.

— Il va bien ? demanda Clémence qui se reprocha de ne pas s'être enquise tout de suite de la santé de celui qui, elle s'en rendait compte, n'occupait pas une place capitale dans sa pensée.

— Oui, madame la comtesse. Il a été un peu blessé, comme presque tous les membres de l'équipage, mais il s'en est tiré avec une simple estafilade à la joue.

La nouvelle n'inquiéta pas Clémence qui se demanda quel effet pouvait faire une balafre sur le beau visage de son « marin de deux jours », comme elle appelait Hocquincourt lorsqu'elle parlait de lui avec Mme de Duras.

— Ma mission accomplie, je vais rejoindre l'hôpital militaire, dit l'homme en triturant son chapeau.

— Monsieur, je vous ferai conduire à Paris par mon cocher. Auparavant, Grégoire va vous aider à faire un peu de toilette et vous servir à dîner ! J'y pense, si, à Paris, vous avez une difficulté quelconque, vous irez voir la duchesse de Duras : c'est la cousine de M. de

1. Île des Pays-Bas nommée aussi « Île aux oiseaux ».

Hocquincourt et elle vous aidera. Je vous donnerai son adresse. Mais allez donc lui rendre visite aussitôt que vous le pourrez, elle sera heureuse d'avoir des nouvelles !

L'homme parti avec le valet, Clémence se donna un moment de répit avant d'ouvrir le paquet. Elle fit, elle aussi, un brin de toilette pour se débarrasser de la poussière et s'allongea, songeuse, sur le canapé. Son marin de la Royale, évanoui un soir dans la nuit en rêvant de lagons bleus et sans doute de belles créoles, revenait sans prévenir dans un petit sac de toile crasseux avec l'image rapportée d'un corsaire balafré ! Il y avait de quoi être déconcertée...

Elle fixa un moment du regard le paquet qui venait de la mer et fut soudain émue. Elle aurait voulu que Hocquincourt surgisse soudain, dans son pantalon collant, le foulard rouge noué sur la tête, et qu'il lui dise simplement : « Nous nous sommes raconté nos histoires durant deux journées merveilleuses. Je vais, ma fontainière, vous confier la dernière ! »

Le revenant n'allait pas pousser la porte du président Rose mais son récit était là, qui sentait les embruns et la poudre. Peut-être portait-il aussi quelques effluves de tendresse ? Clémence se leva, prit sur le bureau le couteau qui servait à décacheter le courrier et défit la toile. Une deuxième enveloppe protégeait une dizaine de feuilles à peine fripées, pleines d'une écriture joliment formée. Elle les feuilleta simplement, prit son temps pour s'installer en calant bien les coussins sous sa tête, avec le désir inconscient de prolonger la voluptueuse attente du plaisir.

Enfin, elle commença à lire :

À la comtesse de Pérelle.

Sans doute, jolie fontainière, n'attendiez-vous plus de mes nouvelles. Mais mon silence n'était pas l'oubli. La parenthèse restait ouverte et j'ai bien souvent pensé à vous en scrutant l'horizon à la lorgnette pour y voir s'agrandir la silhouette d'un navire indésirable. Les événements qui ont bouleversé ma vie depuis que nous nous sommes quittés sont si nombreux que j'ai dû remettre de jour en jour le plaisir de vous écrire. J'attendais aussi sans doute d'avoir vécu une aventure mémorable pour vous la conter et paraître à vos yeux, sinon un héros, du moins le vaillant marin dont j'avais essayé de vous donner l'image.

Mais commençons par le commencement. Le lendemain de nos adieux, un peu ratés, vous en conviendrez, j'ai été voir le ministre Pontchartrain qui m'a envoyé à un intendant antipathique, lequel a fini par me trouver un embarquement à Dunkerque sur une galiote prise aux Hollandais et chargée de surveiller la côte. J'étais loin de mes rêves de voyages lointains mais, la mort dans l'âme, j'ai dû accepter ce commandement insignifiant. L'intendant ne me l'avait pas octroyé pour me faire plaisir mais il ne savait pas qu'en m'envoyant à Dunkerque il me rendait un immense service. C'est là en effet que le hasard m'a fait rencontrer le déjà légendaire Jean Bart, fabuleux corsaire devenu officier de la Royale après d'innombrables exploits qu'il serait trop long de vous énumérer. Je vous dirai simplement qu'en vingt années il a pris une quantité de bâtiments toujours plus armés que les siens. Par exemple, avec une frégate de deux canons et 36 hommes, le *Roi David*, il a capturé un vaisseau espagnol qui portait 18 canons et qui était monté par 65 marins. Cela pour vous montrer la carrure de l'homme, petit-fils et fils de fameux corsaires dunkerquois. Alors, quand Jean Bart m'a offert de le seconder à bord de son nouveau navire qu'il s'apprêtait à sortir, j'ai crié de joie et j'ai embarqué sur le *Glorieux*. « Autant vous prévenir, m'a-t-il dit. Nous sommes officiers du Roi mais nous agissons comme les corsaires. Je n'ai rien changé de ma tactique et de mes habitudes du temps où je naviguais à mon compte sur commission de l'État. » Je vous fais grâce, belle amie, de nos premières courses, du bonheur d'aller plus vite que l'ennemi, de le rattraper, de lui tendre un piège et de le capturer. Mais ce n'étaient là que fantaisies. Ma première grande bataille, nous l'avons livrée bien loin de Dunkerque, près de Faro, au Portugal. C'est là que nous avons reconnu six navires hollandais qui venaient de quitter précipitamment le convoi de Smyrne attaqué par Tourville à Lagos[1]. En tout, ils disposaient de 156 canons, le *Glorieux* n'en avait que 62. Malgré cette différence, Jean Bart, avec mon aide modeste, a réussi à les drosser à la côte et à les brûler. Après, nous avons encore escorté un convoi de ravitaillement, puis, de retour au Nord, avons livré l'extraordinaire combat naval du Texel dont je vous épargne les péripéties. Sachez seulement que nous avons réussi à reprendre un convoi de blé destiné à la France dont l'amiral de Frise s'était emparé. En avez-vous entendu parler à la Cour ? Il paraît que le Roi était fort content de cet exploit et qu'il va faire Jean Bart chevalier de Saint-Louis avant de l'anoblir.

Au cours de mes voyages et entre deux courses – vous voyez, j'utilise maintenant le vocabulaire de la flibuste ! – j'ai pris des notes que vous trouverez dans l'enveloppe. Je ne sais pas si elles vous intéresseront. Voulez-vous les conserver ? Je prendrai sûrement plaisir à les relire lorsque le service me permettra de revenir à Paris. Accepterez-vous alors de me revoir ? Je vis dans cet espoir. Il est difficile de livrer au papier et à l'écriture le fond de son âme. Je vous laisse deviner mes pensées qui demeurent très respectueuses.

Frédéric Armand
Comte de Hocquincourt.

1. Port des côtes d'Afrique, aujourd'hui le Nigeria.

La lettre de son marin remplit Clémence de perplexité. Le récit de ses exploits ne la laissait pas insensible mais elle le trouvait froid, trop militaire dans la forme, pas assez chaleureux dans l'esprit. En tout cas, pensait-elle, ce n'est pas une lettre d'amour, on dirait plutôt un rapport de La Reynie ! Mais, après tout, la course et les préoccupations d'un corsaire ne constituent pas les conditions propices à de tendres épanchements.

Il y avait autre chose qui la gênait et elle mit un moment à le découvrir. « Ça y est, dit-elle tout haut en rangeant les feuillets dans un tiroir. Son récit manque d'enthousiasme. Quand on vit des aventures pareilles, on met dans leur récit du lyrisme, de la flamme ! J'ai raconté autrement mieux à toute la Cour et même au Roi mon histoire de Barbaresques ! »

Puis elle se dit qu'elle était bien sévère, qu'elle n'était pas la maîtresse chargée de corriger un devoir et que le comte faisait preuve d'une touchante attention en lui racontant ses exploits qu'il occultait avec modestie par la bravoure et le génie de Jean Bart. En cherchant un peu on trouvait même des accents affectueux dans certaines phrases.

Le réveil du corsaire lui posait une autre question, la seule finalement qui la concernait : que ferait-elle s'il débarquait un jour avec son sourire narquois et sa balafre ? Elle n'eut pas à réfléchir longtemps pour prendre une résolution : s'il me le propose, j'ouvrirai une nouvelle parenthèse. De deux jours. Pas plus. Car il serait déraisonnable de s'attacher à un homme dont la passion et le métier est de jouer à cache-cache avec les galiotes hollandaises.

Ayant ainsi mis de l'ordre dans ses idées, elle se demanda si elle allait montrer la lettre à Marguerite de Duras. Elle décida qu'elle le ferait puisqu'elle savait que son amie y trouverait, outre des nouvelles de son cousin, le parfum d'aventure qui manquait à sa vie trop sage.

M. de Hocquincourt était déjà oublié dans son tiroir quand Clémence apprit au cours d'une réunion chez Mme de Lambert que La Fontaine, toujours d'une santé chancelante, s'était décidé à renier publiquement son ouvrage de contes et à faire amende honorable devant l'assemblée de l'Académie française. On ne parlait que de cet événement dans le « bureau d'esprit » de la rue de Richelieu. Personne ne critiqua l'attitude du poète. On admira plutôt le courage dont il avait dû faire preuve pour condamner lui-même la partie de son œuvre qu'il avait défendue durant toute sa vie, certain qu'elle n'était pas répréhensible et que traiter des choses de la chair en langage comique ne pouvait nuire à personne. Si l'ami fut respecté, il n'en fut pas de même de ceux qui l'avaient amené au sacrifice. L'abbé Pouget en particulier fut malmené, qui l'avait, au terme de dix ou douze jours d'entretiens impitoyables, persuadé que les *Contes* étaient œuvre impie et que l'Église ne lui accorderait l'accès aux sacrements qu'après une confession générale et la pénitence.

Naturellement, Fontenelle fut le plus véhément :

— Ce n'est pas parler contre la religion ni contre l'Église d'affirmer que l'abbé Pouget a outrepassé les droits que lui confère son ministère en obligeant l'un des grands hommes du siècle, malade, épuisé, privé d'une partie de ses moyens, à renier le travail littéraire d'une vie. Il paraît, selon cet abbé, que « l'amour content » est une incitation au péché, en poésie comme au théâtre ! Savez-vous qu'il a obligé La Fontaine à détruire une comédie qui allait être jouée ?

— Je sais même qu'il a traité l'art du théâtre de profession infâme ! dit à son tour Bachaumont.

Clémence rentra à Versailles bouleversée. Non seulement son vieil ami, son parrain, son poète allait mourir, mais il devait subir les rigueurs d'une religion tellement éloignée de celle dans laquelle elle avait été élevée, où

Dieu était toute bonté et miséricorde. Elle confia sa tristesse à son oncle qui la consola en disant qu'il était difficile de se mettre à la place de ceux qui voient venir la mort avec effroi. « Si notre ami accède serein à sa fin dans ce monde, il est moins à plaindre qu'on ne peut le penser. Il ne faut pas non plus oublier que La Fontaine a été dans sa jeunesse novice à l'Oratoire ! Mais il n'était pas nécessaire d'en arriver à ces extrêmes pour le préparer à mourir. »

Le président apprit quelques jours plus tard à Clémence que le fabuliste avait fait à l'Académie sa déclaration de reniement.

— Il s'est rendu au Louvre[1] ? demanda Clémence.

— Non. Une députation de l'Académie s'est rendue à son domicile pour l'entendre. Je n'y étais pas mais je sais que La Fontaine a aussi, selon l'exigence de l'abbé Pouget, renoncé à percevoir ses droits sur les *Contes*.

— Que pense le Roi ?

— Il n'a rien dit. Mais le duc de Bourgogne a fait porter aussitôt à ton ami une bourse de cinquante louis pour compenser la perte qu'il subissait. Fénelon n'est sûrement pas étranger au geste de son élève.

Jean de La Fontaine mourut quelques semaines plus tard. Clémence et son oncle assistèrent aux obsèques à Saint-Eustache. Au premier rang pleurait un vieil homme que le président connaissait bien et que Clémence avait plusieurs fois rencontré. C'était François de Maucroix, le plus vieil ami de La Fontaine, poète lui-même, traducteur de Tacite, de Cicéron et homme de lettres. Mesurant son désarroi, Toussaint Rose, à la fin de la cérémonie, dit à sa nièce :

— Clémence, allez réconforter M. de Maucroix et, s'il le veut bien, ramenez-le à notre hôtel. On ne peut pas le laisser dans cet état.

Maucroix accepta et les accompagna rue Beautreillis où ils vivaient pour quelques jours durant les travaux qui rendaient l'appartement de Versailles inhabitable.

1. Jusqu'à la Révolution, l'Académie française ainsi que celle des sciences et celle des inscriptions se réunirent au Louvre.

En attendant que le dîner soit prêt, François de Maucroix, remis de son émotion, parla de Jean de La Fontaine en des termes émouvants :

— Nous avons été amis plus de cinquante ans et je remercie Dieu d'avoir conduit l'amitié extrême que je lui portais jusqu'à une si grande vieillesse, pouvant dire que je l'ai tendrement aimé et autant le dernier jour que le premier. C'était l'âme la plus sincère et la plus candide que j'aie jamais connue.

— C'était aussi mon ami, depuis que j'étais toute petite fille, dit Clémence. Je le pleure comme vous.

— Je sais tout cela, il parlait souvent de son « Ondine ». Il vous aimait beaucoup.

— Quand j'étais triste, il inventait des fables, rien que pour moi !

— Ses fables ? Elles ne mourront jamais et lui feront honneur dans toute la postérité[1].

— Vous étiez près de lui lorsqu'il est mort ? questionna le président.

— Je suis arrivé quelques instants trop tard. Il venait de passer. Mais savez-vous ce qu'on a trouvé sur lui en le déshabillant pour le mettre sur son lit de mort ? Un cilice ! M. Boileau à qui j'ai fait part de cette découverte était horrifié. « C'est d'autant plus incroyable, a-t-il dit, que jamais rien ne fut plus éloigné de son caractère que ces mortifications ! »

— L'abbé Puget était-il là ?

— Non, il est parti en province depuis quelques semaines.

*

— Il est très ennuyeux de vieillir, dit un jour le président à sa nièce, mais, le pire, c'est de voir disparaître un à un ses amis.

Le dernier en date était Claude Lancelot qui avait à peu près son âge et qu'il avait connu au temps où il

1. Mémoires de Maucroix, Société des Bibliophiles, 1842.

avait pour élève un jeune homme appelé Jean Racine qu'il avait accueilli à la nouvelle école des Granges, proche de Port-Royal-des-Champs.

— Je n'avais jamais entendu parler de ce M. Lancelot, dit Clémence qui adorait écouter le secrétaire privé du Roi raconter des histoires du passé.

— C'était un homme discret qui avait pris la soutane au séminaire de Saint-Nicolas-du-Chardonnet mais avait quitté celui-ci pour rejoindre M. de Saint-Cyran, l'un des premiers jansénistes, fondateur d'écoles qu'on appelait « Petites Écoles ». Saint-Cyran arrêté, Lancelot poursuivra toute sa vie sa vocation de pédagogue dans la mouvance de Port-Royal. Il a appris le grec et le latin à plusieurs générations d'élèves et a écrit une quantité de manuels et de méthodes d'enseignement.

— Et Racine a été son élève ?

— Oui, vers 1655. Hier, à l'Académie, je parlais de Claude Lancelot à l'auteur de *Phèdre*. Celui-ci m'a dit ce qu'il devait à un maître qui lui avait appris le grec en moins d'une année, le mettant en état d'entendre les tragédies de Sophocle et d'Euripide.

— Où est-il mort ?

— À l'abbaye bénédictine de Quimperlé, sa ville natale, où une lettre de cachet l'avait exilé voilà une quinzaine d'années. Qui se souviendra dans un siècle de ce solitaire de Port-Royal, un monsieur, j'allais dire un saint ?

Mme de Sévigné, qui avait toujours admiré Claude Lancelot comme elle avait admiré toute sa vie les jansénistes sans partager leur doctrine, mourut peu de temps après à Grignan.

La nouvelle ne fut connue à la Cour qu'une semaine plus tard. C'est Mme de Caylus qui l'apprit à Clémence par un trait qu'eût apprécié la grande dame :

— Notre amie, la marquise de Sévigné, a refermé son ombrelle.

Clémence, à cette annonce, eut les yeux embués de larmes.

— Comment est-elle morte ? demanda-t-elle.

— Elle a soigné jusqu'au bout sa fille Mme de Grignan, accablée, comme vous le savez, d'une maladie de langueur, avant d'être attaquée elle-même par une petite vérole maligne. C'est vraiment la chose la plus triste ! Nous n'oublierons pas de si tôt son aisance, sa grâce naturelle...

— Et la douceur de son esprit, continua Clémence. L'esprit qu'elle donnait en cadeau par sa conversation à qui n'en avait pas.

— C'est vrai, elle avait l'art de rendre intelligents ceux qu'elle aimait.

On parla aussi beaucoup, chez Mme de Lambert, de celle qui avait animé le salon de la rue de Richelieu après avoir régné sur celui de Mme de Rambouillet.

— Il est dommage que notre grande amie ne laisse pas une œuvre, dit un peu étourdiment Houdar de La Motte. Elle n'a malheureusement écrit aucun livre.

— Mon cher, ceux qui ont eu l'honneur de recevoir l'une de ses lettres ne penseront pas comme vous, coupa Fontenelle. Il ne s'est pas passé de jour qu'elle n'ait écrit à sa fille. Il faut prier le ciel que ces lettres n'aient pas été détruites et que quelqu'un pense un jour à les rassembler[1]. Qui dit que le talent d'épistolière de la marquise ne sera pas reconnu par la postérité alors que seront oubliés bien des auteurs à succès d'aujourd'hui ?

Clémence eut un instant l'idée de briller en s'appropriant le mot de Mme de Caylus mais elle était honnête et le rapporta tel que celle-ci l'avait prononcé. On applaudit l'Ombrelle de la marquise.

*

1. De son vivant, Mme de Sévigné était célébrée pour le bonheur de sa conversation mais pas pour sa correspondance qui ne sera réunie et éditée pour la première fois qu'en 1726.

Après les grandes batailles, la guerre s'assoupissait et les escarmouches n'intéressaient pas la Cour qui trouva un sujet de remplacement dans une autre guerre, celle que continuaient de se livrer, ouvertement ou à fleurets mouchetés, les deux géants religieux du siècle : Bossuet et Fénelon. Mme Guyon n'était plus à Saint-Cyr mais emprisonnée à Vincennes d'où elle correspondait avec ses amis. Son influence demeurait autour du « petit troupeau » des duchesses dont le berger bien-aimé venait d'être nommé évêque de Cambrai.

Les liens qui existaient entre Fénelon et Mme Guyon constituaient depuis un moment l'essentiel des bavardages de cour. Bossuet insinuait que leurs relations étaient coupables, certains qu'elles étaient restées chastes en dépit d'une intimité déjà vieille de cinq ans. Ne s'affublaient-ils pas d'étonnants surnoms lorsqu'ils s'écrivaient : « Bibi » pour le prélat, « Maman Téton » pour la prophétesse du quiétisme, cette doctrine venue d'Italie qui empoisonnait la vie religieuse et finissait par influer sur la politique.

Des extraits d'une lettre circulaient dans le cercle des pieuses courtisanes. Adressée au Roi, elle avait été remise par son auteur, Fénelon, à Mme de Maintenon, mais il s'agissait d'un document si implacable qu'on doutait qu'elle l'eût montré à son destinataire :

« On vous a élevé jusqu'au ciel [...] pour avoir appauvri la France entière afin d'introduire à la Cour un luxe monstrueux et incurable [...]. Ils [les ministres] vous ont accoutumé à recevoir sans cesse des louanges outrées qui vont jusqu'à l'idolâtrie et que vous auriez dû, pour votre honneur, rejeter avec indignation. On a rendu votre nom odieux et toute la nation française insupportable à nos voisins [...]. Cependant, vos peuples meurent de faim [...]. La France n'est plus qu'un grand hôpital désolé et sans provisions. Le peuple qui vous a tant aimé commence à perdre l'amitié, la confiance et même le respect. La sédition s'allume peu à peu de toutes parts. Vous n'aimez pas Dieu. Votre religion ne consiste qu'en superstition et en pratiques superficielles [...]. Vous rapportez tout à vous comme si vous étiez le dieu de la Terre. »

Mme de Maintenon n'en avait parlé, semblait-il, qu'à son ami Noailles, évêque de Châlons, qui lui avait conseillé le silence, et à quelques pieuses duchesses de son entourage. Le secret avait ainsi été gardé quelques mois mais des extraits de la lettre commençaient à circuler sous le manteau.

Du combat feutré qui opposait Bossuet à Fénelon, c'est le premier qui sortit vainqueur. Mme Guyon fut enfermée à la Bastille[1] et, au lieu d'être nommé, comme on s'y attendait, archevêque de Paris, Fénelon fut envoyé à Cambrai. L'exil était fastueux car le diocèse était une principauté ducale représentant un bénéfice de deux cent mille livres de rente, mais l'éloignement était cruel pour le précepteur du duc de Bourgogne. Les desseins de Dieu sont impénétrables : c'est Bossuet qui consacra de sa main le nouvel archevêque de Cambrai.

Naturellement, Clémence avait tenté d'obtenir de son oncle des renseignements sur l'affaire qui la passionnait ainsi que ses amies, mais le président avait répondu qu'il n'était pas au courant, ce qui signifiait qu'il ne voulait rien dire.

Privées de l'enrichissante compagnie de Mme de Sévigné, les « Ombrelles » avaient espacé peu à peu leurs rencontres et il fallut toute l'autorité de Mme de Duras pour que l'aimable et frondeuse assemblée retrouve ses habitudes.

— Il nous faut remplacer notre amie défunte, dit Mme de Caylus. Nous ne sommes plus que quatre. On pourrait presque s'abriter sous une seule ombrelle ! Qui connaît l'oiseau rare qui puisse se joindre à nous ?

1. Elle n'en sortira qu'en 1703 pour se retirer à Blois où elle vivra paisiblement jusqu'à sa mort quinze ans plus tard.

— Mlle de Feuquières ? hasarda Mme de La Mésangère.

— Oh non ! coupa Mme de Caylus. Depuis qu'elle a épousé Boisfranc, qui se fait appeler Soyecourt, elle est triste à mourir. Il est très riche, elle était très pauvre. Maintenant elle est malheureuse...

D'autres noms furent prononcés mais aucun ne retint l'attention de ces dames jusqu'à ce que Clémence avance celui d'Anne Bellinzani :

— Elle était l'autre mardi chez Mme de Lambert et m'a semblé fine mouche. Elle est maintenant la femme du président Ferrand.

— En dehors de se marier, qu'a-t-elle fait dans la vie pour mériter de joindre son ombrelle aux nôtres ? demanda Mme de La Mésangère.

— Elle a écrit l'*Histoire des amours de Cléante et Bélise* qui est parue il y a trois ou quatre ans. Souvenez-vous, son livre a obtenu un certain succès !

— Qui l'a lu ? demanda Mme de Duras.

— Moi, dit Clémence. Car Bachaumont en a fait l'éloge. C'est un roman autobiographique qui retrace l'histoire authentique de ses amours avec le baron de Breteuil. Elle y a ajouté récemment soixante-dix lettres qu'ils auraient échangées. Je dis « qu'ils auraient » car les lettres, qui éclairent le roman, semblent bien littéraires, ce qui n'a d'ailleurs aucune importance.

— La présidente Ferrand fréquente-t-elle la Cour ? questionna Marguerite de Caylus.

— Oui, comme moi, épisodiquement. Mais, toujours comme moi, elle y viendra plus souvent si nous décidons de l'inviter à nous y retrouver.

— Elle a de l'esprit ? demanda encore Mme de Duras.

— Oui, sinon Mme de Lambert ne la recevrait pas dans son salon.

— Comme vous ! lança Mme de Caylus que les références répétées aux réunions de l'hôtel de Nevers où elle n'avait pas ses entrées agaçaient.

— Comme moi, peut-être, dit en riant Clémence qui promit d'emmener un jour la présidente.

C'est ce soir-là que Toussaint Rose apprit à sa nièce qu'on venait de prévenir le Roi que La Bruyère était mort à Versailles.

— Trois semaines après La Fontaine ! C'est une grande perte pour les lettres françaises, dit Clémence. Boileau devait m'emmener un jour chez lui et cela ne s'est pas fait. Je regrette de ne pas l'avoir connu.

— Avez-vous lu ses *Caractères* ?

— Naturellement, mon oncle. Mais je ne savais pas qu'il vivait à Versailles.

— Oui, à l'hôtel de Condé où il avait son principal établissement. La Bruyère avait été le précepteur du duc de Bourbon et il était resté lié à la famille. Je suis allé une fois chez lui. Il occupait un petit appartement composé d'une chambre, d'un cabinet rempli de livres et d'une garde-robe. Son domestique était illettré. Comme je m'en étonnais, il m'a précisé : « Mais la servante sait lire ! » Je l'avais vu hier encore ; il assistait à la séance de l'Académie et paraissait fort bien. Tout cela est bien triste. Petite Clémence, racontez donc à votre vieil oncle quelque histoire plus gaie.

Elle lui fit le récit de la réunion des « Ombrelles », de leur difficulté à trouver une femme qui ait autant d'esprit que de discrétion. Le président connaissait son confrère Ferrand, attaché aux bailliages, mais pas sa femme.

— Prêtez-moi donc son livre, dit-il. Vous m'intriguez avec cette nouvelle histoire de Cléante et de Bélise. Finalement, beaucoup de femmes écrivent de nos jours !

— C'est vrai. Vous devriez en élire quelques-unes à l'Académie française !

Le président sourit.

— C'est une bonne idée. Malheureusement, Richelieu n'a pas prévu cette éventualité dans notre règlement et je ne pense pas que notre compagnie soit prête à cette révolution.

— Même pour un écrivain de génie ? L'œuvre de Mme de La Fayette ne vaut-elle pas celle de certains de vos confrères dont les noms sont inconnus ?

— Bien sûr, mais pensez-vous que cela fasse plaisir aux hommes de voir les femmes envahir leur jardin ?

*

Il y avait longtemps qu'une grande fête n'avait réveillé les jardins de Le Nôtre et animé les grands appartements du château. Le mariage du duc de Bourgogne et de la princesse Adélaïde de Savoie promettait de renouer avec la magnificence des réjouissances du début du règne. La Cour jubilait à cette perspective et suivait avec exaltation les péripéties du voyage de la jeune princesse : elle avait quitté le palais ducal de Turin et le Roi en personne devait aller l'accueillir à Montargis.

Les courriers se succédaient à Versailles qui apportaient des nouvelles au Roi et, chaque soir, le président pouvait en donner la primeur à Clémence qui s'empressait d'en instruire ses amies. Celles-ci se retrouvaient maintenant régulièrement au bassin de Neptune, profitant d'un ciel clément et du parc, magnifique dans ses parures d'automne. Mme de Ferrand se révélait fine « Ombrelle » et tenait sa place avec bonheur dans le groupe des amies qui apprirent avant tout le monde à la Cour que la princesse venait d'arriver la veille, 16 octobre, avec sa suite, au pont Beauvoisin qui sert de frontière entre le duché et la France. Elle s'était reposée et parée du côté Savoie et avait été accueillie à l'entrée du pont, qui tout entier est de France, par le comte de Brionne, chargé par le Roi de la recevoir du marquis de Dronero qui avait assuré la conduite du voyage.

Le lendemain, Clémence, heureuse de jouer les messagères, annonça qu'un courrier du Roi était arrivé au moment où le cortège se mettait en route pour Montargis. Sa Majesté donnait l'ordre de traiter la petite princesse, en tout, comme fille de France.

À petites journées, celle qu'on considérait déjà comme la duchesse de Bourgogne arriva le 4 novembre à Montargis où le Roi la reçut à la portière de son carrosse et la mena dans l'appartement qui lui était préparé dans la maison où il logeait. Il lui présenta Monseigneur, Monsieur et le duc de Chartres qui avaient accompagné Sa Majesté.

Chaque jour apportait de bonnes nouvelles. Le président annonça à Clémence que le Roi avait envoyé un courrier à Mme de Maintenon pour lui faire part de son impression en tout point louangeuse : en une journée, la princesse avait fait la conquête du monarque qui rapportait à son épouse ses gentillesses, ses flatteries et ses manières charmeuses. Il résumait ainsi la longue lettre du souverain :

« Elle a la meilleure grâce et la plus belle taille que j'aie jamais vue. Habillée à peindre et coiffée de même, des yeux vifs et très beaux, des paupières noires et admirables, le teint fort uni, blanc et rouge, les plus beaux cheveux blonds que l'on puisse voir. Elle est maigre comme il convient à son âge, la bouche fort vermeille, les lèvres griottes, les dents blanches... »

— Mais ne va-t-elle pas enfin rencontrer son futur mari ? demanda Clémence à son oncle. Elle doit attendre ce moment avec curiosité et impatience.

— Demain ! Monseigneur le duc de Bourgogne sera à Nemours pour y attendre son grand-père et sa fiancée. De là ils gagneront Fontainebleau.

— Nemours ? Tiens, cela me rappelle quelque chose, dit Clémence.

— Votre corsaire ? Il ne vous a pas donné d'autres nouvelles ?

— Non. Sinon je vous l'aurais dit.

— C'est qu'il doit être bien occupé en ce moment. Jean Bart vient de remporter une nouvelle victoire au

Dogger Bank [1]. Il s'est emparé de je ne sais combien de navires hollandais et anglais.

— Alors, j'aurai peut-être droit à un récit complet de la bataille avec le compte exact des canons et le nombre des marins ennemis.

— Vous préféreriez un inventaire de mots tendres ? demanda l'oncle en riant.

— Oh ! Je ne me fais pas d'illusions. Seulement, s'il veut me revoir encore présentable, il faut qu'il se dépêche.

— Que dites-vous, Clémence ? Vous êtes toujours jeune et jolie !

— Jeune ? Savez-vous, mon oncle, que je vais avoir quarante-cinq ans !

— Eh bien, on fera une belle fête ! Pas à Versailles mais dans notre hôtel de la rue Beautreillis. Vous inviterez vos amis, et votre cousin Jean-Nicolas de Francine nous amènera ses musiciens de l'Opéra.

— Merci, mon oncle. Ce qui serait bien, c'est que Corelli avec son violon et Hocquincourt avec sa balafre viennent me souhaiter un bon anniversaire ! Peut-être qu'ils se battraient, l'un armé de son archet, l'autre de son poignard...

Ils éclatèrent de rire, ce rire qu'aimait tant le vieil homme.

— Quelquefois, Clémence, je me dis que je n'ai pas souvent ri au cours de ma vie. Et cela me navre !

— Est-ce la faute du Roi ?

— Beaucoup ! C'est qu'on ne plaisante pas au Conseil et les lettres qu'il me prie d'écrire sont rarement comiques.

— Mon oncle, je resterai toujours auprès de vous et je vous promets de vous faire pouffer au moins trois fois la semaine !

— Dans ce cas, si vous le souhaitez, je vous emmène demain à Fontainebleau où le Roi m'a mandé. Une

1. Le « Banc des chiens », vaste banc de sable dans la mer du Nord entre le Danemark et l'Angleterre.

grande partie de la Cour va s'y trouver. Pourquoi pas vous ?

— C'est convenu, mon oncle, je vous accompagnerai avec une grande joie. Je suis curieuse de connaître la fillette que son père envoie dans le lit du petit duc de Bourgogne.

— Oh ! Il lui faudra attendre. La princesse n'a que douze ans et lui quinze !

À Fontainebleau, tandis que Toussaint Rose rejoignait le cabinet du Roi, Clémence retrouva Mme de Caylus et Mme de Duras et se joignit à elles, oubliant les usages du rang, pour attendre sur le grand escalier l'arrivée de la princesse. Vers cinq heures du soir, les carrosses s'arrêtèrent dans la cour du Fer-à-cheval et le Roi fit descendre la princesse de voiture pour la conduire, fort lentement, au grand appartement de la Reine mère [1] où Madame l'attendait.

— Venez, dit Marguerite de Duras. Nous allons voir de plus près cette petite merveille.

— Mais non, ma place n'est pas avec les princesses et les duchesses.

— Vous vous tiendrez en retrait et personne ne vous remarquera.

— Oh ! Après tout, le Roi veut me voir plus souvent à la Cour, eh bien, me voilà ! Je vous suis !

Dans les appartements, le Roi nommait à la princesse les princes et princesses du sang. Après, il pria Monsieur de nommer tout le monde. Clémence jugea opportun de ne pas venir baiser le bas de la robe de la petite princesse car elle n'était pas sûre que Monsieur la reconnaisse. Elle s'esquiva et alla attendre ses amies dans la galerie tandis que la cérémonie des présentations s'éternisait.

— Alors, demanda Mme de Caylus lorsqu'elle fut de retour, que pensez-vous de la fiancée ?

— Je la trouve mignonne, simple et très à l'aise. Se faire conduire par la main du plus grand roi du monde

1. Anne d'Autriche, mère de Louis XIV, décédée en 1666.

ne semble pas l'impressionner. Je la plains aussi d'être contrainte, dès son arrivée, à se plier à tout ce cérémonial ! À son âge, je me baignais en cachette dans les bassins de Versailles.

— Ouf ! C'est fini ! dit Marguerite de Duras en arrivant à son tour.

— Que fait-elle maintenant ?

— Pour l'heure Mme de Maintenon et Mme la princesse de Conti la voient en particulier. Après, je pense qu'elle soupera seule dans son appartement et qu'elle fera de beaux rêves !

— Vous savez où nous allons dormir ? demanda Mme de Caylus, soudain inquiète.

— Non, mais nous serons sûrement très mal logées, entassées dans une soupente.

— Ah ! Je ne suis pas duchesse mais je serai mieux installée que vous ! dit Clémence, pas mécontente. Mon oncle va occuper un petit appartement non loin de celui du Roi et je dormirai dans le cabinet.

Le lendemain, la princesse rendit visite à Monsieur et Madame chez eux et à Monseigneur chez la princesse de Conti. L'oncle était au travail avec le Roi et Clémence regardait, amusée, du seuil de sa porte qui donnait sur la galerie, le ballet des ducs, des duchesses et des maréchaux de France qui faisaient grincer le parquet en allant d'un côté et de l'autre, comme s'ils se rendaient à une affaire urgente alors que leur seule occupation consistait à guetter qui sortirait de l'appartement du Roi et essayer, qui sait, d'approcher la princesse.

Quand le président, libéré de ses obligations, revint chez lui, il trouva Clémence qui bavardait avec ses deux amies. Comme celles-ci faisaient mine de se retirer, il les retint galamment :

— Restez, mesdames, puisque j'ai l'honneur et l'occasion de vous rencontrer, ce qui est un plaisir rare depuis que j'ai cessé de fréquenter la Cour.

— Vous devez, monsieur le président, être bien occupé avec l'arrivée de la princesse, dit Mme de Duras.

— Oui, ce matin, Sa Majesté m'a dicté la règle retenue pour la vie quotidienne de la princesse.

— Ah ! C'est passionnant ! dit Marguerite de Caylus. Est-ce un secret d'État ou pouvez-vous nous dire ce que fera ou ne fera pas Mlle de Savoie ?

— Ce n'est pas un secret puisque tout le monde pourra constater qu'on va la nommer tout court « la princesse ».

— Et encore ?

— Elle mangera seule, servie par la duchesse de Lude qui la connaît puisque c'est elle qui est allée la recevoir à la frontière. Elle ne verra que ses dames d'honneur et celles à qui le Roi en donnera la permission. Elle ne tiendra point de cour, ce qui est raisonnable en raison de son âge.

— Verra-t-elle le duc de Bourgogne ?

— Le Roi a décidé : une fois tous les quinze jours. J'ai essayé d'obtenir qu'il retienne le délai de huit jours afin que ces enfants puissent se connaître mieux mais il a refusé. Le reste sera établi au cours des jours prochains.

— Avez-vous vu la princesse, ce matin ? Toute la Cour guette son passage.

— Oui, elle est venue faire la révérence au Roi et l'a embrassé, sans façon, ce qui a semblé bien plaire à Sa Majesté. Celle-ci a eu la bonté de me présenter à la princesse en lui disant que j'étais sa plume, qui écrivait tout de qu'il pensait. Elle m'a regardé et a dit : « Alors je vous baise aussi. » Et elle m'a embrassé devant le Roi amusé. J'étais surpris et un peu confus. Le Roi a dit : « Elle est comme cela notre petite princesse ! Comme le disait ce matin Monsieur : "Sa spontanéité et sa grâce vont égayer notre cour qui, c'est vrai, est un peu morose ces temps." »

Mme de Maintenon aurait pu être choquée ou même jalouse d'un enthousiasme auquel le Roi ne l'avait point habituée, mais elle aussi était vite tombée sous le charme de la jeune fille.

Au début du mois de novembre, la Cour, ou ce qu'il en restait car de nombreuses personnes avaient déjà quitté Fontainebleau, rentra à Versailles où la princesse se vit attribuer l'appartement de feu la Reine puis celui de Mme la Dauphine.

Les « Ombrelles » constataient avec surprise, comme toute la Cour, la petite révolution qu'avait causée dans la famille royale l'arrivée d'Adélaïde... Elle appelait Mme de Maintenon « ma tante[1] », parlait au Roi en disant « mon papa » et tutoyait Monseigneur. À l'exemple de Sa Majesté, tout le monde s'extasiait devant cette fraîcheur d'âme.

Le Roi ne voulut pas perdre un jour au-delà des douze ans de la petite princesse : il fixa au 7 décembre, qui tombait un samedi, le mariage d'Adélaïde de Savoie avec le duc de Bourgogne. Il avait fait savoir aux plus hautes dames de la Cour qu'il désirait que la cérémonie fût magnifique. Lui-même, qui ne portait plus depuis des années que des habits simples et plutôt sévères, décida que pour le mariage il porterait des vêtements superbes, comme au temps où la Cour brillait de tous ses ors.

Ce fut alors la ruée chez les marchands, les tailleurs et les couturières ravis de retrouver la pratique que le Roi leur rendait. On ne regardait plus sa bourse, se souciant peu que l'impôt de capitation l'eût écornée. Chacun dépensait sans compter pour être parmi les plus élégants de la Cour.

Cette folie qui frisait le gaspillage prit une telle ampleur que le roi regretta d'y avoir donné lieu. Un jour qu'il travaillait avec sa « plume », il s'interrompit dans la dictée d'une lettre :

— Monsieur Rose, j'ai été imprudent. Je ne comprends pas les maris assez fous pour se laisser ruiner par les toilettes de leurs femmes. Et par les leurs d'ail-

1. Ce qui était d'ailleurs la réalité : Louis XIV était l'oncle de la princesse dont la mère, fille de Monsieur, avait épousé le duc de Savoie.

leurs car il paraît que les seigneurs dépensent des fortunes chez leurs tailleurs.

— Sire, dit le président Rose, je me permets de faire remarquer à Votre Majesté qu'il est bien tard pour y remédier. La bride est lâchée et vous ne pouvez que laisser faire les choses. Ces dépenses sont, certes, exagérées mais elles donneront un éclat inoubliable à un mariage que vous voulez fastueux. Et puis, les fêtes sont devenues rares à Versailles et il n'est pas mal de montrer au monde que Versailles reste Versailles.

— Vous avez raison. Je dis cela mais je serai le premier à admirer les vêtements les plus beaux.

Le soir même, le président raconta à Clémence le remords tardif du Roi et ajouta :

— Sa Majesté, j'en suis sûr, m'a exprimé ses regrets pour que je lui dise qu'il a raison de vouloir un mariage somptueux. Et pour aller dans ses vues, je veux, ma nièce, que vous soyez l'une des plus belles le 7 décembre. Je vous offre la toilette qu'il vous plaira de choisir. Moi-même, je crois que je vais saisir ce prétexte pour renouveler ma garde-robe !

Le Roi ne parla plus de repentance et, comme il n'y avait pas moyen de rester sage parmi tant de folies, on dépensa gros jusqu'à la veille du mariage.

Il fut publié que les fêtes dureraient jusqu'à Noël mais qu'elles resteraient dans des limites raisonnables. Elles seraient restreintes à deux bals, un opéra et un feu d'artifice. Afin d'éviter toute dispute de préséance, le Roi réduisit les cérémonies, dit qu'il n'y aurait pas de fiançailles dans son cabinet mais qu'elles auraient lieu tout de suite avant le mariage. Il prit encore d'autres décisions allant dans le même sens et, de ce fait, le 7 décembre au matin, tout se passa simplement et le mieux du monde. Le duc de Bourgogne alla chercher la princesse pour la conduire chez le Roi où était réunie la maison royale. Sa Majesté en tête, le cortège gagna la chapelle où le cardinal de Coislin, qui officiait, commença par bénir les fiançailles. Une courte pause à genoux pour marquer tout de même un intervalle entre les deux cérémonies et le cardinal dit une messe basse que beaucoup jugèrent bien écourtée.

La duchesse de Duras avait sa place dans le chœur mais la marquise de Caylus et la marquise de La Mésangère, auxquelles s'était jointe Clémence, regardaient la cérémonie depuis les échafauds installés dans la chapelle. Le registre signé, la maison royale s'en retourna comme elle était venue et passa tout de suite à table tandis qu'un courrier qui se tenait prêt à la porte de la chapelle partait pour Turin annoncer que le mariage était célébré.

— Tout cela est bien ennuyeux ! dit Clémence à ses amies qui n'étaient pas conviées au festin réservé à la maison royale. Venez donc chez moi, nous dînerons de ce que nous apportera le Grand Commun.

— Vous avez raison, dit Mme de La Mésangère. Nous n'allons pas traîner nos belles robes sur les parquets du château en attendant qu'il se passe quelque chose.

— Que pourrait-il se passer avant le feu d'artifice ? dit Clémence. La famille royale ira ensuite souper et nous ne pourrons assister à la seule cérémonie amusante de la journée, le coucher de la mariée !

Au moment où la première fusée éclatait au-dessus de la pièce d'eau des Suisses, il commença à pleuvoir et les « Ombrelles » renoncèrent à sortir pour voir le feu d'artifice mouillé.

— Quand on pense aux grandes fêtes du temps de la jeunesse du Roi, ce mariage, malgré les beaux habits, paraît presque misérable, dit Mme de Duras.

— Le fait qu'il ait lieu en plein hiver, avec la pluie de surcroît, n'arrange rien !

À ce moment, le président rentra du Palais où Sa Majesté l'avait retenu. Son justaucorps tout neuf était trempé et il était de méchante humeur :

— Le Roi, je ne sais pas trop pourquoi, a voulu que je reste près de lui, au cas, m'a-t-il dit, où il aurait besoin de me faire enregistrer quelque chose ! lança-t-il en saluant les dames. On aurait dit qu'il craignait une mauvaise surprise.

— Vous n'avez aucune idée de ce qu'il pouvait redouter ? demanda Clémence en appelant le valet pour qu'il débarrasse son oncle de ses vêtements ruisselants.

— Pas du tout. Mais ce n'est pas la première fois qu'il nous demande, à Bontemps ou à moi, de le suivre et de regarder autour de lui pour voir si rien d'anormal ne survient.

— Mon oncle, dit Clémence, allez mettre votre robe de chambre la plus chaude, et revenez nous raconter la journée dont nous n'avons pas vu grand-chose.

Le président revint, refusa la tasse de bouillon chaud que Clémence lui avait préparé en disant qu'il avait soupé à la table des princes où on lui avait gentiment offert une place.

— Alors ? Que s'est-il passé après ? insista Clémence.

— Vous voulez parler du coucher de la duchesse de Bourgogne, petite curieuse ? Eh bien, le Roi a fait sortir tous les hommes pendant qu'on la déshabillait. C'est la reine d'Angleterre, je crois, qui lui donna la chemise. Monseigneur le duc de Bourgogne, lui, s'est déshabillé dans l'antichambre en présence du Roi, de tous les princes et de moi-même. Le roi d'Angleterre lui donna la chemise et, quand on l'eut prévenu que la duchesse de Bourgogne était au lit, il entra dans la chambre et se mit à sa droite en présence de la Cour. Aussitôt après, le Roi me dit que je pouvais rentrer et s'en alla avec les souverains anglais, suivi de tout le monde sauf Monseigneur, les dames de la princesse, le duc de Beauvillier qui veillait sur son pupille d'un côté, la duchesse de Lude de l'autre. Monseigneur, je crois, a fait lever son fils peu après. Voilà : le rituel et les consignes du Roi ont été scrupuleusement suivis. Sur ce, je vais moi-même me coucher car demain il y a Conseil.

Le lendemain fut plus calme. Il y eut cercle chez la nouvelle duchesse. Ce fut l'occasion pour la Cour de montrer dans un grand rassemblement tous les beaux habits achetés à prix d'or. Le Roi vint à la fin et emmena tout son monde dans le salon près de la chapelle où une collation était servie. Les « Ombrelles » étaient toutes là et Sa Majesté voulut bien s'arrêter un instant pour les complimenter de leurs toilettes. Par Mme de Duras, elles apprirent comment s'était déroulée la fin de la cérémonie du coucher :

— Avant de faire lever le duc de Bourgogne, Monseigneur lui dit qu'il pouvait embrasser la princesse, ce qu'il fit malgré les protestations de Mme de Lude. Lorsqu'il l'apprit ce matin, le Roi n'apprécia pas cette initiative et dit qu'il ne voulait pas que son petit-fils baisât le bout du petit doigt de sa femme tant qu'ils ne seraient pas tout à fait ensemble.

Les jours suivants ne réservèrent pas de surprise. La princesse devenue duchesse de Bourgogne continua de vivre comme avant le mariage mais son jeune mari venait lui rendre visite chaque après-midi. Le Roi devait se rappeler ses jeunes années : méfiant, il avait donné aux dames l'ordre formel de ne jamais les laisser seuls.

Le mercredi dans la soirée, les « Ombrelles » se retrouvèrent au bal donné dans la Grande Galerie garnie d'échafaudages et superbement décorée. Le duc d'Aumont officiait ce jour-là en maître de cérémonie. Il remplaçait le duc de Beauvillier pris par ses fonctions auprès des enfants de France mais il n'avait ni son expérience ni son adresse, si bien qu'il fut débordé par la foule qui se précipita en même temps dans la galerie des Glaces. Le désordre fut si grand que le Roi s'en montra accablé. Monsieur fut bousculé, renversé dans la presse et des femmes s'évanouirent. Les tribunes étaient pleines à craquer et les « Ombrelles », juchées tout en haut pour mieux voir, eurent très peur que leur perchoir ne s'écroule. Enfin, quand tout le monde se fut casé tant bien que mal, les princes et les princesses participèrent à un branle mené par le comte de Toulouse, mais la fête fut un peu gâchée par ce désordre.

Vers neuf heures on apporta la collation. Heureusement la bousculade de l'arrivée ne se renouvela pas et Clémence essaya de s'approcher du Roi pour lui faire sa révérence mais elle y renonça car Sa Majesté était si entourée qu'il eût fallu attendre au moins une heure pour parvenir jusqu'à lui. Elle retourna auprès de ses amies installées à un endroit de la galerie d'où l'on découvrait la foule des courtisans.

— C'est tout de même un beau spectacle que cet ensemble mouvant, bigarré de soieries et multiplié par les miroirs ! dit Marie-Madeleine de La Mésangère.

— Heureusement que le peuple n'a pas accès à la fête car, s'il souffre, comme le dit Mgr Fénelon dans sa lettre, il aurait des raisons de se scandaliser devant cet étalage de richesses !

Clémence venait de parler et ses amies la regardèrent étonnées. C'était en effet des propos qu'on entendait rarement à la Cour.

— Ma chère, dit Mme de Duras, vous devriez garder pour vous vos opinions si vous ne voulez pas un jour vous retrouver dans un trou de province ! Vous n'avez pas tort mais toute vérité n'est pas bonne à dire.

— Rassurez-vous, répondit Clémence en riant, je ne vais pas faire une déclaration publique pour dire que la mariée est trop belle.

— Regardez, dit Mme de Caylus à qui rien n'échappait : la famille royale se rend pour souper dans le grand salon où les princes du sang n'ont pas l'air d'être admis. Seules les princesses du sang ont leur entrée. Voilà qui ne va pas faire plaisir à tout le monde !

— Comme nous ne sommes pas non plus invitées, ce qui est normal, je propose que nous allions sagement ranger nos falbalas jusqu'au prochain bal ! dit Mme de Duras. J'aperçois mon maréchal de mari qui va être bien content de rentrer. Je ne suis pas certaine que j'arriverai à le faire revenir samedi prochain.

— Avez-vous vu Mme de Maintenon ? demanda la présidente Ferrand, la nouvelle « Ombrelle ». Se peut-il qu'elle n'ait pas paru au bal ?

— Si, elle était assise derrière la reine d'Angleterre mais n'est restée qu'un quart d'heure.

Ces futilités agaçaient Clémence qui partit la première pour rejoindre l'aile des ministres. Malgré une jupe bien embarrassante, elle escalada les deux étages en courant comme une gamine et se dit en arrivant qu'elle n'était pas si vieille. Le lendemain, elle devait rendre visite à Mlle de Lenclos et elle s'avoua que cela lui plaisait davantage que de papoter au mariage de la petite et touchante duchesse de Bourgogne.

Clémence s'abstint d'aller au second bal, en tout point semblable au premier, sauf qu'il se déroula dans un ordre parfait. En revanche, les « Ombrelles » se retrouvèrent le mardi à Trianon sur les quatre heures. On y jouait gros, Mme de La Mésangère gagnait quelques livres lorsque le Roi parut, superbe dans de nouveaux vêtements brodés d'or. On délaissa les tables pour le suivre dans la salle de comédie créée sur le désir de Mme de Maintenon. Sa Majesté prit place dans la tribune avec le roi et la reine d'Angleterre, Mme de Maintenon, Monseigneur et la duchesse de Bourgogne. Tout le reste de la famille et la Cour étaient en bas, serrés dans la salle. L'Opéra donnait *Issé* de Destouches, le musicien le plus prisé depuis la mort de Lully.

Clémence s'ennuya, Mme de Duras dit qu'elle préférait la chanteuse, la Vatelli, dans le rôle d'Herminie du *Tancrède* de Campra et Mme de Caylus avoua qu'elle avait dormi durant le dernier acte. Heureusement, convinrent ensemble les « Ombrelles », que l'opéra marquait la fin de toutes les fêtes du mariage !

*

Cette union était en fait le signe de la réconciliation de la France et de la cour de Savoie, première étape vers une paix que Louis XIV souhaitait maintenant rétablir avec la ligue d'Augsbourg. La France en payait le prix. En Italie, elle renonçait aux places fortes de

Pignerol et de Casal ainsi qu'à Nice occupée depuis 1691. Pour le reste, le roi-médiateur suédois Charles IX et le ministre français des Affaires étrangères Pomponne s'employaient dans le bourg de Ryswick, près de La Haye, à rapprocher, après neuf ans de combats, des pays exsangues, c'est-à-dire le Roi-Soleil de ses ennemis : l'Empereur, le roi d'Espagne et surtout Guillaume d'Orange.

La Cour s'intéressait d'autant moins à ces discussions lointaines en vue d'une paix de compromis que les opérations militaires n'avaient pas totalement cessé aux frontières. Le président Rose était naturellement au courant et c'est lui qui dit un jour à Clémence :

— Je ne sais pas si ce que je vais vous annoncer passionnera vos amies mais c'est important : Boufflers traite à Ryswick avec le conseiller favori du prince d'Orange, Bentinck, comte de Portland... Une première conférence a eu lieu en juin avec naturellement l'aval du Roi qui est tenu journellement au courant des pourparlers. D'autres ont suivi en juillet. La cinquième s'est tenue le 1er août au moulin de Zenich. Portland a fait cadeau de trois beaux chevaux anglais au maréchal de Boufflers, d'un au duc de Guiche, beau-frère du maréchal et d'un autre au lieutenant général Pracomtal. Les entrevues se sont succédé. Les ministres des Alliés craignaient qu'Orange et Louis ne se mettent d'accord sur leur dos mais enfin, vous pourrez l'annoncer demain, la nouvelle sera publique : un aide de camp du maréchal de Boufflers est arrivé aujourd'hui à Fontainebleau pour prévenir le Roi que la paix avait été signée vendredi à minuit.

« La guerre d'Augsbourg est terminée grâce à un compromis aussi éloigné des projets ambitieux de la France que les revendications des Habsbourg et de Guillaume d'Orange. Nous rendons beaucoup de conquêtes mais gardons Strasbourg : la sécurité de l'Alsace est assurée et ce n'est pas rien !

— Et sur la mer ? demanda Clémence. Les combats vont-ils aussi cesser ?

— Je vois à qui vous pensez ! La Royale va sans doute rentrer au port mais je ne sais pas ce que feront les corsaires.

— Je voudrais n'y plus penser mais je dois m'avouer que je serais heureuse si Hocquincourt réapparaissait dans mon univers !

— Priez, Clémence ! Dieu vous exaucera peut-être.

Chapitre X

Clémence et son corsaire

Les gens de la Cour qui avaient un logement à Versailles se hasardaient de moins en moins souvent à Paris où, même dans les maisons, on ne se sentait plus en sûreté. La récolte de 1698 avait été des plus mauvaises et il s'ensuivait une nouvelle disette. On rencontrait beaucoup de miséreux dans les rues et M. d'Argenson, qui venait de remplacer La Reynie à la lieutenance de police, avait bien du mal à tenir bon ordre dans les rues où foisonnaient les voleurs.

Malgré tous ces malheurs, le Roi ne s'opposa pas à la visite que souhaitait faire à Paris la duchesse de Bourgogne. C'était une manière de montrer au peuple que Sa Majesté ne l'oubliait pas. La mission était délicate car il fallait exalter la pompe royale à laquelle les Français tenaient tant mais aussi faire preuve de compassion et de générosité.

Mme de Duras s'arrangea pour que Clémence fasse partie avec elle de la suite qui accompagnait la duchesse. Le cortège arriva à deux heures trois quarts et entra par la porte Saint-Honoré. Il était composé de quatre carrosses de la livrée de Bourgogne, chacun attelé de huit chevaux richement harnachés. Il tourna dans la rue de Richelieu puis dans la rue Neuve-des-Petits-Champs mais un embarras de paveurs obligea à prendre la rue Coquillière pour rejoindre la route qui menait jusqu'à la foire par la porte Saint-Denis. Trente gardes du Roi commandés par deux brigadiers gardaient le marché sans toutefois empêcher la foule de venir acclamer la duchesse.

« Il faut paraître ! » avait dit le Roi. Aussi la princesse avait-elle revêtu une riche parure : un habit gris de lin à falbalas tout garni de dentelle d'argent et de pierreries. Sur le haut de son front, des pendeloques de diamants illuminaient son délicat visage. Le duc de Chartres et Mademoiselle, qui étaient venus la retrouver à la foire, l'emmenèrent chez d'Affauville, le plus célèbre marchand de rubans et de bijoux, qui fit servir une collation. Elle alla ensuite chez La Fresnaye où elle acheta des boîtes, des étuis, des flacons dont elle fit donner la plus grande partie. Elle termina sa visite en allant applaudir les danseurs de corde et les marionnettes. La duchesse de Bourgogne fit encore distribuer beaucoup d'argent aux pauvres de Paris puis la suite se regroupa autour des carrosses.

Cette promenade sans protocole avait permis à Clémence d'approcher la princesse et même d'échanger quelques mots avec elle à propos de l'achat d'un collier.

— Je ne vous connais pas, madame...

— De Pérelle, votre servante.

— Eh bien, madame de Pérelle, permettez-moi de vous offrir ce même collier que vous m'avez aidée à choisir.

Clémence, un peu confuse, remercia et rejoignit Mme de Duras déjà remontée dans le carrosse.

— Regardez, mon amie, ce beau collier, dit Clémence.

— Vous en avez fait l'emplette ? Vous avez dû vous ruiner car je pense que les marchands ont profité de l'aubaine pour doubler leurs prix.

— Non, c'est la duchesse qui m'en a fait cadeau !

Marguerite contempla de plus près le joyau et félicita son amie. Clémence crut voir un regard d'envie dans son attention et trouva cette réaction légitime dans la mesure où c'était la duchesse qui l'avait fait inviter. Elle faillit lui offrir le collier mais se dit sans plus d'embarras qu'on ne se défait pas d'un cadeau royal. Tout le monde remonta en carrosse sur les six heures et l'on reprit le chemin de Versailles où le cortège arriva à dix heures. Clémence courut sans attendre raconter sa journée au président.

*

Un mois plus tard, Mme de Caylus dit à ses amies qu'elle avait une triste nouvelle à leur annoncer.

— Je croyais que la morosité était bannie de nos réunions, dit Clémence.

— La tristesse est surtout pour moi. Chères « Ombrelles », vous allez être, de longtemps je crois, privées de ma présence.

— Que dites-vous ? Vous n'allez pas nous annoncer que vous quittez la Cour ?

— Si, par ordre du Roi !

Après un instant de stupeur, Mme de Duras demanda :

— Vous n'avez pas, lors de vos joyeuses réunions chez Mme la Duchesse[1], recommencé à vous moquer de la famille royale et imité Mme de Maintenon ? Une courte disgrâce vous en a déjà punie il y a quelques années.

— Non. La raison est cette fois plus personnelle. Bah ! au point où j'en suis, je peux tout vous dire. Bien que j'aie tout fait pour ne pas l'ébruiter, vous n'ignorez sans doute pas la liaison que j'entretiens depuis assez longtemps avec M. de Villeroi. Le Roi en tout cas en a été prévenu. Il sait aussi que le mariage de Villeroi avec Mlle Tellier de Louvois n'a pas interrompu nos rela-

---

1. Louise Françoise de Bourbon.

tions. Il s'en est irrité et m'a fait prier de vivre dorénavant à Paris. Je partirai donc demain mais je ne suis pas une pestiférée et vous pourrez me rendre visite si vous le souhaitez.

— Que comptez-vous faire à Paris ? demanda Madeleine de La Mésangère.

— Vous étonner. J'ai décidé de participer aux bonnes œuvres et de mener une vie dévote. Je ne serai pas pauvre : le Roi m'accorde une pension. Si je veux revenir un jour à la Cour, je dois me faire oublier !

— Les « Ombrelles » ne vous oublieront pas, chère Marguerite, dit Clémence. Vont-elles d'ailleurs continuer de se réunir sans vous ?

— Elles ont survécu à la disparition de Mme de Sévigné. Alors moi...

Le départ de Mme de Caylus fut largement commenté à la Cour où elle laissait beaucoup de regrets. Elle était la plus aimable, la plus drôle, capable de remplacer la Champmeslé dans *Esther* ou d'imiter le Roi faisant sa cour à Mme de Maintenon. Tout cela lui aurait été encore une fois pardonné si elle n'avait pas préféré l'ami d'enfance du Roi, le maréchal de Villeroi, à son butor de mari[1].

Peu après, une autre affaire intrigua non seulement la Cour mais le peuple de Paris. Les deux ont toujours aimé les mystères et celui qui filtrait des murs épais de la Bastille avait de quoi exciter leur curiosité.

Le jeudi 18 septembre 1698, à trois heures de l'après-midi, M. de Saint-Mars, l'ancien geôlier du surintendant Fouquet, présentement gouverneur de la Bastille, arriva des îles Sainte-Marguerite et Saint-Honorat, amenant avec lui dans sa litière un prisonnier qu'il

1. À Paris, Mme de Caylus devint en effet fort pieuse, mais ses amitiés jansénistes inquiétèrent sa tante, Mme de Maintenon, et le Roi, qui porta sa pension à 10 000 livres en 1705. Elle soupera à Versailles en 1707 à la table du Roi et reprendra sa place à la Cour.

avait gardé jadis à Pignerol. Ce prisonnier, c'était là le mystère, portait en permanence un masque sur le visage.

Cette curieuse aventure, divulguée par un garde de la Bastille, fit le tour des salons et des tavernes de Paris. Chacun naturellement chercha à en savoir plus et l'on finit par apprendre que l'inconnu – son nom demeurait étrangement secret – logeait dans la troisième chambre de la tour de la Berthaudière, meublée fort convenablement. On sut aussi que M. de Saint-Mars avait conduit près du prisonnier, nourri par le gouvernement, le sieur Rosarges chargé de le servir et de le soigner. Dès cette époque, on prit l'habitude dans les conversations d'appeler l'homme sans nom le « Masque de fer » jusqu'à ce qu'il fût oublié dans les mémoires avant de resurgir plus tard dans l'Histoire.

Une affaire chassait l'autre à Paris comme à Versailles. Quelquefois le même événement prenait de l'importance chez les grands et chez les gueux. Ce fut le cas d'une vilaine affaire arrivée au marquis de Novion, frère du président à mortier. Il s'était amouraché d'une certaine chanoinesse qui avait à se plaindre d'un gentilhomme, le chevalier de Saint-Genies et, pour la servir, il avait eu la faiblesse de promettre à cette femme de la débarrasser des visites du chevalier qui exigeait le remboursement d'une dette.

Désireux de tenir sa promesse, le marquis de Novion s'était abouché avec un « brave[1] » qui attendit Saint-Genies dans une rue étroite et lui coupa le nez du tranchant de son épée. Le chevalier, un bandeau à travers la figure, alla désigner à la police l'instigateur de l'agression. Le lieutenant criminel instruisit contre le « brave » et la chanoinesse tandis que Novion s'enfuyait en Suisse.

Mme de Sévigné, qui adorait les affaires de ce genre, en aurait disserté avec délectation chez les « Ombrelles ». Sans elle, pourtant, ces dames s'intéressèrent,

1. On dirait aujourd'hui un tueur à gages.

comme toute la Cour, à cet épisode criminel qui mettait en cause des personnages considérables. Elles apprirent sans émotion que la chanoinesse avait été mise hors de cause et le « brave » condamné à la potence.

Les choses en seraient sans doute restées là si la famille de Novion, qui craignait des révélations du condamné, n'avait conseillé à celui-ci d'aller en appel, lui promettant un acquittement, les Novion appartenaient tous en effet à la magistrature. Les gazettes rendirent compte du procès qui fit un grand scandale. Le « brave » chargea tant qu'il put le marquis avant que la sentence fût confirmée. Quant au chevalier mutilé, son procès contre Novion, soutenu jusqu'au bout par les juges, tourna court. On conseilla seulement au marquis d'attendre avant de rentrer en France. Le président à mortier, lui, avait perdu l'estime de la Cour et, ce qui était plus grave, celle du Roi.

*

Heureusement, l'animation de la Cour et de la ville ne se réduisait pas à des affaires aussi sordides. De nombreux nobles étrangers, heureux que la cessation des hostilités leur permette de revenir respirer les parfums de Versailles et de goûter aux délices de la plus prestigieuse cour du monde, arrivaient nombreux dans les pas des nouveaux ambassadeurs.

Le plus attendu de ces plénipotentiaires était naturellement Bentinck-Portland dont l'éclat, la galanterie et la magnificence étaient célèbres depuis qu'il avait été l'artisan de la paix de Ryswick. Les mêmes raisons qui l'avaient fait choisir par le prince d'Orange pour conférer avec Boufflers l'avaient fait préférer pour l'ambassade la plus prestigieuse mais aussi la plus délicate.

Il arriva de Calais dans son carrosse à journées accompagné d'une suite nombreuse et superbe. Les Français, toujours avides de nouveauté, lui firent un accueil chaleureux. Dire que ses bonnes manières, son élégance et son air du monde surprirent la Cour serait exagéré mais le comte de Portland se montra si grand seigneur, si généreux dans sa magnificence à table, et si gracieux d'esprit, qu'il fut d'emblée adopté. Le Roi lui-même, qui le reçut tout de suite en audience particulière, le couvrit d'honneurs. Il lui arriva ainsi un soir de lui donner le bougeoir à son coucher, faveur qu'il accordait aux gens considérables qu'il voulait distinguer et jamais encore à un étranger. Portland fut paraît-il très flatté mais dit au secrétaire d'État le marquis de Torcy[1], son principal interlocuteur à Versailles, qu'il avait été surpris de devoir faire sa cour à une heure aussi tardive.

L'ambassadeur était de toutes les fêtes. Il suivait Monseigneur à la chasse, allait à Meudon pour courre le loup et, chaque fois, était retenu à souper par le Dauphin.

Il n'y avait qu'un déplaisir dans cette ambassade de rêve. Portland était à Versailles pour remplir une mission à laquelle le Roi ne pouvait qu'opposer son veto. Louis avait à contrecœur reconnu Guillaume III roi d'Angleterre mais il refusait le départ ou même l'éloignement de Jacques II et de sa famille réclamé par le prince d'Orange. Le Roi ne voulait pas ajouter aux malheurs de son hôte et ami la honte d'être chassé de Versailles. Le comte de Portland savait d'ailleurs à quoi s'en tenir sur ce point déjà souvent débattu avec le maréchal de Boufflers.

— C'est une chose réglée ! lui avait dit Torcy à son arrivée. Le Roi ne se laissera jamais entamer là-dessus. Il serait même extrêmement blessé d'en ouïr parler davantage et, si je puis me permettre un conseil, ne lui en dites pas un seul mot, ni à l'un de ses ministres.

Portland l'avait cru. En revanche, le Roi avait ordonné qu'aucun Anglais de Saint-Germain ne se trouvât à Versailles sur le chemin de l'ambassadeur et de sa suite, ce qui ne fut pas toujours facile et donna lieu certains jours à une curieuse partie de cache-cache.

1. Fils de Colbert de Croissy et neveu du grand Colbert qui deviendra ministre d'État l'année suivante.

Portland prit congé officiellement le 20 mai mais il demeura encore quelques jours en France car Villeroi avait reçu l'ordre du Roi de lui faire visiter Marly et Fontainebleau. Avant son départ, il exprima le désir d'aller une dernière fois faire sa cour au Roi. Celui-ci prenait ce jour-là médecine et il le reçut après avoir avalé sa purge, ce qui était une grande distinction car le Roi ne recevait personne en telle circonstance. On raconta même à la Cour qu'il avait prié Portland d'entrer dans le balustre de son lit, où aucun étranger n'avait jusque-là pénétré [1].

*

Depuis qu'il s'était démis de ses charges en 1693, André Le Nôtre vivait presque constamment dans sa maison des Tuileries, celle où il était né. Ce n'était pas un palais mais une agréable demeure bâtie face au Pavillon de Marsan, entourée d'un jardin privé où deux horticulteurs entretenaient les orangers et faisaient pousser toutes sortes de fleurs sous la direction du maître.

Ses collections avaient perdu un peu de leur richesse depuis qu'il en avait offert une partie au Roi. Il lui restait pourtant assez d'œuvres peintes et de statues pour satisfaire sa passion d'amateur d'art, tels une *Sainte Famille* de Claude Lorrain, une *Bacchanale* de Poussin et un portrait de Rembrandt. Il possédait encore des tapisseries, une précieuse argenterie et toute une collection de statuettes, de médailles et de porcelaines. C'était là le fruit d'une longue vie de labeur et de bonheur car, comme il aimait à le dire : « On ne peut qu'être heureux quand on a créé pour un grand roi qui sait parfaitement l'art des jardins, les parcs de Versailles, de Trianon et de Marly. »

C'est justement à Marly qu'il était ce jour-là. Le Roi l'avait prié, comme il le faisait souvent, pour lui deman-

1. D'après Saint-Simon.

der conseil et aussi parce qu'il avait du plaisir à retrouver l'homme et l'artiste irréprochables qui l'avait accompagné durant d'aussi longues années dans l'édification de l'œuvre de sa vie, ce Versailles tant admiré et louangé.

— Monsieur Le Nôtre, lui dit le Roi en l'accueillant, je veux savoir ce que vous pensez des nouveaux jardins, les seuls qui ne vous doivent rien. Si vous le voulez, nous allons faire le tour de Marly mais comme aujourd'hui la goutte, hélas ! me gêne pour marcher, vous prendrez place à côté de moi dans le chariot. Je vais simplement dire aux Suisses de nous pousser lentement car je veux que nous voyions tout dans le détail.

— Votre Majesté est trop bonne ! répondit le vieil homme, ému par cette marque de déférente amitié car personne, hormis quelquefois Mme de Maintenon ou la duchesse de Bourgogne, ne montait à côté du Roi dans sa chaise roulante.

— Dites-moi, s'il vous plaît, le fond de votre pensée, continua le Roi. Si l'ordonnance des nouvelles plantations ne vous convient pas, je les fais enlever et remplacer par ce que vous choisirez.

Le Nôtre se garda bien de critiquer le jardin qui avait été, il le savait, planté selon les directives du Roi. Pour donner plus de sincérité à son appréciation, il dit pourtant qu'il conviendrait peut-être de fermer l'horizon du côté est par une ligne de grands arbres.

— Décidément, monsieur Le Nôtre, nos opinions convergeront jusqu'au bout. Vous avez émis la proposition exacte que je souhaitais.

Le chariot revint doucement vers le pavillon du Roi et, avant de descendre, emporté par un élan de cette spontanéité qui lui avait jadis fait embrasser le pape devant la curie méduséе, Le Nôtre étreignit la main gantée du Roi et s'écria :

— Ah ! mon pauvre père, si tu vivais et que tu puisses voir un pauvre jardinier comme ton fils se promener en chaise à côté du plus grand roi du monde, rien ne manquerait à ma joie !

Louis sourit :

— Monsieur Le Nôtre, vous n'êtes pas un pauvre jardinier mais un artiste, le meilleur dans votre siècle. Je vous ai fait riche parce que vous le méritiez, je vous ai anobli et vous ai décoré de l'ordre de Saint-Michel. Tant que Versailles durera, et il est bâti pour durer, la postérité admirera votre talent.

C'en était trop. Le Nôtre pleura d'émotion et le Roi, ému lui aussi, tendit à son jardinier le mouchoir de fine batiste qui pendait de sa manche

— Pardonnez-moi, Sire. Une vie passée avec les plantes rend sentimental.

— Monsieur Le Nôtre, non seulement je vous pardonne mais je vous envie, moi à qui il est interdit de montrer ses émotions.

Le maître des jardins, embarrassé, se demanda un instant s'il devait rendre au Roi son mouchoir mais il pensa que le geste serait inconvenant et il le mit dans sa poche. C'était vraiment une grande journée : non seulement il s'était promené dans la chaise du Roi mais il emportait son mouchoir !

*

Le temps passait vite aux yeux de Clémence qui se rendait compte, à ces petits signes qui ne trompent pas les femmes, qu'elle prenait de l'âge. Elle n'en souffrait pas mais elle était ainsi faite qu'elle ne pouvait pas voir arriver une journée sans se dire qu'il fallait en faire quelque chose, la transformer en connaissances, en contacts nouveaux et pourquoi pas en plaisirs.

Marguerite Marie venait d'avoir quinze ans et sa mère regrettait de ne pouvoir accompagner quotidiennement son éveil à la vie, voir s'épanouir sa jeune beauté, partager sa tendre complicité car Saint-Cyr, si proche de Versailles, semblait à des lieues de la famille. Les dames professes y dirigeaient son éducation sous la protection, à la fois sévère et bienveillante, de Mme de Maintenon et du Roi lui-même, tuteur de la maison devenue plus religieuse depuis la crise du quiétisme. Cette existence quelque peu monastique déplaisait à Clémence qui savait pourtant que sa fille ne pouvait être mieux instruite qu'à Saint-Cyr, à l'abri du trône, dans la tranquille compagnie de jeunes filles choisies et où la discipline n'empêchait ni les jeux, ni les récréations, ni l'étude de la musique.

En attendant de reprendre avec elle Marguerite Marie qu'elle craignait de retrouver un peu trop guindée après la vie commune avec les jeunes filles de la noblesse, Clémence formait pour elle de merveilleux projets. « Quand elle sera bien imprégnée de la morale chrétienne et des traditions chères à Mme de Maintenon, il faudra que je lui fasse respirer le vent de liberté, de gaieté et de tendresse qui a toujours soufflé le bonheur sur la famille Francine », disait-elle à sa mère qui ne se remettait pas de vieillir loin de ses petits-enfants.

Le président s'intéressait aussi à la pensionnaire de Saint-Cyr.

— Vous voyez, mon oncle, lui dit un jour Clémence, il me reste une grande joie à vivre avant de devenir vieille, c'est d'apprendre Versailles, ses bosquets et ses bassins à Marguerite Marie.

— Vous ne lui conseillerez tout de même pas de se baigner dans les fontaines de son grand-père ? dit-il en riant.

— Et pourquoi pas ? Cela n'a pas si mal réussi à sa mère !

— Je saute du coq à l'âne, continua le président, mais je voulais vous dire que Jean Bart va ces jours-ci être reçu à Versailles où le Roi lui remettra la médaille d'or qu'il a fait frapper à son effigie pour célébrer ses victoires. Vous pourrez lui demander des nouvelles de votre corsaire. Qui sait, ce dernier accompagnera peut-être son capitaine !

— Si vous me dites cela, c'est que vraisemblablement M. de Hocquincourt sera lui aussi à Versailles !

— Oui. Il doit également recevoir une récompense.

— Laquelle ? demanda aussitôt Clémence.

— Il va être fait chevalier de Saint-Louis, comme Jean Bart qui a reçu cette distinction il y a quelques années.

L'annonce du retour de son corsaire, à laquelle elle avait souvent songé, perturba Clémence plus qu'elle ne l'aurait pensé. Elle dormit mal, se demandant si l'aventure de Nemours pouvait raisonnablement avoir une suite. Échaudée par la déception que lui avait causée Tessin, le Suédois devenu ventripotent entre Rome et Paris, elle ne pouvait s'empêcher d'imaginer l'état dans lequel allait lui apparaître Hocquincourt après toutes les batailles qu'il avait livrées. N'avait-on pas raconté que Jean Bart avait été fait prisonnier alors qu'il accompagnait un convoi de Dunkerque à Brest, qu'il s'était évadé de la prison de Plymouth et avait regagné les côtes françaises à la rame avec son lieutenant ?

L'arrivée de l'illustre marin constituait un événement pour la Cour, privée d'exploits guerriers depuis Ryswick. Légende vivante de la mer, le corsaire, chevalier de l'attaque à l'abordage, avait rendu d'immenses services au pays. Il s'était, en vingt ans, emparé d'une quantité extraordinaire de bâtiments ennemis et avait fait subir des dommages considérables à la flotte commerciale anglo-hollandaise. C'est un héros, promu quelques semaines auparavant chef d'escadre, que Versailles s'apprêtait à accueillir.

Le Roi avait dit qu'il voulait une réception digne d'un ambassadeur et son désir avait été respecté. Dans le grand salon, proche du cabinet, une estrade drapée de velours écarlate avait été dressée. Une demi-heure avant l'audience, la pièce était pleine de seigneurs à brevet, de ducs et de grandes dames venues voir la terreur des mers. Clémence était là, naturellement, en compagnie de Mme de Duras et de la marquise de La Mésangère. Elle était vexée que Hocquincourt ne lui ait pas annoncé sa venue mais elle se consolait en se disant que sa cousine n'avait pas non plus été prévenue.

Enfin, la porte du cabinet du Roi s'ouvrit et le duc de Beauvillier sortit pour annoncer : « Monsieur le chef d'escadre Jean Bart, chevalier de l'ordre de Saint-Louis, et son lieutenant le comte de Hocquincourt. »

Le cœur de Clémence se mit à battre comme chaque fois qu'une grande émotion la gagnait. En se haussant sur la pointe des pieds, elle aperçut, par-dessus les perruques, les deux marins, très droits, le large chapeau à plumes à la main, le regard fixé sur ce monde qui n'était plus le leur mais malgré tout à l'aise dans leurs uniformes d'officier à grandes basques brodées.

Clémence chercha la balafre mais ne vit rien. Le visage de Hocquincourt n'avait pas beaucoup changé, plus ridé sans doute, vieilli sûrement, mais toujours beau et régulier.

Le Roi entra à son tour, salua ses hôtes de son fameux coup de chapeau, ampleur du geste proportionnée au degré d'importance qu'il accordait à la personne rencontrée. Pour ses corsaires, le salut fut généreux, accompagné d'une inclination de la tête.

— Messieurs, dit le Roi, c'est l'honneur de mon gouvernement de recevoir des serviteurs de la nation tels que vous. Vos exploits, monsieur le chef d'escadre, sont trop connus pour que je les rappelle ici. Les vôtres, comte de Hocquincourt, sont dignes de votre nom et de votre capitaine que vous avez secondé toutes ces années jusqu'au sacrifice...

Soudain, Clémence serra le bras de Marguerite de Duras :

— Regardez, lui souffla-t-elle, en proie à un tremblement qu'elle n'arrivait pas à dominer.

— Quoi donc ? Que vous arrive-t-il ?

— Son bras, son bras ! Voyez à droite : la manche est vide ! Votre cousin, mon amour de deux jours, a été amputé. Mon Dieu que c'est triste !

Un bras dans une foule, ce n'est pas grand-chose. On ne remarque pas tout de suite une manche qui pend, inhabitée, dérisoire dans sa soie galonnée d'or. Clémence, elle, l'avait vu du premier coup d'œil et s'appuyait, pâle, incapable d'ajouter un mot, sur son amie qui l'entraîna tout de suite en dehors du salon.

— Venez, Clémence, ne restons pas ici. Laissons le héros recevoir son ruban. Je vous raccompagne chez vous et je m'arrangerai pour voir Hocquincourt un peu plus tard. Une seule question : tenez-vous à le revoir ?

— Quelle question ! Naturellement que je veux le voir et lui parler !

— Je m'en doutais, figurez-vous. Alors, remettez-vous, je vais voir comment je pourrai le retrouver après la cérémonie.

Mme de Duras, émue elle aussi, laissa Clémence sur son canapé et courut rejoindre la Cour qui fêtait à sa manière les corsaires de Sa Majesté.

On se pressait autour d'eux dans la Grande Galerie où une collation était servie. Elle retrouva Mme de La Mésangère qui ne comprenait rien à ce qui se passait.

— Je vous expliquerai ! dit Mme de Duras un peu sèchement. Pour l'instant, il faut absolument que j'aille parler à mon cousin.

Elle se fraya un passage avec difficulté, bouscula la marquise de Bellefonds et faillit renverser le vieux Châteauvillain qui titubait, courbé sur sa canne. Enfin elle arriva jusqu'aux admirateurs rapprochés, les plus difficiles à convaincre qu'elle devait parler avant eux à Hocquincourt. Celui-ci, heureusement, l'aperçut et se précipita vers elle :

— Ma chère cousine, quel bonheur de vous retrouver au milieu de ces vagues d'imbéciles qui me ballottent de groupe en groupe !

— Dites-moi d'abord... Votre bras ?

— Vous avez remarqué ? Un fâcheux incident. Mais on peut vivre avec un seul bras.

— Quelqu'un d'autre l'a remarqué la première. J'ai dû la ramener chez elle car elle allait se trouver mal.

— Qui, mon Dieu, s'intéresse ainsi à moi ?

— Vous ne devinez pas ?

— Est-ce Clémence ? Je ne veux pas qu'elle me voie ainsi !

— Elle vous a vu et veut vous rencontrer. Venez dîner demain.

— Je viendrai. Monseigneur nous a invités, Jean Bart et moi, à courre le cerf mais j'ai horreur de la chasse et ne peux encore monter à cheval.

— Quand cela vous est-il arrivé, mon pauvre ami ?

— Lors du second combat du Texel, sur le *Maure*. Bart commandait le *Fendant*. Un boulet m'a emporté la moitié du bras et l'on a dû m'amputer à bord. Un mauvais souvenir. Et comment va Clémence ?

— Bien. Je ne crois pas m'avancer beaucoup en vous disant qu'elle vous attend avec impatience.

— Un manchot ? Mais non, il faut qu'elle m'oublie !

— Vous le lui direz vous-même ! Alors à demain, midi, à notre hôtel de Versailles. Soyez à l'heure !

Clémence resta prostrée chez elle tout le reste de la journée. Le président, heureusement, rentra de bonne heure et elle put encore une fois se confier à lui.

Il l'écouta, la consola en caressant ses longues mèches où le blanc se mêlait discrètement au blond vénitien :

— C'est affreux, mais il faut vous dire qu'il est miraculeux que votre marin ait survécu à un tel accident de guerre. J'étais au courant mais n'ai rien voulu vous dire, pensant qu'il était mieux que vous découvriez vous-même le drame et ses conséquences. Que comptez-vous faire ? La décision est difficile à prendre...

— Pas du tout. Je le verrai dès demain chez Marguerite de Duras. Il faudra que nous parlions...

Le maréchal et sa femme accueillirent Clémence, arrivée un peu en retard à cause d'un embarras devant les Grandes Écuries :

— Notre hôte est déjà là, dit Mme de Duras. Il attend dans mon cabinet où j'ai fait dresser une table pour quatre. Il supporte son infortune avec un courage extraordinaire et vous n'aurez pas pour le dîner un convive désespéré. Le maréchal, qui a vu beaucoup de blessés au cours de ses campagnes, dit qu'il n'a jamais rencontré un soldat amputé aussi vaillant !

— C'est vrai, ajouta le duc. J'en ai vu des braves mais... Je me demande si les gens de mer ne sont pas plus braves que les soldats du champ de bataille !

— Ce sont là des comparaisons bien inutiles, mon ami ! coupa Mme de Duras. N'allez pas infliger à notre cousin ce genre de réflexions ! Je pense qu'il faudra le laisser parler. Il doit avoir tellement besoin de se confier ! Venez, Clémence. Et souriez ! Un sourire c'est, je crois, ce qu'il va chercher sur votre visage lorsque vous allez entrer. Ah ! J'oubliais de vous dire : il est accompagné du marin qui l'a servi à bord durant toutes ces années et qui lui est dévoué à la mort !

Clémence, après avoir respiré profondément, poussa la porte du cabinet. Frédéric Armand de Hocquincourt était assis dans un fauteuil près de la fenêtre, ses longues jambes bottées nonchalamment allongées. Il avait délaissé son uniforme d'officier pour un sobre vêtement de laine égayé par quelques discrètes broderies. Le ton brique de son visage fripé par les coups de vent éclatait sur la blancheur de sa chemise et sa cravate. À l'arrivée de Clémence, il se leva et tendit son bras gauche pour esquisser un salut très protocolaire avant d'avouer, souriant :

— Clémence, ma chère Clémence, comme j'appréhendais ce moment ! Et vous êtes là devant moi, toujours si belle, si fine, si élégante. Vous êtes comme il y a...

— Chut ! Ne comptez surtout pas ! coupa la fontainière en s'approchant.

Elle avait, dans la tension de la rencontre, presque oublié qu'il manquait un bras à cet homme superbe dont les yeux délavés par les embruns la regardaient comme pour lire sur son visage quelque réaction. Il n'y avait dans le regard de Clémence, maintenant franchement posé sur la manche vide du justaucorps, qu'une grande tendresse.

Par délicatesse, M. et Mme de Duras les avaient laissés seuls un moment. Avec la désarmante simplicité qui avait ouvert tant de portes à la jolie fille du fontainier du Roi, elle dit les mots qu'il fallait :

— Monsieur le héros, voulez-vous me permettre d'embrasser votre balafre ?

La balafre, on la voyait à peine. C'est sur sa bouche qu'elle déposa un bref baiser en disant :

— Je ne sais pas si, au cours du dîner, nous aurons le temps d'épuiser tout ce que nous avons à nous dire.

— Alors il faudra continuer ailleurs.

— À Nemours, peut-être ? dit-elle spontanément.

— Voilà une bonne idée. Je vais faire prévenir qu'on allume le feu dans les cheminées.

Clémence rit mais ne put s'empêcher de discerner un certain trouble dans cette tournure badine.

En entrant dans le cabinet, Mme de Duras et le maréchal, un peu inquiets, furent heureusement surpris de les trouver en train de converser gaiement.

— Clémence, glissa-t-elle à son mari, n'a pas de quartiers de noblesse mais c'est une grande dame !

— Serait-elle sans cela votre amie ? dit-il assez fort pour être entendu de Clémence qui se demanda ce qu'il voulait dire.

Avec le valet qui apportait le premier service, un potage au lait d'amandes, entra un grand marin portant sur sa veste bleu de roi la ceinture rouge des corsaires et qui se plaça un pas derrière Hocquincourt.

— Voici, dit ce dernier, mon ami Rémy Le Floch de l'*Alcyon*, du *Tigre*, de l'*Hercule*, du *Maure* et de bien d'autres vaisseaux de l'escadre de Jean Bart. Non content de m'avoir sauvé deux fois la vie, il est maintenant devenu mon bras droit.

Frédéric Armand souligna le dernier mot d'un grand rire qui détendit l'atmosphère.

Clémence comprit ce qu'il voulait dire au service du plat suivant, un carré de mouton en fricandeau. Rémy Le Floch s'approcha de son maître et, sans prononcer une parole, coupa en petits morceaux la tranche de rôti déposée dans son assiette.

— Il arrive au Roi de se servir de ses doigts pour manger, ça je peux le faire, dit M. de Hocquincourt. Mais puisqu'il existe maintenant des fourchettes, elles me facilitent la tâche. Pour couper la viande c'est plus difficile. Alors, comme vous le voyez, Rémy me sert de main droite !

— Je vous admire de prendre aussi sereinement vos désagréments ! dit Mme de Duras.

— Ma chère cousine, ma famille a une devise que je trouve si ridicule que je préfère l'oublier. Mais je la remplace volontiers par cette maxime qui correspond parfaitement à mon état : « Il faut savoir coopérer avec l'inévitable. » C'est ce que j'essaie de faire.

À l'après-dîner, le maréchal partit dresser les chevaux du duc de Bourgogne et Frédéric Armand proposa aux dames une promenade dans le parc. Mme de Duras prétexta une visite pour se faire excuser et le marin se retrouva bientôt seul avec Clémence dans l'enceinte du théâtre d'eau, un site du parc qu'elle aimait particulièrement. Des ouvriers s'activaient autour d'un bassin rond visiblement nouveau.

— Le Roi construit encore ? demanda Hocquincourt. Je croyais les travaux du parc terminés depuis longtemps.

— Ils ne le seront jamais. Mme de Maintenon et mon oncle Rose, les seules personnes qui osent conseiller au Roi de ne plus entreprendre de travaux ruineux en ce moment de grande misère du peuple, ne l'empêcheront pas de modifier complètement les cours du château et les petits appartements, ni de faire jaillir des fontaines dans ce bosquet du théâtre. Ajoutez à cela la refonte des jardins de Marly et l'édification de la nouvelle chapelle et vous serez convaincu que le Roi, jusqu'à son dernier souffle, démolira et reconstruira Versailles.

Ils regardèrent un moment les fontainiers installer dans les bassins de ravissants petits enfants sculptés dans le plomb. Clémence se dit qu'elle avait vraiment vieilli car elle ne reconnaissait aucun des ouvriers, mais eux s'arrêtèrent de travailler pour saluer respectueusement la fille de M. de Francine.

Un peu plus loin, il y avait un banc de marbre derrière un boulingrin. Ils s'y assirent et se dévisagèrent en silence, comme s'ils cherchaient à se reconnaître.

— Ne trouvez-vous pas nos destinées singulières ? demanda Clémence. Notre rencontre, nos vies qui divergent, l'oubli qui s'installe et puis le retour au point de départ. Mais peut-on revenir au point de départ ?

— Je ne sais pas. J'ai tellement changé, j'ai vécu tant d'aventures au cours de ces dernières années ! Le danger derrière chaque vague, l'ivresse de la mer, mon bras emporté : l'homme que vous avez connu n'existe plus. Je porte son nom mais je suis un autre...

— Et cet autre a du mal à me reconnaître. Je suis une étrangère pour lui !

— Ne dites pas cela. J'aimerais repartir avec vous à Nemours.

— Mais vous ne le ferez pas, je le sais.

— Vous êtes triste ?

— Oui... Un rêve qui s'en va est toujours une amputation...

En prononçant le mot elle se rendit compte de sa maladresse, de sa cruauté. Elle aurait voulu se reprendre mais le mal était fait. Elle ne put que saisir la main de Frédéric Armand et la porter à ses lèvres en demandant pardon.

— Pardon de quoi ? demanda le marin souriant. On ne va pas ôter le mot amputation de la langue française parce qu'un boulet m'a enlevé un bras ! Ne vous faites pas de souci pour quelque chose qui n'existe pas. Si vous ne vous étiez pas si vite culpabilisée je ne me serais même pas aperçu de ce que vous croyez être un impair.

— Merci, mon ami ! Je crois que je ne sais plus ce que je dis. Pardonnez-moi !

Comme il se taisait, Clémence continua :

— Je me trompe peut-être mais je suis de plus en plus persuadée que vous me cachez quelque chose. Instinct de femme : nous sentons mieux que les hommes les vérités celées. Dites-moi la vôtre si elle me concerne ! Sinon, révélez-moi au moins vos projets.

— Vous avez raison, Clémence. Je vous dois mon histoire. Commençons si vous le voulez par mes projets. Je ne peux raisonnablement plus commander des actions en mer. C'est dur mais il faut que je m'y fasse. Je vais devenir, moi, corsaire, second du grand Jean Bart, un homme de bureau ! Je ne m'occuperai plus désormais, à terre, que des plans stratégiques et de l'administration de l'escadre.

— Vous allez donc repartir pour Dunkerque ?

— Comment pourrais-je rompre avec la mer ? Dans quelques jours, je vais rejoindre notre port en compagnie de Jean Bart qui doit conduire le prince de Conti en Pologne [1].

Clémence ne répondit rien, le regard perdu dans les frondaisons. Lui sembla hésiter puis parla :

— Ce n'est pas tout. Je dois vous dire aussi que j'ai une vie personnelle à Dunkerque. Je vais épouser la fille de Saint-Pol-Hécourt, un fameux corsaire qui compte presque autant de victoires que Bart. Elle m'a soigné avec amour et dévouement quand on m'a débarqué à Dunkerque à moitié mort et bardé de pansements. Voilà, Clémence. Vous savez tout et je crois que vous comprenez pourquoi je ne vous emmènerai pas à Nemours.

Clémence avait écouté en silence tout en continuant de tenir la main de Frédéric Armand. Des larmes coulaient sur ses joues et elle se dégagea pour les essuyer.

— Je vous fais du mal ? demanda-t-il

Clémence esquissa un sourire un peu triste :

— Peut-être aurais-je su moi aussi prendre soin de vous. Mais je vais vous dire également un secret. Je n'ai jamais cru que notre histoire aurait une suite. Et je préfère que mon « amant de deux jours » soit un homme d'honneur plutôt qu'un vulgaire coureur de jupons.

1. Une partie de la noblesse polonaise avait demandé le prince de Conti pour roi. Louis XIV, qui détestait le vainqueur de Steinkerque, dut à son corps défendant soutenir sa candidature contre celle de l'Électeur de Saxe en l'envoyant jusqu'à Dantzig défendre son parti avec cinq frégates commandées par Jean Bart. Finalement Conti devra rentrer, l'Électeur de Saxe ayant été nommé à Varsovie.

— On ne parle jamais de dames d'honneur autrement que comme servantes de princesses. Eh bien, vous, Clémence, qui resterez dans mon cœur jusqu'à la mort, vous êtes pour moi plus qu'une « femme d'honneur », vous êtes la femme magnifique que je n'aurai méritée que deux jours.

— Oui, monsieur de Hocquincourt, mais deux jours qui comptent ! Maintenant, si vous le voulez bien, nous allons rentrer, je crois que j'ai besoin de reprendre pied après le gros temps que nous venons d'essuyer.

Ainsi finit, dans les souvenirs, l'histoire de la fontainière et du corsaire du Roi.

*

Clémence n'était pas une femme à s'apitoyer sur son sort. Elle se remit vite de sa déception, écoutant les avis de son oncle et de sa chère Marguerite qui surent lui montrer que c'était mieux ainsi, qu'ils ne l'imaginaient pas garde-malade à Dunkerque et qu'il valait mieux garder du bonheur en mémoire que de rompre bientôt dans les larmes une impossible liaison.

Un événement bien triste lui fit oublier ses derniers regrets. Le matin du 27 avril 1699, alors qu'elle achevait sa toilette, un courrier du Conseil envoyé par son oncle lui apporta un pli qu'elle ouvrit avec appréhension car il fallait que la nouvelle fût grave pour que le président utilise ce mode de correspondance. Elle lut :

« J'ai pensé vous prévenir sans attendre : notre ami Jean Racine est mort hier soir à Paris dans son appartement de la rue des Marais, faubourg Saint-Germain. L'Académie m'a demandé de prévenir le Roi qu'il avait souhaité être inhumé à Port-Royal-des-Champs. Ne soyez pas triste, le plus grand poète tragique du règne a passé sans souffrir pour retrouver La Fontaine et Molière. Votre affectionné Toussaint Rose. »

Ainsi, l'une des dernières têtes pensantes découvertes par le surintendant Fouquet et passées au service du Roi disparaissait. « Maintenant, pensa Clémence, il ne reste plus que Boileau et Le Nôtre de tous ceux qui ont fait ou chanté Versailles. »

Elle n'avait pas entretenu avec Racine des liens aussi intimes qu'avec les autres compagnons de son père mais l'auteur d'*Esther* et d'*Athalie* avait toujours été bienveillant à son égard et elle n'avait oublié ni les soupers joyeux du *Mouton blanc* ni les discussions passionnées chez Boileau. Boileau ? Il devait être douloureusement touché. Il y avait longtemps qu'elle ne l'avait vu et lui aussi pouvait disparaître un prochain jour... Elle pensa que le moment était choisi pour lui rendre visite dans sa maison d'Auteuil qu'il ne quittait pratiquement plus.

Elle décida d'utiliser la voiture du président qu'on attelait à quatre chevaux plutôt que son carrosse tiré par deux « noirs d'Espagne », bien plus lent. En attendant le cocher, sur le perron de l'aile des ministres, elle regarda passer les charrois remplis de matériaux de démolition qui venaient du château où l'on abattait pour les remplacer les façades des petites cours donnant sur la cour de Marbre. De l'autre côté, plus loin, on apercevait d'autres voitures qui déchargeaient des pierres de taille, celles destinées à la construction de la nouvelle chapelle, sans cesse remise mais que le Roi venait de décider d'entreprendre.

— M. Mansart prend ses nouvelles fonctions à cœur ! dit-elle à Mme des Noyers, une voisine, qui sortait du pavillon.

— N'est-ce pas ? On se croirait revenu à l'époque des grands travaux où l'on se salissait les souliers dans le plâtre ! Je crois que le Roi qui n'a pas touché au château depuis quelques années veut se rattraper.

Depuis le début de l'année, Mansart était le nouveau surintendant des Bâtiments du Roi. Il remplaçait le marquis de Villacerf, neveu de Colbert, qui avait tenu la charge depuis la mort de Louvois.

— M. Mansart plaît au Roi qui entretient avec lui un grand commerce, continua Mme des Noyers, l'épouse du conseiller d'État. C'est, à ce qu'on m'a dit, un fort honnête homme, d'esprit naturel, et qui ne demande qu'à faire plaisir. Il ne va pas tarder à succomber sous le nombre des quémandeurs et, s'il veut les satisfaire tous, il aura du travail !

Mme des Noyers avait son franc-parler et Clémence aimait bien échanger quelques mots avec elle quand elle la croisait. Elle la pria de l'excuser :

— Ah ! voilà ma voiture, ou plutôt celle de mon oncle.

— Attelée à quatre ! Vous allez loin ? demanda la conseillère.

— À Paris où, peut-être ne le saviez-vous pas, M. Racine vient de mourir.

— Que c'est triste ! Les poètes ne devraient pas mourir !

Clémence jugea la réflexion un peu simple mais acquiesça en grimpant dans le carrosse qui fila vers Paris. Très fréquentée, la route n'était pas ennuyeuse. Il y avait toujours quelque chose à regarder. Quand ce n'était pas un fou qui galopait à bride abattue en frôlant les attelages, c'était un chariot qui avait versé ou deux carrosses qui roulaient côte à côte pour permettre à leurs occupants de bavarder et bouchaient la chaussée au grand dam des autres cochers qui manifestaient leur courroux dans un langage coloré. Finalement ce déplacement, marqué au départ par la tristesse, s'avérait distrayant et Clémence se dit qu'elle allait décidément bien pour s'amuser ainsi des embarras de la route.

À Auteuil, elle éprouva comme d'habitude un pincement au cœur en passant devant la maison qui avait été sienne au temps du bonheur avec son mari, le capitaine de Pérelle. Elle eut le temps de se dire que c'était une drôle d'idée d'avoir repeint les volets en jaune, et la voiture s'arrêtait un peu plus loin devant le pavillon de M. Despréaux. Il faisait beau et celui-ci se promenait, pensif, sur la pelouse. Son visage s'éclaira en apercevant Clémence :

— Ah ! Ma petite fontainière ! Tu viens essuyer les larmes de ton vieil ami qui pleure, seul dans son coin, le compagnon d'une vie ? Rien d'autre que ta visite ne pouvait me distraire du chagrin que me cause la mort de Racine. Viens que je t'embrasse !

Il l'étreignit et dit ce qu'elle attendait :

— Tu arrives de Versailles, donc tu n'as pas mangé. Je vais prévenir mon vieux cuisinier que nous serons deux à dîner. Je ne sais pas ce qui est prévu aujourd'hui mais tu sais que la table de Boileau est à la hauteur de sa gourmandise. Gourmand mais raisonnable ! À la manière de ce bon Saint-Évremond qui va chercher sa sagesse chez Épicure. As-tu lu *Sur la morale d'Épicure* ?

— Oui, mon oncle me l'a fait lire. Je crois qu'il partage sur lui vos idées.

— Fort bien. Tu vois, l'usage en est bon puisque, lui comme moi, arrivons sans trop de mal à vieillir. Au fait, quel âge a le président ?

— Quatre-vingt-huit ans ! Et il continue de présenter chaque jour la liasse au Roi dont il est toujours le secrétaire personnel.

— C'est extraordinaire ! Je me demande comment je serai dans vingt ans si je suis encore en vie ! Allez, passons à table et parlons de notre grand Racine. Il n'y a pas si longtemps, il était ici et nous avons joué à la boule.

— Et lui, quel était son âge ?

— Oh ! Il est plus jeune que moi de deux ou trois ans. Il est donc mort à soixante ans. Tu ne trouves pas que c'est jeune ? Sais-tu où il s'est éteint ?

— Dans son appartement de Paris, rue des Marais.

— Je me demande pourquoi il avait quitté la maison qu'il habitait rue Saint-André-des-Arts, au coin de la rue de l'Éperon. Elle était remarquable, avec une petite tourelle au premier étage, un genre d'échauguette. Où va-t-il être enterré ?

— À Port-Royal des Champs, comme il l'a demandé [1].

1. Lorsque l'abbaye fut démolie en 1709, ses restes furent ramenés à Paris, dans l'église Saint-Étienne-du-Mont.

— Voilà qui va déplaire au Roi et à Mme de Maintenon qui se méfient des gens de Port-Royal, cette communauté qui entend gérer seule sa spiritualité, son mode de vie et qui attire les plus beaux esprits. À l'heure où le Roi s'oppose à toute dissidence et ne pense qu'à établir l'unité religieuse du pays, il est mal vu de fréquenter l'abbaye de la mère Angélique et des Solitaires.

— Racine aimait l'atmosphère calme et recueillie de Port-Royal-des-Champs ?

— Oui, surtout depuis quelques années où l'homme de cour qu'il était devenu avait cédé la place au fidèle de Port-Royal en butte aux persécutions. Sa dernière volonté est logique.

— Mais n'était-il pas proche du Roi et de Mme de Maintenon qui lui a fait écrire ses plus belles pièces pour la maison de Saint-Cyr ?

— Il a joui en effet de grands privilèges. Il arrivait, surtout les vendredis d'hiver où les ministres ne rejoignaient pas le Roi chez Mme de Maintenon, qu'on l'envoie chercher pour lire quelque ouvrage et égayer les soirées trop longues. C'est au cours d'une de ces séances que Racine commit une maladresse qui lui valut la disgrâce jusqu'à sa mort. Peu de gens sont au courant. C'est lui qui m'a raconté...

— Voulez-vous à votre tour me dire ce qu'il s'est passé ?

— Un soir où il était chez Mme de Maintenon qui avait le Roi auprès d'elle, la conversation était tombée sur le théâtre. On avait parlé beaucoup de l'opéra, de la tragédie puis enfin de la comédie. Le Roi s'était informé des différentes scènes, des acteurs et des auteurs en renom, puis avait demandé pourquoi la comédie était devenue un genre quelque peu oublié après tant d'années de succès. Racine avait trouvé plusieurs raisons à cet abandon et terminé par celle qu'il pensait la plus importante : « Il n'y a plus d'auteurs et de moins en moins de pièces nouvelles, alors, les comédiens jouent et rejouent les anciennes. Quand il s'agit de Molière tout va bien mais quand, par exemple, on monte ces pièces de Scarron qui ne valent rien, le public est rebuté. »

— Et alors ?

— Scarron est un nom banni à Versailles, surtout en présence du Roi. Il n'était pas sitôt sorti de la bouche de notre ami que celle qui avait été longtemps à la Cour « la veuve Scarron » se prit à rougir. Le Roi s'est, lui, trouvé embarrassé, un silence effrayant a gelé la pièce. Racine s'est vite rendu compte de la bourde qu'il venait de commettre mais il n'était pas de remède possible. Confondu, il demeura lui aussi silencieux, n'osant même plus lever les yeux. Enfin, le Roi renvoya Racine en disant qu'il avait du travail.

— Je pense que l'affaire s'est vite arrangée ?

— Non. Depuis cette funeste sottise, ni le Roi ni Mme de Maintenon n'ont parlé à Racine ni ne l'ont regardé...

— Quand cela s'est-il passé ?

— Il y a deux ans. Racine en a été profondément affecté et, sans aller jusqu'à dire que l'incident a précipité sa mort, il est tombé en langueur et ne s'est plus intéressé qu'à son salut.

La servante apporta le potage et Clémence essaya de distraire le poète en lui parlant des travaux relancés à Versailles, de ses enfants éloignés d'elle, de sa mère qui vieillissait doucement dans la maison des Francine, de son cousin qui avait bien du mal à remplir son contrat à l'Opéra...

— Et ta vie sentimentale, Clémence ? Es-tu heureuse ? demanda Boileau.

Elle éclata de rire.

— La question tombe à pic : mon dernier amour était un marin, un corsaire exactement, qui, blessé, a dû se faire amputer du bras droit et qui, après avoir reçu la semaine dernière le ruban bleu des mains du Roi, est retourné à Dunkerque épouser la fille d'un autre flibustier. Vous voyez, la chance m'a souri dans mon établissement mais a été moins heureuse en ce qui concerne l'amour. Mon premier mari a été tué au côté de Turenne, le second s'est suicidé en se battant en duel, un boulet a enlevé un morceau du troisième homme de ma vie. Je ne parle pas d'un superbe Suédois que j'ai retrouvé bedonnant dix ans plus tard, ni de quelques autres aventures sans lendemain...

— Attends. Tu n'es pas encore vieille et tu es toujours belle. L'avenir te réserve peut-être une surprise.

— Je pourrais facilement épouser un vieux duc ou un courtisan bien de sa personne mais ruiné par le jeu. L'un ou l'autre empoisonnerait le reste de ma vie. Alors j'ai décidé de rester veuve, libre, et mère attentive. Je voudrais aussi m'intéresser, plus que je ne l'ai fait jusqu'à maintenant, aux choses de l'esprit. Mon rêve serait, à l'exemple de quelques grandes dames, de recevoir dans mon salon des gens intelligents et brillants. Serez-vous mon hôte si je vous invite un jour ?

— Le célibataire endurci que je suis demeuré ne peut que louer ta sagesse. Quant à venir chez toi, je monterai avec plaisir dans la voiture que tu auras la bonté de m'envoyer car mon vieux cocher Nicolas ne voit plus bien clair et me fait craindre le pire à chaque course.

*

La Cour hésitait entre deux centres d'intérêt : la guerre dont les gens avisés annonçaient la prochaine reprise, et la construction de la nouvelle chapelle qui allait bon train sous la direction de M. Mansart. Sa Majesté avait trouvé depuis longtemps en cet homme d'expérience, adroit et talentueux, le digne successeur de Le Vau. Il avait achevé le château, construit Trianon, Marly, l'hôtel des Invalides et restauré Saint-Germain. La chapelle serait, disait-on, son dernier chef-d'œuvre et son triomphe. Il se trouvait que c'était vrai aussi pour Louis XIV qui tenait à ajouter à Versailles l'œuvre d'art religieux qui lui manquait.

Maintes fois remise, son projet sans cesse modifié, les premiers éléments de marbre déjà élevés démolis par ordre du Roi pour être remplacés par des pierres de taille, la mise en train sérieuse de la chapelle n'avait pas été décidée sans difficultés. On s'était depuis si longtemps habitué à utiliser la chapelle provisoire de 1682, dont la tribune s'ouvrait sur le Grand Appartement, que la nouvelle église n'apparaissait plus à beaucoup comme une nécessité. Mme de Maintenon, entre autres, avait tout fait pour que le Roi renonce à un projet ruineux pour le pays, alors confronté à l'une des plus grandes misères de son histoire. Mais l'habile ténacité de Mansart avait eu raison des objections charitables de l'épouse royale. On pouvait donc maintenant regarder s'élever les murs de la demeure de Dieu et commenter le montant des travaux au cours de la première année : soixante-six mille livres pour les entreprises de maçonnerie [1].

On parlait aussi beaucoup à la Cour du duc du Maine, le légitimé préféré de Mme de Maintenon et fils aimé du Roi qui l'avait fait successivement maître de camp général, lieutenant général et grand maître de l'artillerie. Sa femme, Anne Louise Bénédicte, fille du prince de Condé, de très petite taille, avait encore, huit ans après son mariage, l'air d'une petite fille, ce qui ne l'empêchait pas de régner sur sa maison, d'afficher, en toutes circonstances, une grande indépendance et de se moquer des obligations de la Cour et de l'étiquette. Menant sa vie à sa guise, elle était passionnée par les mathématiques, l'astronomie et les belles lettres. Elle rêvait aussi d'un grand avenir pour son mari qui venait de lui faire un cadeau royal en achetant à Mme de Seigneley le château de Sceaux, l'une des plus belles propriétés de l'Île-de-France que Perrault et Le Nôtre avaient jadis remodelée pour Colbert.

Sceaux devint vite sous l'animation d'Anne Louise le centre de la vie aimable d'une jeunesse qui s'ennuyait sous les plafonds dorés de Versailles.

Clémence avait très envie d'être invitée à Sceaux pour connaître cette princesse délurée qui faisait craquer par

1. Cent vingt-deux mille livres seront dépensées l'année suivante.

ses fantaisies les règles du protocole. Elle ne connaissait malheureusement ni le duc ni la petite duchesse, et Mme de Duras, qui l'avait introduite dans tant de milieux fermés, ne fréquentait plus Sceaux depuis que le maréchal avait quelque peu malmené le duc du Maine à propos de chevaux. Elle cherchait qui pourrait lui ouvrir les portes du fameux château quand Fontenelle, rencontré un mardi chez Mme de Lambert, fit par hasard l'éloge de sa décoration, en particulier de celle des appartements que Colbert, protecteur depuis toujours des amours royales illégitimes, avait aménagés pour les enfants du Roi et de Mlle de La Vallière, le comte de Vermandois et Mlle de Blois.

Durant la collation, Clémence s'en fut vers Fontenelle et, après quelques amabilités, aiguilla la conversation sur Anne Louise :

— Cette jeune personne semble avoir un caractère peu commun ! lança-t-elle.

— Peu commun mais intéressant. Sa curiosité est sans limites et, comme je partage ce penchant, nous échangeons des propos qui ne sont jamais insignifiants. En astronomie, ses connaissances dépassent celles de beaucoup de membres de l'Académie des sciences. Elle passe de longs moments de la nuit l'œil fixé sur le viseur de la lunette qu'elle a fait installer et me pose des questions auxquelles je suis souvent incapable de répondre.

— Comme j'aimerais la connaître !

La réponse qu'elle espérait ne se fit pas attendre :

— C'est bien facile si vous acceptez que je vous conduise un jour à Sceaux. Vos deux personnalités ont quelques points communs et votre rencontre m'intéresse. Un peu comme si deux planètes se croisaient !

— Vous me faites rougir de me mettre sur le même plan qu'une duchesse, belle-fille du Roi !

— Attacheriez-vous, madame, une importance sérieuse aux noms et aux quartiers de noblesse qui les illustrent ?

— Non, mais la légitimité du royaume repose sur eux et il faut bien en tenir compte.

— Pas entre nous, comtesse, nous qui sommes la « lie du peuple », comme le dit publiquement de M. Mansart le jeune duc de Saint-Simon... vous savez, celui qui ne souffre pas que les bâtards du Roi s'insèrent dans l'ordre des préséances entre les princes du sang et les ducs. Croyez que ce sera pour moi un grand plaisir de vous présenter à la cour de Sceaux.

On en resta là mais Clémence ne douta pas de la promesse de Fontenelle. En attendant de rencontrer la minuscule et impétueuse duchesse, Clémence fut informée par les « Ombrelles » d'un événement attendu mais palpitant : le Roi avait décidé de « mettre ensemble [1] », deux ans après leur mariage, Monseigneur et la duchesse de Bourgogne. C'est Mansart qui l'avait révélé à Mme de La Mésangère venue lui demander un service :

— On bâtit dans la petite cour de Monseigneur un logement où celui-ci pourra s'habiller le matin en sortant de chez Mme la duchesse de Bourgogne. On compte en effet les réunir au retour de Fontainebleau.

Le 10 octobre au matin, la Cour n'ignorait pas grand-chose de la première nuit des épaux. Monseigneur, après avoir soupé avec le Roi, était allé se déshabiller dans son « logement de nuit », tenant d'un côté à l'antichambre du Roi et de l'autre au grand cabinet de l'appartement de Mme la Duchesse. Le Roi avait dit aux jeunes époux qu'il irait les voir dans leur lit par les « derrières [2] » mais il arriva trop tard et ne fit pas ouvrir les portes déjà closes.

La duchesse occupait l'appartement de la Reine qui suffisait, avec quatre cabinets sur la cour, aux goûts modestes et à la vie discrète du duc de Bourgogne qui ne souhaita pas habiter un « appartement de jour », commandé par le Roi mais jamais terminé.

---

1. C'était la formule officielle.
2. Passages habituellement utilisés pour le service.

Chapitre XI

Deuils et réjouissances

Le Roi, qui avait eu au cours de sa vie tant de graves accidents de santé, félicitait souvent Le Nôtre sur la sienne. Chaque fois, le jardinier lui répondait que c'était parce qu'il ne se faisait pas saigner ni ne recevait médecine à tout bout de champ. Cette prudence lui avait permis de vivre quatre-vingt-huit ans dans une santé parfaite. Ce n'est qu'au début de l'année 1700 qu'il commença à sentir ses forces diminuer. Clémence, qui en avait été prévenue, était allée lui rendre visite dans sa maison des Tuileries. Il avait été heureux de voir sa fontainière et ils avaient ensemble longuement évoqué le passé, les réunions joyeuses de leurs deux familles dans les maisons que le Roi leur avait données à Versailles pour avoir plus près de lui son fontainier François de Francine et son jardinier avec lesquels il inventait le parc de Versailles. Ils parlèrent aussi bien sûr du voyage à Rome où elle l'avait accompagné en mission chez le pape.

— Tu vois, lui avait-il confié en la quittant, je mesure mon âge à la longueur des promenades que je fais chaque jour dans mon jardin des Tuileries. Ce matin, je n'ai pu aller plus loin que le grand bassin ! Je crois que j'arrive au bas de la pente du couchant. Cela ne me fera pas plaisir de quitter mes fleurs, mes arbres et mes parterres mais j'aurai bien vécu mon temps sur terre et je passerai du côté de Dieu le Père l'âme en paix.

Un peu plus tard, Clémence avait appris par un fontainier du château, frère de son cocher, que Le Nôtre s'était rendu en personne chez Clément, son notaire, à qui il avait dicté ses dernières volontés. « Il était encore ingambe et en possession de ses facultés », lui avait-il dit... Hélas ! Une semaine après, Clémence apprit par la même source que son cher Le Nôtre était mort dans sa maison de Paris. Elle eut confirmation de la nouvelle le lendemain lorsqu'un courrier apporta à Versailles les avis d'enterrement destinés à la famille royale et à quelques amis dont il avait lui-même dressé la liste. Clémence en faisait partie. Elle lut en pleurant :

« Vous êtes prié d'assister au convoi d'André Le Nôtre, Chevalier de l'ordre de Saint-Michel, Conseiller du Roi, Contrôleur général des Bâtiments de Sa Majesté, Jardins, Arts et Manufactures de France, décédé en son appartement aux Tuileries, qui se fera jeudi, seizième de septembre 1700 à six heures précises du soir, en l'église de Saint-Germain-l'Auxerrois sa Paroisse. *Requiescat en pace* [1]. »

Clémence se rendit à l'enterrement de son vieil ami accompagnée de Boileau qu'elle était passée prendre à Auteuil. Le jardinier avait demandé des obsèques simples, elles le furent. Il avait aussi exprimé dans son testament le désir d'être inhumé dans la chapelle de Saint-André dans l'église Saint-Roch, sans qu'aucun blason soit placé sur sa tombe [2].

— On y mettra le buste que j'exécuterai d'après un plâtre que j'ai conservé, dit le sculpteur Coysevox qui

---

1. Un exemplaire de ce faire-part est conservé à la Bibliothèque nationale.
2. Le Roi l'avait anobli en 1675 et lui avait fait composer des armoiries selon son souhait : « De sable à un chevron d'or accompagné de trois limaçons d'argent ».

avait tant contribué à peupler de ses statues les bosquets du jardinier.

Tristement, Boileau et la fontainière regagnèrent Auteuil. Au moment d'arriver, Despréaux dit :

— La vie continue, mon Ondine. Si l'idée te convient, nous allons souper au *Mouton blanc* où je ne vais plus. Et parler de l'avenir !

Clémence, elle, n'était pas retournée de longtemps à l'« auberge des jours heureux », comme elle l'appelait. Ils apprirent avec un peu de regret que de nouveaux patrons avaient remplacé les Dutournier, mais la salle était demeurée en l'état, ce qui était l'essentiel.

— Là était la place de Molière, montra Clémence. Et Racine s'installait toujours au bout de la table... C'est tout de même désolant de voir le nombre de ses morts dépasser celui des vivants...

— Eh oui ! fontainière. Et aussi que les remplaçants nous sont inconnus ! Je me demande si les écrivains viennent encore manger les plats canailles que nous aimions. À ton avis, la tablée qui nous fait face est-elle composée de poètes ou de marchands d'oripeaux ?

— C'est difficile à dire mais ce dont je suis sûre, c'est que je suis contente d'être ici ce soir avec vous.

*

C'était une paix fragile mais c'était la paix. Depuis Ryswick, un certain équilibre régnait en Europe. Une entente entre Londres et Versailles était même ébauchée pour la succession au trône d'Espagne que la santé du roi Charles II rendait probable dans un bref délai. À Madrid, le maréchal d'Harcourt, modeste stratège mais habile ambassadeur, travaillait pour la France, profitant de la haine qu'éprouvaient les Espagnols pour les Impériaux et le parti autrichien alors au pouvoir. La hauteur et la morgue allemandes réveillaient la fierté castillane et poussaient la cour de Madrid à plus de sympathie envers l'ennemi héréditaire d'hier, la France, qui seule aujourd'hui pouvait empêcher Léopold, l'empereur germanique, de s'emparer de la couronne d'Espagne.

Ces manœuvres diplomatiques que Louis XIV menait avec brio étaient trop compliquées pour passionner la Cour qui retrouvait quelque gaieté. Il s'agissait d'amuser la jeune duchesse de Bourgogne devenue femme à treize ans et de faire son éducation. Comme naguère pour les demoiselles de Saint-Cyr, on eut recours au théâtre[1]. On éleva une scène dans l'appartement de Mme de Maintenon et, avec les conseils du vieux Baron, demeuré un excellent acteur, les dames de la famille apprenaient et jouaient des pièces édifiantes. Ainsi, la duchesse de Bourgogne et le duc d'Orléans[2] tenaient les rôles principaux dans *Absalon* ou *Athalie*. Le comte et la comtesse d'Ayen, Mlle de Melun et le comte de Noailles leur donnaient la réplique, tous vêtus de magnifiques costumes créés pour la circonstance.

Mme de Duras eut le privilège d'assister à quelques représentations mais pas Clémence car la salle ne pouvait accueillir que quarante spectateurs... Elle raconta à son amie comment se déroulaient ces séances familiales auxquelles le Roi venait assister quelquefois en grand particulier.

La Cour s'amusait tandis que le sort de millions d'hommes se jouait dans les cabinets de Madrid, de Versailles et de Londres. En dehors du petit théâtre de Mme de Maintenon, les voyages à Meudon et à Marly se multipliaient pour des bals et des mascarades. « On danse sur un volcan ! » dit un jour la duchesse de Duras qui avait eu vent par son mari du rassemblement d'une armée près de Bayonne. Louis XIV avait en effet appris que le roi d'Espagne déclinait et préférait se tenir prêt. Dans le même temps, d'Harcourt encourageait le cardinal Portocarrero, archevêque de Tolède, et quelques grands d'Espagne, membres du Conseil, à faire admet-

---

1. Voltaire note la contradiction des mœurs qui, d'un côté, laissent un reste d'infamie aux spectacles publics et aux comédiens et, de l'autre, regardent le théâtre comme l'exercice le plus noble et le plus digne des personnes royales.
2. Le futur Régent.

tre au Roi mourant qu'il devait léguer ses couronnes à Philippe, second fils du dauphin de France.

Charles II hésita longuement mais finalement signa le testament : c'est ainsi que le jeune duc d'Anjou, bien loin de se douter qu'une des plus prestigieuses couronnes d'Europe allait tomber sur sa tête blonde, devint, dans le secret des chancelleries, roi avant son père, le Dauphin, et son frère aîné, le duc de Bourgogne.

L'affaire n'était pourtant pas terminée : il restait à prévenir le Roi, à Fontainebleau où il se trouvait avec la Cour, et à connaître sa décision de refuser le testament en laissant le trône d'Espagne au prince de Bavière tout en se ménageant Naples et la Sicile selon le traité de Portland, ou de l'accepter avec la quasi-certitude de voir se reformer la ligue d'Augsbourg contre la France et d'être entraîné dans une nouvelle guerre.

Le Roi vieillissant, il avait soixante-deux ans, avait perdu sa fringale de guerres et de conquêtes. Il ne souhaitait que la paix, si chèrement acquise à Ryswick, et savait que le testament de Charles II qu'un courrier venait de lui remettre était un cadeau empoisonné qui la rendait chimérique. Il lui apportait sans combat, sans négociation, sans intrigues ce dont il avait rêvé toute sa vie mais arrivait au mauvais moment.

Le Roi changea l'emploi du temps de l'après-midi, décommanda la chasse et fit mander les ministres à trois heures chez Mme de Maintenon pour un Conseil qui dura jusqu'à sept heures. Torcy, le secrétaire d'État aux Affaires étrangères, en qualité de rapporteur, exposa les avantages et les inconvénients des deux options ; le duc de Beauvillier pencha pour la thèse du partage et le refus ; le chancelier Pontchartrain se prononça en faveur du testament espagnol et Monseigneur le soutint avec vigueur. Les opinions étaient partagées et le Roi préféra réfléchir et remettre sa décision en attendant de nouvelles informations[1].

---

1. Il n'y eut pas de procès-verbal de cette séance historique, reconstituée « légitimement » dans ses grandes lignes par François Bluche dans son *Louis XIV* (Fayard).

Lorsque, le 15 novembre, le Roi quitta Fontaine-bleau, son parti était pris mais il n'en souffla mot au duc et à la duchesse de Bourgogne qui partageaient son carrosse. Il demeura silencieux tout au long du parcours, mangea dans la voiture et, vers quatre heures, arriva à Versailles où la curiosité avait rassemblé une grande partie de la Cour qui n'avait pas accompagné le Roi à Fontainebleau. Les « Ombrelles » étaient là, entraînées par Mme de Duras qui, malgré son entregent, n'avait rien pu savoir d'autre que la teneur du testament qui n'était plus un secret. Ce qu'elles apprirent ce soir-là était mince : Monseigneur avait regagné Meudon, Monsieur et Madame le Palais-Royal à Paris. Seul renseignement intéressant : en arrivant, le Roi avait fait mander le duc d'Anjou et l'avait longuement entretenu.

Le lendemain, seule la duchesse de Duras eut accès aux appartements où, en compagnie d'une dizaine de personnes, elle vit l'ambassadeur d'Espagne entrer dans le cabinet du Roi où se trouvait le duc d'Anjou. On put deviner la présentation qui s'y était déroulée lorsque le Roi, contre toute coutume, fit ouvrir les portes du cabinet à l'assistance. Parmi elle Mme de Duras reconnut, sans en être tellement étonnée, Clémence qui avait réussi à se faufiler.

— Comment avez-vous pu entrer ? lui demanda-t-elle.

— Oh ! J'ai fait beaucoup mieux lorsque j'étais jeune.

Mais le Roi s'avançait. Son regard fit le tour de l'assemblée et il annonça d'une voix plus majestueuse qu'à l'accoutumée :

— Messieurs, voilà le roi d'Espagne. La naissance l'appelait à cette couronne, le feu roi aussi par son testament. Toute la nation l'a souhaité. C'était l'ordre du ciel ; je l'ai accordé avec plaisir.

Puis, se tournant vers son petit-fils :

— Soyez bon Espagnol, c'est votre premier devoir, mais souvenez-vous que vous êtes né français, pour entretenir l'union entre les deux nations.

À ce moment, les deux autres fils de France se présentèrent et serrèrent leur frère dans leurs bras. Ils avaient les larmes aux yeux et le Roi, qui pleurait facilement, se détourna pour qu'on ne le vît pas tirer son mouchoir de sa manche.

On apprit le jour même que le roi d'Espagne partirait le 1er décembre pour Madrid et que les deux princes, ses frères, l'accompagneraient jusqu'à la frontière. En attendant, il fallait introduire de nouvelles règles dans l'étiquette pour assurer la bizarre cohabitation des deux rois. Comme s'était exclamé Monseigneur le dauphin après la déclaration : « Jamais homme ne s'est trouvé en état de dire comme moi : le roi mon père et le roi mon fils ! » De son côté, l'ambassadeur d'Espagne avait lancé : « Quelle joie ! Il n'y a plus de Pyrénées. »

Les spécialistes des convenances simplifièrent le problème en proposant au Roi de traiter le roi d'Espagne improvisé avec les mêmes égards que ceux dus au roi d'Angleterre. Dès lors, il eut à souper un fauteuil et son cadenas [1] à la droite de Sa Majesté, pour boire, une soucoupe, un verre et l'essai comme le monarque. Il alla voir les souverains déchus d'Angleterre à Saint-Germain et Monsieur et Madame à Paris. Quand il sortait ou entrait, la garde battait aux champs. Il assistait tous les matins à la messe avec Louis XIV et passait les soirées chez Mme de Maintenon où il redevenait duc d'Anjou, agréable jeune homme de dix-sept ans qui jouait avec ses frères et la duchesse de Bourgogne à toutes sortes de jeux.

Les dernières semaines passèrent vite. Harcourt fut nommé duc héréditaire et ambassadeur en Espagne ; le parlement en robes rouges, la Chambre des comptes avec le président Rose et les autres cours vinrent saluer le roi d'Espagne qui accompagna durant quelques jours le Roi à Marly.

Le départ avait été retardé au 4 décembre. Ce jour-là, le roi d'Espagne alla chez le Roi avant toute entrée

1. Coffret contenant l'argenterie de table des rois et grands seigneurs. Réservé à l'usage du Roi à la cour de Louis XIV.

et resta seul avec lui un long moment, puis il descendit chez Monseigneur et tous les trois entendirent ensemble la messe dans la tribune. Enfin, la famille monta en carrosse : la duchesse de Bourgogne entre les deux rois au fond, Monseigneur au-devant entre ses deux autres fils, Monsieur à une portière, Madame à l'autre. Entouré de gardes, de chevau-légers, de gendarmes, le carrosse royal roula jusqu'à Sceaux entre deux haies de voitures et de curieux. La famille royale et de nombreux courtisans se retrouvèrent au château pour les adieux. Quand il fallut se séparer, le Roi embrassa son petit-fils avec tendresse et Monseigneur l'imita.

Le roi d'Espagne monta enfin en carrosse avec ses frères et M. de Noailles, chargé de l'organisation du voyage, pour aller coucher à Chartres. Le Roi resta un moment pensif en les voyant s'éloigner. L'Espagne à un Français ! Le rêve devenait réalité mais n'allait-il pas se terminer en cauchemar ?

*

En ce début de l'année 1701, Clémence, dont la vie avait été tellement mouvementée, traversait une période paisible. Elle lisait, rencontrait ses chères « Ombrelles », fréquentait assidûment le salon de Mme de Lambert, visitait de temps en temps Ninon de Lenclos qui avait pour elle de l'amitié, et continuait, têtue, d'apprendre le latin. Elle soignait aussi naturellement sa mère qui finissait sa vie sans trop souffrir et l'oncle Rose qui terminait la sienne comme un jeune homme. Le président tenait à se rendre aux séances du Conseil lorsque le temps n'était pas trop mauvais. Il était fort considéré par les ministres, et le Roi, qui avait pour lui une rare affection datant du jour où, secrétaire de Mazarin, Rose avait enregistré les conversations politiques que le cardinal avait eues avec lui sur son lit de mort, n'aurait jamais voulu qu'un autre lui présentât la liasse lorsqu'il était au Palais. La « plume du Roi » continuait d'écrire les lettres royales et d'imiter sa signature mais Rose parlait aussi et était écouté chaque fois que Sa Majesté lui demandait son avis sur un ton d'intimité qui étonnait le monde.

Clémence savait que le malheur lui arriverait un jour de la mère et de l'oncle mais elle voulait croire à l'éternité de ceux qu'elle aimait et vivait sa « période douce », comme elle disait à ses amies, en faisant des projets pour ses enfants qui allaient bientôt retrouver le foyer familial.

Elle s'intéressait aussi à la vie du royaume qui retrouvait peu à peu l'atmosphère sourde mais excitante de la paix armée. Mme de Duras apportait aux « Ombrelles » des nouvelles assez inquiétantes qu'elle tenait du maréchal. Compte tenu de l'hostilité manifestée par ses ennemis traditionnels à la proclamation de Philippe V au trône d'Espagne, la France était obligée de verrouiller certains points stratégiques, ce qui n'allait pas sans réactions. Ainsi occupa-t-elle les forteresses de la Barrière tenues aux Pays-Bas par les mercenaires hollandais. Peu après, une ordonnance avait renforcé les compagnies de dragons. Le lendemain, le Roi en signait une autre pour la levée des milices et Chamillart, ministre de la Guerre depuis le décès de Barbezieux, publiait des lettres patentes créant soixante-douze compagnies de cavalerie.

Chaque jour, la maréchale annonçait la levée de nouvelles troupes à ses amies qui l'avaient surnommée amicalement « tambour-major ». Comme disait Madeleine de La Mésangère : « Il vaut mieux sourire des misères que l'on ne peut empêcher. » C'était d'ailleurs l'attitude de tous, à Versailles comme à Marly, où le Roi entendait que le faste et les jeux ne soient jamais sacrifiés aux soucis militaires.

Clémence arrivait à oublier et le temps et les épreuves dans une activité qu'elle essayait de rendre intelligente, quand cette fausse quiétude fut soudain anéantie. Comme si le destin se vengeait du dédain qu'elle lui avait opposé, Madeleine de Fontenu, veuve de François de Francine, mourut trois jours avant le président Marc Toussaint Rose.

Le premier choc avait été si terrible pour Clémence qu'il atténua la douleur du second. Mme de Francine s'était éteinte sans se plaindre, sans faire de bruit, comme elle avait vécu sa vie. La servante l'avait retrouvée morte dans son lit un matin. Elle avait saisi elle-même le crucifix posé sur son chevet et l'avait porté à sa poitrine en attendant l'instant où son cœur cesserait de battre. Sitôt prévenue, Clémence arriva et pria à genoux près de sa mère qui semblait sourire. Elle pensa que c'était un signe qui disait qu'elle ne craignait pas le jugement de Dieu et peut-être aussi qu'elle était satisfaite d'avoir quitté la vie sans déranger personne.

Le président, lui aussi, finit sans souffrir et avant d'avoir pu recevoir les sacrements. Sa mort aussi s'était passée à l'exemple de sa vie : il allait bien ce jour-là et avait décidé de se rendre au Conseil où les affaires militaires en cours l'intéressaient. Il avait descendu sans mal, comme d'habitude, les deux étages de l'aile des ministres puis avait traversé en s'aidant de sa canne, un cadeau du Roi, la grande cour pavée pour atteindre l'entrée des appartements. Et là, brusquement, il s'était effondré, mort, sur l'échiquier de marbre de Louis XIII. On l'avait porté dans l'antichambre, et le Roi, prévenu, était aussitôt descendu avec tous les ministres saluer le corps de celui qui l'avait si bien servi durant quarante ans. Vraiment ému, le Roi ne cacha pas qu'il pleurait :

— C'était mon ami, dit-il. Peut-être m'admirait-il un peu trop mais cela ne l'a jamais empêché de m'aider par des conseils qui ne me plaisaient pas, de toujours défendre ce qu'il estimait être le bien public.

Avant de regagner le cabinet, il commanda à Bontemps, son autre confident, qui avait les larmes aux yeux :

— Faites ce qu'il faut pour les obsèques du président Rose. Et prévenez sans attendre la comtesse de Pérelle.

Rose était irremplaçable. Le Roi le savait et n'ignorait pas qu'il n'entretiendrait jamais avec son successeur le même commerce fait de confiance et de fidélité. C'est Caillières qui fut nommé. Rose ne l'aimait pas et disait que le bonhomme, s'il était fin, adroit et rusé, était dangereux.

Il fallut des jours pour que Clémence retrouve la paix intérieure. La présence de l'oncle, lisant dans le grand fauteuil du cabinet lorsqu'elle rentrait, lui manquait plus que celle de sa mère qu'elle voyait moins souvent. Le vieil homme aux fins cheveux blancs qui avait si longtemps détenu tous les secrets de l'État et de la vie privée du Roi l'avait marquée durant toutes les années passées en sa compagnie, d'abord quand son mari vivait encore, puis lorsqu'il lui avait demandé de demeurer près de lui. Il l'aimait comme son enfant et elle éprouvait pour lui l'affection d'une fille. Il l'avait fait lire, elle qui avait connu tous les grands esprits de son époque mais n'avait pas ouvert tous leurs livres. Il lui avait expliqué ce qu'elle ne comprenait pas, lui avait révélé les bonheurs du savoir, l'avait aidée à se lancer dans l'étude du latin à un âge où les femmes pensent plus à leur toilette qu'aux belles lettres. Il lui laissait sa bibliothèque qui était magnifique, des cartons de brouillons, de manuscrits qu'il n'avait jamais publiés et le début de mémoires qu'il avait abandonnés quand le Roi lui avait demandé de s'intéresser aux siens.

L'oncle, un jour déjà lointain, lui avait montré une cassette fermée à serrure et lui avait dit : « Elle contient des documents que personne, pas même vous, ma nièce bien-aimée, ne doit lire. J'ai promis au Roi de les conserver. Lorsque je mourrai, vous les lui remettrez avec la clé que je porte toujours dans mon gousset. N'en prenez pas connaissance... D'abord ils ne vous intéresseraient pas beaucoup et, ensuite, il vaut mieux pour votre sécurité que vous les ignoriez. Sachez simplement qu'il s'agit de la vie personnelle du Roi. » Elle avait souri de ce mystère et avait assuré au président qu'elle agirait selon son désir.

Il y avait une semaine que Toussaint Rose était décédé quand elle s'était souvenue, un soir, de l'existence de la cassette. Elle décida d'aller la porter dès le lendemain au Roi. Il n'était pas si commode d'être reçu en particulier par Louis XIV, de hauts personnages n'avaient jamais réussi à y parvenir, mais elle savait que le plus grand monarque du monde ouvrirait sa porte à la petite fontainière qui, jadis, le regardait en cachette visiter les fontaines de son père. Elle grimpa sur un fauteuil pour atteindre la boîte rangée en haut de la bibliothèque. Gainée de vélin rouge, elle n'était pas très lourde et Clémence la descendit facilement pour la poser sur le bureau. Un instant elle regarda l'objet qui soudain prenait de l'importance à ses yeux. Que pouvait contenir la cassette ? De nature curieuse, elle avait une folle envie de l'ouvrir. C'était facile, la clé qu'elle avait retirée du gousset de l'oncle était là tout près, dans le premier tiroir du bureau. Elle la prit et, au moment de la tourner dans la serrure, la retira vivement. Que s'apprêtait-elle donc à faire ? Manquer à sa promesse ? Trahir la confiance de celui qui lui avait tant donné ? Elle se reprocha sa tentation et alla se coucher en imaginant, cela elle pouvait le faire, tous les secrets – des lettres d'amour peut-être ? – contenus dans le coffret.

Le lendemain, la cassette enfouie dans un sac de laine tissée qu'elle cachait sous son manteau de deuil, elle emprunta le chemin parcouru par son oncle une semaine auparavant. Elle s'arrêta un instant dans la cour de marbre et prit le grand escalier qui menait aux appartements. Elle était connue, les valets rencontrés la saluèrent et elle se retrouva vite près de la porte qui menait au cabinet du Roi, celle par où elle était entrée lors de la proclamation du roi d'Espagne. Par un heureux hasard, le marquis de Torcy en sortait. Il avait été placé une fois près d'elle à un souper de Marly et il la reconnut.

— Madame, je bénis le hasard qui me permet de vous présenter mes condoléances pour les deuils qui vous ont atteinte. Le président laisse un grand vide au

Conseil et le Roi rappelle souvent son souvenir. Mais que faites-vous ici à cette heure qui ne vous est pas coutumière ? Puis-je vous aider ?

Torcy, le fils de M. de Croissy, était un bel homme de trente-cinq ans devenu ministre à trente, à la mort de son père, ce qui n'était pas courant au gouvernement du Roi. Il avait épousé, selon les vœux de Sa Majesté et de Mme de Maintenon, la fille du ministre des Affaires étrangères Pontchartrain dont il était devenu en quelque sorte le brillant adjoint. Clémence, comme toutes les femmes, le trouvait séduisant et fut heureuse de pouvoir adresser sa requête à un homme aussi aimable.

— Merci, monsieur, de bien vouloir participer à ma peine. Vous pouvez en effet m'aider : je dois absolument voir le Roi pour lui remettre des documents qui se trouvaient au domicile du président Rose. Je dois vous dire que Sa Majesté me connaît depuis longtemps et qu'il me recevrait même sans cette raison importante.

— Le Roi est très occupé par les affaires d'Espagne, d'ailleurs nous le sommes tous, mais je vais lui dire que vous êtes là et j'espère qu'il pourra vous voir avant le Conseil.

Il rentra dans le cabinet et en ressortit presque aussitôt :

— Madame, Sa Majesté vous prie d'entrer.

Il fit un signe au garde qui lui ouvrit la lourde porte de chêne sculpté.

Le Roi était là, à trois mètres, droit et l'air détendu. Il était encore couvert et ôta son chapeau pour saluer Clémence qui lui offrait sa plus gracieuse révérence :

— Bonjour, madame, vous rencontrer est toujours un plaisir. Venez donc dans l'arrière-cabinet où nous serons tranquilles.

Il lui ouvrit la porte et continua :

— M. de Torcy me dit que vous m'apportez un message laissé par votre oncle dont la perte m'est, vous le savez, insupportable.

— Ce n'est pas un message, Sire, c'est une cassette. La voilà, avec la clé qui permet de l'ouvrir. Mon oncle m'a confié la mission de vous la porter après sa mort en me disant que son contenu était secret et important.

— Ah ! la cassette rouge ! s'écria-t-il. Je l'avais presque oubliée. Savez-vous ce qu'elle contient ?

Clémence répondit vivement :

— Certainement pas, Votre Majesté ! Mon oncle m'avait recommandé de ne pas l'ouvrir et il ne m'a pas dit ce qu'elle renferme.

— Très bien. Je vous remercie de lui avoir obéi.

Il prit le coffret et le posa. Son regard s'attarda dessus puis il ferma les yeux un moment « comme pour rassembler les souvenirs que lui évoque la cassette », pensa Clémence vers qui il revint.

— Madame, vos peines sont celles de votre Roi. Maintenant il va falloir penser à vous. Vous n'êtes pas vieille, vous êtes toujours belle et vous voilà riche. Songez-vous à vous remarier ? C'était difficile tant que le président Rose était en vie, mais maintenant ? Vous êtes libre !

Clémence n'avait pas pensé que le Roi allait revenir sur sa vieille marotte de la marier. Elle n'eut pas à réfléchir pour savoir qu'elle allait devoir se défendre et pensa que le plus vite serait le mieux, quitte à déplaire à Sa Majesté et à son épouse.

— Oui, Sire, je suis libre, mais si je dois envisager un mariage, c'est celui de ma fille qui va quitter la maison de Saint-Cyr où Votre Majesté a bien voulu l'accueillir. Je me dois maintenant de me consacrer à mes enfants.

Elle pensa qu'elle avait été bien sèche et elle ajouta aussitôt :

— ... Et aussi de me consacrer à Dieu que j'ai peut-être trop délaissé ces derniers temps.

— Bien, madame, mais on peut être à la fois pieuse et mariée. Enfin, si la vie vous faisait rencontrer, et j'aimerais que ce fût à la Cour, un gentilhomme digne de vous, sachez que Mme de Maintenon et votre Roi seraient ravis de vous voir marquise ou pourquoi pas duchesse.

— Merci, Sire. Croyez que celle qui fut votre fontainière est profondément touchée de voir Sa Majesté s'intéresser encore à elle.

— Même non mariée, venez, madame, nous voir plus souvent. Je sais que vous fréquentez la duchesse de Duras et Mme de La Mésangère mais je ne vous vois ni à Trianon ni à Marly.

— Chaque fois que Votre Majesté a bien voulu me mettre sur la liste, je suis venue. Et je viendrai si elle me fait l'honneur de me prier à nouveau.

Le Roi rit :

— Ma fontainière, je vois, a toujours réponse à tout ! Mais les affaires de l'État m'attendent. Au revoir, madame. Tenez, sortez par les derrières, le Conseil est déjà en place.

Clémence rentra l'âme en paix, sourit en regardant la place vide laissée par la cassette dans les rayonnages et se dit qu'elle ignorerait toujours ce qu'elle contenait et que cela lui était bien égal. Elle essaya de commencer à trier les papiers laissés par son oncle mais c'était un travail fastidieux car la plupart des écrits ne concernaient que des personnages inconnus ou traitaient d'affaires auxquelles elle ne comprenait rien. Elle repensa alors à la phrase du Roi : « Vous êtes riche ! » La fille du fontainier n'était pas intéressée. Elle n'avait jamais manqué de rien mais avait été élevée avec sagesse. « On ne dilapide pas l'argent du Roi ! » disait François de Francine qui bénéficiait largement, comme Le Nôtre, Le Vau et les meilleurs artistes, des libéralités de l'État. Clémence avait vécu plus chichement avec le capitaine comte de Pérelle et n'avait connu une large aisance qu'après son second mariage avec Omer Rose.

« Vous êtes riche ! » Le mot l'avait choquée. D'abord cela ne regardait pas le Roi et il lui coûtait d'entendre parler d'argent si peu de temps après la mort de deux êtres qu'elle avait tant aimés. Il fallait bien pourtant qu'elle aille voir le notaire de l'oncle, le sieur Tardeau, un vieil ami du président qu'elle avait rencontré à deux ou trois reprises dans l'hôtel de la rue Beautreillis. Elle devait aussi rendre visite à maître Godet, le notaire des Francine, qui avait la charge de partager entre ses enfants l'héritage de Madeleine de Fontenu à qui son mari avait, à sa mort, légué toute sa fortune.

La fortune de François de Francine restait un mystère pour Clémence qui ignorait son montant... Elle savait lesquels de ses frères et sœurs étaient morts mais ignorait où se trouvaient précisément les vivants Elle leur avait écrit mais aucun n'était venu à l'enterrement de la mère à qui ils rendaient rarement visite. Ils étaient il est vrai dispersés aux quatre coins de la France. Les filles étaient toutes religieuses dans des communautés éloignées, l'un des fils, Louis Claude, était chanoine à Caen, l'autre, Honoré, religieux lui aussi venait de mourir, comme Marie Madeleine qui avait épousé le lieutenant général et maire de Coutances. Il semblait que le sort s'acharnait sur la famille : la veille, en réponse à sa lettre, la femme de Louis François, capitaine de vaisseau, informait Clémence que son mari avait péri dans un naufrage ! Le partage s'annonçait donc compliqué !

Clémence laissa passer un peu de temps puis se rendit à la convocation de maître Godet qui, s'il n'avait pas encore réussi à mettre la main sur tous les ayants droit, avait fait le compte de l'héritage de Mme de Francine. Elle resta ébahie lorsque le notaire lui annonça que le total de la succession se montait à deux cent trente et un mille livres représentant des avoirs les plus divers tels qu'une maison sise à Paris, rue Mazarine, deux échoppes au pourtour de la Croix-du-Tiroir, des rentes diverses, des maisons et un moulin à eau à Villepreux, quatre charges d'archer dans la compagnie du prévôt général, une cerisaie à Cachan et d'autres biens dont elle ne connaissait pas l'existence. Comme Le Nôtre, l'autre magicien des jardins de Versailles, François de Francine était donc fortuné !

La testament de l'oncle Rose, lui, ne posait pas de problème. Le président partageait ses biens en deux parts, l'une revenant à Clémence, l'autre aux deux enfants. La seigneurie de Coye allait à Clémence. C'était une belle demeure où le président ne se rendait plus souvent. Clémence l'avait accompagné une fois et était revenue enchantée. Puisqu'il lui appartenait, elle était décidée à remettre le petit château en état et à y faire des séjours avec les enfants. Et puis, le notaire ne lui avait-il pas rappelé que la seigneurie avait été élevée par le Roi au marquisat en 1697 ? Toussaint Rose ne s'était jamais paré de son titre, il préférait celui de président, mais, aujourd'hui, Clémence se demandait si le blason était héréditaire à son rang successoral et si elle n'était pas marquise sans le savoir. Elle ne tenait pas au titre mais l'histoire l'amusait : elle n'aurait pas été fâchée de voir la tête des perruches de la Cour en apprenant la promotion insolente de celle qu'elles appelaient « la comtesse du Hasard ».

*

Cette année 1701 était décidément celle de tous les drames. Le 8 juin, quand Monsieur arriva de Saint-Cloud pour dîner avec le Roi, il trouva celui-ci de méchante humeur.

— Que vous arrive-t-il, mon frère ? Il fait beau, j'ai vu que la chapelle se développe harmonieusement sous les ordres de Mansart et le jeune ménage de Bourgogne semble aux anges...

— Ce n'est pas, mon frère, le cas de celui de M. de Chartres qui donne beaucoup de chagrin à ma fille. L'amour voyant qu'il porte à Mlle de Séry[1] est inconvenant. Vous devriez, c'est le moins, lui dire de se conduire en gentilhomme. Mais votre faiblesse est telle que je ne suis pas sûr que vous le fassiez.

Monsieur, qui d'habitude courbait assez facilement l'échine devant le Roi en colère, regimba cette fois d'une manière très vive :

1. Fille d'honneur de la duchesse d'Orléans.

— Les pères qui ont mené certaines vies ont peu de grâce et d'autorité pour reprendre leurs enfants !

— Que votre fils, au moins, ménage la réputation de son épouse. Qu'il ôte de ses yeux le spectacle de ses débordements !

Là il se produisit une chose inouïe : Monsieur, véritablement enragé contre son frère, osa lui rappeler les façons qu'il avait eues pour la Reine avec ses maîtresses :

— Vous avez même été jusqu'à les emmener en voyage dans le carrosse de la Reine !

Le Roi, outré, cria ; Monsieur lui répondit à pleine voix si bien que, la porte du cabinet étant restée ouverte, la querelle royale devint quasiment publique. L'huissier qui se tenait non loin entra pour dire au Roi, après quelques circonlocutions, qu'on entendait sa voix et celle de Monsieur de toutes les chambres. Cette intervention fit baisser le ton de la discorde mais, la porte fermée, Monsieur continua de dire ce qu'il avait sur le cœur :

— Vous avez insisté pour marier mon fils à Mlle de Blois en lui promettant monts et merveilles et il n'a pas encore un gouvernement. Vous avez refusé qu'il serve sous les armes... Je ne vois que trop la vérité qu'on m'avait prédite, que je n'aurai que la honte et le déshonneur de ce mariage !

Le Roi de plus en plus en colère menaça son frère d'un retranchement de ses pensions. On en était là de la dispute quand on avertit le Roi que sa viande était servie.

À table, le Roi dit aux dames en les priant de s'asseoir que Monsieur avait grand besoin d'être saigné et qu'il l'en avait averti plusieurs fois. Il recommença durant le dîner mais Monsieur ne répondit pas. Au contraire, il mangea comme à l'ordinaire, exagérément, avant de partir pour Saint-Cloud.

L'heure du souper approchait à Marly. Le Roi était dans son cabinet avec Monseigneur et les princesses quand on vint l'avertir de Saint-Cloud que Monsieur avait eu une grande faiblesse alors qu'il servait un vin de liqueur à Mme de Bouillon, qu'on l'avait beaucoup saigné, qu'on lui avait donné force émétique[1] et qu'il semblait aller mieux.

Le Roi, encore furieux de ce qui s'était passé entre eux, ne se précipita pas et alla voir Mme de Maintenon qui sans doute lui conseilla d'aller dormir en attendant des nouvelles. Ce qu'il fit jusqu'à l'arrivée de Longeville porteur d'une mauvaise nouvelle : l'émétique ne faisait aucun effet et Monsieur était au plus mal. Le Roi se leva aussitôt et partit, le temps d'atteler son carrosse. À Marly, la nouvelle s'était répandue et le désordre était extrême, chacun s'engouffrant dans le premier carrosse venu pour se rendre à Saint-Cloud. Là, c'était l'affliction. Monsieur n'avait pas repris connaissance depuis qu'il avait été frappé d'apoplexie. Le Roi, lorsqu'il arriva à trois heures du matin, le trouva inerte. Il s'agenouilla pour prier. Il avait toujours aimé son frère et leur brouille récente ne pouvait effacer une vie de tendre complicité. Il se reprochait la scène du matin et pleurait son cadet de deux ans qui, tout le monde en était conscient, n'avait aucune chance de se remettre.

Clémence n'était pas à Marly ce jour-là mais Mme de Duras lui raconta le lendemain la scène touchante à laquelle elle avait assisté :

— Après que Monsieur eut rendu l'âme, j'attendais mon carrosse à Saint-Cloud, au moment où le Roi sortait du château pour monter dans le sien. Il fit quelques amitiés au duc de Chartres puis tous deux se quittèrent en larmes. M. de Chartres revint alors vers le Roi qui allait partir et lui prit la main. J'étais à côté et j'ai surpris ce qu'il disait : « Sire, que vais-je devenir ? Je perds Monsieur et je sais que vous ne m'aimez guère. » Le Roi, ému, l'embrassa avec tendresse, le pria de venir le voir à son lever et ajouta qu'à partir de ce soir il devait le considérer comme son père.

1. Vomitif à base d'antimoine et de potassium.

— Tout cela est triste et beau, dit Clémence. Mais si le Roi est affligé, il ne le restera pas longtemps. Les morts sont vite oubliés à Versailles.

— Vous ne sauriez mieux dire. Le lendemain, après que le Roi eut réglé avec Pontchartrain le cérémonial des obsèques, la vie a repris à Marly où le Roi a voulu demeurer avec les invités. Eh bien ! certains disent qu'ils ont entendu Mme de Maintenon chanter des prologues d'opéra. On sait qu'elle détestait Monsieur mais tout de même ! Et puis, au sortir du dîner, vingt-six heures après le décès, monseigneur le duc de Bourgogne a demandé à Montfort s'il voulait jouer au brelan. Ce dernier, étonné, lui a répondu : « Au brelan ? Vous n'y songez pas. Monsieur est encore chaud ! » Et le duc de Bourgogne d'expliquer : « J'y songe fort bien mais le Roi ne veut pas qu'on s'ennuie à Marly. C'est lui qui m'a ordonné de faire jouer tout le monde et il m'a dit de donner l'exemple. »

— C'est en effet choquant, dit Clémence. Mais si l'on réfléchit, le Roi a peut-être raison de préférer voir la vie continuer plutôt que d'obliger la foule à simuler des regrets hypocrites. Et Madame ?

— Elle n'a jamais aimé son mari qui lui préférait le chevalier de Lorraine et Châtillon mais elle se retrouve bien seule en face du Roi qui n'est pas son ami et de Mme de Maintenon dont elle n'a cessé de dire pis que pendre dans la conversation comme dans ses lettres destinées à l'étranger. Sur ce point, elle rejoignait Monsieur qui n'avait jamais supporté que la Scarron soit devenue sa belle-sœur[1].

*

Cette histoire de famille fit oublier quelques jours les menaces qui pesaient sur le royaume mais l'interminable ballet des traités rompus et des alliances reformées

1. Après une scène de réconciliation que raconte Saint-Simon, Madame et le duc de Chartres furent magnifiquement traités. Madame conserva ses privilèges et toutes ses maisons,

reprit sur un air de boléro : l'Espagne redevenait sans attendre la bonne raison de retrouver les ennemis de toujours.

De l'appartement de Mme de Maintenon dont il avait fait le siège du gouvernement, Louis XIV, le grand Roi, dirigeait ses armées, jouait le régent à Madrid, combattait l'hérésie, surveillait l'édification de la chapelle royale et la dorure du dôme des Invalides. À soixante-quatre ans, le Roi ne cédait pas aux attaques de goutte, refusait les épreuves de la vieillesse et moins que jamais se laissait atteindre par le doute : il était le seul maître de la France au moment où le pays allait devoir affronter de nouveaux périls.

Les ennemis avaient changé de visage mais restaient les mêmes : l'irréductible Guillaume, l'homme noir, avait abandonné la place à Heinsius, le Grand Pensionnaire, avec la mission de faire renaître la coalition. Le Prince Eugène dont Louis XIV avait jadis refusé les services parce que sa mère la comtesse de Soissons avait trempé dans l'affaire des poisons, se révélait grand chef de guerre de l'Empire autrichien. Quant à l'Angleterre, elle trouvait avec le duc de Marlborough le génie militaire et politique sans scrupules exagérés qu'elle attendait.

Sans être déclarée, la guerre avait commencé dans le Piémont. D'abord battu, le Prince Eugène avait profité de la curieuse attitude de Vaudemont dont le fils aîné, personne n'y avait trouvé à redire, commandait sous ses ordres dans l'armée autrichienne pour attaquer le maréchal Catinat dont tous les plans lui étaient communiqués. Il l'avait battu entre l'Adige et le Pô avec de grosses pertes françaises dont le fils du duc de Chevreuse. Ce mauvais début avait irrité le Roi qui avait décidé de remplacer le malheureux Catinat, excellent officier mais de noblesse récente, par le maréchal de

y compris Saint-Cloud et le Palais-Royal. Le duc de Chartres, lui, eut tout ce qu'avait Monsieur, y compris ses régiments de cavalerie.

Villeroi dont les talents de courtisan tenaient lieu de valeur militaire. Là encore, Mme de Duras s'avéra pour Clémence une informatrice de premier ordre puisque son mari, le maréchal, avait été l'un des acteurs d'une scène dont la Cour devait faire un peu plus tard ses délices.

C'était toujours à Marly, où le Roi séjournait de plus en plus souvent. Villeroi, rappelé de Moselle, y arriva à l'étonnement de tous pour recevoir ses consignes. On apprit avec certitude le choix du Roi quand on vit le maréchal sortir du cabinet en sa compagnie. Personne n'imaginait que Villeroi pût réparer les fautes de Catinat mais l'esprit courtisan allant, l'assemblée de Marly le couvrit aussitôt de louanges et de compliments.

— C'est à la fin du souper, confia Mme de Duras à Clémence, que mon mari s'est livré à l'une de ces sorties dont il a le secret. Le maréchal, qui était de quartier, vint à l'ordinaire se placer derrière le Roi. À ce moment, un brouhaha dans le salon annonça Villeroi qui revenait voir le Roi sortir de table. Il arriva donc auprès de M. de Duras avec la pompe dans laquelle on le voyait baigné. Mon mari qui ne l'aimait point et ne l'estimait guère et qui ne se contraignait pas, même pour le Roi, écouta un instant le bourdon des applaudissements puis se tourna brusquement vers Villeroi en lui tenant le bras : « Monsieur le maréchal, lança-t-il très haut, tout le monde vous fait des compliments d'aller en Italie, moi j'attendrai votre retour pour vous faire les miens ! » Et d'éclater de rire en regardant la compagnie.

— Comment Villeroi a-t-il réagi ? demanda Clémence.

— Il est demeuré confondu et n'a pas proféré un seul mot. Il y eut quelques rires, la plupart baissèrent les yeux.

— Et le Roi ?

— Il n'a pas sourcillé [1] !

1. Raconté par Saint-Simon.

— Où est la tradition des Turenne et des Condé !

— Il est vrai que ce n'est pas le vieux bellâtre de Villeroi qui peut la maintenir et succéder à Luxembourg ! Il y a bien le duc de Chartres et M. de Conti, les princes à la cravate dénouée dont la bravoure a enflammé le pays, mais le Roi n'en veut pas. Il reste le duc de Vendôme qui ne partage pas cet ostracisme. Vous le connaissez ? Issu d'un bâtard de Henri IV et d'une Mancini, il semble avoir gardé des manières d'être de son arrière-grand-père. Il est à l'armée repoussant de saleté, il mange énormément et dort beaucoup. Il a des mœurs italiennes dont il ne se cache pas mais son génie militaire est grand. Le maréchal de Duras admire son esprit, sa vaillance, son audace et dit que ses soldats l'adorent.

— Voilà donc les généraux de la France dont on va parler tous ces temps ?

— Oui. Mais il y a encore un autre bâtard qui fera parler de lui. C'est Berwick, né des amours de Jacques II d'Angleterre et d'Arabella Churchill.

— Oh là là... Cela en fait des croisements ! s'exclama Clémence.

— Si le sang de Mancini fait de Vendôme un cousin du Prince Eugène, celui de Churchill fait de Berwick le neveu de Marlborough ! Ils auraient l'un comme l'autre pu appartenir légitimement à l'autre camp.

— Je pense, chère Marguerite, que j'ai raison de croire que la guerre est une absurdité. On va recommencer à s'entre-tuer pour perdre ou gagner des terres que l'on regagnera ou reperdra l'année d'après. À qui appartient aujourd'hui le champ en bordure de forêt où mon mari, le capitaine de Pérelle, est mort en même temps que Turenne ? Personne n'en sait rien !

*

Nul ne souhaitait à Versailles une défaite de nos troupes mais, s'il devait y avoir défaite sous Villeroi, beaucoup auraient souri. Eh bien, on eut la victoire et

Villeroi la défaite ! Le maréchal de Duras, qui venait rarement à la Cour, s'y précipita pour entendre la manière dont le duc de Villeroi avait été fait prisonnier par un corps de garde autrichien à Crémone.

C'était à ne pas croire. Crémone était aux mains des Français qui s'y étaient établis, tranquilles derrière l'enceinte de la ville, encore que l'on sût proche l'armée du Prince Eugène et l'appétit de ce dernier d'en chasser les Français. Ce qu'ignorait Villeroi, c'est que le prince était informé d'un ancien aqueduc qui s'étendait loin dans la campagne et dont une bouche s'ouvrait en ville dans la cave d'un prêtre et aussi que Crémone avait été autrefois prise par ce chemin.

Le Prince Eugène décida de renouveler cet exploit en introduisant chez le prêtre gagné à sa cause un nombre assez important de soldats déguisés en paysans et en moines. Ce fut un jeu pour eux d'ouvrir la nuit une porte de la ville par où pût s'engouffrer une partie de l'armée. À la pointe du jour, le maréchal de Villeroi finissait de s'habiller quand un bruit l'inquiéta. Il sortit, demanda son cheval et, le pied à l'étrier, entendit des passants dire que les Autrichiens étaient dans la ville, ce qui lui sembla ridicule. Il galopa tout de même vers la grande place, lieu de rendez-vous fixé en cas d'alerte, mais n'alla pas loin : le maréchal se trouva soudain entouré et arrêté par une patrouille. Quelques instants plus tard il était présenté au Prince Eugène puis emmené hors la ville et gardé dans un carrosse.

Le lieutenant général Revel, devenu commandant en chef, fit ce qu'il fallait pour chasser l'ennemi de la ville, ce qui n'était pas facile. On se battait dans les rues depuis quatre heures quand le Prince Eugène, voyant ses troupes faiblir et constatant que le pont sur le Pô par où il attendait des renforts était rompu, décida de faire retraite, entraînant dans ses fourgons le malheureux Villeroi désarmé, lequel fut ensuite conduit à Usitanio puis à Graz en Styrie.

Voilà comment au château, dans une grande rumeur, on racontait la capture du maréchal dont l'aventure avait passé les grilles et faisait à Paris le régal des chansonniers. Les couplets sur l'affaire de Crémone étaient repris en chœur à tous les coins de rue :

« Français, rendez grâces à Bellone[1] :
Votre bonheur est sans égal.
Vous avez conservé Crémone
Et perdu votre général. »

Ces manifestations déplaisaient au Roi qui montra de l'aigreur contre ceux qui attaquaient le chef qu'il avait choisi. C'est à son honneur, il le défendit publiquement et chargea Chamillart de négocier sa libération[2].

*

Insensible aux événements du dehors, la machine bien huilée de Versailles ne suspendait rien de son ordinaire. Réglée comme une pendule, elle égrenait le rituel des plaisirs et des jours. La duchesse de Bourgogne continuait de charmer le Roi, elle était l'enfant chérie de Mme de Maintenon et finalement méritait tant d'attention par sa grâce et la franche gaieté de ses propos. Elle se plaisait à Trianon et rien ne pouvait faire plus plaisir au Roi qui lui avait fait installer un logement à l'extrémité de son propre appartement. Il avait veillé lui-même aux menus détails, choisissant les tissus et les meubles. La chambre donnait sur le « jardin des Sources » où les ruisseaux entretenaient une douce fraîcheur. Son studieux mari, l'élève de Fénelon, composait des vers latins sur Trianon et le monarque désenchanté respirait avec bonheur ce parfum de jeunesse, une jeunesse qu'il n'était pas arrivé, depuis bien longtemps, à imposer dans les habitudes austères de Versailles.

1. Déesse de la guerre qui conduisait le char de Mars.
2. Villeroi restera captif durant dix mois et commandera l'armée de Flandre en 1703.

La petite duchesse était chez elle à Trianon plus qu'à Versailles et elle y prolongeait ses séjours, y réunissait sa petite cour et y donnait les fêtes les plus gaies.

Ainsi, l'infatigable « princesse des menus plaisirs », comme on l'appelait quelquefois, s'était-elle chargée d'organiser les fêtes du Carnaval de 1702. Alors qu'au-dehors, après un court répit, l'Angleterre, l'Empereur et les Provinces-Unies s'unissaient une nouvelle fois pour déclarer officiellement la guerre aux deux royaumes bourboniens, la France et l'Espagne, la Cour s'apprêtait à la fête.

C'est à la suite d'une visite que Clémence avait rendue à Mme de Maintenon pour la remercier de l'éducation que sa fille Marguerite Marie avait reçue à Saint-Cyr, qu'elles furent toutes deux conviées au Carnaval.

— Il faut que vous montriez cette enfant, avait dit Mme de Maintenon. Le Roi sera sensible à sa jeune beauté. La duchesse de Bourgogne a choisi pour thème l'Espagne. Habillez-vous donc toutes les deux à la mode de Séville !

Le patronyme « Rose » qui semblait un peu ridicule porté par le vieux président et son trop sérieux neveu convenait en revanche joliment à la gracieuse demoiselle. « Marguerite de Rose, lui disait sa mère, ton nom est un bouquet ! » Elle était très fière de sa fille et encore plus contente lorsque les amis qui l'avaient connue « Ondine » – il n'en restait plus beaucoup – lui disaient que Marguerite était son portrait parfait à dix-sept ans. Cela la faisait sourire. Dix-sept ans c'est l'âge qu'elle avait lorsqu'elle s'était cachée dans un arbre, habillé en garçon, pour assister à la « Fête de l'Île enchantée ». Le Roi avait vingt-cinq ans, il inaugurait Versailles pour les beaux yeux de Mlle de La Vallière... C'est là qu'elle avait rencontré pour la première fois l'amour de sa vie, le comte Jean de Pérelle, qui devait devenir son mari. Les souvenirs affluaient, se bouscu-laient et revenaient toujours à Bontemps, le premier maître d'hôtel et confident du Roi, qui était venu la chercher chez Mme de Duras, dont elle était demoiselle d'honneur, pour la conduire dans une chambre cachée au milieu des frondaisons de Saint-Germain. Comment oublier cette journée qui avait décidé de son existence en faisant d'elle la protégée du Roi ? Le chemin de sa fille serait plus facile. Elle allait entrer à la Cour par la grande porte. En serait-elle plus heureuse ?

Marguerite, sortie de la maison de Saint-Cyr, goûtait le bonheur de retrouver une mère toute à elle dans cet appartement de ministre où flottait encore le souvenir du président, le grand-oncle qui l'impressionnait tant. Clémence pouvait manœuvrer les clés-lyres des fontaines et déclencher les grandes eaux de Versailles mais ne savait pas coudre. Marguerite, elle, avait appris à créer, à tailler et à assembler l'aiguille à la main des costumes magnifiques pour les séances théâtrales de Saint-Cyr. Quand Clémence lui dit qu'elles allaient se rendre chez une couturière pour choisir les robes espagnoles qu'elles porteraient à Trianon, elle s'était récriée : « Non, c'est moi qui vais nous habiller et, crois-moi, nous serons les plus belles ! »

Le dimanche gras, les robes de Clémence et de Marguerite n'étaient sûrement pas les plus somptueuses. Mme de Maurepas, Mme de Torcy, Mlles de Chevreuse, d'Ayen et d'Aubigné étaient tout habillées d'or et d'argent. La duchesse de Bourgogne, elle, portait, à la demande du Roi, les bijoux de la Couronne. Mais Marguerite avait su faire chanter la soie, bleue pour elle, rouge pour sa mère, en plissés élégants. Les jupes, à quatre falbalas, bouffaient à chaque pas et s'enroulaient autour des cuisses et des jambes comme chez les belles Andalouses. Quand elles arrivèrent sur les marches de Trianon, après avoir traversé le Canal sur une felouque égyptienne, un murmure parcourut l'assistance. « C'est Mme de Pérelle et sa fille ! » disaient ceux qui reconnaissaient Clémence. « Comme elles se ressemblent ! », disaient d'autres invités. Certaines dames remarquaient les robes, leur tournure distinguée et leur délicate simplicité. « Qui a fait ces magnifiques costumes ? » demandaient le plus souvent celles qui se retrouvaient porter les mêmes robes que leurs voisines, toutes achetées chez Pluvier, l'habilleur de la Cour.

— C'est le plus beau jour de ma vie, glissa Clémence à l'oreille de sa fille. La petite fontainière de Versailles sort, en grande dame, sa fille dont la beauté éblouit la Cour. Tu participeras à d'autres fêtes où tu auras du succès mais n'oublie jamais que ta mère, un jour de 1664, a dû se cacher pour apercevoir entre deux branches d'arbre la Cour s'amuser selon les caprices de son Roi.

Mme de Duras et la marquise de La Mésangère, qui les avaient aperçues, vinrent vers elles et s'extasièrent à leur tour sur leurs toilettes. Clémence joua les modestes : « Oh ! ce ne sont que des robes faites à la maison ! » Et elle ajouta avec fierté : « C'est Marguerite, votre filleule, chère duchesse, qui les a confectionnées. Avouez qu'elle a du talent ! »

Mme de Duras embrassa Marguerite et lui dit combien elle était heureuse d'avoir pour filleule une aussi jolie jeune fille. Puis elle dit en aparté à Clémence : « Attention, cette jeune beauté ne va pas passer inaperçue ! Dites-lui bien de se méfier des vieux courtisans et des jeunes daims ! »

La duchesse de Bourgogne, un peu écrasée sous le poids des joyaux du royaume, bavardait dans un groupe voisin et Marguerite de Duras proposa à Clémence et à sa fille de la suivre pour qu'elle les présente à la reine du Carnaval. Celle-ci, comme à son habitude, était à l'aise, riait, se moquait de tout et de rien. Elle accueillit Marguerite comme si elle avait été princesse du sang et lui fit mille compliments sur sa mise et sa grâce :

— Mademoiselle de Rose, quel nom fleuri ! Je suis bien aise de vous connaître. Vous êtes ici chez le Roi mais Trianon est un peu mon royaume. Considérez-vous, je vous prie, comme mon amie.

Clémence lui fit révérence. Comme Mme de Duras prononçait son nom, la duchesse de Bourgogne la fixa avec attention et demanda :

— Madame de Pérelle ? Nous nous sommes rencontrées, je crois. N'êtes-vous pas la fontainière qui a eu maille à partir avec les sauvages ?

— Oui, mais comment Votre Grâce connaît-elle cette vieille histoire ?

— Madame, vous l'ignorez peut-être, on parle quelquefois de vous dans la famille. Ma tante[1] m'a conté votre aventure un jour où il était question des Barbaresques dans la conversation. Il faudra que vous reveniez à Trianon sans cette foule. J'ai vraiment envie de vous connaître mieux. Bien sûr, amenez mademoiselle votre fille. Nous jouerons au mail, le Roi vient d'en installer un pour mes amies et moi. Je vous promets que je ne l'inciterai pas à jouer au lansquenet. Tout le monde sait que c'est mon péché mignon, que j'y perds beaucoup d'argent et que malheureusement j'ai du mal à m'en défaire... Mais pardonnez-moi, Sa Majesté arrive...

Après avoir tenu Conseil, le Roi venait se divertir chez sa petite princesse. Une révérence et, sans plus de cérémonie, elle lui sauta au cou. Il rit, l'embrassa et se laissa conduire par la main vers le Théâtre. Pour Carnaval, la duchesse de Bourgogne avait choisi la pièce nouvelle de *Montezuma* de Férier de La Martinière. C'était une première et les invités ignoraient s'ils allaient rire ou pleurer. Tandis qu'ils s'installaient dans le parterre avec Monseigneur, les princes et les princesses, le Roi avait pris place dans la tribune, seul avec la duchesse de Bourgogne. Si l'on ne pleura pas, on ne rit point non plus. La pièce était sans saveur et Marguerite dit à sa mère que les spectacles de théâtre montés à la maison de Saint-Cyr étaient bien meilleurs. « C'est que vous y jouez Molière, Racine et Corneille, lui répondit Clémence. Boileau a bien raison : les auteurs modernes sont ennuyeux ! »

Après la comédie, la plupart des gens se retirèrent. Seuls restaient les princes, les princesses, quelques pro-

---

1. La duchesse de Bourgogne a toujours appelé Mme de Maintenon « ma tante ».

ches du trône et les dames qui avaient été nommées pour le souper. À sa grande surprise, Clémence et Marguerite figuraient sur la liste. C'était un honneur que la fontainière n'avait jamais connu, sauf à Marly où tous les invités dînaient et soupaient le plus souvent dans la même pièce que le Roi.

Deux grandes tables étaient dressées, celle de Sa Majesté et celle de Monseigneur. Émerveillée, Marguerite regardait ces deux cercles magiques où les bougeoirs d'argent faisaient étinceler les cristaux et la vaisselle. Autour, brillaient les robes d'or et d'argent, les justaucorps brodés et les bijoux les plus rares.

Au sortir de table, le Roi s'entretint avec quelques personnes et, suivi de la Cour, gagna le salon. C'est là qu'il aperçut Clémence. Il abandonna aussitôt ses interlocuteurs et s'avança vers elle :

— Ah, madame de Pérelle ! Que Mme de Maintenon a eu raison de vous prier d'être là aujourd'hui. Voilà donc votre fille. Vous savez que sa grâce et sa beauté évoquent en moi bien des souvenirs ! Il ne pouvait rien lui arriver de mieux en naissant que de vous ressembler.

Marguerite était rouge comme un coquelicot. Jamais elle n'aurait pu imaginer que le Roi l'inviterait et lui adresserait la parole comme si elle était l'une des princesses de la Cour, elle qui moins d'un mois auparavant portait encore la tenue austère des demoiselles de Saint-Cyr !

Il les regarda encore toutes les deux, sourit et ajouta :

— Mademoiselle de Rose, parce qu'elle est votre fille, parce qu'elle est la nièce de mon cher président et... parce qu'elle est charmante, peut venir à la Cour quand il lui plaira. J'ai besoin de jeunesse autour de moi ! À propos, avez-vous vu ma petite-fille, la duchesse de Bourgogne ? Soyez son amie, mademoiselle de Rose, c'est une jeune personne bonne et agréable, et il ajouta : C'est elle, avec Mme de Maintenon, qui me fait supporter le poids des ans et de mes soucis. À demain, j'espère, les fêtes de Carnaval dureront encore jusqu'au soir !

Il salua et se rendit dans le salon au bout de la galerie, près du bois. et joua un moment au « portique[1] » avant de dire qu'il coucherait à Trianon car la pluie redoublait.

Le deux Rose rentrèrent trempées, Clémence avec une cheville foulée sur les mauvais pavés de la grande cour, mais enchantées de leur journée. La mère avait, après tous ses deuils, retrouvé jeunesse et gaieté, la fille était encore sous le coup de l'enchantement et répétait : « Je n'arrive pas à embrasser tout le bonheur de ces heures merveilleuses. » Elle remerciait sa mère :

— C'est à vous que je les dois. Je savais que vous comptiez à la Cour mais je n'aurais jamais imaginé que le Roi vous accordait tant d'attentions. On s'aperçoit quand il vous parle qu'il éprouve pour vous de l'affection. Mais que voulait-il dire par : « Sa grâce et sa beauté évoquent en moi bien des souvenirs... » ?

Clémence sourit :

— Le Roi était surpris par notre ressemblance... Mais c'est aussi une histoire que je vous raconterai un jour ! Ce soir, allez dormir, petite fille, et rêvez de la journée qui nous attend demain...

Il pleuvait encore le mardi. Clémence et Marguerite arrivèrent alors que le Roi sortait de dîner. Il les salua avec ostentation devant tout le monde et dit :

— La pluie a cessé. Si vous n'avez pas peur de vous mouiller les pieds, accompagnez-nous. Mme la duchesse de Bourgogne veut voir le « Buffet d'eau », un nouveau bassin. Il vous intéressera sûrement, madame de Pérelle, bien que ce ne soit pas votre père mais M. Mansart qui l'ait conçu.

Clémence, Marguerite, quelques courtisans, la duchesse de Chartres et Mlle de Chevreuse prirent derrière le Roi le chemin du « Rond d'eau ». Au-delà du dernier pavillon, se dressait le « Buffet d'eau » et ses vasques en marbre de Carrare blanc et en Languedoc rouge.

1. Jeu installé sur quatre pieds que l'on pourrait assimiler au jeu actuel de football de table.

— Admirez les sculptures de Mazière, du Lorrain et de Poirier, dit le Roi qui aimait bien jouer le guide dans ses jardins. Le thème est Neptune et Amphitrite. C'est le seul groupe mythologique de Trianon. Mais aujourd'hui le mince filet d'eau distribué au sommet ne suffit pas pour montrer la beauté des cascades. Comme on ne savait pas que je passerais, les vannes sont restées fermées. Qu'un Suisse aille tout de suite prévenir un fontainier. À moins que... Mme de Pérelle ne nous tire d'affaire. Je l'ai vue jadis faire jaillir les premiers jets de la Ménagerie.

Il se tourna vers Clémence qui rougit comme la jeune fille dont il se souvenait.

— Sire, je vais essayer, mais que Votre Majesté ne m'en veuille pas si je n'arrive pas à manœuvrer la vanne.

Elle chercha du regard le ou les robinets en forme de lyre qui commandaient les eaux du « Buffet » et les trouva cachés derrière un buisson. Un étrange déclic se produisit alors dans son cerveau. Il n'existait plus ni roi, ni princesses, elle se trouvait ramenée par la magie des cascades trente ans en arrière et elle entendait son père lui dire : « Va, ma petite fontainière, de toutes tes forces, ouvre la clé-lyre ! »

Pour arriver aux deux robinets de bronze, il fallait franchir une flaque d'eau et des épineux. Sans hésiter elle enleva ses souliers, retroussa sa jupe, ce qui permit à l'assistance de constater qu'elle avait encore de très jolies jambes, et arriva à saisir les deux poignées du robinet. Comme jadis, elle tendit ses muscles et la clé-lyre pivota, libérant des flots qui, d'étage en étage, de vasque en vasque arrivèrent jusqu'aux pieds de Neptune.

Le Roi riait et tout le monde rit. Puis il applaudit et tout le monde applaudit la fontainière qui ouvrait l'autre vanne dans un dernier effort :

— Madame, dit-il, vous venez de faire un très grand plaisir à votre Roi qui vous remercie du fond du cœur.

Maintenant il faut vous sécher et soigner vos écorchures.

— Si Votre Majesté le permet, j'emmène tout de suite Mme de Pérelle chez moi, dit aussitôt la duchesse de Bourgogne.

Et sans même attendre la réponse du Roi, elle entraîna Clémence et Marguerite jusqu'au feu de bois qui brûlait dans la cheminée de sa chambre, appela pour faire apporter des serviettes, un bain de pieds chaud et une paire de bas. Sans façon, les deux jeunes aidèrent l'ancienne et tout finit dans les rires.

Quand elles revinrent dans le grand salon, les invités étaient arrivés pour entendre *Omphale*, l'opéra de Destouches. Tout le monde gagna le Théâtre, le Roi la tribune avec la duchesse de Bourgogne, les autres le parterre. Au finale, les applaudissements s'éternisèrent et il fallut que le Roi se lève pour les faire cesser. Le musicien était dans la salle et le Roi le fit mander auprès de lui pour le féliciter :

— Monsieur Destouches, votre musique est la seule qui ne me fasse pas regretter Lully. Continuez à composer et à nous charmer.

On soupa comme la veille. Clémence et sa fille étaient encore priées et la duchesse de Bourgogne vint leur faire mille amitiés en leur disant qu'elle comptait sur elles le lendemain où les fêtes de Carnaval se termineraient par un bal.

Le mercredi, il plut encore tout le matin mais un timide soleil de février éclaira la fin de journée et la soirée fut belle, permettant aux dames de ne pas abîmer leurs toilettes. Les toilettes ! Elles avaient été tout le jour le grand souci de Clémence et de Marguerite. Il n'était plus question de jupes sévillanes et il fallait s'habiller de manière à ne pas paraître les enfants pauvres de la soirée. Marguerite arrangea avec quelques dentelles une robe de sa mère qui avait encore belle allure. Mais elle, que porterait-elle ? Clémence pensa que les « Ombrelles » pouvaient s'entraider et elle envoya sa fille chez Mme de La Mésangère qui gardait une silhouette de jeune fille et qui devait bien avoir dans ses coffres une robe à prêter à Marguerite. Celle-ci dévala les deux étages et courut frapper à la porte de l'hôtel de la marquise qui était à deux pas, derrière la Petite Écurie. Elle revint peu après avec une très jolie toilette qu'elle mit à sa taille en deux coups d'aiguille. Il ne leur resta plus qu'à se coiffer et se poudrer. Clémence goûta le plaisir d'accomplir ces gestes de l'éternel féminin en compagnie de sa petite fille devenue en quelques jours une jeune fille du monde.

Le bal commençait à dix heures dans la salle du Théâtre dont on avait fait disparaître l'orchestre. La mère et la fille s'assirent sagement dans un coin avec Mmes de Duras et de La Mésangère qui firent beaucoup de compliments à Marguerite, laquelle, il est vrai, était ravissante. Les dames dansantes qui devaient ouvrir le bal étaient avec la duchesse de Bourgogne, Mme la Duchesse[1], Mlle de Melun, Mme de La Vrillière, la comtesse d'Ayen, la duchesse de Lauzun, la comtesse d'Estrées. La liste des danseurs s'ouvrait par le duc de Berry, le duc d'Orléans[2], le comte de Toulouse et d'autres gentilshommes dont M. de Saint-Simon[3].

La musique était belle et entraînante, les danseurs et danseuses vêtus magnifiquement. Lustres et torchères faisaient briller les soieries. Un peu plus tard, la duchesse de Bourgogne qui, décidément, prenait sous son aile la jeune Marguerite, vint la chercher et l'entraîna dans la danse. C'était un exercice que Mme de Maintenon n'enseignait pas à ses pupilles mais l'ordonnance des spectacles en avait nécessité quelquefois l'emploi et Marguerite compensa par sa grâce son ignorance des figures les plus compliquées. Clémence et Mme de La Mésangère dansèrent elles aussi.

1. Mlle de Nantes, fille légitimée du Roi et de Mme de Montespan, qui a épousé le duc de Bourbon-Condé, prince du sang.
2. À la mort de Monsieur, le duc de Chartres avait pris le titre de duc d'Orléans.
3. L'auteur des *Mémoires* était alors âgé de vingt-sept ans.

Le Roi, qui était présent dans la tribune, se retira vers minuit sans interrompre le bal qui dura jusqu'à deux heures.

Pour un soir, Trianon avait retrouvé le faste et la gaieté des grandes fêtes versaillaises. Pourtant la situation du royaume était préoccupante. Le lendemain, le Roi lut en hochant la tête les nouvelles de Vendôme qui avait remplacé Villeroi aux armées. Il livrait contre son cousin le Prince Eugène une guerre sporadique d'escarmouches et de ruses qui n'avait pas de grande signification. Les deux adversaires s'attribuaient généralement la victoire. Ce jour-là, Vendôme apprenait au Roi celle de Luzzara. Sa Majesté fit chanter un *Te Deum* sans savoir qu'à Vienne les Impériaux faisaient la même chose.

Peu après, une dépêche plongea le Roi dans la consternation. Le duc de Savoie, qui avait rallié l'armée de la France après le mariage de ses filles avec le duc de Bourgogne et Philippe V d'Espagne, l'abandonnait. Le beau-père de ses deux petits-fils au service du camp ennemi ! Le Roi savait à quoi s'en tenir sur le personnage et fut plus indigné que surpris. Il ordonna aussitôt à Vendôme de désarmer les troupes savoyardes.

Le vrai danger, pour l'instant, ne venait pas de l'extérieur. La situation dans les Cévennes, après des années d'accalmie, redevenait très grave. Prophètes et prédicants de la religion protestante parcouraient la région, tenaient des réunions et appelaient à une nouvelle révolte. L'intendant du Languedoc, Nicolas de Basville, avait signalé le danger en demandant une répression sévère. L'abbé de Chayla, envoyé de l'évêque de Mende, y mit tant d'ardeur qu'il finit assassiné. C'était le début de la révolte des Camisards, ainsi appelés parce qu'ils combattaient en chemise, qui allait enflammer les hautes Cévennes pendant des années. Les autorités croyaient en avoir fini après avoir tué l'une des principales figures de la rébellion, Gédéon Laporte, mais la situation ne cessait d'empirer. De nouveaux chefs surgissaient dans les montagnes et dans la plaine. Castagnet, Roland et son neveu organisaient les insurgés. Une vraie guerre de partisans débutait avec des atrocités de part et d'autre. Le Roi, qui avait longtemps cru à des révoltes locales peu dangereuses, dut se rendre à l'évidence : la guerre civile qui l'avait marqué dans sa jeunesse et qu'il redoutait tellement revenait hanter ses nuits. Il envoya un maréchal, Montrevel, pour l'étouffer.

La révocation de l'édit de Nantes avait causé de tels remous en son temps que la Cour s'inquiéta du réveil de la révolte protestante. La guerre extérieure, elle, semblait s'enliser. On s'en désintéressa au profit des Camisards jusqu'à ce qu'un événement inattendu vînt réveiller une affaire oubliée, celle du Masque de fer, le mystérieux homme sans nom, enfermé depuis cinq ans à la Bastille après avoir connu les cachots de Pignerol et de l'île Sainte-Marguerite. Le prisonnier, dont on apprit d'ailleurs qu'il ne portait pas un masque de fer mais un loup de velours noir, venait de décéder dans la troisième chambre de la tour de la Berthaudière où il était retenu captif.

Dès que la nouvelle fut connue, elle suscita à Paris et à Versailles une incroyable folie. Chaque jour de nouvelles révélations sur l'identité du prisonnier, plus invraisemblables les unes que les autres, étaient rendues publiques. L'inconnu n'était-il pas le comte de Vermandois, fils du Roi et de Mlle de La Vallière ? Ou un frère du Roi mis au monde clandestinement par la Reine mère ? Ou Fouquet qui ne serait pas mort comme on l'avait affirmé ? Les noms du duc de Beaufort, de Monmouth, un neveu de Jacques II, de Louis de Ollendorff et bien d'autres furent prononcés et, pour mettre fin à ces suppositions absurdes et gênantes, l'acte de décès du fameux Masque fut rendu public :

« L'an 1703, le 19 novembre, Marchialy, âgé de quarante-cinq ans, est décédé dans la Bastille, duquel le corps a été inhumé dans la paroisse de Saint-Paul le 20 dudit mois, en présence de M. de Rosarges, major de la Bastille et de M. Reith, chirurgien de la Bastille. »

Tenait-on la vérité ? Les « Ombrelles », à la mauvaise saison, abandonnaient leur emblème pour se réunir chez l'une ou l'autre. Mme de Duras était la plus entêtée à chercher le fin mot de cette histoire peu banale. Elle connaissait toujours, grâce au parent bien placé d'un de ses serviteurs, des détails sur les affaires du temps dont ses amies étaient friandes. Ce jour-là, chez la présidente Ferrand, elle annonça de source sûre que le personnage de la Bastille avait eu après sa mort le visage mutilé afin que personne ne puisse le reconnaître.

— Et ce n'est pas tout, ajouta-t-elle. On a brûlé tout ce qui avait été à l'usage du prétendu Marchiali, on a gratté et blanchi les murailles de sa chambre. On a même changé les carreaux pour vérifier si un message n'était pas caché dans le mastic [1] !

— Cela n'explique rien du tout, dit Clémence, toujours raisonnable. Je crois que nous devrions nous occuper de choses plus sérieuses.

— Alors, parlez-nous de ma filleule, rétorqua Mme de Duras, piquée. On dit que la duchesse de Bourgogne s'est entichée d'elle et qu'elle voudrait l'avoir tous les jours à sa cour. Comment notre petite Marguerite prend-elle cette vie nouvelle ? Passer de la maison de Saint-Cyr au Palais du Roi, c'est tout de même peu banal !

— Quand on est sans naissance, pourrait-on ajouter !

— Oh ! ne dites pas cela ! intervint Mme de La Mésangère Elle est la nièce du président Rose. Et vous-même...

1. Historiens et romanciers n'ont cessé de s'intéresser au « Masque de fer ». Les chercheurs sérieux admettent aujourd'hui valable le travail de l'historien Topin qui, en 1870, a établi que le prisonnier mystérieux était le comte Mattioli, Premier ministre du duc de Mantoue. Il avait été chargé de conclure un traité confidentiel entre son maître et Louis XIV mais avait vendu ce secret à Turin, à Venise et à Milan. Sa trahison découverte, il fut attiré en France, arrêté et enfermé à Pignerol puis transféré comme l'on sait à la Bastille.

— Mes titres sont bien minces ! Mais il est vrai que c'est pour une jeune fille de dix-sept ans un changement radical qui n'est pas sans m'inquiéter... Vous pouvez croire que je veille et ne la laisse fréquenter les princesses que lorsque je me rends moi-même à la Cour !

On parla des Camisards, d'un de leurs chefs emblématiques, un jeune berger blond nommé Cavalier, et de sa « prophétesse », la grande Marie, qui recevait du ciel des inspirations de morts subites aussi bien pour les catholiques que pour les protestants qui désobéissaient aux ordres. Enfin, Mme de Duras révéla sous le sceau du secret qu'il se préparait des événements graves du côté de la Bavière.

*

C'est de Bavière en effet que parvint bientôt l'annonce de combats sérieux. La vraie guerre issue de la Succession d'Espagne commençait du côté d'Augsbourg, bien loin de la France. M. de Villars commandait mais l'allié, l'Électeur de Bavière Max Emmanuel, entendait mener ses propres troupes à sa guise si bien que son aide s'avérait plus gênante qu'utile. Après d'innombrables désaccords, les deux armées avaient fait enfin leur jonction. En face, le prince de Bade et le comte Styrum, commandant des troupes impériales, attendaient le choc.

C'est plus tard, alors qu'une fête était donnée à Versailles sans autre motif qu'un caprice de la duchesse de Bourgogne, qu'arriva la grande nouvelle : l'armée de Villars avait été victorieuse à Höchstädt, une petite ville du Danube vouée d'un coup à la célébrité. La Cour fêta l'événement par un bal et le Roi interrompit musique et danse pour annoncer qu'un courrier venait de lui confirmer le complet succès de Villars : Höchstädt avait coûté aux Impériaux trois mille tués ou blessés, quatre mille prisonniers avec leur équipage et trente-trois canons.

Il y avait longtemps que la France n'avait connu l'enthousiasme d'une victoire. Par bonheur, Tallart et Vauban, sous le commandement nominal du duc de Bourgogne, prenaient peu après Vieux-Brisach et Landeau après avoir battu les Impériaux à Spire. Le roi pouvait respirer en lisant le message du maréchal de Tallart : « Sire, votre armée a pris plus d'étendards et de drapeaux qu'elle n'a perdu de soldats. »

C'est dans ce climat euphorique que Clémence reçut une visite stupéfiante. Il était deux heures de l'après-midi, elle s'apprêtait avec Marguerite à aller se promener dans le parc quand un officier de cavalerie dont le nom lui était inconnu demanda à être reçu. Intriguée, Clémence le fit attendre dans le cabinet et demanda à sa fille de lui arranger ses cheveux. Elle se regarda dans une glace, se trouva présentable et rejoignit le militaire.

C'était ce qu'on appelle un bel homme, d'une trentaine d'années et d'allure souriante. Quand Clémence l'eut prié de s'asseoir il se présenta :

— Pardonnez, madame, cette intrusion. Je reste si peu de temps à Versailles que je n'ai pu m'annoncer. Je suis le marquis de La Rochette, colonel de cavalerie. Je vous suis inconnu mais mon histoire devrait vous intéresser. Voulez-vous l'écouter ?

— Je vous en prie.

— Mon père, le marquis de La Rochette m'a fait une révélation quelques heures avant sa mort. Voici ce qu'il m'a dit : « Votre mère est défunte, je vais bientôt mourir et j'estime que je vous dois des explications sur votre naissance. Je vous ai aimé, je vous ai éduqué le mieux possible et, de votre côté, vous vous êtes toujours montré le fils attentionné et respectueux dont je suis fier. Pourtant la question est là : je dis "mon fils" mais je ne suis pas votre père. » Cette déclaration était si inattendue que je suis resté anéanti, incapable de proférer une parole. Je lui ai pris sa main, brûlante de fièvre et lui ai dit que je n'avais qu'un seul père, celui qui m'avait donné son nom et m'avait élevé. Alors, il a continué : « Voilà la vérité. Quand j'ai connu votre mère qui était d'une rare beauté et d'une bonne naissance, comme vous le savez, elle était à six mois d'accoucher d'un enfant conçu lors d'une brève rencontre avec un gentilhomme, un officier, qui partait se battre le lendemain dans l'armée de Flandres. Je l'aimais et lui ai proposé le mariage, qu'elle a accepté. Nous sommes tout de suite partis dans mes terres, en Touraine, et vous étiez né sous le nom de La Rochette lorsque nous sommes revenus à Paris et à la Cour. Voulez-vous connaître celui de votre père ? Je vous dis tout de suite qu'il est mort à la guerre un peu plus tard. » Quel homme refuserait de répondre par l'affirmative à une telle question ? J'ai dit oui et c'est le nom qu'il a prononcé qui explique ma présence aujourd'hui chez vous.

Clémence, impressionnée, curieuse, demanda une explication :

— Votre histoire, monsieur, est bien compliquée et je ne comprends pas quel rôle je puis y jouer. Je n'ai jamais connu ni rencontré votre père, votre mère non plus, et vous m'êtes parfaitement inconnu. Alors ?

— Êtes-vous bien la veuve d'Omer Rose, neveu du président ?

— Oui.

— Vous me soulagez, j'ai mis si longtemps à vous retrouver. Une autre question : votre premier mari était-il le comte de Pérelle ?

— Oui, mais...

Il y eut un silence et le colonel livra son secret :

— Eh bien, le comte de Pérelle est mon père !

Clémence poussa un cri et s'évanouit de saisissement. Quand elle se remit, le colonel, inquiet, lui tapotait les joues :

— Mon Dieu, que vous arrive-t-il ? Pardonnez-moi, j'ai commis une faute impardonnable en remuant devant vous le passé !

— Je pense, monsieur, dit Clémence, que vous ne vous seriez pas laissé aller à quelque affabulation et que vos propos sont vrais ?

— Ils sont vrais, madame, et je suis navré que cette révélation vous ait autant choquée. Je vous ai recherchée et suis venu vous voir dans le seul but d'apprendre qui était mon père. Vous êtes la seule personne qui puisse aujourd'hui me parler de lui.

— Puis-je, monsieur, vous demander votre âge ?

— Naturellement. J'ai trente-deux ans.

Clémence ferma les yeux pour se livrer à un calcul rapide qui lui fit comprendre que M. de La Rochette était né avant qu'elle n'épouse Jean de Pérelle, sûrement durant la période où ils s'étaient perdus de vue. Cela la soulagea mais elle dut convenir que c'était tout de même un rude coup d'apprendre par ce colonel de cavalerie grand et large comme une armoire, arrivé dans sa vie comme à la charge, qu'il était le fils de votre mari !

Elle se remit vite en pensant que ce n'était pas un drame, que tout le monde était mort sauf elle et lui, et le regarda de plus près. Le temps lui avait fait un peu oublier le visage de Jean de Pérelle qui lui apparaissait flou dans ses rêves comme lorsqu'elle pensait à lui mais, aujourd'hui, sa fossette au menton dont elle se moquait, son regard franc et rieur à la fois lui revenaient en mémoire. C'était comme s'il avait été en face d'elle : le marquis de La Rochette était le portrait craché du grand amour de sa vie !

— Vous me fixez, madame. Êtes-vous vraiment fâchée contre moi ?

— En ai-je l'air ? Non, monsieur, je comprends votre démarche et si vous y tenez je vous parlerai du comte de Pérelle. Je vous regarde et suis fascinée par les traits de votre visage : le doute n'est pas permis, vous êtes bien son fils car vous lui ressemblez avec une précision étonnante. Je pense que vous me comprendrez aussi d'être bouleversée en me retrouvant, plus de trente ans en arrière, en face de mon mari tué par un boulet quelque part en Flandres ?

À ce moment, Marguerite, qui voulait voir la tête du visiteur, entra dans la pièce en s'excusant :

— Pardon, je ne vous dérange pas ?

— Non, ma chérie, monsieur est le marquis colonel de cavalerie de La Rochette. Monsieur, je vous présente ma fille Marguerite Marie qui sort de chez Mme de Maintenon, à Saint-Cyr, et qui fait ses premiers pas à la Cour.

La Rochette s'inclina, dit un mot banal et embarrassé sur la beauté que la mère avait transmise à sa fille et soudain s'arrêta pour questionner Clémence du regard. Elle comprit l'idée qui venait de lui traverser l'esprit et lui dit en souriant, *mezza voce*, alors que Marguerite s'était éloignée pour remettre en place un livre :

— Non, monsieur, ma fille n'est pas votre demi-sœur !

— C'est dommage, car elle est vraiment belle !

— Merci, mais je vais lui dire de sortir pour exaucer votre désir en vous entretenant de monsieur votre père qui était sans fortune mais exemplaire en toutes choses.

Elle le fit asseoir, lui offrit une figue en précisant :

— C'est une figue du Roi. Elle vient du potager où j'ai gardé l'amitié des jardiniers. Le plus vieux aujourd'hui était l'apprenti de La Quintinie, créateur du jardin où il apprenait au Roi à tailler les poiriers. Mais si je me mets à vous parler de mes amis de jeunesse, nous n'arriverons jamais à évoquer le souvenir de votre père. Tiens, cela me fait tout drôle de dire « votre père » à propos de mon mari... Notez que ces amis étaient aussi les siens. Ils s'appelaient Molière, La Fontaine, Racine et Le Nôtre...

Il restait bouche bée et elle sourit en pensant qu'il devait la prendre pour une folle mais elle n'était pas fâchée de lui avoir montré ses lettres de noblesse qui n'étaient pas celles de tout le monde.

— Ne trouvez-vous pas, monsieur, que notre rencontre et notre conversation sont bizarres ? Alors, que voulez-vous savoir du comte de Pérelle ? Tiens, je vais commencer par vous raconter comment je l'ai connu !

Clémence parla beaucoup et, quand elle se tut, le colonel était complètement sous son charme. Il remercia chaleureusement et fit force compliments à Marguerite qui était revenue voir si sa mère en avait fini avec l'inconnu. Il demanda s'il pourrait revenir les saluer le jour où il serait de retour à Versailles.

— Ce ne sera pas demain, ajouta-t-il, car je pars rejoindre mon régiment en Bavière où la guerre est loin d'être finie.

— Qui était-ce, maman ? demanda Marguerite lorsqu'il fut parti.

— Le fils de mon premier mari !

— Le comte de Pérelle ? Son fils lui ressemble-t-il ?

— D'une manière stupéfiante. J'en suis encore toute remuée. Mais c'est une histoire compliquée que je vous raconterai un autre jour.

— Alors, il était très beau, M. de Pérelle.

— Oui, ma fille. Et j'ai beaucoup pleuré lorsqu'on m'a annoncé qu'un boulet l'avait tué en même temps que le vicomte de Turenne.

Chapitre XII

Les espoirs évanouis

À l'heure où la conjoncture politique et militaire semblait favorable, on apprit que la duchesse de Bourgogne était enceinte. Le Roi redevenait Soleil au début de cette année 1704 qui s'ouvrait sous les meilleurs auspices.

L'événement arrivait à temps pour faire oublier les bruits qui couraient sur la conduite de la jeune duchesse. Gentiment écervelée dans sa prime jeunesse, elle était devenue coquette et avait, disait-on, eu des regards pour un gentilhomme de la Cour, Nangis, qui, craignant la foudre, s'était éloigné du cercle des intimes de la duchesse. Puis Malauvrier, un neveu de Colbert, lassé d'une femme qui « sous un extérieur de vierge, était méchante au dernier point [1] », s'était livré à de telles imprudences pour approcher la princesse que sa famille avait jugé sage de l'envoyer en Espagne. Hélas ! Il en était revenu complètement déséquilibré, ne parlant que de la duchesse et de Nangis qu'il voulait tuer. C'est lui finalement qui s'était jeté un matin par une fenêtre de son appartement et s'était écrasé la tête sur le pavé.

1. Saint-Simon.

C'est le mercredi 25 juin à cinq heures de l'après-midi que la duchesse de Bourgogne accoucha du duc de Bretagne. Ce fut une grande joie pour le Roi, pour la Cour et la ville. Elle se manifesta par une débauche de réjouissances, de démonstrations diverses et une dépense d'argent jugée excessive par beaucoup dans les circonstances du moment. Le Roi donna la plus belle des fêtes à Marly dès que la duchesse de Bourgogne fut relevée. Elle reçut de sa part de magnifiques présents. Clémence n'y fut point conviée mais Mme de Duras lui décrivit avec son emphase habituelle l'arrivée devant la fontaine aux chevaux de Mars entouré de nymphes et de guerriers.

Les nouvelles des frontières n'étaient ni bonnes ni mauvaises. Les Alliés comme le Roi avaient préparé leurs plans pour la prochaine campagne. Louis XIV, serein, pouvait à juste titre se parer d'être bisaïeul à un âge où il jouissait encore d'une pleine force et d'une bonne santé. La pérennité de la dynastie assurée, il ne lui paraissait pas déraisonnable de penser que, s'il n'en avait pas le temps lui-même, ses descendants réaliseraient son rêve de toujours : devenir maître de l'Europe.

Villeroi commandant de l'armée de Flandres devait rester sur la défensive alors que l'Allemagne serait attaquée par les Bavarois et les armées des maréchaux de Tallart et de Marsin. Comme le duc de Savoie, le père félon de la duchesse de Bourgogne [1], restait au service des Impériaux, Vendôme l'attaquerait en Italie.

Stratège des « Ombrelles », Mme de Duras expliquait à ses amies les détails de cette tactique, ajoutant que le maréchal, qui avait très mal passé l'hiver mais gardait ses vieux réflexes de guerrier, faisait les plus grandes réserves sur le commandement actuel de l'armée. Il fulminait, racontait-elle, contre Chamillart qui distribuait

1. Malgré cet état de guerre, le Roi avait écrit au duc de Savoie pour lui annoncer la naissance de son petit-fils. Le duc lui avait répondu pour le congratuler.

les hautes récompenses militaires comme des gaufres aux enfants. La croix de chevalier de Saint-Louis, créée par le Roi en 1693, se vendait paraît-il cinquante écus dans les bureaux de la guerre. Sans le génie brutal de Louvois qui savait forger une armée, l'équiper, la nourrir et même la commander, la puissance de la France devenait moins crédible.

— Au moindre incident, disait le vieux maréchal, ils en référeront au Roi qui jouera de Versailles le rôle de généralissime. Malheureusement, Sa Majesté, qui a tellement de qualités, n'est pas un génie militaire...

La guerre, recommencée comme toujours en mai, sembla pourtant tourner selon les prévisions des Français. Réunis, Marsin et l'Électeur de Bavière étaient les plus forts dans leur secteur et annonçaient qu'ils s'apprêtaient à marcher sur Vienne quand on apprit que Marlborough avait quitté les Pays-Bas avec son armée pour gagner la Souabe où le Prince Eugène marchait à sa rencontre.

— Les plans de campagne sont toujours bons lorsque l'ennemi agit selon votre désir ! s'écria, furieux, le maréchal de Duras un jour où les « Ombrelles » se trouvaient réunies chez sa femme.

Botté comme en campagne mais vêtu de sa robe de chambre à brandebourgs, il était venu saluer les dames et leur dire que l'armée de Bavière était dans de beaux draps. Il avait, hélas, raison.

Une semaine après l'euphorie de la fête de Marly, les armées françaises prises en tenaille ne pouvaient que s'abandonner aux décisions de l'ennemi. Une grave erreur, le partage en deux de l'infanterie à Blenheim, annonçait le pire. Le choc se produisit à l'est d'Höchstädt, là même où Villars avait triomphé l'année précédente. Marlborough écrasa les Français qui perdirent douze mille hommes, tous leurs canons, leurs drapeaux, leurs étendards et quatorze mille prisonniers dont le maréchal de Tallart.

— M. de Duras dit que notre armée a perdu pour longtemps sa suprématie, rapporta la maréchale aux

« Ombrelles » le soir du 21 août, alors qu'un messager venait d'apprendre au Roi la funeste nouvelle.

Louis XIV réfléchissait et essayait de comprendre comment, en moins de huit heures de combats, il avait tout perdu en Bavière. Quelques lettres de prisonniers ouvertes n'apprenaient pas grand-chose. Marsin, le seul qui se fût tiré du guêpier, ne songeait qu'à organiser sa retraite en récupérant ce qui restait des trois armées vaincues. En fait, personne n'était pressé de rendre compte du désastre. Duras lui-même, effondré, restait coi et ne critiquait pas une accumulation de fautes qui faisaient honte à l'armée de la France. Comme si ces malheurs ne suffisaient pas, on rapporta au Roi que Marlborough répétait qu'il était surpris d'un si prodigieux bonheur et que le Prince Eugène se montrait stupéfait de cette victoire miraculeuse.

Le Roi souffrit jusqu'à ce qu'il eût appris comment le fleuron de ses armes avait été anéanti, puis « il soutint le malheur avec courage et résignation tout en ne comprenant pas que vingt-six bataillons français se soient rendus prisonniers de guerre [1] ».

La consternation avait beau être générale – d'innombrables familles, illustres ou non, comptaient des morts, des blessés, des prisonniers –, les fêtes ordonnées pour la naissance du duc de Bretagne continuaient de dérouler leurs fastes. Ainsi, Mme de Duras emmena Clémence à Paris le jour où la ville donnait un feu d'artifice sur le fleuve. Elles retrouvèrent au Louvre Monseigneur, les princes ses fils et la duchesse de Bourgogne venus assister au spectacle avec une partie de la Cour. Le public, massé sur les rives, pouvait apercevoir derrière les fenêtres illuminées tous ces beaux messieurs et ces belles dames profiter d'une magnificence de chère et de rafraîchissements qu'il ne se gênait pas de critiquer avec véhémence. Clémence aussi était choquée :

— Ne trouvez-vous pas, dit-elle à Mme de Duras, cette fête indécente ?

1. Dangeau.

— Pas la fête, organisée pour le peuple de Paris. Mais Versailles aurait pu, il est vrai, se montrer plus discret dans son déplacement. Je me demande moi-même ce que je suis venue faire ici et pourquoi je vous ai entraînée. Comme si un feu d'artifice pouvait encore causer quelque plaisir à des « Ombrelles » rassasiées de réjouissances royales !

— Alors ?

— Eh bien, je crois savoir pourquoi. J'ai voulu fuir un moment en votre amicale compagnie le quotidien qui me rend morose.

— Je devine. La santé du maréchal s'est aggravée ?

— Oui. Mon vieux soldat s'apprête à mourir dans son lit et cela le désespère plus que de rendre l'âme. « Pourquoi, me répète-t-il, la mort qui m'a frôlée si souvent ne m'a-t-elle pas surpris sur le champ de bataille ? »

— Que j'aimerais, ma pauvre amie, pouvoir vous être secourable ! Et conforter surtout M. de Duras qui m'a toujours témoigné beaucoup d'amitié...

— Eh bien, venez ! Il ne veut recevoir personne mais je sais que votre visite lui fera plaisir.

Clémence alla voir le maréchal dès le lendemain. Il était au plus mal mais il retrouva un sourire, le dernier sans doute, pour lui rappeler le temps où elle était entrée dans sa maison en qualité de demoiselle d'honneur de la duchesse. Il mourut à quatre-vingt-six ans le lendemain, chrétiennement mais non sans avoir proféré devant le prêtre venu l'assister quelques insolences contre les courtisans et certains ministres. Le Roi, prévenu, envoya aussitôt Chamillart dire à Mme de Duras qu'il pleurait l'un de ses plus anciens amis. C'était sûrement vrai. Il avait fallu que Louis aime énormément le neveu de Turenne, le meilleur de ses officiers de cavalerie, pour s'accommoder de son franc-parler.

Clémence fit de son mieux pour aider son amie à supporter son deuil. Il y avait longtemps qu'elle voulait se rendre à Coye pour voir dans quel état se trouvait la seigneurie dont elle était héritière. C'était une occasion de distraire Marguerite de Duras en l'emmenant avec elle et sa fille.

Coye se trouvait dans une forêt non loin de Chantilly et la marquise avait tout de suite accepté en disant : « C'est très bien, nous irons loger chez les Condé. » Elle avait dit cela simplement, comme une chose évidente. Pour Clémence c'était différent. Elle n'avait jamais mis les pieds à Chantilly qui restait pour elle une sorte de paradis où son père avait jadis fait jaillir des fontaines... Elle avait le souvenir des récits que Mme de Sévigné lui avait faits de fêtes fabuleuses que le Grand Condé y avait organisées. « Monsieur le Prince était dans son apothéose à Chantilly », racontait-elle à ses amies les « Ombrelles ». Retiré du service après avoir une dernière fois commandé pour le Roi après la mort de Turenne, il embellissait ses jardins créés par Le Nôtre et La Quintinie.

Mme de Duras, que ce projet de voyage enchantait, rappela la dernière visite du Roi à Chantilly, en 1684[1]. C'était l'un des regrets de Clémence de ne pas avoir connu Condé, cet arbitre du monde littéraire dont Boileau lui avait souvent vanté la culture, qui aimait Racine et avait pris La Bruyère comme précepteur de son petit-fils. Pour elle, la perspective de découvrir Chantilly où résidait maintenant le prince de Conti était exaltante.

*

De son lever à son coucher, le Roi gardait la tête haute... Son extraordinaire sang-froid masquait pourtant une terrible désillusion. L'Allemagne était perdue,

1. La précédente visite royale, de trois jours, datait de 1671 et elle avait coûté la mort au célèbre Vatel, cuisinier du Prince. En état dépressif dû à des peines d'amour, il n'avait pu supporter, au lendemain d'un jour où certaines tables avaient manqué de viande, de voir son repas gâché par le retard de la marée et s'était donné la mort.

les Habsbourg triomphaient, les Anglais gagnaient Gibraltar, Valence, Murcie, Barcelone et avaient coulé une partie de la marine française.

Son attitude donnait le change à Versailles mais le Roi avait bien compris que l'axe politique du monde était modifié et que ce changement allait d'une manière ou d'une autre le contraindre à sortir d'une guerre qu'il n'avait pas réussi à maîtriser. Louis voulait la paix mais refusait de se la voir imposer et les premiers combats de l'année 1705 lui donnèrent raison de chercher à résister. Villars parut faire peur à la formidable armée de Marlborough et Vendôme battit le Prince Eugène à Cassano. Mourant, l'empereur Léopold, passionné de musique, avait fait appeler ses violons avant de s'éteindre mais sa mort n'influait pas sur les événements militaires[1].

Ces bonnes fortunes ne devaient pas, hélas ! avoir de suites. Les généraux français ne s'étaient pas subitement découvert du génie. La Feuillade, gendre suffisant et timoré de Chamillart, s'acharnait sottement contre les murailles de Turin autrefois bâties par Vauban, et Villeroi, chargé de livrer bataille aux Pays-Bas, venait de subir à Ramillies une défaite presque comparable à celle d'Höchstädt. La bataille avait coûté deux mille hommes, la retraite six mille. Bruxelles, Anvers, Malines, Louvain, Ostende étaient raflés par Marlborough. Le chapelet des villes gagnées durant le règne s'égrenait sans espoir devant le Roi impassible et impuissant.

Après ces funestes nouvelles, la France apprit dans l'affliction la mort du petit duc de Bretagne. L'enfant n'avait vécu qu'une année sous la surveillance accablante de médecins que beaucoup accusèrent d'avoir tué, par leurs soins ineptes, l'arrière-petit-fils du Roi.

Dans ce climat de tristesse, le carrosse de Mme de Duras emmena un matin d'automne Clémence et sa

1. Il fut remplacé par son fils Joseph Ier qui s'empressa d'aviser Louis XIV, par l'intermédiaire du nonce, de la mort de son beau-frère et ennemi. Les convenances passant avant les guerres, le Roi prit le deuil en violet.

fille vers Chantilly et Coye-la-Forêt. On parla naturellement durant le trajet des malheurs du temps. La duchesse rapporta les propos que Mme de Maintenon lui avait tenus lors de la visite qu'elle lui avait faite pour la remercier des bontés qu'elle et le Roi lui avaient témoignées à la mort du maréchal :

— La nullité de La Feuillade a transformé le siège de Turin en nouveau désastre et le jeune duc d'Orléans, envoyé à la rescousse, n'a pu qu'organiser avec un grand courage et en prenant beaucoup de risques personnels la retraite de l'armée à travers les Alpes. Après la Belgique et l'Allemagne, voilà l'Italie perdue !

— Et le Roi ? demanda Clémence. Que pense-t-il en voyant la France ramenée un demi-siècle en arrière ?

— « Il porte tout en grand homme », m'a dit Mme de Maintenon. Mais nous approchons, dans une heure nous serons arrivées à Chantilly. Mon ami Conti n'y est pas en ce moment, c'est dommage, car je l'adore, mais Gourville nous recevra parfaitement bien.

— Qui est Gourville ? demanda Marguerite Marie.

— Ah ! C'est l'un des personnages les plus extraordinaires que j'aie rencontrés. Il a débuté comme laquais chez M. de La Rochefoucauld dans ses terres du Poitou et son maître lui a trouvé tellement d'esprit qu'il a voulu l'aider. Il s'en trouva si bien qu'il l'utilisa tant dans son organisation domestique que pour des intrigues très importantes qui le firent connaître à M. le Prince auquel il le donna. Depuis, il y a de cela bien longtemps, Gourville est demeuré dans la maison des Condé. Il y connut les troubles de la Fronde, M. Fouquet l'enrichit, il se fit des amis considérables chez les ministres et devint un personnage. Très âgé, il est encore aujourd'hui le maître de Chantilly, demeure sur laquelle il aura régné toute sa vie. Les Princes lui ont toujours accordé une confiance absolue et s'en sont bien portés. Partout considéré, mêlé à la plus illustre compagnie, il n'oublia jamais ses origines et sut se tenir à sa place... Le maréchal de Duras l'honorait de son amitié.

— J'ai hâte de connaître cet étrange personnage ! dit Marguerite Marie. Comment faut-il l'appeler ?

— « Monsieur Gourville », tout simplement. Mais je ne vous ai pas tout dit. Cet être étonnant a épousé secrètement, encore jeune, l'une des trois sœurs de M. de La Rochefoucauld. Il vivait dans l'hôtel de Condé et était continuellement chez elle. La famille savait tout, mais sa discrétion fit que cette incroyable situation put durer jusqu'à la mort de la dame.

— Et aujourd'hui ?

— Je vous l'ai dit, c'est un vieil homme qui veille sur la maison devenue la sienne autant que celle des Princes. Il a une domesticité personnelle, assez réduite. Il nous a raconté, la dernière fois que nous sommes venus à Chantilly, qu'il avait réuni ses serviteurs pour leur dire qu'il était satisfait de leur service mais qu'il ne leur laisserait rien dans son testament. Après s'être distrait un instant de leur déconvenue, il poursuivit : « Je ne vous laisse rien mais je vous promets d'augmenter chaque année vos gages d'un quart et même plus jusqu'à ma mort. Soignez-moi avec application et affection. Et priez Dieu de me conserver longtemps. Vous gagnerez ainsi beaucoup plus que ce que je vous aurais légué par testament. »

Les trois femmes furent reçues au château comme l'aurait été la famille royale. M. Gourville leur donna pour visiter le domaine M. de Verfeuil, l'archiviste qui avait en charge les trésors des Conti, statues, tableaux, livres anciens... Après un magnifique souper que M. Gourville leur annonça confectionné et servi selon les règles établies naguère par l'illustre Vatel, elles dormirent dans l'un des plus beaux appartements du château, conditions idéales pour rêver à la plus modeste demeure de Coye qu'elles devaient visiter le lendemain.

Coye-la-Forêt était à deux lieues de Chantilly. Clémence n'avait gardé qu'un souvenir confus de la maison où l'oncle l'avait conduite, avec son neveu, au début de leur mariage. Ensuite, le président, fatigué, n'y avait plus mis les pieds et en avait laissé la charge à un vieil intendant. Il l'aurait vendue si le Roi, pour le remercier d'une importante et difficile mission, n'avait élevé la seigneurie des Rose au marquisat.

Le village qui étageait ses maisons sur une légère pente était gai et fleuri. Le château en était le principal ornement. Le président avait acheté ce vieux domaine fortifié qui datait, disait-il, de l'an 1100, et l'avait fait entièrement remanier en pierres blanches selon le goût de Mansart.

— L'oncle Rose, raconta Clémence, m'a dit souvent combien il regrettait de ne plus pouvoir aller s'y reposer, mais le château était loin de Versailles où le Roi exigeait sa présence.

Mme de Duras le trouva très agréable d'aspect et Marguerite-Marie annonça qu'elle ne voulait plus habiter ailleurs. Plus raisonnable, Clémence fit remarquer qu'une vieille seigneurie non habitée, même érigée en marquisat, devait sentir le moisi et qu'il convenait de mesurer l'étendue des travaux qui la rendraient habitable. L'intendant qui vivait dans une seule pièce du rez-de-chaussée devait être un contemporain du président, et l'on se doutait en le voyant qu'il n'allait pas tarder à le rejoindre là où Toussaint Rose était peut-être devenu plume de Dieu après avoir sur la terre été celle du Roi.

L'homme réussit à se plier un peu plus pour saluer Clémence qu'il appela marquise avec ostentation, ce qui fit pouffer Marguerite Marie. Il pria qu'on l'excusât de ne pouvoir monter le grand escalier qui menait aux deux étages et aux combles mais dit que le ménage y était fait régulièrement chaque année. Les robes des visiteuses firent voler des nuages de poussière et, finalement, Clémence dit qu'elle reviendrait avec une armée de balayeuses.

— Pourquoi, chère mère, ce monsieur vous appelle-t-il « marquise » ? demanda Marguerite.

— Parce que l'oncle Rose avait été fait marquis de Coye par le Roi. On ne s'en est guère aperçu car il n'a jamais voulu qu'on l'appelât ainsi. L'intendant croit que j'ai hérité du titre en même temps que de la maison.

386

— Et pourquoi ne seriez-vous pas marquise, madame ma mère ?

— Pour plusieurs raisons. D'abord parce que je suis une femme et que si le titre demeurait dans la famille, ce qui paraît improbable étant donné le degré lointain de succession, c'est votre frère qui en hériterait !

— Et moi ?

— Épousez un marquis si vous tenez à être marquise !

— Vous pensez toujours à ce monsieur de La Rochette ?

— Mais non, petite sotte. C'est vous qui y pensez. Et un peu trop à mon gré !

*

Souvent, Clémence rendait visite à Boileau qui vieillissait bien dans sa thébaïde d'Auteuil. Ce jour-là, elle avait amené sa fille qui s'acclimatait sans mal à la vie de la Cour bien que Clémence limitât ses visites dans un lieu qu'elle savait plein de tentations et de dangers.

— Chez notre cher Boileau, lui avait-elle dit, vous ne risquez rien. On n'y côtoie que l'intelligence, la sagesse et la finesse d'esprit. C'est malheureusement le seul de mes illustres amis encore vivant à qui je puisse te présenter. Mais tu verras, plus tard, quand tu diras à tes enfants que tu as connu M. Boileau ils te regarderont avec respect !

Malgré sa satire contre un certain esprit féminin, Boileau-Despréaux avait toujours aimé les femmes à la condition qu'elles fussent intelligentes. La perspective de recevoir une jeune fille fraîche émoulue de Saint-Cyr, fille de Clémence par surcroît, ne pouvait qu'enchanter le vieux célibataire.

— Quand on entre ici pour la première fois, il faut faire le tour du jardin, lui dit-il... Il n'est pas grand mais il fait mon bonheur depuis un demi-siècle. Et celui de mes amis dont beaucoup possèdent des parcs grandioses plantés par Le Nôtre et garnis de fontaines créées par votre grand père. Ainsi Mgr Philippe d'Orléans se plaît à venir boire sur cette table de bois un verre de la liqueur de menthe que prépare mon jardinier. Il aime surtout à parler de littérature et de philosophie. Le Grand Condé qui fut mon protecteur durant toute sa vie fut aussi un familier d'Auteuil.

Ils se promenèrent les pieds dans les premières feuilles mortes et les mains en cornet sur les oreilles pour écouter le pépiement d'un friquet dont Boileau disait qu'il était la réincarnation de Martial. Puis le vieil homme voulut tout savoir sur l'institution de Mme de Maintenon, sur les pièces qu'on y jouait et si on parlait aux élèves de la querelle des Anciens et des Modernes. Il fut rassuré quand Marguerite lui répondit qu'il n'y avait rien de très moderne dans l'enseignement donné par les maîtresses en robes de religieuses. Il lui conseilla tout de même de découvrir Fontenelle et fut agréablement surpris qu'elle lui répondît : « Maman m'a fait lire les *Entretiens sur la pluralité des mondes*. »

— C'est vrai, j'oubliais que madame votre mère est chez Mme de Lambert l'admiratrice officielle de cet homme aimable. Mais vous, qu'en pensez-vous ?

— J'ai goûté sa manière d'instruire sa marquise et aussi le fait que ces œuvres, somme toute sérieuses, ne le font pas renoncer au plaisir d'écrire lettres galantes, poèmes et rondeaux...

Clémence et Boileau éclatèrent de rire.

— Eh bien, dit-il, je vois que les pupilles de Mme de Maintenon ne manquent ni d'à-propos ni de hardiesse ! Mais j'ai quelque chose à vous montrer...

Il les fit entrer dans la maison où trônaient toujours les portraits de Juvénal et de ses amis et tira d'un tiroir une liasse de feuilles couvertes d'une écriture que Clémence reconnut tout de suite :

— C'est l'écriture du Roi ou celle de mon oncle Rose ! s'écria-t-elle.

— Celle du Roi, ma chère. Il m'a fait parvenir cet écrit auquel il a travaillé plusieurs semaines et m'a demandé de le corriger s'il en était besoin.

— Qu'est-ce que c'est ? demandèrent en même temps les deux curieuses.

— Lisez le titre, calligraphié avec le soin que vous remarquez, par Sa Majesté.

Clémence lut, surprise :

Manière de montrer les Jardins de Versailles (Mars 1705)

1° En sortant du Chasteau par le Vestibule qui est sous la chambre du Roy, on ira sur la Terrasse, on s'arrestera sur le haut des Degrez pour considérer la situation du Jardin, les Parterres, les pièces d'eau, les Fontaines des Cabinets et les Vases.

2° Après on tournera à gauche et l'on descendra par le Degré des Sfinx. En arrivant sur le haut, on fera une pause pour voir le parterre du Midy et de là on s'avancera sur la balustrade de l'Orangerie d'où l'on verra le parterre des Orangers et le lac des Suisses.

3° On tournera pour aller monter sur la terrasse et l'on ira au Corps avancé d'où l'on voit les gerbes de Bacchus et de Saturne.

4° On passera ensuitte sur la Terrasse près de Cléopatre pour aller sur le haut du Degré de Latone, on fera voir le Bassin et les jets qui l'environnent, les Lézards ; les Rampes, les Vases, les Statues, l'Allée Royale, l'Apollon, le Canal et puis on se tournera pour voir les Parterres et le Chasteau.

5° On descendra par la rampe du costé du Nord pour aller au point de vue.

6° On entrera à la Salle du Bal par le bas de la Rampe de Latonne et après avoir regardé la sçituation du Lieu, ; les effets d'eau, avoir fait le tour de l'Isle, on sortira par l'allée du costé de Bacchus que l'on remontera jusqu'à la porte de l'Orangerie.

7° On y entrera et on la suivra pour aller à la Fontaine. On pourra se promener à l'ombre des Orangers et sortir par la grille du costé du Labirinthe.

8° On entrera dans le Labyrinthe ; l'on ira passer à la figure d'Esope, après l'on descendra jusqu'à la Fontaine des Canes et du Chien et l'on remontera pour en sortir par l'allée du haut de l'Isle Royalle.

9° On fera le tour entier de la Grande Pièce par la gauche et l'on s'arrestera au bas dans le milieu pour considérer les Allées, les Gerbes, les Coquilles, les Statues et les Portiques. On remontera à Saturne et on en sortira pour entrer à la Colonnade.

10° On verra le groupe du milieu et l'on fera ensuite le tour. En sortant on ira dans l'Allée Royalle, on s'avancera jusqu'à Apollon d'où l'on verra le costé du Canal et celuy du Chasteau.

11° On ira aux Domes, on considerera les Fontaines et les Statues.

12° L'on passera ensuite à l'Encelade, on en fera le tour.

13° On remontera à Flore pour descendre dans la salle du Conseil, l'on fera le tour de l'Isle par la gauche.

14° On ira à l'Estoille, on verra le jet du milieu et les cinq autres.

15° Ensuite on entrera au Théâtre et après avoir vu les changements, on entrera aux bains d'Apollon.

16° On entrera dans les Trois Fontaines, on descendra après avoir considéré les jets des trois étages, on sortira par l'allée qui va au Dragon.

17° On tournera autour du Dragon et l'on considérera les jets de la pièce de Neptune.

18° On ira à l'Arc de Triomphe, l'on remarquera les fontaines les jets les Napes et les Cuves les Figures et les différents effets d'Eau.

19° On sortira par le Dragon, on passera par l'allée des Enfants.

20° On s'arrestera au bas de la Nape pour voir les bas-reliefs.

21° On passera à la Piramide où l'on s'arrestera un moment et après on remontera au Chasteau par le

Degré de marbre. Après on sortira du Jardin par la porte du Milieu du Chasteau.

Clémence avait lu d'un trait la prose royale, fascinée par cet itinéraire précis et détaillé qui, à travers tous les trésors du jardin, lui apparaissait comme un raccourci de sa vie. Il n'y avait pas un lieu, une statue, une pièce d'eau cité par le Roi qui ne lui rappelât un moment de sa jeunesse, une idée lancée par son père, un projet dont Le Nôtre, l'ami et le voisin, venait entretenir le fontainier. Qu'il s'agisse de l'Orangerie, du lac des Suisses, des gerbes de Bacchus ou de l'Encelade, elle s'y était promenée alors que ces merveilles n'étaient encore que des chantiers.

— Tenez, ma fille, dit-elle à Marguerite, lisez ce qu'écrit le Roi sur le plus beau jardin du monde. Je crois bien que s'il ne l'avait pas imaginé et construit et si je ne m'y étais pas promenée enfant puis jeune fille, vous ne seriez pas aujourd'hui venue en carrosse rendre visite au grand poète M. Boileau-Despréaux !

— Que pense la fontainière du Roi de ce texte qui devait, je le savais, l'émouvoir jusqu'au tréfonds de l'âme ?

— Vous voyez, mon bon Boileau, j'ai les larmes aux yeux. Je trouve d'abord qu'il est touchant de voir le Roi ne pas penser faire une besogne indigne de sa grandeur en composant de sa main ces conseils destinés à tous les promeneurs qui souhaitent visiter son jardin.

— Le Roi avait sans doute conscience qu'il était le seul à pouvoir le faire ! dit Marguerite.

— Sûrement, approuva Boileau. Mais ne devons-nous pas nous poser la question de savoir pourquoi il a choisi ce moment pour l'écrire ? Et pourquoi il a attendu si longtemps ?

— Je pense le deviner, dit Clémence. Les désastres s'abattent sur le royaume, tous les territoires conquis durant des années de guerres victorieuses sont repris les uns après les autres. La situation économique de la France est déplorable, le peuple souffre de famine. À plus de soixante-sept ans, le Roi ne peut que souffrir de cet échec et comprendre que la grande richesse qu'il laissera à la postérité est le magnifique ensemble versaillais dû à ses choix personnels. Alors, il entend signer son œuvre et faire partager au promeneur d'aujourd'hui comme à celui des siècles futurs les plaisirs que ses jardins lui ont procurés.

— Tu as raison, l'Ondine, mais ne crois-tu pas qu'en dehors de Versailles ce siècle laissera l'œuvre considérable d'une floraison de poètes et d'écrivains si importants qu'il faut remonter jusqu'à l'Antiquité pour trouver son équivalent ?

— Alors, monsieur Boileau, les Modernes rejoignent les Anciens !

C'est Marguerite qui venait de parler. Le vieux poète dit « Bravo ! » et l'embrassa tandis que Clémence pensait que, décidément, sa fille ne manquait pas d'à-propos.

Si la jeune fille s'épanouissait en beauté et en finesse au côté d'une mère complice, ce qui était rare à une époque où les enfants n'avaient guère d'intimité avec leurs parents, Mme de Rose se faisait beaucoup plus de soucis pour son fils Nicolas qui, au sortir de l'école des frères, était entré dans l'armée qu'il avait choisie de préférence à la robe. Les bons soins du maréchal de Duras l'avaient fait nommer « cornette » dans une unité de cavalerie appartenant à un cousin. Il avait su y montrer des qualités et était maintenant lieutenant dans l'armée de Villars. On imagine l'angoisse de Clémence en apprenant les revers que subissaient nos armes dans la Flandre presque entièrement passée aux mains de Marlborough. Chez Mme de Rose, on guettait les nouvelles qui arrivaient le plus souvent par l'intermédiaire de soldats et d'officiers blessés ou envoyés au repos. La dernière lettre de Nicolas parvenue à Versailles avait fait sourire Clémence. D'abord parce que son fils allait bien, ensuite parce qu'elle réveillait chez elle le souvenir d'une visite qui l'avait fort surprise.

Après les pensées habituelles qu'un jeune officier peut avoir pour sa mère et sa sœur et le récit de petits exploits marginaux, Nicolas écrivait :

« ... J'allais oublier de vous dire que nous avons un nouveau et fringant mestre de camp, le marquis de La Rochette, qui m'a fait appeler lorsqu'il a su que j'étais lieutenant dans l'un de ses escadrons. Il m'a demandé si j'étais parent d'une comtesse de Pérelle qui avait été la nièce du président Rose. Quand je lui ai répondu qu'il s'agissait de ma propre mère, il m'a posé une quantité de questions sur la famille, sur vous et aussi sur Marguerite Marie dont il m'a dit que la grâce et la beauté l'avaient frappé. Serait-il un soupirant de ma chère sœur ? Il m'a expliqué vous avoir rendu visite parce que certains liens l'attachent à notre famille. J'ai voulu en savoir plus mais il m'a affirmé que vous étiez la seule qui pouvait répondre à cette question. Faites-le s'il vous plaît car cette histoire m'intrigue. »

Après sa mère, Marguerite lut la lettre de son frère. Lorsqu'elle arriva au passage la concernant, elle rougit et demanda :

— S'agit-il de l'officier qui est venu vous voir et qui, m'avez-vous dit, ressemble tellement à votre premier mari le comte de Pérelle ?

— Oui. Ne trouvez-vous pas que le hasard est grand qui place Nicolas sous ses ordres ?

— Peut-être, mais de quoi se mêle ce monsieur ? De quel droit se permet-il de porter des jugements sur ma grâce et ma beauté ? Je ne l'ai aperçu qu'une minute entre deux portes et ai même oublié son visage !

Clémence sourit :

— Calmez-vous, ma petite fille. M. de La Rochette ne vous a pas offensée en vous faisant compliment. À votre place je trouverais cela plutôt flatteur. Mais si vous en êtes gênée, oubliez-le. Il combat bien loin de Versailles et nous ne sommes sans doute pas près de le revoir. C'est bizarre, pourtant, il me semblait que vous ne l'aviez pas trouvé mal. Entre deux portes...

Fâchée, Marguerite s'en alla bouder dans sa chambre et, pour la première fois, l'idée effleura Clémence qu'un mariage entre sa fille et le fils de son mari, si le hasard devait s'y prêter, serait une étrange histoire. « Digne d'un roman de Mme de La Fayette ! » murmura-t-elle en riant.

*

Jour après jour, Clémence initiait sa fille aux coutumes de la vie versaillaise et parisienne. Côté Cour, on sait qu'elle n'aimait pas trop la montrer dans les salons et les allées du parc où l'apparition d'une nouvelle tête, surtout s'il s'agissait d'une jolie jeune fille, suscitait une curiosité désagréable. Mère et fille vivaient donc souvent à Paris. Clémence, qui n'avait pas oublié son idée d'ouvrir un jour son salon aux gens d'esprit, avait entrepris de remanier et d'embellir l'hôtel de la rue Beautreillis. C'était une tâche agréable. Il ne se passait pas de jour sans qu'elles découvrissent dans une chambre inoccupée depuis des lustres ou dans les combles un meuble superbe fabriqué par un artiste du faubourg Saint-Antoine ou venant de l'atelier royal des Gobelins. Plusieurs fauteuils du début du siècle et deux encoignures qu'il était facile d'attribuer à André Charles Boulle retrouvèrent ainsi une place digne de leur beauté dans le grand salon retapissé de soie brochée venue de Lyon.

Des nouvelles de la santé de Ninon de Lenclos, un peu alarmantes, décidèrent Clémence à rendre visite à la vieille dame qui, malgré les incommodités de l'âge, continuait de recevoir ses amis dans sa célèbre ruelle.

— Je vais vous emmener, dit-elle à Marguerite. D'abord parce que Mlle de Lenclos aime que des jeunes se mêlent à ses habitués qu'elle trouve trop âgés bien qu'elle soit leur doyenne. Ensuite parce qu'il est bien pour vous de connaître cette grande dame qui sut user de la galanterie dans des moments difficiles mais sans jamais s'asservir et en demeurant sa vie durant l'une des femmes les plus intelligentes et les plus savantes de son temps, les plus recherchées aussi. On attribue au duc d'Orléans ce mot : « Il n'y a point de plus honnête homme que Mlle de Lenclos. » Et Madame Palatine disait publiquement « qu'elle eût souhaité que son fils l'allât voir plus souvent ».

Ainsi, Marguerite découvrit à l'automne l'appartement de la rue des Tournelles où tant de gens célèbres, de Mme de La Fayette à la marquise de Sévigné, de M. de La Rochefoucauld à Saint-Évremond, avaient eu le bonheur de vivre des heures exquises. Mlle de Lenclos reçut la jeune fille toute rougissante avec sa grâce habituelle.

— Alors, dit-elle, la fille de notre fontainière nous arrive tout droit de chez les bonnes dames de Saint-Cyr ! Dites-vous bien, mon enfant, qu'il faut retenir dans un coin de votre jolie tête ce qu'elles vous ont appris mais qu'il faut maintenant remplir celle-ci des choses de la vie qu'elles vous ont cachées. Votre mère qui a tellement bien su remplir la sienne vous y aidera ! Pour ma part, à quatre-vingt-deux ans, je n'ai qu'un conseil à vous donner : c'est à votre âge qu'il faut commencer à bien choisir ses amis !

Marguerite-Marie eut une grande chance ce jour-là. À l'attrait d'un après-midi captivant s'ajouta celui d'assister à la première visite que rendait à Ninon un jeune garçon qui avait sollicité cette faveur de la manière la plus simple, par une lettre bien tournée.

Alors qu'on parlait de la guerre qui, de grandes défaites en petites victoires, menait doucement la France du Roi-Soleil au déclin, on introduisit M. Arouet.

M. Arouet devait avoir une douzaine d'années. Il était vêtu de noir comme il sied à un élève des jésuites mais avait eu l'élégance d'ajouter une jolie cravate blanche à son triste uniforme. Il fit à Mlle de Lenclos un compliment bien venu qui étonna dans la bouche d'un si jeune garçon. Tout le temps qu'il parla, elle l'examina avec une attention singulière, comme si elle devinait que cette frimousse à la fois sérieuse et ironique cachait une inspiration, une aisance, un tempérament exceptionnels.

Puis Ninon interrogea son visiteur. Elle ne lui posa pas les questions niaises qu'on destine généralement aux enfants mais s'enquit de ses lectures, de ses goûts pour la poésie, de l'estime qu'il portait à ceux qu'il admirait. Les réponses étaient à chaque fois si vives, si ingénieuses, si originales que l'assistance médusée écoutait l'étrange dialogue qu'échangeaient la vieille dame et le jeune prodige. La comtesse de Sandwich, une vieille amie de Ninon, M. Rémond, qu'on surnommait « le Grec » et qui l'agaçait par son érudition prétentieuse, l'abbé Gédoyn qu'elle admirait, Clémence et Marguerite demeuraient sans voix.

— Mon jeune ami, dit finalement Ninon, vos passions vous destinent à un avenir brillant. Je me ferai un plaisir de les fortifier par mes conseils, si vous le souhaitez. Vous avez réussi à m'étonner, ce qui est difficile à mon âge. Revenez me voir quand vous le voudrez[1].

*

La guerre se poursuivait donc et coûtait cher. Le ministère Chamillart, aux abois, avait essayé de payer les dettes de l'État en billets de monnaie, en billets de subsistance, mais cet argent de papier ne fut bien vite plus accepté et l'on fut réduit à continuer de souscrire des emprunts onéreux à l'étranger par l'entremise de banquiers, c'est-à-dire à consommer d'avance des années entières de revenus de la Couronne. L'État créa aussi de nouvelles charges parfaitement ridicules pour

1. Ninon de Lenclos porta jusqu'à sa mort, le 17 octobre 1706, une grande amitié à François Marie Arouet dont elle avait pressenti le génie, et lui légua par son testament une somme d'argent destinée à acheter des livres. M. de Voltaire ne devait pas l'oublier et appela toujours la dame des Tournelles sa « bienfaitrice ».

lesquelles on trouva facilement des acheteurs qui espéraient se mettre à l'abri de l'impôt de la taille. Furent inventées ainsi les dignités de « conseillers du roi rouleurs et courtiers de vin » qui produisirent cent quatre-vingt mille livres. Un peu plus tard celles de « « subdélégués des intendants des provinces », puis de « contrôleurs aux empilements des bois », de « barbiers-perruquiers », de « contrôleurs de beurre frais » et d'« essayeurs de beurre salé ». On en riait partout, à la Cour comme en ville, mais il fallait bien payer de temps en temps la subsistance des armées et, puisque les dupes se précipitaient, sans réfléchir que ces extravagances seraient supprimées dès que l'état des finances le permettrait, le ministère continuait d'inventer des charges de plus en plus saugrenues.

La situation militaire inquiétait plus Clémence que les questions économiques auxquelles elle ne comprenait pas grand-chose, sauf quand son fils lui écrivait que la solde de son régiment n'était plus payée depuis des mois.

Dans cette atmosphère délétère, les « Ombrelles », auxquelles se joignait maintenant souvent Marguerite-Marie, se morfondaient et il fallait toute l'énergie de Mme de Duras, esseulée depuis la mort du maréchal, pour les faire se réunir. Heureusement, après un hiver terrible, le printemps était au rendez-vous de Versailles et, si le beau temps n'effaçait pas toutes les misères, il faisait bon à l'ombre des bosquets où les « subtiles », comme on appelait aussi ces dames spirituelles, avaient repris leur habitudes.

Ce jour-là, elles devisaient en croquant des dragées que la présidente Ferrand avait apportées quand elles éprouvèrent un choc qui les émut si fortement qu'elles se levèrent dans un bel ensemble. Une dame élégante venait d'apparaître derrière l'enfilade des statues de l'allée royale et, bien qu'elle fût assez éloignée, on la voyait agiter son ombrelle en guise de salut.

— Mais c'est Marthe Marguerite ! s'écria la première Mme de La Mésangère.

C'était bien la comtesse de Caylus qui, après son éviction de la Cour, revenait parmi ses amies. De longues années d'exil ne l'avaient pas trop changée et, si quelques rides marquaient son beau visage, elle avait conservé sa silhouette déliée et ce port de tête qui en avaient fait longtemps l'une des plus belles femmes de la Cour.

Elle embrassa l'une après l'autre les « Ombrelles », demanda qui était la petite nouvelle si belle, si fraîche, fit force compliments à Clémence lorsqu'elle sut que c'était sa fille et s'installa en disant parmi les rires :

— Alors, mesdames, où en étions-nous lors de notre dernière réunion ?

Elle ne s'appesantit pas sur son absence et, comme le bruit avait circulé qu'elle avait mené à Paris une vie plutôt légère près du duc de Villeroi, personne ne lui posa de question. Elle dit seulement que le Roi lui avait permis de revenir à Versailles et qu'elle y avait retrouvé toute la protection de Mme la Duchesse et de Mme de Maintenon.

Mme de Caylus arrivait mais était déjà au courant de beaucoup de choses. Elle venait d'apprendre que les « saints » comme on appelait la coterie évangélique et puritaine réunie chez Mme de Maintenon autour du duc de Bourgogne, manipulé depuis Cambrai par son cher Fénelon, avaient réussi à convaincre le Roi qu'il était temps d'auréoler d'un prestige martial son petit-fils taciturne et dévot en lui donnant le commandement de l'armée des Flandres.

— Je ne suis pas sûre que ce soit un bon choix, dit Mme de Caylus. Le duc de Bourgogne a bien des qualités mais il est trop sensible et bien modeste pour affronter Eugène et Marlborough. Cela m'étonnerait qu'il puisse apporter au Roi la revanche tant attendue.

— Qui va l'aider dans cette tâche en effet bien lourde ? demanda Mme de Duras qui retrouvait des couleurs dès qu'il était question de bataille.

— Le gros Vendôme ! Le Roi l'a rappelé d'Italie et l'on se demande bien comment ce guerrier, adoré de ses soldats, populaire aux Halles mais cynique et brutal, va pouvoir cohabiter avec le duc de Bourgogne timide, chétif et mal préparé aux rigueurs de la guerre.

Mme de Duras approuva et Marguerite Marie posa des questions sur la valeur et l'importance des armées en présence, ce qui étonna les dames.

— Savez-vous, demanda-t-elle ingénument, si le régiment de cavalerie de M. de La Rochette va être engagé ?

Les « Ombrelles », interloquées, la regardèrent :

Avant qu'elles aient eu le temps de lui dire qu'elles n'en savaient rien, elle poursuivit pour cacher sa maladresse :

— C'est parce que mon frère sert sous ses ordres.

Clémence ne dit rien. Elle pensa seulement en soupirant que sa fille était décidément éprise et se promit de lui faire remontrance d'avoir posé une question aussi sotte.

*

Tandis que la campagne de Flandre se préparait et qu'on annonçait, ce qui était rassurant, que l'armée de la France comptait 80 000 hommes, qu'elle était supérieure en nombre à celle des Anglais et que les troupes du Prince Eugène étaient trop éloignées pour être redoutables, le beau temps ramenait un peu de sérénité à Versailles. Le Roi demeurait imperturbable et reprenait ses déplacements à Marly. Il choisissait ses invités avec le soin pointilleux habituel et la Cour redevenait attentive aux nouvelles de Flandre.

Les premières dépêches parvenues étaient bonnes : les Français avaient repris Bruges, Gand et Ypres. Prudent, le Roi n'avait pas ordonné de *Te Deum*. Il avait bien fait car la suite des événements se montra déplorable. Comme on s'y attendait, après ces faciles victoires, la mésintelligence ne tarda pas à croître entre Vendôme et le fils de France. Au lieu de poursuivre leur avantage, comme le voulait le duc, pendant que Marlborough espérait Eugène à Louvain, ils se divisèrent sur la tactique à utiliser et perdirent un mois en attendant que le roi tranche. Le temps pour le Prince Eugène d'opérer sa jonction avec les Anglais et, le 11 juillet, de battre les Français inorganisés à Audenarde, où la moitié de l'armée, inactive, regarda l'autre se battre « comme on regarde l'opéra des troisièmes loges[1] ».

Voilà ce qu'on se racontait à Versailles, sans savoir encore que le lendemain la retraite tournerait à la débâcle. Sur le champ de bataille, la querelle des chefs s'envenimait. Bourgogne écrivait à Mme de Maintenon pour se plaindre de Vendôme tandis que celui-ci répondait à un officier du duc qui attribuait la déroute au fait que le maréchal n'allait jamais à la messe : « Croyez-vous que Marlborough y aille plus souvent que moi ? »

Et l'hiver revint, plus terrible encore que le précédent. En décembre 1708 il gela tous les jours et, en janvier, toutes les eaux d'Europe, du Rhône à Venise, de l'embouchure du Tage au Rhin, furent prises par les glaces. Au début de février, on sut que les semailles de blé étaient gelées dans le sol. Mme de Maintenon, de plus en plus persuadée qu'une vengeance céleste était cause des malheurs qui frappaient le pays, demandait la paix à tout prix. Le Roi résistait aux assauts de son épouse et de la duchesse de Bourgogne qui pensait qu'une capitulation sauverait l'honneur de son mari revenu diminué de l'affaire d'Audenarde.

Ce dont le Roi souffrait le plus, c'était du déchaînement de fureur qui poussait le peuple malheureux à couvrir les murs de placards vengeurs contre son gouvernement et même contre sa personne. Aux portes de Paris, sur les murs des églises et sur ses statues, on retrouvait chaque matin des insultes et des menaces du style : « Il y a encore des Ravaillac ! » Des vers, des chansons couraient les rues où l'on récitait la litanie : « Notre père impie qui êtes à Versailles. » Au Roi qui lui demandait des nouvelles de Paris, le premier prési-

1. Michelet.

dent de Harlay répondait : « Les pauvres meurent mais les riches prennent leur place et deviennent pauvres. »

La paix pourtant était dans l'air. Le Roi envoyait un ambassadeur à La Haye ; Marlborough, voyant son étoile baisser dans le Royaume-Uni, se laisserait disait-on facilement corrompre. Mais les Alliés voulaient garder leurs conquêtes, et le Roi, s'il faisait mine de vouloir accepter des conditions de paix déshonorantes, n'était pas décidé à abandonner une partie de son territoire. À soixante et onze ans, le vieux lion était encore prêt à se battre, et Villars avec lui qui avait réussi durant toute cette période d'atermoiements à redonner de l'espoir à l'armée reconstituée par l'engagement de nombreux paysans poussés par la famine. Même à la Cour, même chez Mme de Maintenon on redevenait patriote et c'est une France réveillée qui apprit que Villars et de Boufflers avaient tenu en échec à Malplaquet la formidable armée de Marlborough.

— Le combat a été un carnage ! raconta Mme de Caylus à ses amies. Les Alliés ont eu paraît-il vingt-quatre mille morts, les Français douze mille. Nous n'y avons perdu que le champ de bataille. Loin d'être engloutie, notre armée a résisté et, les morts en moins, est repliée entre Le Quesnoy et Valenciennes.

— Tout de même, douze mille morts ! dit Clémence. Je pense à mon fils. Je vais vivre dans l'angoisse jusqu'à ce qu'il me donne de ses nouvelles...

— Villars a une jambe et un genou brisés, continua Mme de Caylus. Je ne sais quand on pourra le ramener à Versailles mais il y sera reçu en héros. D'ailleurs le Roi vient de le nommer duc et pair !

On apprit peu près que Marlborough, lâché par la Reine, n'avait pas bénéficié des mêmes témoignages de reconnaissance. Ainsi, après voir été au bord du gouffre, la France échappait provisoirement au démembrement et pouvait attendre plus sereinement la conclusion d'un traité.

Nicolas Noël de Rose revint sain et sauf de l'enfer. Il sourit à la première question que lui posa sa sœur :

— Et M. de La Rochette ? Est-il vivant ?

— Il l'était lorsque je l'ai vu pour la dernière fois. Blessé, il était soigné dans le même hôpital de campagne que le maréchal de Villars. Je pense que tu le reverras bientôt.

— Oh, tu sais, je te demandais cela sans arrière-pensées. Son sort ne m'intéresse pas plus que celui de n'importe quel soldat !

— Bien sûr ! dit sa mère. Vous m'avez toujours dit que cet homme vous déplaisait !

*

Clémence vécut ses jours les plus heureux depuis longtemps entre ses enfants retrouvés. Elle les emmena à Coye où Nicolas fut ravi de découvrir la Thève, une charmante petite rivière qui coulait derrière le château :

— J'aime beaucoup cette maison. Comptez-vous y vivre ? demanda-t-il à sa mère.

— Plus tard, peut-être, lorsque vous serez mariés. Je vais en tout cas rendre la seigneurie de l'oncle Rose habitable. Je suis bien aise qu'elle vous plaise, à votre sœur et à vous. Je peux rêver de voir un jour mes petits-enfants jouer sur les pelouses...

Elle emmena Nicolas à la Cour, le fit connaître à ses amies, et le jeune officier, comme tous les soldats qui avaient combattus dans l'armée de Villars, fut fêté, félicité et prié dans les plus nobles maisons. Il fut invité à Meudon chez Monseigneur, fit la conquête de la duchesse de Bourgogne qui tint à le présenter au Roi. Celui-ci, surpris d'apprendre qu'il s'agissait du fils de Clémence, lui fit mille amabilités :

— Je veux qu'à Versailles on vous fête en héros ! dit-il. Je ne manquerai pas de vous inscrire pour un prochain Marly. Dites à madame votre mère qu'elle a bien de la chance d'avoir un fils plein de vaillance et d'aussi bonnes manières.

Nicolas n'alla pas à Marly. Au bout de deux semaines d'une vie de plaisirs où il découvrit la Cour, ses personnages baroques, ses élégantes vieillissantes et ses habitudes déroutantes pour un jeune homme qui n'avait connu que l'école et la vie des camps, le capitaine de Rose fut rappelé en Flandre où l'armée de Villars, passée sous les ordres de Boufflers, gardait à distance les troupes alliées qui se remettaient de la boucherie de Malplaquet.

Clémence pleura en apprenant la nouvelle mais tout le monde la rassura en lui disant que Marlborough était en disgrâce, que les Anglais étaient prêts à signer la paix et que le Prince Eugène n'était plus en état d'imposer ses volontés. Tout cela était un peu vrai mais les gens au courant des affaires savaient que les choses ne se dérouleraient pas aussi facilement et que beaucoup d'hommes tomberaient encore des deux côtés avant qu'une vraie paix fût signée.

Après avoir échappé au pire, le Roi et la France semblaient pouvoir jouir d'un moment de répit mais les hommes d'Église reprirent leurs lamentables disputes. Derrière la théologie se cachaient naturellement des questions de personnes, des jalousies farouches qui dataient des propositions de Jansénius, un demi-siècle auparavant. Fénelon était obsédé par sa haine du jansénisme et ses griefs contre le cardinal de Noailles qu'il rendait responsable de sa semi-disgrâce. Pour les abattre, il fallait un ennemi acharné de l'un et de l'autre. La mort du père de La Chaise, le confesseur du Roi, permit de lui trouver un remplaçant qui exaucerait leurs vœux : le père Le Tellier, un jésuite farouche et impitoyable qui passait dans son ordre même pour une terreur[1].

Les calamités de l'hiver 1709 étaient un bon prétexte pour persuader le Roi qu'il fallait apaiser la colère

1. Saint-Simon a donné du père Le Tellier un portrait outré : « violent jusqu'à faire peur aux jésuites les plus sages, insolent, impudent, ne connaissant ni mesure, ni degrés, ni ménagements... »

divine en redoublant de fermeté au sujet de l'orthodoxie religieuse. Ainsi furent décidés, sur la ferme et menaçante insistance du père Le Tellier, l'enlèvement et la dispersion des religieuses de Port-Royal.

« On procéda à raser la maison, l'église et tous les bâtiments comme on fait des maisons des assassins de rois. On arracha les morts eux-mêmes du cimetière profané et on les jeta ailleurs, avec l'indécence qu'on peut imaginer[1]. »

La Cour qui ne s'intéressait guère habituellement aux querelles des chefs de l'Église était gênée par la brutalité d'une telle répression.

Les « Ombrelles » étaient dans ce cas. L'indocilité des religieuses de Port-Royal ne leur semblait pas justifier le réveil d'une affaire aussi ancienne et encore moins le sacrifice d'une communauté entière de vieilles femmes.

— Le Roi est âgé ! dit Marguerite Marie avec l'assurance de la jeunesse. Il s'est laissé persuader facilement que pour rendre propice le dieu des Armées et assurer son propre salut, il devait consentir à cette impitoyable persécution.

Les dames lui donnèrent raison mais lui conseillèrent de ne pas tenir n'importe où un tel discours. Pas à cause des victimes mais dire à Versailles que le Roi avait vieilli relevait de l'injure !

Dieu, d'ailleurs, ne sembla pas apaisé par cette cruelle dévotion... La saison nouvelle ne réparait pas les méfaits du froid. La famine continuait d'anéantir le pays. Des émeutes avaient éclaté à Dijon. Samuel Bernard, le banquier qui avait si longtemps réussi à couvrir les dépenses des campagnes, venait de faire banqueroute à Lyon et il lui fallait du temps pour rétablir son crédit à l'étranger. Les préliminaires de paix laborieusement négociés s'avéraient être finalement un ultimatum draconien et, comble de malheur, le Grand Conti que le Roi, malgré tous ses ressentiments, s'apprêtait à

1. Saint-Simon.

rappeler, était mort le 22 février 1709, suivi bientôt dans la tombe par M. le Duc, son beau-frère.

Seule note gaie dans cette accumulation de malheurs, la duchesse de Bourgogne mit au monde un garçon qui reçut le titre de duc d'Anjou et que de longues processions vinrent honorer dans son berceau. Qui aurait pu savoir que le nouveau-né dont les cris réveillaient Versailles régnerait un jour sous le nom de Louis XV ?

Il fallait une victoire pour rendre confiance aux Français. Vendôme la remporta à Villaviciosa où, bousculant les Alliés, il sauva le trône de Philippe V. Versailles apprécia, bien que l'attention de la Cour se portât alors sur la chapelle de Mansart qu'achevait son successeur Robert de Cotte. Un peu trop majestueuse peut-être vue de l'extérieur, elle était disait-on sublime à l'intérieur avec ses statues, sa voûte entièrement peinte, la tribune royale toute revêtue de sculptures.

Le 25 avril 1710, les doreurs achevaient leur travail, on posait les derniers cuivres ciselés lorsque le Roi dit, au sortir de la messe célébrée comme à l'accoutumée dans le château, qu'il désirait entrer dans la nouvelle chapelle et qu'il demandait musiciens et chanteurs pour voir l'effet qu'y ferait la musique. « C'est un simple essai, dit-il, nous attendrons la fin complète des travaux pour ouvrir le temple à la gloire du Père Éternel. »

Le 22 mai, véritable date de l'achèvement de la chapelle, le roi qui attendait ce moment depuis si longtemps la visita en détail, le haut comme le bas, avec beaucoup de soin, et y fit chanter un nouveau motet accompagné par les orgues. C'est au matin du 5 juin qu'eut lieu la bénédiction par le cardinal de Noailles et le 7, enfin ! le Roi y fit ses premières dévotions. Madame, Mme de Maintenon, la duchesse de Bourgogne étaient à ses côtés pour vivre ce grand moment de l'histoire de Versailles. L'après-midi, le Roi et sa suite abandonnèrent la tribune et se mirent en bas, dans le chœur, pour entendre vêpres. Le lendemain, jour de la

Pentecôte, le Roi conduisit la procession des chevaliers du Saint-Esprit et l'ancienne chapelle fut immédiatement abandonnée[1].

*

La mort de Boileau attrista profondément Clémence. On l'apprit à Versailles trois jours après. Le dernier protégé vivant de Fouquet, celui dont Louis XIV disait qu'il était son « inspecteur général du Parnasse », l'ultime compagnon des soupers du *Mouton blanc*, était mort chez lui, tranquillement, le 13 mars.

Marguerite Marie consola sa mère et lui proposa de faire un pèlerinage à Auteuil, d'aller prier sur la tombe du poète disparu et peut-être d'entrer une dernière fois dans sa maison si les domestiques étaient encore là :

— Je n'oublierai jamais le jour où vous m'avez emmenée chez M. Boileau. Après, j'ai lu ses ouvrages, *Le Lutrin* et la plupart de ses *Satires*...

— Vous avez raison, allons rendre un hommage affectueux au plus fidèle des amis. Demandez qu'on attelle pendant que j'essaie de retrouver un vers de circonstance qui m'avait semblé très beau.

Dans la bibliothèque, elle feuilleta différents volumes des *Satires* et finit par trouver ce qu'elle cherchait. Elle appela Marguerite :

— C'est dans la *VIIIᵉ Satire*. Il paraît banal. Moi je dis qu'on devrait le graver sur son tombeau. Qu'en pensez-vous ?

Marguerite lut :

« Que faire ? Il faut partir : les matelots sont prêts. »

— C'est étrange, continua Clémence. Lui qui n'avait navigué que sur le Grand Canal pensait aux chants des matelots pour quitter ce monde !

1. La nouvelle chapelle restera en état jusqu'à la mort du Roi. Le salon d'Hercule, dont la construction était prévue dans les dépenses de Versailles dès 1712, ne sera entrepris que sous le règne de Louis XV.

Lorsqu'elles arrivèrent, la maison était fermée. Elles ne purent que faire le tour du jardin sans âme où le friquet s'était tu en même temps que le poète. Clémence essuya une larme puis elles s'arrêtèrent au cimetière où la terre était encore fraîche à l'endroit marqué par une simple croix de bois.

Après s'être recueillie, Clémence dit :

— Je sais que plusieurs sculpteurs ont fait un buste de Boileau. Je vais en parler à Mme de Lambert, il faut que notre ami repose dans un tombeau digne de son génie.

*

Monseigneur jouait au Conseil un rôle de plus en plus important. Il parlait en dauphin et le Roi en semblait satisfait depuis le jour où il lui avait tenu tête alors qu'il s'apprêtait à suivre l'avis du duc de Beauvillier et à se ranger au côté des partisans de la capitulation. Les ministres n'étaient pas près d'oublier sa colère ni le ton sur lequel il leur avait dit qu'il serait un jour leur maître et qu'ils devraient lui en rendre compte s'ils conseillaient au Roi une paix déshonorante.

Cette séance était demeurée secrète mais les quelques bruits qui avaient filtré valaient au dauphin le respect des puissants. L'annonce de sa maladie en fut davantage ressentie.

Au lendemain des fêtes de Pâques de 1711, il s'était levé pour aller courre le loup mais avait été pris d'une faiblesse en s'habillant. Tombé de sa chaise, il avait été mis au lit et Fagon, appelé aussitôt, ne parut pas inquiet de l'état irrégulier de son pouls. Il donna des nouvelles rassurantes au Roi qui s'alla promener après son dîner dans les jardins de Marly. Il eut jusqu'au soir des nouvelles de Meudon par le duc et la duchesse de Bourgogne qui s'y trouvaient et ne quittaient pas une seconde le chevet de Monseigneur dont l'état s'aggravait et n'excluait pas un soupçon de petite vérole, maladie qu'il n'avait jamais eue.

Lorsqu'il apprit le lendemain matin par ses enfants le grand péril où se trouvait Monseigneur, le Roi annonça qu'il se rendait à Meudon et qu'il y demeurerait durant toute la maladie de son fils. En partant, il interdit à la famille et à quiconque qui n'avait pas eu la maladie d'y aller. Le Roi borna son service aux ministres avec lesquels il devait travailler mais quelques dames l'avaient précédé qui étaient particulièrement attachées au prince : Mme la Duchesse, Mme la princesse de Conti, Mlle de Melun. Bientôt se joignirent à elles Mlle Choin revenue en grâce et Mme de Maintenon. À toutes, le Roi ordonna de ne pas pénétrer dans la chambre de Monseigneur.

Une fois encore les « Ombrelles » furent tenues au courant de la maladie de Monseigneur par Mme de Caylus.

— La petite vérole est déclarée, leur dit-elle. Je le sais de Mme de Maintenon qui est venue ce matin à Versailles et a dîné chez moi avant de retourner à Meudon où elle vit retirée dans sa chambre avec Mme de Dangeau pour seule compagnie. Elle dit qu'il vaut mieux savoir la nature du mal. Monseigneur est soigné et Fagon est rassurant.

On crut le Grand Dauphin sauvé ; il mourut le 14 avril au soir après une invraisemblable course aux nouvelles entre Meudon et Versailles. Dans l'après-dîner, avant le conseil des dépêches, le Roi s'était rendu au chevet de son fils et avait été frappé par l'extrême enflure de son visage. Vers quatre heures, Monseigneur se trouva plus mal... Personne ne doutait maintenant de la gravité de son état. Pourtant, Fagon refusait qu'on appelât d'autres médecins de Paris. Beaucoup pensaient qu'il savait à quoi s'en tenir mais qu'il voulait garder le secret... C'était sans doute vrai puisqu'on laissa le Roi souper tranquillement tandis qu'on gavait le malade de remèdes sans obtenir le moindre effet. Sa Majesté faillit tomber à la renverse quand, en sortant de table, Fagon vint lui annoncer que tout semblait perdu.

L'agonie dura presque une heure durant laquelle le Roi ne quitta pas la chambre. Et le moment arriva qui faisait passer de la plus rassurante situation à la fatale extrémité... Le désespoir du Roi fut immense et les membres de la famille royale effondrés unirent dans les larmes leur commune douleur. Mais la maladie maudite faisait peur. Une heure plus tard, Meudon se vida en un clin d'œil. Du Roi au dernier des courtisans on courut aux carrosses, laissant le corps infecté de Monseigneur à la garde de quelques domestiques et capucins de Meudon, sans cierges ni tentures. Il fut enseveli au matin par les ouvriers plombiers qui avaient apporté le cercueil.

Monseigneur était mort mardi vers minuit. Dès le jeudi soir son corps qui faisait craindre la contagion fut transporté à Saint-Denis dans un carrosse du Roi sans ornements funéraires ; on avait seulement enlevé la glace du devant pour laisser passer l'extrémité du cercueil. Dans d'autres carrosses avaient pris place le duc de La Trémoille, M. de Metz, premier aumônier, l'abbé de Brancas. Suivaient des valets de pied et une vingtaine de pages du Roi portant des flambeaux. Le cortège d'une simplicité extrême partit de Meudon vers sept heures, passa par le pont de Sèvres, traversa le bois de Boulogne et gagna Saint-Denis par la plaine de Saint-Ouen. Tout de suite, sans autre cérémonie, le corps fut descendu dans le caveau royal. Ainsi quitta le monde ce prince aimé des soldats et des pauvres, ce dauphin qui avait vécu un demi-siècle au bord du trône sans avoir connu, sauf peut-être à la fin de sa vie, l'espoir de succéder au Soleil.

*

Heureusement, la vie du royaume était aussi faite de surprises agréables... L'expédition de Duguay-Trouin, encore un Malouin qui s'était illustré jadis contre les Barbaresques, était certes la plus belle dont pouvait rêver le Roi malheureux. Parti le 9 juin de La Rochelle avec sa modeste flotte de sept vaisseaux, Duguay-Trouin avait jeté l'ancre le 12 septembre dans la baie de Rio de Janeiro après avoir échappé à deux escadres anglaises. Qu'allait faire si loin de sa Bretagne ce capitaine courageux ? Chercher simplement des fonds pour payer la prochaine campagne. Sur la route du retour, les Français s'étaient appliqués à détruire quatre vaisseaux de ligne, deux frégates et soixante navires marchands. Ils laissaient eux-mêmes deux vaisseaux au fond de l'océan mais sauvaient un énorme butin : deux mille six cents livres d'or qu'ils débarquaient à Brest le 6 février suivant[1].

Ce coup d'étrave dans le travers de Sa Majesté la reine Anne impressionna-t-il les Anglais ? Ceux-ci se montrèrent plus conciliants au cours de discussions ouvertes le 8 octobre 1711 sous le nom de « Préliminaires de Londres ». Préliminaires, le mot disait bien ce qu'il voulait dire. Il rendait cependant plus crédible la réunion d'un prochain congrès de la paix.

Cela était bon pour la France et pour le Roi qui aurait eu toutes raisons de se réjouir si la fatalité ne s'était acharnée contre sa famille. Ses espoirs et ceux de la France reposaient maintenant sur le duc et la duchesse de Bourgogne devenus dauphin et dauphine.

— Avec eux, la dynastie est bien assurée ! commenta Mme de Lambert lors de sa réunion hebdomadaire.

— Fénelon doit être content ! ajouta Fontenelle qui n'aimait pas l'auteur du *Télémaque*. Il doit déjà se voir comme le conseiller écouté d'un roi qu'il a formé à son image et à qui il n'a cessé de prodiguer ses conseils. Reste à savoir si M. de Cambrai est le génie politique qu'il prétend être.

— Monsieur de Fontenelle, vous êtes injuste et malveillant, rétorqua la maîtresse de maison. Fénelon est venu souvent ici nous enrichir de sa conversation et il continue de m'honorer de sa correspondance.

---

1. Sans compter l'énorme cargaison de deux navires rentrés plus tard après un détour dans les mers du Sud.

— Pardonnez-moi, madame. Il est vrai que Fénelon est à l'origine d'un système réformiste intéressant et je souhaite que son élève montre en l'appliquant qu'il ne s'agit pas d'un mythe.

On en resta là. Clémence dit tout le bien qu'elle pensait de la Dauphine. Mme de Duras rappela que feu le maréchal – elle citait son mari à tout bout de champ – avait toujours dit que le duc de Bourgogne ferait un bon roi.

Et c'est le lendemain de cet après-midi où l'on avait fait entre gens de pensée l'éloge du couple princier qu'éclata la nouvelle : la Dauphine, qui souffrait depuis quelque temps du désordre de ses dents, un mal auquel elle était habituée, était prise de fièvre et torturée par une douleur au-dessous de la tempe.

— Le mal a résisté au tabac à fumer et à mâcher, à quantité d'opium et à deux saignées, dit à ses amies Mme de Caylus qui, rentrée en grâce, ne quittait plus sa tante Mme de Maintenon. On a tout de suite pensé au pire : la petite vérole qui venait d'emporter le Grand Dauphin. Des taches rouges en quantité sur le visage ont fait croire qu'il s'agissait de la rougeole mais cette espérance s'est vite évanouie.

— La Dauphine est-elle vraiment en danger ? demanda Clémence.

— Personne n'ose le dire. Moi je la crois perdue.

— Mais c'est épouvantable, elle n'a que vingt-six ans ! s'écrièrent en même temps Mme de La Mésangère et la présidente Ferrand.

— Comment réagit le Roi à cette nouvelle épreuve ? demanda Clémence.

— Il va et vient entre son cabinet et la chambre de la Dauphine. Le Roi, vous le savez, se fait un devoir de dissimuler ses émotions mais il ne peut empêcher que l'on s'aperçoive, à ses yeux rouges, qu'il a pleuré. Voilà ce que je sais. Soyez demain à l'après-dîner dans la cour de Marbre. Je vous donnerai les nouvelles de la nuit.

Les nouvelles, Mme de Caylus n'eut pas à s'en faire l'écho. Au matin tout le monde savait à Versailles que la nuit avait été cruelle et que le Roi avait quitté la chambre de la Dauphine quelques instants avant qu'elle expirât. Il n'avait pas eu la force d'entrer chez le Dauphin et était monté en carrosse au pied du grand escalier avec Mme de Maintenon et Mme de Caylus pour se rendre à Marly. « C'est là qu'il cache le mieux sa douleur ! » dit Mme de Duras qui avait rejoint Clémence et Marguerite Marie. La jeune fille murmura dans un sanglot :

— Elle était jeune, gaie, aimable en tout. Et elle a été bonne avec moi qu'elle ne connaissait pas et qui étais si loin de sa condition !

— Je vais vous confier une impression qui va vous horrifier, dit Mme de Duras. Je crois vraiment que la douleur du Roi, après la mort de sa petite duchesse, est la seule véritable qu'il ait jamais eue ! Sans elle, la vie de Versailles va changer. Elle en était l'âme et elle en remplissait tous les lieux. La Cour maintenant va se languir...

*

Qui aurait pu croire que la mort n'avait pas fini de faucher le champ de lys de la Couronne ? Il ne fallut pas longtemps pour comprendre que le pire n'a pas de limites.

On attribua à l'extrême douleur de son deuil le changement que chacun constatait du visage du Dauphin. Son regard fixe, presque farouche, semblait absent, des taches rougeâtres commençaient à envahir ses joues et son front. Le Roi, qu'il avait été voir à son réveil, fut effrayé et demanda aux médecins d'examiner son pouls. Ils se concertèrent et lui conseillèrent d'aller immédiatement se coucher.

On était samedi, la Dauphine était morte depuis quarante-huit heures, le Dauphin était en péril.

Contre toute attente, la liste pour Marly se fit et les admis avertis. Clémence, à son grand étonnement, apprit qu'elle y figurait. Elle sut très vite par un courrier que c'était grâce à Mme de Duras qui ne voulait pas y aller seule et avait obtenu la permission d'amener une dame d'honneur. L'idée d'approcher la famille royale en de si tragiques circonstances n'enchantait pas Clémence mais son amie la décida en disant qu'il s'agissait d'un service car elle était contrainte de répondre à l'invitation du Roi.

Elles arrivèrent le lendemain en même temps que le duc et la duchesse de Chevreuse et furent logées dans le second pavillon, du côté du village de Marly, où elles rencontrèrent le duc et la duchesse de Saint-Simon auxquels Mme de Duras présenta Clémence :

— La comtesse de Pérelle, qui est la nièce du président Toussaint Rose, est l'une de mes plus chères amies.

Le duc la regarda avec insistance, comme curieux de découvrir quelqu'un dont il avait entendu parler. Mme de Saint-Simon, très simple, lui fit maints compliments et lui demanda si elle n'était pas amie de Mme de Caylus.

— J'y suis, dit le duc. Vous faites partie de ce groupe de dames qui s'appellent entre elles les « Ombrelles » et qui suscite bien des interrogations à la Cour. Je voudrais, madame, être de l'autre sexe pour pouvoir participer à vos réunions.

— Mon cher neveu, dit Mme de Duras, il faudrait encore que l'on vous juge digne d'entrer dans notre cercle.

On sourit et Marguerite de Duras expliqua à Clémence que Mme de Saint-Simon, fille du maréchal de Lorges, était la nièce de son mari. Puis, naturellement, on parla des circonstances tragiques qui marquaient ce Marly insolite et Mme de Saint-Simon, fort au courant de la situation puisqu'elle venait d'être désignée dame d'honneur de la jeune duchesse de Berry, annonça que les jours prochains seraient bien sombres si un miracle ne se produisait pas.

Quand elles eurent gagné leur appartement, Mme de Duras confia à Clémence qu'elle n'avait guère d'affinités avec le duc, personnage intelligent et curieux mais de caractère difficile. « Il paraît, dit-elle, qu'il écrit tout ce qui se passe à la Cour, qu'il prend en note les grands événements afin de rédiger plus tard ses mémoires. »

Il régnait une atmosphère curieuse, sans rapport avec l'ambiance habituelle de Marly pleine de gaieté et d'entrain. La maison, en deuil des disparus de la veille, semblait l'être déjà pour ceux du lendemain. Les invités se retrouvaient dans le jardin ou dans le salon réservé aux repas. Personne n'avait envie d'entrer dans le grand salon ni dans les antichambres des appartements de la famille royale, de peur d'y croiser un visage en pleurs ou un regard de détresse. Les nouvelles pourtant circulaient : on savait que le Roi avait passé une cruelle nuit, qu'il avait mal à la tête et avait été voir le Dauphin dont la fièvre avait encore augmenté. Le Dauphin ne voyait que ses menins, son frère le duc de Berry, son confesseur, le duc de Chevreuse et, rarement, Mme de Maintenon. Il passait son temps en prières et à écouter de saintes lectures.

Le lendemain mercredi, le mal avait empiré. Mme de Duras et Clémence l'apprirent par Mme de Saint-Simon à qui l'apothicaire du Roi, Boulduc, ne cachait rien : tous les symptômes du mal qui avait emporté la Dauphine se retrouvaient chez son mari. Le soir, fort tard, Mme de Caylus, qui ne quittait pas la famille royale, vint dire à ses amies que le Dauphin avait envoyé demander au Roi la permission de communier le lendemain, sans assistance, à la messe qu'on disait dans sa chambre.

Au matin, les invités de Marly eurent l'impression qu'un voile noir venait d'être tiré sur les jardins. Une heure plus tard le duc de Chevreuse arrivait en pleurs annoncer que le Dauphin s'était éteint à huit heures et demie, après avoir reçu l'extrême-onction.

— Allons-nous demeurer longtemps à errer comme des âmes en peine dans cette maison des plaisirs devenue château des misères ? demanda Clémence à Mme de Duras.

— Faites-moi la grâce, mon amie, de rester encore une journée ou deux. Le Roi nous a invités parce que, même s'il ne voit personne, il faut du monde autour de lui. Il ne voulait pas que le deuxième dauphin mourût dans un palais vide.

On ne parla plus que pour faire l'éloge des disparus. Monseigneur, entendait-on, aurait sûrement fait un bon roi. Quant au duc de Bourgogne, dauphin seulement dix mois, M. de Saint-Simon parlait avec conviction de son profond recueillement, de son invincible patience, de sa douceur, de sa bonté et disait que Dieu avait montré à la France un prince qu'elle ne méritait pas.

Clémence put enfin retrouver sa fille qui lui posa mille questions sur le drame qu'elle venait de vivre. Puis les obsèques mirent Versailles en émoi. Celles de Monseigneur avaient été escamotées. Cela avait choqué et l'on se demandait quelles cérémonies seraient réservées à ses enfants.

Le corps de la Dauphine fut laissé dans son lit, le visage découvert jusqu'au soir du samedi 13 où, devant toute la faculté présente, on l'ouvrit avant d'exposer la bière sur une estrade installée dans son cabinet. Bientôt, le corps du Dauphin, reconduit de Marly, reposa à côté de celui de son épouse tandis que leurs deux cœurs étaient portés en grande pompe au Val-de-Grâce.

Enfin, le mardi 23 février, les deux cercueils prirent le chemin de Saint-Denis portés dans le même chariot. Un voyage éprouvant qui commença vers six heures du soir et se termina à huit heures du matin. Le Roi avait lui-même désigné les accompagnateurs : Mme la Duchesse, Mme de Lude, le duc d'Orléans, le duc d'Aumont...

Le samedi 27, le Roi quitta Marly pour revenir à Versailles. La veille, il avait mandé à la duchesse de Ventadour, gouvernante des fils de France, qu'il voulait que le duc de Bretagne prît le nom et le rang de dauphin. Un dauphin de cinq ans !

Pourtant, la France continuait... Le vieux roi reprenait les affaires, tenait conseil des finances, allait tirer après le dîner pour respirer et travaillait le soir avec les ministres chez Mme de Maintenon.

— La colère de Dieu est-elle passée ? demanda Clémence à Mme de Caylus rencontrée devant la « chapelle blanche » comme on appelait la dernière œuvre monumentale du Roi.

— Taisez-vous : on craint un nouveau malheur. Pourquoi Dieu s'acharne-t-il à faire disparaître, un à un, les descendants du Roi ?

— Vous ne voulez pas dire que le duc de Bretagne...

— Si. Les deux fils de France, malades depuis quelques jours, portent aujourd'hui les marques de rougeole qui avaient paru sur leurs parents.

— Ce n'est pas possible ! Quelle malédiction !

— Oui, c'est affreux. Le Roi a prié Mme de Ventadour de faire redoubler leur baptême, ils ont été ondoyés à leur naissance, et de les nommer Louis tous les deux.

Le lendemain, on vit les médecins de Paris arriver au Palais. C'était de mauvais augure. Ils ne firent pas mieux que leurs confrères de la Cour et leurs saignées eurent raison un peu plus tôt de la vie du petit Dauphin. Grand pour son âge, fort, l'esprit délié, l'enfant donnait de grandes espérances.

Son petit frère, le duc d'Anjou, tétait encore et la duchesse de Ventadour décida de le soustraire aux saignées et aux remèdes. Aidée par les femmes de chambre, elle emporta le nourrisson en lieu sûr. Elle savait que son amie, la comtesse de Verue, avait été empoisonnée à Turin et que, prête à succomber, elle avait été sauvée par un contrepoison dont elle avait rapporté un flacon. Mme de Ventadour dépêcha chez elle une femme de confiance et donna l'élixir italien au petit duc d'Anjou qui fut très mal mais qui échappa à la mort[1].

1. L'histoire est contée par Saint-Simon. On sait que le duc d'Anjou, quatrième dauphin, deviendra Louis XV.

Madame Palatine, la veuve de Monsieur, frère du Roi, faisait comme chaque matin sa promenade dans le parc, seule création de Versailles qui trouvait grâce à ses yeux mais, au lieu de marcher comme à l'habitude de son pas de grenadier sans se préoccuper des gens qu'elle croisait, elle s'arrêta auprès de la marquise de La Mésangère qui bavardait avec Clémence.

— Peut-on encore dire bonjour aujourd'hui ? demanda-t-elle. Espérons simplement, mesdames, que cette journée ne sera marquée d'aucune infortune.

Les deux « Ombrelles » esquissaient une révérence mais Madame continuait :

— Je viens de la chapelle et je suis encore bouleversée. Pendant la messe, le petit chien de M. le Dauphin est entré et s'est mis à chercher son maître à l'endroit où il l'avait vu s'agenouiller pour la dernière fois.

— Quel malheur ! dit Mme de La Mésangère qui demanda comment se portait le Roi.

— Oh ! Le soir dans son cabinet on parle beaucoup des affaires passées mais on ne dit pas un mot du présent, ni de la guerre, ni de la paix. Surtout chacun fait attention à ne pas parler non plus des trois Dauphins et de la Dauphine de peur d'y faire songer le Roi. Dès qu'il fait allusion au drame, je parle vite d'autre chose et je fais comme si je n'avais pas entendu.

Comment le Roi aurait-il pu ne pas méditer sur les épreuves qu'il devait surmonter depuis un an ? Il y voyait la main de la providence et disait au maréchal de Villars en lui confiant la dernière grande armée que la France pouvait opposer au Prince Eugène redevenu agressif :

— Dieu me punit, je l'ai mérité. Mais suspendons nos douleurs sur les malheurs domestiques et voyons ce qui peut se faire pour prévenir ceux de l'État [1].

---

1. *Villars d'après sa correspondance*, par Eugène Melchior de Vogüé. Cité par François Bluche dans son *Louis XIV*.

La seule chose qui pouvait se faire était de battre l'armée du Prince Eugène, dont l'ambition était de marcher sur Paris et d'aller à Versailles forcer le vieux Roi à accepter une paix infamante. Et c'est ce qui se produisit le 24 juillet à Denain. Bien aidé par Montesquiou, Villars défit Eugène, anéantit près de cinquante bataillons ennemis et s'empara en deux semaines de toutes les places de Flandre perdues depuis Malplaquet. La France était sauvée d'une invasion après une courte campagne qui n'avait coûté que cinq cents tués et mille blessés.

Versailles reprit des couleurs à l'annonce de cette victoire inespérée, seule bonne nouvelle depuis longtemps. Le Roi qui avait tant pleuré de douleur pleura cette fois de bonheur. Après avoir frôlé l'un des pires désastres de l'Histoire, le Roi redevenu Soleil sauvait son royaume et sa gloire.

Seule de ses amies, Clémence avait du mal à partager la joie de la Cour. Denain était certes une grande et belle victoire. Cinq cents morts, ce n'était pas grand-chose en comparaison des boucheries d'Höchstädt et de Malplaquet. Oui, mais son fils Nicolas, elle le savait par sa dernière lettre, était à Landrecies où l'on s'était battu à la baïonnette ! Et elle n'en avait pas de nouvelles depuis la fin des combats. Marguerite Marie essayait de la conforter mais elle aussi tremblait, sans le dire, pour ce beau colonel surgi un jour des secrets de jeunesse de sa mère. C'est lui qui, le front orné d'une belle cicatrice, frappa un jour à la porte de l'appartement de l'aile des ministres. Clémence était à Paris et ne devait rentrer que le soir. Marguerite lui ouvrit et faillit crier de surprise.

— Entrez, monsieur, finit-elle par dire. Ma mère est absente mais je vais essayer de la remplacer...

C'était un peu bête et il sourit :

— Profitons-en pour faire connaissance. C'est à peine si je vous ai entrevue le jour où je suis venu entretenir madame votre mère d'une histoire bien étrange. Peut-être vous en a-t-elle parlé ?

— Oui, un peu. Il paraît que vous ressemblez d'une manière stupéfiante à son premier époux, le comte capitaine de Pérelle ?

— C'est ce qu'elle m'a dit. Mais parlez-moi de vous. Je ne vous ai pas oubliée depuis l'instant où nos regards se sont croisés. Vous sortiez alors de la maison de Saint-Cyr. Qu'avez-vous fait durant le temps où, moi, je guerroyais contre Eugène ou Marlborough ?

Elle chercha une réponse qui lui permît de ne plus passer pour une petite fille sage un peu niaise aux yeux de M. de La Rochette :

— Oh ! j'ai fréquenté la Cour, j'ai fait la connaissance de gens importants. J'ai même passé une nuit dans le château du prince de Condé !

— À Chantilly ?

— Oui, nous allions avec Mme de Duras visiter le château de Coye dont nous avons hérité à la mort du président Rose qui était aussi marquis de Coye depuis que le Roi avait élevé sa gentilhommière.

Le colonel s'amusait. Il voyait le manège de la jeune fille soucieuse de paraître et de mettre en valeur sa famille. En même temps il la regardait avec attention et retrouvait sur son visage, dans ses manières gracieuses, dans son buste prometteur et dans ses mains d'une exquise finesse la jeune beauté, affirmée, que la vie des camps et les combats ne lui avaient pas fait oublier.

Soudain, Marguerite Marie se mordit les lèvres, honteuse de n'avoir pas demandé des nouvelles de son frère. Elle le fit habilement :

— Je pense, monsieur, que le lieutenant de Rose se porte bien, sans cela, vous m'auriez déjà fait part...

— Oui, le capitaine va bien maintenant. Il a été blessé sans trop de gravité à une jambe lors du siège de Fribourg et ne devrait pas tarder à revenir puisque les hostilités sont suspendues et que Villars traite en ce moment de la paix avec Eugène au château de Rastadt.

— Vous voulez dire que mon frère est maintenant capitaine et que la guerre est finie ?

— Oui. Sans l'Angleterre, l'Empereur sait qu'il ne peut continuer.

— Monsieur, vous n'apportez que de bonnes nouvelles... Si je ne me retenais pas, je vous embrasserais.

Elle n'en fit rien. D'ailleurs, Clémence entrait, tout éberluée de trouver sa fille en compagnie du colonel de La Rochette. Celui-ci se leva et se confondit en excuses pour n'avoir pas annoncé sa visite.

— M. de La Rochette n'en a pas eu le temps, car il arrive de l'armée, interrompit Marguerite Marie.

Clémence, déjà fâchée d'avoir trouvé sa fille en tête à tête avec le colonel et troublée de se retrouver en face du sosie de son mari, répondit avec quelque aigreur :

— Ma fille, le colonel n'a nul besoin de votre aide pour expliquer sa visite impromptue. Il en a d'ailleurs l'habitude car, si j'ai bonne mémoire, il n'avait déjà pas prévenu lorsqu'il a fait irruption dans notre vie l'année passée.

Rouge de confusion, La Rochette demanda pardon en balbutiant, Marguerite Marie pleura et Clémence coupa court à cette scène qu'elle regrettait d'avoir suscitée :

— Excusez mon emportement, monsieur, et, s'il vous plaît, donnez-moi des nouvelles de mon fils.

— Le capitaine va bien ! s'écria Marguerite Marie.

— Le capitaine ?

— Oui, madame, votre fils a fait une fort belle campagne et il a gagné le grade de capitaine. Il a été légèrement blessé mais il est maintenant remis et, comme je le disais à mademoiselle, il ne devrait pas tarder à rentrer.

Là, Clémence ne put retenir ses larmes et serra contre elle sa fille qui pleurait aussi. Près d'elles toutes menues, M. de La Rochette, immense dans ses bottes et son justaucorps galonné, tournait et retournait son chapeau à plumes. La fontainière jugea le moment opportun pour tirer le rideau :

— Je crois que nous sommes tous trois assez ridicules. Pouvons-nous, monsieur, vous retenir à souper ? Mais au fait, où logez-vous ?

— À *L'Auberge des Trois Marches*.

— Vous pourrez, si vous le souhaitez, vous installer demain dans notre maison de famille. Celle des Francini dont trois générations ont fait jaillir des fontaines dans tous les jardins de France. Elle est inhabitée depuis que ma mère est morte mais je ne me résous pas à la vendre.

La Rochette remercia, dit qu'il acceptait l'hospitalité qu'on lui offrait, et Clémence ajouta :

— Un valet garde la maison. Il s'occupera de vous. Et demain, si vous le voulez, nous pourrons faire une promenade à la Cour.

— Je suis un soldat sauvage, je n'y connais personne.

— Moi pas grand monde mais tous les gens intéressants. Ils ne sont pas si nombreux !

Quand le colonel fut parti, après le souper, Clémence pria sa fille de venir auprès d'elle :

— Que vous a dit M. de La Rochette avant mon arrivée ?

— Oh ! Rien d'extraordinaire. Il m'a parlé de la guerre, de l'horreur que lui ont inspirée certains combats. Il m'a aussi posé des questions, sur vous, sur la famille...

— Et pas sur vous ?

— Si, naturellement. Mais M. de La Rochette n'est pas indiscret. C'est un vrai gentilhomme.

— Et vous, qu'en pensez-vous ?

— Je vous l'ai dit, c'est un vrai gentilhomme.

— La Cour est peuplée de vrais gentilshommes qui sont de fieffés coureurs de jupons.

— Ce n'est pas le cas du colonel qui a été d'une correction parfaite avec moi.

Clémence ne tutoyait ses enfants que dans les moments de tendresse. Elle attira Marguerite Marie contre elle :

— Ma chérie, je vais te poser une question un peu embarrassante pour toi comme pour moi : as-tu une inclination pour M. de La Rochette ? Ton attitude, tes réactions semblent me le prouver et je veux te mettre en garde : tu ne sais rien de la vie, tu es à l'âge où les chagrins d'amour sont douloureux pour les cœurs tendres. Et je ne veux pas te voir malheureuse. Alors, ne rêve pas trop avant de savoir si le colonel est attiré par toi et si l'idée de t'épouser effleure sa pensée.

— Maman, ce sont toutes les questions que je me pose. Il est vrai que le colonel ne me laisse pas de marbre mais est-ce que je l'aime ?

— S'il demandait ta main, accepterais-tu de devenir sa femme ?

— Oui, sans doute...

— Essaie d'en être sûre. Pour l'instant apprenons à le mieux connaître. En dehors du fait qu'il est le fils de mon mari et qu'il lui ressemble comme deux gouttes d'eau, nous ne savons pas grand-chose de lui.

— Pourquoi riez-vous, maman ? demanda Marguerite Marie.

— Je pense à la tête que va faire Mme de Duras quand elle le verra à mes côtés cet après-midi.

*

Après tous les malheurs qui l'avaient accablé, le Roi semblait avoir retrouvé un peu de plaisir à vivre. En chariot ou dans sa calèche qu'il aimait conduire lui-même, il se promenait dans ses jardins de Versailles ou de Marly. Il ne montait plus mais n'avait pas abandonné la chasse, sa distraction préférée. Il visait lapins et canards avec la précision de sa jeunesse et guettait dans le regard d'Anthoine, l'officier de sa chambre chargé des armes, un signe d'approbation lorsqu'il lui rendait son arquebuse fumante. À soixante-douze ans, Louis XIV découvrait les douceurs de la paix !

Cette paix générale qu'on négociait à Utrecht et dont on savait qu'elle laisserait, presque par miracle, la France plus grande qu'elle ne l'était en 1643, il fallait s'y habituer, comme on s'était habitué à la guerre. Peu à peu, les nobles qui avaient servi le Roi jusqu'au bout revenaient à la Cour et, désenchantés, traînaient leur carcasse dans les jardins et les salons. Clémence, en les voyant, imaginait Jean de Pérelle vieilli. Peut-être aurait-il, s'il avait vécu, terminé la guerre maréchal ! Au lieu de cela, elle avait sous les yeux son image exacte à trente ans qui se promenait un peu plus loin autour des colonnes de marbre rouge, blanc et bleu turquin de Deschamps en compagnie de sa fille qui ne le quittait pas des yeux et buvait ses paroles. Mme de Duras l'enleva à ses pensées. Elle avait, dit-elle, des nouvelles d'Utrecht. Elle commençait à raconter qu'on allait être contraints d'abandonner Terre-Neuve et l'Acadie mais qu'on gardait l'Artois, la Flandre wallonne avec Lille, la Lorraine des Trois Évêchés, Sarrelouis... quand elle s'interrompit :

— Ai-je la berlue ? bégaya-t-elle. Qui marche là-bas avec votre fille ?

Clémence éclata de rire.

— Je m'attendais à votre étonnement. Croyez que le mien fut plus grand lorsque je me suis retrouvé face à Jean de Pérelle à l'âge où vous avez aidé à notre mariage !

— Mais qui est-ce ?

— Son fils tout simplement ! Je vous raconterai cette histoire insensée dans le détail mais avouez qu'il y a de quoi être stupéfié ! Je vais vous présenter le marquis de La Rochette, colonel de cavalerie.

— Et Marguerite ? Ma filleule semble bien s'entendre avec... Ce ne peut être son frère !

— Non, et je ne serais pas étonnée qu'ils se marient. La situation m'a d'abord émue mais, maintenant, elle m'amuse plutôt.

— Clémence, vous êtes une cachottière ! Pourquoi ne m'avez-vous jamais parlé de l'existence de ce revenant ?

— Parce que je n'en étais moi-même pas avertie. Le revenant, comme vous dites, n'est arrivé qu'hier.

— Et vous parlez déjà de mariage ? Vous, ma petite, vous me dissimulez des choses !

— Rassurez-vous, chère Marguerite. Vous saurez tout !

Clémence appela les tourtereaux et présenta le colonel. En entendant le nom de la duchesse de Duras, La Rochette demanda si elle était la veuve du maréchal et gratifia celle-ci de maints compliments :

— J'ai eu, madame, l'honneur d'être commandé par votre mari, le meilleur cavalier du royaume. Ce fut la consternation lorsque à l'armée on a appris sa mort.

Mme de Caylus, ombrelle au vent, se joignit au groupe et annonça tout émoustillée les prochaines festivités prévues à la Cour. Les princes et les princesses libérés du poids de la guerre, peut-être aussi pour narguer le destin qui avait décimé la famille royale, organisaient bals sur bals. Le prochain était paré et masqué chez le duc de Berry, Mme du Maine annonçait une nuit blanche à Sceaux et les hôtels de Paris s'illuminaient chaque semaine.

Marguerite Marie dit qu'elle irait bien danser chez le duc et la duchesse de Berry mais Clémence lui objecta qu'elle n'était pas invitée.

— Me permettriez-vous, madame, demanda La Rochette, d'emmener mademoiselle votre fille ? Le duc de Berry a été l'un de mes compagnons de jeunesse et je suis toujours chez lui le bienvenu.

— Oh oui, maman ! s'écria Marguerite Marie. Ce sera mon premier bal.

Clémence sourit et répondit qu'elle allait y penser. Elle était trop contente de voir sa fille heureuse en pensant qu'à son âge elle regardait les bals de la Cour cachée derrière les buissons. L'offre du colonel de La Rochette était un pas de plus vers une union qu'elle trouvait de plus en plus souhaitable. Si son fils Nicolas était revenu, Clémence aurait été une femme comblée mais elle espérait toujours une lettre.

Enfin, un message lui arriva, porté par un brancardier qui avait soigné le capitaine. En le lisant, Clémence s'aperçut qu'elle n'avait jamais reçu deux lettres envoyées par Nicolas. Enfin, celui-ci allait bien. Sa jambe, disait-il, ne le faisait plus souffrir et il comptait revenir bientôt à Versailles.

Il n'était pas encore de retour quand Clémence reçut de Bloin, l'un des secrétaires, un billet qui l'informait que le Roi lui avait donné, pour elle et sa fille, un logement pour le prochain Marly. Elle n'aimait pas particulièrement ce lieu que le Roi affectionnait de plus en plus mais Marly était pour sa fille un magnifique cadeau. Elles laissèrent donc à Versailles le colonel, un peu marri, et arrivèrent dans le vallon le 28 avril par un beau soleil qui faisait miroiter les bassins et poussait au vert les premiers bourgeons :

— Que c'est beau ! s'exclama la jeune fille. Faites-moi donc visiter ces jardins dont vous m'avez souvent parlé et montrez-moi les pièces d'eau qu'a aménagées mon grand-père.

Se donnant le bras, elles longèrent les parterres de gazon entourant la voie d'eau, dépassèrent les douze pavillons d'invités et arrivèrent à l'abreuvoir. Clémence parla de la fierté du Roi quand il avait montré pour la première fois à ses invités les chevaux sculptés dans la pierre par Coustou. Leur blancheur éclatait toujours sur le rideau des frondaisons. Elles s'assirent sur la margelle et admirèrent l'harmonie du merveilleux ensemble fondu dans la verdure et les eaux mouvementées. Elles allaient repartir quand la calèche du Roi s'arrêta devant elles. Il en descendit et les salua avec le respect qu'il accordait à tous ses invités.

— Madame de Rose et sa délicieuse fille ! Je vous avais dit que je vous mettrais sur la liste et, vous le voyez, j'ai tenu parole. Merci d'être venues. Mademoiselle, vous ferez ce soir la cour à votre roi. La jeunesse est maintenant cruellement absente, apportez-nous vos sourires ! En attendant, profitez de Marly. C'est un peu votre jardin car votre grand-père, qui était mon ami, a beaucoup contribué à sa magnificence. Quant à vous, madame de Pérelle, ou de Rose, je ne sais plus comment vous nommer, vous savez que vous êtes chez vous partout où est le Roi. Je vous l'ai souvent dit mais, loin d'abuser de ce privilège, vous vous êtes montrée discrète, trop discrète. À tout à l'heure, mesdames.

Marguerite regardait, médusée, Sa Majesté repartir au trot de son petit cheval :

— Vous vous rendez compte, maman. Le Roi s'est arrêté pour nous ! Et il vous parle comme à une amie très chère. Pourtant vous ne le voyez pas souvent...

— C'est vrai, mais il y a longtemps que nous nous connaissons.

— Racontez, maman !

— Non. Un jour peut-être... Pour le moment il faut rentrer nous faire belles pour le souper.

— Nous allons souper à la table du Roi ?

— Certainement pas, ma chérie. Il y a plusieurs tables. Espérons que nous serons à celle de Mme de Duras ou de Mme de La Mésangère.

— Ah, oui, les « Ombrelles » ! Elles sont charmantes ces vieilles dames, je les aime beaucoup !

Clémence sursauta. Elle avait dit « vieilles dames » ! Passe encore pour la duchesse de Duras mais Mme de La Mésangère était plus jeune qu'elle !

— Ainsi, mademoiselle, vous nous considérez comme des vieilles ?

Marguerite Marie se rendit compte de son étourderie et essaya de la réparer, maladroitement comme c'est souvent le cas en pareille circonstance :

— Pas vous, maman ! Vous êtes encore tellement jeune ! Mais avouez que Mme de Duras est une dame âgée. Son embonpoint n'arrange pas les choses. Quant à Mme de La Mésangère, elle a gardé une jolie silhouette mais je la trouve fripée !

— Elle a cinq ou six ans de moins que moi, ma fille !

— Cela n'empêche pas que vous, vous êtes restée jeune. Vous êtes une mère merveilleuse. Je le dis souvent à M. de La Rochette qui me donne raison !

En écoutant sa fille justifier sa bévue, Clémence dut faire un petit calcul pour se rappeler son âge qui, disait-elle, n'intéressait personne, pas même elle. « Eh bien, se dit-elle, petite fontainière qui gambadait hier encore dans les bosquets de Versailles, vous avez cinquante-quatre ans ! Et votre fille, si elle est sans pitié, a raison :

vous êtes devenue sans vous en rendre compte, ou plutôt sans vouloir vous en apercevoir, une dame âgée ! »

Il faisait beau, la compagnie réduite était agréable et le séjour à Marly qu'appréhendait Clémence se déroulait dans les meilleures conditions. Marguerite Marie, elle, était aux anges. Mme de Maintenon l'avait prise sous sa coupe et la présentait à tout le monde comme le modèle des jeunes filles de Saint-Cyr. Elle eut même le droit, avec sa mère, à être invitée à une soirée du cabinet qui, à Marly comme à Versailles, réunissait après le souper le Roi, Mme de Maintenon et les princesses. C'était naguère la duchesse de Bourgogne qui animait ces réunions. Personne n'avait remplacé sa joie de vivre, sa manière d'organiser des jeux, sa connivence avec le Roi qui l'adorait. Mais la princesse de Conti [1] fut charmante avec la jeune fille et, si la duchesse de Berry se montra insupportable, Madame Palatine avait gardé son inimitable don pour raconter des histoires. Le Roi, ce soir-là, parla longtemps, en toute confiance, avec Clémence qui le changeait de son entourage habituel et lui rappelait l'enthousiasme des premiers travaux de Versailles.

Le lendemain, la visite de l'Électeur de Bavière venu courre le cerf mit de l'animation dans la maison royale. Avant qu'il ne s'en retournât à Saint-Cloud, tout le monde le regarda jouer dans le salon à un grand lansquenet avec le duc de Berry.

Le Marly touchait à sa fin pour Clémence et Marguerite Marie quand on apprit que le duc de Berry avait dû s'aliter à cause d'une fièvre violente qui l'avait subitement terrassé à l'après-dîner. Saigné et resaigné, il vomissait une substance noire. Fagon disait que c'était du sang et les autres médecins du chocolat dont le prince avait abusé la veille [2].

C'était assez pour rappeler la triste fin de son frère et de la duchesse de Bourgogne. L'inquiétude gagna toute

1. Fille du Roi et de Mme de La Vallière, veuve du prince Louis-Armand Bourbon.
2. Selon Saint-Simon qui se trouvait ce jour-là à Marly.

la maison, on parla de poison, on s'affola à l'idée que la dramatique série des morts princiers n'était pas close et l'incroyable arriva : le duc de Berry mourut le 4 mai à quatre heures du matin. Les médecins annoncèrent que l'accident de cheval dont il avait été victime peu avant avait causé la rupture d'une veine de l'estomac. C'était peut-être vrai.

Deux semaines plus tard on fit à peine attention à un autre accident : la duchesse de Berry mit au monde une petite fille qui ne vécut que douze jours.

Après ces royales émotions, Clémence avait retrouvé avec soulagement le calme de son appartement de l'aile des ministres et sa fille le beau colonel à qui elle avait tellement de choses à raconter.

*

La mort du duc de Berry sonnait à nouveau la fin des distractions de cour, des bals et des soupers brillants à Marly ou à Trianon. Seules reprirent au bout de quinze jours les musiques chez Mme de Maintenon. Aux feux du couchant, la Cour sombrait dans la mélancolie et la vieille épouse, elle avait soixante-dix-huit ans, accablée, écrivait à une amie : « Tout est mort ici, la vie en est ôtée. »

La vie pourtant continuait, portée par cette paix dont l'organisation exigeait des décisions politiques. Et le Roi qui, lui, atteignait l'âge de soixante-quinze ans, celui de la sénescence à l'époque, assumait les charges de l'État et pensait à sa succession en décidant que ses bâtards et leur postérité devenaient princes du sang et pouvaient accéder à la couronne. C'était confier tacitement les destinées du royaume à son fils préféré, le duc du Maine, en attendant la majorité du petit Dauphin. C'était normalement au duc d'Orléans d'assumer la succession sous la forme d'une régence mais des cabales dirigées contre Mme de Maintenon et le duc du Maine lui-même avaient odieusement entaché son honneur au

428

point que le Roi avait dû empêcher au dernier moment qu'il ne fût traduit devant la justice.

C'est dans cette atmosphère sinistre, aggravée par une querelle dogmatique sans précédent, que le Roi se décida à faire son testament. « Nul autre que moi ne sait ce qu'il contient. L'exemple des rois, mes prédécesseurs, et celui de mon père ne me laissent pas ignorer ce que celui-là pourra devenir. Mais on l'a voulu, on m'a tourmenté et j'ai acheté mon repos en le faisant », dit-il au premier président et au procureur général du parlement. Et il leur tendit un paquet scellé de sept cachets.

Mme de Caylus dit le lendemain à Clémence que le paquet avait été enfoui dans le trou creusé dans une colonne du Palais. Fermé par des grilles, l'orifice avait été ensuite muré.

— Le Roi va donc mal ? demanda Clémence.

— Non, mais il change. On s'aperçoit qu'il maigrit.

— Pourtant, à Marly, il semblait en parfaite santé.

— C'est l'histoire de ce testament qui, je crois, l'accable. Mme de Maintenon et le duc du Maine voulaient même qu'il institue tout de suite un conseil de régence ! Le Roi s'est mis alors dans une grande colère.

L'été commença dans ce climat détestable, le soleil perçant à peine les brumes de la fin du règne. Il était en effet perceptible que celui du grand Roi arrivait à son terme. Jusqu'au bout, Louis avait tenu. Le 9 août il avait tiré dans les taillis de Marly et avait assisté le soir à une « grande musique ». Le lendemain, il avait demandé qu'on le promenât en chariot dans les jardins de Marly pour lesquels, la veille encore, il avait commandé un cent de bouleaux de Russie.

Au retour, il dit qu'il voulait regagner Versailles. Péniblement, on l'aida à monter dans son carrosse. Il se pencha un instant à la portière pour embrasser du regard son palais posé dans la verdure, la grande cascade et l'alignement des pavillons puis, de sa main gantée, donna le signal du départ.

Louis XIV rentrait chez lui pour mourir.

Chapitre XIII

Les adieux

Le Roi parut content de retrouver Versailles où la vie était mieux réglée qu'à Marly. En dehors des habituelles réunions du Conseil, deux affaires figuraient à son emploi du temps : la réception de l'ambassadeur de Perse, épreuve pénible pour un vieillard fatigué, et la pose dans le parc de statues de marbre blanc arrivées d'Italie, un plaisir qui lui ferait un moment oublier les douleurs qu'il ressentait à la jambe.

Pontchartrain avait pensé distraire le Roi en faisant d'un simple envoyé commercial un ambassadeur du roi de Perse et en organisant en son honneur l'une de ces réceptions qui avaient ébloui le monde. Il avait voulu offrir à son roi, avec cette dernière audience solennelle, l'occasion d'apparaître encore une fois dans sa gloire. Debout, dans son habit noir brodé d'or et constellé de diamants, Louis XIV domina sa souffrance et reçut dans la chambre du trône les hommages du modeste représentant d'Ispahan fort étonné des prévenances dont on l'entourait. L'effort l'avait fatigué mais lui avait donné en même temps un regain de vitalité. Il assista à l'après-dîner au conseil des finances, travailla avec M. Voysin nommé récemment chancelier puis se fit

431

porter dans sa chaise chez Mme de Maintenon où il y eut petite musique.

Anthoine, le fidèle garçon de chambre, porte-arquebuse du Roi, dont la famille vivait doucement depuis plus d'un siècle dans l'ombre et l'intimité royales, désigna le lendemain 11 août « premier jour de la maladie du Roi » dans son journal[1].

Ce n'était pas de lui que Clémence et les « Ombrelles » tenaient des nouvelles du Roi. Mme de Caylus ne quittait guère sa tante, Mme de Maintenon, fort éprouvée par le péril dans lequel se trouvait son époux. mais, chaque soir, à l'heure du souper du Roi qui ne se nourrissait pratiquement que de bouillon et de gelées, elle accourait chez Clémence pour échapper quelques instants à la pesante atmosphère des appartements royaux où flottait l'odeur fétide des drogues.

— En se réveillant ce matin après une très mauvaise nuit, raconta Mme de Caylus, le Roi a dit tristement que bien qu'on fût le 15 août il était trop mal pour se rendre à la chapelle et qu'il entendrait la messe de son lit. On voit qu'il s'efforce de ne rien laisser paraître de ses souffrances et qu'il s'oblige à remplir le mieux possible ses obligations. Mais tout le monde s'inquiète !

Peu après, Mme de Caylus dit à ses amies que les journées royales se ressemblaient dans leur monotonie mais que les heures d'activité s'y réduisaient :

— Le Roi écoute ses violons mais les entend-il ?

— Sait-on de quelle maladie souffre le Roi ? Que dit Fagon ? demanda Mme de Duras.

— Il n'est toujours question que de sciatique. Fagon n'en démord pas. Comme il est surintendant des Eaux minérales en France, il fait venir des bonbonnes de Châteldon. Le Roi en boit des quantités incroyables.

— D'après ce que vous nous dites, les médecins paraissent dépassés ?

1. Ce document historique, œuvre d'un témoin permanent de la maladie du Roi, est la relation précise et détaillée de ce qui s'est passé à Versailles durant les vingt-trois jours qui ont précédé la mort.

— À mon avis, ils le sont. Fagon et Mareschal se disputent sur tout. L'un dit que le Roi a de la fièvre, l'autre non...

— Et le Roi a confiance en eux ?

— Fagon est son complice depuis si longtemps ! Le crédit qu'il n'accorderait peut-être pas au médecin, il le concède à l'ami. D'ailleurs, peut-il faire autrement ?

Pourtant, deux jours plus tard, on vit luire pour la première fois l'espérance d'une guérison. Mme de Caylus en témoigna :

— Le Roi a passé assez tranquillement la nuit et a dit en se réveillant qu'il avait moins souffert. Il s'est levé en apparat et après avoir bu un bouillon s'est fait porter dans la tribune de la chapelle où il a entendu la messe dans une grande piété. Comme personne ne croyait que le Roi fût en état de paraître en public, la nouvelle s'est répandue et a causé une grande effervescence en ville et au château. Il a été acclamé en sortant de la chapelle et cela lui a fait tant plaisir qu'il a voulu se faire voir en passant par la Grande Galerie remplie d'une foule curieuse et chaleureuse. Il a répondu à tous les saluts et est rentré dans son appartement dîner à son petit couvert. Pour la première fois depuis des jours il a trouvé bons les petits ragoûts qu'on lui a servis.

— Sa Majesté est donc convalescent ! Quel soulagement ! s'écria Clémence que la maladie du Roi affectait.

— Ne nous réjouissons pas trop. C'est vrai qu'il pu retourner à la chapelle pour entendre les vêpres mais, tout à l'heure, il était fatigué et a dit qu'il se coucherait tôt. Attendons demain !

Le lendemain fut hélas ! décevant. Le Roi se réveilla baigné de sueur et Mareschal, aidé par les garçons, eut bien du mal à le tirer de son lit pour le mettre dans un fauteuil, l'essuyer et changer son linge. C'est ce que dit le soir avec tristesse Mme de Caylus :

— Sa Majesté n'est pas guérie ! Aujourd'hui ses douleurs ont beaucoup augmenté et concernent tout le corps. Lever Sa Majesté et l'asseoir dans un fauteuil est de plus en plus difficile. M. d'Orléans, le duc de Conti, le duc du Maine et le comte de Toulouse, qui rendent chaque jour visite au Roi, sont arrivés pendant ce pénible travail et, devant leur trouble, Sa Majesté a dit : « Vous avez vu les belles cérémonies qu'il a fallu pour me lever. Je suis bien à plaindre mais il faut bien le vouloir puisque c'est la volonté du Seigneur que je sois réduit à cet état ! »

Les jours suivants, Mme de Caylus n'eut rien d'autre à raconter à ses amies que ces douloureux et incessants transferts du lit au fauteuil et leur faire part de l'admiration que suscitait le courage du Roi qui, surmontant sa souffrance, continuait de recevoir ses ministres pour leur donner ses ordres.

Le 19 août, la situation s'aggrava encore.

— Le Roi souffre chaque jour davantage, dit Mme de Caylus, mais ce n'est pas le pire : M. Mareschal venu pour panser le Roi a trouvé un grand changement. La jambe est très enflée et une noirceur inquiétante sur le cou-de-pied est apparue. Les médecins se sont réunis longuement et ont proposé à Sa Majesté un bain d'herbes aromatiques dans du vin de Bourgogne.

— Quelle idée ! dit Mme de Duras.

— Le Roi a agréé en demandant si ce bain allait le soulager, et a ajouté : « J'en ai grand besoin, faites je vous prie ce que vous pourrez. » Après le bain, tandis que Mareschal lui frottait la jambe de linges chauds, le Roi suggéra d'en faire l'amputation si c'était nécessaire. « Je vois bien par vos manières, leur dit-il, que vous me trouvez plus mal. Sachez que je souffre nuit et jour et ne prends presque pas de nourriture depuis le début de ma maladie sans que vous ayez pu me donner de soulagement ! »

Et les jours passèrent. On appela des médecins de Paris qui se rangèrent à l'avis de leurs confrères de la Cour et recommandèrent de faire prendre au malade du lait d'ânesse.

Souvent, maintenant, le Roi demandait qu'on laissât entrer dans la chambre les courtisans qui le souhaitaient. On se bousculait durant ce temps dans le couloir et la chambre. Celui-ci les entretenait courtoisement et semblait oublier un peu ses douleurs.

Le 24 du mois et 13e jour de la maladie pour parler comme Anthoine, le Roi fut victime de vapeurs qui l'incommodèrent fort et Fagon fit une nouvelle fois appel à toute la médecine tant de la ville que de la Cour.

— Devinez à quelle conclusion ces imbéciles sont arrivés ? demanda Mme de Caylus en colère : le lait d'ânesse est paraît-il responsable de ce malheur et il convient de le supprimer !

— Qu'ont-ils ordonné à la place ?

— Rien ! Ils n'ont pas pu, tout de même, ignorer les marques noires sur la jambe et ont, à mots couverts, parlé de gangrène.

Le lendemain était le 25 août, fête de Saint-Louis. Jour traditionnel de triomphe pour le Roi, il était, pour la première fois, jour de tristesse et de consternation. Sa Majesté, qui n'était pas en état de recevoir les compliments de sa Cour et des magistrats, ne s'y refusa pas cependant. Puis ce fut le duc de Gesvres qui vint dire au Roi que les hautbois de la chambre et les vingt-quatre violons venaient selon l'usage donner une aubade à Sa Majesté. Celle-ci demanda seulement que les musiciens jouent un peu loin dans l'antichambre. Enfin, le duc du Maine, en tant que colonel des Suisses et Grisons et le duc de Guiche comme colonel des gardes françaises demandèrent la même permission pour les fifres et tambours de leurs régiments. Ceux-ci jouèrent dans la cour du château sous les fenêtres du Roi que ces musiques guerrières ne semblèrent pas gêner.

— Le Roi a maintenant le visage rouge et enflammé, annonça un peu plus tard la messagère du soir. Mais, plus grave, ajouta-t-elle, la gangrène a gagné toute la jambe.

Le lendemain, les « Ombrelles » décidèrent de se mêler aux courtisans qui ne quittaient pas la galerie des Glaces, les escaliers et les couloirs. Tous manifestaient de l'affliction, ce qui ne les empêchait pas de bavarder de choses qui n'avaient rien à voir avec la maladie du

Roi. Ils parlaient parfois si haut que l'un des officiers de la chambre devait venir leur dire que le brouhaha de leurs voix arrivait jusqu'au Roi et gênait Sa Majesté.

Les bruits sur la santé du souverain circulaient naturellement dans le Palais. Certains disaient qu'il était à la dernière extrémité, d'autres que cela ne pouvait être puisqu'on ne lui avait pas administré le viatique. Enfin, vers sept heures du soir, on annonça que le cardinal de Rohan revenait de la chapelle et apportait au château le saint sacrement avec un grand accompagnement du clergé, de la famille et d'officiers de la maison du Roi. Clémence et ses amies se précipitèrent et virent en effet dans la grande allée menant à la cour de Marbre le cortège qui s'avançait à petits pas. Précédés par six garçons porteurs de torches, marchaient le cardinal et les deux aumôniers du Roi avec les saintes huiles. Suivaient deux chapelains qui tenaient le dais et un clerc de la chapelle qui agitait la sonnette. Après le saint sacrement, marchait M. Huchon, le curé de Versailles, les prêtres de la Mission qui desservaient la paroisse et la chapelle ainsi que les ecclésiastiques de la Cour, les princes et les princesses.

Clémence pensait au Roi qui devait attendre dans la sérénité la consolation de l'Église. Il n'était naturellement pas question de franchir la porte des appartements où seules pénétrèrent un nombre restreint de personnes. Mme de Caylus, qui soutenait Mme de Maintenon, en faisait partie. C'est elle qui plus tard leur fit le récit de la cérémonie :

— Le saint sacrement arrivé dans la chambre du Roi fut posé sur une table parée à cet effet et le cardinal s'approcha du lit dont les rideaux étaient ouverts. Son exhortation toucha le roi qui y répondit, témoignant de sa foi et de sa totale résignation à la volonté de Dieu. Le mourant dit ensuite le *Confiteor* et le cardinal lui administra les saints viatiques et l'extrême-onction. On entendit à peine le Roi murmurer : « Mon Dieu, ayez pitié de moi, j'espère en votre miséricorde. »

De toutes ses amies, Clémence était la moins proche du Roi mais c'était elle la plus touchée. Elle savait qu'il avait orienté sa vie, que les événements importants de son existence avaient été marqués de sa volonté.

Le vieux Roi n'en avait pas pourtant fini avec cette vie triomphale qui s'achevait dans les plus horribles souffrances. Chirurgiens et apothicaires continuaient de « panser sa gangrène », d'inciser sa pauvre jambe jusqu'à l'os, de la percer de coups de lancette. Par bonheur, cette jambe décomposée le laissait maintenant à peu près en paix. Nourri de bouillon, il faiblissait, s'étiolait comme une fleur qui fane. Sa lucidité, heureusement, demeurait parfaite et il profitait du délai de survie qui lui était donné pour délivrer ses messages. Au maréchal de Villeroi, le vieil ami qui n'avait pas quitté son chevet. Au duc d'Orléans à qui il confia qu'« il ne trouverait rien dans son testament dont il ne dût être content ». Au duc du Maine qu'il avait peut-être désigné dans son testament, mais personne ne le savait, comme le vrai maître de la Régence, ne laissant à son neveu qu'un titre illusoire. Au comte de Toulouse, au duc de Bourbon, au prince de Conti... « Je m'en vais, leur dit-il, mais l'État demeurera toujours... Soyez tous unis et d'accord : c'est la force d'un État[1]. » Le soir il avait rappelé le duc d'Orléans pour lui recommander d'emmener le Dauphin à Vincennes où l'air était bon.

Enfin, le Roi commanda qu'on lui amène l'enfant qui lui succéderait. Le Dauphin, tout juste âgé de cinq ans et demi, arriva aussitôt conduit par Mme de Ventadour qui l'installa dans un fauteuil au chevet du lit. Le Roi le regarda un long moment et, les larmes aux yeux, lui dit :

« Mon cher enfant, vous allez être un grand roi. N'oubliez jamais les grandes obligations que vous avez envers Dieu. Ne m'imitez pas dans les guerres avec vos

1. François Bluche, l'historien du Grand Siècle, Ernest Lavisse et Voltaire lui-même, sont formels : Louis XIV n'a jamais prononcé la fameuse phrase : « L'État, c'est moi ! »

voisins, soulagez votre peuple le plus que vous pourrez. N'oubliez jamais les obligations que vous avez envers Mme de Ventadour pour les soins qu'elle a pris à vous élever et qu'elle veut bien continuer. »

Le 29 août et 18ᵉ jour de la maladie, les médecins trouvèrent le Roi faible, proche de la mort, n'ouvrant la bouche que pour demander la miséricorde de Dieu. C'est alors qu'un médecin inconnu venu de Marseille se présenta au duc d'Orléans en disant qu'il possédait un remède contre toutes les formes de gangrène. Malgré les contestations de Fagon et des autres médecins, l'homme fut amené au chevet du mourant. Il dit que son état était trop grave pour qu'il puisse assurer qu'il le guérirait. mais qu'il restait peut-être un espoir. Avec l'assentiment du duc d'Orléans et des princes, il versa quatre gouttes de son élixir dans un petit verre de vin de Bourgogne. Le Roi prit le remède sans peine et en but une même dose deux heures plus tard.

Personne n'attendait un bienfait de l'empirique mais, un peu plus tard, le Roi dit qu'il se trouvait mieux, plus tranquille, que sa vue était plus claire. Un changement si subit ne pouvait qu'étonner l'entourage royal qui commença à croire au miracle. Le Marseillais ajouta à son remède une tisane de sa composition à prendre toutes les heures. Le Roi s'en trouva bien et le bruit se répandit aussitôt jusqu'à Paris que Sa Majesté était hors de danger.

— La joie a été courte, dit le lendemain Mme de Caylus. Le Roi a passé une très mauvaise nuit et les médecins du Palais, pas mécontents de voir que le Marseillais, il s'appelle M. Brun, n'avait pas mieux réussi qu'eux, le traitèrent de charlatan et l'obligèrent à partir.

— Et votre tante ? demanda Mme de Duras.

— Avant-hier, elle a vu longuement le Roi en présence de M. le chancelier et ils ont brûlé beaucoup de papiers. Sa Majesté lui a dit adieu dans les larmes à peu près en ces termes : « Madame, je vous demande pardon de n'avoir pas assez bien vécu avec vous. Je ne

438

vous ai pas rendue heureuse mais je vous ai toujours aimée et estimée. » C'était le 28. Épuisée, incapable d'aller plus loin dans un rôle qui avait « usé sa patience », elle est partie pour Saint-Cyr décidée à y demeurer jusqu'à la fin. Mais elle est revenue, le Roi l'avait demandée. Enfin, au cours de cet après-midi, Sa Majesté, à l'agonie, a repris conscience un instant et, reconnaissant Mme de Maintenon, lui dit dans un souffle : « Il faut, Madame, que vous ayez bien du courage et de l'amitié pour rester ici mais je vous en prie, ne vous tenez plus là. C'est un spectacle bien triste. J'espère qu'il finira bientôt. » « Allez, madame, lui a dit son confesseur le père Briderey. Vous ne lui êtes plus utile. »

— Et elle est repartie ?

— Oui, la marquise de Maintenon est passée dans son appartement, a distribué ses meubles à ses domestiques et, à cinq heures du soir, a quitté Versailles pour toujours [1].

Le 30 août, le Roi entra dans le sommeil qui précède la mort. Le 31, la prière des agonisants résonna dans le Palais déserté de la plupart des courtisans. Louis XIV n'intéressait déjà plus. Chacun pensait au lendemain, à sa situation qui dépendrait du nom écrit par le Roi dans son testament et dans les deux codicilles rédigés avant qu'il n'entre en agonie. Le duc d'Orléans ou le duc du Maine, qui serait le maître jusqu'à la majorité du Dauphin ?

Dans la nuit, le Roi reçut encore une fois les sacrements de la main du cardinal de Rohan et, le lendemain 1er septembre, à huit heures du matin, comme l'écrira Dangeau, son historiographe et ami, « il rendit l'âme sans effort, comme une chandelle qui s'éteint ».

Clémence apprit la nouvelle dans l'instant, comme tous ceux qui étaient logés au palais. Bien qu'elle s'y

1. Elle y reviendra pourtant deux cent trente ans plus tard. Saint-Cyr, où elle reposait, sera détruit au cours de la Seconde Guerre mondiale, le corps de la veuve de Scarron et de Louis XIV a été transporté dans la chapelle royale de Versailles.

attendît, la mort du Roi la bouleversa : c'était sa vie qui basculait. Heureusement, en fin de matinée, alors qu'elle s'apprêtait à aller rejoindre Marguerite Marie qui était partie voir à quoi ressemblait l'Olympe versaillaise privée de Zeus, un cornette qui dit avoir voyagé toute la nuit lui apporta une lettre de Nicolas. Bonheur ! Le capitaine était rétabli, il n'attendait que l'occasion d'un carrosse de service allant à Paris pour rentrer embrasser sa mère.

— La joie compense la peine, dit Clémence à Mme de Duras que la mort du Roi avait aussi choquée. Il n'empêche que je ne sais pas ce que je vais devenir. Marguerite Marie va épouser son colonel et me quitter, Nicolas rejoindra son régiment... Le temps de la fontainière du Roi est passé, comme celui des « Ombrelles ». Quel que soit le prince qui régnera demain, je n'ai plus rien à faire à Versailles.

— Et où irez-vous ? Dans votre hôtel du Marais que vous venez de restaurer ? C'est peut-être le moment de réaliser votre projet d'y réunir les beaux esprits ?

— Trop tard. Ceux qui auraient pu m'aider sont morts, le dernier étant Boileau. Non, il faut savoir changer de cap quand le vent tourne, il faut abandonner les vieux rêves et s'en créer de nouveaux. Je crois que je vais aller me réfugier dans la seigneurie de l'oncle Rose... Et vous, chère Marguerite ? Conserverez-vous votre hôtel de Versailles ?

— Non. Sans vous, sans Mme de Caylus qui va quitter la Cour pour vivre dans sa maison des jardins du Luxembourg, sans la marquise de La Mésangère qui doit aussi partir, je ne saurais rester seule à errer dans les ruines du règne enivrant que nous avons eu la chance de connaître. Je m'installerai à Paris et, si vous m'invitez, j'irai souvent vous rendre visite dans votre charmant pays de Coye.

Elles s'embrassaient en pleurant lorsque M. de La Rochette frappa à la porte. Il semblait plus grave qu'à l'habitude :

— Madame, dit-il, tandis que Mme de Duras s'éclipsait, je n'ai pas mis mon grand uniforme, le jour ne s'y prête pas, mais de votre réponse dépend le bonheur de ma vie. Je...

Clémence ne put s'empêcher de rire :

— Colonel, ne vous lancez pas dans de grandes phrases pour me demander d'épouser ma fille. Marguerite Marie ne me pardonnerait jamais si je refusais.

— J'ai du bien... continua M. de La Rochette.

Clémence l'arrêta :

— Marguerite Marie aussi et ce n'est pas ce qui importe. Ma fille vous aime et je ne l'ai pas élevée dans le culte de l'argent. Elle vous aurait épousé même sans fortune et je n'y aurais trouvé rien à redire.

— C'est là un langage rare, madame. S'il me surprend, il me cause aussi la plus grande des joies.

— C'est le langage du cœur, celui auquel mes parents et mes amis m'ont habituée. Leur noblesse ne venait pas d'ancêtres illustres mais de leur génie et du Roi qui savait reconnaître le mérite.

— Mais, madame, vous êtes comtesse de Pérelle !

— Oh ! par hasard ! Non, par amour ! L'amour d'un homme auquel vous ressemblez étrangement et qui était votre père. La situation, nous en avons parlé, est insolite mais ne me gêne pas. Je veux simplement être sûre que vous rendrez ma fille heureuse.

— Je vous en fais le serment !

— Alors, attendez-la pour lui annoncer la nouvelle. Elle ne va pas tarder.

— Comment, madame, vous remercier de vos bontés ?

— En m'écoutant. J'ai besoin de parler, voulez-vous être mon confident ? Je vis aujourd'hui l'une des plus funestes journées de ma vie avec la mort du Roi à qui je dois tout, mais aussi l'une des plus douces puisque mon fils revient et que vous épousez ma fille. Le Roi s'est résigné à la mort, résignons-nous à la vie !

Épilogue

C'était l'un de premiers jours de l'été. Les pierres blanches de la seigneurie de Coye, légèrement ocrées par le soleil de midi, brillaient dans les frondaisons dominées par deux grands cèdres. Le président Toussaint Rose les avait fait planter par les jardiniers de Le Nôtre et, dans la bonne terre picarde, ils avaient prospéré mieux qu'à Versailles.

Seules les abeilles animaient le parterre de fleurs posé devant la façade. Rien ne bougeait, tout respirait le calme et la douce torpeur de l'été. La vie était derrière, dans le grand jardin qui menait à la rivière. Là il y avait des arbustes aux verdures bigarrées, de l'herbe folle où poussaient les fleurs sauvages et un bassin ovale bordé de marbre blanc. L'eau y dormait, tranquille, autour de trois jeunes tritons sculptés jadis par Le Hongre pour son ami François de Francine.

Hormis le château blanc et les grands arbres, tout ici était l'œuvre de Clémence : « Le Roi a fait le grand Versailles et moi le petit Coye », disait-elle en riant.

La fontainière s'était installée un an auparavant dans la maison de la « plume du Roi » et avait fait de l'ancienne seigneurie un peu austère un manoir de belle humeur. Elle avait fait appel aux jardiniers du château de Chantilly que le prince de Conti, aimable voisin, lui avait prêtés ; les fontainiers de Versailles, trop heureux de rendre service à la fille du plus célèbre d'entre eux, lui avaient construit le bassin dont elle avait elle-même dressé le plan. À tous elle avait dit : « Faites le contraire de ce dont vous avez l'habitude. Rien de solennel mais de la simplicité, pas d'alignements sévères mais un agréable désordre. Plantes, fleurs et invités doivent se sentir chez moi en liberté ! »

Chez Clémence, la liberté ce jour-là était gaieté. On inaugurait dans la joie la nouvelle vie de la seigneurie. Autour de la princesse couchée dans son berceau, le cercle de famille s'extasiait, plaisantait, riait. La princesse, c'était Mlle de La Rochette, fille de Marguerite Marie, née trois mois auparavant. Les nouveaux époux, en effet, n'avaient pas tardé à procréer après le mariage célébré simplement – Versailles était en deuil – dans la chapelle du château.

Clémence était ravie d'être grand-mère. On disait que la petite Françoise était tout son portrait. C'était un jugement discutable mais personne ne se serait avisé de dire le contraire, de peur de peiner grand-maman.

Nicolas était rentré à Versailles comme il l'avait annoncé. Sa jambe était encore un peu raide mais sa mère ne pouvait pas dire qu'il avait mauvaise mine : il avait grossi durant sa convalescence et respirait la santé. Avant de repartir, il avait aidé sa mère dans son déménagement. Cela avait été un peu difficile de quitter le logement de l'aile des ministres où Clémence laissait tant de souvenirs mais elle n'était pas la seule à partir, de nombreux courtisans estimaient, eux aussi, que plus rien ne les retenait à Versailles.

La duchesse de Duras avait amené Mme de Caylus et Clémence regardait ses amies d'un œil attendri. Leur présence à la réunion qu'elle avait organisée pour fêter l'été dans son jardin montrait que le groupe des subtiles Versaillaises avait résisté au séisme causé par la mort du Roi. Ne jouaient-elles pas de leur ombrelle, là-bas, en devisant gaiement autour du bassin ?

Le marquis de La Rochette se montrait un époux et un gendre exemplaire. Il avait décidé d'abandonner son régiment pour se consacrer à sa femme et lui organiser une existence agréable entre l'hôtel de la rue Beautreillis que Clémence avait offert à sa fille et son château du Val-de-Loire. D'ailleurs, depuis que les hostilités avaient cessé, l'armée ne présentait plus d'intérêt pour un gentilhomme qui, en échange de ses privilèges, avait le devoir d'accepter de se faire tuer pour le Roi mais pas de s'occuper en temps de paix du ravitaillement en fourrage d'escadrons désœuvrés. Nicolas, lui, avait décidé de demeurer sous les armes. Il y voyait l'occasion de décrocher un grade plus élevé en se disant que la paix ne durerait pas éternellement.

Clémence avait fait préparer un buffet qui était encore protégé des insectes et des oiseaux par un voile de mousseline.

— Ne vous attendez pas, dit-elle à ses hôtes curieux, à des pyramides de fruits, dix sortes de pâtés et des confitures présentées dans des coupelles d'or. La volaille est simplement du pays, les saucisses ont été faites ce matin avec le cochon de la maison tué hier et nous boirons plus de cidre que de vin de Bourgogne ! Ah ! j'oubliais : les radis et les salades sont du jardin, car j'ai un jardin ! Je m'en occupe moi-même selon les principes de mon bon maître M. de La Quintinie. Je suis comme le Roi qui était aussi fier de son potager que de ses palais. Il y venait souvent et demandait à son jardinier de lui expliquer comment on taille les poiriers. J'étais là quand le doge de Venise a visité le carré des merveilles. Il fallait voir Sa Majesté lui montrer la figuerie et les plants d'asperges ! Vous connaissez le potager du Roi ? Eh bien, venez voir le mien ! Il y pousse déjà beaucoup de choses mais vous verrez, l'année prochaine !

Quand on se fut extasié devant ses salades, Clémence annonça qu'il était l'heure de passer à table. Elle découvrit le buffet, plus appétissant que les gigantesques parades sucrées de Versailles et de Trianon. Il y eut des « oh ! », des « ah ! ». On félicita Clémence, tellement heureuse dans son nouveau rôle de châtelaine !

— Et maintenant, dit-elle, la surprise !

Elle entra un instant dans la maison et ressortit en tenant à deux mains un outil de cuivre de forme harmonieuse et brillant comme un louis d'or.

— C'est la clé-lyre, dit-elle pour répondre à la curiosité de ses invités : on l'appelle ainsi à cause de sa forme. Je l'ai manœuvrée devant le Roi le premier jour où il est venu voir les eaux de la Ménagerie. Les fontainiers me l'ont offerte quand j'ai épousé le père de monsieur mon gendre...

— Maman a décidément le sens du théâtre ! glissa Nicolas à l'oreille de sa sœur.

Clémence, maintenant, cherchait dans l'herbe un endroit où elle ajusta la clé. Puis elle s'écria en tournant les poignées à deux mains :

— La fontainière du Roi vous présente les grandes eaux de Coye !

Les tritons impassibles se réveillèrent alors dans leur bassin et lancèrent dans la chaleur de midi des jets qui s'élevaient, fusaient de côté, se croisaient et éclataient en myriades de gouttelettes. On était loin des fontaines de Latone et de la grotte de Téthis, mais ceux qui se trouvaient autour du bassin de Clémence ne regrettaient pas les somptueuses cascades du Roi-Soleil. La reine ce jour-là s'appelait Clémence, une Clémence qui, heureuse, contemplait sa fontaine. Personne ne s'aperçut que sur ses joues les larmes se mêlaient aux embruns des tritons.

Table

5530

Composition Nord Compo
Achevé d'imprimer en Europe (France)
par Maury-Eurolivres – 45300 Manchecourt
le 11 février 2002
Dépôt légal février 2002. ISBN 2-290-30236-8
1er dépôt légal dans la collection : octobre 2000

Éditions J'ai lu
84, rue de Grenelle, 75007 Paris
Diffusion France et étranger : Flammarion